Inselschatten

Bent Ohle, 1973 in Wolfenbüttel geboren, wuchs in Braunschweig auf und studierte zunächst in Osnabrück, bis er an die Filmhochschule in Potsdam-Babelsberg wechselte, wo er seinen Abschluss als Film- und Fernsehdramaturg machte. Heute lebt er mit seiner Familie wieder in Braunschweig.

BENT OHLE

Inselschatten

INSEL KRIMI

emons:

Bibliografische Information der Deutschen Nationalbibliothek
Die Deutsche Nationalbibliothek verzeichnet diese Publikation
in der Deutschen Nationalbibliografie; detaillierte bibliografische Daten
sind im Internet über http://dnb.d-nb.de abrufbar.

© Emons Verlag GmbH
Alle Rechte vorbehalten
Umschlagmotiv: Sabine Lubenow/LOOK-foto
Umschlaggestaltung: Tobias Doetsch
Gestaltung Innenteil: César Satz & Grafik GmbH, Köln
Lektorat: Marit Obsen
Druck und Bindung: Prime Rate Kft., Budapest
Printed in Hungary 2022
ISBN 978-3-95451-806-7
Insel Krimi
Originalausgabe

Unser Newsletter informiert Sie
regelmäßig über Neues von emons:
Kostenlos bestellen unter
www.emons-verlag.de

*Die Kunst ist lang,
und kurz ist unser Leben.*
Johann Wolfgang von Goethe, »Faust I«

Prolog

Der Tag begann wolkenlos. Obwohl der Himmel in seinem hellen Blau so leicht schien, lag eine zum Schneiden schwere Schwüle in der Luft. Kein Windhauch ging, zumindest nicht an Land. Auf dem Wasser reichte die leichte Brise gerade aus, um die Segel der kleinen Boote in der Bucht ein wenig aufzublähen und sie behäbig dahinschippern zu lassen.

Sven war ein erfahrener, ehrgeiziger Segler, doch heute würden sie den geringen Wind für einen kleinen Familienausflug auf See ausnutzen. Nur an einem solchen Tag traute sich seine Frau Marga in die Jolle, die in Steenodde im Hafen lag.

Das Boot hatte Sven vor einigen Jahren in Eckernförde gekauft, um damit seinen »Lebensabend«, wie seine Frau es nannte, einzuläuten. Er hasste dieses Wort. Er war ein Sportsegler und hatte an vielen Regatten teilgenommen. Doch nun, da er langsam in die Jahre kam, musste er sich von dem aktiven Sport verabschieden. Auch weil seine Knochen nicht mehr so mitmachten, wie sie sollten. Arthrose hatte seine Ellbogen- und Hüftgelenke zerfressen. An manchen Tagen waren die Schmerzen so stark, dass er sich nur noch mit einer Handvoll Schmerztabletten ins Bett legen konnte. Sein Schreibtischstuhl blieb dann leer, doch das Nötigste konnte er auch vom Bett aus erledigen. Er besaß eine Dachbaufirma auf Amrum. Ein Familienunternehmen, das auf gesunden Beinen stand, denn auf einer dem Wind und heftigen Stürmen ausgesetzten Insel wie Amrum waren Dacharbeiten immer gefragt, erst recht, wenn der Tourismus es verlangte.

Die »Marlene«, wie sie das Boot getauft hatten, war eine Idee seiner Frau gewesen, ein fauler Kompromiss, wie er fand. Sie wollte, dass er langsam »zur Ruhe kam«, wie sie es nannte, daher hatte er sich nach einem »Familienboot« umschauen sollen. Er konnte es nicht leiden, wie seine Frau sich manchmal ausdrückte. Ihr Gerede verursachte bei ihm Kopfschmerzen, und mitunter meinte er, dass seine Arthroseschübe Reaktionen auf Margas dummes Geschwätz waren. Wenn er Schmerzen hatte, ließ sie ihn in Ruhe.

Seine Vorfreude auf den heutigen Tag hielt sich daher in Grenzen. Es war morgens um zehn Uhr schon an die siebenundzwanzig Grad heiß, und er war bereits durchgeschwitzt, als er die paar Minuten mit dem Rad bis nach Steenodde zurückgelegt hatte. Er sollte hier alles vorbereiten, obwohl es nichts vorzubereiten gab. Aber so hatte er ein wenig Zeit für sich allein, bevor Marga mit Essen für acht Personen und Klamotten, die für drei Tage reichen würden, nachkam.

Marga war im Keller und suchte verzweifelt nach den Friesennerzen, die eigentlich in einem der Kleiderschränke hier unten hätten hängen müssen. Ratlos blieb sie in der Mitte des niedrigen Raumes stehen und wischte sich mit dem Ärmel eine Haarsträhne aus der verschwitzten Stirn. Im Keller war es angenehm kühl, und sie hoffte, dass es später auf dem Meer auch eine kühlende Brise geben würde, denn die seit Tagen andauernde Hitze war einfach niederschmetternd. Jeden Abend fiel sie wie tot ins Bett, und in der Nacht wachte sie wieder auf, weil es immer noch zu warm war im Schlafzimmer. Wurde Zeit, dass das aufhörte. Irgendwann, so schnell wie möglich, wenn es nach ihr ginge, musste ein Gewitter kommen, auf das endlich ein Wetterwechsel folgte.

Sie schlug sich auf den Oberschenkel, als ihr wieder einfiel, dass die Regenjacken noch im Rucksack waren. Der stand oben in ihrem Schlafzimmer.

Sie stieg die Treppe hinauf, und mit jeder Stufe schien es ein Grad wärmer zu werden. In der Küche stand bereits die Sonne und spiegelte sich grell auf dem Fliesenboden und dem Herd. Die geschmierten Brote, etwas Obst und ein Rest kalter Braten von gestern Abend waren sorgfältig in Tüten und Tupperdosen verpackt. Drei Flaschen Wasser standen bereit. Sie bezweifelte beim Anblick der Lebensmittel, dass sie alles in einem Rucksack unterkriegen würde, und konnte Sven jetzt schon deswegen fluchen und spitze Bemerkungen machen hören. Er war so oft so schrecklich genervt von ihr.

Eine drückende Angst lastete auf ihren Schultern, dass ihr Mann sie nicht mehr liebte, dass er nur aus reinem Pragmatismus oder vielleicht auch aus reiner Faulheit bei ihr blieb. Sie spürte nichts mehr zwischen ihnen. Keine Nähe, keine … keine … Sie suchte nach dem richtigen Wort und biss sich dabei mit den oberen Schneidezähnen auf die Lippe.

Keine Verbindung. Das war es. Es gab nichts mehr, das sie verband. Aber so ein Familientag wie heute konnte daran vielleicht etwas ändern und ihm ins Gedächtnis rufen, wie es früher einmal gewesen war.

Ist es jemals anders gewesen? Sie hörte in ihrem Innersten ihre eigene Stimme diese Frage stellen. *Doch, sicher,* antwortete sie sich selbst. Sie stopfte das Essen in eine große Tragetasche. Sie würden es sich gut gehen lassen heute. Es würde ein wunderbarer Tag werden, trotz der Hitze und allem anderen. Sie waren schließlich eine Familie.

Die heiße Luft drückte wie ein Gewicht auf das Land, und Sven fühlte sich schon ein wenig duselig im Kopf, so als hätte er zwei, drei Bier getrunken, als die beiden endlich auf der Mole erschienen. Kopfschüttelnd nahm er die zwei Taschen und den Rucksack zur Kenntnis, die Marga bei sich trug. Der Junge sah wie immer völlig abwesend aus, so als interessierte ihn gar nichts auf dieser Welt.

»Hallo, du!«, rief seine Frau vom Steg aus. Auch so ein Begrüßungssatz, den er nicht mehr hören konnte.

»Kommt schon, es wird sonst zu spät«, maulte er und löste das Tau. Das Boot begann zu schwanken, als die beiden einstiegen, doch Sven tarierte sich geübt aus und stieß das Boot ab. In der Bucht waren noch sieben oder acht weitere Jollen unterwegs. Unerträglich langsam, wie Sven fand. Er wollte weit rausfahren, um etwas Wind zu bekommen, doch das Wasser, dem das nahtlose Blau des Himmels seine satte Farbe verlieh, lag da wie ein flüssiger Spiegel, und die schwach rollenden Bugwellen der »Marlene« glitten ölig zur Seite fort.

Der Junge hatte sich an den Bug gesetzt, während Marga steuerbords saß, mit all den Taschen zwischen ihren Füßen, und irgendwie verklärt in die hoch stehende Sonne blickte.

»Es ist wunderschön«, sagte Marga mit einer leisen, aber klaren Stimme.

Die Augen ihres Sohnes drehten sich zu ihr, ohne dass er ihr seinen Kopf zuwandte. Sie wartete auf so etwas wie eine Antwort von Sven, doch der schob nur das Ruder weit nach Backbord und kreuzte den Weg der Segler, die hier in einer Linie zwischen Wittdün-Hafen und der Mole in Steenodde herumschipperten. Er steuerte weiter hinaus, wenn auch langsam, in die Fahrrinne, die zunächst südöstlich verlief und dann eine Kehre in Richtung Nordwesten auf Sylt zu machte.

»Hast du was zu trinken dabei?«, fragte Sven.

»Sicher.« Marga öffnete die Tasche und zog eine der Flaschen heraus.

Sven trank sie fast zur Hälfte leer und gab sie zurück.

»Du auch?«, fragte sie und hielt ihrem Sohn die Flasche hin.

Lars schüttelte aber nur den Kopf und blickte hinaus aufs Meer.

»Gut, dass wir das gemacht haben. Das Beste an so einem Tag«, sagte sie.

Auch dieser Satz blieb unbeantwortet. Nur der Wind wurde etwas stärker und blähte das Segel wie zur Bestätigung auf. Sven blickte nach oben in das weiße Tuch.

Lars, der den Blick weiterhin fest auf den Horizont gerichtet hatte, konnte bereits sehen, was den Luftzug verursacht hatte. Im Rücken seines Vaters, an der Westseite von Föhr, zogen schiefergraue Wolken auf. Es war ein sich schnell vorwärtsbewegendes, scheibenförmiges Gebilde, das sich wie ein Dach über den Horizont spannte. Das eisglatte Meer hatte seine Farbe urplötzlich gewechselt, ein gefährliches Braun breitete sich aus, und die Oberfläche kräuselte sich im aufkommenden Wind.

»Endlich«, sagte Sven, und eine freudige Spannung straffte seinen Körper. Marga konnte die Wolkenwand nicht sehen. Das Großsegel versperrte ihr die Sicht.

Sie glitten immer schneller dahin, weg von der Mole. Die anderen Segelboote waren wieder im Hafen oder steuerten darauf zu. Lars hörte das Wasser gegen den Rumpf plätschern. Nur noch wenige Minuten, und die riesige Wolkenformation würde die Sonne erreichen.

Mit einem Mal kam ein kräftiger Windstoß. Die Segel strafften sich mit einem tiefen Geräusch, das fast wie eine Explosion klang, und die Stagreiter an der Fock klirrten. Das Boot machte einen Satz nach vorn, und Marga ließ einen hohen Schrei hören. Sie klammerte sich an die Bootswand. Sven drehte sich um und sah das Gewitter, das über Föhrs Westseite walzte. Dann wurde es dunkel, als hätte jemand das Licht ausgeknipst. Die Sonne war verdeckt, und wieder schrie Marga.

»Sven, was ist los?«, rief sie und lief schwankend, fast auf allen vieren, zu ihrem Mann an das Heck. Sie blieb wie eingefroren stehen, als sie hinter dem Großsegel das Unwetter erkannte. Ihr Mund öffnete sich, doch bevor sie ein Wort herausbringen konnte, löste sich ein Donnern aus dem schiefergrauen Monster. Erst ein Krachen wie brechendes Eis, gefolgt von einem Reißen, und dann zwei tiefe, alles erbeben lassende Paukenschläge. Marga verlor das Gleichgewicht und fiel auf ihren Hintern.

Sven brachte mit ein paar schnellen Handgriffen das Boot zum Kehren. Der Baum schwang gefährlich nah über Margas Kopf hinweg. Ächzend fuhr die alte Jolle eine Rechtskurve, und der Wind, der immer lauter wurde, drückte die Segel zur Seite, sodass das Boot zu kippen drohte. Margas prall gefüllte Taschen fielen um, Äpfel und Brötchen kullerten über das Deck.

»An den Mast!«, befahl Sven und blickte zu den Wolken hinauf, aus denen nun ein prasselnder Regen auf sie niederstürzte. Marga schrie erneut, und diesmal konnte man ein Lächeln auf Svens Gesicht erkennen. Der plötzliche Wetterwechsel und das Manöver im aufkommenden Sturm schienen ihm Freude zu bereiten.

Mutter und Sohn klammerten sich an den Mast. Um nicht nach Backbord wegzurutschen, stemmte Lars die Füße gegen die Bordwand. Seine Mutter hing liegend am Fuße des Mastbaums. Die Krängung wurde immer heftiger, und die kleine Jolle nahm noch mehr Fahrt auf.

»Nach Steuerbord!«, schrie Sven die beiden an. »Sonst kentern wir. Nach Steuerbord!«

Er stand wie Kapitän Ahab am kleinen Ruder der »Marlene«, die dem Unwetter jetzt auf Gedeih und Verderb ausgeliefert war. Wieder erschütterte ein Donner die Luft, und kurze Zeit später zischte ein Blitz aus dem schwarzen Ungetüm. Er erhellte alles um sie herum.

»Bewegt euch!«, schrie Sven, und sein Lächeln war verschwunden. Der Blitz war irgendwo auf Föhr niedergegangen. Das war nur wenige Kilometer Luftlinie entfernt.

Lars kämpfte sich mühsam zur Steuerbordseite hoch. Seine Mutter rutschte mit ihren Schuhen immer wieder hilflos auf dem nassen Deck ab. Er blickte zur Mole zurück, um die Entfernung abzuschätzen, doch in dem Regen, der wie ein grauer Vorhang vom Himmel fiel, konnte er Amrum nur noch schemenhaft erkennen.

»Haaa!«, hörte er seinen Vater schreien. Es klang wie eine Kampfansage an den Sturm oder an seine eigene Angst.

Lars schaffte es, sich mit beiden Händen an der schmalen Reling festzuklammern. Er hievte sich nach oben und lag jetzt mit der Brust auf der Bordwand. Er konnte das Wasser unter sich vorbeischießen sehen. Sie waren zur Spitze der Flut im Hafen gewesen, und das nun wieder ablaufende Wasser ließ ihre Fahrt umso schneller erscheinen. Dann brach ein erneuter Donner über sie herein, und nur eine Sekunde später zuckte ein Blitz über den Himmel. Lars konnte ihn spüren und riechen. Schmerz breitete sich in seinem Kopf aus, und als er aufblicken wollte, blies ihm eine Bö entgegen, die selbst wie ein Donnern klang. Er fühlte, wie er nach oben katapultiert wurde. Die Bö hob das Boot an und stellte es senkrecht, dann baumelten seine Beine in der Luft, und im nächsten Moment stürzte das Boot auf ihn nieder.

Sie kenterten etwa zweihundert Meter von der Mole entfernt. Der Mast samt Segeln krachte aufs Wasser. Marga und Sven schrien, dann versanken sie im gurgelnden Wasser. Unter der Oberfläche lief alles wie in Zeitlupe ab. Der Mast mit den Segeln sank herab und beschrieb einen Halbkreis, bis er senkrecht nach unten in die Tiefe zeigte. Marga und Sven tauchten dicht nebeneinander unter der Backbordseite der Jolle hindurch, die nun verkehrt herum über ihnen im Wasser lag. Marga strampelte panisch mit den Beinen. Ihre mit Wasser vollgesogenen Kleider zogen sie nach unten in die Tiefe. Ihr Haar waberte wie eine braune Wolke um ihr weiß schimmerndes Gesicht, aus dem die Augen Sven wie Eiskristalle anblickten. Sie streckte ihre Arme nach ihm aus, und er packte sie am Ärmel. Mit aller Kraft arbeitete er sich nach oben und zog seine Frau hinter sich her. Unendlich lange brauchten sie für dieses kleine Stück bis zur Wasseroberfläche.

Endlich bekam Sven etwas zu fassen und zog sich an die rettende Luft. Sofort schlug eine Welle in sein Gesicht, und er schluckte Wasser. Mit letzter Kraft riss er am Ärmel seiner Frau, und da tauchte auch schon ihr Kopf aus dem schäumenden Wasser auf. Sie sog Luft in ihre Lungen und ging gleich wieder unter. Nur ihre Hände blieben suchend an der Oberfläche, bis sie den Rumpf des Bootes gepackt hatten.

Sven legte seine Hände ebenfalls auf den Unterboden der Jolle. Die Strömung zog an seinen Beinen, während die Wellen seitlich gegen ihn schlugen. Jetzt hatte es auch Marga geschafft. Und als sie sich weiter nach oben ziehen wollten, blickten sie in das Gesicht ihres Sohnes. Wie seine Eltern war er den Fluten entkommen und hatte sich auf das Boot gekämpft. Sie waren gerettet. Alle drei.

Marga, die unter Wasser bereits damit gerechnet hatte, zu sterben, und ihr ganzes Leben als eine einzige Reihe verpasster Chancen sah, die nun ein für alle Mal vertan waren, schöpfte wieder Hoffnung. All ihre Fragen, was sie in ihrer Ehe hätte besser machen können, wie sie an manchen Stellen auf Sven hätte zugehen können, waren nun wie weggespült. Sven hatte sie gerettet. Er liebte sie doch noch. Da war noch immer eine Verbindung zwischen ihnen, an der sie beide bis zum letzten Atemzug hatten festhalten wollen. Das war ihr nun klar, und das Unglück kam ihr vor wie ein Segen. So nah wie jetzt, da sie sich im tosenden Gewitter an das gekenterte Boot klammerten, so nah waren sie sich noch nie gewesen. Und wenn sie in Svens Gesicht sah, wusste sie, dass auch er so fühlte.

Jetzt wird alles besser werden, dachte sie und blickte hoch zu ihrem Sohn.

Teil 1
Motivsuche

It's the wake of all evil
A universal mess
I've always found trouble
Even at my best
No hopes to get better
'till they put me down to rest
I am a troubled man

John Mellencamp, »Troubled Man«

1

2014

Nils kam mit zwei Tassen Kaffee vom Tresen zurück. Elke saß am Fenster und schaute hinaus. Ihr Blick hatte etwas Trauriges, Sehnsüchtiges, und Nils ahnte, worüber sie nachdachte. Dieses Thema hatte für etwas Zündstoff in den letzten Wochen gesorgt, doch heute würden beziehungsweise wollten sie es klären, wenn sie bei Dr. Mantell waren.

Nils stellte die Tassen auf dem Tisch ab und setzte sich auf die Bank ihr gegenüber. Es war eine frühe Fähre an einem Mittwochmorgen, sodass nicht viele Sommergäste an Bord waren. Einige der Passagiere kannte Nils, Amrumer, die zur Arbeit aufs Festland fuhren. Genau darum drehte es sich nun auch zwischen ihnen. Seit drei Jahren lebten sie wieder zusammen, seit Elke zu ihm zurückgekehrt war, nachdem sie ihn verlassen hatte und zu seinem besten Freund gezogen war. Das hatte tiefe Wunden bei Nils hinterlassen, doch die Dinge hatten sich zum Guten gewendet. Während der Trennung war er in das Haus seiner Kindheit umgezogen, und heute lebten sie dort wieder als Familie mit ihrer Tochter, alle unter einem Dach. Das heißt, Anna ging inzwischen auf Föhr zur Schule, wo sie unter der Woche auch wohnte. Wenn sie wie heute einen Termin bei Mantell hatten, verbanden sie das immer mit einem Besuch bei Anna, die bei einer Freundin untergekommen war. Eigentlich lief alles perfekt. Es war nicht mehr wie früher, es war besser als früher. Die Liebe war ungebrochen bei beiden, während Nils' Erlebnisse in den letzten Jahren ihn verändert hatten, positiv verändert. Er war ein anderer Mensch geworden, und das tat gut.

Elke hatte in letzter Zeit den Wunsch geäußert, wieder arbeiten zu wollen, und zwar nicht auf der Insel, wo sie mehrere Möglichkeiten gehabt hätte. Sie wollte nicht im Tourismusgeschäft arbeiten, wie die meisten Amrumer es taten, sie wollte in ihrem erlernten Beruf wieder Fuß fassen – oder überhaupt Fuß fassen, denn nach ihrem Studium der Kunstgeschichte hatte sie sich auf der Insel ganz ihrer Familie gewidmet. Nils fand die Idee großartig, denn er sah das Leuchten in den Augen seiner Frau, wenn sie davon sprach, und er fand es gut, dass sie etwas Neues anfing. Nur bei der Organisation dieser beruflichen Umstellung waren sie sich nicht ganz einig.

Seit zwei Jahren besuchten sie auf Föhr eine Eheberatung. Ihre Therapeutin war vor Kurzem verstorben, sodass sie nun bei Dr. Mantell in der Sprechstunde waren, der sie aber noch nicht so gut kannte. Und Nils konnte sich nicht recht entscheiden, ob er ihn sympathisch fand oder nicht. Mantell war eigen, das auf jeden Fall, interessant auch, aber Sympathien kamen nur in bestimmten Momenten auf, die einfach noch zu selten waren.

»Wir könnten uns später Räder mieten und nach Nieblum fahren«, sagte Elke, während sie nach Föhr hinüberschaute. »Ich glaub, ich hab Lust, Rad zu fahren.«

»Ist gut«, erwiderte Nils und nahm einen Schluck Kaffee. »Anna wird's nicht gefallen, aber wenn wir sie mit einem schönen Stück Kuchen locken …«

Elke schmunzelte, richtete ihren Blick auf Nils und griff nach seiner Hand. »Gott, ich vermisse sie so«, flüsterte sie.

»Das tue ich auch«, versicherte Nils.

Sie sahen sich in die Augen, und Nils dachte daran, dass er auch Elke vermissen würde, wenn sie zum Arbeiten die Insel verließ. Anscheinend las sie seine Gedanken und zog ihre Hand zurück, um sich Zucker in den Kaffee zu schütten.

Nils blickte hinunter ins Wasser, das vor dem Fenster an ihnen vorbeiglitt.

Dr. Mantells Praxis lag in einem Wohngebiet in Wyk im Starklef. An das Wohnhaus war ein Flachdachanbau angefügt worden, in dem sich ein kleiner Warteraum und das eigentliche Sprechstundenzimmer mit Blick durch eine große Glasfront in den Garten befanden. Hohe Bäume umgrenzten das Grundstück, und in der Mitte der Rasenfläche stand ein brusthoher Brunnen, aus dessen Spitze in einem kreisförmigen Fächer das Wasser in das Becken fiel. Einige Vögel nutzten den Brunnen zum Waschen, und Nils schaute oft hinaus während der Sprechstunden und beobachtete das rege Treiben am Wasserbad.

Das Wartezimmer war ein schmaler Flur mit einer Couch, von

der man durch das einzige Fenster nach vorn in den Vorgarten schaute. Da merkwürdigerweise keine Zeitschriften auslagen, starrte Nils die meiste Zeit über auf die abstrakten Bilder an den Wänden. Elke kannte sicherlich den Künstler, für Nils war das jedoch nichts weiter als »wilde Malerei«, und jedes Mal sah er etwas Neues darin, was vielleicht ja auch die Intention des Künstlers gewesen sein mochte.

Lange warten brauchte man nie, und eine weitere Merkwürdigkeit war, dass nie ein Patient vor ihnen aus der Praxis kam. Immer wenn Dr. Mantell seine Tür öffnete, war er allein. Nils hatte schon vermutet, dass er seine anderen Patienten durch die Terrassentür entließ. Bei ihnen war das allerdings noch nie der Fall gewesen. Und auch wenn sie fertig waren, saß nie jemand im Wartezimmer. Wir sind bestimmt seine einzigen Patienten, dachte Nils, der einer rot-schwarzen Linie auf dem Bild links neben dem Fenster folgte und den Kopf dabei schief legte.

Die Tür öffnete sich, und Mantell erschien. Er hatte fast schulterlanges schwarzes Haar, das von einem Mittelscheitel geteilt wurde und locker über seine Ohren fiel. Wie immer trug er ein weißes Leinenhemd zu schwarzen Leinenhosen und an den Füßen schwarze Clogs.

»Bitte«, sagte er nur, verschwand wieder und ließ die Tür offen stehen.

Nils und Elke wechselten einen belustigten Blick und folgten ihm ins Sprechzimmer.

Die linke Ecke des Raumes war mit einem Bücherregal versehen, in dem neben einer Reihe von Büchern auch kleinere Statuen und Gefäße standen. Mantells Schreibtisch war geformt wie eine Nierenschale und aus einem Nils nicht bekannten Holz gefertigt. Der helle Parkettboden, ebenfalls Echtholz, machte einen sehr teuren Eindruck.

Mantell nahm mit dem Rücken zum Schreibtisch auf einem rollbaren Hocker Platz, setzte seine Brille auf und blickte die beiden durch das dicke schwarze Gestell freundlich an.

»Guten Morgen, habt ihr eine gute Überfahrt gehabt?«, fragte er. Er sprach ohne friesischen Akzent, hatte die beiden aber von Anfang an geduzt, wie es hier üblich war.

»Alles wunderbar«, meinte Nils und setzte sich gleichzeitig mit seiner Frau auf die zwei Holzsessel vor dem Schreibtisch. Die Rückenlehnen waren leicht nach hinten gekippt, sodass Nils immer das Gefühl bekam, auf einem Liegestuhl zu sitzen. Die weißen Auflagen verstärkten den Eindruck noch. Wahrscheinlich sollte diese Sitzposition die Patienten entspannen.

Mantell saß kerzengerade mit akkurat angewinkelten, leicht gespreizten Beinen da und legte seine Hände auf den Knien ab. Er lächelte und blinzelte ganz entspannt, während er tief ausatmete. Nils ertappte sich dabei, wie er es ihm gleichtat.

»Elke und Nils«, sagte Dr. Mantell.

Die beiden sahen sich irritiert an. Der Beginn jeder Sprechstunde verlief für sie recht ungewohnt. Frau Klages, ihre alte Therapeutin, war eine lustige, aufgeschlossene und redefreudige Person gewesen. Mantell hingegen verlor nie ein Wort zu viel. Er wartete darauf, dass sie den Anfang machten, ohne das jemals geäußert zu haben.

»Also …«, begann Elke, »wir sind gerade dabei, über unsere Zukunft nachzudenken.«

Mantell sagte nichts, er starrte sie nur unverändert an und wartete.

»Ich habe seit Längerem den Wunsch, wieder arbeiten zu gehen«, erklärte Elke. »In einer Kunstgalerie oder einem Museum.«

»Kunst?«, fragte er, und seine dichten Augenbrauen hoben sich über den Rand seiner Brille.

»Ja, ich habe Kunstgeschichte studiert, aber nie angefangen, in dem Beruf zu arbeiten. Anna ist jetzt aus dem Haus, sie geht hier zu Schule, und ich bin allein, wenn Nils arbeitet.«

Mantell blickte zu Nils.

»Ich unterstütze das«, sagte Nils. »Ich finde die Idee großartig.«

»Na ja, großartig ist wohl etwas zu hoch gegriffen«, meinte Elke.

»Doch. Großartig«, beharrte Nils.

»Aber du hast doch einige Bedenken, vielleicht erwähnst du die auch mal.«

Nils wollte sich aufrichten, doch in dem Stuhl ging das einfach nicht. Also entspannte er sich wieder. »Es geht doch nur darum, was wir uns finanziell und zeitlich leisten können. Mehr nicht.«

»Was bedeutet, dass ich auf der Insel bleiben soll.«

»Nein, das habe ich nie gesagt«, sagte Nils fröhlich. Früher hätte ihn diese Art der Unterhaltung bereits nach kürzester Zeit zur Weißglut gebracht, jetzt war das anders.

Mantell richtete seinen Blick nun wieder auf Elke. Sein Lächeln blieb wie eingemeißelt auf seinen Lippen.

»Als Neueinsteigerin und in meinem Alter kann ich nicht gleich irgendwelche Anforderungen stellen, was meine Arbeitszeit betrifft. Dann stellt mich niemand ein.« Elke machte eine Pause und rieb sich über einen Daumennagel.

Nils sah den Therapeuten an und musste grinsen. Vielleicht ist er nur ein Betrüger, dachte er, irgendein Kerl, der keine Ahnung hatte, was er mit seinem Leben anfangen sollte, sich ein Zimmer baute, eine Verkleidung kaufte und sich ein Schild mit der Aufschrift »Lebensberatung« in den Garten stellte. Wenn Nils sich hier umsah, konnte er auch keine Urkunden, Abschlüsse oder Zertifikate erkennen.

»Ich hab doch schon Bewerbungen geschrieben und mit einigen Leuten gesprochen«, fuhr Elke fort. »Halbtags oder nur für eine halbe Woche, so wie Nils sich das vorstellt, funktioniert es einfach nicht. Da ruft keiner zurück, die streichen mich sofort von der Liste.«

»Was ist dein Wunsch?«, fragte Mantell und sah Elke eindringlich an.

»Ich …« Auch sie wollte sich vorbeugen oder zumindest nach vorn rutschen, ließ sich aber wieder gegen die Lehne fallen. »Ich möchte am liebsten im Museum auf Föhr arbeiten. Da kann ich jeden Morgen hinfahren und bin nah bei Anna und bei Nils. Aber ich weiß, dass dort momentan keine Stellen frei sind, und ich will nicht ewig darauf warten. Andere Möglichkeiten wären in Flensburg oder Hamburg in einer Galerie oder einem Museum. Aber die Anfahrt ist einfach mörderisch.«

Mantell sah Nils an, die Erteilung einer Redeerlaubnis.

»Die einzige Alternative wäre eine zweite Wohnung. Aber das können wir uns nicht leisten, schon gar nicht in Hamburg«, sagte Nils und hob entschuldigend die Hände.

»Ich könnte in einer WG unterkommen, nur ein Zimmer, mehr bräuchte ich nicht«, hielt Elke dagegen.

Mantell pochte mit dem Zeigefinger zweimal auf sein Knie. »Gesetzt den Fall, du bekämst eine Stelle in Hamburg. Wäre es denkbar, dass ihr alle dorthin zieht?«

Elke und Nils sahen sich mit großen Augen an. Diese Möglichkeit hatten sie noch nie in Betracht gezogen. Nicht weil es für Nils nicht denkbar war, seiner Frau aus beruflichen Gründen zu folgen, sondern weil es für beide undenkbar war, nicht auf Amrum zu leben. Elke schluckte.

»Nein, von der Insel wollen wir nicht weg«, sagte sie matt. »Oder?« Sie sah Nils forschend an.

»Nein.«

»Gut, das wäre geklärt«, meinte Mantell und wandte sich wieder Nils zu. »Und für dich, Nils, liegt es nur am Finanziellen?«

Nils fühlte sich ertappt. Wenn er ehrlich war, gab es auch noch einen zweiten Grund. Er spürte Elkes Blick auf seiner rechten Seite. »Ich … wir haben uns gerade wieder zusammengerauft und beginnen unser Leben neu. Ich möchte Elke so oft wie möglich um mich haben. Die Trennung war schrecklich. Wenn wir jetzt eine Wochenendbeziehung führen würden … das könnte ich sicherlich aushalten, aber eben nur aushalten.«

Er fühlte, wie Hitze in ihm hochstieg.

»Aber Elkes Verwirklichungswunsch verstehst du?«, hakte Mantell nach.

»Sicher, ich weiß auch, dass das so sein muss.«

»Hast du Angst, allein zu sein? Meinst du, das würde dich in eine Krise stürzen? Ihr habt erwähnt, dass du Alkoholiker warst.«

Ein Lächeln umspielte Nils' Mundwinkel. »Nein, das ist zum Glück vorbei«, antwortete er.

»Warst du in Therapie?«

»Nein, ich hatte eine Nahtoderfahrung und bin seitdem trocken«, sagte er freiheraus. Er sah keinen Sinn darin, lange um den heißen Brei herumzureden.

Mantell stutzte und blinzelte hinter seiner Brille. »Das hab ich nun aber auch noch nie gehört.«

»Ist eine lange Geschichte.« Nils überlegte, wie viel er Mantell davon erzählen musste, um mit dieser Eheberatung Erfolg zu haben. »Ich fand heraus«, begann er, »dass mein Vater nicht mein leiblicher Vater war und dass eine vermisste Touristin, nach der ich suchte, eigentlich mich gesucht hatte. Mein nicht leiblicher Vater wollte sich umbringen und sprang ins Meer. Ich sprang hinterher und wäre fast ertrunken. In dem Moment hatte ich eine Nahtoderfahrung, die mein komplettes Leben verändert hat.«

Mantells verwunderter Blick wanderte zu Elke.

»Ja, er ist zwar immer noch derselbe, aber unglaublich positiv seitdem. Ich glaube, er hat seinen Frieden gefunden.« Sie lachte auf. »Oh Gott, das klingt, als sei er tot. Aber nein, er ist sehr lebendig.« Sie streckte ihre Hand nach Nils aus und legte sie auf seinen Arm.

»Also wärst auch du nicht glücklich, wenn ihr die Woche über getrennt lebtet?«

»Nein«, sagte Elke, »natürlich nicht. Aber ich bin allein zu Hause, wenn Nils arbeitet. Anna kommt nur an den Wochenenden, und ich habe nichts zu tun. Ich brauche etwas zu tun.«

»Was wäre demnach die beste Lösung?«, fragte Mantell.

Elke überlegte etwas irritiert. »Ich … ich …« Sie blickte hilfesuchend in Mantells Gesicht. Der hob zum ersten Mal seinen Arm und deutete auf Nils. Elke wandte sich ihrem Mann zu. »Ich … wir könnten … keine Ahnung.« Sie lachte verunsichert.

»Doch, du weißt es«, meinte Mantell.

»Ich suche etwas, was näher dran ist, oder ich gehe nur für drei Tage …«

»Oder du eröffnest selbst eine Galerie«, schlug Nils vor. »Vielleicht sogar eine Online-Galerie«, fügte er hinzu.

»Ich würde sagen, wir beenden die Sitzung für heute.« Mantell stand zufrieden auf.

Nils blickte auf die Uhr. Sie hatten noch gut zwanzig Minuten.

»Es ist die perfekte Zeit zum Aufhören«, erklärte Mantell, der anscheinend Nils' Gedanken gelesen hatte. »So einen Punkt darf man nicht aufgeben.«

»Okay«, sagte Nils, nicht vollständig überzeugt, aber durchaus mit einem positiven Gefühl im Bauch. Er verspürte den Drang, noch weitere Ideen mit Elke zu sammeln. Das war bereits ein Fortschritt, denn in den letzten Tagen hatten sie das Thema mit Absicht unter den Teppich gekehrt.

Hand in Hand verließen sie das Sprechzimmer.

»Dann bis nächste Woche. Diesmal am Montag«, sagte Mantell, der an der Tür stehen blieb.

»Darf ich noch eine Frage stellen?«, bat Nils.

»Sicher.«

»Warum begegnen wir hier nie anderen Patienten?«

»Weil ich zwischen den Terminen immer eine halbe Stunde Leerlauf lasse, damit genau das nicht passiert. Diskretion, Nils.« Er nahm seine Brille ab und zwinkerte humorlos.

»Alles klar«, erwiderte Nils.

Elke schmunzelte und zog Nils am Arm aus der Praxis.

»Ich werd aus dem Kerl nicht schlau«, sagte Nils auf dem Weg zu den Borgens, bei denen Anna unter der Woche lebte. Stine und Peer Borgen waren ungefähr im selben Alter wie sie und hatten auch eine Tochter. Als Anna damals auf das Gymnasium wechselte, hatten die beiden von sich aus bei ihnen angerufen und den Vorschlag gemacht, Anna aufzunehmen. Nils und Elke bezahlten den Borgens monatlich einen kleinen Betrag für Kost und Logis, obwohl Stine das sofort abgelehnt hatte. Sie meinte, es würde keinen Unterschied machen, ob sie nun für ein oder zwei Kinder kochte, und im Haus sei genug Platz, sie müssten nichts verändern, alles sei vorhanden und Anna immer willkommen. Peer sah das genauso wie seine Frau, doch in einem Gespräch unter Männern hatten er und Nils sich auf einen kleinen Obolus geeinigt und das Ganze mit einem Bier besiegelt. Die Borgens wohnten kaum fünf Minuten von Dr. Mantells Praxis entfernt, und Nils und Elke schlenderten Arm in Arm durch das Wohngebiet.

»Er sieht aus wie ein Guru«, sagte Elke lachend, »und eigentlich macht er nichts, aber trotzdem kommen wir irgendwie weiter.«

»Ja, er ist entweder ein großer Könner oder ein ebenso großer Betrüger.« Nils überlegte, ob er das Thema noch mal auf Elkes Arbeitssuche lenken sollte.

»Meintest du das ernst vorhin mit der Online-Galerie?«, kam Elke ihm zuvor.

»Schon, ja. Ich weiß zwar nicht, wie das funktionieren könnte, aber das geht bestimmt. Anstatt eines Ausstellungsraums müsstest du alles virtuell machen.«

»Ich hab nur keine Ahnung davon.«

»Ich bin sicher, dass du es lernst.«

»Trotzdem würde ich gern noch den Vorstellungstermin in Hamburg wahrnehmen«, sagte sie mit leiser Stimme.

»Natürlich machst du das. Und auf Föhr kannst du ja einfach mal anfragen.«

»Wirklich?«

Sie waren am Grundstück der Borgens angekommen und standen vor dem kleinen Gartentor. Nils sah seiner Frau in die Augen. »Wirklich.«

»Du hast mir nie gesagt, dass du mich vermissen wirst.«

»Ich dachte, du wüsstest das.«

Sie lächelte. »Aber es ist schön, das zu hören.«

»Es ist auch schön, dich nicht vermissen zu müssen«, sagte Nils und küsste sie.

»Du willst mich bestechen«, murmelte sie, während ihre Lippen noch aufeinandergepresst waren.

»Mit allem, was ich hab.«

Sie schlangen die Arme umeinander.

»He, ihr beiden Turteltäubchen, macht das gefälligst zu Hause«, hörten sie jemanden rufen und sahen Peer in der Haustür stehen. Ihm gehörten ein Fahrradverleih und zwei Häuser, die er vermietete. Mittags war er so gut wie immer zu Hause. Stine kümmerte sich um die Vermietung der Häuser, er um den Fahrradladen.

»Kinder machen einem nur die Beziehung kaputt«, rief Nils ihm entgegen. »Jetzt, wo ihr unsere Tochter habt, kommt das Feuer wieder.«

Sie umarmten sich und gingen ins Haus, wo es verlockend duftete.

»Sind die Mädels schon zu Haus?«, fragte Elke.

»Nee, die lassen sich wieder Zeit. Aber es klingelt auch erst in zehn Minuten«, sagte Peer mit einem Blick auf seine Armbanduhr.

»Stimmt, wir wurden heute früher entlassen.«

»Essen dauert auch noch«, meinte Peer, als seine Frau aus der Küche kam und die beiden begrüßte.

»Ja, holt sie doch ab«, schlug Stine vor.

»Ihr könnt unsere Räder nehmen«, ergänzte Peer und band sich eine Schürze um.

Das ließen sich die beiden nicht zweimal sagen und radelten den kurzen Weg zur Schule der Insel. Die lag, mit etwas Abstand zur Straße, versteckt hinter mannshohen Büschen und einigen Bäumen. Man konnte leicht daran vorbeifahren. Lediglich zwei Einfahrten führten vor das weiße bunkerartige Betongebäude, wo sich die »Abholzone« für Busse und Eltern und ein Parkplatz befanden. Die Klingel, die das Ende der sechsten Stunde ankündigte, hatte bereits geschellt, als Nils und Elke auf den Vorplatz rollten. Die Eingangstür flog auf, und die Masse der Kinder ergoss sich aus dem Eingang.

»Da sind sie«, sagte Elke und winkte den beiden Mädchen zu.

Anna erblickte sie, und man sah sofort, dass sie nicht sehr glücklich war, ihre Eltern hier anzutreffen.

»Na, hätten wir nicht kommen sollen?«, rief Elke, als die beiden zögerlich auf sie zukamen. »Sind wir dir peinlich?«

»Nein, nein, schon gut.« Anna warf einen verstohlenen Blick über die Schulter zurück.

»Hallo erst mal«, sagte Nils und umarmte sie und auch Lina.

Als Elke ihre Tochter in den Arm nahm, erkannte sie hinter den Mädchen den Schulleiter, der sich ihnen mit ernster Miene näherte.

»Frau Petersen, gut, dass ich Sie hier treffe.«

Nils sah die beiden Mädchen einen ängstlichen Blick tauschen, während ihre Schultern kraftlos nach unten sanken.

»Herr Petersen«, grüßte der Schulleiter und reichte Nils die Hand.

»Moin, Herr Senkbiel. Was gibt's denn?«

Herr Senkbiel war von großer Gestalt und hatte schlohweißes Haar, obwohl er die fünfzig gerade erst überschritten hatte. Sein kurz geschorener Vollbart und seine Augenbrauen jedoch waren vollkommen schwarz, sodass sich Nils immer fragte, ob er ausgerechnet diese Haarpracht färbte. Mit einem kühlen Blick auf die beiden Mädchen sagte er: »Hätten Sie fünf Minuten Zeit? Dann erklär ich es Ihnen. In meinem Büro.«

»Ja, natürlich«, entgegnete Nils leicht verunsichert.

»Können wir schon nach Hause fahren?«, wollte Lina kleinlaut wissen. Anna stierte nur auf den Boden.

»Macht mal. Wir kommen gleich nach«, sagte Elke mit einer gewissen Strenge in der Stimme, denn dass dies kein angenehmes Gespräch werden würde, war mehr als offensichtlich.

Sie folgten dem Schulleiter in das Gebäude und bis in sein kleines Büro. Er bot ihnen einen Platz vor seinem Schreibtisch an und ließ sich in seinen Sessel fallen, schnellte aber sogleich wieder vor und rückte energisch an die Tischkante, stellte seine Ellbogen ab und faltete die Hände, während er mit einem unheilvollen Zischen einatmete. Sein dunkelblauer Anzug wölbte sich an den Schulterpolstern bis zu seinen großen Ohren auf. »Nun, es geht, wie Sie sich denken können, um Ihre Tochter Anna«, läutete er das Problemgespräch ein. »Es gab leider einen Zwischenfall, dessentwegen ich Sie ohnehin kontaktiert hätte, aber da Sie nun schon mal hier sind …«

Elkes Fuß wippte nervös auf und ab.

»Ihre Tochter hat heute im Kunstunterricht von Frau Schreiber beziehungsweise kurz vor Beginn der Stunde die ungute Idee gehabt, sich aus dem Unterricht zu entfernen. Sie stieg aus dem Fenster und entfernte sich vom Schulgelände.«

Nils und Elke sahen sich erstaunt an, und Nils musste sich ein leichtes Schmunzeln verkneifen.

»Als Frau Schreiber den Klassenraum betrat und das Fehlen Ihrer Tochter bemerkte, sprach sie Lina an, die vorgab, Anna sei schlecht geworden, und sie habe daher die Schule verlassen. Die Übelkeit sei so schnell gekommen, dass sie nicht mehr selbst Bescheid geben konnte.«

Senkbiel ließ seine Hände sinken und blickte ernstlich besorgt zu Nils und Elke.

»Zum Glück«, fuhr er etwas lauter fort, »wurde der Hausmeister Zeuge des Entwischens Ihrer Tochter und meldete mir den Vorfall.« Beinahe vorwurfsvoll presste er die Lippen zusammen, sodass sich unter seinem Bart zwei tiefe Falten bildeten. »Ich habe bereits mit Frau Schreiber gesprochen, die sehr enttäuscht ist und auch etwas entsetzt über die Dreistigkeit. Ihre Tochter hat gleich gegen mehrere Punkte der Schulordnung verstoßen, und ich sehe mich gezwungen, eine schriftliche Verwarnung auszustellen.« Er pausierte, zuckte mit dem Mundwinkel und lehnte sich im Stuhl zurück.

»Das äh … tut uns natürlich leid«, begann Elke stockend, »und wir entschuldigen uns für Annas Verhalten.«

»Ich meine außerdem«, sagte Senkbiel, »dass eine Entschuldigung Ihrer Tochter bei Frau Schreiber wohl das Mindeste ist, was sie nach dieser unschönen Angelegenheit tun kann.«

»Natürlich«, erwiderte Elke. »Das macht sie ganz sicher.«

»Ich verstehe, dass Kinder im pubertären Alter, noch dazu getrennt von ihrer Familie, es nicht immer leicht haben. Aber ich möchte Sie doch bitten, an dieser Stelle erzieherisch auf Ihre Tochter einzuwirken, damit sich das nicht wiederholt.«

»Wir werden mit ihr sprechen«, sagte Nils, und es war deutlich zu hören, dass ihm das Gespräch nicht behagte und er es so schnell wie möglich beenden wollte.

»Sollten wir vielleicht auch noch mit Frau Schreiber sprechen?«, fragte Elke.

»Nein, das fände ich eine höchst unpassende Maßnahme.«

»Ach ja?« Elke schaute verwundert.

»Dann bleibt für mich nichts weiter zu sagen, als dass der Brief Sie in den nächsten Tagen erreichen wird«, sagte Senkbiel und stand auf.

»Wir freuen uns immer über Post.« Nils erhob sich ebenfalls und reichte Senkbiel lächelnd die Hand. Der verzog keine Miene und griff nur ungern zu, das spürte Nils.

»Auf Wiedersehen.«

Sie verließen das Büro, verabschiedeten sich von der Sekretärin im Vorzimmer und schlossen die Tür hinter sich. Draußen fuhr Nils sich fassungslos durch die Haare. »Was war das denn?«, flüsterte er seiner Frau zu.

Elke versteckte ein Lächeln hinter ihrer Hand und schob Nils den Flur hinunter.

»Ich dachte schon, sie hätte eine automatische Pistole mit in die Schule gebracht oder so was«, platzte es in der Pausenhalle aus Nils heraus.

»Er ist halt ein sehr besorgter Schulleiter«, raunte Elke ihm ins Ohr und blieb plötzlich stehen. Aus einer Tür am anderen Ende der Halle kam Frau Schreiber auf sie zu. »Scheiße, und jetzt?«, flüsterte Elke tonlos.

»Er kann uns ja nicht verbieten, mit ihr zu reden«, sagte Nils in normaler Lautstärke und ging auf die Lehrerin zu. Sie war eine groß gewachsene, sportliche Frau Anfang fünfzig. In ihren hohen Schuhen überragte sie Nils um ein paar Zentimeter. Sie trug ein Baumwollkleid über blauen Jeans.

»Die Petersens, hallo«, begrüßte sie die beiden. »Kommen Sie gerade aus der Höhle des Löwen?«

Nils und Elke lachten, als sie sich die Hände schüttelten.

»Ja, wir haben von dem Vorfall gehört, und es ist uns auch sehr peinlich …«

»Ach«, wiegelte Frau Schreiber ab und senkte konspirativ ihre Stimme, »der Direx nimmt das viel zu ernst. Sie kennen ihn ja. Kinder machen so was, da ist Anna nicht die Erste. Nur blöd, dass sie sich von Herrn Bracke hat erwischen lassen.«

Nils und Elke fiel ein Stein vom Herzen, dass Frau Schreiber die Sache so unberührt aufnahm.

»Trotzdem wird sie sich bei Ihnen entschuldigen«, sagte Nils.

»Ich lege da keinen Wert drauf. Ich bin nicht persönlich beleidigt, wenn eine Schülerin schwänzt. Herrje, haben wir das nicht alle mal gemacht?«

Elke warf Nils einen scharfen Blick von der Seite zu. »Ja, ich weiß schon, von wem sie das hat.«

»So, so.« Frau Schreiber lächelte und strich sich eine Haarsträhne aus dem Gesicht. »Na ja, jedenfalls ist die Sache für mich erledigt. Natürlich muss ich einen Eintrag ins Klassenbuch machen, aber damit hat es sich dann auch schon. Anna ist ein liebes Mädchen. Wissen Sie, bei den meisten Kindern weiß man gleich von Anfang an, wie sie so ticken. Und Ihre Anna ist schwer in Ordnung.«

»Vielen Dank«, sagte Elke dankbar.

Sie verabschiedeten sich, und Frau Schreiber stieg draußen in ihr Auto, während Nils und Elke sich auf die Räder schwangen und zurück zu den Borgens fuhren.

»Sie sieht echt toll aus«, sagte Elke bewundernd.

»Wer?«

»Frau Schreiber. Sie ist immer sehr gepflegt und gut angezogen. Eine feine Frau.«

»Sie ist 'ne bodenständige Type und überhaupt nicht eingebildet, das mag ich.«

»Aber Senkbiel ... gut, dass Anna ihn nicht im Unterricht hat«, meinte Elke erleichtert.

»Noch nicht ...«, gab Nils zu bedenken und machte bedrohlich große Augen.

»Hör auf!« Sie lachte und schlug ihn auf den Arm.

Am Mittagessenstisch saß Anna wie ein Häufchen Elend auf ihrem Platz, den Kopf gesenkt und sich ganz vorsichtig bewegend. Nils und Elke ließen sie und auch Lina bewusst ein bisschen leiden und schwiegen, bis alle etwas zu essen auf dem Teller hatten.

»Guten Appetit«, wünschte Stine und merkte, dass die Stimmung irgendwie getrübt war. »Ist was?«, fragte sie.

»Die Mädchen hatten heute einen sehr ... aufregenden Tag in der Schule«, erklärte Nils heiter.

»Ach ja?«, fragte Peer.

Beide Mädchen ließen die Köpfe hängen, sodass man nur ihre Scheitel sehen konnte.

»Anna?« Elke wartete, bis ihre Tochter sie anschaute. »Das war ziemlich dämlich von dir. Herr Senkbiel wird uns einen Brief schicken, und du sollst dich bei Frau Schreiber entschuldigen, die dir das übrigens nicht im Geringsten krummnimmt. Wir haben sie vorhin zufällig getroffen.«

»Was ist denn überhaupt passiert?«, fragte Stine ungeduldig. Elke gab das Wort mit einer auffordernden Geste an Anna weiter.

»Wir haben ... ich hatte heute keine Lust auf Kunst, weil wir da so 'n blödes Druckverfahren machen, was ich nicht kann, und da bin ich aus dem Fenster geklettert, kurz bevor Frau Schreiber in die Klasse kam.«

Stines und Peers Augenbrauen hüpften nach oben.

»Und ich hab gesagt, dass Anna schlecht geworden und sie nach Hause gefahren ist«, gab Lina kleinlaut an.

»Aha«, meinte Peer nur.

»Hat Frau Schreiber dir das denn nicht geglaubt?«, fragte Stine.

»Doch, aber der Hausmeister hat Anna gesehen.«

Peer lachte laut auf. »Tja, so kann's laufen.«

Peer musste so lachen, dass die anderen am Tisch nicht mehr an sich halten konnten und mit einstimmten. Sogar Anna und Lina lachten vorsichtig und mit verschämten Blicken, die sie sich verstohlen zuwarfen.

»Aber Frau Schreiber muss noch eine Entschuldigung bekommen«, erinnerte Nils seine Tochter.

»Oh Gott, wie soll ich der nur jemals wieder unter die Augen treten?«

»Das ist ganz allein dein Problem«, stellte Nils fest. »Die Suppe musst du selbst auslöffeln.«

»Guten Appetit«, sagte Stine erneut.

Nach dem Essen fuhren Nils, Elke und Anna mit dem Fahrrad nach Nieblum. Nils hatte die Reaktion seiner Tochter auf den Vorschlag ganz richtig eingeschätzt, doch heute nahm sie die Entscheidung einfach in Kauf, weil sie durch ihre Unterrichtsflucht in keiner guten Position war, gegen ihre Eltern aufzubegehren. Stumm und missmutig radelte sie hinter ihnen her, bis sie sich in dem Café müde auf einen Stuhl plumpsen ließ. Erst als der Erdbeerkuchen mit einer riesigen Sahnehaube vor ihr stand, besserte sich ihre Laune.

»Wie läuft's denn so in der Schule?«, fragte Elke versöhnlich. »Ich meine, so ganz allgemein.«

»Gut«, antwortete Anna und steckte sich einen großen Bissen Kuchen in den Mund.

»Und Mathe? Kommst du mit? Letztes Mal warst du so unglücklich. Wir können uns ja auch um eine Nachhilfe bemühen.«

Anna ließ die Gabel auf den Teller fallen. »Oh Mama, ich … ich komme klar, okay? Ich will keine Nachhilfe«, sagte sie genervt. »Ich will in einem Stück mitspielen.«

»Einem Stück?«, fragte Nils interessiert.

»Ja, Theater«, erklärte sie. »›Was ihr wollt‹. Ich bin die Viola.«

»Was will ich denn?«

»Nein, ›Was ihr wollt‹ von Shakespeare. Ich bin eine Frau, die sich als Mann verkleidet und in einen Mann verliebt.«

»Aha«, sagte Nils erstaunt.

»Das ist lustig, Papa. Eine Komödie! Melissa ist die Olivia.«

»Klingt witzig«, meinte Elke und schmunzelte amüsiert.

»Ja, und ich brauch ein Kostüm, Mama. Kannst du eins nähen?«

»Nähen?«, fragte Elke entsetzt.

»Machst du das bitte?« Anna setzte ihren Hundeblick auf.

»Schatz, ich hab im Moment keine Zeit dafür.«

»Mama will doch wieder arbeiten«, sagte Nils. »Sie hat jetzt bald ein paar Gespräche und muss Bewerbungen schreiben.«

Anna sank enttäuscht in ihren Stuhl zurück.

»Aber wir können doch eins kaufen«, schlug Elke vor, um sie aufzumuntern.

»Na schön«, murmelte sie.

»Wann ist das Stück denn zu sehen?«, wollte Nils wissen.

»Am letzten Schultag vor den Weihnachtsferien. Da machen wir einen Basar, und unsere Klasse führt das Stück auf. In Kunst machen wir auch die Bühnenbilder dazu.«

»Das klingt spannend.«

»Und ihr spielt das ganze Stück?«, fragte Nils.

»Nein, wir haben es gekürzt«, sagte Anna lächelnd.

»Sehr gut«, lobte Nils. »Wer hat es denn umgeschrieben?«

»Wir mit Herrn Kieslow zusammen. Jeder durfte Vorschläge machen, und Herr Kieslow hat's dann notiert.«

Sie saßen noch eine halbe Stunde in dem Café, bis eine Windbö einen Wetterwechsel ankündigte und sie den Rückweg antraten.

Kaum waren sie im Hause der Borgens angekommen, begann es wie aus Kübeln zu schütten.

»Bleibt ihr noch zum Abendessen?«, fragte Peer.

»Nein, nein, wir haben noch was zu tun«, lehnte Nils die Einladung ab.

Als Anna zu Lina nach oben ging, nahm Elke Stine einen Moment beiseite. Sie zogen sich in die Küche zurück, und Elke lehnte die Tür an. Stine blickte sie besorgt an.

»Was ist?«

»Ich wollte mal mit dir über Anna reden«, sagte Elke mit gesenkter Stimme. »Sie und Lina kommen doch jetzt in die Pubertät. Und Anna hat sich in den letzten Wochen ziemlich entwickelt.

Sie hat schon so Ansätze hier bekommen.« Elke griff sich unter ihre Brüste. Stine musste grinsen.

»Ach so, ja. Stimmt.«

»Wir haben zwar über alles geredet, was so auf sie zukommt, aber jetzt ist sie bei euch die Woche über, und ich denke, dass ich eigentlich bei ihr sein müsste.«

»Mach dir mal keine Sorgen«, beruhigte Stine sie. »Sie sind ja zu zweit, und ich bin auch noch da.«

»Hat sie schon ihre Tage gehabt?«, flüsterte Elke und kam noch näher.

Stine nickte.

Elke legte die Hand vor den Mund. »Das hat sie gar nicht erzählt.«

»Während ihr Kuchen esst?«, fragte Stine.

Elke kamen die Tränen, und Stine streichelte ihr tröstend über die Schultern.

»Ich bin eine schlechte Mutter.«

»Red keinen Quatsch.«

»Ich bin nicht da für meine Tochter, sie ist ganz allein.«

»Willst du mich jetzt beleidigen?«

»Nein, aber ich kann das nicht alles dir überlassen.«

»Am Wochenende kommt sie zu euch, dann könnt ihr ein wunderbares Gespräch unter Frauen miteinander führen. Elke, es ist alles bestens. Sie und Lina machen das gemeinsam durch. Und sie werden beide unausstehlich, wenn sie ihre Tage haben. Da willst du nicht in der Nähe sein. Gott, hoffentlich bin ich nicht auch so. Armer Peer.«

Elke lachte.

»Was macht ihr beide da?«, kam die Stimme von Peer aus dem Flur.

»Wir trinken schnell noch 'ne Flasche Sekt!«, rief Stine lauthals zurück.

Nachdem sie sich verabschiedet hatten, brachte Peer die beiden mit dem Wagen zum Hafen. Elke verspürte einen Druck auf dem Herzen, als das Schiff von der Mole ablegte. Sie hatte das Gefühl, ihre Tochter alleinzulassen, und gab sich alle Mühe, die Tränen zurückzuhalten.

Nils umarmte sie von hinten und drückte seine Lippen an ihr Ohr. »Sie ist dort gut aufgehoben«, flüsterte er, »und wir können jederzeit zu ihr rüberfahren.«

Elke nickte und drückte ihren Kopf gegen seinen.

2

Christina Wagner fuhr mit ihrem kleinen roten Fiat 500 die Hamburger Straße hinunter in Richtung Innenstadt. Sie passierte das Stadion zu ihrer Linken und fuhr langsam auf eine rote Ampel zu. Im Radio des Fiat steckte ein blinkender USB-Stick mit Musik, und »Sugar« von Robin Schulz schallte aus den Lautsprechern. Den Wagen hatte sie sich vor knapp elf Monaten geleistet, nachdem sie ein paar Jahre dafür hatte sparen müssen. Wenn sie sich ihr Wunschauto kaufte, wollte sie den vollen Betrag bezahlen können, keine Raten, kein Leasing, keine Anzahlung und dergleichen. Vielleicht war diese Einstellung ein wenig paradox, wo sie doch in einer Bank arbeitete und ihren Kunden Kredite verkaufte, aber sie machte eben nicht gern Schulden.

Sie war ein praktisches Mädchen, so hatte sie sich jedenfalls immer selbst gesehen, jemand, der die Dinge realistisch sah und jedes Problem anpacken konnte. Sie war keine Tussi, die ihr Leben nur nach Handtäschchen, Schminktipps und Klamotten ausrichtete. Als Frau fühlte sie sich dennoch nicht. Noch nicht. Frau klang in ihren Ohren nicht zu reif, aber zu alt für sie. Mit ihren vierundzwanzig Jahren war sie noch jung. Nach der Schule hatte sie mit achtzehn ihre Bankausbildung begonnen und zügig durchgezogen.

Wenn sie so an diese Zeit zurückdachte, fiel ihr auf, dass Männer eigentlich nie eine wichtige Rolle gespielt hatten in ihrem Leben. In der Schule hatte sie einen Freund gehabt. Während der Ausbildung hatte ihr keiner der Mitstreiter gefallen, sie hatte sich nur hin und wieder mal mit Männern aus Zufallsbekanntschaften oder von Partys ihrer Freundinnen getroffen. Inzwischen waren alle ihre Freundinnen aus Braunschweig weggezogen. Sie war die Einzige, die geblieben war, soweit sie wusste, und der Kontakt war allmählich eingeschlafen. Wenn sie von der Arbeit nach Hause kam, war sie oft für sich allein, las, ging spazieren oder laufen, eine Leidenschaft, die sie erst in den letzten zwei Jahren für sich entdeckt hatte.

Auch die Männer in ihrer Filiale sagten ihr wenig zu. Jeder schien sich sehr für sich selbst zu interessieren, es ging in den Gesprächen, die man so in den Frühstücks- oder Mittagspausen führte, stets um Oberflächlichkeiten, um Handys, Computer, Autos. Dinge, die man sich kaufte und die zeigten, dass man jemand war und sich etwas leisten konnte. Das langweilte sie fürchterlich. Aber schlimmer noch waren diejenigen, die sich über die Verluste ihrer Kunden lustig machten, die von diesen Leuten sprachen, als wären sie Geldmaschinen, denen man Dinge aufschwatzen konnte, die sie nicht brauchten, Wertpapiere, von denen sie keine Ahnung hatten.

Wenn sie ehrlich war, fuhr sie schon seit fast einem Jahr jeden Morgen mit Magenschmerzen in die Filiale, was aber nicht allein an den sie langweilenden und teilweise abstoßenden Kollegen lag, sondern vielmehr an dem Leiter der Filiale, Sören König. Sören war ein Mann in den Vierzigern mit sich langsam lichtenden und bereits stark ergrauten Haaren, einem ovalen, spitz zulaufenden Gesicht und einer schlanken, recht sportlichen Figur. Zunächst hatte Christina ihn für den einzigen erträglichen Kerl in der Filiale gehalten, doch mit der Zeit hatte sich immer mehr herauskristallisiert, dass gerade er der schlimmste war. Er hatte so eine unschuldige, freundlich-gutlaunige Fassade und schien jeden um sich herum verstehen zu können oder zumindest verstehen zu wollen. Ein Chef, wie man ihn sich gewünscht hätte. Christina hatte wie keine andere Mitarbeiterin der Bank jedoch auch seine andere Seite kennengelernt. Sören war verheiratet, hatte zwei Kinder, spielte Tennis und Golf, er hatte einen großen Freundeskreis und war überall beliebt. Doch wenn sie allein waren, hatte er so eine unangenehm stille, schleichende Art an sich, die ihr Schauer über den Rücken jagte.

Sie hatte schnell bemerkt, dass er Interesse an ihr hatte, dass er sie attraktiv fand, was anfänglich auch ein wenig schmeichelhaft gewesen war. Seine Versuche, allein mit ihr im Raum zu sein, Dinge für sie zu tun, die kein anderer Chef für eine Mitarbeiterin getan hätte, hatten allerdings bald einen eher gegenteiligen Effekt. Eines Morgens hatte er ihren Schreibtisch aufgeräumt und gewischt. Eine Aktion, die Christina verwirrt hatte, und noch während sie sich über diese Säuberungsaktion wunderte, hatte er ihren Mülleimer geleert. Zu dem Zeitpunkt, es war ganz früh am

Morgen, waren sie allein in der Filiale gewesen, und Christina hätte schwören können, dass er das alles nur gemacht hatte, um einmal, beim Zurückstellen des Mülleimers, ihr Bein zu berühren. Sie war erschrocken zurückgesprungen. Sören hatte sich tausendmal entschuldigt und seine Stimme gesenkt, damit die ankommenden Kollegen nichts bemerkten. Seither hatte er mehrmals versucht, Christina nach Hause zu fahren, was sie jedes Mal mit dem Hinweis auf ihren eigenen Wagen ablehnte.

Zu ihrem Geburtstag und zu Weihnachten machte er ihr kleine Geschenke, und er bot ihr ständig an, freie Tage für sie einräumen zu können, wenn sie mal etwas Ruhe und Erholung brauchte. Christina wusste, dass sie mit ihrer Art, Kunden zu betreuen, nicht die erfolgreichste Mitarbeiterin war, ihre Boni waren immer die kleinsten. Doch Sören übte in den Mitarbeitergesprächen, die er regelmäßig führte, nie Kritik an ihr. Ganz im Gegenteil. Es hagelte Komplimente, wenn er von ihr sprach.

Die Ampel sprang auf Grün um, und die Autos vor ihr fuhren weiter, am neuen Schwimmbad der Stadt vorbei auf die große Baustelle zu. Baustellen gab es hier eigentlich überall. Christina hatte das Gefühl, die gesamte Stadt sollte ein Facelifting bekommen, und während der Operation hatte man bemerkt, dass man mit ein wenig Straffung hier und ein etwas Botox dort nicht mehr auskam. So wurde das Gesicht schlussendlich einer Komplettoperation unterzogen, und nur der liebe Herrgott wusste, wie es hinterher aussehen und ob sich die Stadt noch selbst erkennen würde. Morgens musste sie inzwischen eine halbe Stunde früher losfahren, um pünktlich bei der Arbeit zu sein.

Als sie es endlich geschafft hatte und mit ihrer Hängetasche über der Schulter den Vorplatz der Bank überquerte, der im Übrigen ebenfalls neu geliftet worden war, stand zu ihrer Erleichterung ein Kollege zusammen mit Sören vor der Tür. Timo Kronenthal unterhielt sich angeregt mit dem Chef. Der schloss derweil die Tür auf und stockte, als er Christina bemerkte.

»Guten Morgen«, rief er ihr entgegen.

»Guten Morgen«, sagte sie und schaute dabei nur Timo an, der fröhlich nickte und noch seine letzten Worte auf den Lippen trug: »... für neunundachtzig Euro zuzüglich Versandkosten.«

Er grinste selig und ergänzte: »Ich hab sofort drei Stück bestellt und zwei davon bei eBay für hundertzehn Tacken weiterverkauft. Es lohnt sich, wenn man da anruft und 'n bisschen durchschimmern lässt, dass man genauso viel oder mehr von der Sache versteht als der Verkäufer.«

»Prima, prima«, lobte Sören abwesend. Er ließ Christina mit einer galanten Armbewegung den Vortritt in die Filialräume.

Sie gingen in die Küche auf der rechten Seite eines kurzen dunklen Flures, in dem allerhand Kisten herumstanden, die zumeist mit Druckerpapier gefüllt waren, und von dem zwei weitere Türen zur Toilette und in den Hinterhof abgingen. Das Notausgangsschild über der letzten Tür war defekt, seit der Handwerker, der die Klimaanlage repariert hatte, mit dem Schraubschlüssel dagegengestoßen war. In der Küche deponierten sie ihre Lebensmittel im Kühlschrank. Als Christina den ersten Kaffee des Tages kochte, kamen zwei weitere Kollegen herein. Es war ein heißer, stickiger Tag, und alle waren froh, dass die Klimaanlage wieder funktionierte.

Die Kunden kamen heute recht schleppend in die Bank. Es war ein ruhiger Morgen, die üblichen Gesichter standen an den Tresen oder draußen im Vorraum an den Automaten. Christina hatte ihre Kaffeetasse neben dem Bildschirm abgestellt und bereitete ein Gespräch mit einer älteren Kundin vor, der sie vorgeschlagen hatte, das Konto zu wechseln, um weniger Gebühren zu zahlen. Die Dame kam überpünktlich, wie Christina es erwartet hatte.

Kurz vor der ersten Pause betrat ein Mann in Jeans und Lederblouson die Bank. Er trug eine Sonnenbrille, die er sich auf die sauber gescheitelten Haare schob, und sah sich suchend um. Ihre Kollegen waren alle beschäftigt oder im Gespräch, also stand Christina auf und kümmerte sich um den Kunden.

»Guten Morgen, wie kann ich Ihnen helfen?«, fragte sie.

Der Mann steckte beide Hände in die Hosentaschen und kam näher an den Tresen heran.

»Tja, also, ich würde gern ein Konto bei Ihnen eröffnen. Geht das?«

»Aber selbstverständlich«, antwortete Christina. Der Mann schaute sie nicht direkt an. Sein Blick glitt über ihre Schulter hinweg nach hinten, wo sich die Uhr und die Datumsanzeige befanden. Und die Überwachungskameras. »Sind Sie bereits Kunde bei uns?«

»Wie? Nein, nein. Ich … war bis jetzt woanders und wollte wechseln«, sagte er zerstreut und legte seine Hände auf den Tresen. Er hatte feingliedrige Finger wie ein Musiker und sehr kurze Daumennägel.

»Dann würde ich sagen, wir gehen an meinen Tisch dort drüben, da können wir alles in Ruhe abwickeln«, schlug Christina vor.

»Gut.«

Sie trafen sich hinter einem Aufsteller wieder, und Christina bot ihm den Stuhl vor ihrem Arbeitsplatz an.

»Möchten Sie etwas trinken, Herr …«

»Äh … Ludwig. Nein, nichts, danke. Oder doch, ein Glas Wasser, bitte.« Er leckte sich über seine trockenen Lippen und ließ sich in den Stuhl fallen.

Christina kam mit einem Glas Wasser zurück und setzte sich zu ihm. Sie glaubte erkennen zu können, dass er eine Perücke trug, während er den ersten Schluck nahm. Die Frisur sah zu exakt und das Haar zu dick und gleichmäßig aus. Vielleicht eine Krebserkrankung, aber dann wären auch seine Augenbrauen betroffen, die jedoch unbeeinträchtigt gewachsen waren.

»Es geht um ein Girokonto für Sie persönlich?«, fragte Christina.

»Genau.«

Er war recht kurz angebunden und dauernd abgelenkt. Wenn sich etwas im Raum bewegte oder ein Drucker ansprang, wanderte sein Blick sofort dorthin.

»Darf ich fragen, was Sie beruflich machen?«

»Ähm, Verkauf. Ich bin im Verkauf in einem Elektrohandel.«

»Was ich Ihnen anbieten könnte, wäre ein Girokonto mit sehr günstigen Kontoführungsgebühren, sofern die Eingänge auf dem Konto mindestens tausend Euro monatlich betragen.«

»Das kommt hin.« Er schielte auf den Bildschirm und setzte sich dazu etwas weiter auf.

Christina erläuterte ihm noch ein paar Details zu den Kosten und der Möglichkeit, eine Kreditkarte zu beantragen, die er aber kaum wahrnahm. Sein Blick folgte Sören, der einer Dame zu Hilfe eilte, die am Geldautomaten ihre Karte nicht zurückbekam.

»Haben Sie einen gültigen Personalausweis dabei?«, fragte Christina.

»Ach, brauche ich den?«

»Ja, ich müsste eine Kopie davon anfertigen.«

»Den kann ich nachreichen.«

»In Ordnung, aber Ihre Personalien können wir ja schon mal ins Formular eintragen«, schlug sie vor. »Ludwig war der Nachname. Wie ist denn Ihr Vorname?«

»Bernd.«

»Wohnhaft in?«

»Ich wohne noch in Wolfenbüttel, aber ich ziehe jetzt nach Braunschweig.«

»Ich brauche die aktuelle Adresse, Ihre neue müssten wir dann ebenfalls nachtragen.«

»Schlosserstraße 32.«

»Und die Postleitzahl?«

Er stockte. »38305«, sagte er leise.

»Ihr Geburtsdatum?«

»Entschuldigen Sie, könnte ich hier vielleicht mal auf die Toilette gehen?«, fragte er. Er spähte in den Flur hinter Christina.

»Tut mir leid, das geht aus Sicherheitsgründen nicht«, sagte sie.

»Dann ... könnte ich noch mal wiederkommen? Ich muss jetzt gehen.«

Er stand auf. Auch Christina erhob sich. Sie war etwas irritiert ob seines schnellen Aufbruchs.

»Gut, Herr Ludwig. Ich speichere das solange. Wollen wir einen Termin machen?«

»Nein, nein, ich komme einfach so vorbei.«

»Dann müssen Sie aber mit Wartezeit rechnen.«

»Kein Problem. Vielen Dank erst mal.« Er hob kurz die Hand und wandte sich zum Gehen.

»Und denken Sie an den Personalausweis«, rief sie ihm hinterher, und er nickte, ohne sich noch mal umzusehen.

Christina blickte ihm nach und sah ihn an der Fensterfront

vorbeigehen. Dann speicherte sie die Datei ab und ging nach vorn an den Schalter, um eine Auszahlung zu machen.

Der weitere Tag verlief ruhig und routinemäßig, doch ständig schwirrte ihr dieser Mann im Kopf herum. Sein Verhalten und sein Aussehen waren ihr nicht nur merkwürdig, sondern geradezu verdächtig vorgekommen. Natürlich traf man in ihrem Beruf immer mal wieder auf recht wundersame, manchmal gar gestörte oder beängstigende Menschen. Aber sie hatte noch nie das Gefühl gehabt, das sie jetzt beschlich, nämlich, dass jemand Theater mit ihr spielte. Dieser Mann hatte überhaupt nicht die Absicht gehabt, ein Konto zu eröffnen. Aber was wollte er dann?

In einer freien Minute gab sie die Adresse dieses ominösen Bernd Ludwig bei Google Maps ein. Sie war wenig erstaunt, dafür aber umso beunruhigter, als sie feststellte, dass die Schlosserstraße in Wolfenbüttel gar nicht existierte.

3

Er saß in seinem Apartment in Jackson Heights am offenen Fenster und schaute hinaus auf die sonnenbeschienene Straße, auf die Menschen, die unter ihm vorbeigingen, und die Autos, die vorbeifuhren. Es war Sommer, einer der heißesten, die er je erlebt hatte. Früher hätte er es nie für möglich gehalten, dass es in einer Stadt wie New York so heiß werden konnte.

Sein Apartment, das er erst vor Kurzem bezogen hatte, lag in einem wirklich erträglichen Viertel im Norden von Queens, in dem es viele junge Männer in seinem Alter gab. Die Straßen waren belebt, hier nicht so extrem wie am Hafen oder in Downtown Manhattan, aber es war etwas los, es gab Leben und damit viele Dinge, die sich lohnten, beobachtet zu werden.

Die Straßen von New York waren immer noch ein einziges Faszinosum für ihn. Allerorten Menschenmassen, die sich in dichten bunten Strömen durch die riesigen Häuserschluchten schoben und aus einer Vielzahl verschiedener Kulturen und sozialer Schichten stammten. Sie schlenderten, hetzten, schoben und drückten einander über die Fußgängerwege, während sich neben ihnen Blechlawinen mit der Geschwindigkeit von Lavazungen durch die Straßen wälzten. Darüber die Sonne und die hitzereflektierenden Motorhauben und Autodächer, Abgase, Hupkonzerte und Fetzen von Radiostimmen aus dem Innern der Wagen. Laden um Laden reihte sich aneinander, Italiener, Puerto Ricaner, Spanier, Mexikaner, Chinesen, Vietnamesen. Es gab alle Nationalitäten, alle Farben, alle Sprachen. Und ein Übermaß an Bildern, das von den Häuserfassaden auf die Fußgänger niederstürzte: Reklametafeln, Leuchtschriften, Lichterketten in gigantischen Ausmaßen. Das alles vermengte sich zwischen endlosen Stein- und Betonfassaden, die sich Hunderte Meter in die Höhe reckten. Ein gräulicher Dunst hing darüber, eine schmutzige Glocke, die die Hitze wie in einem Treibhaus noch verstärkte.

Er liebte es, sich so völlig anonym, ohne Bezug zu auch nur einem einzigen anderen Bewohner der Stadt, in der Menge zu bewegen, in ihr zu baden und sich treiben zu lassen, zu beobachten und ein Teil dieses Molochs zu sein.

Unter der Woche fuhr er meistens am frühen Nachmittag nach Downtown, spazierte stundenlang, aß etwas und fuhr gegen Abend wieder nach Hause. Die Wochenenden dagegen gehörten den Stränden auf Long Island. Es war eine mächtige Insel mit schier endlosen, breiten Sandstränden und ebensolchen Pieren. Und auch hier waren Menschen, wohin man sah. Familien, Rentner, Studenten, Kinder. Sie kamen in Kolonnen und Karawanen und bevölkerten die Promenaden, Restaurants, Strände und Parkplätze. Skateboarder, Rollschuhfahrer, Gitarrenspieler, Surfer. Unmengen nackter Haut. Es war der verrückteste Platz auf Erden.

Diese Insel gehörte ihm. Er war der König der Stadt am Wasser, hatte das Gefühl, über allem zu schweben. Es war der perfekte Ort, hier gehörte er hin, hierher hatte sein Weg ihn führen müssen. Es war sein Schicksal. Sein Schicksal und das der Stadt.

Er blickte auf die Uhr. Um zwei wollte Mr. Towbridge kommen. Man hatte so etwas wie eine Aufsicht für ihn organisiert, seit seine Eltern gestorben waren. Die Ämter glaubten, er sei noch zu jung, um allein klarzukommen. Doch er hätte problemlos auf Mr. Towbridge verzichten können.

Es klingelte pünktlich um zwei Uhr, und Towbridge stand mit einem Lächeln und einem durchgeschwitzten weißen Hemd vor der Tür. »Hallo, Junge«, begrüßte er ihn und trat ein. Er nannte ihn immer Junge, ohne dass es jemals väterlich klang.

Towbridge sah sich in der Wohnung um und drückte anerkennend die Unterlippe nach oben. »Wie ich sehe, bist du auf dem Teppich geblieben«, sagte er und drehte sich einmal um die eigene Achse. »Nett, bescheiden. Genau richtig für dich.«

Er nahm auf der Couch Platz und ließ erschöpft die Luft aus den Lungen entweichen. Mit einem Stofftaschentuch wischte er sich den Schweiß von der Stirn. »Hast du ein Glas Wasser für mich?«

Pustend wartete er auf seine Erfrischung.

»Haben Sie was für mich dabei?«, fragte Tom, als er ihm das Wasser hinstellte.

»Allerdings. Ein paar Formulare, für die ich deine Unterschrift brauche. Dann haben wir fast alles erledigt. Die Bank schickt dir noch die Karte zu, und du bist ein gemachter Mann.«

»Muss ich dann etwa auf Ihre Besuche verzichten?«

Towbridge lachte laut auf. »Du hast vielleicht Nerven, Junge.« Sein Blick wurde wieder ernst, er trank und stieß vom Wasser auf. »Gehst du noch zu deinem Kopfdoktor?«

»Traumatherapeut«, korrigierte ihn Tom und nickte.

»Weiter so. Ich hab auch meinen Vater verloren, als ich zwölf war. Im Gegensatz zu dir hab ich aber nie so was gekriegt. Da kam nur der Onkel und klopfte einem auf die Schulter, und damit hatte es sich dann. Ihr jungen Leute seid heutzutage besser dran.«

Er trank das Glas in einem Schluck leer, stellte es auf den Tisch und schob Tom die Formulare zu, die dieser unterschrieb.

»Fein, das wär's. Hast du dir schon überlegt, was du mit dem Haus machen willst?«

Tom stemmte die Fäuste in die Hüften und blickte zu Towbridge hinunter. »Ich will es noch behalten.«

»Für 'ne Familie bist du noch reichlich jung, du solltest es irgendwann verkaufen.« Er dachte einen kurzen Moment nach. »Vielleicht etwas später, wenn Gras über die Sache gewachsen ist.«

Damit stand er keuchend auf und hielt Tom die Hand hin. »Wenn du Hilfe brauchst, du hast meine Nummer.«

»Ja, vielen Dank. Ich denke, ich werde gut zurechtkommen.«

»Pass auf dich auf. Bist 'n hübsches Kerlchen und schlau obendrein.« Towbridge tippte sich bedeutungsvoll an die Stirn. »Na dann«, meinte er und wandte sich zum Gehen.

Tom begleitete ihn hinaus und sah zu, wie er die Stufen im Hausflur hinabstieg. Als er die Tür hinter sich geschlossen hatte, überfiel ihn ein unglaubliches Glücksgefühl. Jetzt war er endlich auf sich selbst gestellt und niemandem mehr Rechenschaft schuldig. Er hatte Geld im Überfluss und konnte machen, was er wollte. Er war absolut frei.

Im Apartment hielt er es nicht mehr aus. Er musste raus, hinaus auf die Straße und sich ins Getümmel stürzen. Alles aufnehmen, was jetzt ihm gehörte. New York, ich komme, dachte er sich, als er in die flirrende Hitze trat, New York, ich komme.

4

2014

Es war halb sechs. Elke hatte schlecht geschlafen und mehrere unruhige Träume gehabt, an die sie sich jetzt nicht mehr erinnern konnte. Aber sie hatte das Gefühl, den Kopf frei kriegen zu müssen, und nichts half besser, als in der kühlen Morgenluft laufen zu gehen. Die Insel schlief noch, genau wie Nils, der oben im Bett lag. In einer halben Stunde würde der Wecker klingeln, doch bis dahin war sie wieder zurück.

Dafür, dass die Tage so heiß waren, begannen sie ungewöhnlich kühl. Blaue Wolkenbahnen hingen wie geraffte Vorhänge über dem Horizont, und die aufgehende Sonne beleuchtete sie von unten, sodass es wie ein Glimmen aussah. Trotz der wenig erholsamen Nacht fühlte Elke sich überraschend fit. All die kleinen Zipperlein, die sie manchmal spürte, waren verflogen, und sie konnte mühelos in einer höheren Geschwindigkeit laufen als gewöhnlich. Sie blieb auf dem Weg, joggte durch Nebel hindurch, nahm den kleinen Anstieg hinauf zur Mühle und lief weiter nach Süddorf. Sie überquerte die Straße, die hinunter nach Steenodde führte, und hielt weiter auf Wittdün zu. Auch der nächste Berg war kein Problem, sie steigerte sogar noch das Tempo.

Sie passierte die Heidekate und erreichte den Übergang zum Zeltplatz. Die Autos standen mit taubedeckten Scheiben dicht an dicht auf dem Parkplatz. Ein Bohlenweg führte mittig durch das Areal, links und rechts erstreckten sich mit nass glänzenden Zelten übersäte Dünenwiesen.

Nur zwei Personen sah sie um diese Uhrzeit. Einen jungen Mann, der gerade aus seinem Zelt kroch. Er hatte nach allen Seiten abstehende Haare und hatte wohl mit nacktem Oberkörper geschlafen. Und weiter hinten, kurz bevor die Dünen begannen, eine Frau im Jogginganzug, die sich die langen Haare kämmte. Elke lächelte ihr zu und nahm dann mit Schwung die hölzernen Stufen.

Der Bohlenweg verlief jetzt in Schlangenlinien durch die Dünenlandschaft hindurch bis zu einem kleinen Wäldchen, in dem meist knöcheltief das Überlaufwasser aus zwei kleineren Seen stand und umgeknickte Bäume kreuz und quer lagen. Elke mochte diesen Weg besonders gern, weil er zwei wunderbare Orte streifte. Zum einen den länglichen Wriakhörnsee, der, wie sie hoffte, heute früh wieder im Nebel dalag, und zum anderen den Strandabgang, der sich an dieser Stelle kolossal weit in die Ferne erstreckte wie eine Wüste, an deren Ende das Meer wartete.

Ein Lächeln huschte über ihr Gesicht, als sie auf den See zulief und schließlich stehen blieb. Es war wie erhofft. Eine Schicht aus weißbläulichem Nebel hing dicht über der Wasseroberfläche. Eingekesselt von den Dünen lag der See ruhig und völlig still da. Sie liebte diesen Anblick und lief nie um den See herum, weil sie die Ruhe nicht stören wollte. Das einzige Geräusch, das sie vernahm, war ihr eigenes Atmen, wobei die Luft in dünnen silbrigen Wolken vor ihrem Mund kondensierte.

An diesem Punkt fielen immer alle Sorgen von ihr ab oder wandten sich, wie heute, ins Positive. Ich werde eine Arbeit finden und in der Nähe bleiben, dachte sie erleichtert. Es wird alles gut werden. Alles wird sich so entwickeln, wie es soll.

Mit einem tiefen, zuversichtlichen Atemzug drehte sie sich um und wollte zurücklaufen. Da hörte sie das Platschen. Irgendetwas war ins Wasser gefallen.

Elke blieb wie erstarrt stehen. Alles, was plausibel wäre, eine Ente, die landete, oder ein Ast, der ins Wasser fiel, konnte sie ausschließen. Das war ein sehr tiefes Platschen gewesen. Etwas sehr Schweres musste in den See gefallen sein. Etwa so schwer wie ein Mensch.

Ein eiskalter Schauer lief ihr über den Rücken, und ihre Nackenhaare stellten sich auf. Sie fuhr herum und blickte angestrengt auf den See. Doch der Nebel war zu dicht. Sie konnte nichts erkennen.

Sie näherte sich dem Wasser und versuchte, stumm zu atmen, lauschte. Es blieb totenstill. Hatte sie sich das nur eingebildet?

Dann entdeckte sie durch die schwarzen Büsche am Ufer hindurch etwas, das ein unheilvolles Zeichen war. Kleine, konzentrische Wellen erreichten das Ufer. Ein Jogger, dachte sie, ein Jogger, der im Nebel vom Bohlenweg abgerutscht war. Aber niemand hatte aufgeschrien oder um Hilfe gerufen. Und der See war nicht besonders tief, in Ufernähe konnte ein Erwachsener bequem stehen. Wenn es tatsächlich ein Jogger gewesen wäre, hätte er einfach wieder herausklettern können und wäre lediglich mit nassen Hosen nach Hause gekommen.

Ohne es bewusst zu steuern, machte sie ein paar Schritte rückwärts und betrat den Bohlenweg in Richtung Wittdün. Langsam begann sie zu laufen. Ihre Fußsohlen setzten ganz vorsichtig auf. Das Holz war noch feucht von der Nacht und dadurch ein wenig rutschig.

Das war es, ganz sicher. Ein Jogger, der abgeglitten war. Sie brauchte keine Angst zu haben.

Ein Nebelarm kroch quer über den Weg und verschwand zwischen zwei Dünenhügeln. Elke machte noch drei weitere Schritte, dann blieb sie abrupt stehen, weil sie im weißen schwebenden Dunst einen dunklen Schemen zu erkennen glaubte. Stand dort jemand? Sie machte einen zögerlichen Schritt vorwärts und reckte ihren Hals. Doch, ja. Dort vor ihr stand eine Person im Nebel. Verschwommen konnte sie die Konturen eines Körpers erkennen. Der Jogger, dachte sie. Sie wollte etwas rufen, doch aus irgendeinem Grund bekam sie keine Luft zusammen. Ihr Herz schien sich in ihrer Brust aufzubäumen, und es donnerte in ihren Ohren.

»Hallo?«, rief sie mit krächzender Stimme. »Geht es Ihnen gut?«

Sie erschrak fürchterlich, als sich der Schemen bewegte und umdrehte. Dann hörte sie dumpfe Schritte, die sich schnell von ihr entfernten. Zitternd ließ Elke die Luft aus ihren Lungen entweichen und legte dabei eine Hand auf ihre Brust. Das Herz schlug gegen ihre Handfläche.

»Puh, so ein dämlicher Kerl«, sagte sie laut zu sich selbst. »Hätte wenigstens mal was sagen können.«

Sie machte kehrt und hatte augenblicklich das unangenehme Gefühl, verfolgt zu werden. Ihre Beine setzten wie automatisch zum Sprung nach vorn an, und schon lief sie so schnell, wie sie noch nie gelaufen war, den Weg zurück, den sie gekommen war. Erst am allmählich erwachenden Campingplatz wurde sie langsamer und fühlte sich sicherer inmitten all der Menschen. Mit weichen Knien kam sie zu Hause an und ließ sich in der Küche auf einen Stuhl plumpsen. Die Kaffeemaschine gurgelte auf der Anrichte, und Nils hatte den Frühstückstisch gedeckt. Sie hörte ihn oben eine Schranktür zuwerfen und herunterkommen. Gut gelaunt betrat er die Küche und stockte, als er sie erkannte.

»Elke, herrje! Erschreck mich doch nicht so.«

Sie antwortete nicht, atmete nur.

Nils kam stirnrunzelnd näher. »Was ist mit dir? Bist du dem Dünengeist begegnet?« Er küsste sie auf die Wange. »Du zitterst ja.«

»Da war so ein bescheuerter Jogger«, sagte sie tonlos, »der ist ins Wasser gefallen.«

»Ins Wasser?«, fragte Nils nach, während er zwei Tassen aus dem Schrank holte und Kaffee eingoss.

»Ja, am Wriakhörnsee. Muss wohl ausgerutscht sein.«

»Hast du ihn rausgezogen?«

»Nein, ich konnte ihn reinfallen hören. Aber es war alles voller Nebel. Irgendwann stand er dann tatsächlich wie ein Dünengeist vor mir.«

»Und?« Nils drückte Elke den dampfenden Kaffee in die Hand.

»Er ist einfach abgehauen. Hat nicht einen Ton gesagt.«

Nils lächelte und setzte sich an den Tisch. »Der hat sich bestimmt genauso erschreckt wie du dich.«

»Ja, wahrscheinlich«, sagte Elke und blickte nachdenklich in ihren Kaffee. Sie nahm einen Schluck und bemerkte, dass sie fror, obwohl sie gerade in Rekordzeit nach Hause gelaufen war.

»Na komm, iss was«, forderte Nils sie auf.

Nach dem Frühstück blieb Elke zu Hause, duschte und setzte sich an den Schreibtisch, um Bewerbungen zu schreiben. Nils fuhr mit dem Rad zur Polizeistation. Ihr Häuschen lag direkt neben der Kirche in Nebel, und nach kaum fünf Minuten hatte er seine Dienststelle erreicht. Seinen diesjährigen Partner, einen Kollegen vom Festland, der ihm für den Sommer zugeteilt worden war, kannte er bereits seit dem schrecklichen Mord an einer ganzen Familie, der vor ein paar Jahren die Insel erschüttert hatte. Der damals noch sehr junge und unerfahrene Possebiehl, ein großer, kräftiger Kerl mit rotblondem Schopf, hatte lange mit dieser Geschichte zu kämpfen gehabt. Er war als erster Beamter am Tatort gewesen und hatte die Opfer zuerst gesehen.

»Moin, Nils«, rief Possebiehl gut gelaunt und tippte irgendetwas am Computer.

»Moin, schon so fleißig?«

»Ja, ich bastel noch ein bisschen an dem Plakat rum, das wir für die Touristen aufhängen. Was zu tun ist, wenn sie Heuler am Strand finden.«

»Ich dachte, die wären druckfertig?« Nils setzte sich auf seinen Platz.

»Der eine Satz klingt nicht so gut, finde ich. Also … zu streng. Wir wollen die Touris ja nicht vergraulen.«

»Du machst das schon.«

»Ich vergraule Touris?«

»Nein, du formulierst das sicher perfekt, du Döspaddel.«

Possebiehl hämmerte weiter mit seinen riesigen Händen auf der Tastatur herum. Mit seinen zwei Metern Körpergröße war er einfach nicht geschaffen für die Büroarbeit. Neben ihm wirkte alles wie Spielzeug.

Das Telefon klingelte. Nils ging ran.

»Polizei Amrum, Petersen.«

Er hörte dem Anrufer zu, brummte etwas und legte nach ein paar Momenten wieder auf.

»Was'n los?«

»Die Pumpe am Wriakhörn funktioniert mal wieder nicht, und die Kollegen von der Feuerwehr haben Personalmangel. Also sind wir gefragt.«

»Ich pass nicht in die Gummihosen«, gab Possebiehl vor, der offenkundig keine Lust hatte, heute Morgen ins Wasser zu gehen.

»Du kommst trotzdem mit. Zieh dir 'ne Badehose an, ist schließlich noch Sommer.«

Der Süßwassersee hatte in den letzten Jahren wiederholt Wasserhochstand gehabt und war über die Ufer getreten, sodass viele Tümpel und moorähnliche Landschaften entstanden waren. In diesen Böden hatten die Kiefern des angrenzenden Wäldchens nun aber keinen Halt mehr und kippten um wie Streichhölzer, also versuchte man, das überschüssige Wasser abzupumpen und ins Meer zu leiten. Leider verstopfte die Pumpe hin und wieder und musste dann gereinigt werden.

Als Nils und Possebiehl das östliche Ufer erreichten, hatte sich der Nebel längst aufgelöst. Elke war zwei Stunden zuvor am anderen Ende des Sees gewesen. Die Sonnenstrahlen hatten die Wasseroberfläche erreicht, und einige Enten dümpelten auf dem ruhigen Wasser. Die beiden Polizeibeamten näherten sich über die Verlängerung der Oberen Wandelbahn und erkannten schon aus der Ferne den Feuerwehrmann Andreas, der zusammengesunken auf der Pipeline saß. Andreas war ein bärbeißiger Typ, ein Zyniker vor dem Herrn, aber Nils mochte ihn gern und kannte ihn schon aus Kindertagen.

»He, wieso bist du noch nicht im Wasser?«, rief Nils, als sie durch das Ufergras auf ihn zuschritten.

Andreas hob den Kopf. Er war so bleich, dass Nils meinte, er sei ebenso krank wie seine ausgefallenen Kollegen.

»Was ist los? Magen-Darm?«, fragte Nils und reichte ihm die Hand.

Andreas blickte fast ängstlich zu ihm auf. »Ich glaub, da ist was im Wasser«, sagte er mit einer zögerlichen Kopfbewegung in Richtung See.

»Deswegen sind wir ja hier«, entgegnete Possebiehl und rieb sich die Hände.

»Nein, ich war schon drin. Da ist was.«

Nils verstand, dass Andreas von etwas anderem sprach als von Treibholz oder Mooskissen. Er ging über den Hügel und blickte in die Schneise, in die die Pipeline gelegt worden war. Direkt vor der vergitterten Öffnung schaute etwas Dunkelblaues, Rundliches aus dem Wasser, ähnlich einem Kissen. Nils ging näher, bis er die Wasserkante erreicht hatte. Er meinte, Stoff erkennen zu können. Dann sah er noch etwas, und ein eiskalter Schrecken durchfuhr ihn. Knapp unter der Wasseroberfläche waberte ein dünner Teppich aus Haaren.

»Possebiehl!«, rief er und vernahm die Panik in seiner eigenen Stimme. Mit den Füßen voran sprang er ins Wasser und sank bis zu den Hüften ein.

»Was tust du da?«, hörte er Possebiehl hinter sich fragen.

Nils deutete nur auf die Mündung des Rohres und watete darauf zu.

»Was ist das?«, fragte Possebiehl atemlos und kam ganz dicht ans Ufer, ohne sich jedoch ins Wasser zu trauen. Auch Andreas kam nun dazu.

Nils machte noch zwei Schritte. Verdammt, schimpfte er innerlich, denn intuitiv wusste er genau, was er gleich für eine grausige Entdeckung machen würde. Zitternd legte er seine bleichen Hände auf das Stück Stoff. Er bekam es zu fassen, spürte darunter aber gleichzeitig etwas Festeres, Schwereres. Es war ein Körper. Er beugte sich über den Haarteppich und erkannte einen Ansatz von weißlich schimmernder Haut. Sein Atem ging schwer, es bereitete ihm Mühe, Luft zu holen. Schließlich griff er dorthin, wo er die Schultern der Person vermutete, und musste gegen alle Ängste und dunklen Ahnungen ankämpfen, um den Körper umzudrehen. Dann blickte er in das von nassen Haaren umwickelte Gesicht einer jungen Frau.

Nils sah den beiden Männern in schwarzen Anzügen hinterher, als sie den Kunststoffsarg über den Bohlenweg zwischen den Dünen hindurchtrugen. Es war ein grotesker, morbider Anblick. Der Leichenwagen parkte hinter dem Thalasso-Zentrum, dem Hallenbad von Amrum. Die junge Frau würde zunächst ins Bestattungsinstitut und nach Klärung ihrer Identität mit der Fähre aufs Festland nach Niebüll gebracht werden. Dort hatte er die zuständige Polizeidienststelle informiert.

Nils rieb sich über das Gesicht. Es fühlte sich fiebrig an.

Die Frau war wunderhübsch gewesen. Was um alles in der Welt konnte ihr nur zugestoßen sein? Elkes morgendliche Begegnung am See fiel ihm wieder ein, und ein Ruck ging durch seinen Körper.

Possebiehl legte ihm eine Hand auf die Schulter. »Fahr erst mal nach Hause und zieh dich um. Du bist ja ganz nass.«

Nils nickte, und eine konzentrierte Falte bildete sich zwischen seinen Augenbrauen. »Ich nehm den Wagen«, sagte er und eilte im Laufschritt davon.

Er fuhr mit Blaulicht, aber ohne Martinshorn nach Hause und

hielt auf dem Parkplatz vor der Kirche. Die Menschen, die dort durch die Fußgängerzone schlenderten oder die Kirche und den Friedhof besichtigten, schauten ihm aufmerksam hinterher, als er wie gehetzt im Haus verschwand. Sie vermuteten wohl einen Notfall.

»Elke?«, rief er und warf die Tür hinter sich zu.

»Nils? Was machst du hier?«, fragte sie verwundert. Er stellte sich an den Fuß der Treppe, und seine Frau erschien oben.

»Was ist heute Morgen am See passiert? Du musst es mir genau erklären.«

»Aber was hast du denn?«

»Wir haben eine Leiche gefunden«, sagte Nils mit gedämpfter Stimme.

Elke schlug sich die Hand vor den Mund.

»Eine junge Frau.«

»Aber wie …« Elke tappte wie benommen die Stufen herunter. »Ich hab doch jemanden da stehen sehen.«

»Komm, erzähl noch mal alles in Ruhe«, sagte Nils und streckte seinen Arm nach ihr aus. Sie legte ihren um seine Hüfte.

»Du bist ganz nass.«

»Ich hab sie rausgeholt.«

Elke entfuhr ein mitfühlendes Seufzen, und sie gingen in die Küche und setzten sich an den Tisch.

»Also, noch mal ganz von vorn. Wann bist du losgelaufen?«

»Es war fünf Uhr achtundzwanzig. Ich hab auf die Uhr gesehen, bevor ich das Haus verließ.«

»Okay, und welchen Weg bist du gelaufen?«

»Eigentlich denselben wie immer. Von hier zum Zeltplatz und weiter bis zum See. Da hab ich angehalten und einen Moment geschaut.«

»Und da hast du jemanden gesehen?«

»Nein, ich … es war ja ganz neblig, ich konnte kaum das Wasser erkennen. Ich drehte mich um und hörte etwas ins Wasser fallen. Etwas Großes. Dann hab ich versucht nachzusehen, ging an den See und hab Wellen gesehen.«

»Wellen?«

»Ja, so wie wenn man einen Stein ins Wasser wirft. Sonst war da nichts. Ich wollte zurücklaufen, als nach wenigen Metern plötzlich jemand im Nebel vor mir auftauchte.«

»Eine Frau?«

»Das kann ich nicht sagen. Es war zu verschwommen. Ich hab nur einen schwarzen Umriss gesehen.«

»War er breit oder schlank, welche Größe hatte er? Konntest du Kleidung erkennen?«

»Es war eine schlanke Gestalt. Was sie anhatte, weiß ich nicht. Aber ich denke, sie war bekleidet.«

»Größe?«

»Etwa so wie du?«, meinte sie unsicher.

»Breite Schultern oder eher schmale?«

Elke schüttelte den Kopf. »Nils, ich will nichts Falsches sagen. Ich hatte das Gefühl, es wäre ein Mann.«

»Die Frau, die wir aus dem Wasser geholt haben, trug einen blauen Mantel. Sie war vielleicht Mitte zwanzig, schlank, recht groß, sportlich.«

»Ich glaube nicht«, sagte Elke. Dann fiel ihr etwas ein. »Aber als die Person weglief, und sie lief, das weiß ich genau, waren die Schritte relativ leise. Sie trug also auf jeden Fall Schuhe mit Gummisohlen.«

»Die Frau war barfuß«, sagte Nils und schaute seine Frau durchdringend an.

»Das kann auch sein«, räumte Elke ein. »Aber wenn es so gewesen wäre, dass sie in den See fällt, herauskommt, mich sieht und danach wieder in den See fällt … das ist doch völlig unwahrscheinlich.«

»Warum lief die Gestalt davon, was meinst du?«

»Keine Ahnung. Ich habe etwas gerufen, glaube ich.«

»Ach ja? Was denn?«

»Ich weiß es nicht mehr genau. ›Hallo‹, nehme ich an. Und ob da jemand ist … nein, ob es ihr gut geht.«

»Jetzt sagst du ›ihr‹«, stellte Nils fest.

»Ja, ihr, der Person. Ich dachte, wie gesagt, es sei ein Mann.«

»Gut. Und was hast du dann gemacht?«

»Ich bin da weg, so schnell wie möglich. Es war unheimlich, und ich hatte Angst.«

Nils atmete durch die Nase aus und blickte besorgt aus dem Fenster hinüber nach Föhr. Er hörte Elke schlucken. Dann fragte sie: »Glaubst du, es war ein Mord? Und ich habe den Mörder gesehen?«

Nils wandte sich ihr zu. Er musste gar nichts sagen, sein ernster Gesichtsausdruck sprach Bände.

Possebiehl hatte während Nils' Abwesenheit einige der größeren Hotels und Pensionen angerufen und gefragt, ob jemand vermisst wurde. Bisher ohne Erfolg. Einen Ausweis oder etwas anderes, was ihre Identität hätte klären können, hatte die Tote nicht dabeigehabt. Sie blieb also zunächst namenlos.

»Sie ist jung, sie wird Eltern haben, die sie vermissen, Freunde, einen Freund oder gar Mann«, sagte Nils.

Possebiehl verzog den Mund. »Nein, kein Ring.«

»Den könnte der Täter behalten haben.«

»Wenn es ein Mord war«, relativierte sein Kollege. Da Nils ihm nach seinem Eintreffen von Elkes Beobachtung berichtet hatte, strahlte seine Miene allerdings nicht viel Hoffnung aus.

»Ich rufe Jensen an«, sagte Nils und setzte sich an seinen Platz.

Jensen war Polizeichef in Niebüll, und Nils hatte heute schon mal Kontakt mit ihm gehabt. Seit dem Dreifachmord vor ein paar Jahren kannten die beiden sich auch persönlich.

»Jensen?«

»Herr Jensen, Nils Petersen noch mal.«

»Ach, Herr Petersen.«

»Einfach Nils, bitte«, sagte Nils und fuhr schweren Herzens fort: »Ich hatte ja vorhin schon angedeutet, dass wir Ihre Hilfe benötigen. Und jetzt hat sich tatsächlich ein Umstand ergeben, der ein Verbrechen wahrscheinlich macht.«

»Und der wäre?«, fragte Jensen überrascht.

»Meine Frau war zwei Stunden bevor wir die Leiche fanden an dem See und hörte, wie etwas Schweres, womöglich ein menschlicher Körper, ins Wasser fiel. Anschließend sah sie eine Person. Aber es war zu neblig, als dass sie etwas hätte erkennen können. Die Person flüchtete, als sie sie ansprach.«

Es entstand eine kurze Pause.

»Das ist in der Tat eine interessante Beobachtung. Ich …« Nils hörte ein Rascheln. »Ich werde jemanden zu Ihnen rüberschicken. Dem sollten wir auf den Grund gehen. Einer meiner Kollegen wird sich so schnell wie möglich auf den Weg machen. Heute noch.«

»Gut«, sagte Nils beruhigt.

»Wie geht es Ihnen, Nils?«, fragte Jensen.

»Danke, alles bestens, wirklich.«

»Schön. Na dann, wir sprechen wieder, wenn sich etwas Neues ergibt. Ich muss jetzt Schluss machen.«

»Alles klar.«

Nils legte auf.

»Verstärkung kommt«, sagte er zu Possebiehl, der mit dem Hörer zwischen Ohr und Schulter auf eine Verbindung zum nächsten Hotel auf seiner Liste wartete. Doch auch diese Anfrage blieb ohne Ergebnis.

Niemand schien die junge Frau zu vermissen. Vielleicht war sie nur eine Tagesausflüglerin. Aber so früh konnte sie gar nicht auf die Insel gelangt sein, und wer ging schon mit Mantel und ohne Schuhe morgens um halb sechs spazieren?

Nein, Nils wusste, dass die Umstände ihres Auffindens und Elkes Beobachtung darauf hindeuteten, dass sie Opfer eines Verbrechens geworden war.

5

Nils hatte Possebiehl damit beauftragt, die Zugänge zum Wriakhörnsee abzusperren, nachdem er davon ausgehen musste, dass es
sich um ein Verbrechen handelte. Er selbst war nach einem Anruf
von Jensens Mitarbeiter Landorff zum Hafen gefahren, um den
Mann abzuholen.

Nils war noch immer in einem Schockzustand, seine Nerven
aufs Äußerste gespannt. Ein Zittern begleitete ihn schon den ganzen Tag, so als hätte er einen Liter Kaffee auf ex getrunken, und der
Schweiß lief ihm in Strömen die Schläfen und den Rücken hinab.
Die Hitze war mörderisch, zumal nicht ein Windhauch ging. Der
Hafen lag flimmernd vor ihm, als er um die letzte Kurve bog und
langsam nach rechts auf die Besucherparkplätze zusteuerte.

Die Fähre war in der Hafeneinfahrt schon deutlich zu erkennen
und würde nur noch ein paar Minuten brauchen, bis sie den
Anleger erreichte. In den Autoschlangen, die hier bereits auf die
erneute Abfahrt warteten, saßen Hunderte Menschen, von denen
jeder der Täter sein konnte, wenn es denn ein Mord gewesen war.
Der- oder diejenige flüchtete vielleicht gerade von der Insel, direkt
vor seinen Augen. Doch noch stand von offizieller Seite her nichts
fest. Er musste Geduld haben.

Das Gesicht der Toten tauchte immer wieder aus dem dunklen
See seines Unterbewusstseins auf und blieb vor seinem inneren
Auge stehen. Dieses hübsche Gesicht. Nils rieb sich mit dem Ärmel
über Stirn und Augen und ignorierte den dunklen Fleck, den sein
Schweiß auf dem Hemd hinterließ.

Eine Viertelstunde später ergoss sich der Strom der ankommenden Urlauber auf den Hafenplatz. Überall sah man erwar-
tungsfrohe, lachende Gesichter, Menschen, die sich umarmten
und ihre Freunde und Verwandten willkommen hießen. Nils
suchte in der Menge nach einem einzelnen Mann, was nicht sehr
schwer war, denn die meisten kamen mit Partnern an, und die, die
allein reisten, waren in der Regel Insulaner. Endlich, als auch die
Radfahrer und Fußgänger das Schiff verlassen durften, entdeckte

er ein Gesicht. Der Mann mochte fünfzig oder sechzig sein, hatte lange aschgraue Haare und einen ebensolchen Vollbart. Er trug ein kariertes Flanellhemd zu einer beigefarbenen Cordhose.

Nils machte einen Schritt auf ihn zu. »Herr Landorff?«, fragte er und ließ bewusst das »Hauptkommissar« weg, um kein Aufsehen zu erregen.

Landorffs große graue Augen fixierten Nils ohne jegliche Gefühlsregung. Sein Mund war unter dem dichten Bart kaum zu erkennen, sodass Nils nicht sagen konnte, ob er lächelte, als er ihn begrüßte.

»Herr Petersen? Guten Tag.«

»Kommen Sie«, sagte Nils und führte Landorff nach links aus der Menge hinaus.

Er hatte sich den Ermittler ganz anders vorgestellt. Die langen Haare passten wenig zu einem Polizeibeamten.

»Unglaubliche Hitze, was?« Nils drehte sich zu ihm um. Trotz des Flanellhemdes und der langen Hose konnte er keinen einzigen Schweißtropfen bei Landorff erkennen.

Sie erreichten das Auto, und Nils schloss auf.

»Darf ich das in den Kofferraum legen?«, fragte Landorff und hielt sein kleines Köfferchen hoch.

»Natürlich.« Nils öffnete die Klappe für ihn, und sie stiegen ein.

»Wer hat die Leiche denn bis jetzt berührt?«, war Landorffs erste Frage, als sie losfuhren.

»Nur ich, mein Kollege und die Herren vom Bestattungsunternehmen.«

»Sie haben sie entdeckt, in einem See?«

»Richtig. Dort befindet sich eine Wasserpumpe, die ausgefallen war.«

»Wegen der Leiche?«

»Ja. Sie blockierte das Ansaugrohr.«

»Und wie oft ist diese Pumpe in Betrieb?«

»Jeden Tag.«

»Dann können wir also davon ausgehen, dass die Leiche zuvor nicht sehr lange im See gelegen hat«, sagte Landorff und schaute zu Nils herüber.

Nils mochte seine Augen nicht. Sie hatten etwas höchst Unangenehmes an sich. Aber für einen Polizisten war das vielleicht kein schlechtes Merkmal.

»Höchstwahrscheinlich, ja.«

Landorff griff in seine Brusttasche, holte ein metallenes Etui heraus und öffnete es. Es befanden sich Zigarillos darin, und er nahm einen. »Darf ich?«, fragte er.

Nils, der bei der Hitze nicht besonders erpicht darauf war, auch noch den Rauch ertragen zu müssen, deutete nur auf das Rauchverbotszeichen an der Mittelkonsole.

»Und wenn ich das Fenster öffne?«, beharrte Landorff.

Nils nickte zustimmend, und Landorff zündete sich den Zigarillo mit einem Feuerzeug an, das er umständlich aus seiner Hosentasche kramte. Zum Glück hatten sie keinen weiten Weg.

»Und eine Frau hat ein paar Stunden zuvor jemanden am See gesehen, sagten Sie?« Landorff steckte den Zigarillo irgendwo mittig in seinen Bart, zog daran und hielt die Hand nach draußen.

»Meine Frau, genau genommen«, sagte Nils. »Sie hat auch gehört, wie etwas sehr Großes in den See gefallen ist oder geworfen wurde.«

»Mm-hm«, machte Landorff nur.

Nils bog links ab und am Ende der Straße gleich wieder rechts. »Da sind wir schon.«

Der Hauptkommissar blickte misstrauisch auf das kleine Gebäude, in dem sich das Bestattungsinstitut befand.

Sie stiegen aus, gingen durch die Eingangstür und betraten einen kleinen Vorraum, der blau tapeziert und weiß gefliest war. Hinter einem ebenfalls weißen Schreibtisch saß Thorsten Oelker, der Inhaber, am Computer.

»Ah, Nils«, sagte er und stand auf.

»Das ist Hauptkommissar Landorff aus Niebüll«, stellte Nils vor, »Herr Oelker.«

Sie schüttelten sich die Hände.

Ohne ein weiteres Wort führte Oelker sie in den Kühlraum, wo die Leiche der jungen Frau aufgebahrt lag. Rechter Hand war eine Art Küchenzeile mit Waschbecken, Arbeitsplatte und Hängeschränken eingebaut. Boden und Wände waren komplett gefliest. Neonröhren an der Decke erhellten den Raum mit kaltem, unwirtlichem Licht, während ein schmales, längliches Fenster an der rückwärtigen Wand, das sich aus Sichtschutzgründen knapp unter der Decke befand, etwas Tageslicht einließ. Nils lief es eiskalt den Rücken hinunter, als er eintrat, was weniger an der tatsächlichen Temperatur als an dem unheimlichen Bild lag, das sich ihnen darbot. Die junge Frau lag auf einem rollbaren Metalltisch. Ihre Haut leuchtete so weiß, dass sie nicht mehr den Eindruck von menschlichem Gewebe machte. Dagegen hatte der wadenlange Mantel, den sie trug, ein beunruhigendes tiefes Blau, das selbst in dem Neonlicht wirkte wie ein tiefer, alles verschluckender See.

»Ich habe mir erlaubt, sie schon mal vorzubereiten und mit meinem Kollegen aus dem Sarg zu heben. Der hat noch einen Zahnarzttermin«, sagte Oelker unbeeindruckt.

»Das ist perfekt, vielen Dank.« Landorff stellte seinen Koffer auf der Arbeitsplatte der Küchenzeile ab und zog den Reißverschluss auf. Nils trat vorsichtig einen Schritt näher an die Leiche heran, um ihr ins Gesicht sehen zu können. Vorhin im See hatte er zu sehr unter Adrenalin gestanden, und sie war ganz nass und von ihren Haaren bedeckt gewesen.

Nass war sie immer noch. Das Wasser aus ihren blonden Haaren und dem vollgesogenen Stoff des Mantels sammelte sich auf der Edelstahlfläche und tropfte durch die Löcher des Tisches hindurch auf den Boden. Jeden einzelnen Tropfen konnte man wie ein kleines Glöckchen aufschlagen hören. Landorff kramte in seinem Koffer herum, während Oelker sich mit hinter dem Rücken verschränkten Händen zu Nils an die linke Seite des Tisches stellte.

»Dann wollen wir sie mal in Augenschein nehmen«, sagte Landorff und drehte sich um. Er hatte eine Kamera und ein kleines Stimmaufnahmegerät in der Hand. »Hätten Sie wohl ein Paar sterile Handschuhe für mich?«, fragte er Oelker.

»Natürlich.« Oelker eilte zum Schrank und holte eine Packung heraus, die er Landorff entgegenstreckte.

»Vielleicht nehmen wir alle welche«, meinte Landorff, »dann können Sie mir beim Drehen helfen.«

Nils hatte darauf gehofft, die Tote nicht noch einmal berühren zu müssen. Widerstrebend schlüpfte er in die Latexhandschuhe.

Landorff steckte sich das Aufnahmegerät unterdessen in seine Brusttasche und startete es.

»Erste Inaugenscheinnahme einer unbekannten weiblichen Leiche«, begann er laut und deutlich, »am 26. August 2014. Fundort: Wriakhörnsee, Amrum.«

Nils wunderte sich, dass er den Namen des Sees kannte. Er war sich nicht sicher, ob er ihn Jensen gegenüber erwähnt hatte. Dann trat Landorff so nah an den Tisch heran, dass sein Gürtel mit einem leisen Klacken das Metall berührte, und verschaffte sich einen ersten Überblick. Er nahm die Hand der Frau und betrachtete ihre Finger.

»Sie kann tatsächlich nicht sehr lange im Wasser gelegen haben. Nicht aufgedunsen, keine Rückstände von Algen oder Schlamm unter den Nägeln der linken Hand. Die Fingernägel sind unverletzt, keine Ringe und keine Abdrücke.«

Er wandte sich den Füßen zu und untersuchte ihre Fußsohlen.

»Fußsohlen sauber, keine Rückstände, Nägel unverletzt. Keine Rückstände von Erde oder Algen.«

Er spreizte die Zehen, fand nichts und ging um sie herum auf die andere Seite, um dieselbe Prozedur an ihrer anderen Hand durchzuführen. Da stockte er und beugte sich vor. »Hier allerdings, an der rechten Hand, ist am Daumen eine Verletzung zu erkennen.«

Nils und Oelker reckten ihre Hälse.

»Sieht aus, als sei der Nagel einmal umgeknickt. Längliches Hämatom mit leichten Einrissen im Nagel.«

Landorff fotografierte die Stelle und fuhr dann mit der Untersuchung fort.

»Keine Hautverletzungen oder Hämatome am Hals oder im Gesicht.« Mit dem Daumen der linken Hand öffnete er ein Augenlid. Nils mochte kaum hinsehen und drehte sich leicht zur Seite, aber er konnte den Blick nicht abwenden. Leblos starrte ein stahlblaues Auge an die Decke.

»Keine Einblutungen im Auge.« Landorff wischte über ihre Wimpern und über ihre Lippen. »Keine Schminke.«

Er machte vier Bilder vom Gesicht, suchte etwas in seiner Hosentasche und fand eine dünne Stabtaschenlampe, mit der er ihr nun in den Mund leuchtete.

»Mund und Atemwege frei.«

Er leuchtete in die Nasenlöcher und in die Gehörgänge. Die ganze Zeit über war es völlig still im Raum, bis auf das *Plipp, Plipp* der Wassertropfen, die immer noch vom Tisch abfielen.

Landorff, der nach Begutachtung des linken Ohres neben Nils stand, ging zurück auf die andere Seite, steckte Taschenlampe und Kamera ein und schob seine Hände vorsichtig in die Manteltaschen der Frau. Man hörte ein leises Knirschen, und als er seine Hände wieder herauszog, hatte er feine Sandkörner zwischen den Fingern. Nils beugte sich darüber.

»Amrumsand«, sagte er mit Überzeugung. »Könnte aus dem See stammen.«

»Rückstände von Sand in den Manteltaschen. Vermutlich aus dem See«, diktierte Landorff und schaltete sein Aufnahmegerät danach ab. »Tja, bis jetzt kann ich keine Hinweise darauf erkennen, dass die Frau einem Verbrechen zum Opfer gefallen ist«, sagte er und schaute Nils dabei in die Augen. Es war ein kühler, emotionsloser Blick, doch er wollte Nils nicht loslassen.

»Jetzt müssen wir den Mantel öffnen und die Kleidung entfernen, sollte sie darunter welche tragen, sodass wir Torso und Beine untersuchen können. Würden Sie mir bitte helfen?«

Nils schluckte. Landorff löste seinen Blick von ihm und begann damit, den obersten Knopf des dünnen Trenchcoats zu öffnen. Nils musste unten beginnen, was ihm unangenehm war, denn er würde womöglich den Schambereich der Frau freilegen. Er streckte seine Hände aus und öffnete den ersten Knopf. Er war etwa so groß wie ein Zwei-Euro-Stück, die Oberfläche schimmerte in einem dunklen Grau, die Unterseite war weiß. Beim zweiten Knopf bemerkte Oelker, dass Nils' Hände zitterten. Er warf ihm einen mitfühlenden Blick zu.

Als der Mantel vollständig geöffnet war, die Leiche aber immer noch bedeckte, machte Nils einen Schritt zurück, und Landorff schaltete seinen Rekorder wieder ein.

Nils schloss die Augen, als der Hauptkommissar beide Säume ergriff und den Stoff zurückzog. Er versuchte, so ruhig wie möglich durch den Mund zu atmen. Die Kälte hier drin kroch ihm in die Glieder. Sein Magen zog sich schmerzhaft zusammen. Es wurde noch stiller um ihn herum. *Plipp, Plipp, Plipp.* Nils hatte das Gefühl, als hätten Oelker und Landorff den Raum verlassen, so still war es. Er nahm sich zusammen und öffnete die Augen.

Ihre Haut schimmerte wächsern und bleich, darum fielen dem Betrachter zwei Dinge sofort ins Auge. Zum einen ein Tattoo knapp oberhalb ihres Bauchnabels. Ein Schriftzug, ein Name, wie es aussah. Und zwei nahezu symmetrische Hämatome unterhalb ihrer Schlüsselbeine, dunkel, fast schwarz und oval, von der Größe eines Taubeneis.

»Was ist das?«, fragte Nils mit trockener Kehle und deutete auf die beiden Punkte.

Landorff beugte sich über die Leiche und sah sie sich aus der Nähe an, dazu dehnte er die Haut ein wenig.

»Zwei starke punktuelle Hämatome unterhalb beider Schlüsselbeine.« Er schob den Kragen des Mantels zurück und versuchte, einen Blick auf den oberen Rücken zu werfen. »Wir müssen sie umdrehen«, sagte er.

Landorff schob seine Hände unter Schulter und Rücken der Frau und drückte nach oben, während Nils an der Hüfte und dem rechten Bein zog. So schafften sie es, die Frau in eine Art stabile Seitenlage zu bringen, und Landorff zog ihr den Mantel von der Schulter.

»Sie ist getötet worden«, sagte er.

Nils konnte nichts erkennen, also ging er um den Tisch herum und stellte sich neben ihn. Am oberen Rücken befanden sich vier längliche Hämatome, und ihre Form ließ keinen Zweifel darüber zu, woher sie stammten. Es waren Abdrücke einer Hand. Vier Finger. Damit war klar, um welchen Abdruck es sich unter dem Schlüsselbein handeln musste.

»Würgemale an beiden Trapezmuskeln«, sprach Landorff in den Rekorder und stoppte dann die Aufnahme. Zu Nils' Überraschung spulte er zurück und fing noch mal neu an. »Druckhämatome an beiden Trapezmuskeln«, korrigierte er, stellte das Gerät aus und sah Nils an. »So hätte er sie nie erwürgen, aber vielleicht ertränken können.«

Landorff machte Fotos, und sie legten sie wieder zurück in Rückenlage. Nachdem er auch die eiförmigen Hämatome fotografiert hatte, schoss er Bilder von dem Tattoo. Eine etwa drei Zentimeter hohe Schrift, geschwungen, bildete ein Wort, das allerdings nicht entzifferbar war.

»Ich würde sagen, wir sind hier fertig«, sagte Landorff und richtete sich auf. »Eine Bitte habe ich aber noch.«

»Ja?«, fragte Nils.

»Wäre es möglich, dass Ihre Frau die Leiche begutachtet, um festzustellen, ob es die Person war, die sie am Morgen gesehen hat?«

»Selbstverständlich«, sagte Nils, obwohl er wusste, dass Elke schreckliche Angst vor einer solchen Begutachtung haben würde. »Ich rufe sie gleich an.«

Er zückte sein Handy, während Oelker Landorff half, den Mantel wieder zu schließen.

Elke kam eine Viertelstunde später. Nils erkannte sofort die Panik in ihren Augen. Die anderen beiden wahrscheinlich auch.

»Guten Tag, Frau Petersen. Ich bin Hauptkommissar Landorff vom Niebüller Kommissariat.« Scheu gab Elke ihm die Hand. »Ich möchte Sie bitten, auch wenn es Ihnen schwerfällt, sich die Leiche einmal anzuschauen und zu sagen, ob es sich dabei möglicherweise um die Person handeln könnte, die Ihnen am See begegnet ist. Versuchen Sie, Körpergröße, Statur und auch die Kleidung in Ihre Überlegung mit einzubeziehen.«

Elke senkte den Kopf und atmete tief durch. Nils ergriff ihre Hand, und sie gingen zusammen mit Landorff in den Kühlraum. Elke hielt den Blick auf den Boden geheftet, bis sie vor der Bahre stand. Dann legte sie eine Hand auf den Mund, so als wollte sie sich schon vorsichtshalber davon abhalten, einen Schrei auszustoßen, und blickte mit flatternden Augenlidern auf die junge Frau. Ihr Atem kam stoßweise.

Es dauerte einige Momente, bis sie sich an Landorff wandte.

»Ich glaube nicht, dass sie es war.«

»Sind Sie sicher?«

»Ich meine, keine langen Haare gesehen zu haben, aber ich erinnere mich an die Umrisse von Beinen. Die Person kann keinen Mantel getragen haben.«

»Und das Geschlecht der Person?«

»Ich hatte Nils schon gesagt, im ersten Moment sah sie für mich aus wie ein Mann.«

»Gut, vielen Dank, Frau Petersen«, sagte Landorff und deutete auf die Tür.

Elke fuhr gleich wieder nach Hause, und Nils machte sich mit Landorff auf den Weg zum Polizeibüro, wo er ihm Possebiehl vorstellte.

»Und?«, fragte der gespannt.

»Es sieht ganz nach einer Gewalteinwirkung aus«, informierte ihn Landorff. »Wir geben die Leiche frei für die Überführung aufs Festland zur Obduktion. Morgen. Jetzt müssten wir weiter nach ihrer Identität forschen. Vielleicht hält sich ein Angehöriger noch auf der Insel auf.«

»Ich habe inzwischen alle Hotels angerufen. Nichts«, meinte Possebiehl unzufrieden. »Fehlanzeige auch bei den größeren Wohnungsvermietern. Niemand hat sich gemeldet, um eine Vermisstenanzeige aufzugeben. Es ist, als ob sie nie auf der Insel gewesen wäre.«

»Ich habe Fotos gemacht. Die werden wir ausdrucken und herumzeigen, vor allem am Zeltplatz. Ich denke, dort könnten wir am ehesten Glück haben«, sagte Landorff.

»Zeltplatz? Und dann so 'n modischer Mantel?«, warf Nils skeptisch ein.

»Wenn es überhaupt ihr eigener ist«, gab Landorff zu bedenken und holte seinen Laptop aus dem Koffer, um die Bilddateien zu übertragen.

Es war Abend, als Nils den Hauptkommissar in eine kleine Pension in Norddorf fuhr. Sie hatten mit den Fotos der jungen Frau in allen Dörfern nachgefragt. Niemand hatte sie gesehen. Auch das Fährpersonal nicht, und die hatten einen guten Blick für Gesichter.

»Man könnte glauben, dass sie durch Zauberei hierhergekommen ist«, sagte Nils spät am Abend zu Elke, als sie gemeinsam auf der Couch saßen und dem Feuer im Kaminofen zusahen.

»Jemand hat sie hierher *gebracht*«, entgegnete Elke mit kaum vorhandener Stimme. Nils sah ihr prüfend in die Augen.

»Landorff geht von Mord aus«, erklärte er. »Sie wird obduziert, und morgen kommen Leute von der Spurensicherung, falls das noch was nützt. Wahrscheinlich werden wir uns an die Medien wenden und versuchen, so etwas über sie herauszufinden. Irgendjemand *muss* sich melden.«

Dann starrte er in die tanzenden Flammen hinter der verrußten Scheibe und dachte an das Tattoo auf ihrem Bauch.

Teil 2
Skizzen

Anxiety and sorrow
Underneath my skin
Self-destruction and failure
Have beat my head in
I laughed out loud once
I won't do that again
Always traveled the hellfire road
To chase the sweet smell of sin
I am a troubled man

John Mellencamp, »Troubled Man«

1

2014

Obwohl alle Zugänge zum See gesperrt waren, hatten sich Schaulustige eingefunden. Sie mussten querfeldein ihren Weg zum Wriakhörn gesucht haben, um der polizeilichen Arbeit zuzusehen. Ein Team des Erkennungsdienstes und ein Taucher waren mit der ersten Fähre auf die Insel gekommen und hatten mit der Spurensicherung am Fundort begonnen. Die vier Männer waren in ihren weißen Anzügen vor dem dunklen Grün der Dünen und des den See umgebenden dichten Schilfs weithin sichtbar. Durch Elkes Beobachtungen hatte man nur eine Ahnung, an welcher Stelle der Körper ins Wasser geworfen worden war, und genau hier, zu ihren Füßen, war der Taucher unter Beobachtung von Nils und Landorff im Wasser. Hin und wieder sahen die beiden Luftblasen aufsteigen und an der Oberfläche zerplatzen. Nils spähte in die Ferne, wo eine Gruppe von Jugendlichen auf einer Düne hockte, sich in der Mittagshitze sonnte und zu ihnen herüberblickte.

»Hier werden seit gestern früh mit Sicherheit Dutzende Leute langgetrampelt sein. Jetzt noch Spuren zu finden ist doch fast aussichtslos, oder?«, fragte er Landorff, der mit zusammengekniffenen Augen auf das die Sonne reflektierende Wasser blickte und auf einem nicht entzündeten Zigarillo herumkaute.

»Ich mache mir da tatsächlich nicht viel Hoffnung«, knurrte der Kommissar in seinen Bart, »aber vielleicht finden wir was im See.«

Nils fand das ebenso unwahrscheinlich. Was hätte das sein sollen? Die Schuhe der Toten vielleicht? Oder ihr Ausweis, der ihnen sagte, mit wem sie es zu tun hatten?

Der Tod der jungen Frau hatte etwas Mysteriöses an sich, etwas Unheilvolles, das Nils nicht benennen oder greifen konnte. Ihm war, als zöge ganz langsam ein dunkles Unwetter auf ihn zu, gefährlich und gefahrbringend, doch nie zuvor gesehen. Es kam auf ihn zu, auf sie, auf die Insel. Das spürte er ganz deutlich, es war ein ständiges nervöses Vibrieren in seinem Körper.

Der Taucher kam sprudelnd hinter ihm an die Oberfläche, und Nils fuhr erschrocken herum.

»Nichts«, brachte er nur nasal unter seiner Maske hervor.

Landorff wies nach links. »Versuchen Sie es dort hinten bei der Aussichtsplattform«, rief er dem Taucher zu. An Nils gewandt, fragte er: »Wann kommt Ihre Frau zurück?«

»Heute Abend erst.«

Elke war mit der Fähre unterwegs nach Dagebüll. Sie hatte ein Bewerbungsgespräch in einer Galerie in Hamburg und wollte sich bei der Gelegenheit auch gleich nach Wohnungen umschauen, nur um zu sehen, was im Moment für Preise genommen wurden und was überhaupt frei war.

»Sie hätte hier sein sollen.«

»Aber sie hat ja nur etwas gehört, mehr nicht«, entgegnete Nils.

»Trotzdem«, konstatierte Landorff streng. »Die Richtung, aus der das Geräusch kam, könnte für die Suche entscheidend sein.«

Als sie auf die Aussichtsplattform zugingen, warf Landorff Nils einen prüfenden Blick zu. »Machen Sie sich keine Sorgen, Herr Petersen, wir finden schon einen Anhaltspunkt und dann auch den Täter«, sagte er.

»Sehe ich besorgt aus?«, fragte Nils.

»Ungemein, ja. Ich verstehe das. Als Polizist auf einer Ferieninsel haben Sie mit Verbrechen dieser Art normalerweise nicht zu tun.«

Nils musste sich über den Hauptkommissar wundern. Anscheinend wusste er nichts von dem Dreifachmord vor drei Jahren, der im gesamten Bundesgebiet Schlagzeilen gemacht hatte. Er kannte den Wriakhörnsee, wusste aber nichts von Dingen, die er wissen sollte.

»So gut wie jedes Schwerverbrechen wird aufgeklärt«, dozierte Landorff weiter. »Achtzig Prozent aller Morde sind Beziehungstaten und werden vom Ehepartner verübt. Kennen wir erst einmal die Identität unseres Opfers, dauert es nicht mehr lange, bis wir einen Verdächtigen haben.« Sein Bart verzog sich zu so etwas wie einem tröstlichen Lächeln.

Nils konnte seine Zuversicht leider nicht teilen.

Elke saß auf der Fähre im Schatten der hoch über ihr aufragenden Brücke. Sie hatte sich eine Thermoskanne mit Tee mitgenommen, die neben ihr auf der Bank stand. Gedankenverloren beobachtete sie die Menschen, die zunächst in Scharen auf das Sonnendeck gekommen waren und nun vor der Hitze Reißaus nahmen und Schatten und Abkühlung im Restaurant suchten. Sie hatte sich so auf diesen Tag gefreut. Endlich mal wieder nach Hamburg zu kommen, an ihre alte Wirkungsstätte. Sie hatte vorgehabt, die Uni zu besuchen, durch das kunsthistorische Institut zu schlendern, ins Karolinenviertel zu gehen und sich dort ins Café zu setzen, um Wohnungsanzeigen zu lesen. Und natürlich hatte sie sich auf die Galerie Schwarz & Seibel gefreut, bei der sie heute das Vorstellungsgespräch hatte. Der Todesfall der unbekannten Frau hatte jedoch einen düsteren Schatten auf alles geworfen, und irgendwie waren dadurch ihre Pläne in den Hintergrund gerückt. Ihr Kopf fühlte sich an wie taub, ihr Gehirn wie in Watte gelegt. In diesem Zustand malte sie sich nicht allzu hohe Chancen aus, bei dem Gespräch heute punkten zu können, doch sie wollte es versuchen. Es ging um sie. Sie musste das für sich tun.

Erschrocken zog sie den Kopf ein, als ein Mann aus dem Verbindungstunnel zwischen Vorder- und Achterdeck kam. Es war Oelker, der in schwarzen Hosen und in einem weißen kurzärmeligen Hemd an ihr vorbeiging. Mit einem Pappbecher Kaffee in der Hand stellte er sich vorn an die Reling und blickte in die Ferne, wo Dagebüll wie eine Fata Morgana schimmernd am Horizont lag.

Auf keinen Fall wollte sie jetzt mit ihm sprechen. Sie griff nach ihrer Thermoskanne und ging durch die Schikane nach hinten auf das zweite Deck. Bis ganz nach hinten. Dort angekommen, waren all ihre Versuche, dem Thema um die Tote im See zu entkommen, jedoch mit einem Mal zerschlagen. Unten auf dem grünen Parkdeck erkannte sie den schwarzen Leichenwagen.

Deswegen war Oelker an Bord. Er brachte die Frau nach Flensburg.

Elkes Hals war plötzlich wie zugeschnürt. Die Sonne legte einen gleißenden Lichtpunkt auf den Lack des Autodaches, fast wie die Pupille eines Auges. Es starrte sie an. Und Elke wusste, was das bedeutete: Es liegt an dir, sagte dieser Blick. Wenn sie genau hinhörte, konnte sie sogar eine leise Stimme vernehmen: »Es liegt an dir.«

Oder war das nur die aufkommende Brise gewesen?

2

2014

Christina stand nur mit einem Schlüpfer bekleidet vor ihrem Kleiderschrank und zog ihre Laufklamotten aus einem der Fächer. Sie musste laufen, einen klaren Kopf bekommen und die Dinge ordnen. Frische Luft war da das Beste. In der Küche trank sie noch ein paar Schlucke Wasser, bevor sie im Flur in ihre Schuhe schlüpfte und dann die Wohnung verließ. Sie wohnte in einem Mehrfamilienhaus in einem kleinen Ort nördlich von Braunschweig. Es war ein wenig weit draußen, aber dafür war die Miete günstig, und sie hatte hier alles, was sie brauchte.

Es war fast sieben, als sie auf die Straße trat und sich nach Norden orientierte, um zum Mittellandkanal zu gelangen, wo sie eine feste Strecke hatte, die sie immer lief und auf der sie im Grünen und gleichzeitig am Wasser war. Noch während sie losjoggte, dachte sie, dass es jetzt immer früher dunkel wurde. Es war zwar nicht so, dass sie schon eine Lampe gebraucht hätte, aber ihr war unwohl bei dem Gedanken, allein in der aufkommenden Dämmerung zu laufen. Immer noch schwirrte der Mann in ihrem Kopf herum, der heute Morgen ein Konto bei ihr hatte eröffnen wollen.

Was für ein Quatsch, das kann überhaupt nicht sein, kanzelte sie ihre ständigen Befürchtungen ab, dass der Mann so etwas wie einen Überfall plante. Das war doch absurd. Aber war es das wirklich? Es hatte in den letzten zwei Jahren drei Überfälle in Braunschweig gegeben. Zwei auf eine Bank und einen auf eine Spielhalle ganz in der Nähe ihrer Arbeitsstelle. Was war an dem Gedanken also so absurd? Ich hätte es Sören sagen sollen, dachte sie. Was, wenn es heute Nacht passiert?

Sie stoppte abrupt und fand sich direkt am Kanal wieder. Die untergehende Sonne stand beinahe genau in der Flucht der in Richtung Hafen verlaufenden Wasserstraße. Ein Schiff, das nur als schwarzer Umriss zu erkennen war, schnitt wie ein Messer durch das glatte Wasser und schlitzte es mittig auf. Hier schien die Luft noch wärmer, noch stickiger zu sein als überall sonst.

Vielleicht sollte sie Sören anrufen. Jetzt.

Aber was Christina um alles in der Welt verhindern wollte, war ein Telefonat, das von Sören falsch verstanden wurde. Er könnte es als eine Art Einladung auffassen oder sich berufen fühlen, sie zu beschützen. Sie wollte ihn jedoch auf keinen Fall in ihrer Wohnung haben.

Sie bemerkte eine Person, die sich ihr von Westen her näherte. Im Gegenlicht konnte sie kaum etwas erkennen, aber der- oder diejenige schien einen Hund dabeizuhaben. Christina sah auf die Uhr. Es war neunzehn Uhr dreiundzwanzig. Der Schweiß lief an ihr herab, sie konnte ihn riechen. Dann hörte sie ein Knurren und erkannte einen schwarzen Schäferhund, der mit gesenktem Kopf auf sie zukam.

Sollte sie jetzt weglaufen oder besser stehen bleiben? Der Besitzer – ob Mann oder Frau, konnte sie immer noch nicht ausmachen – folgte mit ein paar Metern Abstand. Sie blieb, wo sie war, und der Hund kam mit einem tiefen Knurren näher. Innerlich spürte sie schon seine Zähne in ihrer Wade, die völlig schutzlos nur noch wenige Zentimeter von seiner Schnauze entfernt war. Dann blieb das Tier stehen, schnüffelte vorsichtig und hob den Kopf. Christina blickte zu ihm hinunter, und der Hund wedelte mit dem Schwanz. Erleichtert atmete sie aus.

»'n Abend«, sagte eine ältere Dame im abgewetzten Parka und ging hinter Christina vorbei.

»'n Abend«, grüßte sie zurück und wartete einen Moment, bevor sie sich schließlich umdrehte und schnurstracks zurück nach Hause lief.

Als sie geduscht hatte, setzte sie sich vor den Fernseher. Auf der Wetterkarte der Tagesthemen waren auch für die nächsten Tage nur eine strahlende Sonne und Temperaturen um die dreißig Grad abgebildet. Christina hatte einen Entschluss gefasst. Sie wollte Sören morgen in einer Pause ansprechen und ihn auf das merkwürdige Gespräch hinweisen. Damit hätte sie dann ihre Schuldigkeit getan und könnte sich wieder auf wichtigere Dinge konzentrieren. Ja, so würde sie es machen.

Ein Motorengeräusch ließ sie aufhorchen. Jemand war in die Einfahrt gefahren, und das Vibrieren des Motors schlug gegen ihre Wohnzimmerscheibe. Sie hörte, wie das Geräusch erstarb, aber es wurde keine Autotür geöffnet. Angespannt wartete sie einige Augenblicke, bis sie den Fernseher, ihre einzige Lichtquelle, ausschaltete und vorsichtig zum Fenster ging. Unten in der schmalen Gasse, die zu dem hinteren Haus führte, stand ein Wagen direkt unter einer Laterne. Im gelblichen Licht konnte sie schlecht erkennen, welche Farbe das Auto hatte, aber es war ein Audi. Fuhr Sören nicht einen Audi? Die Lichtkugel der Laterne spiegelte sich in der Windschutzscheibe, sodass sie nicht hineinsehen konnte. Aber sie bemerkte, dass das Fenster auf der Fahrerseite knapp zehn Zentimeter geöffnet war.

Jemand bog um die Ecke und spazierte die Einfahrt entlang. Es war einer ihrer Nachbarn, der vom Training kam. Sein muskulöser Umriss war sogar in der Dunkelheit gut zu erkennen, und er trug eine Sporttasche bei sich. Er war ein recht gut aussehender Typ und wohnte ein Stockwerk unter ihr auf der anderen Seite. Sie hatte schon mal überlegt, ihn anzusprechen, aber seine ausufernden Trainingszeiten ließen sie zweifeln, ob er der Richtige für ein Date war. Jetzt war sie froh, ihn zu sehen. Bevor er den Audi erreichte, schloss sich auf einmal das Fenster. Arglos stapfte er vorbei, ging zur Haustür und verschwand unter dem Vordach, wo sie ihn nicht mehr sehen konnte. Der Audi blieb. Und noch immer stieg niemand aus.

Christina zog sich vom Fenster zurück. Gott, leide ich jetzt schon an Paranoia?, fragte sie sich. Es gab sicher eine völlig banale Erklärung. Der Fahrer könnte unterwegs ein Hörspiel gehört haben, wollte das spannende Ende nicht verpassen und blieb deshalb im Wagen. Vielleicht war er Raucher und durfte zu Hause nicht rauchen, also genoss er noch eine Zigarette im Wagen. Oder er war einfach fremd in der Stadt und suchte nun auf dem Navi nach der richtigen Adresse. Sie wollte gerade wieder ein Licht einschalten, als ihr einfiel, dass sie gar nicht aufs Nummernschild geachtet hatte. War es ein auswärtiges Kennzeichen gewesen?

Auf leisen Sohlen schlich sie zurück zum Fenster und lugte hinaus. Der Audi war noch da. Die Scheiben schwarz und geschlossen. Keine Zigarettenkippe vor dem Fenster. Und das Nummernschild? Es lag im Dunkeln. Sie musste ihre Augen anstrengen, um es entziffern zu können. Sie brauchte doch nur die ersten

Buchstaben. Christina erkannte ein B und dann auch das S. Er war also von hier.

Und wenn es nun dieser Ludwig war? Dieser merkwürdige Kunde von heute Morgen? Wenn der Kerl sie beobachtete, um seinen Bankraub vorzubereiten? Hatte er irgendwo auf ihrem Schreibtisch ihre Adresse lesen können? Sie konnte sich nicht erinnern.

Ein schweres, drückendes Gefühl der Beklemmung lag wie ein zu fest geschnürtes Korsett um ihren Brustkorb. Sie versuchte, tief Luft zu holen, doch es gelang ihr nicht. Ihre Lungen schmerzten, und ihre Luftröhre schwoll zu. *Beruhige dich, beruhige dich, Herrgott.* Sie machte zwei hastige Schritte in die Mitte des Raums hinein und blieb unentschlossen stehen. *Du bist paranoid, Mädchen. Komm wieder runter und sieh dir was Nettes im Fernsehen an, dann kommst du auf andere Gedanken.*

»Ja«, hauchte sie kaum hörbar.

Aber es ist Sörens Wagen, das weißt du doch, oder?

Nervös wischte sie sich im Gesicht herum. Dann griff sie zum Telefonhörer und stellte sich ans Fenster. Sie tippte Sörens Nummer ein, um ihm von diesem Kerl zu erzählen. Es musste sein, jetzt gleich.

Es tutete, und sie blickte ängstlich aus dem Fenster, während sie darauf wartete, dass Sören ranging. Da sah sie etwas, das ihr Herz für einen Moment stillstehen ließ. Unten in dem Audi leuchtete ein blaues Display auf.

Sie zuckte zurück und presste sich mit dem Rücken gegen die Wand. Er war es doch! Sören stand unten vor ihrer Tür und beobachtete sie.

»Ja, hallo?«, hörte sie ihn blechern fragen und hätte vor Schreck fast den Hörer fallen lassen. Mit zitternden Händen hob sie ihn an ihr Ohr. »Hallo?«, fragte er erneut.

»Hier ... hier ist Christina. Christina Wagner«, sagte sie und versuchte, ihre Angst unter Kontrolle zu bekommen.

»Christina, das ist ja eine Überraschung«, rief er fröhlich.

Er tut so, als stünde er nicht direkt vor meinem Haus, dachte sie entsetzt und schalt sich gleich darauf selbst einen Esel. *Hattest du wirklich etwas anderes erwartet?*

»Was kann ich zu so später Stunde für dich tun?«

»Ich … also, ich habe da etwas, das … das ich dir erzählen muss«, stotterte sie.

»Ja?«

»Da war heute ein Mann in der Bank. Er wollte ein Konto eröffnen, zumindest sagte er das. Doch er hat sich sehr auffällig benommen«, begann sie zu erzählen. Jetzt war die Geschichte eigentlich nicht mehr wichtig. Sie versuchte, Zeit zu gewinnen, und überlegte gleichzeitig, was sie tun sollte. »Er starrte die ganze Zeit auf die Kameras und wirkte nervös. Er gab mir einen Namen und eine Adresse. Doch die Straße gibt es gar nicht. Als ich mehr von ihm wissen wollte, musste er auf einmal gehen und war dann ganz schnell verschwunden.«

Diese Information schien Sören zumindest zu verwundern. Es entstand eine kurze Pause.

»Das … das klingt in der Tat verdächtig, Christina. Ich fände es gut, wenn du mir den Mann näher beschreiben würdest. Aber nicht am Telefon. Könnte ich kurz bei dir vorbeischauen? Ich bin gerade an der Hamburger Straße. Es würde nur ein paar Minuten dauern.«

Ihr Gesicht wurde schlagartig heiß. »Nein«, schoss es aus ihr heraus, »es ist schon so spät.«

»Ja, aber verstehst du nicht? Es könnte sich um jemanden handeln, der die Bank auskundschaftet und einen Raub plant. Wir müssen das besprechen. Und zwar sofort. Wir könnten dann zusammen entscheiden, ob wir die Polizei benachrichtigen oder nicht.«

»Könnten wir das nicht morgen …«

»Morgen ist es vielleicht zu spät, Christina. Ich bin gleich bei dir.« Damit legte er auf.

Kaum dass Christina das Klicken in der Leitung gehört hatte, bewegte sich der Audi rückwärts in Richtung Straße. Das Licht blieb ausgeschaltet. Er bog ab, das Licht sprang an, und dann brauste er davon.

Christina blieb wie versteinert, wo sie war, und beobachtete ihre Auffahrt, in die kurze Zeit später derselbe Audi erneut einbog.

Warum habe ich nichts unternommen? Was mache ich denn jetzt?, rief sie innerlich. Sie blickte auf das Display ihres Telefons.

1-1-0. Sie musste es nur tun. Drei Mal drücken und jemandem schildern, was gleich passieren würde. Und wenn sie nicht kamen? Es lag nichts vor, gar nichts. Sicher würden sie erst kommen, wenn er sie vergewaltigt hatte, wenn alles zu spät war.

Sören ist ein armes Arschloch, bremste sie sich innerlich. Ein Schwächling. Er wird dich nicht vergewaltigen. Er wird versuchen, dich zu küssen, und sofort den Schwanz einziehen, wenn du ihm Paroli bietest.

Da klingelte es. Sie hastete in die Küche, zog ein Messer aus einem Holzblock und legte es griffbereit auf eine Anrichte. Dann nahm sie ein zweites, lief ins Schlafzimmer und versteckte es im Nachtschrank. Es klingelte ein zweites Mal, und sie sprang an die Tür und betätigte den Summer. Schwer atmend verharrte sie und lauschte seinen Schritten im Treppenhaus. Er war leise. Aber die Nachbarn sollten mitbekommen, dass jemand kam. Das war wichtig.

Christina entriegelte das Schloss, riss die Tür auf und trat in den Flur hinaus. »Sören? Hier, im dritten Stock!«, rief sie hinunter, gerade so laut, dass er sie nicht augenblicklich für panisch hielt. Er blickte kurz hoch und kam dann auf ihre Etage.

»Hallo, Christina.« Er lächelte.

»Komm doch rein«, sagte sie klar und deutlich, und ihre Worte hallten durch das Treppenhaus. Sie betraten die Wohnung, und Sören legte seine Jacke ab. Er sah sich aufmerksam um.

»Schön hast du's hier. Du hast einen guten Geschmack.«

»Danke. Möchtest du etwas trinken?«

Er ließ seinen Blick vom Flur ins Wohnzimmer wandern. »Trinkst du was mit?«, fragte er.

»Warum nicht. Rotwein?«

»Gern.«

Sie suchte in der Küche geräuschvoll nach einer Flasche, während er das Wohnzimmer betrat.

»Oh, ich hab gar keinen mehr«, rief sie hinüber, was auch stimmte. »Ich kann aber schnell bei einer Nachbarin …«

»Lass nur, ist nicht so wichtig«, meinte er schnell, als sie bereits wieder zur Haustür lief. »Lass uns über diesen Kerl sprechen.«

Christina ging widerwillig zu ihm ins Wohnzimmer und bot

ihm einen Platz auf der Couch an, während sie sich auf den Sessel hockte.

»Es ist gut, dass du mich angerufen hast«, sagte er mit einem Lächeln und einem beruhigenden Augenaufschlag.

»Tja, das ließ mich nicht mehr los. Er war so unheimlich irgendwie.«

Sören nickte verstehend. »Und seine Personalien waren nicht korrekt?«, fragte er.

»Er sagte, er würde Ludwig heißen und in Wolfenbüttel wohnen. Aber die Straße, die er mir nannte, existiert dort nicht.«

»Das klingt nicht gut, Christina. Gar nicht gut.«

»Ja, deshalb dachte ich, ich rufe dich besser an.«

»Richtig. Ganz richtig. Ich wusste, ich kann mich auf dich verlassen. Sehr gut. Wie sah der Kerl aus?«

»Nun, er war so um die fünfzig. Gut aussehend, gepflegt und … ach ja, ich glaube, er trug eine Perücke, eine braune Perücke.«

»So? Das ist ja komisch. Ein weiteres Verdachtsmoment«, sagte Sören bedeutungsschwanger.

»Ja, das finde ich auch.«

»Gut.« Er klatschte in die Hände und rieb sie aneinander. »Was ist nun zu tun? Macht es Sinn, bereits jetzt die Polizei einzuschalten? Ich denke nicht«, antwortete er sich selbst. »Ich schlage vor, wir warten und beobachten die nächsten Tage. Ich werde die Sicherheitssysteme kontrollieren und eventuell neue Codes erstellen lassen. Ja, so machen wir es. Das wird erst mal das Beste sein.«

»Okay«, sagte Christina unentschlossen.

Sören starrte sie selig grinsend an. »Du weißt, dass du meine beste Mitarbeiterin bist?«

»Ach was, da gibt es noch andere …«

»Na, na, na«, machte er und rückte näher an sie heran, »keine falsche Bescheidenheit. So etwas wie heute hätte nicht jeder so gemeistert wie du.«

»Möchtest du vielleicht etwas anderes trinken?«, fragte sie hastig und wollte aufstehen.

»Nein. Ich möchte nichts.« Er schaute sie mit einem lüsternen Schmunzeln an. Seine Augen funkelten. »Ich habe immer gewusst, dass es so weit kommen würde.«

»Was?«, fragte sie irritiert.

»Na, hier. Wir beide. Bei dir. Ich hab das gewusst. Und gehofft natürlich.« Er begann, schnappend zu lachen. »Oh ja, was habe ich darauf gehofft. Die ganze Zeit über. Aber am Ende ist ja alles so eingetreten, wie es eintreten musste.«

»Ich verstehe nicht«, sagte Christina und rückte auf dem Sessel von ihm weg.

»Nicht. Bitte, hab keine Angst. Und vor allem hab keine Scham. Mir kannst du alles anvertrauen.« Er reckte sich zu ihr herüber. Sein Gesicht kam immer näher, sein Grinsen wurde breiter.

»Das war *dein* Auto da draußen«, sagte sie, ohne dass sie es bewusst gesteuert hätte. Die Worte kamen wie von selbst aus ihrem Mund.

»Was meinst du?«

»Du hast da schon länger gestanden.«

Das traf ihn. Seine Augenlider flatterten, und sein Grinsen wurde schwächer.

»Du meinst vor deinem Haus?«

»Ja.« Sie versuchte, selbstsicher zu klingen und ihn dabei mit festem Blick anzusehen.

Er lachte und senkte den Blick. »Stimmt. Du hast mich erwischt. Ich bekenne mich schuldig.« Dann sah er ihr wieder in die Augen. »Aber weißt du auch, warum?«

Sie sagte nichts.

»Weil ich dich nicht mehr aus meinem Kopf kriege. Ich muss den ganzen Tag an dich denken. Und abends, wenn ich nach Hause komme, ertappe ich mich dabei, wie ich dich vermisse.«

»Du bist verheiratet«, sagte Christina.

»Ja, das stimmt. Aber sie ist nicht wie du. Sie ist ... einfach da. Eigentlich will ich nur dich sehen.«

»Das geht nicht, Sören«, hörte Christina sich sagen. »Du musst jetzt gehen.«

Er blickte nachdenklich nach unten. Dann erschien ein Lächeln auf seinem Gesicht, doch es verwandelte ihn irgendwie. Er sah jetzt jünger aus, fast wie ein Kind, und seine Augen ... seine Augen waren verrückt geworden. Anders konnte Christina es nicht ausdrücken. Er blickte sie aus verrückten Augen an. Sein Verstand war innerhalb eines winzigen Moments verloren gegangen.

Ich muss hier raus, dachte sie. Ich bin hier nicht sicher.

»Geh jetzt«, beschied sie ihn atemlos.

Sein Grinsen wurde breiter.

»Ich fürchte, das geht jetzt nicht mehr.«

Sie erstarrte. Jeden Augenblick geht er auf mich los, dachte sie, jeden Moment greift er mich an. Warum hab ich ihn nur reingelassen? Wie konnte ich so dumm sein? Dann sprang sie auf und lief los. Sie rannte mit eiskalter, in ihren Rücken gekrallter Panik durch das Wohnzimmer in den Flur bis zur Tür. Sie konnte ihn hinter sich hören. Seinen Atem, seine Schritte. Das Rascheln seiner Kleidung.

An der Tür hatte er sie fast erreicht, und als sie hinauslief, spürte sie ein Ziehen, doch sie konnte sich losreißen. Sie sprintete nach unten. Jetzt würde sich ihr Training bezahlt machen. Sie überlegte noch eine Sekunde lang, ob sie bei dem trainierten Nachbarn gegen die Tür hämmern sollte, doch dann war sie an seinem Stockwerk vorbei und entschied sich, einfach zu laufen. Sie war schneller als Sören. Er würde nicht aufgeben, aber auf längere Distanz konnte sie ihn abhängen. Außerdem war sie draußen unter Menschen. Auf der Straße war sie sicher.

Sie stürmte zur Haustür hinaus und rannte die Einfahrt entlang. Jetzt konnte sie richtig beschleunigen, doch Sören hinter ihr hielt überraschend mit. Er ließ sich so schnell nicht abschütteln. An der Hauptstraße angekommen, blickte sie panisch nach links und rechts, suchte nach Menschen, nach Schutz. Doch schon im nächsten Augenblick hörte sie seine Schritte dicht hinter sich. Gleich hatte er sie.

»Brauchen Sie Hilfe?«, hörte sie da eine Stimme wie aus dem Nichts sagen, und sie sah einen Mann aus einem Auto aussteigen.

»Ja!«, rief sie verzweifelt und erleichtert zugleich.

»Kommen Sie!«

Christina flüchtete in den rettenden Wagen. Kaum dass sich die Tür geschlossen hatte, prallte Sören von außen dagegen. Doch da quietschten auch schon die Reifen, und das Auto schoss nach vorn.

3

2014

Es war schön, nach Hamburg zurückzukehren. Alles an dieser Stadt kam ihr jetzt aufregend vor. Die Menschen, die Häuser, die Läden. Es war anders als damals und doch irgendwie noch dasselbe. Der Tag war wunderbar, die Sonne schien von einem wolkenlosen Himmel. Die Cafés waren voll besetzt, hatten Stühle und Tische auf den Gehweg gestellt, und ein buntes Treiben schob sich durch die Straßen.

Elke stellte den Wagen bewusst einige Straßen von der Galerie entfernt ab. Sie hatte noch ein wenig Zeit und wollte einen Spaziergang machen, um ihre Nerven zu beruhigen und sich ein Café auszusuchen, in dem sie nach dem Gespräch etwas trinken konnte. Außerdem war ihr Rücken klitschnass geschwitzt von der langen Autofahrt, und sie wollte die Bluse an der Luft etwas trocknen lassen.

In der Glashüttenstraße ging sie nach Norden, um dann über die Vorwerk- und die Grabenstraße zur Marktstraße zu gelangen, in der sich die Galerie befand. Nun, da sie nur noch wenige Schritte von ihrem Ziel entfernt war, schlug ihr Herz immer höher, und ihr Mund wurde trocken wie Sandpapier. Die Hitze hier in Hamburg war anders als auf der Insel, drückender und schwüler. Schweiß stand ihr auf der Stirn, und sie fühlte einen klebrigen Film im Gesicht und im Nacken.

Die Galerie lag rechter Hand in einem hübsch sanierten Altbau mit einer weiß leuchtenden Fassade. Durch die großen Fenster, die nach Süden ausgerichtet waren, fiel fast durchgängig Sonnenlicht in den Schauraum. Elke betrat die Galerie durch eine schmale Glastür, über der als edler Schriftzug in schwarzen Lettern der Name prangte. In den Fenstern waren einzelne Stücke ausgestellt, sowohl Bilder als auch Skulpturen. Der Innenraum war weitläufig, luftig und nur durch quadratische Säulen unterbrochen. Ihre Schuhe klackerten auf dem hellen Parkett, und sie suchte nach einem Ansprechpartner, weil niemand in dem Raum zu sehen war. Es war ganz still. Sie ließ einige der ausgestellten Bilder auf sich wirken, während sie weiter nach hinten durchging.

»Hallo?«, rief sie vorsichtig.

»Maike, gehst du mal gucken? Ich bin noch am Auspacken«, hörte sie eine männliche Stimme rufen. Dann trat eine hübsche junge Frau in einem schwarzen Kleid, mit schwarzen Ballerinas und einer, wie Elke fand, wunderschönen Brille auf sie zu. Sie hatte lockiges dunkelblondes Haar und ein längliches Tattoo, das von ihrem rechten Ohr bis hinunter zum Schlüsselbein reichte.

»Hallo, kann ich dir helfen?«, fragte sie und faltete ihre Hände vor der Brust.

»Ich bin Elke Petersen und komme zum Vorstellungsgespräch«, stellte Elke sich vor.

»Oh«, sagte sie und berührte Elke leicht am Arm, »du bist das.« Elke nickte.

»Ja, herzlich willkommen. Ich bin Maike.« Sie warf einen Blick auf ihre Uhr. »Wir haben völlig die Zeit verpasst. Tut mir leid.«

»Macht doch nichts.«

»Möchtest du was trinken?« Sie wandte sich nach hinten. »Valentin, Elke ist da!«

»Ich würde ein Wasser nehmen«, sagte Elke.

»Schön. Komm, wir gehen in den Hof.«

Elke folgte Maike in den Flur, wo Valentin vor einer Lieferung Pakete hockte wie eine Schnake. Seine dünnen Beine waren so lang, dass die Knie fast über seinen Kopf hinausragten, und aus den Ärmeln seines schwarzen Jacketts wuchsen zwei weißhäutige dürre Arme.

»Hast du's bald?« Maike nahm im Vorbeigehen eine Flasche Wasser und ein Glas von einer Anrichte.

»Geht schon mal vor, bin gleich da«, sagte er und fummelte weiter an dem Karton herum.

»Hallo«, grüßte Elke.

»Bin gleich bei euch«, gab er nur zurück.

Durch eine Stahltür ging es in einen grünen Hinterhof. Kleinere Weiden wuchsen hier, umgeben von Rasen, und ein verschlungener Weg aus weißem Kies verlief wie ein kleiner Bach mitten hindurch. Jetzt erst erkannte Elke die vielen Skulpturen und Installationen, die sich hier versteckten. Es war ein Kunstgarten, jedes Werk fügte sich so in die grüne Anlage ein, dass es kaum auffiel.

Sie steuerten auf einen Holztisch unter einer Weide zu, deren Äste und Blätter wie ein Dach über die Sitzgruppe gestülpt waren.

»Das ist einmalig schön«, sagte Elke bewundernd.

»Ja, unsere kleine Oase«, entgegnete Maike lächelnd und setzte sich. Sie wollte gerade den Mund öffnen, um nach Valentin zu rufen, als der aus der Tür trat und, seinen Anzug richtend, in den Hof gestakst kam. Sein schlohweißes Haar leuchtete in der Sonne.

»So, ich komm ja schon«, sagte er und bückte sich tief, um unter den Blättervorhang zu gelangen. »Valentin Schwarz«, sagte er und streckte Elke seine langen Finger entgegen.

»Elke Petersen, freut mich.«

Er nahm Platz, seine Knie ragten links und rechts der Tischplatte empor. »Hast du eine gute Fahrt gehabt? Wo kamst du noch mal her?«, fragte er und wischte ein paar Flusen von seiner Hose.

»Von Amrum.«

»Ah ja, richtig. Die Dame aus Amrum. Das finde ich ja spannend. Was verschlägt dich nach Hamburg?«

»Noch bin ich ja nicht hier«, sagte Elke lächelnd. »Aber auf der Insel gibt's wenig Galerien.«

»Kann ich mir vorstellen. Schön, schön. Wasser hast du schon? Dann erzähl doch mal von dir. Kennst du Hamburg?«

»Ja, ich hab hier studiert. Und hier im Viertel gewohnt.«

»Ach, dann bist du ja quasi eine Einheimische. Welche Uni?«

»Universität Hamburg, Kunstgeschichte. Meinen Abschluss hab ich 1999 gemacht. Ich bin dann wieder zurück nach Amrum und irgendwie dort hängen geblieben. Habe geheiratet, eine Tochter bekommen, die inzwischen auf Föhr zur Schule geht, und möchte nun gern wieder arbeiten. Meine Zeugnisse hab ich euch ja zugeschickt.«

»Das hat Maike alles gesehen, nicht wahr?«

Maike nickte. »Alles angekommen und durchgesehen.«

»Ja, Elke, was wir suchen, ist jemand, der sehr vielseitig ist, der sich sowohl mit der Akquise als auch mit der Betreuung unserer verschiedenen Künstler beschäftigt. Wir sind stilistisch nicht festgelegt, sondern versuchen, unseren Kunden einen abwechslungsreichen Blick auf Kunst zu eröffnen. Es gibt eine Vielzahl sehr talentierter junger Künstler, national und international, die bei uns ausgestellt werden. Wir müssen mitunter beide verreisen, und dann ist es wichtig, dass sich hier jemand Fähiges um sämtliche Belange kümmert. Wenn's sein muss, würdest du auch mal allein eine Vernissage stemmen, Einladungen verschicken, dich um die Pressearbeit kümmern und so weiter.«

»Das klingt sehr spannend«, erwiderte Elke. »Ich bin sicher, dass ich mit alldem gut klarkommen würde, und ich freue mich wirklich darauf, endlich wieder zu arbeiten. Das ist ein großer Wunsch von mir. Insofern passt das alles wunderbar. Ich muss nur zugeben, dass ich eben schon länger aus der Materie raus bin. Vielleicht bräuchte ich ein wenig Anlaufzeit, bis alles nahtlos funktioniert.«

Oje, dachte Elke und hätte sich am liebsten selbst geohrfeigt. Warum hab ich das jetzt gesagt? Ich kann ihm doch nicht Argumente dafür liefern, mich *nicht* einzustellen.

»Genau das Problem sehe ich auch«, warf Maike ein. »Du warst bisher noch gar nicht in dem Job tätig und hast somit keine Referenzen.«

Elke nickte traurig. Das war's dann wohl, dachte sie.

»Das stört mich gar nicht«, sagte Valentin unbeeindruckt. »Man kann ja vorher in hundert anderen Galerien gearbeitet haben und trotzdem schlecht sein. Nein, was ich schön finde, ist, dass ich bei dir diesen unbedingten Willen heraushöre, die Freude an der Arbeit. Das mag ich. Man muss die Kunst lieben«, sagte er schwärmerisch. »Aber hast du denn überhaupt eine Bleibe hier in Hamburg?«

»Nein, aber das würde ich, abhängig vom Job, natürlich ändern. Die erste Zeit müsste ich wohl pendeln, während ich noch etwas suche. Ich würde irgendwas Kleines nehmen, hier in der Nähe.«

»Aber nur als Zweitwohnsitz, sozusagen?«, hakte Maike nach. »Du siedelst jetzt nicht komplett nach Hamburg über?«

»Nein, meine Familie ist ja noch auf Amrum.«

Valentin nickte nachdenklich. »Was macht dein Mann?«

»Er ist Polizist auf Amrum.«

»Oh«, sagte er mit einem Zucken seiner weißen Augenbrauen. Mit einem Beamten verheiratet zu sein machte Elke natürlich nicht flexibler in der Wahl ihres Wohnsitzes. Und kleinbürgerlich wirkte es obendrein.

Du bist nur 'ne einfache Inselmama, mehr nicht. Die Großstadt und ihre Kunst sind wahrscheinlich nicht das richtige Pflaster für dich.

»Ich finde es ja spannend, was du so an frischem Wind von der Insel mitbringen würdest. Du hast sicher einen viel unvoreingenommeneren Blick auf die Dinge«, machte sich Valentin überraschend für sie stark.

Elke dachte daran, dass sie eigentlich nach einer Halbtagsarbeit fragen wollte, einer, die es ihr ermöglichte, ihre Familie auch unter der Woche zu sehen. Aber was Valentin gesagt hatte, klang so, als ob das keine Option darstellte.

»Maike und ich müssen das noch mal besprechen. Wir haben ja noch andere Anwärter gehört und gesehen«, sagte Valentin.

»Ich denke«, hob Elke an, »dass es vielleicht doch nicht so passt. Ich möchte diesen Job. Aber ich möchte auch meine Familie sehen, und nicht nur für einen Tag in der Woche. Ihr sucht jemanden, der hier voll einsteigt. Ich glaube, das kann ich nicht leisten.«

Erstaunt stülpte Valentin seine Lippen vor. »Tja, das ist sehr schade. Aber auch sehr ehrlich. Über die Arbeitszeiten hatten wir ja noch gar nicht gesprochen.«

»Es tut mir leid, wenn ich … wenn ich eure Zeit gestohlen habe.«

Elke überkam eine tiefe Sehnsucht nach Amrum und ihrer Tochter und ihrem Mann. Sie hatte deutlich ihre Gesichter vor Augen und den Klang des Meeres in den Ohren. Sie stand auf.

»Trotz allem bist du weiterhin im Kreis der Bewerber«, meinte Valentin. »Es sei denn, du selbst sagst lieber von vornherein Nein.«

»Ich mag es hier. Für euch zu arbeiten würde mir sehr gefallen«, sagte Elke, und sie schüttelten sich die Hände. Es war ein versöhnlicher Abschluss für ein ungewöhnliches und in Elkes Augen missratenes Bewerbungsgespräch.

Sie verließen den Hof und schlängelten sich durch den engen Flur bis in den Ausstellungsraum. Elke ging in der Mitte und blieb auf einmal so abrupt stehen, dass Valentin fast in sie reingelaufen wäre.

»Hoppla«, sagte er, »was ist denn?«

Elke war vor einem Bild stehen geblieben, das an der Rückseite einer Säule hing. Ein Gemälde, ungefähr einen Meter breit und einen Meter zwanzig hoch. Ein Porträt. »Wer hat das gemalt?«, fragte sie.

»Ja, das ist so ein Sonderfall«, begann Valentin zu erklären. »Wir fanden es von Anfang an interessant. Nur wissen wir nicht, von wem es stammt. Es wurde anonym abgegeben.«

Elke bewegte sich kein Stück. Besorgt ging Valentin um sie herum und schaute ihr ins Gesicht.

»Stimmt was nicht?«

»Ich kenne sie«, hauchte Elke.

Valentin und Maike blickten auf das Porträt.

»Wen? Das Modell?«

Elke spürte, wie ihr die Knie wegzusacken drohten. Das Blut wich aus ihrem Gesicht.

»Diese Frau ist von meinem Mann gestern tot aus einem See geborgen worden.«

Elke hatte einige Minuten gebraucht, um sich von dem Schock zu erholen, den der Anblick des Bildes bei ihr ausgelöst hatte. Sie hatte sich setzen müssen, um nicht umzukippen. Jetzt stand sie in einer Ecke der Galerie und versuchte, Nils zu erreichen, während Maike und Valentin in einer anderen standen und miteinander flüsterten.

»Elke, was ist?«, fragte Nils. »Hast du den Job?«

»Nein«, antwortete sie, »nein, darum geht es nicht, Nils. Ich bin in der Galerie, und hier ist ein Bild ausgestellt. Es zeigt das Gesicht der Toten aus dem See.«

Elke glaubte für einen Moment, die Leitung sei unterbrochen, weil Nils nicht mehr zu hören war. Doch sie vernahm Hintergrundgeräusche, Stimmen und das Klackern einer Tastatur.

»Nils?«

»Meinst du wirklich, Elke? Vielleicht hat dich das alles einfach so mitgenommen, dass ...«

»Nils«, unterbrach sie ihn lauter, »ich bin mir sicher. Sie ist deutlich zu erkennen. Aber wenn du willst, schicke ich dir ein Foto.«

»Ist gut. Mach das. Ich rede inzwischen mit Landorff.«

»Okay, bis gleich.«

Elke initialisierte die Kamera ihres Handys und versuchte, das gesamte Porträt in den Ausschnitt des Displays zu bekommen. Sie schoss drei Fotos und schickte das gelungenste an Nils' Nummer. Es dauerte nicht lange, und ihr Handy klingelte.

»Elke?«, fragte Nils.

»Ja?«

»Sag ihnen, keiner soll das Bild anfassen. Die Hamburger Polizei wird es abholen. Die Galeristen sollen sich bitte für ein Gespräch bereithalten.«

»In Ordnung.«

Sie legte auf. Zögerlich bewegte sie sich auf Maike und Valentin zu, die sich ihr neugierig zuwandten.

»Es tut mir leid, aber wie es aussieht, werdet ihr das Bild vorerst nicht verkaufen können. Sie ist es tatsächlich, das Bild ist von größter Wichtigkeit. Die Polizei wird es gleich abholen.«

»Das gibt's doch nicht«, sagte Valentin fassungslos und fuhr sich durch seine Haare.

»Ihr müsstet auch noch eine Aussage machen.«

»Was ist denn mit ihr passiert? War es Selbstmord?«, fragte Maike.

Elke schüttelte den Kopf. »Ich glaube, darüber darf ich nicht sprechen.«

»Und sie ist gestern gefunden worden?«, hakte Valentin nach.

»Ja. Mein Mann hat sie entdeckt. Ich hatte …« Sie schluckte den letzten Teil des Satzes hinunter. »Wie seid ihr da rangekommen?«, fragte sie stattdessen.

»Es wurde uns geschickt«, antwortete Valentin.

»Na ja, wohl eher gebracht. Es stand morgens vor der Tür«, korrigierte Maike ihn. »Kein Name, kein Brief, gar nichts. Nur das Bild.«

»War es eingepackt?«, fragte Elke.

»Ja, es war in Packpapier eingeschlagen und bereits gerahmt.«

»Wir haben versucht, den Künstler oder die Künstlerin zu ermitteln«, erzählte Valentin, »doch da steht nur ein Vorname. Und zwei Daten.«

Still gingen die drei hinüber zum Bild.

»Wir mochten es auf Anhieb, weil uns der Ausdruck in ihren Augen gefangen nahm. Ganz unverwechselbar und authentisch, so voller Schmerz. Dazu die Bandbreite an Farben, so pastös aufgetragen und wild inszeniert. Wir waren begeistert.«

»Bitte nicht mehr anfassen«, sagte Elke leise, als Valentins Hand sich dem Bild näherte. Er nickte und zeigte vorsichtig mit dem kleinen Finger auf den rechten unteren Bildrand.

»Hier, 23. Februar 1986«, las er vor, »dann: Helene, und schließlich 26. August 2014.«

Elke sah die beiden entsetzt an. »Das war gestern.« Ihre Lippen zitterten.

Das schien den beiden erst jetzt richtig klar zu werden.

»Wann kam das Bild?«

Valentin rechnete nach. »Das muss so vor drei oder vier Wochen gewesen sein.«

»Gestern wurde sie tot aufgefunden«, sagte Elke fast abwesend, weil sie sich in Gedanken am Wriakhörnsee befand. »Und jemand schreibt genau dieses Datum auf das Bild?«

Diese Frage ließ alle erschaudern, weil sie wussten, was das bedeutete. Es gab jemanden, der vorher gewusst hatte, wann sie sterben würde. Dieser Jemand hatte sie gemalt.

Und dieser Jemand hatte sie auch getötet.

4

2014

Elke erreichte die Insel um zweiundzwanzig Uhr mit der letzten Fähre. Sie fuhr gleich ins Polizeibüro, weil sie wusste, dass Nils noch dort sein würde. In Hamburg hatte sie ebenfalls noch eine Aussage gemacht und danach mit angesehen, wie die Kriminaltechnik das Bild abgeholt hatte.

Im Büro herrschte eine stille, aber geschäftige Atmosphäre. Possebiehl saß am Telefon, Landorff und Nils am Computer.

Nils sprang sofort auf, als sie den Raum betrat. »Da bist du ja«, sagte er und kam auf sie zu. »Wie geht's dir?«

Er umarmte sie, und ihre Antwort sprach sie in seine Schulter hinein: »Alles gut.«

Sie begrüßte die beiden anderen Beamten, nahm sich einen Stuhl und berichtete noch einmal, was in der Galerie vorgefallen war. Die drei Männer lauschten gespannt.

»Es war wie ein Schock, als ich dieses Gesicht vor mir sah. Den Ausdruck in ihren Augen. Und das mit dem Datum ist so unheimlich«, sagte sie abschließend. »Wie eine Prophezeiung.«

»Genau so war es wohl auch gemeint«, sagte Landorff. »Von einem Zufall kann man jedenfalls kaum ausgehen. Wir prüfen jetzt auch ältere Vermisstenmeldungen. Wenn er sie gemalt hat, stand sie ihm höchstwahrscheinlich Modell, und das vor drei bis vier Wochen oder noch früher. Vielleicht hatte er sie entführt und über einen längeren Zeitraum gefangen gehalten.«

Das Telefon klingelte, und Possebiehl nahm das Gespräch entgegen.

»Aber das ist im Moment bloße Theorie. Zunächst muss das Bild gründlich analysiert und die Obduktion abgeschlossen werden.«

Possebiehl begann im Hintergrund hektisch mit den Fingern zu schnipsen. Die drei drehten sich zu ihm um. Seine Augen leuchteten vor Eifer, er wirkte aufgeregt und notierte sich etwas auf einem Zettel. »Ja, ist gut. Wir sehen uns das an«, sagte er. »Einen Moment bitte. – Herr Landorff, Herr Jensen möchte Sie sprechen.« Er drückte seine Hand auf die Sprechmuschel und sagte: »Wir haben sie.«

Landorff nahm den Hörer entgegen, und Possebiehl setzte sich zu Nils an den Computer.

»Jensen hat uns soeben die Datei geschickt«, erklärte er leise, »Helene stimmte, Nachname Teichmann, achtundzwanzig, aus Lübeck.« Er öffnete den Steckbrief der Vermissten. Ein Foto erschien, das wohl ein etwas älteres Passbild sein musste.

Elke war um den Tisch herumgegangen und blickte den Männern gebannt über die Schulter. »Ja«, sagte sie mit einer tiefen Ernüchterung in der Stimme.

Nils deutete wortlos auf ihr Geburtsdatum. Es war das gleiche wie auf dem Porträt: der 23. Februar 1986.

Sie hatten sie gefunden. Damit war klar, dass sie einen Namen, eine Geschichte bekam. Sie wurde ein Mensch mit Familie und Freunden.

Nils nahm einen Ausdruck des Fotos, das Elke ihm von dem Porträt geschickt hatte, und hielt es neben den Bildschirm. Es gab keinen Zweifel. Es war Helene Teichmann.

Landorff legte auf und stellte sich vor sie. »Morgen werden weitere Beamte auf die Insel kommen, um uns zu helfen, die Befragungen durchzuführen. Alle, die in der Nähe des Sees und an den Zugängen zum See wohnen, müssen befragt werden. In Hamburg wird ebenfalls ermittelt. Ich fliege morgen früh mit dem Hubschrauber nach Lübeck, um die Familie der Toten zu benachrichtigen und zu befragen.« Er faltete seine Hände vor dem Bauch, wohl um seinen Respekt vor der Aufgabe, die ihm nun bevorstand, auszudrücken.

Elke fand, dass ihm diese Gemütsregung gut zu Gesicht stand. Bisher hatte sie den Mann nicht einschätzen können, weil er mit einer so kühlen, unberührten Gleichgültigkeit agierte. Aber sie hatte ihn ja bis jetzt auch nur einmal gesehen. Und er war ein erfahrener Polizist. Vielleicht hatte ihr erster Eindruck getrogen.

»Für heute machen wir Schluss«, sagte Landorff.

»Ich fahr Sie in die Pension«, entgegnete Nils und sagte an Elke gewandt: »Bis gleich zu Hause.«

Sie verabschiedete sich von Possebiehl und Landorff und fuhr heim. Das Erste, was sie tat, nachdem sie ihre Jacke ausgezogen hatte, war, Anna anzurufen. Sie musste jetzt dringend ihre Stimme hören und wissen, dass es ihr gut ging.

»Peer Borgens«, meldete sich eine fröhliche Stimme.

»Peer, hier ist Elke. Kann ich mit Anna sprechen?«

»Elke. Bist du krank? Du klingst so 'n büschn nasal.«

»Vielleicht 'ne Erkältung.«

»Na, gute Besserung, ich geb sie dir.«

Es rumpelte laut, und sie hörte, wie Peer sich entfernte und den Namen ihrer Tochter durchs Haus rief. Dann hörte sie Anna die Treppe herunterkommen.

»Mama?«

»Hallo, Schatz.« Elke war unendlich erleichtert, Anna zu hören. Erst jetzt entspannte sie sich und sackte auf dem Küchenstuhl zusammen, den sie ans Fenster gestellt hatte, sodass sie nach Föhr rüberschauen konnte. Irgendwo da drüben in dem tiefblauen Scherenschnitt auf dem Wasser war ihre Tochter und sprach mit ihr. »Wie war dein Tag? Was habt ihr gemacht?«

»Nicht so toll«, presste Anna hervor, »ich hab mich heute bei Frau Schreiber entschuldigt. Das war voll peinlich.«

»Ach Anna, das hast du doch bald vergessen. Das ist nichts von Bedeutung.«

Von Bedeutung ist, wenn dich jemand porträtiert, um dich dann umzubringen und in einen See zu werfen.

»Ja, ja«, antwortete Anna. »Und wie war's in Hamburg? Hast du den Job?«

Was sollte sie darauf antworten?

»Anna, das war ... nein, ich denke, den Job kriege ich nicht. Aber das ist jetzt auch nicht mehr wichtig.«

»Wieso?«, fragte sie verwundert.

»Weißt du, ich muss dir etwas sagen, bevor du's morgen in der Zeitung oder im Fernsehen siehst. Hier ist eine Frau gefunden worden. Sie wurde aus dem Wriakhörnsee gefischt.«

»Tot?«, fragte Anna mit veränderter Stimme.

»Ja, Mäuschen. Papa hat sie gefunden, und ich ...« Elke dachte, was für ein unfassbarer Zufall das alles war. »Ich habe in der Galerie, in der ich heute das Vorstellungsgespräch hatte, ein Bild, ein Porträt von ihr gesehen.«

»Von der toten Frau?«

»Genau. Ich will dir keine Angst machen. Aber ich denke, morgen werden die Medien darüber berichten. Zuerst wussten wir nicht, wer sie ist, aber durch das Bild fand die Polizei es heraus.«

»Mama, das ist ja schrecklich.«

Elke nickte, so als ob ihre Tochter sie sehen könnte.

»Mach dir also bitte keine Sorgen, wenn du etwas liest oder hörst.«

»Ist gut«, sagte Anna. Ihre Stimme erinnerte Elke an das kleine Mädchen, das ihre Tochter noch vor Kurzem gewesen war.

»Kommst du am Wochenende?«, fragte Elke, und es klang fast wie ein Flehen.

»Mach ich.«

»Schön, dann hab noch einen schönen Abend.«

»Du auch, Mama. Tschüs.«

»Gute Nacht, Schätzchen.«

Elke legte auf und begann zu weinen.

»Wer macht so was?«, fragte sie flüsternd in die Dunkelheit hinein, als sie und Nils eine Stunde später in ihrem Schlafzimmer im Bett lagen. Es war eine sternklare Nacht, ein kupferner Mond stand über dem Meer.

»Ein Kranker«, antwortete Nils matt. Er lag zwei Arme breit von ihr entfernt und berührte ihr Bein mit dem Handrücken.

Der Schreck von heute Mittag steckte Elke noch in den Knochen. Sie spürte eine bleierne Müdigkeit, doch ihr Verstand war hellwach. Sie konnte einfach nicht einschlafen.

Nils' Atemzüge wurden langsam regelmäßiger und flacher. Ihn hatte die Müdigkeit niedergerungen. Sie blickte über seinen Körper hinweg aus dem Fenster.

Es liegt an dir.

Da war er wieder, dieser Satz in ihrem Kopf und die unbekannte Stimme, die ihn ihr zuflüsterte.

Was liegt an mir? Was denn?

In dem Moment, in dem sie die Worte innerlich aussprach, drängte sich etwas in ihr Gedächtnis. Es war wie eine kleine Maus, die irgendwo weit hinten im Lager ihres Gedächtnisses zwischen all den Kisten und Kartons an einem Gedanken herumknabberte.

Sie hatte heute etwas gesehen, das sie kannte. Ein Bild oder eine Szene, die sie schon einmal erlebt hatte, ein Déjà-vu. Aber an diesem Tag? Welche Szene sollte das gewesen sein? Nichts von dem, was heute geschehen war, war eine Wiederholung. Es war ein schreckliches Erlebnis gewesen. Morbid und grotesk irgendwie. Rein gar nichts in ihrem Leben hatte etwas damit gemein. Ihr Leben war immer ohne große Komplikationen verlaufen, sah man von der Trennung von Nils vor ein paar Jahren ab. Und von seinen Erlebnissen. Aber das war sein Leben, seine Vergangenheit.

Sie schloss die Augen und versuchte, an etwas Gutes zu denken. Zuerst kam ihr Anna in den Sinn. Anna als Vierjährige am Strand von Norddorf. Mit Gummistiefeln, Eimerchen und Schaufel. Doch jäh drängte sich das Porträt der jungen Frau dazwischen. Helene. Sie kannte sie nicht, hatte sie nie gesehen.

Was nagte da an ihrem Gedächtnis? Die Frage konnte sie nicht mehr beantworten, denn endlich glitt sie in einen Schlaf, so, wie man wohl in einem Moor versinkt. Unendlich schwer und unfähig, sich zu befreien.

5

2014

Nils hatte die Koordination der Befragungen am nächsten Tag übernommen. Drei der sechs Beamten, die dazu auf die Insel kamen, kannte Nils bereits. Zwei Männer schickte er zum Campingplatz. Gemeinsam mit den anderen befragte er die Anwohner in den Wohnungen, die direkt an der Oberen Wandelbahn in Wittdün lagen.

Als Nils gegen Mittag an die Tür einer Ferienwohnung klopfte, hörte er zunächst Hundegebell, bevor eine ältere Dame öffnete und fast vergeblich versuchte, einen schwarzen Labrador davon abzuhalten, Nils anzufallen.

»Entschuldigen Sie die Störung«, fing Nils an, doch die Dame war zu sehr mit ihrem Hund beschäftigt, als dass sie ihn verstanden hätte.

»Ja, bitte?« Sie zuckte zusammen, als sie seine Uniform sah.

»Wer um Himmels willen ist denn da?«, dröhnte eine Stimme aus dem Wohnzimmer.

»Ein Polizist«, rief sie über die Schulter zurück.

»Guten Tag«, sagte Nils.

»Ein Polizist?«, fragte die Stimme ungläubig.

»Komm doch nach vorn, Herbert, ich kann nicht immerzu schreien und gleichzeitig den Hund halten.«

Nils lächelte sie freundlich an.

»Taras!«, brüllte der Mann von hinten, und der Hund schoss davon. Erleichtert richtete sich die Dame auf.

»So, jetzt ist es besser. Wer, sagten Sie, sind Sie?«, fragte sie, und da kam auch schon ihr Mann in den Flur.

»Wer ist das?«

»Der Polizist. Bevor du kamst, wollte er gerade etwas sagen.«

»Ja, mein Name ist Petersen, ich bin von der Polizei Amrum.«

»Hat Amrum eine Polizei?«, fragte der Mann.

»Sicher. Auf jeder Insel gibt es eine.«

»Und was wünschen Sie?«

»Sicher eine Spende«, meinte die Frau.

»Nein. Es geht um eine Straftat, zu der ich Sie befragen muss.«

»Wir haben nichts verbrochen«, sagte die Frau erschrocken.

»Ich weiß, ich weiß. Es geht um etwas anderes. Könnten wir drinnen weitersprechen?«

Etwas zögerlich ließ der Mann Nils in die Wohnung.

Nachdem Nils auf der Couch Platz genommen hatte, hatte sich auch Taras beruhigt und kam schwanzwedelnd auf ihn zu. Nils kraulte ihn am Hals, und der Hund legte sich auf seine Füße.

»Der mag nicht jeden«, sagte der Mann. »Fassen Sie das mal als Kompliment auf.«

»Dürfte ich Sie zuerst nach Ihren Namen fragen?« Nils holte ein Notizheft und einen Kugelschreiber aus seiner Brusttasche.

»Herbert und Anneliese Jager«, diktierte der Mann. Taras brummte, als wäre er sauer, dass sein Name nicht genannt wurde.

»Danke sehr«, sagte Nils. »Ich bin hier, weil die Polizei im Fall einer getöteten Frau ermittelt.«

»Hier auf Amrum?«, fragte Frau Jager.

»Ja.«

Sie legte eine Hand auf den Mund und blickte zu ihrem Mann, der langsam in seinen Sessel zurücksank.

»Die Tote wurde im Wriakhörnsee entdeckt. Sie muss am Donnerstag hineingeworfen worden sein, etwa im Morgengrauen.«

»Oh Gott.« Frau Jager seufzte tief und schüttelte den Kopf. Sie war den Tränen nahe.

»Es tut mir leid, ich will Sie nicht ängstigen«, entschuldigte sich Nils, »aber ich muss mit Ihnen darüber sprechen, weil Sie hier direkt an der Wandelbahn wohnen, die ja einen Zugang zum See bildet. Haben Sie in der Nacht auf Donnerstag oder am frühen Morgen etwas Ungewöhnliches bemerkt? Denken Sie bitte genau nach. Alles kann von Bedeutung sein.«

Herrn Jagers Blick driftete nachdenklich nach unten links ab und suchte nach einer Erinnerung. Auch seine Frau überlegte.

»Donnerstagmorgen, meinen Sie?«, fragte Herr Jager.

»Genau. Es war ein nebliger Tag.«

»Stimmt, ja, ja.«

»Du warst doch mit dem Hund draußen«, sagte seine Frau.

»Ich bin jeden Morgen mit dem Hund draußen, Anneliese.«

»Ja, eben.«

»Wie spät war es da?«, fragte Nils.

»Ich schätze, so kurz vor sechs.«

»Das ist ziemlich genau die Zeit, in der eine andere Zeugin am See etwas bemerkt hat«, meinte Nils, und ein Funken Hoffnung keimte in ihm auf. Wenn diesem Hund auf seinem Gassiweg jemand begegnet war, hätte er ihn sicher in Stücke reißen wollen.

»Na ja, Ungewöhnliches ist jetzt nicht passiert«, meinte Herr Jager und drückte die Schultern nach oben. »Wir gingen los wie jeden Morgen, und zwar an der Wandelbahn entlang in Richtung See.«

Nils rutschte auf seinem Sitz ein Stück nach vorn. Taras hob den Kopf.

»Sind Sie jemandem begegnet?«

»Nein. Das nicht.«

»Aber?«

»Einmal fing Taras an zu knurren. Aber das ist normal, er knurrt öfter mal. Und ich habe ihn immer an der Leine, wegen der Enten und so. Ist ja schließlich seine natürliche Jagdbeute.«

»Aber warum knurrte er?«

»Ach, das passiert eben hin und wieder mal. Er riecht etwas, wittert was. Es war neblig, da konnte man nicht viel sehen.«

»Und haben Sie etwas gehört? Oder Taras?«

»Um die Zeit ist es ziemlich ruhig, wissen Sie? Und ich höre nicht mehr besonders gut.«

»Aber der Hund. Sie sehen doch, wenn der Hund etwas hört, seine Ohren aufstellt oder an der Leine zieht oder stehen bleibt.«

»Wie gesagt, einmal hat er geknurrt. Da wird er wohl was gehört haben. Sehen konnte man nichts.«

»Wohin schaute Taras in dem Moment?« Nils begann ganz schnell den See zu skizzieren und zeichnete den Bohlenweg ein. »Sie kamen von hier«, sagte er und deutete den Weg an, den Hund und Herrchen gegangen waren.

»Richtig. Wir waren ungefähr hier, als er knurrte.« Jager deutete auf einen Punkt am östlichen Ende des Sees. »Und er schaute einfach geradeaus.«

»Also den Weg hinunter.«

»Ja.«

»Wo sind Sie dann hingegangen?«

»Einfach weiter den Weg entlang.«

»Sind Sie einer Frau begegnet?«

»Einer Frau?«

»Ja, einer Joggerin. Sie ist die andere Zeugin.«

»Nein. Und Taras hat sich auch nicht noch mal komisch verhalten.«

Der Hund schaute wieder auf, als er seinen Namen hörte, und Nils kraulte ihn.

»Was hätte ich denn hören sollen?«, fragte Herr Jager. »Einen Schrei?«

»Nein, ein Platschen. Wie wenn jemand ins Wasser geworfen wird.«

Er griff sich ans rechte Ohr und zog ein Hörgerät hervor. »Wie gesagt, ich bin nicht der Richtige, wenn's ums Hören geht«, meinte er bedauernd.

»Sie haben mir trotzdem sehr weitergeholfen. Könnten Sie mir noch sagen, wie spät es ungefähr war, als Taras knurrte?«

»Na ja, wie lange braucht man von hier?«, überlegte Jager. »Zehn Minuten? Dann muss es kurz nach sechs gewesen sein, schätze ich.«

»Das ist sehr gut, vielen Dank. Dürfte ich fragen, wie lange ich Sie hier am Ort erreichen kann, falls weitere Fragen auftauchen?«

»Es sind noch anderthalb Wochen bis zu unserer Abreise«, antwortete Jager.

Nils ließ sich noch ihre Heimatadresse geben und verabschiedete sich dann mit einem guten Gefühl. Dieser Zeuge hatte sie weitergebracht, denn er hatte sich zur fraglichen Zeit auf einem von zwei möglichen Fluchtwegen befunden und diesen dadurch blockiert. Der Täter konnte nur in Richtung Thalasso-Zentrum geflüchtet sein. Er hoffte, dass auch die anderen Beamten ähnlich gute Zeugen aufgespürt hatten, sodass sie den Tathergang und den Fluchtweg des Täters besser nachvollziehen konnten.

Nils befragte noch weitere Familien, die meisten hatten so früh am Morgen allerdings noch geschlafen. Um vierzehn Uhr trommelte er die Kollegen für eine erste Zwischenbilanz zusammen. Zur Vorbereitung hatte er den See mit allen Zugängen an das

Whiteboard gemalt und Elkes und Herrn Jagers Positionen als Zeugen eingezeichnet.

Die Beamten hockten auf Stühlen und Tischen um die Tafel herum und lasen aus ihren Aufzeichnungen vor, sofern sie überhaupt welche hatten machen können.

Glaser, ein junger drahtiger Mann mit dunklen Haaren und einem schiefen Mund, blätterte durch seine Notizen, was Nils ein wenig hoffen ließ. »Also, Norbert und ich waren ja am Zeltplatz und haben dort keine Ahnung wie viele Leute befragt und auch eine ganze Menge gehört«, begann er mit seinen Ausführungen und deutete dabei auf seinen Kollegen Norbert Wächter, einen kurzbeinigen Kerl mit listigen Augen und einer beginnenden Glatze, die ihn älter aussehen ließ, als er eigentlich war. »Ein junger Mann und eine Frau Anfang dreißig haben ausgesagt, an dem Morgen zwischen halb sechs und sechs eine Joggerin gesehen zu haben, die in Richtung Strand lief. Das dürfte wohl Ihre Frau gewesen sein.«

Nils nickte, weil sich das schon mal ins Bild einfügte.

»Drei weitere Personen haben Ihre Frau gesehen, als sie wieder zurücklief. Die Beschreibungen stimmen nicht ganz überein, aber alle sagten, es war eine Joggerin mit blonden Haaren. Eine Frau will um sechs Uhr einen Schuss gehört haben«, sagte er, »aber die hätte wohl so ziemlich alles gesagt, um sich wichtigzumachen, und zwei weitere haben ein Kind weinen hören. Die Mutter des Kindes haben wir auch gefunden, sie bestätigte das. Ein älterer Herr hat gegen sechs Uhr einen Schrei vernommen, von einer Frau, wie er sagte. Aber da der See doch recht weit vom Zeltplatz entfernt liegt, denken wir, dass er, wenn überhaupt, aus der direkten Umgebung, nämlich aus einem der Zelte kam.« Er blickte vielsagend in die Runde, und die Kollegen schmunzelten, weil es nahelegte, dass es sich nicht um einen Schrei vor Schreck, sondern vielmehr um einen Lustschrei gehandelt hatte.

»Etwas später sind von mehreren Zeugen drei junge Männer gesehen worden, die zum Strand unterwegs waren. Das war gegen sieben, halb acht. Eine Familie mit zwei kleinen Kindern ging um acht Uhr fünfzehn in Richtung Strand. Das waren so die Ersten, die unterwegs waren.«

»Gut, vielen Dank. Das hilft uns nicht direkt weiter«, meinte Nils, »aber es widerspricht sich auch nichts.«

Als Nächstes gab Anton Tragheter, der mit ihm in der Wohnsiedlung gewesen war, Auskunft.

»Ich habe mit einer Dame gesprochen, die hier im Urlaub ist. Sie hat angegeben, morgens um sechs ein verdächtiges Auto bemerkt zu haben. Verdächtig meinte in diesem Fall, dass es mit laufendem Motor längere Zeit am Straßenrand stand. Nach ihren Angaben war es ein dunkelblauer oder brauner Mercedes oder Audi mit Stufenheck, den sie aus dem Küchenfenster sehen konnte.«

Nils' Augenbrauen schoben sich zusammen, und er erweiterte seine Zeichnung am Board um die Straße, die zu den Häusern an der Wandelbahn führte.

»Welches Haus war es?«, fragte Nils.

»Das drittletzte Haus an der Mittelstraße«, sagte Tragheter. »Die Dame hieß Bruns.«

Nils schrieb ihren Namen in ein Kästchen, das das Haus darstellen sollte.

»Und wo soll der Wagen gestanden haben?«

»Schräg gegenüber in der Mittelstraße.«

»Das Haus steht ein gutes Stück von der Straße entfernt«, gab Nils zu bedenken.

»Ich weiß, ich hab mich auch gewundert, dass sie so gut gucken konnte. Immerhin war es noch ziemlich dunkel und neblig.«

»Und woran hat sie gesehen, dass der Motor lief?«

»An der Abgaswolke, sagte sie.«

Nils zeichnete einen Wagen ein und beschriftete ihn, auch wenn er die Aussage nicht sonderlich glaubwürdig fand.

»In Ordnung. Noch was?« Er drehte sich zu seinen Kollegen um, doch die drei anderen schüttelten nur die Köpfe. »Na gut. Allzu viel war ohnehin nicht zu erwarten. Die Leute, die ich befragt habe, konnten gar nichts bemerkt haben, weil die meisten um die Zeit noch schliefen. Aber ich habe immerhin einen guten Hinweis von einem Ehepaar bekommen. Der Mann war morgens zur Tatzeit mit seinem Hund am See spazieren«, erklärte Nils und tippte mit dem Finger auf das Haus. »Er ging die Wandelbahn entlang, und irgendwo hier fing der Hund an zu knurren und starrte nach Westen auf den Weg. Der Mann ist leider schwerhörig und konnte selbst nichts hören, aber dadurch ist der Bohlenweg an dieser Stelle versperrt gewesen. Auf der anderen Seite stand meine Frau. Das bedeutet, der Täter kann nur diesen Weg zur Flucht genommen haben.« Nils tippte auf den Bohlenweg, der zum Schwimmbad führte. »Er könnte dort geparkt haben, denn er muss die Leiche ja irgendwie transportiert haben. Wir brauchen also Zeugen, die gesehen haben, was für Autos hier am Abend zuvor und in der Nacht gestanden haben. Darauf werden wir uns jetzt konzentrieren. Er *muss* dort entlanggekommen sein.«

Nils sah in allen Augen neuen Eifer aufblitzen, und er teilte die Gruppen ein.

»Viel Glück«, wünschte er, als sie das Gebäude verließen, und ging zu seinem Wagen. Er hatte gerade die Tür geschlossen, als ein Anruf von Landorff reinkam.

»Petersen«, meldete sich Nils.

»Landorff hier. Herr Petersen, wie geht es bei Ihnen voran?«

»Ganz gut. Wir können den Fluchtweg jetzt durch Zeugenaussagen eingrenzen.«

»Das klingt vielversprechend. Hören Sie, Helene Teichmann hatte einen Exfreund, der laut ihrer Mutter sehr anhänglich war. Dieser Mann ist seit zwei Wochen angeblich im Urlaub, aber seine Familie kann nicht genau sagen, wo er sich aufhält. Sie können ihn auch telefonisch nicht erreichen. Ich schicke Ihnen ein Foto rüber. Wenn es sich um eine Beziehungstat handeln sollte, könnte er in Betracht kommen. Vielleicht zeigen Sie das Foto einfach bei den Befragungen herum.«

»Kann er denn malen?«, fragte Nils.

»Das wissen wir nicht genau. Er hat ein abgebrochenes Architekturstudium hinter sich. Ich bin entweder heute Abend oder morgen früh wieder auf der Insel. Ich melde mich noch mal.«

»In Ordnung.«

Sie legten auf, und Nils lief schnell noch mal ins Büro, um sich das Foto auszudrucken. Es zeigte einen hageren jungen Mann mit langen schwarzen Haaren, offenbar im Urlaub in den Bergen. Er rastete gerade auf einem Felsen. Seinen Rucksack hatte er zwischen die Beine geklemmt, und er hielt eine Wasserflasche in der Hand. Ein harmloses Lächeln umspielte seine dünnen Lippen.

»Sieht so ein Mörder aus?«, fragte er Possebiehl, der hier in der Station die Stellung hielt. Der reckte den Hals, um besser sehen zu können.

»Was wollen Sie von mir hören?«

»Ein Gefühl«, antwortete Nils.

»Wenn's um die Liebe geht …«, sagte Possebiehl.

Er nahm das so zur Kenntnis und ging mit dem Foto hinaus zum Wagen.

Nils hatte sich selbst die Aufgabe übertragen, die Mitarbeiter des Schwimmbades zu befragen, da er sie teilweise persönlich kannte. Er hielt auf dem Parkplatz. Die Nummernschilder wiesen Hamburg, Osnabrück und sogar Bern in der Schweiz aus. In der Eingangshalle schlug ihm eine warme Wolke Chlorgeruch, vermischt mit Massageöldüften, entgegen. Erika, eine junge Angestellte aus Süddorf, saß an der Kasse. Sie war ein patentes Mädel, das sich schon als Jugendliche ein bisschen Geld mit Babysitten verdient hatte, und Elke und Nils hatten ihre Dienste ebenfalls einmal in Anspruch genommen, damit sie abends auf Anna aufpasste, während sie bei einem Konzert gewesen waren.

»Moin, Erika«, grüßte Nils.

»Moin, Nils. Sag bloß, du hast Zeit, jetzt schwimmen zu gehen?«, fragte sie mit einem Blick auf die Uhr.

»Nein. Leider nicht. Es geht um etwas Ernstes.«

Sofort verschwand ihr Lächeln aus dem Gesicht.

»Was ist denn?«

Nils erklärte ihr die Umstände seines Besuches und legte beide Fotos auf den Tresen, das von der toten Helene und das von deren Freund. Erika erkannte mit Unbehagen, dass die Frau auf dem Bild nicht mehr am Leben war.

»Nein, die hab ich nie gesehen.« Sie sah ihn fast verzweifelt an.

»Okay. Weißt du, wer hier am Donnerstag aufgemacht hat?«

Erika zog den Dienstplan zu sich heran und blätterte zurück.

»Kathrin hatte den Schlüssel, und die Putzfrauen waren natürlich auch da.«

»Ist Kathrin hier?«, fragte Nils.

»Ja, hinten im Büro.«

»Kannst du mir noch die Namen der Putzfrauen nennen?«

»Ja, aber die beiden haben erst mal frei und kommen erst nächste Woche wieder. Die wohnen auf dem Festland.«

»Dann schreib mir mal ihre Arbeitszeiten auf. Ich bin gleich wieder da.«

Nils ging links den Gang hinunter ins Büro und klopfte kurz an den Türrahmen. »Moin«, rief er.

Kathrin blickte auf und lächelte.

»Nils, was führt dich denn hierher? Hast du dich verrenkt?«

»Nein, nein, keine Massage. Ich bin dienstlich hier.«

»Ach ja?« Sie ließ den Stift sinken und rückte mit dem Stuhl vom Tisch ab. »Setz dich. Kaffee?«

»Nein, ich hab nicht viel Zeit.«

Er klärte sie über den Todesfall und den Verdacht auf, dass der mutmaßliche Mörder vielleicht hier geparkt haben könnte.

Kathrin war eine burschikose, aber dennoch hübsche Frau mit blonden Haaren, die sie meist zu einer Hochsteckfrisur aufgetürmt hatte. Sie war bereits Anfang fünfzig, doch eine begeisterte Sportlerin und wahrscheinlich eine der besten Surferinnen, die Nils je gesehen hatte.

»Erika meinte, du seist die Erste gewesen am Donnerstag. Ist dir hier ein Wagen aufgefallen?«

»Ich bin gegen sieben hier gewesen und hab die Putzfrauen reingelassen. Aber da stand kein Wagen, meine ich. Die beiden waren mit einer klapprigen Seat-Kiste gekommen. Oder doch. War das der Tag, der so neblig war?«

»Ganz genau.« Nils faltete gespannt die Hände.

»Da war noch ein Wagen, der stand aber so weit hinten, dass ich meinte, er würde zum Haus Godewind gehören. Ein Gast.«

»Hast du das Kennzeichen gesehen?«

»Nein. Aber es war ein dunkler, kastenförmiger Wagen. Entweder so ein Touran, wie sie ihn alle fahren, oder ein Caddy.«

»Welche Farbe genau?«, wollte Nils wissen.

»Es kann Schwarz oder Dunkelblau gewesen sein. Ich hab einfach nicht drauf geachtet. Aber die Putzfrauen waren noch eher da als ich, vielleicht können die dir mehr sagen.«

»Ist gut.« Nils legte die Fotos auf ihren Schreibtisch. »Hast du einen von den beiden schon mal gesehen?«

Kathrin kniff die Augen zusammen und sah die Bilder lange an. Dann schüttelte sie den Kopf. »Nein, noch nie.«

»Ihr habt nicht zufällig Sicherheitskameras hier, die auch den Parkplatz oder den Weg zum See im Sichtfeld haben, was?«

»Wir? Kameras? Was soll man denn bei uns klauen, das Wasser?«

Nils bedankte sich und ging hinaus. Am Haus schräg gegenüber entdeckte er seine Kollegen. Er ging zu ihnen hinüber und sah, während er die Auffahrt überquerte, mehrere Kleinlaster auf der Hauptstraße vorbeifahren. »ARD«, »RTL«, »NDR« stand auf den Seitenflächen.

Jetzt wird's ungemütlich, dachte er.

6

1979

Er war so frei, wie man nur sein konnte. Er hatte Geld, für das er nicht arbeiten musste. Und er war völlig allein. Es gab niemanden, der ihm irgendwo reinreden konnte. Nicht einmal Towbridge, dessen sporadische Besuche manchmal sogar eine willkommene Abwechslung gewesen waren. Ein beständiges Glücksgefühl drückte und kitzelte in seinem Zwerchfell, und er wusste, dass er den ganzen Tag mit einem Lächeln im Gesicht herumlaufen würde.

Es war mal wieder ein heißer, trockener Tag, und Tom wollte ihn nutzen, um zum Strand zu gehen. Es gab nichts Besseres für ihn, als das klare Blau des Himmels über dem weiten Weiß des Strandes zu sehen und dazu die Möwen schreien zu hören. Er vermutete, dass er in seinen Genen lag, dieser Drang nach einem solchen Anblick.

Aber jetzt, da er ganz auf sich gestellt war, brauchte er einen Wagen. Natürlich konnte er im Normalfall auch weiterhin mit dem Bus und der U-Bahn fahren, doch für seine Belange brauchte er ein Auto. Nichts Teures, nichts Auffälliges. Er hatte am Woodhaven Boulevard, Ecke Metropolitan Avenue einen Gebrauchtwagenhändler gesehen, als er mit dem Bus dort entlanggefahren war. Dorthin wollte er jetzt.

Mit einer Tasche voller Geld und seinem Lächeln im Gesicht stieg er an der Haltestelle aus und ging über die Straße. Blauweiß-rote Fähnchen flatterten an einer um das Ausstellungsgelände herum gespannten Schnur in der leichten Sommerbrise. Tom schlenderte langsam über den Parkplatz und sah sich die Autos an. Preisschilder hinter den Windschutzscheiben riefen: »Spezialangebot: nur …« Die Preise waren allesamt überhöht, also verhandelbar.

Ein grüner Käfer weckte Toms Aufmerksamkeit. Dieses Auto stach unter den anderen hervor, und es war etwas für junge Leute, denn es symbolisierte die Freiheit und Unabhängigkeit, im Gegensatz zu den riesigen Familienkutschen, die einen zu biederen und angepassten Eindruck machten. Aber darum ging es nicht, der Wagen, den er sich aussuchte, musste einen praktischen Nutzen haben. Tom ging weiter und sah aus dem Augenwinkel, wie der Besitzer des Ladens aus seinem kleinen kastenförmigen Büro in die Sonne trat und ihn mit Blicken verfolgte. Er war ein untersetzter kleiner Italiener mit einem silbernen Haarkranz um seinen braun gebrannten, runden Schädel. Tom spazierte weiter seelenruhig durch die Reihen.

Und dann sah er ihn. Den perfekten Wagen. Einen Dodge Van in Braun. Ziemlich abgefahren, mit ausgeblichenem Lack und oberflächlichen Rostschäden. Seine Schritte wurden schneller, und er legte seine Hände an die Scheibe, um besser in den Innenraum schauen zu können. Ja, das war er. Das war sein Auto. Der Van schien ehemals irgendeiner Firma gehört zu haben, denn ein Aufkleberrest prangte auf der fensterlosen Seite.

»Na, Junge«, sagte eine tiefe, kratzige Stimme, »da hast du dir ja ein Prachtexemplar ausgesucht.« Der kleine Italiener grinste ihn breit und mit listigen Augen an. Tom las das Schild auf der Brusttasche seines beigefarbenen Bowlinghemdes: Tony Mancini.

»Nun, ein wenig gebraucht sieht er ja schon aus. Kann ich mal einen Blick hineinwerfen?«

»Sicher, Junge«, sagte der Mann und streckte ihm die Hand entgegen. »Aber erst mal lernen wir uns kennen, nicht wahr? Ich bin Tony Mancini, der Gebrauchtwagenkönig.«

Tom musste sich ein Lächeln verkneifen. So wie der Mann es ausdrückte, klang es wie ein offizieller Titel. »Ich bin Tom«, sagte er und überlegte, ob er seinem Vornamen noch etwas hinzufügen sollte, »und liebäugele mit diesem Van.«

»Liebäugele?«, wiederholte Mancini mit einer ungläubigen Schräge in seinen schwarzen Augenbrauen. »Bist wohl nicht von hier, was?«

»Doch, doch«, sagte Tom.

»Na, dann wohl aus den Hamptons und willst dir dein erstes Auto besorgen, ohne dass deine Eltern was davon wissen?«

»Ich bin aus Jackson Heights und würde mir gern den Wagen von innen ansehen, wenn das möglich ist.«

Mancini verzog das Gesicht. »Möglich ist alles, Junge.«

Er kramte einen faustgroßen Schlüsselbund hervor und ging die Schlüssel der Reihe nach durch.

»Da haben wir ihn ja. Der öffnet das Tor zu einem 73er Dodge Van mit einem nicht zerstörbaren Acht-Zylinder-Motor, Ledersitzen und Klimaanlage.«

Er schloss auf und ließ Tom die Tür öffnen. Der Innenraum war notdürftig gesaugt, und man hatte nicht sehr gründlich mit einem Lappen über die Armaturen gewischt. Zur Ausstiegsseite hin war das Leder des Fahrersitzes bereits zerschlissen, das Polster quoll heraus. Unter dem Gaspedal hatten die Fersen des Fahrers eine Mulde in das Gummi gegraben, und im Plastik hinter der Windschutzscheibe waren Hitzerisse zu erkennen. Tom warf auch einen Blick in den Laderaum des Vans, der ebenfalls nicht sehr sauber, aber zumindest rostfrei war. Als er die Tür wieder zuwarf, hatte Mancini den Motorraum, der sich als abgedeckter Block in der Mittelkonsole des Wagens befand, geöffnet und präsentierte ihn stolz.

»Hier steckt das Schmuckstück, mein Lieber, das Herz des Wagens. Damit kannst du eine Million Meilen fahren. Und er hat erst hundertneunzigtausend runter.«

Tom stellte sich neben ihn und versuchte, eine wenig beeindruckte Miene aufzusetzen. Dann blinzelte er in Richtung Windschutzscheibe und las zweifelnd vor: »Sechstausendfünfhundertneunzig Dollar?«

»So ist es«, bestätigte der Gebrauchtwagenkönig, »ein Spezialangebot.« Er stemmte seine dicken, haarigen Unterarme in die Hüften.

»Ich gebe Ihnen zweitausend.«

Mancini warf den Kopf in den Nacken und bellte ein Lachen in den Himmel hinauf. »Junge, das ist nicht mal die Hälfte. So kannst du nicht handeln. Komm lieber mit deinem Papa wieder, der wird mehr Ahnung haben.«

»Zweitausend. Mehr zahle ich nicht.«

»Ja, ja, ist gut«, winkte Mancini leicht säuerlich ab. »Komm, nimm den Bus nach Hause. Und wir vergessen das.«

»Ich will ihn haben. Für zweitausend. Ich muss Ihnen nicht sagen, was an der Karre alles im Arsch ist, das wissen Sie besser als ich«, sagte Tom mit einer Härte in der Stimme, die Mancini stocken ließ. Er griff in seine Jeans und holte eine Geldrolle heraus. Mancini erkannte sofort, dass es Hundertdollarscheine waren.

»Mir gefällt deine Art nicht, Junge«, sagte er und baute sich mit der Selbstgefälligkeit eines Mafioso vor ihm auf.

»Ist mir egal«, gab Tom kühl zurück und hielt die abgezählten Scheine in die Luft. »Nehmen Sie's oder lassen Sie's.«

Mancini sah ihn lange an, und seine Adern an den Schläfen pulsierten. Schließlich stieß er irgendeinen italienischen Fluch oder eine Beschimpfung hervor und griff nach den Scheinen.

»Wenn er nicht läuft«, sagte Tom und warf die Fahrertür zu, »komme ich wieder und will mein Geld zurück.«

»Er läuft«, brummte Mancini, »und jetzt machen wir den verdammten Vertrag fertig.«

Sie gingen gemeinsam in sein schäbiges Büro, in dem ein Ventilator lief und italienische Musik aus einem Radio drang. Der Händler ließ sich Toms Führerschein zeigen und kritzelte dann auf dem vorgefertigten Formular herum, bis er es Tom zum Unterzeichnen hinschob.

»Glückwunsch.«

»Danke«, sagte Tom freundlich, bekam Papiere und Schlüssel ausgehändigt und verließ das Büro.

Als er im Van saß, den Schlüssel ins Schloss steckte und herumdrehte, gab es ein Ruckeln, und der Motor sprang mit einem satten Rollen an. Ein seliges Lächeln machte sich auf Toms Gesicht breit. Er legte den ersten Gang ein und trat aufs Gaspedal. Ein wunderbar kraftvolles Geräusch erfüllte die Luft, ein Brüllen wie von einem Löwen, das sagte: »Achtung, jetzt komme ich!«

Im Schritttempo fuhr er aus der Auffahrt, und als er freie Bahn hatte, lenkte er das schwere Gefährt mit quietschenden Reifen auf den Woodhaven Boulevard, und es ging Richtung Süden. Zum Strand, wo all die Mädchen auf ihn warteten.

Die Promenade von Rockaway Beach war gefüllt mit Menschen. Ein wilder, sich tummelnder Strom füllte den hölzernen Boardwalk, der sich kilometerlang von West nach Ost erstreckte. Tom hatte seinen neuen Van auf einem riesigen Parkplatz abgestellt und ging nun zu Fuß inmitten all der Urlauber und Einheimischen am Wasser entlang. Sein Lächeln wollte einfach nicht verschwinden, erst recht nicht hier, wo es war wie im Paradies. Es gab alles, was er sehen wollte, in Hülle und Fülle: Mädchen im Bikini oder in kurzen abgeschnittenen Jeans mit engen T-Shirts und weit aufgeknöpften Blusen.

Er stoppte an einer Menschentraube, die drei Skateboardern bei ihren Kunststücken zusah. Ein Junge stach optisch und durch seine Fähigkeiten heraus. Er trug Jeansshorts und Sneakers mit hohen Footballsocken, sonst nichts. Langes, wallendes gelbblondes Haar fiel ihm auf die gebräunten Schultern, und ein blonder Oberlippenbart zog sich hufeisenförmig um seinen Mund. Er fuhr nicht, er schwebte auf dem Skateboard, wirbelte herum, drehte Pirouetten wie ein Eisläufer und stellte sich tatsächlich im Handstand auf sein Brett und machte freischwebende Liegestütze. Die Menge klatschte, und die Mädchen schrien vor Begeisterung. Auch Tom applaudierte und ließ sich weitertreiben. Er kaufte sich einen Hotdog und eine Coke an einem mobilen Stand und stellte sich an die Brüstung, mit Blick hinunter auf den breiten Strand. Überall glitten Surfer durch die grünliche Brandung. Nur ein paar Meter von ihm entfernt hockte eine Gruppe Studenten im Sand. Zwei Männer spielten Gitarre, die Mädchen sangen und tanzten. Tom konnte seinen Blick nicht von ihren perfekten Körpern abwenden. Sie waren wie Göttinnen, das Schönste, was er sich vorstellen konnte. Nichts war vergleichbar mit der Schönheit dieser Körper. Sie wirkten unerreichbar für ihn, oder fast unerreichbar. Er musste es nur bewerkstelligen, eine von ihnen anzusprechen. Hier existierte keine Schüchternheit, keine Verklemmtheit. Hier regierte der Sex. Er hing in der Luft wie die Hitze der Sonne und der Duft des Meeres. In dieser Freizügigkeit war alles möglich. Alles. Tom nahm einen großen, kühlen Schluck aus der roten Dose in seiner Hand.

»Heißer Tag, was?«, sagte eine Stimme neben ihm, und ein Mann, der knapp zehn Jahre älter als er sein mochte, lehnte sich an das Geländer und blinzelte ihn aus dunklen Augen an. Auch er trug einen dieser Bärte, schwarz und dicht, sodass seine Oberlippe fast vollständig verdeckt wurde. Dazu helle, enge Jeans mit Schlag und Flipflops an den Füßen. Die Augen verbarg er hinter einer Sonnenbrille. Sein Oberkörper war nackt, seine Brust behaart.

»Wohnst du hier, oder bist du Tourist?«

»Ich lebe hier.«

»Cool. Trotzdem bist du irgendwie anders als die anderen. Bist mir gleich aufgefallen.«

Tom beschlich ein ungutes Gefühl. »Ich häng nur so rum wie alle anderen auch.«

»Ja, schon, aber du hast so eine Aura ...«

Tom sah ihn verständnislos an. Der Kerl lachte und entblößte eine Reihe weißer Zähne.

»Ich rede ganz schönen Quatsch, was? Tut mir leid.« Er drehte sich so, dass er aufs Wasser sehen konnte. »Das ist der geilste Platz auf Erden, stimmt's?«

»Ich denke schon, ja«, antwortete Tom.

»Hier gibt es nur Frieden und Liebe, Mann. Alle sind süchtig danach. Ich, du, die da unten ...«

»Kann sein.«

»Nein«, sagte der Mann sehr ernst, »es *ist* so.« Er musterte Tom hinter seiner Brille von oben bis unten. »Du bist wirklich ein hübsches Kerlchen. Hab selten so ein Gesicht gesehen wie deins«, sagte er mit verzückt verzogenen Lippen.

Tom versuchte ihn zu ignorieren und starrte demonstrativ auf die tanzenden Mädchen. Der Kerl bemerkte das und lachte. Es klang wie ein Husten.

»Die sind nichts für dich, Kleiner«, meinte er überheblich. »Nein, du willst etwas ganz anderes, oder?«

Tom sah ihm ins Gesicht und konnte sich selbst in den spiegelnden Brillengläsern erkennen. »Ich würde sagen, du quatschst mal jemand anders voll«, gab er angriffslustig zurück.

»*Ich* würde sagen, wir sehen uns heute Abend«, meinte der Kerl mit gesenkter Stimme.

»Was? Nein!«, wehrte Tom ab.

Der Typ nahm die Brille ab und starrte Tom unnachgiebig in die Augen.

»Ich weiß, du willst es. Belüg dich nicht selbst. Wir treffen uns 52. Straße, Ecke 10. Heute Abend, vierundzwanzig Uhr.«

Tom sah ihn fassungslos an. Er verstand nicht, was hier eigentlich vor sich ging. Was wollte der Mann von ihm, und wie konnte er glauben, dass Tom dieses makabre Spielchen mitmachen würde?

»Nein«, wiederholte er tonlos.

»Ich weiß.« Der Mann grinste, zwinkerte Tom zu, setzte seine Brille wieder auf und entfernte sich rückwärts. »Bis heute Abend, Kleiner.«

Tom sah ihm hinterher, bis er in der Menge verschwunden war. Sein Appetit war ihm vergangen. Er schmiss den Rest des Hotdogs weg, trank die Coke aus und warf die Dose hinterher. Er war verwirrt und aus dem Konzept gebracht, also ging er ein paar Schritte, um sich wieder zu fangen.

Nach einer halben Stunde fand er sich vor einem kleinen Laden wieder und wusste nicht, wie er hierhergekommen war. Seine Gedanken hatten ihn so gefangen genommen, dass er alles um sich herum vergessen und ausgeblendet hatte. Sein Kopf war manchmal ein richtiges Durcheinander, ein bedrohlicher Wirrwarr von Bildern, Szenen und Stimmen. Jetzt stand er vor einem Schaufenster, in dem Fotos ausgestellt waren. Von Bildern, die nicht auf Papier oder Leinwand, sondern auf Haut gemalt worden waren. Ein Tattooshop. Die kannte er. Doch so einen wie diesen hatte er noch nicht gesehen. Die Bilder waren vollkommen anders als das, was man für gewöhnlich in solchen Läden bekam. Es waren Surfer in Wellentunneln zu sehen und Promenadenbilder, die wie ein grünstichiges Foto aussahen, so detailgetreu und täuschend echt waren sie gemalt. Musik drang aus dem Shop heraus. Die Tür stand offen. Bob Seger in seiner unnachahmlichen Art sang »Turn the Page«.

Tom betrat den Innenraum und fand sich in einer bunten Höhle wieder, die mit allen möglichen Dingen geschmückt und ausstaffiert war. Bilder, Surfboards, Strandgut, Fahrradteile, Schallplatten, eine Autostoßstange, Bambushölzer, Tücher. Es war relativ dunkel hier drin, aber im hinteren Bereich stand eine weitere Tür offen, die in einen Hinterhof führte, aus dem auch die Musik zu kommen schien.

»Hallo?«, rief Tom.

»Hier!«, rief eine träge Stimme zurück.

Tom ging durch den Laden und streckte seinen Kopf zur Hintertür hinaus. In dem kleinen Hof standen Holzpaletten, die zu Tischen und Stühlen und Bänken umfunktioniert worden waren. Drei Bäume warfen einen angenehmen Schatten, und zwischen zwei der Bäume war eine gelbe ausgeblichene Hängematte gespannt, in der kaum sichtbar jemand lag. Eigentlich konnte Tom nur eine Hand und eine Bierflasche erkennen.

»Hallo«, sagte Tom.

»Ja«, kam es dumpf aus der Hängematte.

»Haben Sie geöffnet?«

»Du bist doch reingekommen, oder?«

Tom musste zugeben, dass das schlüssig war.

»Ich hätte gern ein Tattoo.«

»Da bist du genau richtig bei mir.«

Tom wartete einen Moment, doch der Mann regte sich nicht.

»Geht es jetzt?«

Endlich bewegte sich etwas in dem Tuch, und ein Kopf erschien über dem Saum. Der Kerl hatte lange grau melierte Haare und einen Vollbart. Das, was man von seinem Gesicht erkennen konnte, war braun gebrannte, wettergegerbte Haut. Darin funkelten zwei türkisfarbene Augen. Der Mann blinzelte zweimal und schwang sich dann überraschend behände aus der Matte heraus. Er trug sportliche Badeshorts und ein Tanktop.

»Was soll's denn werden?«, fragte er.

»Ich hab Ihre Arbeiten gesehen, sehr beeindruckend.«

»Was soll's denn werden?«, wiederholte er.

»Ein Auge.«

»Ein Auge?«

»Ja, ich hätte gern ein möglichst real wirkendes Auge.«

»Okay. Wo?«

»In meinem Nacken. Nicht sehr groß, etwa dieselbe Größe wie mein Daumennagel.«

»Daumennagel«, wiederholte er.

Er ging hinein, und Tom folgte ihm.

»Ein linkes oder ein rechtes?«, fragte der Mann.

Tom fand die Frage sehr gut, denn er hatte sich darüber bis jetzt noch keine Gedanken gemacht. Er musste erst überlegen, bis er wusste, wie es in seiner Vorstellung immer ausgesehen hatte.

»Vom Besitzer des Auges aus gesehen das linke.«

»Links«, sagte der Mann leise und öffnete dabei einen Tuch-vorhang, hinter dem sich das Gerät, ein Hocker und eine Liege verbargen. »Setz dich auf die Liege. Willst du Musik hören?«

»Ist das Gerät nicht zu laut?«, fragte Tom.

»Ich kann laute Musik anmachen.«

»Nein, ist schon gut«, lehnte Tom ab.

»Okay. Hast du schon Farbvorstellungen?«

»Ganz normal. In Grün.«

Der Typ gab ihm ein breites schwarzes Gummiband. »Hier, mach deine Haare hoch, die kannst du so lange nicht halten.«

Tom versuchte, seine Haare unter das Band zu klemmen, und sah aus dem Augenwinkel, wie der Mann die Injektionsnadel präparierte und die Tinte anschraubte.

»Direkt unterm Haaransatz, bitte. Geht das so?«, fragte Tom. Der Mann stellte sich hinter ihn und fuhr ihm mit einem Finger über den Nacken.

»Geht. Männlich oder weiblich?«, fragte er.

»Ich bin männlich«, sagte Tom mit leiser werdender Stimme verunsichert.

»Nicht du. Das Auge.«

»Oh, klar.« Er lachte etwas geniert auf. »Ein … ein weibliches Auge, bitte.«

»Irgendeine spezielle Spiegelung darin?«

»Nein, nur möglichst echt.«

»Echt«, wiederholte der Mann und stellte die Maschine an, die einen schrecklichen Kreischton von sich gab. »Es wird wehtun«, warnte er Tom. »Du musst still sitzen bleiben, sonst ist das Auge Matsch.«

»Alles klar.«

Er stieß die Nadel in Toms Haut. Der zuckte nicht ein bisschen.

»Brauchst du eine Pause?«, fragte der Mann nach einer Stunde.

»Wenn ich kurz aufstehen könnte?« Toms Füße waren einge-schlafen, weil sie über die Kante hingen. Er vertrat sich für einen Augenblick die Beine und sah sich die Bilder an, die an den Wänden angebracht waren. »Wie lange machst du das schon?«, fragte er.

»Ein paar Jahre.«

»Du bist echt gut. Ungewöhnlich.« Seine Füße wurden von tausend Nadeln gestochen. »Was kostet so ein Ding?«, fragte er und tippte auf die Maschine.

»Verschieden. Um die tausend Dollar.«

»Und wo hast du das gelernt?«

»Bin Autodidakt.« Der Mann grinste breit. »Geht's wieder?«

»Ja«, sagte Tom und setzte sich auf die Liege.

Nach einer weiteren halben Stunde war das Tattoo fertig.

»Es ist noch ein wenig gerötet und schwillt erst mal etwas an, aber hier.« Er hielt ihm einen Spiegel hin, den Tom irritiert entgegennahm. So konnte er nicht auf seinen eigenen Nacken schauen. Aber der Tätowierer nahm ebenfalls einen Spiegel in die Hand, und so konnte Tom das Auge sehen, das ihn aus seinem Nacken heraus anstarrte. Es verschlug ihm die Sprache, denn es war klein, wirkte aber auf unheimliche Weise real.

»Das ist … wow«, konnte er nur sagen.

»Gut«, sagte der Mann und legte den Spiegel zur Seite.

»Was bin ich dir schuldig?«, fragte Tom.

»Schuldig«, wiederholte er und schien nachzurechnen oder zumindest eine Schätzung vorzunehmen. »Hundert Dollar.«

Den Preis fand Tom fair. Er hätte auch das Doppelte bezahlt.

Er reichte ihm den Schein und bedankte sich.

»Pass auf dich auf«, sagte der Mann, als Tom glücklich den Laden verließ.

Auf der Rückfahrt fragte er sich immer wieder, warum der einsilbige Tattooladenbesitzer das gesagt hatte. So als würde er glauben, die Tätowierung könnte eine in irgendeiner Form gefahrbringende Auswirkung auf ihn haben, was aber völliger Unsinn war. Das Auge war unter seinem Haarschopf versteckt. Niemand konnte es sehen. Nur er wusste, dass es da war. Und es hatte einen positiven Einfluss auf ihn, schon vom ersten Moment an. Physisch verspürte er zwar noch den Tätowierschmerz, ein Brennen, das sich bis hoch in die Kopfhaut zog, aber das Wissen, dass dieses Auge ihn nun immer begleiten würde, hatte eine tiefe innere Zuversicht in ihm ausgelöst. Es verlieh ihm Sicherheit wie eine schützende Hand, die jemand über ihn hielt.

Dank dieser neu empfundenen Sicherheit ertappte er sich kurz darauf bei dem Gedanken, heute Abend der Einladung dieses merkwürdigen Mannes von der Promenade folgen zu wollen. Was sollte schon passieren? Er war in seinem Van unterwegs, der wie ein Panzer war, ein zusätzlicher Schutzschild.

Ich fahre hin und sehe, was es damit auf sich hat.

Er hatte eine Ahnung, aber keine bestimmte Vorstellung.

Allerdings sollte sich diese Entscheidung als großer Fehler herausstellen.

7

2014

Nils war auf dem Weg nach Norddorf. Der Tag begann kühl, aber klar. Es war früh am Morgen, und Elke und Anna, die gestern zu ihrem Wochenendbesuch gekommen war, schliefen noch. In wenigen Stunden würde es wieder unerträglich heiß werden, doch jetzt war man fast geneigt, die Heizung im Wagen einzuschalten.

Landorff hatte ihn gestern Abend gegen halb zwölf angerufen und ihm mitgeteilt, dass er noch in der Nacht mit einem Boot der Küstenwache auf Amrum eintreffen werde. Er wollte gern vor Dienstbeginn ein Gespräch mit Nils allein führen, um eine Strategie für die weiteren Ermittlungen zu diskutieren – oder um sie ihm einfach nur mitzuteilen, da war Nils sich nicht ganz sicher. Der Fall uferte in den Zuständigkeiten langsam aus. Lübeck, Hamburg, Amrum. Das alles musste koordiniert werden, und Nils war das kleinste Rädchen im Getriebe.

Er parkte vor dem ehemaligen Schlecker-Laden, um die Gäste der Pension Auguste nicht zu beunruhigen, und ging zu Fuß zum Haus und an der verlassenen Rezeption vorbei in den Frühstücksraum. Es war kurz vor sechs, und Landorff saß ganz allein in dem Raum und trank seinen Kaffee. Sein Tisch war der einzige, der gedeckt war. Es herrschte eine einsame Stimmung. Aus der Küche drangen gedämpft Geräusche, die anderen Gäste schliefen noch. Draußen vor dem großen Fenster leuchtete die Nordspitze Amrums, die Odde, im goldenen Morgenlicht, eingerahmt von einer schmalen Zunge royalblauen Wassers. Landorff hatte hinausgeschaut und sich unaufgeregt zu Nils umgedreht, als dieser eingetreten war.

»Ah, Herr Petersen«, sagte er und schluckte den letzten Bissen hinunter. Nils ging näher und setzte sich ihm gegenüber an den Tisch.

»Moin, Herr Landorff.«

»Gutes Frühstück«, sagte er und deutete mit seinem bärtigen Kinn auf den reich gedeckten Tisch, »und alles nur für mich um diese Zeit.«

»Ja, ich weiß«, meinte Nils, der den Besitzer gut kannte.

»Hier sind wir ungestört und können reden«, fing Landorff mit seinen Ausführungen an. Er wischte sich den Mund mit einer Serviette ab und rückte seinen Teller etwas von sich weg. »Es geht um die Familie der toten Frau Teichmann und was man mir dort über ihren Exfreund berichtet hat«, begann er. »Frau Teichmann war Studentin an der Uni Lübeck, dort lernte sie Daniel Siebert kennen, dessen Foto ich Ihnen zugeschickt habe. Er war ein netter Mann, anfänglich, wie die Eltern mir erklärten, und die beiden schienen eine sehr glückliche Beziehung zu haben, bis Helene die Verbindung nach ungefähr drei Jahren beendete.«

Er faltete seine Hände, warf einen Blick zum Fenster hinaus auf den Deich, wo ein Vogelkundler gerade ein Stativ aufbaute, und fuhr fort: »Diesen Bruch hat Daniel Siebert wohl nicht gut verkraftet. Es kam zum Streit, weil er ihre Entscheidung nicht akzeptieren wollte. Immer öfter rief er nun bei ihr an und kam auch manchmal unangekündigt vorbei, was Helene ihren Eltern aber erst im Nachhinein erzählte. Es wurde irgendwann so schlimm, dass sie sich von ihm regelrecht verfolgt fühlte und sogar die Telefonnummer wechselte. Es kam auch mehrere Male vor, dass Helene zu ihren Eltern flüchtete, wenn Daniel wieder vor ihrer Tür stand.« Er richtete seinen Blick auf die leere Kaffeetasse und kippte sie leicht zu sich hin. Sein Mundwinkel zuckte verdrossen. »Von den Sieberts erfuhr ich«, setzte er erneut an, »dass Daniel etwa zu dieser Zeit psychisch labil wurde und ›abstürzte‹, wie seine Eltern es nannten. Er erlitt einen Zusammenbruch, brach das Studium ab und kam in stationäre psychiatrische Behandlung, die auch medikamentös unterstützt wurde. Es bestand wohl für geraume Zeit eine Selbstmordgefahr, und damit versuchte er, Helene zu erpressen. Das ging circa ein Jahr so, bis sich die Lage endlich beruhigte. Vor fast genau einem Jahr wurde er aus der Psychiatrie entlassen und ambulant weiterbehandelt. Seitdem bestand kein Kontakt mehr zwischen ihnen. Helene hatte sich von dieser Geschichte erholt und war guter Dinge, bald ihr Studium in Anglistik und Romanistik zu beenden.«

Nils hörte an der Stimmlage, dass Landorff eine gewisse Fallhöhe aufbaute, der nur ein Aber folgen konnte.

»Alles schien sich wieder eingerenkt zu haben, bis vor vier Wochen, als eine Freundin von Helene bei ihren Eltern anrief und fragte, ob Helene vielleicht krank und bei ihnen sei, weil sie nicht zur Vorlesung erschienen war. Die beiden Frauen wohnten zusammen in einer WG in Lübeck, und Helene war an einem Sonntagabend nicht in die Wohnung zurückgekehrt. Sie hatte sich wohl mit einigen Freunden zum Volleyballspielen verabredet gehabt, war auch dort gewesen, aber seit dem Nachmittag nicht mehr gesehen worden. Zeugen wollten an einer Straße nur ein paar hundert Meter vom Volleyballplatz entfernt beobachtet haben, wie sie mit jemandem in einem dunklen Wagen sprach. Seither wurde sie vermisst, doch die Polizei Lübeck hatte außer dem ominösen dunklen Auto keine Anhaltspunkte für ein fremdverschuldetes Verschwinden.«

Landorff pausierte, neigte seinen Kopf und blickte Nils eindringlich in die Augen. »Selbstverständlich wurde auch Daniel Siebert befragt, der für den Abend kein Alibi aufweisen konnte. Aber er konnte sonst in keiner Form mit ihrem Verschwinden in Verbindung gebracht werden. Vor zwei Wochen fuhr er dann in den Urlaub. Seinen Eltern sagte er, er reise allein nach Südtirol, um zu wandern und, wie er es nannte, einen freien Kopf zu bekommen. Er ist seitdem nicht mehr gesehen worden. Die Sieberts haben ausgesagt, dass seine Verfassung sich verschlechtert hat, nachdem er von Helenes Verschwinden erfuhr. Aber sie haben nicht geglaubt, dass er dadurch einen Rückfall erleiden könnte. Sein Handy hatte er mit. Doch er reagiert nicht auf ihre Anrufe, und unser Versuch, das Handy zu orten, war ohne Erfolg.« Er hob vielsagend die buschigen Augenbrauen und atmete tief aus.

»Und wo er hinfahren wollte, wissen die Eltern nicht? Ein Hotel, irgendwas?«, fragte Nils.

»Nein, er sagte nur Südtirol und versprach, sich zu melden. Was er nicht tat.«

»Haben Sie eine Fahndung rausgegeben?«, wollte Nils wissen.

»Ja«, antwortete Landorff, »und wir werden heute mit einem Fernsehbericht und einer Pressekonferenz an die Öffentlichkeit gehen.«

»Das ist wohl das Beste«, erwiderte Nils.

Landorff schenkte sich Kaffee nach und nahm einen Schluck.

»Ich würde vorschlagen, dass Sie hier weitere Zeugenaussagen aufnehmen und sich diesmal auf Daniel Siebert konzentrieren. Es könnte sein, dass er auf Amrum etwas gemietet und Helene freiwillig oder gegen ihren Willen auf die Insel gebracht hat. Wenn er die Tat plante, müssen wir wohl davon ausgehen, dass er unter falschem Namen abgestiegen ist. Wobei ich bei seiner Krankengeschichte aber eher auf eine Affekthandlung tippe. Vielleicht sollte es ja ein Versöhnungsurlaub werden.«

Nils sah das ähnlich. Eine so labile Person plante nicht von langer Hand. Es könnte das tragische Ende einer unerwiderten Liebe gewesen sein.

»Ich konnte, wie gesagt, durch einige Zeugen den Fluchtweg eingrenzen.« Nils nahm eine Serviette und kritzelte mit einem Kuli die Umrisse des Sees und die Zugänge darauf. »Hier muss er langgekommen sein und seinen Wagen auf dem Parkplatz des Schwimmbads abgestellt haben. Eine Zeugin will dort frühmorgens einen verdächtigen Wagen gesehen haben. Ein dunkler Audi oder Mercedes mit Stufenheck.«

»Das ist interessant«, sagte Landorff. »Es passt zu der Beschreibung des Wagens aus Lübeck.«

»Genau. Besitzt Daniel Siebert ein solches Auto?«

»Nein, das eben fügt sich nicht zusammen. Er hat einen roten Seat Ibiza. Mit dem Wagen ist er auch in den Urlaub oder wohin auch immer gefahren.«

Nils kaute nachdenklich auf seiner Unterlippe herum. Hinter ihm waren tapsende Geräusche zu hören. Als Nils sich umdrehte, erkannte er Frieda, den Hund der Pension, eine junge Mischlingshündin.

»He, moin, Frieda«, begrüßte er sie, und ihr Schwanz begann hin- und herzupendeln. Vorsichtig kam sie näher und schnupperte in Richtung der beiden Männer. Nils beugte sich zu ihr hinunter und kraulte ihr den Kopf, was sie sehr genoss. »Du darfst doch nicht in den Frühstücksraum«, ermahnte er sie liebevoll. »Na los. Ab in die Küche, sonst kriegen wir beide Ärger.«

Nils deutete zur Küche, und Frieda sah ihn an, als fragte sie: »Muss ich wirklich?«

»Los, in die Küche, mach schon«, meinte Nils belustigt und wandte sich wieder Landorff zu.

Der wartete, bis die Hündin verschwunden war, und sprach dann mit gesenkter Stimme weiter.

»Die Obduktionsergebnisse werden wir heute Nachmittag erhalten. Die Analyse des Bildes wird noch bis nächste Woche dauern. Ich habe jetzt zwei Bitten an Sie, Petersen«, meinte er, und sein Blick haftete ohne ein Blinzeln an Nils. »Die Presse wird auf die Insel kommen und über den Fall berichten wollen.«

»Sie sind schon da, ich hab sie gestern gesehen«, bestätigte Nils.

»Sie sind nicht befugt, über irgendwelche Einzelheiten mit denen zu sprechen«, sagte der Kommissar, und es klang wie eine Belehrung. »Das ist sehr wichtig, Petersen. Keine Kommentare von Ihrer Seite. Unsere Dienststelle gibt als Einzige sämtliche Informationen weiter. Wie gesagt, heute am späten Nachmittag findet eine Pressekonferenz statt, die ich, Jensen und der Polizeichef aus Flensburg gemeinsam abhalten werden.«

»Das ist selbstverständlich«, erwiderte Nils.

»Dann lassen Sie uns jetzt ins Büro fahren. Jeder Beamte soll ein Foto von Siebert bekommen, und wir beginnen so schnell wie möglich mit der Aufnahme der Zeugenaussagen.«

Sie standen auf und gingen in den Flur, wo Landorff eine Hand auf Nils' Schulter legte. »Seien Sie vorsichtig. Er könnte gefährlich sein.«

Nils fand diesen Satz und Landorffs unerwarteten Körperkontakt etwas befremdlich. Wusste er mehr über diesen Siebert, als er gesagt hatte? War dessen psychische Erkrankung ernster, oder hatte sie andere Ausprägungen bekommen, nachdem er zunächst nur als Gefahr für sich selbst galt?

Sie fuhren ins Büro, informierten die abgestellten Polizisten und suchten anschließend den See auf. Der Zugang war immer noch mit Absperrband geschützt, doch direkt davor sahen sie zwei Kamerateams, die sich dort einrichteten.

»Ich rede mit denen«, sagte Landorff, und Nils ließ ihn allein weitergehen. Kaum hatte der Kommissar die Gruppe erreicht, wurden die Fernsehleute auf ihn aufmerksam und bestürmten ihn mit Fragen.

Nils beobachtete die Szene und schweifte mit seinen Gedanken ab zu Elke. Er hatte das Gefühl, sie schon mehrere Tage nicht mehr gesehen zu haben, ganz zu schweigen von Anna, die gerade zu Besuch war. Dieser neue Fall war für ihre Beziehung zu einem denkbar ungünstigen Zeitpunkt gekommen. All die Umstellungen Elkes Job betreffend rückten dadurch in den Hintergrund, und Elke war noch dazu direkt betroffen, weil sie zum einen eine Zeugin und zum anderen diejenige war, die das Bild des Opfers entdeckt hatte. Hoffentlich würde das alles sie nicht zu sehr belasten. Irgendwie mussten sie es schaffen, trotz dieses Mordes ihr eigenes Leben neu zu organisieren.

»Entschuldigung?«, sagte da eine weibliche Stimme hinter Nils, und er fuhr erschrocken herum. Er war so in Gedanken gewesen, dass er die Person nicht hatte kommen hören.

»Oh, hab ich Sie erschreckt? Das tut mir leid.«

Es war eine hübsche Frau mittleren Alters, die für einen Spaziergang durch die Dünenlandschaft mehr als unpassend gekleidet war. Sie musste vom Fernsehen sein, und Nils meinte auch, sie schon einmal gesehen zu haben.

»Schon gut«, sagte Nils und machte ihr Platz. Sie blickte rüber zu ihren Kollegen und blieb dann, seinen Namen vom Brustschild ablesend, bei ihm stehen.

»Sie gehören auch zur Niebüller Polizei, Herr Petersen?«

»Nein, ich bin von der Polizei Amrum.«

»Ach, dann sind Sie hier beheimatet?«

»Richtig, ja.«

»Schön. Mein Name ist Barbara Sennstedt, ich arbeite fürs Fernsehen.«

»Dachte ich mir«, meinte Nils und blickte an ihr herab.

»Ja, man sieht es wohl«, sagte sie mit einem gezierten Lächeln. »Hätten Sie einen Augenblick Zeit für mich?«, fügte sie dann aber wesentlich professioneller klingend hinzu.

»Wenn es um den Todesfall gehen sollte, tut es mir leid. Ich kann Ihnen nichts sagen.«

Sie verzog ihre rot bemalten Lippen. »Mmmh«, meinte sie, »das ist sehr schade. Ich möchte nichts Falsches berichten, wissen Sie? Und wenn ich schon jemanden von der Insel hier habe, eröffnet das gute Chancen auf ein paar wirklich verlässliche Informationen.«

»Wie gesagt, leider nein«, beharrte Nils.

»Verstehe«, erwiderte sie mit einem Blick auf Landorff. »Eine schöne Insel ist das hier.« Sie sah sich um.

»Ja.«

»Umso schrecklicher ist es, wenn so etwas passiert, nicht?«

»Ja.«

Sie sah Nils eindringlicher an und lächelte. »Ich könnte jetzt all meinen Charme spielen lassen, Sie würden weiterhin nichts sagen, oder?«

»Ja.«

Sie lachte. »Sie sind …«

»Ja?«

»Ein Jasager«, eröffnete sie ihm schmunzelnd.

»Ja.«

Wieder lachte sie, senkte aber dabei ihren Blick und setzte sich langsam in Bewegung.

»Na dann, bis bald.«

»Ja.«

Sie ging davon, und Nils sah ihr amüsiert hinterher. Ein Kameramann warf soeben einen seiner Scheinwerfer an und überlagerte das Sonnenlicht auf dem Bohlenweg mit einem blass-kalten Schimmer. Da kam Nils eine Idee, die er Landorff gern mitteilen wollte. Der brauchte noch ein paar Minuten, in denen er auch Frau Sennstedt begrüßte, und kam dann auf ihn zu.

»Was wollte sie von Ihnen?«, fragte er gleich.

»Was wohl?«

»Hat sie Ihnen Geld geboten?«

»Nein, für Geld hätt ich natürlich was gesagt«, meinte Nils und glaubte beinahe, so etwas wie ein verschmitztes Grinsen hinter Landorffs Bart zu erkennen. »Ich hätte da eine Idee«, sagte Nils, als sie in Richtung Schwimmbad zurückgingen.

Landorff hatte seinen Blick auf den Weg geheftet, als wollte er hier noch etwaige Beweisstücke finden.

»Es ist doch so, dass viele Täter zu ihren Tatorten zurückkehren, um sich noch mal in dieses Gefühl zurückzuversetzen …«

»Und?«, fragte Landorff unbeeindruckt.

»Wir könnten hier eine Kamera installieren und die Gegend filmen.«

»Herr Petersen, ich kenne natürlich diese Ermittlungstaktik, die aber nur für Serientäter angewandt wird. *Wir* haben es hier höchstwahrscheinlich mit einer Beziehungstat zu tun. Außerdem ist dieser See höchstwahrscheinlich gar nicht der Tatort, sondern nur der Platz, an dem sich der Täter der Leiche entledigte. Insofern würden wir keine verwertbaren Ergebnisse bekommen. Aber danke für den Vorschlag.«

»Ja«, sagte Nils erneut, doch diesmal fand er es nicht mehr zum Lachen.

8

2014

Elke hatte sich mit dem Laptop hinaus auf die Terrasse in den Schatten des Apfelbaums gesetzt. Sonnensprenkel lagen auf der Tischplatte und auf dem Bildschirm des Computers, sodass sie das Geschriebene an manchen Stellen nicht so deutlich erkennen konnte. Sie war unkonzentriert und irgendwie fahrig. Sie ertappte sich ständig dabei, dass sie das Schreiben des Briefes unterbrach und ziellos im Internet surfte oder ihr Handy prüfte, ob nicht Anrufe von Nils oder Anna eingegangen waren. Sie setzte sich kerzengerade hin und zwang sich, ihre Gedanken zu fokussieren. Der Cursor kam ihr vor wie eine mahnende Alarmanzeige, aber ihr Kopf blieb leer.

»Scheiße«, fluchte sie leise und schaltete ihr Handy ein. Keine eingegangenen Anrufe. Auch keine verpassten SMS. Sie tippte unwillkürlich auf den Ordner »Galerie«, und ihr wurden die letzten geschossenen Fotos angezeigt. Elke blickte auf das Gesicht von Helene, das so klein wie der Nagel ihres kleinen Fingers in einer Reihe mit Strandaufnahmen und Aufnahmen von Anna stand. Sie tippte das Bild an, und es vergrößerte sich. Sofort spürte Elke, wie sich etwas um ihr Herz zu legen schien. Und wieder war da diese kleine Maus, die irgendwo tief hinten in ihrer Erinnerung knabberte. Sie hob das Handy näher vor ihre Augen und starrte auf die Pinselstriche und die Vielzahl von Farben, die benutzt worden waren.

Es liegt an dir.

»Halt die Klappe!«, sagte sie laut, um der Stimme Einhalt zu gebieten, und musterte weiter das Gemälde. Da klingelte das Telefon, und Elke rutschte das Handy vor Schreck fast aus der Hand.

»Ja«, sagte sie mit zitternder Stimme.

»Ich möchte gern mit Elke Petersen sprechen«, verlangte eine Stimme am anderen Ende der Leitung.

»Ich bin Elke Petersen«, sagte sie.

»Wie schön. Mein Name ist Hansen, Detlef Hansen, vom Kunstmuseum in Niebüll.«

»Oh, ja, Herr Hansen«, sagte Elke erfreut und aufgeregt zugleich. Sie hatte vor nicht allzu langer Zeit eine Bewerbung dorthin geschickt.

»Frau Petersen, es tut mir leid, dass ich Sie am Wochenende stören muss. Aber ich sitze hier vor Ihren Unterlagen, und wir haben ein kleines Problem«, begann Hansen zu erläutern.

Elke sank in ihrem Stuhl etwas zusammen. Was hatte sie falsch gemacht? War es wieder die Tatsache, dass sie nur eine halbe Stelle suchte? War es ihr Alter? Oder die für sie selbst entscheidendste Tatsache, dass sie keine Referenzen, keine anderen Arbeitgeber vorweisen konnte? Sie war alt und unerfahren. Eine für den Arbeitsmarkt tödliche Kombination.

»Wir sind zurzeit in einer akuten Situation des Personalmangels«, erklärte Hansen weiter. »Wir möchten Sie zu einem Gespräch zu uns einladen und würden uns freuen, wenn Sie auch sehr kurzfristig für uns Zeit hätten.«

Elke richtete sich wieder auf. Neue Energie strömte durch ihren Körper.

»Ja, natürlich«, rief sie erfreut. »Ich kann …« *Sag nicht »jederzeit«, dann denkt er, du hockst nur hier rum, weil es sonst keine Interessenten gibt und du dringend auf irgendeine Arbeit wartest.* »Ich kann auch kurzfristig«, sagte sie schließlich.

»Nun, das klingt wunderbar. Wäre es Ihnen gleich morgen, am Montag, möglich?«

»Sicher, das würde gehen. Ich muss nur mit der Fähre sehen …«

»Ja, ich habe gelesen, dass Sie auf Amrum zu Hause sind. Wenn Sie um acht die direkte Fähre nähmen, wären Sie um zehn in Dagebüll, und wir könnten uns gegen zehn Uhr dreißig bei uns im Museum treffen«, schlug Hansen vor.

»Ja, das ginge. Ich würde mich freuen.«

»Prima, Frau Petersen. Sagen wir also: Montag, zehn Uhr dreißig, in meinem Büro.«

»Gern.«

»Dann vielen Dank für Ihr Entgegenkommen und bis morgen.«

»Ja, bis morgen«, verabschiedete sich Elke, und sie legten auf. Ungläubig blinzelnd blickte sie auf das Display. Sie wischte sich über das Lächeln auf ihren Lippen und verspürte augenblicklich den Drang, Nils anzurufen und ihm die gute Nachricht zu erzählen, doch angesichts der Umstände verkniff sie sich einen Anruf.

Sie stellte sich an der kniehohen, bepflanzten Mauer, die den Garten umgab, in die warme Sonne und blickte über das Watt hinüber nach Föhr. Da fiel ihr ein, dass sie am Montagvormittag einen Termin bei Dr. Mantell hatten. Den würde sie absagen müssen, aber höchstwahrscheinlich hatte Nils dasselbe Problem. Für Paartherapie war im Moment keine Zeit.

Nils war in der Kurverwaltung in Norddorf und hatte eben das Foto von Daniel Siebert einscannen und an alle Vermieter, die im Internet gelistet waren, verschicken lassen. Auf diese Weise würden sie am schnellsten zu einem Ergebnis kommen. Er bedankte sich bei der Mitarbeiterin und fuhr mit dem Wagen hinunter zum Strandübergang. Das Strandrestaurant dort gehörte Stefan, Nils' ehemaligem besten Freund. Ehemalig deshalb, weil Elke nach ihrer Trennung zu Stefan gezogen war. Das hatte Nils in doppelter Weise das Herz gebrochen. Aber das war nun ein paar Jahre her, und Elke war wieder an seiner Seite. Mit Stefan hatte sich so etwas wie eine Versöhnung hingegen noch nicht einstellen wollen. Er war verständlicherweise nicht sehr glücklich gewesen, als Elke ihre Flucht zu ihm wieder rückgängig gemacht hatte. Nils hatte schon oft daran gedacht, Stefan einfach zu besuchen und bei einer Flasche Bier über alles zu sprechen. Er vermisste ihn. Er kannte viele Leute auf Amrum, aber Stefan war immer sein einziger wirklicher Freund gewesen.

Nils ging die kleine Anhöhe hinauf zur Eingangstür, die weit geöffnet war. Am Kiosk links stand eine Schlange von Touristen in Badehosen, die sich eine Erfrischung gönnen wollten. Er betrat den dunklen Eingangsbereich und trat sich die Füße ab, während er sich im Raum umsah. Es war leer hier drin, doch draußen auf der Terrasse saßen bereits einige Gäste in der prallen Sonne. Der Chefkellner eilte durch die Tischreihen. Hinter der Bar schenkte eine junge Bedienung mehrere Getränke ein.

»Moin, ist Stefan da?«, fragte Nils.

»Hallo«, sagte sie und kommentierte seine Uniform mit einem erschrockenen Blinzeln. »Er ist im Lager, soll ich ihn holen?«

»Das wäre nett.«

Nils stellte sich an die Bar und wartete. Nach einer Weile kam Stefan gefolgt von der Bedienung hinter die Bar. Er ging zögerlich und blieb mit einem gewissen Sicherheitsabstand zwischen ihnen stehen.

»Was gibt's?«, fragte er.

»Eigentlich würde ich gern einfach mal so mit dir schnacken, aber ich hab da einen Fall, der sehr wichtig ist«, eröffnete Nils das erste Gespräch seit drei Jahren zwischen ihnen. Nils meinte, eine milde Reaktion in seinen Augen zu erkennen.

»Und?«

»Es geht um die tote Frau, die im Wriakhörnsee gefunden wurde.«

Stefan stellte sich von einem auf das andere Bein. »Hab ich von gehört.«

»Wir sind auf der Suche nach ihrem Exfreund.«

Nils legte das Foto auf den Tresen. Stefan warf aus der Entfernung einen Blick darauf.

»Nie gesehen.«

»Und deine Mitarbeiter?«

»Weiß nicht.«

»Könntest du sie bitten, sich das Foto mal anzuschauen?«

Stefan atmete ungeduldig aus. »Hast du den Mann schon mal gesehen?«, fragte er die junge Bedienung. Sie kam näher, schaute und schüttelte schüchtern den Kopf.

»Till, Bruno!«, rief er in die Küche. »Kommt mal kurz.«

Die beiden Köche kamen, sich die Hände an Handtüchern abwischend, nach vorn.

»Kennt ihr den Kerl auf dem Foto?«

Sie schauten zu Nils, dann aufs Foto und wieder zu Nils. Beide verneinten.

»Danke«, sagte Nils und nahm das Foto wieder an sich.

Kanne kam hereingeschossen und wunderte sich über den Auflauf an der Bar. Der Chefkellner hatte diesen Spitznamen, weil er manchmal seine Unterlippe vorschob, sodass sie aussah wie der Ausguss einer Teekanne. Nils hielt ihm das Foto hin.

»Schon mal gesehen?«

Kanne schob seine Brille zurecht und schaute auf das Bild. Dann tat er das, wofür er so berühmt war, und schob seine Unterlippe vor. »Nee. Nie gesehen. Was ist mit ihm?«

»Kann ich nicht sagen. Aber danke trotzdem«, meinte Nils und drehte sich zu Stefan um. Er überlegte, ob er noch etwas sagen, ihn vielleicht sogar einladen sollte, doch wann war im Moment Zeit dafür? Er hob nur dankend die Augenbrauen und verließ das Restaurant durch den Terrassenausgang, um gleich zu den Strandkorbvermietern rübergehen zu können. Es war Wochenende, und das Wetter konnte nicht besser sein. So hatten sie gut zu tun, und Nils wurde verunsichert von den Urlaubern angestarrt, als er mit seiner schwarzen Hose und dem blauen Polizeihemd dort aufkreuzte.

»Moin, ich hab nur 'ne kurze Frage«, sprach er den letzten Strandkorbvermieter in der Reihe an und zeigte ihm die Aufnahme von Siebert.

»Wer soll das sein?«, fragte Stig Brome und nahm seine Sonnenbrille ab.

»Kommt er dir bekannt vor?«

»Nö, sollte er?«

»Nein, das war's schon. Danke, Stig.«

Stig Brome wusste genau, warum Nils fragte, aber er tat gern ein wenig dümmlich oder so, als hätte er die Frage nicht verstanden. Das war sein Humor, und er selbst mochte ihn am meisten. Nils ging weiter, doch auch bei den anderen Strandkorbvermietern hatte er keinen Erfolg. Leif war der Erste in der Reihe und damit der Letzte, den Nils ansprechen wollte. Er sprach gerade mit einer Dame und zeigte Nils mit einer Handbewegung an, dass er gleich Zeit für ihn hatte.

»So, was kann ich für dich tun?«, fragte er kurz darauf.

»Wir suchen diesen Mann. Hast du ihn schon mal hier gesehen?« Leif nahm das Foto in die Hand.

»Geht's um die Tote im See?«, fragte er flüsternd, ohne seinen Blick davon zu lösen.

»Jou.«

»Ehrlich gesagt ... ich glaub, ich hab den Kerl heute tatsächlich irgendwo gesehen.«

»Im Ernst?«, fragte Nils überrascht, weil er nicht damit gerechnet hatte.

»Ja, er hatte andere Haare, längere. Aber ich meine, er war es.«

»Wo hast du ihn gesehen?«

Leif kramte in seinem Gedächtnis.

»Das war nicht hier. Das war in Wittdün, im Supermarkt. Ja, genau.«

Nils ging näher an ihn heran, sodass sich ihre Schultern berührten.

»Bist du wirklich sicher?«

»Ich würd's nicht sagen, wenn's nicht so wäre.«

»Okay, danke, Leif«, sagte Nils und klopfte ihm auf die Schulter. »Vielleicht brauche ich dich noch mal. Ich meld mich.«

Nils hastete davon und sprang in seinen Wagen. Im Fahren rief er Landorffs Nummer auf.

»Landorff?«

»Nils Petersen. Er ist auf der Insel!«

9

2014

Christinas Herz schlug ihr bis zum Hals. Ihre Lungen brannten, aber am schlimmsten waren die weichen Knie und dieses Gefühl, gleich das Bewusstsein zu verlieren.

»Danke«, hauchte sie und rang nach Luft. »Danke.«

»Was wollte der Kerl von Ihnen?«, fragte ihr Retter, der mindestens siebzig fuhr und gerade an einer Ampel den Blinker setzte, um links abzubiegen. Christina wurde in der Kurve nach rechts gedrückt. Das Zittern wurde immer schlimmer. Sie konnte gar nicht antworten. »Geht's?«, fragte der Mann.

Sie hob beschwichtigend eine Hand.

»Wir sollten zur Polizei fahren«, schlug der Mann vor. »Oder soll ich Sie ins Krankenhaus bringen? Sind Sie verletzt?«

»Nein, es geht schon«, sagte sie atemlos und schloss die Augen.

»Hat er Sie überfallen?«

»Meine … meine Wohnung ist noch offen«, stammelte sie. Irgendwie machte ihr dieser Gedanke gerade Angst.

»Dann ruf ich die Polizei«, entschied er.

Sie fuhren über die Autobahnbrücke, und er hielt rechts in einer Haltebucht.

»Oder brauchen Sie doch einen Arzt?«

»Nein«, sagte sie, und es kostete sie einige Überwindung, zuzugeben, dass sie die Hilfe der Polizei benötigte. »Wenn Sie bitte anrufen könnten?«

»Wen jetzt?«

»Die Polizei.«

»Ist gut. Ich hab mein Handy in der Jacke im Kofferraum«, sagte er und stieg aus. Sie hörte, wie der Deckel aufklappte.

Konnte es sein, dass sie seine Stimme kannte? Sie hatte ihn gar nicht richtig sehen können in ihrer Panik. War er vielleicht gar ein Nachbar von ihr?

Sie öffnete die Augen. In der Ferne hörte sie die Autos auf der Autobahn vorbeirasen.

Dann wurde ihre Tür geöffnet, und sie blickte zur Seite. Sie sah etwas Weißes auf sich zukommen und nahm für den Bruchteil einer Sekunde einen stechenden Geruch wahr, bevor sie das Bewusstsein verlor.

Ein entferntes Kreischen drang an ihre Ohren, so laut und quälend, dass es schmerzte. Dumpf und schwer lastete ein Gewicht auf ihrem gesamten Körper und ihrer Stirn und drückte sie nach unten. Es war beinahe so, als fiele sie rückwärts, und gleichzeitig war es ihr vollkommen unmöglich, sich zu bewegen.

Sie erinnerte sich an den Moment kurz vor ihrer Blinddarmoperation vor knapp zehn Jahren. Als der Anästhesist ihr etwas in den Zugang in ihrer Hand gespritzt und ihr die Sauerstoffmaske aufgedrückt hatte, hatte sie sich ähnlich gefühlt. »Zählen Sie bitte von zehn rückwärts«, hatte er sie aufgefordert, und die sieben hatte sie schon nicht mehr erreicht. Sie war hinabgezogen worden in einen tiefen, tiefen Tunnel, in absolute Schwärze.

Sören saß neben ihrem Bett, als sie aufwachte. Aber konnte das sein? Er saß dort auf einem Stuhl und las in einem Buch. Jetzt erkannte sie auch das Zimmer, ein schmuckloser, einfacher Raum. Sören hatte sich einen der Stühle aus der Küche ans Fenster gestellt, um zu lesen, und hockte dort in seinem Schlafanzug. Gestreifte Boxershorts und ein blassblaues T-Shirt.

»He, da bist du ja wieder«, sagte er, und es klang so vertraut, als hätten sie eine jahrelange Beziehung geführt.

Sie lag in einem Doppelbett in der Ferienwohnung auf Karpathos in Griechenland, in der sie vor zwei Jahren gewesen war. Es war heiß, und sie spürte nur ein dünnes Laken auf ihren Beinen.

»Hast lange geschlafen.« Sören lächelte und klappte sein Buch lautlos zu. Er stand auf, kam zu ihr herüber und ließ sich auf der Bettkante nieder.

Sie wollte nicht von ihm berührt werden. Ihre Gefühle für ihn schwankten zwischen Abscheu und Todesangst, nach allem, was vorgefallen war. Doch er saß ganz nah bei ihr, und sie konnte nicht fort, war wie gelähmt.

Bitte berühr mich nicht, bettelte sie, ohne zu wissen, ob sie die Worte aussprach oder nur dachte. *Bitte berühr mich nicht.*

Er streckte seine Hand aus und berührte sie etwa auf Höhe

ihrer linken Schläfe, doch sie fühlte nichts. Ihre Haut war wie betäubt. Er streichelte sie und stand dann auf, um zum Fenster zu gehen.

»Du kannst jetzt kommen«, rief er nach draußen und öffnete die Tür des Apartments. Sonnenlicht drang herein. Christina konnte Fliegen darin umherschwirren sehen.

Wer sollte kommen? Sie kannte hier doch niemanden.

Sie hörte Schritte auf Kies. Langsame, schwere Schritte. Dann verdunkelte ein Schatten den Eingang, und ein Mann erschien. Christina wollte schreien, vielleicht tat sie es auch, aber sie hörte es nicht. Es war dieser Mann mit der braunen Perücke, der das Konto bei ihr hatte eröffnen wollen. Er stand dort, die Sonne im Rücken und ein gemeines Grinsen im Gesicht. Wie eine Hyäne im Anzug sah er aus. Und jetzt kam er herein.

Nein, schrie sie lautlos, *NEIN!* Aber er machte nicht halt. Sören ließ ihn gewähren. Sie verständigten sich stumm am Fußende des Bettes, woraufhin einer von links und einer von rechts auf sie zukam. Das Kreischen in Christinas Ohren wurde zu einer Musik, einer Melodie von schiefen Tönen. Sie blickte an sich hinunter und erkannte, dass sie einen OP-Kittel trug. Sören, der links von ihr auf dem Bett zu ihr heraufkroch, hielt ein Skalpell in der Hand. Der Perücken-Mann trug eine Anglerweste, und aus den vielen Taschen quollen Geldscheine hervor.

»Wo machen wir sie auf?«, fragte Sören.

Der Perücken-Mann deutete auf ihren Bauch und fuhr mit dem Finger nach oben bis zum Sternum. »Genau hier«, sagte er, und es war die Stimme von dem Mann, der sie vor Sören gerettet hatte. Sie steckten unter einer Decke.

In ihrer Not, den Tod und noch unbekannte Qualen vor Augen, wandte sie sich zum ersten Mal in ihrem Leben an Gott. Das schien ihr die einzig verbliebene Möglichkeit zu sein, dem zu entkommen, was sie erwartete.

Hilf mir, rief sie ihm zu, *hilf mir doch, lieber Gott!* Doch wieder schien kein Wort davon hörbar zu sein.

Christina ließ den Kopf ins Kissen zurücksinken und bereitete sich auf den Schmerz vor. Er würde kommen, das wusste sie. Nicht mehr lange, dann setzte ihr Chef zum Schnitt an. Sören, der Chirurg, und sein Assistent, der Perücken-Mann, würden all das Geld in ihr verstecken.

Jetzt hörte sie nur noch das Zirpen der Zikaden in der griechischen Gluthitze vor ihrem Fenster. Es wurde immer lauter. Immer lauter. Immer lauter.

10

2014

Nils fuhr mit hoher Geschwindigkeit in Richtung Nebel. Landorff hatte ihn gebeten, sofort ins Büro zu kommen. Er passierte das Maisfeld kurz vor dem Ortsschild und drosselte sein Tempo auf fünfzig. Vorn in der Kurve musste er rechts abbiegen. Er warf einen flüchtigen Blick auf das Wartehäuschen der Bushaltestelle, und sein Kopf fuhr herum, als er jemanden erkannte, den er hier nicht erwartet hatte. Dort ging Dr. Mantell. Nils stieg in die Bremsen. Sein Therapeut schien ganz in Gedanken versunken zu sein. Er trug sein übliches Outfit und einen Lederrucksack, den er locker über einer Schulter hängen hatte. Nils stellte den Motor ab und stieg aus. »Dr. Mantell«, rief er ihm zu.

Mantell blieb stehen und lächelte erfreut, als er Nils erkannte. »Herr Petersen«, sagte er.

Nils ging auf ihn zu, und sie gaben sich die Hand.

»Jetzt treffe ich Sie mal in Ihrer offiziellen Funktion«, meinte Mantell und deutete auf Nils' Uniform. Anscheinend beschränkte sich das Duzen auf den Bereich innerhalb seiner Praxis und die Zeit während der Therapiestunden. Hier blieb er förmlich.

»Ja, ich bin auch etwas in Eile. Ich war nur überrascht, Sie hier zu sehen.«

»Es ist Wochenende. Ich mache Urlaub, sozusagen«, sagte der Therapeut und lächelte erneut.

»Ja, wo ich Sie schon treffe: Ich muss leider unseren Termin morgen absagen. Ich habe zu viel zu tun.«

»Die Frau, die hier gefunden wurde?«, fragte Mantell mit besorgter Miene. »Ich habe davon gehört. Ist gut, ich werde den Termin streichen.«

»Prima, dann auf Wiedersehen.«

»Grüßen Sie Ihre Frau von mir«, rief er noch, als Nils bereits zurück zum Auto ging.

Es waren nur noch wenige Meter zum Polizeibüro, und Nils fuhr an ihrem ehemaligen Haus vorbei, in dem er mit Elke und Anna gewohnt hatte, bevor es zur Trennung kam. Jetzt gehörte es einem Zahnarztehepaar aus Hamburg. Die beiden hatten eine schreckliche neue Eingangstür einbauen lassen, die nicht zum Haus, nicht zur Insel und nicht zu irgendwas passte. Er ärgerte sich jedes Mal, wenn er daran vorbeifuhr.

Possebiehl und Landorff warteten bereits auf ihn. Der junge Kollege stand auf, als Nils eintrat, und schaute ihn mit großen Augen an. »Was ist denn nun?«, fragte er ungeduldig und kassierte einen strafenden Blick von Landorff, weil er diesem nicht das erste Wort überlassen hatte.

»Berichten Sie«, sagte Landorff daraufhin und verschränkte die Arme vor der Brust. »Ich habe nicht viel Zeit.«

Er musste zur Pressekonferenz und würde jeden Moment mit der Küstenwache rüber ans Festland fahren.

»Leif, einer der Strandkorbvermieter von Norddorf, meint, Daniel Siebert in Wittdün gesehen zu haben. Angeblich hat er dort im Supermarkt eingekauft«, erklärte Nils.

»Angeblich«, wiederholte Landorff zweifelnd.

»Ich vertraue seinem Urteil, aber das Foto ist nicht mehr ganz aktuell. Er sagte, der Mann hätte die Haare länger getragen.«

Landorff nickte. »Das versetzt uns in jedem Fall in erhöhte Alarmbereitschaft«, meinte er ernst und zog nachdenklich die Augenbrauen zusammen. »Ich fahre wie gesagt gleich, aber ich möchte, dass Sie die restlichen Beamten informieren, sodass alle gewappnet sind. Sollten Sie Siebert tatsächlich irgendwo antreffen, haben Sie zwar kein Recht, ihn in Gewahrsam zu nehmen. Wir haben keine ausreichenden Indizien oder gar Beweise für seine Schuld. Doch er muss dringend befragt werden. Sollte er sich weigern, beobachten Sie ihn. Macht er Anstalten, die Insel zu verlassen, geben Sie mir Bescheid. Unsere Beamten werden ihn dann in Dagebüll erwarten.«

»In Ordnung«, sagte Nils.

Er brachte Landorff zum Tonnenhafen, wo das Boot bereits wartete und den Kommissar an Bord nahm. Während Possebiehl die Kollegen informierte, fuhr Nils zu Isemann, einem Laden, der nahezu alles für Haushalt, Büro und Garten verkaufte. Eigentlich war er heute geschlossen, doch Nils klingelte nebenan an der Haustür, und Ole, der Besitzer, ging mit ihm rüber in den Laden.

»Ich brauche eine Überwachungskamera«, sagte Nils am Tresen.

»Was meinst du genau?«, fragte ihn Ole. »So 'n Teil fürs Haus zur festen Installation?«

»Nein, was Kleineres. Es soll unauffällig sein.«

»Unauffällig. Willst du jemanden im Büro überwachen?«

»Nein, draußen. Es muss wetterfest sein.«

»Ach so«, tönte er, »jetzt kommen wir der Sache schon näher. Du willst eine Wildkamera.«

»Ja, kann sein«, antwortete Nils, dem es ziemlich egal war, wie das Ding hieß. Er wollte es nur so schnell wie möglich in die Hände bekommen.

»So was hab ich hier nicht rumstehen. Ist selten gefragt«, sagte Ole und ging nach hinten ins Lager. Es rumpelte und schepperte. Dann kam er mit einem Karton zurück. »Hier, ist das einzige Modell, das wir haben.«

Er stellte es auf den Tresen. Nils las sich die Eigenschaften der Kamera durch.

»Sieht gut aus«, meinte er und zückte sein Portemonnaie.

»Eine Speicherkarte ist schon dabei. Macht hundertvierzehn neunzig.«

Nils bezahlte und nahm den Karton an sich.

»Na, dann viel Glück bei der Jagd«, wünschte Ole, und Nils dachte, dass er das gut gebrauchen konnte.

Über den Zugang beim Schwimmbad suchte Nils zum zweiten Mal an diesem Tag die Stelle am See auf und fand sie verlassen vor. Keine Kamerateams und auch keine Touristen. Es musste wohl daran liegen, dass die Sperrung des Sees inzwischen bekannt und die anfängliche Attraktion verflogen war. Nils nutzte die Gunst der Stunde und begab sich auf die gegenüberliegende Seeseite, wo es keinen Zugang für die Öffentlichkeit gab. Ein paar Meter hinter der Pipeline fand er ein Gebüsch, von dem aus das andere Ufer gut zu sehen war. Dort versuchte er, seine neue Kamera zu installieren. Er hatte Schnur, Draht und Kabelbinder mitgenommen, und in der Packung selbst befanden sich auch einige Befestigungsmöglichkeiten. Immer wieder schaute er auf, ob auch niemand in Sichtweite kam, der ihn sehen konnte bei dem, was er tat. Mit dem Kabelbinder funktionierte es am besten, und die Kamera war Minuten später fest an einen kräftigeren Zweig gezurrt. Mit Hilfe des kleinen Monitors richtete er sie aus und drückte den Aufnahmeknopf. So weit, so gut. Jetzt musste ihm nur noch die richtige Person in die optische Falle laufen.

Die weitere Suche nach Daniel Siebert war ergebnislos verlaufen. Der Mann war von keinem anderen als von Leif gesehen worden. Zusammen mit Possebiehl war Nils zu sich nach Hause gefahren und vor Überraschung fast hintenübergekippt, als Anna ihm die Tür öffnete. Er hatte völlig vergessen, dass es Sonntag und seine Tochter noch zu Besuch war.

»Hallo, Papa, ich bleibe noch bis morgen und fahre mit der Sieben-Uhr-Fähre rüber«, hatte sie ihn fröhlich begrüßt. »Mama hat's mir erlaubt.«

»So, so.« Nils hatte gelächelt und Anna in den Arm genommen. »Ich freu mich.«

In der Tagesschau sollte heute Abend der Beitrag über Helene Teichmann laufen. Sie schafften es gerade noch rechtzeitig. Vor dem Fernseher stehend schauten sie gebannt auf den Bildschirm. Elke fasste Nils um die Taille und nahm mit der anderen Hand ihre Tochter in den Arm.

»Jetzt kommt es«, sagte Possebiehl.

»Auf der Nordseeinsel Amrum«, erklärte der Sprecher, und man sah ein Bild des Sees, von der Stelle aus, wo Nils die Kamerateams getroffen hatte, »ist am Donnerstag die Leiche einer jungen Frau aus Lübeck aus einem See geborgen worden. Im Zusammenhang mit dem Todesfall wird der ehemalige Lebensgefährte des Opfers gesucht, dessen Aufenthaltsort derzeit unbekannt ist.« An dieser Stelle wurde das Bild von Daniel Siebert eingeblendet. Sein Gesicht war ausgeschnitten und vergrößert worden. »Daniel Siebert ist siebenundzwanzig Jahre alt, eins einundachtzig groß, hat schwarze Haare und ist schlank. Hinweise über seinen Verbleib nimmt die Polizei Flensburg oder jede andere Dienststelle entgegen. – Washington.« Der nächste Beitrag begann, und das Weiße Haus wurde eingeblendet.

»Das war's schon?«, fragte Possebiehl.

»Jou. Nur das Nötigste«, meinte Nils.

»Nichts vom Bild, nichts von der Todesursache …«, sagte Elke ein wenig enttäuscht.

»Die genaue Todesursache steht auch noch nicht fest. Die Ergebnisse kommen aber bald.« Nils schaute auf die Uhr. »Vielleicht meldet sich Landorff noch.«

Im selben Moment klingelte das Telefon.

»Ach, nee«, meinte Nils, »wenn man vom Teufel spricht.« Er ging in den Flur und nahm das Gespräch entgegen. »Petersen?«

»Ja, hier spricht Tanner«, meldete sich eine Nils entfernt bekannte Stimme. »Der Betreiber des Zeltplatzes, Ihre Kollegen haben neulich mit mir gesprochen.«

»Herr Tanner, sicher, was kann ich für Sie tun?«

»Nun, ich habe gerade die Nachrichten im Fernsehen gesehen, und da kam etwas über die Tote im See.«

»Ja, ich hab's auch gesehen«, meinte Nils.

»Ich dachte mir, ich melde mich einfach direkt bei Ihnen, weil ich denke, dass ich den jungen Mann gesehen habe, nach dem Sie suchen.«

Nils drehte sich ruckartig zu Possebiehl und Elke um. Beide bemerkten, dass etwas vorgefallen war, und sie kamen näher.

»Ja, erzählen Sie weiter«, forderte Nils Tanner auf.

»Also, gestern hat dieser Mann hier auf dem Zeltplatz eingecheckt.«

»Bitte?«, rief Nils.

»Ja, er kam allein mit einem Zelt, und ich meine, dass er es gewesen ist. Ich bin mir ziemlich sicher.«

»Hören Sie«, sagte Nils, »ist er zurzeit in seinem Zelt?«

Possebiehl, Anna und Elke machten große Augen. Sie reimten sich ihren Teil zusammen.

»Das weiß ich nicht. Hier ist richtig was los im Moment.«

»Verstehe. Bleiben Sie bitte dort, ich werde in ein paar Minuten da sein.«

»Ist gut.«

»Sagen Sie, konnten Sie zufällig seinen Wagen sehen?«

»Ja, deswegen bin ich mir auch so sicher. Er hat ein Lübecker Kennzeichen.«

»Welche Marke?«

»Ein roter Seat Ibiza.«

»Verdammt«, sagte Nils. »Ich bin gleich da.« Er legte auf.

»Ist der Kerl etwa auf dem Zeltplatz?«, fragte Possebiehl ungläubig, aber sehr aufgeregt.

»Treffer. Der Besitzer hat ihn erkannt, und der Wagen stimmt auch. Er muss es sein. Ich zieh mich schnell um, damit ich kein Aufsehen errege, und fahre rüber.«

Elke legte eine Hand auf seinen Arm. »Sei bloß vorsichtig.«

»Soll ich besser mitkommen?«, fragte Possebiehl.

»Nein, zu auffällig«, rief Nils, der bereits die Treppe hinauflief.

»Was ist mit Landorff?«

»So lange kann ich nicht warten.«

Nils kam in Jeans und T-Shirt wieder herunter. »Ruf du ihn an«, sagte er zu Possebiehl. »Ich beeil mich.« Er küsste seine Frau und seine Tochter und verließ das Haus.

Fünf Minuten später war Nils am Zeltplatz und klopfte an die Büroscheibe, wo sich alle Ankommenden anmelden mussten.

Tanner, ein dürrer Mann mit einer Halbglatze und wuchtiger Stirn, schob das Fenster auf.

»Herr Tanner, ich bin's, Petersen.«

»Oh, heute in Zivil?«

»Ich will mich nicht gleich ankündigen.«

Tanner schloss die Scheibe und kam aus seinem Büro heraus. »Kommen Sie, ich bringe Sie hin.«

Sie gingen über den kleinen Platz, an dem sich die Küche, die Duschen und ein kleiner Supermarkt befanden. Über den Bohlenweg ging es weiter, vorbei an Wohnwagen, die dort einen festen Platz innehatten und mit Zäunen aus Strandgut umgeben waren. Nach links und rechts öffnete sich die grüne hügelige Ebene vor den Dünen. Bunte Zelte bevölkerten vor allem in den Senken die Landschaft.

Die Gäste hier grillten, spielten mit ihren Kindern, saßen auf Campingstühlen und tranken ein kühles Getränk, trafen sich mit dem Nachbarn auf einen Schnack und genossen die abendliche Sonne, die über den Dünenkämmen unterging. Bälle und Frisbees flogen durch die Luft, als Nils und Tanner rechts vom Bohlenweg heruntertraten und auf einen größeren Platz zusteuerten. Anscheinend hatte sich Siebert inmitten eines der beliebtesten Areale niedergelassen.

»Das rote dort vorn«, sagte Tanner leise und deutete auf ein rundes Einmannzelt. Es war im Gegensatz zu den vielen anderen Zelten rundherum geschlossen.

»Danke, Sie können wieder zurückgehen«, meinte Nils und ging allein weiter. Er hatte seine Dienstwaffe nicht dabei. Wenn es zu einer Auseinandersetzung kam, womit er auch rechnen musste, konnte er sich nicht verteidigen.

Die Öffnung des Zeltes schaute zu den Dünen, und Nils beschrieb einen kleinen Bogen, um sie besser einsehen zu können. Es standen keine Schuhe davor, und es hingen auch keine Kleidungsstücke auf den Leinen wie bei anderen Zelten. Nils trat bis auf einen Meter heran und ging in die Hocke. »Hallo, ist jemand zu Hause?«, fragte er mit erhobener Stimme.

Nichts regte sich, niemand antwortete.

»Hallo, jemand zu Hause?«, wiederholte Nils und schlug diesmal mit der Hand gegen den Eingang. Der Reißverschluss klimperte, sonst war nichts zu vernehmen. Er schlug erneut dagegen. »Hallo?«

»Der ist nicht da«, sagte ein junger Mann, der seine Badehose gerade nebenan auf sein Zeltdach legte.

»Ah, danke«, entgegnete Nils. Er blieb in der Hocke, bis der junge Mann wieder verschwunden war, und öffnete dann den Reißverschluss. Ein Schlafsack lag ausgebreitet auf der linken Seite. Rechts standen ein Rucksack, ein Gaskocher, Wasserflaschen und ein paar Dosen Bohnen und Ravioli. Sonst nichts. Nils zog den Reißverschluss wieder zu. Er ging zurück auf den Weg und rief Landorff an. Der meldete sich bereits nach dem ersten Klingeln.

»Petersen hier«, sagte Nils. »Herr Landorff, wir haben Daniel Siebert gefunden, denke ich. Er ist auf dem Zeltplatz abgestiegen. Aber erst gestern. Sein Auto steht auf dem Parkplatz.«

Als Antwort bekam er nur ein hektisches Rascheln zu hören und einige Stimmen im Hintergrund. Dann kratzte Landorffs Bart am Hörer.

»Gute Nachrichten, Petersen. Haben Sie bereits etwas unternommen?«

»Nein, ich bin auf dem Platz und habe gerade sein Zelt angesehen. Er ist nicht drin.«

»Hören Sie, ich komme, so schnell es geht, rüber. Trommeln Sie alle verfügbaren Kräfte zusammen und lassen Sie die Einfahrt des Zeltplatzes observieren. Wir warten, bis er dort ist, und entscheiden dann, wie wir weiter vorgehen. Fährt heute noch eine Fähre ans Festland?«

»Nein, erst morgen früh wieder«, antwortete Nils.

»Gut, das verschafft uns Zeit. Ich melde mich.«

Landorff legte auf, und Nils begab sich auf den Parkplatz und fand den Seat. Siebert musste also zu Fuß unterwegs sein. Gut so, dann hab ich ihn vielleicht bald auf Video, dachte Nils.

Im Innenraum des Wagens herrschte Chaos. Überall lagen Verpackungen, Kartenmaterial, Stifte, Zettel, CD-Hüllen und Bücher herum. Nils konnte nicht sagen, ob diese Unordnung Teil seiner psychischen Probleme oder einfach nur ein Zeichen dafür war, dass Daniel Siebert ein wenig organisierter Mensch war. Er richtete sich wieder auf und kontaktierte Possebiehl.

»Kannst du bitte alle ins Büro kommen lassen? Zwei sollen mit meinem Privatwagen herkommen. Elke gibt euch den Schlüssel.«

»Alles klar. Ist er denn da?«

»Nein, wir observieren den Platz. Ich warte solange hier.«

Er legte auf und entfernte sich vom Auto, um sich etwas abseits auf den Holzzaun zu setzen. Daniel Siebert tauchte nicht auf. Nach ungefähr zwanzig Minuten fuhr sein Passat in die Einfahrt und rollte auf ihn zu. Glaser und Wächter saßen im Innern und erkannten ihn.

»Stellt euch dort drüben hin«, wies er sie durch das runtergelassene Fenster an und deutete auf eine Parkzone, die mit dem Schild »Privat« gekennzeichnet war. »Wächter, Sie bleiben im Wagen. Der rote Seat steht dort hinten in der zweiten Reihe.«

»Ist gut, ich seh ihn.«

»Bitte sofort Meldung machen, wenn er bewegt wird oder wenn Sie Siebert hier reinspazieren sehen.«

Wächter nickte.

»Und nehmen Sie Ihre Mütze ab«, sagte Nils. »Glaser, Sie kommen mit mir.«

Bei Tanner, den sie über die Aufnahme ihrer Posten informierten, besorgten sie sich ein Zelt. Glaser sollte seinen Beobachtungsposten in der Nähe von Sieberts Lager aufbauen. Nils kaufte auch noch ein T-Shirt dazu, damit Glaser nicht im Uniformhemd herumlaufen und damit unnötig auffallen musste. Tanner zeigte dem Kollegen den Weg, während Nils mit Glasers Dienstwaffe zurück zum Streifenwagen ging. Er verabschiedete sich von Wächter mit zum Gruß erhobener Hand und fuhr auf die Inselstraße.

Im Polizeibüro setzte er die restlichen Einsatzkräfte in Kenntnis und schickte sie mit der Anweisung, sich in ihren Uniformen ins Bett zu legen, in ihre Unterkünfte. Gegen zweiundzwanzig Uhr dreißig rief Landorff an. Nils holte ihn ab, und nachdem er Elke Bescheid gegeben hatte, verbrachten Possebiehl, Nils und Landorff die Nacht im Büro.

11

2014

Elke saß mit Anna zusammen auf der Couch. Der Fernseher lief, aber leise. Keine von beiden achtete darauf, was auf dem Bildschirm passierte. Im Ofen glomm noch ein schwaches Feuer, und auf dem Tisch warf ein kleines Stövchen ein Lichtoval auf das Holz. Elke war so froh, Anna bei sich zu haben. Sie hatte sich noch lange nicht daran gewöhnt, dass sie die ganze Woche über und manchmal auch noch am Wochenende fort war. Jetzt war sie hier bei ihr und in Sicherheit.

Wieso Sicherheit? Hör auf, so etwas zu denken.

Sosehr sie sich darüber freute, dass ihre Tochter wieder zu Hause war, so sehr fürchtete sie sich davor, dass Nils etwas passieren könnte. Sie hatte eine schleichende, pochende Angst, die sie vor Anna so gut es ging verbarg. Doch die Ungewissheit und das Warten machten sie fast verrückt. Sie saß seit einer Stunde vollkommen ruhig auf der Couch, und ihr Herz schlug, als sei sie gerade von einem Lauf zurückgekommen.

»Meinst du, er ist gefährlich?«, fragte Anna. Ihre Stimme klang ganz klein.

»Der Mann auf dem Zeltplatz?«, fragte Elke.

Anna nickte. Elke nahm Anna in den Arm und drückte sie an sich. »Ich weiß es nicht. Aber mach dir keine Sorgen. Papa ist vorsichtig.«

»Ja, aber er kennt sich doch mit so was gar nicht aus.«

»Papa ist ein schlauer Kerl. Er würde nie etwas Unüberlegtes tun. Er denkt immer an dich und mich ...«

Elke musste schlucken, sonst hätte sie nicht weitersprechen können. »Es wird alles gut. Wir dürfen nur nicht die ganze Zeit daran denken. Lass uns über was anderes reden.«

Beide dachten über ein Thema nach, das sie nun anschneiden könnten, aber so recht wollte ihnen nichts einfallen.

»Gab's irgendwas in der Schule?«, fragte Elke daher notgedrungen.

»Nö, eigentlich nicht. Wir hatten nur eine total chaotische Probe für das Stück.«

»Wieso?«

»Ach, weil wir ja alle zusammen daran schreiben. Jeder darf Vorschläge machen, wer was zu sagen hat, aber dadurch geht ständig alles hin und her. Der eine sagt das, der Nächste will aber was anderes, und irgendwie kommen wir gar nicht voran. Und ich …« Sie senkte traurig den Kopf.

»Was?«

»Die haben auch meinen Text besprochen und sich auf was geeinigt, was ich aber total blöd finde. So würde kein Mensch reden. Ich hab den totalen Horror vor dieser Szene, weil ich nicht weiß, wie ich sie sprechen soll.«

»Aber hast du denn nichts dazu zu sagen?«

»Doch, aber ich finde dieses Gelaber einfach so dumm. Ich hab mich da rausgehalten.«

»Also, wenn es um deine Rolle geht, kannst du dich doch nicht raushalten, Schatz.«

Elke setzte sich seitlicher hin, sodass sie Anna in die Augen schauen konnte. »Wenn du es den anderen überlässt, dann machen die, was sie wollen. Das ist doch wie eine Einladung von dir.«

»Ja, aber … mir ist das zu peinlich …«

»Peinlich ist es, einen schlechten Text auf einer Bühne vor Publikum zu sprechen. Wenn du deinen Text selbst bestimmen kannst, musst du dich auch dafür einsetzen. Ich bin sicher, deine Vorschläge haben Hand und Fuß. Und du wirst ein paar gute Argumente dafür finden. Aber bring dich ein. Es liegt nur an dir.«

Sie sah ihre Tochter aufmunternd an. *Es liegt an dir*, echote es in ihrem Kopf, und ihre Gesichtszüge fielen herab.

Anna sah sie leicht beängstigt an. »Was hast du?«

»Nichts, wieso?«

»Du guckst, als hättest du einen Geist gesehen.«

»Nein, es ist nichts, wirklich.« Sie versuchte, ein Lächeln aufzusetzen, und wusste selbst nicht, ob es ihr gelang.

»Und dann bin ich noch dem blöden Hausmeister begegnet«, murmelte Anna. »Ich war unten in den Garderoben, und als ich rauskam, stand er im Flur auf einer Trittleiter und wechselte eine Birne aus. Ich bin hinter ihm langgegangen. Da hat er mich so komisch angegrinst.«

»Wie, angegrinst?«

»Na, als ob's ihm Spaß gemacht hätte, mich zu verpfeifen.«

»Weißt du, es gibt solche Menschen, die immer glauben, ihre Pflicht erfüllen zu müssen, selbst wenn es vielleicht ein nichtiger Grund ist und andere einen Nachteil dadurch haben. Aber mal ehrlich. Bei dir hat er sich eigentlich ganz in Ordnung verhalten. Er musste das melden. Wenn dir etwas passiert wäre, nachdem du abgehauen bist, wärst du nicht versichert gewesen.«

»Ja, ich weiß«, brummelte Anna undeutlich und schob trotzig das Kinn vor.

»Vergiss ihn. Frau Schreiber nimmt's dir nicht übel, und solange du den Direx nicht als Lehrer bekommst, ist alles gut.« Sie streichelte Anna über den Kopf. »Wollen wir schlafen gehen?«

»Ich kann jetzt nicht schlafen«, sagte Anna.

»Soll ich dir was vorlesen?«

»Mama, ich bin doch kein Kind mehr«, meinte Anna vorwurfsvoll.

»Nein«, entgegnete Elke wehmütig seufzend, »das bist du nicht mehr.«

Anna wies auf den Ofen. »Das Feuer ist gleich aus.«

»Ich leg noch was nach«, sagte Elke und stand auf. Anna nahm sich die Decke von der Couchlehne, legte sich auf die Seite und deckte sich zu. Sie schob die rechte Hand unter der Decke hervor, griff zur Fernbedienung und zappte sich durch das Programm. Elke nahm wieder neben ihr Platz und goss sich noch einen Tee ein. Sie warf zwei große Klumpen Kandis in die Tasse, die beim Einschenken knackten und splitterten.

»Mama?«

»Ja?« Elke lehnte sich mit der Tasse in beiden Händen zurück.

»Liest du mir doch was vor?«

Ein Lächeln flackerte in Elkes Gesicht auf. Sie nahm das Buch, das sie gerade las, aus dem Regal und setzte sich zu Anna auf die Couch.

»Was ist das für ein Buch?«, fragte ihre Tochter müde.

»›In einer Person‹ von John Irving.«

»Worum geht's da?«

»Um einen jungen Mann, der nach seiner Identität sucht. Er

weiß nicht genau, ob er sich zu Männern oder zu Frauen hinge-
zogen fühlt, und das verunsichert ihn.«

»Klingt problematisch.«

»Ist aber sehr lustig«, erklärte Elke und schlug das Buch auf. Sie
fing einfach an zu lesen, ohne Anna noch weitere Erläuterungen zu
geben, und nach ein paar Minuten hatte die Geschichte sie wieder
so weit eingefangen, dass sie sich vollständig in der Welt des Prot-
agonisten bewegte. Es war kurz nach elf, als sie aufblickte und sah,
dass Anna eingeschlafen war. Sie legte das Buch auf den Tisch und
wollte gerade den immer noch laufenden Fernseher ausschalten,
als sie Landorff auf dem Bildschirm erkannte. Die Lautstärke höher
regelnd, beugte sie sich vor und lauschte der Wiederholung der
Pressekonferenz. Landorff saß an einem weißen Tisch, der über
und über mit Mikrofonen zugestellt war. Neben ihm saßen zwei
weitere Männer, und im Hintergrund sah man eine Wand, auf der
das Polizeiabzeichen von Schleswig-Holstein prangte.

Landorff berichtete nüchtern und langsam sprechend von dem
Leichenfund auf Amrum und nannte die Personalien von Helene
Teichmann. Er erwähnte Daniel Siebert und fügte ausdrücklich
hinzu, dass es keine Täterfahndung sei, die ausgegeben wurde. Sie
könnten noch nicht mit Sicherheit sagen, ob sein Abtauchen im
direkten Zusammenhang mit Helenes Fall stehe oder ob er nur
als Zeuge oder gar als mögliches zweites Opfer betrachtet werden
musste.

»Mehr kann ich an dieser Stelle aus ermittlungstechnischen
Gründen nicht sagen«, schloss er seinen Vortrag und entfernte
sich von den Mikrofonen, indem er sich auf seinem Stuhl leicht
zurücklehnte. Im Publikum kam hörbar etwas Unruhe auf. Anscheinend gab es einige Wortmeldungen. Jemandem wurde ein
Mikro gereicht. Eine männliche, schlecht zu verstehende Stimme
meldete sich zu Wort.

»Könnten Sie etwas Genaueres über die Obduktionsergebnisse,
sprich: Todesursache und Todeszeitpunkt sagen?«

Landorff warf seinem Sitznachbarn zur Linken einen Blick zu
und antwortete: »Zum Zeitpunkt des Todes kann ich sagen, dass
dieser zwischen drei und vier Uhr in der Nacht von Mittwoch auf
Donnerstag erfolgt sein muss. Todesursache war Ertränken.«

»Können Sie sagen, ob in dem See, oder wurde die Leiche nur dorthin geschafft, um sich ihrer zu entledigen?«, setzte die Stimme nach.

»Das Opfer ist aller Wahrscheinlichkeit nach nicht in dem See ertränkt worden.«

»Und wie ist sie dann dorthin gebracht worden?«

»Das können wir derzeit noch nicht sagen.«

Es rumpelte, weil das Mikro weitergereicht wurde. Jetzt war eine Frauenstimme zu vernehmen, die sich kurz mit Namen und Arbeitgeber vorstellte.

»Gibt es Hinweise, wo sich die junge Frau befunden hat, bevor sie getötet wurde? Es ist ja immerhin eine große Zeitspanne vom Zeitpunkt ihres Verschwindens bis hin zu ihrem Tod am Donnerstag. Wo ist sie in der Zeit gewesen?«

Wieder tauschten Landorff und sein Nachbar einen Blick.

»Dazu können wir aus ermittlungstechnischen Gründen keine Angaben machen«, sagte Landorff.

Es folgten noch weitere Fragen, die Landorff zumeist auf identische Weise zurückwies. Er sagte nichts über das Bild, das Elke in der Galerie entdeckt hatte, und sie fragte sich, ob das eine kluge Entscheidung war. Wann war es angebracht, damit an die Öffentlichkeit zu gehen, und aus welchem Grund? Elkes Intuition sagte ihr, dass es ein Fehler war, es nicht zu erwähnen. Dieses Bild war der Schlüssel. Warum, konnte sie nicht sagen, es war einfach ein untrügliches Gefühl.

Es liegt an dir.

Sie fuhr von der Couch hoch. Was? Was zum Teufel lag an ihr? Was konnte *sie* damit zu tun haben? Das war absurd.

Doch wenn sie so auf den Bildschirm sah und die Polizisten über den Mord reden hörte, meinte sie, dass sie im nächsten Moment erwähnt werden müsste.

Ich habe nichts damit zu schaffen, fauchte sie innerlich, hob die Teekanne hoch und pustete die Kerze aus.

Nils, Possebiehl und Landorff schauten der Ausstrahlung der Pressekonferenz ebenfalls zu. Landorff hielt während der gesamten Übertragung seinen Kopf gesenkt und blickte seitlich auf den

Boden, so als distanzierte er sich von dem Gesagten. Oder vielleicht mochte er sich auch einfach nicht selbst ansehen.

»Was ist mit der Obduktion?«, fragte Nils, der noch keine weiteren Informationen bekommen hatte, im Anschluss.

Landorff hob müde den Kopf und rieb sich die Augen. »Wie Sie eben gehört haben, ist sie am Donnerstag getötet worden. Die Hämatome, die wir entdeckt haben, deuten darauf hin, dass sie in einem Becken oder einer Badewanne rücklings ertränkt wurde. Der Täter drückte sie so lange unter Wasser, bis sie tot war. Er schaute ihr demnach dabei ins Gesicht. Der Gerichtsmediziner fand weitere Hämatome am Hinterkopf und an den Fersen, die zeigen, dass sie vor ihrem Tod mit Kopf und Füßen irgendwo gegengestoßen ist. Daraus wurde geschlossen, dass sie in einer Wanne gelegen und in ihrem Todeskampf um sich getreten haben muss.«

»Er entführt sie, hält sie wochenlang irgendwo gefangen, porträtiert sie, und dann ertränkt er sie einfach in seiner Badewanne?«, fragte Nils etwas skeptisch.

»Er hat sie nicht vergewaltigt, falls Sie darauf anspielen«, meinte Landorff. »Was das eigentlich Ungewöhnliche an der Tat ist. In vergleichbaren Fällen ist das fast immer Teil des Verbrechens.«

Das war in der Tat ein Detail, das Nils nicht erwartet hatte.

»Sonstige Hinweise auf irgendwelche Folterungen oder Fesselspuren vielleicht?«

»Nein, auch das nicht. Sie war nicht unterernährt, wog nur geringfügig weniger als zum Zeitpunkt ihres Verschwindens. Mageninhalt waren Fleisch, Möhren und Erbsen, die sie wahrscheinlich noch am Mittag zu sich genommen hatte. Der Täter hat für sie gekocht.«

Nils rieb sich nachdenklich die Stirn.

»Das war aber noch nicht alles«, sagte Landorff, und Nils blickte auf. »Sie erinnern sich sicher an das Tattoo am Bauchnabel?«

»Ja«, sagte Nils.

»Es ist neu. Der Mediziner meinte, es kann erst ein paar Tage alt sein. Und Helenes Mutter und auch die Mitbewohnerin wussten nichts von einem Tattoo.«

»Es ist vom Mörder?«

»Ja. Kurz vor ihrem Tod angefertigt. Leider nicht entzifferbar. Aber wir gehen davon aus, dass es sich um seine Unterschrift handeln soll.«

»Eine Signatur«, flüsterte Nils.

»Richtig«, bestätigte Landorff traurig.

»Er sieht sich als Künstler, und das Opfer ist sein Kunstwerk. Darum auch das Bild.«

»Grundsätzlich«, hob Landorff erneut an, »hätte es sein können, dass wir das Bild finden, bevor der Todeszeitpunkt eintritt. In der Galerie kam es ja früher an. Ihr Tod war also geplant, und er teilte das Datum freiwillig mit.« Er pausierte einen Moment. »Er spielt mit uns. Es ist ein Suchspiel, das er für uns inszeniert. Während die Uhr tickt. Gegen uns und natürlich gegen das Opfer.«

»Wir waren zu spät«, sagte Nils. Darauf gab es nur Schweigen.

Nils war eingedöst, als ein lautes Klingeln ihn aus dem Schlaf riss. Er saß zusammengesunken auf seinem Schreibtischstuhl. Landorff und Possebiehl mussten auch geschlafen haben, denn ihre Reaktionen waren ebenfalls verlangsamt. Das Display von Nils' Handy leuchtete auf. Er griff danach und meldete sich.

»Er ist da«, hörte Nils Glaser sagen. »Es ist Licht im Zelt angegangen.«

Nils nickte Landorff zu, und alle blickten gleichzeitig auf ihre Uhren. Es war kurz nach drei.

Landorff fuhr sich kurz über seinen Bart und forderte dann das Handy von Nils. »Bleiben Sie, wo Sie sind«, befahl er, »unternehmen Sie nichts. Wenn er sich entfernen sollte, geben Sie Bescheid. Wir werden alle zusammenrufen und zum Zeltplatz kommen. Bis gleich.«

Er legte auf. »Los geht's.«

Fast gleichzeitig trafen die Polizeiwagen in einer Kolonne auf dem Parkplatz des großen Areals in den Dünen ein. Landorff stellte zwei Beamte ab, die hier die Stellung halten sollten, falls Siebert fliehen würde und zu seinem Wagen gelangte. Auf dem kleinen Platz an den Duschen besprachen sie den Zugriff. Landorff entschied zu warten, bis die Sonne herauskam und sie ausreichend Tageslicht zur Verfügung hatten, um das Gelände überblicken zu können. Zwei Beamte sollten den Bohlenweg zum See hin versperren, während alle anderen in einem immer enger werdenden Kreis um das Zelt die Schlinge zuziehen würden.

Es war kurz vor halb fünf, als Landorff das Signal zum Aufbruch gab. Leise schlichen sie über den Bohlenweg und verließen ihn an der Stelle, wo Glasers Zelt stand, den sie auf diese Weise abholten.

»Keine Waffen. Nur im absoluten Notfall«, flüsterte Landorff ihm zu, als er aus seinem Zelt gekrochen kam.

In einem halbkreisförmigen Band bewegten sie sich langsam auf das rote Zelt zu. Es war still, kein Wind wehte, und die aufgehende Sonne warf bizarre lange Schatten über den Platz, während am Himmel noch die Sterne glommen. Nach und nach schlossen sie das Ziel ein und blieben schließlich in einem Abstand von ungefähr zwei Metern stehen. Landorff löste sich aus der Gruppe und trat nach vorn.

»Herr Siebert?«, sagte er, und seine Stimme klang wie ein viel zu lautes Alarmsignal auf dem still daliegenden Platz.

Nils hätte vermutet, dass viele Menschen nun geweckt worden seien und neugierig ihre Köpfe aus den Zelten strecken würden, doch nichts passierte. Auch in Sieberts Zelt blieb es still und unbewegt.

»Herr Siebert?«, fragte Landorff lauter. Er berührte mit seiner rechten Hand die Waffe in seinem Holster und beugte sich leicht vor. Jetzt vernahm man ein Rascheln.

»Was ist?«, kam es dumpf aus dem Zelt.

»Herr Siebert, hier ist die Polizei Niebüll. Wir möchten Ihnen gern ein paar Fragen stellen. Kommen Sie bitte aus dem Zelt«, sagte Landorff. Zunächst kam keine Reaktion, dann hörte man ein erneutes Rascheln. Als sich der Zelteingang bewegte und der Reißverschluss aufgezogen wurde, griffen alle Polizisten instinktiv an ihre Waffenläufe. Der Stoff glitt zur Seite, und da hockte Daniel Siebert vor ihnen. Er trug ein T-Shirt und Boxershorts. Seine Haare standen ab, und er hatte dunkle Ränder unter den Augen. Erschrocken blickte er auf die Vielzahl von Beamten, die ihn umstellt hatten.

»Würden Sie sich bitte anziehen und mitkommen? Es geht um Helene Teichmann.«

Sein Blick irrte von einem zum anderen. Dann zog er eine Jeans zu sich heran, kam damit aus dem Zelt und kleidete sich an. Er schlüpfte barfuß in die Stiefel, die vor dem Zelt standen. Landorff sah ihm geduldig dabei zu.

»Können wir?«, fragte er.

»Ja«, antwortete Siebert und ging kommentarlos mit ihnen mit wie jemand, der sein Schicksal bereits akzeptiert hatte.

12

2014

Landorff schloss die Tür und verriegelte sie. Er hatte alle Beamten bis auf Nils hinausgeschickt, und nun waren sie zu dritt in dem kleinen Raum, durch dessen Fenster der Sonnenaufgang zu sehen war.

»Würden Sie bitte die Gardinen schließen, Petersen«, bat er und rückte, während Nils seiner Aufforderung nachkam, einen Tisch in die Mitte des Raumes. Er stellte einen Stuhl auf dessen eine und zwei auf die andere Seite. »Bitte.« Er deutete auf den einzelnen Stuhl, und Siebert, der reglos im Raum stand, nahm wie ferngesteuert Platz.

Nils setzte sich zu Landorff und beobachtete den jungen Mann, während der Kommissar einen Stimmrekorder auf den Tisch stellte.

»Herr Siebert, ich werde unser Gespräch auf Band aufnehmen. Sie werden keines Verbrechens bezichtigt, aber wir brauchen einige Informationen von Ihnen, die den Tod von Helene Teichmann betreffen.«

Nils erkannte ein Flackern in Sieberts Augen, als Landorff ihren Namen aussprach.

»Herr Siebert, sind Sie informiert über den Tod von Helene Teichmann?«

Siebert nickte stumm.

»Woher?«

Siebert blickte von einem zum anderen. Er wirkte verwirrt und gleichzeitig verschlossen, fand Nils. Er konnte diesen Mann nicht richtig einschätzen. Seine Ruhe und die fast schon phlegmatische Ausstrahlung verursachten eine gewisse Nervosität bei ihm. Aber was er sagen konnte, war, dass dies ein Mensch war, der verlassen war.

»Aus dem Fernsehen«, sagte er. Seine Stimme klang belegt und teilnahmslos.

»Seit wann befinden Sie sich auf der Insel?«

»Seit gestern.«

Landorff rückte näher an den Tisch heran, so als wären die

ersten Fragen nur zum Aufwärmen gewesen. Er fixierte den jungen Mann mit einem unnachgiebigen Blick.

»Ich möchte zunächst, dass Sie uns erzählen, wie und wo Sie Helene Teichmann kennengelernt haben.«

Daniel Siebert saß mit hängenden Schultern da, die Arme schlaff auf seinen Oberschenkeln abgelegt. Das wirre Haar fiel ihm kraftlos in die Stirn, und auch wenn klar war, dass Landorff sein Gesprächspartner war und Nils nur so etwas wie ein Beisitzer, wanderte sein Blick immer wieder herüber zu Nils.

»Ich traf sie in der Uni in Lübeck«, antwortete er, »vor …« Er schien nachzurechnen. »Fünf Jahren.«

»Und wie kam es dazu, dass Sie sich näher kennenlernten?«, fragte Landorff.

»Wir waren auf einer Party im Unigebäude. Ich war mit dem Wagen dort, und als sie ging, bot ich ihr an, sie mitzunehmen.«

»Hatten Sie da vorher schon mit ihr gesprochen?«

»Nein.«

»Sie boten ihr das an, obwohl Sie sie noch nicht mal kannten?«

Er senkte seinen Blick. Seine Augen bewegten sich irgendwie ruckartig, nicht flüssig.

»Ich hatte sie schon ein paarmal gesehen. Ich fand sie attraktiv.«

»Sie fassten diesen Entschluss also mit dem Vorsatz, sie näher kennenzulernen?«

»Ja.«

»Und sie ging darauf ein?«

»Ja. Ich hatte nichts getrunken und sagte, ich würde ganz in der Nähe wohnen.«

»Da wussten Sie schon, wo sie wohnte?«

»Ja.«

»Woher?«

Er brauchte einen Moment für die Antwort.

»Ich hatte sie beobachtet.«

Landorff verarbeitete diese Information mit einem kurzen Stocken.

»Sie kannten sie aus der Uni. Fanden sie attraktiv und folgten ihr, um zu sehen, wo sie wohnt. Ist das richtig?«

»Ja.«

»Finden Sie dieses Verhalten normal?«

»Ich bin nicht sonderlich gut darin, Mädchen anzusprechen.«

»Verstehe«, sagte Landorff. »An diesem Abend also brachten Sie sie nach Hause. Wunderte sie sich nicht, dass Sie wussten, wo sie wohnte?«

»Ich tat so, also wüsste ich es nicht.«

»Aber eben sagten Sie, Sie hätten ihr gesagt, Sie wohnen ganz in der Nähe.«

Siebert versteifte. Es sah aus, als könnte er seinen Nacken nicht mehr bewegen.

»Stimmt«, meinte er dann kleinlaut. »Sie war schon ziemlich betrunken und störte sich nicht so daran.«

»Woran? Dass Sie es wussten oder dass Sie sie täuschen wollten?«

»Dass ich sie täuschen wollte«, gab er zu.

»Das durchschaute sie aber noch?«

»Ja.«

»Und das war kein Grund, Sie in die Schranken zu weisen oder zumindest Fragen zu stellen?«, wollte Landorff wissen.

»Wie gesagt, sie war schon betrunken und fand es eher lustig. Sie sagte, sie hätte schon bemerkt, wie ich sie angeguckt hätte.«

»Ach, dann war ihr bereits klar, dass Sie ein Auge auf sie geworfen hatten?«

»Ja.«

»Was passierte dann?«

»Nichts. Ich brachte sie nach Hause, und das war's. Dann sprach sie mich in der Mensa an. Wir verabredeten uns und ...«

»Und dann funkte es zwischen Ihnen«, beendete Landorff den Satz für ihn. Siebert nickte. »Erzählen Sie mir von Ihrer Beziehung zu Frau Teichmann, wie sah sie aus?«, fragte Landorff.

»Wie meinen Sie das?«

»Nun, gab es häufig Streit zwischen Ihnen, haben Sie viel zusammen unternommen, gab es Eifersüchteleien, Affären, Handgreiflichkeiten oder Schlimmeres?«

»Nein«, sagte er schnell und recht laut. »Nein, wir waren glücklich, ein glückliches Paar. Wir gingen ins Kino, in Konzerte und zogen bald zusammen.«

»Veränderte das Ihre Beziehung, das ist immerhin ein großer Schritt?«

»Ja, schon. Irgendwann«, sagte er mit einer schmerzlichen Miene. »Sie fühle sich eingeengt, sagte sie, und brauche mehr Freiheit.« Er sprach das Wort »Freiheit« aus, als wäre es etwas Schmutziges.

»Sie konnten aber nicht erkennen, warum?«

»Nein. Wir waren glücklich, wie gesagt. Sie wollte wohl nicht mehr so eng mit jemandem sein, ich denke, sie fühlte sich …« Er atmete angestrengt aus.

»Sie hat Ihnen doch sicher gesagt, woran es liegt«, warf Landorff daraufhin ein.

»Schon.«

»Aber Sie verstanden sie nicht?«

»Nicht wirklich. Es kam alles so aus heiterem Himmel.«

Landorff lehnte sich zurück. »Wie Sie sich denken können«, begann er von Neuem, »habe ich im Zuge der Ermittlungen auch mit Helenes Familie gesprochen.«

»Ja?«, meinte er leise und faltete seine Hände.

»Sie hat mir ein ganz anderes Bild Ihrer Beziehung gezeichnet.«

»Ach ja?«, fragte er, doch es klang nicht wirklich überrascht.

»Herr Siebert, wir wissen doch beide, wovon ich rede, oder nicht?«, fragte Landorff in einem tieferen Ton, in dem eine Prise Ungeduld mitschwang. »›Aus heiterem Himmel‹ unterscheidet sich doch sehr von der Tatsache, dass Frau Teichmann sogar eine Anzeige wegen Stalkings gegen Sie stellte.«

»Da waren wir ja nicht mehr zusammen«, hielt Siebert trotzig dagegen. Wieder streifte ein Seitenblick Nils.

»Während Sie noch zusammenlebten, gab es also keine Auseinandersetzungen wegen etwaiger Kontrollversuche, Eifersuchtsszenen, Ausspionieren von Telefonaten und anderen Daten Ihrerseits?«

Siebert antwortete nicht.

»Herr Siebert, Sie waren doch in psychiatrischer Behandlung, nicht wahr? Und Sie wissen, dass ich es weiß. Wenn Sie jetzt so tun, als sei das alles nicht geschehen, frage ich mich, ob Sie bei der Behandlung den Therapeuten eine Gesundung nur vorgetäuscht haben. Sie waren ein Jahr lang in therapeutischer Behandlung.

Stationär und ambulant. Muss ich Ihnen Ihre Krankenakte vorlesen, damit Sie sich erinnern?«

»Nein.«

»Also, warum reden Sie dann nicht ehrlich mit mir?«

»Kann ich etwas zu trinken bekommen?«, fragte er.

Nils stand auf. »Ich geh schon.«

Er schenkte ihm ein Glas Wasser ein und stellte es vor ihn auf den Tisch.

»Danke.«

Landorff wartete, aber Siebert trank nicht.

»Herr Siebert, vor zwei Wochen sagten Sie Ihren Eltern, Sie würden in den Urlaub fahren, und waren seitdem nicht mehr zu erreichen. Ihre Eltern glauben, es sei Ihnen etwas zugestoßen, zumal bei Ihrer Vorgeschichte.«

Jetzt nahm Siebert einen Schluck.

»Wann haben Sie Frau Teichmann zum letzten Mal gesehen?«

»Vor Monaten«, sagte er.

»Können Sie das präzisieren?«

»Vor etwas mehr als … einem Jahr.«

»Aha. Wussten Sie, dass sie verschwunden war?«

»Ja.«

»Aus der Presse?«

»Auch.«

»Woher noch?«

»Es gibt Leute, die ich kenne, gemeinsame Bekannte, die es mir sagten.«

»Die Namen dieser Bekannten?«

»Leonard Berg und Alexander Struwe.«

Landorff notierte sich die Namen auf einem Zettel.

»Wissen Sie noch, was Sie an dem Tag taten, als Helene verschwand?«

Sieberts Augen ruckten hin und her.

»Nein. Wie soll ich mich jetzt noch erinnern …«

»Haben Sie etwas mit ihrem Verschwinden zu tun?«, fragte Landorff ganz direkt.

Siebert blinzelte und zuckte dabei leicht zurück, so als nähme er einen stechenden Geruch wahr. Auf seiner blassen Stirn glänzte ein

Schweißfilm. Das Morgenlicht, das sich in den Gardinen verfing, schimmerte ungesund auf seinen eingefallenen Wangen.

»Nein. Ich bin doch …«, stammelte er.

»Was sind Sie?«, hakte Landorff sofort nach.

»Ich bin ihr Freund.«

»Nein, Herr Siebert. Das waren Sie einmal. Bis Frau Teichmann mit Ihnen Schluss machte. Da war es aus zwischen Ihnen. Wo waren Sie letzten Mittwoch?«

Siebert warf einen verwunderten und hilfesuchenden Blick zu Nils. »Warum fragen Sie eigentlich nichts?«, fragte er plötzlich.

Nils musste sich einen Moment lang sammeln, bevor er antworten konnte. War das ein Versuch, sie abzulenken, Zeit zu gewinnen? Was sollte diese Frage?

»Wo waren Sie letzten Mittwoch?«, wiederholte Nils daher nachdrücklich.

»Ist sie da getötet worden?«

Nils und Landorff tauschten einen kurzen Blick.

»In der Tat, Herr Siebert«, entgegnete Landorff. »Wo waren Sie an dem Abend? Daran werden Sie sich doch noch erinnern können.«

Er schien jedoch lange darüber nachdenken zu müssen.

»In der Nähe von Husum. In Friedrichstadt. Kennen Sie das?«

»Was taten Sie da? Ihren Eltern sagten Sie, Sie wollen in die Berge.«

Ein Grinsen nistete sich in seinem rechten Mundwinkel ein. »Das war gelogen.«

»Warum logen Sie Ihre Eltern an?«

»Ich wollte nicht, dass sie wissen, wo ich bin. Und was ich mache.«

Landorff biss sich auf die Unterlippe, und seine Bartstoppeln stellten sich wie Stacheln auf. »Was hatten Sie denn vor?«

Wieder ein Grinsen. Eine kaum sichtbare Falte in seinem Gesicht vertiefte sich. Sie verlieh ihm etwas Schiefes, und man konnte eine gewisse Verrücktheit erahnen.

»Ich wollte Sie nicht umbringen, ich nicht.«

»Was wollten Sie dann?«, fragte Landorff und lehnte sich ein Stück nach vorn. Nils sah ihm an, dass er glaubte, ihn am Haken zu haben.

»Ich wollte sie retten.«

»Retten? Wovor?«

»Vor ihm.«

»Wem, Herr Siebert? Von wem sprechen Sie?« Landorffs Geduld ließ langsam nach.

»Na, dem Mann, der sie entführt hat.«

»Kennen Sie diesen Mann etwa?«

»Nein.«

»Aber?«

»Ich suche ihn. Ich suche Helene. Habe sie gesucht«, fügte er leiser werdend hinzu. Sein Blick senkte sich auf seine im Schoß gefalteten Hände.

»Sie hörten also von der Entführung und wollten auf eigene Faust nach Ihrer Exfreundin suchen? Ist das richtig?«, warf Nils ein und erntete einen Seitenblick von Landorff, der aber darauf verzichtete, ihm Vorwürfe bezüglich der Zuständigkeit oder Wortführung in diesem Gespräch zu machen. Womöglich war er sogar ganz einverstanden mit Nils' Formulierung.

»Ja. Ich musste etwas tun«, antwortete Siebert. Ein trockenes Schmatzen war zu hören, als er den Mund öffnete, und er trank einen Schluck Wasser. »Die Polizei war völlig untätig. Es passierte einfach nichts.«

»Ihre Eltern sagten, es ging Ihnen wieder schlechter seit der Entführung.«

»Das stimmt«, sagte er. »Was sollte ich denn machen? Ich konnte doch nicht warten, immer nur warten«, hob er seine Stimme an.

»Es ging Sie aber doch gar nichts mehr an«, meinte Landorff.

Siebert lachte bitter und bleckte dabei die Zähne. »Nein, natürlich nicht. Das wollten mir ja alle einreden. Meine Eltern, die Therapeuten. Jeder.«

»Sie lieben sie nach wie vor«, stellte Nils fest.

»Jetzt ist sie ja tot«, meinte er düster.

»Und der Vorwand, in den Urlaub zu fahren, sollte Ihr Vorhaben verschleiern?«, fragte Landorff.

»Sonst hätte mich doch wieder jeder für verrückt erklärt.«

»Was taten Sie seither?«

»Ich kannte die Orte, wo sie verkehrte, den Volleyballplatz und die Leute, mit denen sie unterwegs war. Ich befragte sie. Auch alte Freunde von uns.«

»Und Sie bekamen dadurch mehr Informationen als die Polizei?«, fragte Landorff ungläubig.

»Ich weiß ja nicht, was die Polizei wusste. Aber ich bekam Hinweise und hielt Ausschau nach dem Auto, das sie vermutlich mitgenommen hat. Ein dunkelblauer Audi mit Steilheck und fremdem Kennzeichen, der in Richtung Norden unterwegs sein musste.«

»Was heißt das, ›Sie hielten Ausschau‹?«

»Ich beobachtete die Straße, die nach dem Training befahren wurde, und alle Autos, die auf die Beschreibung passten und täglich die Strecken fuhren, notierte ich mir.«

»Und das führte Sie bis nach Friedrichstadt?«

»Ich habe einen Wagen verfolgt, der mir besonders verdächtig vorkam, weil er kein Lübecker Kennzeichen trug und trotzdem regelmäßig die Strecke fuhr. Es war ein schwarzer Audi A3 mit Schleswig-Holsteiner Kennzeichen.«

»Aber wie kamen Sie dann auf Amrum? Was führte Sie hierher?«

»Ein Freund von uns arbeitet beim Fernsehen, und er sagte mir, dass man auf Amrum eine Leiche gefunden hat. Also folgte ich der Spur. Leider war es die richtige.«

»Ein Freund von *uns*, sagen Sie?«

»Ja, Alex. Helene und ich kannten ihn von der Uni.«

»Der Alexander, den Sie vorhin erwähnten?«

»Ja, er wusste, dass ich nach ihr suchte. Und er wollte mir helfen.«

Landorff atmete lange aus und sank gegen die Rückenlehne des Stuhls.

»Haben Sie Ihre Fährkarte noch?«, fragte Nils.

Siebert tastete an seiner Gesäßtasche herum, zog eine zerknitterte Karte heraus und reichte sie Nils. Das Datum wies den Samstag als Überfahrttag aus. Nils schob das Ticket Landorff hin. Der schien noch über Sieberts Version seines Verschwindens nachzugrübeln.

»Haben Sie«, begann Nils und blickte fragend zu Landorff, ob er fortfahren dürfe. Der überließ ihm mit einem Nicken das Wort.

»Haben Sie den Fahrer des Audis sehen können?«

»Ja.«

Nils stand auf und ging zum Drucker. Beide Männer sahen ihm abwartend dabei zu. Er zog ein Blatt aus dem Papierfach und legte es zusammen mit einem Stift vor Siebert auf den Tisch.

»Könnten Sie ihn skizzieren?«

Siebert sah ihn zunächst verdutzt an, nahm dann aber den Stift zur Hand und begann, ein Gesicht zu zeichnen. Landorff verfolgte die Bewegungen interessiert. Auch Nils lugte neugierig über Sieberts schnell über das Blatt zuckende Hand hinweg. Innerhalb weniger Minuten hatte er eine recht gute Zeichnung eines Mannes mit einem Oberlippenbart und kräftigen Wangenknochen fertiggestellt. Seine Augen wirkten verblüffend echt. Siebert drehte das Blatt zu ihnen hin und legte den Stift zur Seite.

»SH-XZ-7740 lautet das Kennzeichen«, sagte er.

Landorff faltete das Blatt und nahm es an sich.

»Herr Siebert, bitte bleiben Sie noch einen Augenblick hier. Herr Petersen und ich müssen uns kurz besprechen.«

Siebert nickte nur und lehnte sich zurück.

Nils und Landorff verließen den Büroraum. Der Kommissar ging bis hinaus an die frische Luft, zündete sich einen Zigarillo an und atmete tief durch. »Was halten Sie davon?«, fragte er unzufrieden. Qualm drang aus seinen Nasenlöchern.

»Laut Ticket kam er erst vorgestern hier an«, gab Nils zu bedenken.

»Das Ticket sagt gar nichts«, schmetterte Landorff den Einwand ab. »Er kann ebenso gut schon vorher hier gewesen sein und benutzt die Karte jetzt als Alibi.«

»Er kann zeichnen. Das Bild ist gut.«

»Ja«, sagte Landorff und öffnete es. »Und er ist nicht gesund. Er täuschte seine Eltern im vollen Bewusstsein über die Konsequenzen.«

»Er wirkt clever und gleichzeitig verwirrt«, meinte Nils, und Landorff nickte zustimmend.

»Fakt ist: Wir können ihm nichts nachweisen. Ich will seine Fingerabdrücke für einen Vergleich mit den Hämatomen an der

Leiche. Und ich habe eine Bitte an Sie«, sagte er und kam näher. »Könnten Sie Ihre Frau bitten, sich ihn anzusehen?«

»Eine Gegenüberstellung?« Nils wusste, dass sie hier nicht die Möglichkeit hatten, so etwas anonym durchzuführen, und fragte sich, ob ein Ergebnis zu diesem Zeitpunkt rechtlich überhaupt anwendbar war.

»Keine offizielle«, meinte Landorff. »Aber es wäre doch interessant, zu hören, was sie für einen Eindruck hat. Ich werde wieder reingehen und ihm noch ein paar Fragen stellen. Dann lasse ich ihn zum Zeltplatz zurückbringen. Wenn wir mit ihm rauskommen und Sie gerade hier draußen mit Ihrer Frau im Wagen säßen … ließe sich das machen?«

Nils war nicht wohl bei dem Gedanken, und er wusste nur zu gut, dass Elke ähnlich empfinden würde.

»Ich kann's versuchen«, antwortete er.

Landorff klopfte ihm auf die Schulter.

Nils fuhr zu seinem Haus und schloss leise die Tür auf. Er entdeckte seine Frau und seine Tochter auf der Couch. Anna lag seitlich mit dem Kopf auf der Lehne, und Elke hatte die Füße auf den Couchtisch gelegt. Lächelnd ging er auf die beiden zu und beobachtete sie einen Moment. Dann wurde Elke wach und erschrak, als Nils so vor ihr stand.

»Schon gut, ich bin's nur«, sagte er liebevoll.

»Nils, was ist passiert?«

»Alles ist gut. Wir haben ihn und haben ihn auch schon befragt.«

»Ist er es?«

Nils zog eine unschlüssige Grimasse. »Ich kann es nicht sagen. Noch nicht.«

»Kannst du hierbleiben, frühstücken wir zusammen?«

»Wir … haben vorher noch eine Bitte an dich«, begann Nils zögerlich.

Elke setzte sich auf. Sie hörte sich an, was Nils ihr zu sagen hatte, und schlang dann ihre Arme eng um ihren Körper.

»Aber ich hab doch nur einen Schatten gesehen.«

»Ich weiß. Trotzdem. Es wäre einen Versuch wert«, entgegnete Nils.

»Okay.«

Anna regte sich nun auch. Elke beugte sich über sie und streichelte ihr den Kopf. »Schatz, wir holen eben ein paar Brötchen und kommen gleich wieder«, sagte sie. »Pack schon mal deine Tasche, ja? Dann können wir noch zusammen frühstücken.«

Nils sprach sich telefonisch mit Landorff ab und hielt mit dem Wagen ungefähr dreißig Meter vom Eingang des Büros entfernt. Er hatte Elke einen Feldstecher gegeben, durch den sie Daniel Siebert begutachten konnte. Es dauerte noch einige Minuten, bis die Tür sich öffnete und Landorff mit Siebert herauskam. Elke stierte angestrengt durch das Fernglas und verfolgte den Weg der Männer bis zum Wagen. Als sie losfuhren, ließ sie die Arme sinken und legte das Glas auf ihren Schoß.

»Na?«, fragte Nils.

»So im T-Shirt ist das schwer zu sagen. Größe könnte passen, aber wenn, trug er eine Jacke, er wirkte kompakter. Und es war kühl an dem Morgen. Ich will hier niemanden beschuldigen, der unschuldig ist.«

»Ich weiß. Es ist auch nur ein Test. Wenn du gesagt hättest, er sei zwei Köpfe kleiner gewesen, wäre das ein deutliches Indiz, dass wir wahrscheinlich den Falschen haben.«

»Ich kann nicht ausschließen, dass er es war«, meinte Elke.

Nils griff nach ihrer Hand. Er wollte gern etwas sagen, etwas zu ihnen und ihrer Beziehung, Elkes Plänen und ihrer Zukunft, doch es ging ihm nicht über die Lippen. »Ich hab Dr. Mantell getroffen«, sagte er nur, weil ihm die Begegnung gerade wieder in Erinnerung kam.

»Mantell, hier?«, fragte Elke überrascht.

»Ja, er lief den Strandweg lang. Ich habe unseren Termin nachher abgesagt. Wegen der Geschichte hier.«

»Dachte ich mir schon. Ich hätte sonst selbst angerufen.«

»Tut mir leid, dass gerade keine Zeit ist für uns«, sagte Nils bedauernd.

»Ist doch klar. Aber hab ich dir schon von Niebüll erzählt?«

»Nein, wieso?«

»Das Museum hat angerufen und mich zum Gespräch eingeladen. Heute schon.«

»Das ist doch großartig«, freute sich Nils.

»Ja, nicht wahr? Deswegen werde ich auch gleich mit der ersten Fähre weg sein. Anna und ich fahren zusammen.«

»Ist gut.«

Beide blickten aus der Windschutzscheibe hinaus auf die sonnenbeschienene Straße und die angrenzenden Grundstücke. Die Rasenflächen waren in den meisten Gärten schon verbrannt und würden sich erst im Herbst wieder erholen.

»Glaubst du, dass er es war?«, fragte Elke.

»Eigentlich nicht. Aber er ist merkwürdig. Ich finde, dass er schon etwas potenziell Gefährliches an sich hat. Und er kann zeichnen.«

13

1979

New York stand kurz vor dem Bankrott. Die Stadt hatte kaum noch Gelder, um den öffentlichen Dienst zu bezahlen, geschweige denn sich um die sozialen Probleme zu kümmern, die die Stadtteile immer mehr auffraßen. An manchen Ecken der Bronx glich das Stadtbild einem Kriegsgebiet mit zerstörten, verwahrlosten Häusern. Ganze Häuserblocks waren verlassen, die Straßen überfüllt mit Schutt und dem Müll, der nicht mehr abgeholt wurde. Und inmitten dieses Chaos lebten Kinder und Jugendliche quasi auf der Straße. Man hatte das Gefühl, die Kids würden gar nicht mehr in die Schulen gehen, sondern nur noch rumlungern und sich zu Banden zusammenraufen. Ständig hörte man Polizeisirenen, doch in den Vierteln schien es so, als kümmerte sich niemand mehr darum, was dort getrieben wurde. New York hatte sich von einer sehr leichtlebigen und sehr freien Zeit, die man in den Stadtteilen weiter draußen noch spüren konnte, zu einem maroden Wildwestmoloch entwickelt. Und doch gab es da diese anscheinend immerwährende positive Einstellung der New Yorker selbst, die ihr Leben im Big Apple feiern wollten. Auf den Straßen entstanden neue Musikrichtungen, Tänze, Jugendkulturen. Man zapfte öffentliche Laternenmasten an, um sich Strom zu besorgen, und spielte seine Musik draußen in den Häuserschluchten neben Abfall, zertrümmerten Steinen und Kriminalität.

Vor drei Jahren noch hatten die Menschen in New York in Angst und Schrecken gelebt. Der Serienmörder David Berkowitz hatte eine grausame Blutspur durch Queens, Brooklyn und die Bronx gezogen, wegen der sich im Dunkeln keiner mehr hinaustraute. Das war nun endlich vorbei. Berkowitz, der »Son of Sam«, wie er sich selbst nannte, war gefasst worden, doch nach zwei Jahren des Feierns über diese Erlösung kam nun die große Ernüchterung. New York blutete von innen heraus aus. Und alle Augen waren auf die kommende Bürgermeisterwahl gerichtet, die dem Ganzen ein Ende setzen sollte.

Tom saß am Steuer seines Vans. Der Motor grollte tief und

düster, während er durch die ebenso düsteren Straßenzüge von Queens in Richtung Westen fuhr. Er hatte das Fenster geöffnet, die schwüle Nachtluft drängte herein und ließ sein Haar wehen. Der Tacho zeigte vierzig Meilen pro Stunde an. Ab und zu wehte der Wind Papier oder Plastikmüll über die Fahrbahn, und sogar um diese Zeit konnte er noch Kinder auf den Schuttbergen spielen sehen. Die Ampel an der nächsten Kreuzung sprang auf Rot um, Tom musste abbremsen. Im Rückspiegel erkannte er, dass er allein hier stand. Das nächste Auto war noch hundert Meter weit weg.

Aus einem dunklen Hofeingang zu seiner Linken löste sich eine Gruppe aus dem Schatten und kam auf ihn zu. Es war eine Gang schwarzer Jungs. Alle zwischen vierzehn und neunzehn Jahren, schätzte Tom. Sie trugen Jeanswesten über ihren nackten, muskulösen Oberkörpern. Ein Schriftzug prangte darauf, den er nicht entziffern konnte. Sie lachten und schauten wie ein Rudel hungriger Schakale. Tom kurbelte sein Fenster hoch, und da beschleunigten sie ihren Schritt und kamen auf den Van zugelaufen. Er hörte, wie sie ihm etwas zuriefen, und wusste, dass er bereits verloren hatte, wenn er jetzt stehen blieb und sich darauf verließ, dass sie ihm auf offener Straße nichts antun würden. Es war spät, und es waren nur wenige Autos unterwegs. Kurz bevor sie ihn erreicht hatten, trat er aufs Gaspedal und schoss im roten Licht der Ampel über die Kreuzung. Dumpf hallten die Schläge der Gangmitglieder durch den Laderaum, die ihren Frust am Van ausließen. Dann war er außer Gefahr. Erleichtert hielt er seine Geschwindigkeit konstant auf vierzig Meilen und steuerte auf die Queensboro Bridge zu, die ihn über den East River nach Manhattan bringen würde.

Er liebte den Anblick, wenn er über die Brücke fuhr und die glitzernde Skyline von Manhattan sehen konnte. Im Dunkeln war sie besonders schön, denn dann war nichts von all dem Schmutz zu sehen, den man bei Tageslicht mehr als deutlich erkennen konnte. Unter ihm der breite schwarze Strom, dessen Oberfläche nur durch die Spiegelungen zu erkennen war. Er spürte das Auge in seinem Nacken und die Sicherheit, dass es über ihn wachen würde.

Als er Manhattan erreicht hatte, kam eine leichte Unsicherheit in ihm auf. Hier kannte er sich nicht ganz so gut aus, aber wenigstens waren die Straßen in ihrer quadratischen Anordnung leicht zu überblicken. Südlich des Central Parks fuhr er in Richtung Hell's Kitchen. Er hatte schon von der immer größer werdenden Schwulenszene gehört, die sich wie eine verbotene Subkultur in den abgelegenen Ecken der Stadt entwickelt hatte. Auch im Central Park gab es Stellen, an denen sie aktiv waren. Keine Kreise, in die man gern und freiwillig als Außenstehender gegangen wäre. Es war eine harte, aggressive Szene, und man machte besser einen großen Bogen um die Hinterhofkeller und Lagerräume, in denen sie sich trafen. Für Tom war aber auch das Teil der Faszination, die New York auf ihn ausübte, Teil dieses wundersamen Molochs, in dem so viele der merkwürdigsten Pflanzen gediehen.

Die Stimme von Gladys Knight, die »Everybody Needs Love« sang, begleitete ihn bis zum verabredeten Treffpunkt. Er parkte etwa dreißig Meter von der Kreuzung entfernt. Seine Uhr zeigte dreiundzwanzig Uhr siebenundfünfzig an. Er war zu früh, doch das war ihm ganz recht, so konnte er die Gegend überblicken und von einem sicheren Standpunkt aus feststellen, ob dieser Kerl überhaupt kam.

Hinter der Kreuzung konnte man linker Hand eine stillgelegte Fabrik erkennen. Das Ende der Straße verlor sich in der schwarzen Ferne, wo irgendwo der Hudson River begann. Die Ampeln blinkten nur noch gelb um diese Zeit. Von den Häuserfassaden starrten Fenster wie schwarze tote Augen auf Tom herab. Hier schien niemand mehr zu wohnen. Alles wirkte verlassen und verloren. Die Hitze war noch schlimmer als drüben in Queens. Die riesigen Wolkenkratzer speicherten die Wärme, die die Sonne den ganzen Tag lang unerbittlich auf sie hinabgeworfen hatte, und gaben sie nun im Dunkel der Nacht an die Umgebung ab.

Nach einer Weile meinte Tom, hinter der Kreuzung in einem Eingang eine Zigarette aufleuchten zu sehen. Ein kleiner orange-farbener Punkt, der mal stärker, mal schwächer glomm. Er wartete einige Momente. Der Punkt blieb, wo er war. Jemand wartete dort. Tom öffnete seine Tür und stieg aus. Angst hatte er keine. Er war angespannt, aber nicht ängstlich. Dieser Mann wusste nicht, wer er war. Niemand wusste das. Er brauchte sich vor nichts zu fürchten. Nein, er nicht.

Er ging auf die Kreuzung zu und stand im pulsierenden Licht

der Ampel. Jetzt konnte er dort hinten sogar eine Qualmwolke erkennen. Mit gemächlichem Schritt überquerte er die Straße und ging auf den orangefarbenen Punkt zu. Erst als er bis auf einen Meter herangekommen war, erkannte er einen Mann, der im Schatten der Eingangstür stand. Er trug eine schwarze Lederjacke und eine enge Jeans mit schwarzen Stiefeln und lehnte mit einer Schulter am Rahmen. Tom erkannte den Bart wieder. Es war der Kerl vom Strand, und ein breites Grinsen in seinem Gesicht zeigte Tom, dass er sich nicht irrte.

»Du bist gekommen«, sagte der Mann. »Hab ich's nicht gesagt, hmmh?« Er stieß sich von der Wand ab und kam ganz nah an Tom heran. Aufmerksam und mit erregtem Blick musterte er ihn von oben bis unten. Seine Kiefer kauten langsam ein Kaugummi. »Hübsches kleines Kerlchen«, wisperte er, und Zigarettenqualm drang ihm dabei aus dem Mund.

»Was willst du also?«, fragte Tom.

Das Grinsen des Mannes wurde breiter. »Das weißt du doch. Wir gehen da rüber.« Er deutete mit zwei Fingern auf die stillgelegte Fabrik, die wie eine alte Festung in der Nacht stand. Die beiden Finger strichen Tom über die Lippen, und dann flog die Kippe funkensprühend auf die Straße. »Komm«, forderte er Tom auf, und sie marschierten auf das Gebäude zu.

Es ging seitlich daran vorbei, durch eine Lieferantengasse auf die Rückseite, wo sich ein rechteckiger Hof anschloss. In einem Lagergebäude auf der gegenüberliegenden Seite brannte ein schmutziges Licht in einem mit Graffiti verschmierten Eingang. Dumpfe Bässe drangen aus dem Innern, während ihre Schuhe einsam über den Hof hallten.

»Moment«, sagte Tom und blieb stehen. »Was machen wir hier?«

»Wir gehen da rein«, raunte der Kerl.

»Ja, aber was ist das?«

Wieder dieses Grinsen. Seine weißen Zähne leuchteten im Halbdunkel auf.

»Ein Club. Da gibt es alles, was du willst.«

Tom musste zugeben, dass er neugierig war und sehen wollte, was ihn dort erwartete, doch er wäre lieber anonymer gewesen, ohne seinen Begleiter.

»Na los«, sagte der und ging weiter.

Sie betraten den Flur, der wie ein Brückentunnel aussah und von dem eine kleine Treppe nach unten in einen Keller führte. Sie stiegen die Stufen hinab. Die Musik wurde immer lauter, und dann zog der Kerl eine Tür auf. Ein riesiger, muskelbepackter Mann stand dahinter. Er trug nichts als schwarze Lederhosen und eine schwarze Mütze. Tiefe Falten zogen sich um seinen Mund, und ein kastenförmiger schwarzer Bart verdeckte die obere Lippe. Der Koloss war über und über behaart, seine Hand, die er nun auf Toms Brust legte, so groß wie eine Radkappe.

»Wer ist das?«, dröhnte seine Stimme.

»Ein neuer Freund«, antwortete Toms Begleiter. »Er ist in Ordnung.«

Die Pranke umschloss Toms Kinn. »Wunderhübsch, der Junge«, brummte der Koloss, und in seinen schwarzen Augen blitzte es lüstern auf.

Er ließ sie durch, und als sich die nächste Tür öffnete, schlug ihnen eine heiße Welle von Gestank entgegen. Es roch nach Schweiß, Fäkalien, Alkohol und Öl, und was Tom dort in den wenigen Augenblicken, die er im Eingang stand, sah, rief einen derartigen Ekel in ihm hervor, dass Übelkeit in ihm aufstieg. Er war aus purer Neugier, aus einem Gefühl des Suchens nach seiner Leidenschaft, seinen Wünschen und Lüsten hierhergekommen, doch was er hier vorfand, war nicht das, was er wollte, was er brauchte. Das wusste er von der ersten Sekunde an, da sich dieses Tor vor ihm auftat. Nein, er war hier vollkommen falsch. Vielleicht hatte ihn das Ungewisse gereizt, vielleicht auch dieser Kerl, der ihn angesprochen hatte. Aber die Szene vor ihm schlug ihm die Wahrheit wie mit einem Vorschlaghammer in den Schädel.

Er machte einfach kehrt, ohne ein Wort zu sagen, und begann zu laufen.

»He«, hörte er seinen Begleiter noch rufen, doch da war er schon an dem Koloss vorbeigehuscht und hastete die Stufen nach oben. Er konnte es nicht glauben. Obschon er vorhin keine Angst verspürt hatte, trieb ihn jetzt doch so etwas wie Panik vorwärts. Er rannte und rannte, bis ihm in der engen Gasse zur Straße hin eine Traube von Männern entgegenkam.

»Wo willst du denn hin?«, rief einer laut, während er sie passierte und mit seiner Schulter einen Mann touchierte.

»Falscher Film, was?«, rief ein anderer ihm nach, und die Männer brachen in Gelächter aus.

Völlig außer Atem erreichte er seinen Van und schloss krachend die Tür hinter sich. So schwer atmend, dass die Scheibe beschlug, hockte er hinter dem Steuer und blickte in der Erwartung, den Kerl aus dem Fabrikgelände ihm nachlaufen zu sehen, die Straße hinunter. Er kam nicht. Das hatte Tom nicht erwartet. Er hatte damit gerechnet, von ihm und vielleicht noch anderen verfolgt zu werden. Aber die Straße blieb leer. Tom startete den Motor und wendete mit quietschenden Reifen den Wagen.

So etwas würde ihm nicht noch mal passieren. Er würde in Zukunft vorsichtiger sein. Sehr viel vorsichtiger.

Gleichzeitig war er ein wenig erleichtert. Erleichtert darüber, dass dieses Erlebnis ihm gezeigt hatte, dass er nicht so war wie diese Männer. Manchmal war er wirklich verwirrt, aber dieser Abend hatte ihm endgültig Gewissheit verschafft.

14

2014

Nils hatte sich für zwei Stunden ins Bett gelegt, nachdem seine Frau und seine Tochter aufgebrochen waren. Das erste Treffen mit Landorff war um elf Uhr, und um zehn Uhr ging Nils den Bohlenweg zum Wriakhörnsee hinunter, um vorher noch die Wildkamera zu überprüfen. Der See lag ruhig in der grünen Senke zwischen den Dünen. Eine einzelne orangeblaue Wolke spiegelte sich darin. Jetzt, gut vier Stunden nach dem Gespräch mit Siebert, kam ihm der Exfreund von Helene Teichmann als Täter gar nicht mehr so abwegig vor. Seine psychischen Probleme, sein Verhalten während der Unterhaltung machten ihn zu einem sehr wahrscheinlichen Kandidaten, zumal Elke ihn nicht ausschließen konnte. Und er konnte mit dem Stift umgehen. Das Einzige, was Nils daran irritierte, war, wie unbedarft Siebert diese Zeichnung angefertigt hatte. Er hatte damit gerechnet, dass jemand, der der Täter war, diesen doch recht fadenscheinigen Vorwand sofort durchschaut hätte. Doch Siebert schien nicht im Geringsten davon beeinflusst gewesen zu sein. Darum wollte Nils sich mehr Sicherheit verschaffen, indem er die Aufnahmen der Kamera prüfte. Sollte er Daniel Siebert in verdächtiger Form darauf erkennen, hatte er zumindest so etwas wie ein Indiz, aber leider immer noch keinen Beweis.

Nils entfernte die Speicherkarte aus dem Gerät und ersetzte sie durch eine andere. Er würde Possebiehl damit beauftragen, sich das Video anzuschauen, während er mit Landorff die zweite Befragung von Siebert durchführen würde. Sie hatten ihn für heute erneut einbestellt, und sollten sich dabei keine konkreten Verdachtsmomente ergeben, würden sie ihn nach Hause fahren lassen müssen. Sie hatten nichts gegen ihn in der Hand. Nicht mal eine Hausdurchsuchung konnten sie durchführen lassen. Ihnen waren die Hände gebunden, bis er sich in seinen Aussagen widersprach oder bis neue Beweise auftauchten.

Elke spürte eine gewisse Nervosität in sich aufkeimen, jetzt, da sie Anna im Hafen von Föhr verabschiedet hatte und wieder allein war. Sie war auf ihrem Weg zum Niebüller Kunstmuseum, und all die Dinge, die nun auf sie zukamen, konnten über ihr weiteres Leben entscheiden und weitreichende Konsequenzen haben. Positive Konsequenzen, hoffte sie. Die Veränderungen lagen wie ein Wetterwechsel in der Luft. Draußen vor den großen Panoramascheiben der Fähre war davon allerdings nichts zu spüren. Die Sonne brannte unvermindert vom Himmel. Eine gleißende Scheibe, die jegliche Feuchtigkeit aus der Erde, den Pflanzen und dem Meer zu ziehen schien. Elke meinte, das verdunstende Meerwasser förmlich sehen zu können. Ein schwüler, salziger Schleier stieg aus dem Meer empor und erschwerte das Atmen.

Anstatt eines Kaffees hatte sie sich heute nur ein Glas Wasser bestellt, mit dem sie sich zunächst die Wangen und die Stirn kühlte, bevor sie davon trank. In Gedanken ging sie immer wieder die Worte durch, die sie sich für das Gespräch mit Direktor Hansen zurechtgelegt hatte, und wollte auch dieses Mal ganz ehrlich auf ihre Unerfahrenheit eingehen. Aber sich länger als ein paar Minuten zu konzentrieren war ihr nicht möglich. Der Fall um Helene Teichmann schlich sich immer wieder in ihre Gedanken und verdrängte alles andere. Sie versuchte, die Bilder mit dem ständig wiederholten Mantra: *Das ist nicht dein Fall, das ist allein Nils' Angelegenheit,* von sich zu schieben, doch es schien aussichtslos.

Sie lenkte ihren Blick hinüber zu den Halligen, vor denen das Wasser silbern in der Sonne schimmerte, nur unterbrochen von einer seichten hellgelb leuchtenden Sandbank. Es war kein einziger Vogel darauf zu erkennen.

»Warum guckst du so traurig?«, fragte eine zierliche Stimme hinter Elke. Sie wandte sich um und blickte in das Gesicht eines Mädchens, das gerade mal vier Jahre alt sein mochte und schüchtern, aber neugierig in der Bank hinter ihr kniete. Der Vater las in einer Tageszeitung und nahm nichts um sich herum wahr.

»Gucke ich traurig?«, fragte Elke.

Das Mädchen nickte und biss sich dabei auf die Unterlippe. »Bist du ganz allein?«

»Im Moment schon, aber ich habe eine Tochter und einen Mann. Der ist zu Hause, und meine Tochter ist auf Föhr«, erklärte Elke und deutete auf die Insel. »Sie geht dort zur Schule.«

»Ach, deshalb«, nuschelte die Kleine und strich mit dem Finger über die Banklehne.

Elke war ein wenig sprachlos. Ob dieses Kind tatsächlich ihre Traurigkeit erkannt haben mochte und nun auch noch den Grund dafür festmachte?

»Wo fährst du hin?«, fragte das Mädchen.

»Zu einer neuen Arbeit. Also, vielleicht. Ich muss mich da bewerben.«

»Was heißt ›beweben‹?«

Jetzt schaute der Vater auf.

»Thilo, lässt du die Frau bitte in Ruhe?«

»Oh«, sagte Elke überrascht, weil sie den Jungen die ganze Zeit für ein Mädchen gehalten hatte. »Nein, nein, er stört mich überhaupt nicht.«

Das beruhigte den Mann so weit, dass er seine Nase wieder in die Zeitung steckte. Elke sah dem Jungen prüfend ins Gesicht.

»Was ist denn?«, fragte der irritiert.

»Ich hab gedacht, du wärst ein Mädchen«, entgegnete sie mit ein wenig Bedauern in der Stimme.

»Ach so«, sagte er so schicksalsergeben, als passierte ihm das jeden Tag.

»Wollen wir was spielen?«, fragte Elke und zauberte damit ein großes helles Lächeln auf sein Gesicht.

»Ich sehe was, was du nicht siehst!«, rief er freudig.

»Okay. Fang du an«, forderte ihn Elke auf, und er blickte sich suchend um.

Ein Ruck ging durch seinen Körper, und er lächelte stolz. »Ich sehe was, was du nicht siehst, und das ist … rot.«

Elke machte große Augen und ließ ihren Blick durch den Raum schweifen. »Auch draußen?«, fragte sie.

»Klar«, meinte Thilo.

»Die Boje!«, rief Elke und zeigte auf ein Seezeichen, das sie gerade passierten.

»Nein.«

»Dein T-Shirt«, sagte sie und tippte mit der Fingerspitze in seinen Bauch.

»Nein.« Er zuckte zusammen und wehrte lachend ihre Hand ab.

»Mmmh, dann der Kuchen bei der Frau da auf dem Teller.«

»Nein.« Thilo schüttelte eifrig den Kopf.

»Aahh«, machte Elke bedeutungsschwer. »Jetzt weiß ich ... der kleine Leuchtturm.« Sie wies mit dem Zeigefinger auf die Hallig Langeneß.

»Nahein!«, rief Thilo aufgeregt.

Elke stutzte.

»Dann der Leuchtturm von Amrum«, meinte sie entschlossen und schaute zurück. Thilo kniff amüsiert ein Auge zusammen.

»Fast richtig.«

»Wie? Fast? Wo soll denn hier *noch* ein Leuchtturm sein?«

Thilo grinste breiter.

Ahnungslos zuckte Elke die Achseln.

»Soll ich sagen?«

»Ja, ich bin ratlos.«

»Der da auf dem Bild.« Thilo deutete auf die Speisekarte, die senkrecht im Tisch steckte. Darauf war eine Werbung mit einem Seemann zu sehen, und in einem Logo prangte ein kleiner roter Leuchtturm.

»Ooohh«, jammerte Elke. »Das war ja gemein. Das hätte ich nie erraten.«

Sie spielten noch weiter, bis sie Dagebüll fast erreicht hatten. Dann verabschiedete sie sich von dem kleinen Thilo und machte sich auf den Weg zu ihrem Wagen.

Es war kurz vor halb elf, als sie auf den Parkplatz am Museum fuhr. Ein schlanker, leicht gebückt stehender Mann wartete bereits im Eingang auf sie und winkte ihr zu.

»Frau Petersen?«

»Ja, guten Morgen«, grüßte sie und ging auf ihn zu.

»Detlef Hansen. Herzlich willkommen, das hat ja prima geklappt.« Er reichte ihr erfreut die Hand. Hansen hatte welliges schlohweißes Haar und einen ebensolchen Oberlippenbart. »Kommen Sie herein, ich zeige Ihnen alles.«

Elke bekam eine kleine Führung durch das Museum und war nicht nur von dem Kunsthaus, sondern vor allem auch von dem Direktor begeistert, dessen offene und freundliche Art ihr ungeheuer sympathisch war.

Am Ende des Rundgangs bot er ihr einen Tee in seinem Büro an, den sie gern annahm.

»So, meine Liebe, ich habe Ihre Bewerbung aufmerksam gelesen ...«

»Und Sie werden natürlich bemerkt haben, dass darin kein einziger Arbeitgeber genannt wird, weil ich noch nie in meinem Beruf gearbeitet habe«, ging sie dazwischen.

»Sicher, sicher. Aber ich glaube nicht an Papier.« Er schmunzelte, und um seine Augen legte sich ein Netz aus Falten. »Was ein ziemliches Paradoxon in meinem Beruf ist. Ich glaube an Menschen. Ich sehe sie und höre, was sie mir zu sagen haben, was sie für Signale aussenden.«

Er nahm einen Schluck Tee, hielt den Blick aber weiterhin auf Elke gerichtet. »Es ist so«, fuhr er fort und stellte seine Tasse vorsichtig ab, »dass wir recht zügig jemanden brauchen, der zunächst einmal für die Dauer des Mutterschaftsurlaubs einer unserer Festangestellten einspringt. Ich kann Ihnen also keinen langfristigen Arbeitsvertrag anbieten, schließe aber nicht aus, dass wir Sie, sollte unsere Zusammenarbeit gut funktionieren, danach als feste Kraft übernehmen werden.«

In Elke keimte ein Funken Hoffnung auf. Das war eine Situation, die ihr tatsächlich zupasskommen könnte.

»Ehrlich gesagt, Herr Hansen«, begann sie und hatte das Gefühl, dass sie wirklich ganz offen mit ihm sprechen konnte, »bei uns ist es so: Unsere Tochter geht jetzt auf Föhr in die Schule, mein Mann ist Polizist auf Amrum, und ich möchte arbeiten, aber wir sind uns nicht sicher, ob das nicht unsere Beziehung gefährdet.«

Hansen nickte, und ein Schmunzeln grub sich in seinen Mundwinkel.

»Wir dachten daher, dass ein Halbtagsjob oder eine befristete Arbeit ganz gut wäre, um überhaupt mal auszutesten, was so möglich ist für uns als Insulaner.«

»Also?«, hakte Hansen belustigt nach.

»Also käme uns eine Lösung wie diese sehr entgegen. Ich würde gern hier arbeiten«, sagte sie abschließend.

Hansen blickte in seine Tasse, hob sie hoch und wollte mit ihr anstoßen. »Das klingt doch ganz vielversprechend«, sagte er, und Elke stieß vorsichtig ihre Tasse gegen seine. »Ich müsste mich zuvor noch mit meiner rechten Hand, Frau Sun-Jung Pak, verständigen. Ich würde Sie dann telefonisch informieren.«

»Gern«, entgegnete Elke erfreut und trank den letzten Schluck Tee aus.

»Sagen Sie«, Hansen hatte jetzt einen veränderten Gesichtsausdruck, »ist auf Amrum nicht gerade eine tote Frau gefunden worden?«

»Das stimmt, ja. Mein Mann untersucht den Fall zusammen mit der Niebüller Kriminalpolizei.«

»Ach, tatsächlich? Na, da ist bei Ihnen zu Hause wohl eh schon viel Stress zurzeit.«

»Ja, im Moment ist es … na ja, anders als sonst.« Sie lächelte bitter, und ihr Blick fiel auf ein Gemälde an der Wand hinter Hansen. Es war ein großformatiges Porträt. Ein asiatischer Mann war darauf zu sehen, mit langen Haaren, die zu einem Zopf gebunden waren, doch seine Frisur wirkte trotzdem zerzaust und sein Blick wild, obwohl er in vollkommener Ruhe zu stehen schien. Auf Hals und Schläfen waren Adern zu erkennen.

»Ist das eine Radierung?«, fragte Elke und wies auf das Porträt.

»Ja«, antwortete Hansen, ohne sich umzudrehen. »Eine Arbeit meiner Kollegin Sun-Jung Pak. Sie kommt aus Korea und hat einen dort sehr bekannten Gitarrenkünstler porträtiert. Es ist ein Geschenk von ihr.«

»Beeindruckend«, gab Elke zu.

»Es lebt unterschwellig«, sagte Hansen, rückte seine Tasse zur Seite und faltete die Hände.

Elke zögerte einen Moment lang, doch dann wandte sie sich mit gesenkter Stimme an Hansen. »Ich wüsste gern, was Sie zu einem Bild sagen, das …«

»Ja?«

»Das ich entdeckt habe«, meinte Elke leise, denn sie wusste, dass sie nicht darüber sprechen durfte. »Würden Sie …«

Elke zog ihr Handy hervor und klickte auf die Fotogalerie.

»Oh, Sie haben es bei sich, sozusagen?« Hansen lachte und beugte sich neugierig vor.

»Ich würde gern wissen, was Sie davon halten.«

»Ist es von Ihnen?«, fragte er.

»Nein.«

Elke reichte ihm das Handy mit dem Porträt von Helene auf dem Display.

Hansen schob die Augenbrauen zusammen, setzte seine Brille auf, die neben ihm auf dem Tisch gelegen hatte, und musterte das Foto höchst konzentriert.

»Eine schöne Arbeit«, sagte er nach einem langen Moment der Stille. »Ich kann nicht allzu viel erkennen, aber der erste Eindruck gefällt mir. Erinnert mich an Werke im Stil von Freud oder auch Hanjo Schmidt. Nur verschrobener. Kennen Sie den Künstler?«, fragte er, legte seine Brille zur Seite und versah sie mit einem forschenden Blick. »Von der Insel?«

»Nein«, antwortete Elke, und ihre Lippen zuckten unschlüssig. »Nein, ich … ich habe es durch Zufall in einer Galerie entdeckt. Der Künstler ist anonym.«

»So? Schade«, meinte Hansen fröhlich.

Elke haderte mit sich. Sie wusste, dass sie sich auf gefährlichem Terrain bewegte.

»Herr Hansen, darf ich Sie um etwas bitten?«

»Sicher, nur zu.«

»Eigentlich darf ich nicht darüber sprechen, aber wenn Sie mir versprechen würden, dass es unter uns bleibt …«

»Sicher, meine Liebe. Um was geht es denn?«, sagte er und spielte an einem goldenen Siegelring herum.

»Dieses Bild«, sagte Elke und neigte sich verschwörerisch über den Tisch, »ist vermutlich vom Mörder der Frau, die auf Amrum gefunden wurde.«

Hansen, der seinen Mund neugierig und unsicher zugleich geöffnet hatte, schloss ihn augenblicklich, und seine Gesichtszüge erschlafften. Er starrte für ein paar Sekunden ungläubig in Elkes Gesicht und lenkte seine Aufmerksamkeit dann wieder auf das Handydisplay.

»Das ist ja …« Mehr konnte er nicht sagen.

»Glauben Sie, dass es uns weiterhelfen könnte, wenn wir dieses Bild analysieren würden?«

»Sie meinen deuten, interpretieren?«, fragte er mit wenig Zuversicht in der Stimme.

Elke nickte.

»Das ist ein Unterfangen, das zum Scheitern verurteilt wäre, meine Liebe. Sie wissen so gut wie ich, dass man keine eindeutige Essenz aus einem Kunstgegenstand ziehen kann. Es wird immer vom Betrachter abhängig sein. Jeder Blick darauf ist ein anderer.«

»Aber er hat bereits Informationen darin hinterlassen«, hielt Elke dagegen.

»So?«

»Er verzichtete auf eine Signatur und schrieb stattdessen Geburts- und Sterbedatum der Frau auf das Bild.«

Elke war bewusst, dass sie zu weit ging. Aber sie vertraute diesem Mann irgendwie, und sie war so hilflos in ihrer Rolle, die das Schicksal oder was auch immer ihr zugewiesen hatte, indem sie das Bild fand.

Hansen grübelte über dem Handybild.

»Vergrößern Sie es. Sie müssen jedes Detail sehen können. Sie haben doch selbst einen Blick für Kunst. Vielleicht brauchen Sie mich gar nicht dafür.«

Es liegt an dir, flüsterte auf einmal wieder diese Stimme in ihr, und eine Gänsehaut breitete sich über ihren Körper aus.

»Danke, Herr Hansen. Aber bitte …«

»Es wird kein Wort über meine Lippen kommen.« Er lächelte sie an, doch sein Lächeln hatte im Vergleich zu vorhin an Kraft verloren.

Hansen brachte Elke noch bis zum Auto und winkte ihr nach, während sie auf die Straße zurückfuhr. Sie wollte seinen Rat sofort in die Tat umsetzen und suchte nach einem Copyshop, den sie nach ein paar hundert Metern auch fand. Dort ließ sie das Bild in DIN-A3 ausdrucken. In einer Rolle verstaut, legte sie es auf den Rücksitz und wünschte sich, sie wäre schon zu Hause, um es auspacken und untersuchen zu können.

Auf Amrum angekommen, warf sie nur ihre Tasche in die Ecke, öffnete den Deckel der Rolle und zog die Kopie heraus, um sie auf dem Küchentisch auszubreiten. Sie musste den oberen und unteren

Rand mit einem Salzfässchen und einer Packung Kandis beschweren. Die Sonne fiel durch das Küchenfenster auf das Bild und ließ die Farben frisch und lebendig erscheinen. Helene Teichmann starrte sie aus dem Papier heraus an. Elke stand wie betoniert am Fuße des Tisches, reglos, mit leicht geöffnetem Mund und wachem Blick, der über die Pinselstriche huschte. Es war völlig still im Haus. Umso besser konnte sie die kleine Maus hören, die sich wieder in ihrem Gedächtnis regte. Mit ihren kleinen, scharfen Zähnchen knabberte sie an den Kisten herum, tief hinten im Verborgenen.

Helenes Gesicht war aus der Nähe betrachtet ein aufgewühltes Meer von Farben. Wie im Sturm türmten sich riesige Wogen auf, Schaumkronen sprudelten, Wellentäler fielen, mit kräftigen Pinselstrichen akzentuiert, ab. Entfernte man sich ein paar Meter, erkannte man das Gesamtbild als ein menschliches Gesicht, gezeichnet von einer grässlichen Angst und Aussichtslosigkeit. Die Helene auf dem Bild bemühte sich, strengte sich maßlos an, um ihrer Rolle als Modell gerecht zu werden. Sie zwang sich dazu, stillzuhalten und es über sich ergehen zu lassen. Das alles konnte man sehen, lesen. Und noch etwas stand in diesen Augen: ein Flehen. Ein leises Flehen, das sich kaum traute zu existieren.

Elke beugte sich unschlüssig mal näher an das Bild heran und mal etwas weiter weg. Das Mäuschen hörte nicht auf zu nagen. Sie nahm eine Lupe zur Hand und begann, jeden Pinselstrich zu begutachten. War darin etwas verborgen? Was für ein Geheimnis steckte hinter diesen Farben? Vielleicht reicht die Kopie nicht aus, um es zu erkennen, dachte sie. Sie müsste Landorff um das Original bitten.

Erschöpft vom Bücken über die Kopie richtete Elke sich auf und drückte ihr Kreuz durch.

Sie weint, dachte Elke und schaute noch einmal genauer hin. Es flossen keine Tränen, aber ihre Augen wirkten verschwommen, so als hätte sie gerade geweint oder wäre kurz davor. Und in ihrem linken Nasenloch hing ein Tropfen oder eine Blase, so als liefe ihr die Nase vom Weinen. Elke hielt das Vergrößerungsglas über das Nasenloch. Ja, es musste ein Tropfen sein. Im Gegensatz zum Rest des Bildes war er sehr fein gezeichnet und von den gröberen Pinselstrichen, die die Nase zeichneten, überdeckt. Oder sollte der

Tropfen eine Krankheit andeuten? Eine Krankheit, die etwas über ihren Aufenthaltsort verriet? Kälte? Feuchtigkeit? Ein Kellerraum?

Elke wollte gerade die Lupe ablegen, als sie meinte, die Form dieses Tropfens schon einmal gesehen zu haben. Es war keine typische Form. Sie war unregelmäßiger. Und dann überkam es sie siedend heiß. Es war, als schüttete jemand einen Topf kochenden Wassers über ihr aus. Sie machte zwei Schritte nach links, sodass sie nun an der Seite des Tisches stand. Ihr Atem ging schneller, und Wasser stieg ihr in die Augen. Sie blinzelte. Dann zog sie hektisch ihr Handy aus der Tasche und tippte mit zitternden Fingern eine Routenplaner-App an. Sie gab Amrum in das Suchfeld ein, wobei sie sich zweimal vertippte.

Als die Umrisse der Insel auf dem Display erschienen, vergrößerte sie den Kartenausschnitt. Sie zog die Karte mit einem Finger weiter nach unten, sodass sie Wittdün in den Fokus bekam. Erneut vergrößerte sie und zog den Ausschnitt ein Stück nach rechts. Jetzt lag ein blaues unregelmäßiges Feld im Zentrum des Displays. Sie senkte das Handy mit der linken Hand und hob gleichzeitig mit der rechten die Lupe hoch. Lupe und Handy lagen auf einer Höhe, und auf beiden war, wenn auch in anderer Beschaffenheit, aber dennoch deutlich genug, dasselbe zu sehen: der Wriakhörnsee.

Teil 3
Anmischen der Farben

I am a troubled man
I am a troubled man
So many things
Have fallen through my hands
I am a troubled man

John Mellencamp, »Troubled Man«

1

2014

Sie schwebte in einem arktischen Meer. Feine weiße Partikel schwammen darin wie Schneeflocken. Schoben und wälzten sich von links nach rechts, überlagerten sich wie gegeneinander gerichtete Strömungen. Christina trieb völlig verloren und unbeweglich darin, passiv und ergeben in das, was von ihr Besitz genommen hatte. Verzweifelt versuchte sie, etwas erkennen zu können, etwas Gegenständliches, aber ihre Augen konnten einfach nichts Konkretes erfassen. Alles blieb Schimmer und Schemen. Auch ihre Haut schien taub. Sie fühlte nichts, keine Feuchtigkeit, nicht das Entlangstreifen der Partikel an ihrem Körper, nichts. Nur eine unbestimmte Kälte.

Minutenlang driftete sie so durch das weiße Nichts, stundenlang, bis sie hinter dem flüssigen Vorhang etwas zu erkennen meinte. Eine Lichtquelle. Vielleicht die Sonne. Sie strengte ihre Augen an, und der schwammige Kreis wurde größer. Wenn das die Sonne war, woher kam dann die Kälte? Ganz allmählich kehrte auch Gefühl in ihren Körper zurück. Sie konnte ihn spüren, die Schmerzen, die Lage ihrer Gliedmaßen. Ihre Arme waren auf dem Rücken fixiert. Sie lag auf der Seite, die Beine angewinkelt. Und langsam, ganz langsam materialisierte sich der Raum um sie herum. Das Meer aus Weiß löste sich auf wie Nebel, und die Lichtquelle, die sie gesehen hatte, entpuppte sich als eine Lampe an der Decke.

Offenbar lag sie auf einer niedrigen Pritsche. Der Raum um sie herum war strahlend weiß, die Wände merkwürdig weich und dick. Sie schnappte nach Luft und nahm fremde Gerüche wahr. Etwas Süßliches lag in der Luft, das von einem dumpfen Ledergeruch aber fast verdrängt wurde. Sie spürte einen Schmerz im Gesicht, als sie ihre Gesichtsmuskeln bewegte. Stöhnend versuchte sie, sich aufzurichten. Ihr linker Arm war eingeschlafen und nicht mehr zu gebrauchen. Dennoch schaffte sie es. Kaum dass sie auf dem Rand der Pritsche saß, fing auch schon das Stechen an, mit dem das Blut zurück in die Adern floss. Sie trug eine weiße Hose und ein weißes Hemd. Darunter war sie nackt. Sie stand auf und schwankte auf ihren Füßen wie eine Betrunkene. Was waren das für Wände? Unsicher tapsend ging sie darauf zu und erkannte, dass sie aus Polstern zu bestehen schienen. Dicke lederne Quadrate wie bei einer Couch. Eine Gummizelle, dachte sie und fragte sich, ob sie bei der Polizei oder in einer Irrenanstalt gelandet war.

Sie drehte sich um. Unter ihrem Bett standen ein Teller mit Zwieback am Kopf- und eine Bettpfanne am Fußende. Nein, das war keine Anstalt und auch kein Polizeigewahrsam. Sie erinnerte sich an den Abend. Sören war bei ihr gewesen, hatte sie beobachtet und sie dann überfallen. Sie war aus ihrem Haus auf die Straße geflüchtet, direkt in die Arme von … Wer hatte sie nur mitgenommen? Der Mann, der sie in sein Auto steigen ließ, hatte sie doch retten wollen. Was war geschehen, dass sie nun hier war? Sie konnte nicht mal eine Tür erkennen. Sie war gefangen, gefesselt, jemandem ausgeliefert.

Hatte ich nicht seine Stimme erkannt?, fragte sie sich, als mehr Erinnerungsfetzen sich zu einem Bild zusammenfügten. Sie hatten angehalten. Er wollte die Polizei benachrichtigen und war ausgestiegen. Dann … Wer war er?

Panik stieg in ihr auf. Ihr Atem wurde flacher und hektischer. Nur nicht den Verstand verlieren, ermahnte sie sich selbst. Aber was sollte sie tun? Instinktiv wollte sie um Hilfe schreien, aber was, wenn *er* sie hörte? Die Wände würden jeglichen Schall schlucken. Vorsichtig drückte sie mit dem Fuß gegen eins der Polster. Es war fest und prall. Die Zwischenräume zwischen den Quadraten waren nur feine schwarze Linien. Spaltmaße, fiel ihr ein, beim Auto nennt man das Spaltmaße. Das hatte ihr der Autoverkäufer gesagt, als sie ihren Fiat 500 gekauft hatte. Sie versuchte, mit einem Finger in den Spalt zu kommen, doch das war vergebens.

Oh Gott, wie profan und belanglos kam ihr jetzt Sören vor! Wie leicht zu durchschauen und wie leicht im Zaum zu halten. Sie hätte sich gefreut, müsste sie jetzt einfach nur mit dem Problem Sören fertigwerden. Das hier war etwas anderes, viel Schlimmeres. Eine andere Hausnummer, wie Sören gesagt hätte. Es übertraf ihre Vorstellungskraft, und es übertraf auch ihre Fähigkeit, mit ihrer Angst umzugehen. Dieser weiße Raum schürte eine Furcht in ihr, die sie zu ersticken drohte. Sie wollte so gern schreien, aber sie zwang sich zur Stille. Sie wollte sich nicht freiwillig ausliefern. Dann würde er kommen und sie töten, oder schlimmer noch, ihr Schmerzen zufügen. Doch es gab nichts, was sie dagegen tun konnte. Sie war wehrlos und ihm vollkommen ausgeliefert. Es blieb nur das Warten. Warten darauf, dass er kam.

Die Luft blieb ihr weg. Ihre Augen vergrößerten sich, und ihr Herz schlug so schnell, dass sie glaubte, einen Infarkt zu bekommen. Schwindel ergriff sie, und die Kraft wich aus ihren Beinen. Ich werde ohnmächtig, dachte sie noch. Dann ging plötzlich das Licht aus. Sie schrie vor Entsetzen auf und konnte danach nicht mehr unterscheiden, ob die Schwärze um sie herum noch der absolut lichtlose Raum oder schon die Ohnmacht war.

2

2014

Elke hielt mit quietschenden Reifen vor der Polizeistation und sprang aus dem Wagen. Possebiehl saß auf den Eingangsstufen und wischte sich mit einem Taschentuch den Schweiß von der Stirn.

»Elke, was ist los?«, fragte er ein wenig ängstlich.

Sie marschierte schnurstracks auf ihn zu. In der Hand hielt sie die Rolle mit der Kopie.

»Ich muss zu Nils«, sagte sie.

»Das geht nicht«, meinte Possebiehl und erhob sich. »Die reden gerade mit Daniel Siebert.«

»Trotzdem.« Sie ging an Nils' Kollegen vorbei und huschte hinein. Sie hörte Possebiehls eilige Schritte hinter sich, ließ sich aber nicht beirren. Fest und laut klopfte sie an die Bürotür.

Nils öffnete und stutzte, als er sie erkannte.

»Elke.«

»Ich muss mit euch sprechen«, sagte sie.

»Das geht jetzt nicht«, entgegnete Nils leise. »Später.«

»Nein, es ist dringend, Nils. Es hat mit dem Fall zu tun«, hielt sie dagegen, und jetzt hörte sie, wie eine zweite Person aufstand und zur Tür kam.

»Was ist denn los?«, fragte Landorff ungehalten.

»Ich muss Sie sprechen. Jetzt«, meinte Elke so energisch, dass Landorff nichts erwiderte. Er sah sie aus seinen kühlen Augen an.

»Einen Moment.«

Die Tür schloss sich, und Stimmengemurmel war zu vernehmen. Elke machte ein paar Schritte zurück und wartete. Es dauerte nicht lang, da öffnete sich die Tür erneut, und die beiden kamen heraus. Ihre Blicke hefteten sich sofort auf die Rolle, die Elke bei sich trug.

»Kommt mit«, sagte sie und ging voraus auf den Tisch im Vorzimmer zu, wo sie das Bild ausrollte.

»Ich hoffe, Sie haben einen guten Grund, Frau Petersen, wir waren mitten in der Vernehmung des Zeugen Siebert«, murrte Landorff ungehalten.

»Du hast es vergrößert?«, fragte Nils, während sein Blick noch ratlos auf dem Porträt von Helene lag.

»Ich wollte es genauer analysieren«, erklärte Elke. »Der Täter hat uns ja schließlich über das Bild etwas mitteilen wollen.«

»Meine Frau hat Kunstgeschichte studiert«, sagte Nils zu Landorff.

Der ließ keinerlei Anzeichen einer positiven Gefühlsregung erkennen. Sein Blick war wie immer emotionslos und ohne jegliches Blinzeln.

Elke drehte das Bild um neunzig Grad nach links, griff zielstrebig in einen Stiftehalter auf dem Tisch, in dem sich auch eine Lupe befand, und reichte sie Landorff.

»Sehen Sie sich das linke Nasenloch an«, forderte Elke ihn auf und zückte dabei ihr Handy. Landorff hielt das Vergrößerungsglas über die Nase. Er und Nils stierten eifrig hindurch.

»Da ist etwas Blaues«, sagte Landorff unbeeindruckt.

»Ein Tropfen«, meinte Nils.

»Es gibt hier auch rote und gelbe Farbstriche, das ist doch nicht weiter auffällig«, sagte Landorff.

Elke legte ihr Handy mit dem Kartenausschnitt auf dem Display daneben.

»Und?«, fragte Landorff. »Meinen Sie die Ähnlichkeit? Diese beiden Formen ähneln sich. Was ist das überhaupt?«

Elke wollte antworten, doch Nils kam ihr zuvor. Bei ihm war der Groschen bereits gefallen.

»Der Wriakhörnsee.«

Landorff verengte die Augen und beugte sich tiefer über das Bild. Wie bei einem Tennismatch sprang sein Blick zwischen beiden Bildern hin und her.

»Sie haben recht«, gab er zu und sah Elke vielsagend an. »Der Mörder hat dem geneigten Betrachter nicht nur den Todestag mitgeteilt, sondern auch den Fundort.«

Ohne Zeit zu verlieren, kontaktierte Landorff Jensen in Niebüll, und während er etwas abseits mit ihm telefonierte, kam Nils näher zu Elke.

»Wie bist du darauf gekommen?«, fragte er flüsternd.

»Ich war doch heute bei dem Gespräch im Museum …«

»Richtig, wie lief's?«

»Gut, denke ich. Der Leiter des Museums brachte mich drauf. Wir ...« Jetzt musste sie lügen, um nicht Nils' Zorn auf sich zu ziehen. Aber ihr Fehlverhalten hatte sich ausgezahlt, fand sie. Der Zweck heiligte einfach manchmal die Mittel. »Wir sprachen über Interpretationen von Bildern, und da kam mir die Idee.«

»Gut«, sagte Nils und küsste sie auf die Wange. Landorff kam zurück.

»Das war wirklich sehr hilfreich, Frau Petersen. Das ist etwas, das nur Sie hatten herausfinden können. Herr Jensen möchte, dass Sie das Bild weiter untersuchen. Wenn wir hier so etwas wie eine Landkarte haben, sind Sie als Einheimische vermutlich die Einzigen, die das herausfinden können.« Er schaute sie nun beide an, und Elke und Nils nickten. »Ich werde dafür sorgen, dass Sie eine bessere Kopie erhalten. Jetzt müssen wir aber noch die Befragung zu Ende führen«, erinnerte er Nils.

Elke verabschiedete sich und ließ die beiden allein. Bevor Nils mit Landorff zurück in das Büro ging, hielt er kurz inne.

»Herr Landorff, sollte man mit dem Bild nicht vielleicht doch an die Öffentlichkeit gehen?«, raunte er ihm zu.

»Wenn er es nicht war«, sagte Landorff und deutete auf die Tür, »werden wir darum wohl nicht herumkommen.«

»Ich habe nur das Gefühl, dass wir wertvolle Zeit verlieren«, sagte Nils und versuchte, so zu klingen, als wollte er Landorff keine Vorwürfe ob seiner Ermittlungsstrategie machen.

Landorff blickte auf seine Uhr. »In einer halben Stunde kommt der Mann von der Kriminaltechnik. Er nimmt die Fingerabdrücke von Siebert, fährt zurück und vergleicht sie mit den Hämatomen an der Leiche. Heute Abend wissen wir mehr. Reicht Ihnen das Tempo?«

Nils erwiderte nichts mehr, sondern öffnete die Tür.

Für zwanzig Uhr hatte Landorff ein Meeting angesetzt. Nils, dessen Gedanken während des frustrierenden Gesprächs mit Siebert immer wieder zu Elke abgeschweift waren, war nun, um kurz nach halb acht, erpicht darauf, endlich etwas Handfestes für oder wider Siebert als Verdächtigen zu finden. Gemeinsam mit Possebiehl prüfte er die Aufnahme vom See. Sie ließen sie um ein Vielfaches schneller laufen. Wasseroberfläche, Wolken und die Seevögel bewegten sich zappelig, aber unaufgeregt, nur hin und wieder, wenn eine Person oder eine Gruppe auftauchte, stoppten sie den Vorlauf und nahmen die Besucher genauer in Augenschein. Nils notierte sich zu den Beobachtungen auch die Zeiten. Am Sonntag kam jemand kurz nach Sonnenuntergang, den man im Wasser des Sees in Sekundenschnelle fortschreiten sah, von der Aussichtsdüne her zu der Plattform am Ufer.

»Halt an, halt an!«, rief Nils, der bereits eine Ahnung hatte.

Die Aufnahme lief wieder in Normalgeschwindigkeit, und man konnte deutlich einen Mann erkennen, der bis an die Brüstung ging und ins Wasser schaute.

»Siebert«, sagte Nils tonlos.

Auch Possebiehl hatte ihn erkannt. Ihre Nasen näherten sich dem Bildschirm.

»Was tut er da?«, fragte Possebiehl.

Siebert stieg über die Brüstung und sprang auf eine kleine Grünfläche, die zwischen den dichten Sträuchern bis zum Uferrand führte. Dort suchte er das Gelände ab und nutzte dazu sogar eine Taschenlampe.

»Sucht er nach etwas, das er verloren hat?«, hauchte Possebiehl gegen den Bildschirm.

»Entweder das«, sagte Nils, »oder er sucht nach etwas, das der Mörder verloren hat.«

Possebiehl sah Nils ratlos an.

»Es liegt an uns, das zu interpretieren«, schloss Nils und begab sich mit seinem neuen Wissen in das Meeting.

Landorff stand an der Tafel, die Hände vor dem Bauch locker ineinandergelegt, und wartete, bis Ruhe einkehrte.

»Guten Abend, meine Herren. Ich werde zunächst einen kurzen Überblick über die bisherigen Ergebnisse geben und dann unser weiteres Vorgehen besprechen. Wenn sich von Ihrer Seite zusätzliche Hinweise ergeben haben, bitte ich Sie, mich zu ergänzen.«

Er blickte in die Runde, und als sich keine Einwände ergaben, fuhr er fort: »Ich werde chronologisch vorgehen und beginne

dazu mit dem Tag des Verschwindens von Helene Teichmann.«
Er wandte sich der Tafel zu, auf der immer noch Nils' Zeichnung
des Sees zu sehen war. Mit einem blauen Stift schrieb er links oben
in die Ecke das Datum. »Am 26. Juni verschwand Helene Teichmann spurlos nach einem Volleyballspiel mit einigen Freunden auf
einem Sandplatz der Uni. Zeugen gaben an, Helene gesehen zu
haben, wie sie mit jemandem sprach, der einen dunklen Wagen
fuhr. Eine genaue Marke konnte nicht genannt werden. Daniel
Siebert wohnte zu dieser Zeit bei seinen Eltern. Der Exfreund des
Opfers war nach der Trennung in eine Psychiatrie eingewiesen
worden, wo er unter anderem wegen Depressionen mit Suizid-
gefährdung behandelt wurde. Helene Teichmann hatte ihn kurz
nach der Trennung wegen Stalkings angezeigt. Die Eltern von
Daniel Siebert berichteten, dass sich ihr Sohn nach der Entlassung gut erholt hatte, aber einen Rückfall erlitt, als er von dem
Verschwinden seiner Exfreundin erfuhr. Am 19. August sagte er
seinen Eltern, er wolle in die Berge fahren, und war von da an
nicht mehr für sie zu erreichen. Nach eigenen Angaben nutzte er
den Urlaub als Vorwand, um sich auf eigene Faust auf die Suche
nach seiner Exfreundin zu machen. Über einen gemeinsamen
Bekannten erfuhr Siebert von einem Leichenfund hier auf Amrum
und fuhr sofort auf die Insel, wo er am Samstag ankam. Einen
Tag zuvor war am Morgen Helene Teichmanns Leiche gefunden
worden. Daniel Siebert übernachtete auf dem Zeltplatz, genau
hier.« Landorff tippte lautstark mit dem Zeigefinger auf den von
Nils skizzierten Zeltplatz. »Sieberts Angaben den gemeinsamen
Freund betreffend sind überprüft und zutreffend. In seinem Besitz
befand sich eine Fährkarte für den angegebenen Samstag. Das alles
spricht für seine Unschuld, ebenso wie die Tatsache, dass Daniel
Siebert einen roten Seat fährt.«

Landorff machte eine bedeutsame Pause, und sein Blick wanderte von einem Kollegen zum anderen, wobei er Nils allerdings
ausließ. »Gleichwohl ist das noch immer kein Beweis dafür, dass
er nicht schon vorher auf die Insel gekommen ist. Er könnte
sich für die Entführung außerdem einen anderen Wagen besorgt
haben. Fest steht nur, dass er nach wie vor psychisch labil ist und
die Trennung von Frau Teichmann nicht überwunden hat. Wie

der Kollege Petersen und ich zudem feststellen konnten, ist er als ehemaliger Architekturstudent durchaus auch in der Lage, Zeichnungen und Porträts anzufertigen.«

Wieder stoppte er und hob dabei den Finger. »Heute haben wir zu dem Porträt des Opfers, welches am 16. August anonym in der Hamburger Galerie abgestellt und am letzten Freitag von Frau Petersen dort entdeckt wurde, einen neuen Hinweis bekommen. Das Porträt war nicht nur, wie wir anfänglich dachten, mit dem Geburts- und Todestag des Opfers gekennzeichnet, es enthielt auch – eine Entdeckung, die wir ebenfalls Frau Petersen zu verdanken haben – einen Hinweis auf den Fundort.«

Er nahm sich eine Kopie des Bildes vom Tisch, die mit dem Gesicht nach unten gelegen hatte, und heftete sie mit zwei Magneten an die Tafel. Dann hängte er den Ausdruck eines Kartenausschnitts mit dem Wriakhörnsee darauf daneben.

Neugierig reckten die Beamten die Hälse.

»Frau Petersen fand heraus, dass sich die Form eines Tropfens am linken Nasenloch des Opfers mit den Umrissen des Wriakhörnsees deckt.«

Jetzt kam Gemurmel auf, und die Männer warfen sich gegenseitig Blicke zu.

»Nach jetzigem Wissensstand«, machte Landorff mit erhobener Stimme weiter, »haben wir es also höchstwahrscheinlich mit einem Täter zu tun, der sein Opfer zunächst anspricht und es dann schafft, es in den Wagen zu locken und zu entführen. Der weitere Verlauf der Tat erstreckt sich über mehrere Wochen, das heißt, er muss sein Opfer für eine längere Zeit irgendwo sicher versteckt und gefangen halten. In dieser Zeit porträtiert er es und versieht das Bild mit Hinweisen. Dann folgt ein besonderes Detail«, meinte er und hob erneut seinen Finger. »Er verschickt das Bild an eine Galerie und eröffnet damit ein Suchspiel für die Polizei. Er gibt uns freiwillig Tipps, wann und wo er das Opfer töten wird, noch bevor er es tatsächlich tut.«

Landorff pausierte, und eine bedrückende Stille füllte den Raum. Einige Beamte räusperten sich leise.

»Erst danach, mit Ablauf der selbst gesetzten Frist, tötet er sein Opfer, indem er es wahrscheinlich in einer Badewanne ertränkt.

Das geschieht von Angesicht zu Angesicht. Er sieht ihm dabei in die Augen. Außerdem scheint er sein Kunstwerk zu vervollständigen, indem er seine Signatur nicht wie üblich unter das Bild setzt, sondern sie auf dem Opfer selbst als Tätowierung hinterlässt.« Er senkte den Blick und steckte die Hände in die Hosentaschen, als würde ihn das, was er eben geschildert hatte, nachhaltig bedrücken. »Der letzte Schritt: Er zieht dem Opfer einen Mantel an, bringt es ungesehen nach Amrum und entledigt sich der Leiche im Wriakhörnsee.«

Landorff ging leise zwei Schritte nach vorn und setzte sich mit einem Bein auf die Tischkante. »Wir haben heute Herrn Sieberts Fingerabdrücke nehmen können, die in diesem Moment mit denen auf der Leiche verglichen werden. Spätestens morgen früh bekomme ich die Ergebnisse. Gibt es Fragen dazu?«

Niemand sagte ein Wort. Alle ließen das Geschehen im Geiste vor sich ablaufen, bis Landorff zum nächsten Punkt überging.

»Hat sonst noch jemand neue Ergebnisse?«

Glaser meldete sich.

»Bitte«, forderte Landorff ihn auf.

»Wir haben das Fährpersonal befragt. Keiner hat Daniel Siebert allein oder in Begleitung vor Freitag gesehen. Allerdings fehlt noch eine Fähre, die nicht so oft verkehrt. Die ›Hilligenlei‹. Sie geht von Schlüttsiel aus und nicht von Dagebüll. Die können wir morgen erst befragen.«

Landorff presste unzufrieden die Lippen aufeinander und nickte.

Tragheter meldete sich zu Wort. »Wir haben leider keine brauchbaren Aussagen bekommen, aber ich hätte eine Frage.«

»Ja, bitte?«

»Wäre es für Daniel Siebert möglich gewesen, Helene Teichmann in seinem Elternhaus zu verstecken? Oder haben die vielleicht einen Schrebergarten oder so etwas?«

»Gute Frage«, meinte Landorff. »Dazu kann ich nur sagen: Da wir noch keine Indizien für eine Täterschaft und schon gar keine Beweise haben, können wir ohne Durchsuchungsbeschluss auch nicht das Elternhaus durchsuchen. Ich weiß, dass es unterkellert ist und einen Garten ohne weitere Gebäude besitzt. Einen Schrebergarten haben die Sieberts nicht.«

Tragheter nickte nachdenklich, und da sich sonst keiner mehr äußern wollte, hob Nils die Hand.

»Eine Sache hätte ich noch hinzuzufügen«, sagte er und öffnete seinen Laptop. Landorffs Kopf fuhr zu ihm herum. »Siebert war am Sonntagabend am Wriakhörnsee und dort an der Stelle unterwegs, an der der Mörder die Leiche ins Wasser warf.«

Nils spielte die Aufnahme ab, und es kam Bewegung in die Gruppe, weil alle sehen wollten, was der Verdächtige tat. Als Siebert wieder zurück auf den Bohlenweg und in Richtung Zeltplatz ging, stoppte Nils die Aufnahme.

»Wo ist das her?«, fragte Glaser.

»Wir haben am anderen Ufer eine Kamera installiert.«

»Er sieht so aus, als würde er nach etwas suchen. Irgendein Beweis vielleicht, der ihn belasten könnte«, mutmaßte Wächter.

»Fakt ist«, fuhr Landorff laut dazwischen, und Nils konnte seine Wut erkennen, »dass wir bis jetzt keinen Hinweis auf einen anderen Täter haben. Siebert hätte ein Motiv. Ansonsten gibt es nur einen dunklen Wagen, ein Phantom. Morgen wissen wir mehr. Treffen ist um sieben Uhr hier.«

Damit beendete er das Gespräch, ging an Nils vorbei und raunte ihm zu: »Ich will Sie sprechen, warten Sie hier.« Er ging mit den anderen hinaus.

Als sich die kleine Polizeistation geleert hatte, kam Landorff zurück. Nils war sitzen geblieben und hatte die Aufnahme weiterlaufen lassen. Landorff setzte sich ihm gegenüber und fixierte ihn mit seinem Blick.

Er hat Widderaugen, dachte Nils. Er hatte sich immer gefragt, womit er diese Augen vergleichen konnte. Es war ein Widder. Ein kühles Gelb und eine sehr kleine Pupille.

»Es ist nicht so, dass diese Aufnahme uns keine guten Hinweise geben würde«, begann Landorff mit einem Kratzen in der Stimme. »Es geht darum, dass Sie hinter meinem Rücken Dinge tun, die nicht in Ihren Befugnissen liegen.«

»Ich weiß, und es tut mir leid, aber …«, setzte Nils an, doch Landorff unterbrach ihn.

»Kein Aber, Herr Petersen. Und wenn Sie wieder auf eigene Faust ermitteln, haben Sie wenigstens so viel Anstand und informieren Sie mich, bevor Sie es hier öffentlich vor der versammelten Mannschaft tun. Das war's.« Er stand auf und ging hinaus.

Nils schimpfte innerlich mit sich selbst, weil Landorff recht hatte. Andererseits wusste er nicht, was er gegen eine Maßnahme haben konnte, die offensichtlich ein Ergebnis geliefert hatte. In einer weiteren Befragung konnte man Siebert damit testen. Sollte er bestreiten, dort gewesen zu sein, wäre das ein zusätzliches Indiz für ihn als Täter. Nils versuchte, die kleine Auseinandersetzung von sich abzuschütteln, und folgte dem Kommissar in den Flur, wo Landorff gerade die Tür hinter sich schließen wollte.

»Soll ich Sie fahren?«

»Nein«, entgegnete Landorff mit der Türklinke in der Hand. »Ich denke, ich gehe zu Fuß. Ein wenig frische Luft schnappen.«

»Okay. Gehen Sie einfach in Nebel hinter der Post die nächste links, dann immer geradeaus, und Sie kommen nach Norddorf«, half ihm Nils.

»Ist gut.«

Landorffs Handy klingelte, und er nahm das Gespräch noch in der offenen Tür entgegen.

»Landorff? Ja?«

Er lauschte der Stimme und hörte geduldig zu.

»In Ordnung. Schon was von der Kriminaltechnik wegen der Fingerabdrücke gehört?«

Ein kurzes Krächzen war zu hören, das Nils als Nein deutete.

»Bis morgen, Wiederhören«, sagte Landorff und legte auf. »Das war Jensen«, sagte er zu Nils.

»Ja?«

»Die Kollegen haben das Bild analysiert. Es ist auf einer gewöhnlichen Leinwand der Firma Stobertz aus Nürnberg angefertigt worden. Es sind Druckstellen von einer Staffelei zu erkennen. Und die benutzte Farbe ist eine Ölfarbe, die man ebenfalls überall erstehen kann. Firma Mantell aus Flensburg«, sagte er müde.

Nils gingen die Augen über. Er öffnete seinen Mund, um noch mal nachzufragen, doch da zog Landorff die Tür hinter sich zu. »Bis morgen«, verabschiedete er sich, und die Tür fiel ins Schloss.

Nils stand einen Moment wie angewurzelt im Flur. Hatte er tatsächlich Mantell gesagt? Und wenn schon, das musste nichts bedeuten. Dieser Name war sicherlich tausendfach in Deutschland zu finden. Er konnte es jedoch nicht auf sich beruhen lassen und fuhr den Computer wieder hoch. Er googelte Mantell, und gleich als erste Listung erschien die Homepage des Farbenherstellers. Nils klickte sie an und überflog die erste Seite, dann klickte er das Impressum an. Geschäftsführer waren ein gewisser Theodor und ein Ludwig Mantell. Sitz der Firma war Flensburg.

Nils überlegte kurz und gab dann Dr. Mantell in die Suchleiste ein, doch ihren Therapeuten konnte er nicht finden.

»Mantell«, murmelte er leise vor sich hin und fuhr den PC wieder herunter.

3

2014

Den ganzen Abend ging Nils der Name Mantell nicht mehr aus dem Kopf. Dennoch behielt er diese Kleinigkeit, die es wahrscheinlich nur war, für sich und verschwieg sie Elke, ebenso, wie er am nächsten Morgen Landorff nichts davon mitteilte.

Landorff war bereits im Büro, als Nils um zwanzig vor sieben dort aufkreuzte.

»Es gibt Neuigkeiten«, begrüßte ihn der Kommissar, ohne Anstalten zu machen, ihm davon noch vor dem Treffen zu berichten.

Nils nahm das als Retourkutsche für seinen Alleingang und wartete geduldig, bis die komplette Mannschaft eingetrudelt war.

»Meine Herren«, begann Landorff ernst, und es sah so aus, als wollte er sich nicht lange aufhalten. »Die Ergebnisse des Abgleichs der Fingerabdrücke haben mich heute früh erreicht. Sie schließen Daniel Siebert als Täter *nicht* aus. Freundlicherweise haben die Eltern mit uns kooperiert und freiwillig einer Inaugenscheinnahme des Hauses zugestimmt. Daniel Siebert lehnt eine Besichtigung seines Raumes allerdings ab. Er bewohnt in dem Haus eine Art Einliegerwohnung. Nach wie vor haben wir also keinen hinreichenden Tatverdacht. Herr Siebert wird die Insel verlassen. Die Zusatzkräfte hier auf Amrum werden ab sofort abgezogen, und die Ermittlungen werden sich nun lediglich auf den Raum Lübeck konzentrieren.« Er hielt inne, und alle wirkten ein wenig überrascht über den plötzlichen Rückzug. »Glaser und Wächter, Sie führen bitte noch Ihre Befragungen an Bord der ›Hilligenlei‹ zu Ende. Danach kehren Sie zu Ihrer Dienststelle nach Niebüll zurück. Wir bedanken uns bei Herrn Petersen und Herrn Possebiehl für ihre tatkräftige Mitarbeit. Das war's, meine Herren.«

Landorff packte seine Sachen in die Tasche, und die Beamten sammelten ihre Uniformsachen zusammen. Es dauerte nur wenige Minuten, dann war die Polizeistation bis auf Nils und Possebiehl verlassen. Sie standen beide am Fenster und sahen den davonfahrenden Streifenwagen nach.

»Das ging mal fix«, meinte Possebiehl.

»Ja, aber es gibt hier tatsächlich nicht mehr viel zu erledigen«, sagte Nils leise.

»Was machen *wir* jetzt?«, fragte Possebiehl hilflos.

Nils sah auf die Uhr. Es war sieben Uhr vierunddreißig. »Ich muss noch was erledigen. Kannst du ...« Er überlegte noch einen Moment. »Kannst du mal bitte alle Handlungen für Kunstbedarf in den größeren Städten wie Flensburg, Lübeck, Niebüll, Husum, Heide und so weiter raussuchen und denen per Mail ein Bild von Siebert schicken?«

»Ist das denn mit Landorff abgesprochen?«

»Siehst du ihn hier irgendwo?«

Possebiehl grinste. »Und was machst du?«

»Wie gesagt. Ich hab was zu erledigen.«

Possebiehl verstand, dass Nils nicht darüber reden wollte.

Nils beeilte sich, noch mit seinem Passat auf die Acht-Uhr-Fähre zu kommen. Ganz vorn in der Autoschlange standen die Streifenwagen. Als er als Letzter auf das Deck fuhr, waren alle anderen bereits ausgestiegen, und keiner hatte ihn bemerkt.

Er beschloss, die Fahrt über im Wagen zu bleiben, und ließ die Scheiben ein Stück hinunter, damit wenigstens etwas Luft hereinkam. Die Fähre legte ab und begann sich zu drehen. Schatten- und Lichtfelder wuchsen und schrumpften über das Deck. Dann war das Schiff ausgerichtet und begann seine Fahrt zur Nachbarinsel Föhr. Nils starrte aus der Windschutzscheibe auf das in einen bläulichen Schatten getauchte Autodeck. In einem der Rückspiegel der Streifenwagen ganz vorn nahm er eine Bewegung wahr. Dann erhellte ein mattes Licht den Teil eines Gesichts. Es war Landorff. Nils erkannte ihn auch auf die Distanz. Er saß als Einziger noch im Auto und arbeitete wohl am Laptop. Landorff war ein Einzelgänger, undurchschaubar und ein Mann, der wenig Wert auf Gesellschaft legte. Nils rutschte weiter runter in seinem Sitz und blieb so, bis sie eine Stunde später in Wyk festmachten und er von Bord fahren konnte. Wenn sie ihn und seinen Passat jetzt noch erkannten, war es ihm egal.

Er fuhr über den Hafenplatz und hielt sich an der Ampel links, um in die Stadtmitte von Wyk zu gelangen. Langsam steuerte er den Wagen durch die kleinen Straßen und hielt schließlich vor der Praxis von Dr. Mantell. Machte er sich gerade lächerlich, indem er hier dubiose Zusammenhänge vermutete, weil der Mörder eine Farbe benutzt hatte, die zufällig denselben Namen trug wie sein Therapeut? Das Bild von Mantell, der allein den Strandweg auf Amrum entlangging, kam ihm wieder in den Sinn. Nein, er musste nachfragen, das würde ihm sonst keine Ruhe lassen.

Er stieg aus, ging zum ersten Mal allein und in Uniform durch den Vorgarten und drückte die Tür zum Wartezimmer auf. Niemand war hier. Es war vollkommen still. Leise die Sohlen seiner Schuhe aufsetzend näherte er sich den Bildern im Wartezimmer und fotografierte sie mit seiner Handykamera. Aus der Praxis drangen nun Geräusche. Mantell musste gerade einen Patienten haben oder bereitete sich darauf vor. Zaghaft klopfte Nils an die Tür. Erst vernahm er nur Stille und dann Schritte, die sich der Tür näherten. Er machte einen Schritt zurück, und Mantell öffnete.

»Herr Petersen«, sagte der Therapeut überrascht und registrierte sofort, dass er in Uniform war. »Wir haben heute keinen Termin.«

»Ja, ja, ich weiß«, sagte Nils. »Es tut mir leid, wenn ich hier einfach so reinschneie, aber ich habe da eine Frage in beruflicher Hinsicht. Hätten Sie kurz Zeit?«

Mantell blickte auf eine Uhr, die in dem Praxiszimmer im Schrank stand. »Zwanzig Minuten, dann kommt der erste Patient«, sagte er wenig begeistert, hielt Nils dann aber die Tür auf. »Ich bin etwas überrascht, muss ich zugeben«, sagte Mantell und setzte sich auf seinen Stuhl. »Inwieweit kann ich Ihnen denn helfen, wenn es um Ihre Arbeit geht?«

Nils nahm auf dem üblichen Stuhl Platz. Jetzt schien ihm diese Entspannungshaltung völlig fehl am Platze, und so setzte er sich nur auf den vorderen Rand des Stuhls.

»Ich …«, begann Nils und brach wieder ab, denn er war im Begriff gewesen, Mantell von dem Bild zu berichten, eine Information, die noch gar nicht an die Öffentlichkeit weitergegeben worden war. Er seufzte und fing noch einmal an. »Herr Dr. Mantell, ich habe mich schon immer gefragt, wer diese Bilder im Wartezimmer angefertigt hat.«

»Oh, die sind von mir«, erklärte Mantell. »Es sind teilweise kunsttherapeutische Bilder, die ich im Verlauf einer Therapie angefertigt habe.«

»Sie sind selbst in Therapie?«, fragte Nils so überrascht, dass er Diskretion und Anstand völlig vergaß.

»Nun, ich war. Teil der Ausbildung ist es, selbst eine Therapie zu machen. Die Bilder sind dort entstanden. Aber, Herr Petersen«, fügte er mit tieferer Stimme hinzu, »Sie sind doch nicht in voller Montur hier erschienen, nur um zu fragen, was das für Bilder in meinem Vorzimmer sind, nicht wahr?« Es klang wie die Frage eines Hellsehers, und Nils wäre wenig erstaunt gewesen, wenn Mantell ihm nun den genauen Grund seines Kommens mitgeteilt hätte. Doch er wartete nur auf eine Reaktion von Nils.

»Ich … nein, da haben Sie ganz recht. Es geht um eine an sich belanglose Frage. Ich bin auch nur wegen meiner Tochter auf der Insel«, log er. »Kennen Sie die Firma Mantell?«

»Sie meinen den Ölfarbenhersteller?«, fragte der Therapeut, und Nils meinte, ein Schmunzeln erkennen zu können.

»Ja. Exakt. Die haben ihren Sitz in Flensburg, soviel ich weiß, und der Name wird genauso wie Ihrer geschrieben.«

»Ja, die kenne ich«, gab Mantell offen und fast heiter zu. »Sie gehört meinen Brüdern.«

»Ach?«, sagte Nils verdutzt. »Die Firma … also, das sind Ihre Brüder?«

»Nun, es ist ein Familienunternehmen. Mein Großvater hat es aufgebaut, mein Vater hat es übernommen, und meine beiden älteren Brüder sind dann eingestiegen.«

»Wie viele Brüder haben Sie denn?«

»Drei. Wir sind vier Jungen. Mein Vater hatte sich immer einen Nachfolger gewünscht und dafür beste Voraussetzungen geschaffen. Mit mehreren Söhnen gab es natürlich eine höhere Wahrscheinlichkeit, dass es einer tat. Ich und mein jüngerer Bruder haben einen ganz anderen Weg eingeschlagen.«

»Das ist ja ein Zufall«, staunte Nils.

»Wieso?«

»Weil … ich kürzlich mit dieser Firma in Berührung kam«, stotterte Nils, »und da dachte ich gleich an Sie.«

»Unser Name ist ja recht selten«, gab Mantell zu.

»Richtig. Und darf ich fragen, ob Sie selbst diese Farben benutzen, wenn Sie malen?«

»Natürlich.« Mantell lachte amüsiert. »Ich bin ja quasi gezwungen, aus dem eigenen Hause zu kaufen.«

Nils schloss sich mit einem verhaltenen Lachen an und hob dann die Augenbrauen. »Tja, Dr. Mantell, das war's eigentlich schon«, sagte er und stand auf.

»Na dann. Das war eine unerwartete Abwechslung. Kommen Sie denn nächste Woche zu Ihrem Termin?«

»Ja, das müsste klappen.«

»Schön, dann sehen wir uns ja bald wieder.«

Er begleitete Nils bis zur Tür.

»Ihre Frau hat doch mit Kunst zu tun«, erinnerte er sich.

»Ja.«

»Würde sie sich freuen, wenn ich ihr ein Paket Farben schenken würde?«

»Sicher«, sagte Nils. »Sie hat zwar schon länger nicht mehr gemalt, aber sie würde sich bestimmt freuen.«

»Gut, das merke ich mir. Bis nächste Woche.«

Mantell winkte und schloss die Tür. Nils ging zum Wagen und setzte sich hinein. Unschlüssig atmete er aus.

Dann ließ er kopfschüttelnd den Motor an und fuhr zu den Borgens. Als er dort ankam, fiel ihm ein, dass er um diese Uhrzeit niemanden antreffen würde, es sei denn, die Mädchen hätten es sich einfallen lassen, die ersten Stunden zu schwänzen. Umso überraschter war er, als er das offene Garagentor sah.

»Hallo?«, rief er in der Auffahrt stehend. Die Garage schloss direkt an das Haus an und war für zwei Wagen ausgelegt. Doch es standen so viele Dinge herum, dass nur einer darin Platz fand. Fahrräder, Werkzeuge, Gartengeräte, alte Kinderspielsachen, Zementsäcke, Drahtzäune, Vogelhäuschen, alles, was sich im Laufe der Jahre mit Kindern so ansammelte. Es gab eine Verbindungstür zum Haus, die offen stand. Nils machte zwei Schritte in die Garage hinein. »Hallo?«, rief er erneut.

Keine Antwort. Hatten sie in der morgendlichen Hektik vergessen, das Tor zu schließen?

Er ging bis zur Tür und öffnete sie weiter, sodass er in den Flur schauen konnte.

»Hallo, ich bin's, Nils!«

Es blieb still. Er trat vorsichtig ein und klopfte laut gegen den Türrahmen.

»Peer? Bist du da?«

Peer konnte sich die Arbeitszeiten im Laden freier einteilen. Außerdem ging er immer zu Fuß, während Stine das Auto nahm. Nils ging um die Ecke und warf einen Blick in die Küche, wo schwach dampfend noch eine Tasse Kaffee auf dem Tisch stand. Da hörte er ein tiefes Jammern. Es war wie das Heulen eines Tieres, und Nils meinte zunächst, einen Hund aus der Nachbarschaft zu hören. Doch beim zweiten Mal war er sich sicher, dass das Geräusch aus dem Haus kommen musste. So dumpf und entfernt, wie es klang, konnte es nur aus dem Keller kommen. Ein Geräusch wie ein Schlag unterbrach das Jammern.

Nils blieb stehen und atmete so leise wie möglich aus. Wieder ein Jammern, fast ein Schrei diesmal, und dann ein erneuter Schlag.

Die Kellertür war geschlossen, und Nils gingen Hunderte Möglichkeiten durch den Kopf, was diese Geräusche verursachen könnte. Aber keine davon verhieß Gutes. Er umfasste den Türgriff und kippte ihn langsam nach unten. Das Schloss schnappte auf, und durch den Türspalt drang schwaches gelbliches Licht. Ein verzweifelter Schrei drang nun fast ungehindert zu ihm herauf, und Nils erstarrte. Nach einem Keuchen folgte ein weiterer dumpfer Schlag. *Was zum Teufel geht da unten vor?*

Sollte er noch einmal rufen und sich bemerkbar machen, oder war es sicherer, leise zu bleiben und zunächst die Situation aufzuklären? Er entschied sich für Letzteres und legte eine Hand an seine Dienstwaffe. Behutsam setzte er einen Fuß auf die erste Stufe und begann, hinunter in den Keller zu steigen.

Gebückt konnte er nun ein wenig von der Fläche hinter der Treppe erkennen und ein Regal gefüllt mit Konserven und Gläsern. Wieder war ein markerschütternder Schrei zu hören und dann ein Schlag. Nils zog die Waffe aus dem Holster und machte noch zwei Schritte, bis er endlich Peer erkennen konnte. Er trug ein völlig durchgeschwitztes graues T-Shirt und weinte, während er ein riesiges Messer vom Boden aufhob.

»Peer?«, brachte Nils nur mit Mühe hervor und machte sich bereit, auf eine unerwartete Übersprunghandlung von Peer zu reagieren. Peer fuhr herum und blickte ihn erschrocken aus wilden Augen an.

»Geh weg!«, schrie er. Sein Mund verzog sich, und die Sehnen und Adern an seinem Hals traten hervor. »Scheißeee! Geh!«

»Peer.« Nils versuchte, beruhigend auf ihn einzuwirken, und ging noch einen Schritt weiter nach unten.

Peer umfasste das Messer fester und drohte damit. »Hau ab, hab ich gesagt!«

Nils versteckte die Waffe hinter seinem Bein und streckte eine Hand aus. »Peer, was ist hier los? Was hast du?«

Peer schrie und warf das Messer auf eine Wand, vor der einige Regalbretter standen. Das Messer blieb in dem von Kerben übersäten Holz stecken. Er ließ kraft- und mutlos die Schultern hängen und senkte sein Kinn auf die Brust.

Nils ging nun auch noch die letzten Stufen hinunter und steckte dabei die Waffe zurück ins Holster. Er legte beide Hände auf Peers Schultern und spürte eine ungeheure Hitze von ihm ausgehen. »Peer, was ist los? Sag's mir.«

Verzweifelt legte sein Freund die Hände aufs Gesicht.

»Was ist passiert?«, hakte Nils nach und sprach ganz nah an seinem Ohr.

»Stine«, schluchzte er.

Nils blickte mit den schlimmsten Befürchtungen auf das Messer, ob er Blutspuren daran erkennen konnte, doch die Klinge war sauber.

»Was ist mit Stine?«

»Sie betrügt mich«, stieß er zwischen seinen Händen hervor.

Nils konnte nicht glauben, was er da hörte. Peer und Stine waren das perfekte Paar. Er hatte immer bewundernd auf ihre Beziehung geschaut, sie schienen sich großartig zu ergänzen. Und alles meisterten sie mit einer unglaublichen Leichtigkeit, völlig in sich ruhend. Er konnte sich nicht vorstellen, dass ausgerechnet Stine fremdging. Wenn überhaupt, hätte er es Peer zugetraut.

»Bist du dir da völlig sicher?«

Peer nickte, ohne sein Gesicht zu zeigen.

»Komm, lass uns nach oben gehen«, schlug Nils vor, »und wir reden ganz in Ruhe über alles.«

Er legte eine Hand auf Peers schweißnassen Rücken und führte ihn zur Treppe. Taumelnd stolperte er die Stufen hinauf bis in die Küche, wo er sich kraftlos auf einen Küchenstuhl fallen ließ. Nils nahm die Tasse vom Tisch und goss den Kaffee in die Spüle. Er setzte Tee auf und nahm neben Peer Platz. In dessen feuchtem geröteten Gesicht klebten seine Haare, in den Augen waren kleine Äderchen geplatzt, und seine Lippen waren spröde und aufgerissen.

»So, jetzt mal ganz von vorn, Peer«, begann Nils. »Wie kommst du auf die Idee, dass Stine fremdgeht?«

»Das ist keine Idee, Nils. Ich weiß es«, krächzte er.

»Woher? Hast du sie gesehen?«

»Nicht direkt.«

»Was heißt das? Und wer ist es überhaupt?«

Peer blickte peinlich berührt zur Seite. Er konnte Nils nicht in die Augen sehen, als er es ihm sagte.

»Es ist eine Kollegin von ihr.«

»Eine Frau?«, entfuhr es Nils laut. Peer nickte kaum merklich. »Das ist doch 'n Scherz«, sagte Nils und konnte sich ein Lächeln nicht verkneifen.

»Kein Scherz«, antwortete Peer mit versteinerter Miene. »Ich hab sie aus dem Haus kommen sehen.«

»Aber Peer, ich bitte dich. Willst du damit sagen, dass Stine lesbisch ist? Ihr habt ein Kind, seid seit fünfzehn Jahren verheiratet.«

»Und?«, rief Peer. »Und? Was bedeutet das schon? Was zum Teufel bedeutet das?«

»Okay, erzähl einfach weiter«, meinte Nils, um die Wogen zu glätten.

»Sie treffen sich immer zum Laufen. Erst war ja auch alles ganz normal, doch dann war Stine immer länger weg und traf sich immer öfter mit ihr. Da wurde ich … misstrauisch.« Er atmete tief durch. »Heute Morgen wollten sie sich treffen. Ich musste schon früh los, zumindest hab ich das gesagt, und kam dann wieder zurück.«

»Und?«

»Ich sah, wie sie rauskam.«

»Wer?«

»Die andere. Margarete. Sie sind gar nicht laufen gewesen, wie ich gedacht hatte. Sie waren die ganze Zeit im Haus.«

»Und das bedeutet automatisch, dass sie ein Verhältnis haben?«, fragte Nils.

»Nils, du musst Stine mal sehen, wenn sie über Margarete spricht. Ihre Augen. Man sieht es, verdammt, man sieht es. Die treffen sich nicht zum Laufen. Die waren die ganze Zeit oben.«

»Hast du nachgesehen?«

»Die Betten waren gemacht. Heute Morgen waren sie es nicht.«

Nils blies die Luft aus den Backen und lehnte sich zurück. »Das kann doch alles nicht wahr sein«, meinte er.

»Ist es aber«, meinte Peer dumpf.

»Du musst mit ihr darüber reden, Peer.«

Er lachte verächtlich. »Reden? Was soll ich da noch reden?«

»Weißt du, es ist nicht überall eitel Sonnenschein. Ich glaube, in jeder Beziehung kommt man irgendwann mal an einen Punkt, wo alles ausweglos erscheint. Wahrscheinlich sogar mehrmals. Aber ich weiß auch, dass man es schaffen kann. Ich glaube nicht, dass Stine dich nicht mehr liebt.«

Peer zog eine schmerzhafte Grimasse. Nils beugte sich vor und schlug ihm freundschaftlich auf das Bein. »Ich bin *sicher*, sie liebt dich noch, Peer. *Das* sieht man. Mach dich nicht verrückt. Vielleicht klärt sich alles auf. Ist sonst alles in Ordnung?«, fragte Nils, weil er vermutete, dass Peers heftige Reaktion noch einen anderen Ursprung hatte. Ihn so völlig außer Kontrolle zu sehen, noch dazu mit einer Waffe, war mehr als beunruhigend. Nils machte sich Sorgen. Nicht nur um Peer, sondern mehr noch um seine Tochter, die hier im Haus wohnte. Für sie musste er Peer wieder aufrichten.

Doch der starrte nur ausdruckslos vor sich hin und pulte sich die Haut von den Fingern.

»Peer? Ist da noch was anderes?«

Peer schüttelte stumm den Kopf. Nils wusste, dass dieses Nein eigentlich ein Ja war, aber er forschte nicht weiter nach.

»Nimm erst mal eine heiße Dusche, okay?«, schlug er vor, und unendlich schwerfällig erhob sich Peer und schleppte sich aus der Küche.

»Nils?«, fragte er im Flur stehend mit dunkler Stimme.

»Ja?«

»Bitte behalt das mit dem Messer für dich.«

»Das mach ich«, entgegnete Nils, »wenn du mir versprichst, es nicht mehr zu benutzen.«

Nils trank noch einen Tee mit Peer und fuhr dann, ohne ihm davon zu erzählen, zu Stines Arbeitsstelle und sprach mit ihr, bevor er die Fähre zurück nach Amrum nahm. Er saß im Restaurant vor einem Stück Kuchen, als auf dem Fernsehbildschirm, auf dem stumm geschaltet n-tv lief, das Porträt von Helene Teichmann eingeblendet wurde.

Sein Mund klappte auf, und er blickte wie gebannt auf den Beitrag. Sie hatten sich also doch dafür entschieden. Das war der richtige Schritt, fand Nils, der daraufhin Elke anrief.

»Elke? Ich bin's. Schalt mal die Nachrichten ein. Sie zeigen das Bild.«

»Wo bist du?«, fragte sie, weil sie wohl die Hintergrundgeräusche wahrnahm.

»Ich bin auf der Fähre und in einer halben Stunde zurück. Ich muss mit dir sprechen.«

»Das klingt ernst«, sagte sie besorgt.

»Nichts Schlimmes«, meinte Nils, doch so ganz überzeugt war er nicht.

Elke hatte Helenes Porträt in der Küche am Schrank befestigt und es den ganzen Morgen studiert. Sie hatte Karten von Amrum auf dem Tisch ausgelegt und jeden Farbklecks und jeden Pinselstrich verglichen, doch ohne ein Ergebnis. Erschöpft hatte sie sich niedergelassen und war im Begriff, über den Karten einzuschlafen. Wie gern hätte sie Helene gerettet, hätte sie nur das Bild schon früher entdeckt. Während ihr Bewusstsein sich immer mehr dem bleiernen Schlaf ergab, sah sie Helenes Gesicht vor sich, und es war, als blickte sie in einen Spiegel. Da war eine Verbindung zwischen ihnen, etwas, das sie teilten. Elke fragte sich noch, ob dieses Gefühl der Realität oder einem Traum entsprang, als ein aufquellender weißer Nebel sich zwischen sie und Helene drängte und alles verschluckte. Eine bedrückende Stille umgab sie, und sie wurde immer orientierungsloser. Mit ausgestreckten Händen tastete sie um sich und fühlte mit den Fußspitzen nach Hindernissen. Da huschte ein Schatten an ihr vorbei, so nah, dass die Person sie beinahe berührt hätte. Mit vorgehaltener Hand unterdrückte sie einen Schrei. Es war der Mörder, der nach ihr suchte, da war sie sich sicher. Er irrte im Nebel umher, ebenso wie sie selbst. Dann legte sich eine Hand auf ihre Schulter, und sie fuhr hoch. Erst als sie die Augen aufschlug und die Karten vor sich liegen sah, bemerkte sie, dass sie diesmal wohl wirklich geschrien hatte.

»Entschuldige, Schatz«, hörte sie Nils sagen und blickte über ihre Schulter. Da stand er und lächelte entschuldigend. »Ich wollte dich nicht erschrecken.«

»Schon gut«, entgegnete sie und richtete sich auf. »Ich muss eingenickt sein.« Die Küchenuhr zeigte siebzehn Uhr an. Sie meinte, nur für einen Augenblick weg gewesen zu sein, doch tatsächlich waren es anderthalb Stunden gewesen.

»Ich war noch mal im Büro, aber jetzt bleib ich hier«, sagte Nils und setzte sich neben sie.

»Schön.« Sie streichelte über sein Bein. »Aber was ist denn nun drüben gewesen?«, fragte sie.

Nils atmete lange aus und verzog unschlüssig den Mund. Sie kannte dieses Mienenspiel. Es bedeutete, dass etwas passiert war, was ihr nicht gefallen würde, und er wusste nicht, wie er es ihr schonend beibringen sollte. Da er auf Föhr gewesen war, hatte es auf jeden Fall mit Anna zu tun.

»Ist Anna was passiert? Geht's ihr gut?«, fragte sie.

»Ja, ja.« Nils winkte ab und rückte den Stuhl vom Tisch weg, um die Beine übereinanderschlagen zu können. »Ich war auf Föhr, weil … nun, weil sich ein großer Zufall ergeben hat«, berichtete er und musterte die Kopie des Porträts an ihrem Küchenschrank. »Die Bildanalyse der Polizei hat ergeben, dass die Farbe, die der Täter benutzt hat, von einer bestimmten Firma stammt. Der Firma Mantell.«

Elke stutzte. »Unser Mantell?«

»Es ist ein Familienbetrieb«, erklärte Nils, »seine beiden älteren Brüder sind die Eigentümer.«

»Das gibt's doch nicht.«

»Und diese Bilder in seinem Wartezimmer, die ich immer so merkwürdig fand, sind tatsächlich von ihm. Gemalt mit der Farbe der Firma Mantell.«

»Willst du damit sagen, dass Dr. Mantell es war?«, fragte Elke ungläubig, die ihrem Therapeuten in seiner zurückhaltenden Sanftheit nicht mal zutraute, dass er eine Mücke erschlagen konnte.

»Nein, natürlich nicht. Aber auch wenn die Farben anscheinend ziemlich verbreitet sind, ist es ein bemerkenswerter Zufall, findest du nicht?«

»Ja«, gab Elke zu. »Aber war das schon alles?«, forschte sie weiter nach und erkannte an Nils' Reaktion, dass sie recht behielt, wenn sie noch mehr erwartete.

»Ich bin danach zu Anna gefahren.«

»In die Schule?«

»Nein, zu Peer und Stine.«

»Aber die arbeiten doch um die Zeit.«

»Eigentlich schon.«

Nils begann zu erzählen und versuchte ganz offensichtlich, die Geschehnisse im Keller des Hauses und das anschließende Gespräch mit Peer so unspektakulär wie möglich zu schildern. Elke ließ sich davon aber nicht beeindrucken.

»Er wirft mit einem verdammten Messer?«, regte sie sich auf und wollte ihre Tochter nicht eine Minute länger in dem Haus lassen.

»Ich glaube, dass ihn außerdem noch irgendetwas anderes bedrückt, er ist doch sonst nicht so. Aber Stine wusste auch nicht, was es ist.«

»Du hast mit Stine gesprochen?«

»Ich bin gleich danach zu ihr gefahren. Peer hab ich davon aber nichts gesagt.«

»Und?« Elke wartete begierig auf Nils' Antwort. Eine solche Affäre konnte sie sich bei Stine nicht vorstellen. Schon allein deshalb, weil eine lesbische Beziehung für sie selbst undenkbar war.

»Na ja, es war natürlich nicht so, wie Peer dachte. Stine ist aus allen Wolken gefallen, als ich ihr das so direkt sagte. Aber sie meinte auch, dass diese Margarete einfach ein interessanter Mensch sei und Dinge tue, die Stine nie gemacht hat. Sie ist fasziniert von ihr, das schon, aber nicht sexuell.«

»Und dass sie die ganze Zeit im Haus waren, statt laufen zu gehen?«, hakte Elke nach.

»Es war zwar nicht so geplant, aber sie kamen ins Erzählen und blieben dann einfach zu Hause. Margarete trank einen Kaffee. Die Tasse stand noch auf dem Tisch, als ich kam.«

»Also hat sich Peer alles nur eingebildet?«

»Wie gesagt, Stine meinte, sie sei fasziniert von Margarete, aber das war's auch schon. Sie treffen sich wohl oft. Aber dass Peer so reagiert, hat ihr auch Angst eingejagt. Da muss noch mehr sein. Sie wollte gleich nach der Arbeit mit ihm sprechen.«

»War das auch ehrlich gemeint?«, fragte Elke in strengem Ton. »Ich will Anna nicht in einem Haus leben haben, in dem jemand mit Messern um sich wirft und irgendwelchen Hirngespinsten nachgeht.«

»Ich weiß«, sagte Nils mit gedämpfter Stimme. »Ich will das auch nicht. Deshalb hab ich ja auch sofort mit Stine gesprochen.«

Elke senkte den Blick und berührte ihren Mann am Bein. »Gut gemacht«, flüsterte sie.

Aber damit waren ihre Sorgen noch lange nicht aus der Welt. Peer und Stine waren immer verantwortungsvolle Eltern gewesen, sie hatten ihnen Anna in dem festen Glauben anvertraut, dass sie dort gut aufgehoben war. Doch das war plötzlich nur noch eine Illusion.

In die nachdenkliche Stille hinein schrillte auf einmal das Telefon. Elke schreckte auf, und nach Nils' Erzählungen vermutete sie sofort einen Anruf von Anna oder von Stine. Sie war so schnell am Telefon, dass Nils nur mit großen Augen am Küchentisch stand und atemlos darauf wartete, dass sie Entwarnung gab.

»Petersen?«, fragte sie mit fast hysterischer Stimme.

»Frau Petersen? Hier spricht Hansen.«

Elke musste sich erst einen Moment besinnen, ehe sie den Namen wieder einordnen konnte.

»Herr Hansen, natürlich«, meinte sie mit zittriger Stimme.

»Frau Petersen, ich hatte Sie ja vorgewarnt, dass ich mich bald bei Ihnen melden würde«, begann er.

»Ja?«

»Und nach Rücksprache mit Frau Sun-Jung Pak haben wir uns dazu entschieden, Sie bei uns einzustellen. Wenn Sie noch Interesse haben, heißen wir Sie herzlich willkommen im Niebüller Kunstmuseum.«

Elke konnte nichts erwidern. Sie blinzelte und wusste, dass es nun an ihr war, etwas zu sagen, doch es wollten keine Worte über ihre Lippen kommen.

»Frau Petersen?«, fragte Hansen verunsichert.

»Ja, ich … ich bin noch da«, stammelte sie. »Ich freue mich. Sehr gern. Vielen Dank, Herr Hansen.«

»Wunderbar«, entgegnete der Direktor. »Wann können Sie anfangen?«

»Ich? Tja, also … ich bin ein wenig überrumpelt …«

»Das verstehe ich natürlich, aber wir können Ihre Hilfe jederzeit gebrauchen. Sobald Sie es einrichten können.«

»Vielleicht brauche ich noch einen Tag, um alles zu organisieren, aber übermorgen, denke ich, ginge es.«

»Wir würden uns freuen. Sollen wir dann den Donnerstag festhalten?«

»Ja, ist gut.«

»Prima, Frau Petersen. Dann sage ich bis dann. Wiederhören.«

»Wiederhören.« Elke legte auf. Nils stand mit fragender Miene in der Küche.

»Wer war das?«

»Herr Hansen.«

»Was wollte er?«

»Sie haben mich eingestellt«, sagte sie tonlos.

»Ehrlich?«

»Ich glaub schon.« Ein schüchternes Lächeln erhellte jetzt ihr Gesicht. Nils kam lachend auf sie zu und schloss sie in seine Arme.

»Genial«, jubelte er nah an ihrem Ohr und drückte sie immer fester. »Das müssen wir feiern.«

Elke, die ihr Glück immer noch nicht fassen konnte, spürte,

wie ihr die Tränen in die Augen stiegen. Sie sah Nils' Gesicht nur noch verschwommen vor sich.

»Ich besorg uns einen Sekt. Ich bin gleich wieder da, dann stoßen wir darauf an.« Er küsste sie und lief zur Tür hinaus.

Elke blieb noch einen Augenblick unbeweglich stehen. So viele Gefühle waren heute auf sie eingeprasselt, doch dieser Anruf hatte sie wirklich gerührt. Etwas hatte sich soeben verändert, zum Guten gewendet. Es war ein Lichtschimmer, der für kurze Zeit alle anderen Sorgen überstrahlte.

Aber leider nur für kurze Zeit.

4

2014

Nils war nicht nur mit einer Flasche Champagner, sondern mit einer prall gefüllten Einkaufstüte zurückgekommen und forderte Elke auf, sich etwas Hübsches anzuziehen. Während sie sich oben umzog, hörte sie von unten Tellerklappern und Gläserklirren. In einem grün-rot geblümten Sommerkleid kam sie die Treppe herunter und sah ein verliebtes Leuchten in den Augen ihres Mannes, der gerade seinen Wanderrucksack zuschnürte.

»Wow, Elke«, sagte er, »du siehst toll aus.«

»Danke sehr«, entgegnete sie kokett und gab ihm einen Kuss auf die Lippen. »Wohin gehen wir?«

»Zum Strand.«

Sie nahmen den Wagen und parkten am Strandübergang, wo das Parken während der Sommersaison eigentlich verboten war, aber er war nun mal der Inselpolizist, und wer sollte ihm schon einen Strafzettel ausstellen?

Es war ein warmer, milder Abend. Die Sonne stand noch eine Handbreit über dem Horizont. Die meisten Urlauber hatten den Strand bereits verlassen oder packten gerade ihre Sachen zusammen. Die Terrasse des Restaurants war bis auf den letzten Platz gefüllt. Man wollte den Sonnenuntergang während des Abendessens genießen.

Die beiden gingen an der Aussichtsplattform vorbei und hielten sich dann links. Hand in Hand stapften sie durch den warmen, weichen Sand und durch die unregelmäßigen Reihen bunter Strandkörbe hindurch. Je weiter sie gingen, desto leerer wurde der Strand. Eine größere Familie spielte weiter unten noch Wikinger-Schach, und ein älteres Ehepaar schüttelte gerade den Sand aus ihren Urlaubslektüren. Etwa siebzig Meter vor den Volleyballnetzen wanderten Elke und Nils hoch in die Dünen. Hier gab es eine kleine, vorgelagerte Stelle, die wie ein Balkon auf das Meer hinausschaute. Ein rosafarbener Schimmer lag auf den wenigen Wolken, die wie dünne Baumwollflocken am Himmel zerfaserten. Auch auf dem sich behutsam in der leichten Brise bewegenden Dünengras lag ein Glanz von Rosa.

Nils riss eilig den Rucksack auf und zog eine Decke heraus, die er ausbreitete, damit Elke sich setzen konnte. Nun packte er verschiedene kleine Köstlichkeiten aus. Wurst und Käse, Antipasti, Brot und Rotwein. »Aber zuerst«, trompetete er und zog die grüne Flasche heraus, »den Champagner. Leider konnte ich keine Sektgläser einpacken, aber diese hier werden es auch tun.«

Zwei dickwandige Wassergläser dienten als Ersatz, und Nils ließ lautstark den Korken knallen, der hoch in die Abendluft flog und beinahe eine Möwe erwischt hätte. Lachend schenkte er ein, und sie stießen an.

»Auf dich und deinen neuen Neuanfang.«

»Der Champagner ist ja sogar kalt«, sagte Elke beeindruckt.

»Für dich tue ich alles, was in meiner Macht steht«, tönte er.

»Hört, hört«, erwiderte sie kess und nahm einen großen Schluck. Sie blickten hinunter auf den Strand, der sich langsam in goldenes Licht tauchte. Eine Weile saßen sie nur so da und genossen den Ausblick und das Licht.

»Das haben wir lange nicht mehr gemacht«, sagte Elke.

»Das ist wahr.«

»Freust du dich wirklich?«, fragte sie mit gesenktem Blick. Nils lehnte sich zu ihr herüber und strich mit seiner Nase über ihren Arm.

»Natürlich tue ich das. Ich bin sehr stolz auf dich.«

Sie fuhr ihm mit den Fingern durchs Haar. Unten am Wasser mehrten sich die Menschen, die den Sonnenuntergang beobachten und fotografieren wollten, und Nils und Elke fingen mit dem Essen an. Nils schnitt Wurst und Brot mit seinem Fahrtenmesser auf. Eine halbe Stunde später hatten sie den Champagner geleert und eine Rotweinflasche geöffnet.

Elke hatte schon einen leichten Schwips und ließ sich seitlich in den Sand sinken. Nils stützte sich auf seinen Ellbogen und blickte ihr tief in die Augen. Seine Lippen waren blau vom Rotwein, auch er schien den Alkohol schon zu merken. »Was kann es Schöneres geben?«, sagte er so ernsthaft, dass Elke eine Gänsehaut bekam.

Langsam näherte sich sein Gesicht dem ihren. Doch kurz bevor sich ihre Lippen berührten, klingelte Nils' Telefon. Er schloss die Augen vor Ärger darüber, dass dieser wunderbare Moment zunichtegemacht worden war.

»Ich geh einfach nicht ran«, flüsterte er.

»Und wenn etwas mit Anna ist?«, fragte Elke und gab ihm mit einem ernsten Blick zu verstehen, dass er dieses Gespräch auf jeden Fall annehmen musste.

»Ich will nicht«, sagte er in jammerndem Tonfall.

»Dann lass mich schnell«, entgegnete sie und tastete mit der freien Hand hinter Nils auf der Decke herum, bis sie das Handy zu fassen bekam. Sie prüfte den Namen auf dem Display. Landorff. »Ich glaub, du gehst doch besser selbst ran«, meinte sie daraufhin und zeigte ihm das Display.

Nils schnaubte ungeduldig und nahm das Gespräch entgegen.

»Petersen«, meldete er sich.

»Ja, Landorff hier. 'n Abend, Herr Petersen. Wir haben, wie Sie vielleicht schon in den Medien gesehen haben, das Bild veröffentlicht und auch gleich einen sehr interessanten Hinweis bekommen.«

»Das ist doch toll«, entgegnete Nils. »Bringt er das Bild mit Siebert in Verbindung?«

»Nein, das nicht.«

Nils fragte sich, was es mit diesem Anruf wirklich auf sich hatte, dass Landorff so herumdruckste. Wollte er Elke noch um einen weiteren Gefallen bitten, was die künstlerische Analyse des Bildes betraf? Oder hatte man einen weiteren Hinweis im Bild gefunden?

»Nun sagen Sie schon«, meinte Nils, der ohnehin mit seiner Geduld am Ende war.

»Es hat sich ein Galerist aus Wiesbaden gemeldet. Es existiert offenbar noch ein zweites Bild desselben Malers.«

Nils, der eigentlich nichts lieber wollte als auflegen, umfasste das Handy so fest, dass es knackte.

»Was haben Sie gesagt?«

»Sie haben richtig gehört, es ist ein zweites Porträt aufgetaucht.«

»Von wem?« Nils merkte, wie ihm die Stimme wegbrach.

»Das Bild ist mit ›Jenny‹ unterschrieben. Wir haben sie auch schon identifiziert. Sie wird seit einem Monat vermisst. Eine junge blonde Frau, ähnlich wie Helene Teichmann. Der Todestag ist auf den 2. September datiert.«

»2. September«, rief Nils. »Das ist übermorgen.«

»Genau. Ich bin schon auf dem Weg zu Ihnen, damit Sie sich das Bild anschauen können.«

Nils starrte Elke erschrocken an, deren Angst sich deutlich in ihren Augen widerspiegelte.

»Ja, bis dann«, hauchte er und legte auf.

Elke wartete auf Nils' Erklärung.

»Es gibt ein zweites Bild«, sagte er, und Elke, die eben noch angenehm betrunken und glücklich wie seit Langem nicht mehr im kühlen Sand gelegen hatte, war schlagartig nüchtern und all der guten Gefühle beraubt, die der Abend und ihr kleines Picknick heraufbeschworen hatten.

Um zweiundzwanzig Uhr zwanzig stand Landorff in Elkes und Nils' Küche, zog ein zusammengerolltes Blatt aus einem Köcher und breitete es auf dem Tisch aus.

»Wir stehen wieder am Anfang, nur diesmal mit zwei Tagen Vorsprung«, sagte er und richtete sich auf.

Das Bild zeigte eine Frau, die eine ähnliche Angst zu quälen schien wie Helene Teichmann. Eine Angst, die sich aber anders in ihrem Gesicht ausdrückte. Jenny Margraf hatte für ihr Alter schon sehr tief geränderte Augen und einen kräftigen Nasenrücken, der einen Schatten auf das linke Auge warf. Die Augen waren von einem sehr hellen Blau, das links durch den Schatten und ihren Schmerz getrübt war. Stumpf blickte sie den Betrachter an, mit dicken, wie vom Weinen aufgeblasenen Wangen und leicht vorstehenden, eher schmalen Lippen, die ganz rissig und aufgesprungen waren. Ihr Gesicht war ovaler als das von Helene und ihr Kinn spitzer, von Weitem betrachtet ergab sich dennoch eine Ähnlichkeit. Die Farben, die bei diesem Bild verwendet worden waren, hatten einen höheren Blau- und Weißanteil, was sie insgesamt kränklicher wirken ließ. Ein recht weit abstehendes Ohr schaute auf der rechten Seite aus ihren Haaren heraus, während das linke verdeckt blieb. Sie trug einen Pony und einen sich auflösenden Zopf am Hinterkopf.

»Wir halten es für denkbar, dass der Mörder im Fall Helene Teichmann den Wriakhörnsee zur Ablage der Leiche ausgewählt hat, weil er womöglich von hier stammt oder zumindest ein Stammgast auf der Insel ist. Es könnte eine Verbindung zwischen ihm und Amrum geben, die darauf hindeutet, dass auch das zweite Opfer hier zu finden sein wird. Das ist allerdings nur eine Theorie. Er könnte auch jeden anderen Ort ausgewählt haben.« Er bedachte die beiden mit einem dringlichen Blick. »Daher wäre es gut, wenn Sie so schnell wie möglich mit der Suche nach einem Hinweis, der uns dem Fundort näher bringt, beginnen könnten.«

Um seine Bitte noch zu verdeutlichen, machte er einen Schritt zurück, so als wollte er den Hauptakteuren Platz machen. Nils schien sich davon weniger angesprochen zu fühlen, er schaute erwartungsvoll Elke an, die sich nun mit konzentriertem Blick über den Tisch beugte.

»Das wird eine lange Nacht. Wir brauchen Kaffee«, sagte sie.

»Sie glauben tatsächlich, dass der Mörder ein Amrumer sein könnte?«, fragte Nils zwei Stunden später nach der dritten Tasse Kaffee. Landorff studierte gerade eine Karte von Amrum und knickte die eine Ecke weg, um Nils anschauen zu können.

»Ich verstehe, dass Ihnen diese Vorstellung nicht behagt«, sagte er, »aber es ist doch bemerkenswert, dass er sich ausgerechnet Amrum aussucht. Er hätte dieses Spiel an jedem anderen Ort stattfinden lassen können, aber er zog es vor, sich auf eine Insel zu begeben.«

»Ein Einheimischer oder ein Stammgast also«, sagte Nils unbehaglich.

»Genau, oder jemand, der nur ein paar Monate im Jahr hier lebt. Das gibt es doch sicher.«

»Ja«, bestätigte Nils, »es gibt auch eine Liste von Urlaubern, die schon seit Jahrzehnten auf die Insel kommen. Ich kann Ihnen die Namen morgen früh besorgen.«

»Und nicht nur die«, entgegnete Landorff. »Wir werden auch noch eine andere Strategie verfolgen. Ich möchte, dass Sie mir die Namen aller Künstler von Amrum geben, insbesondere der Maler.«

Nun schauten beide, Nils und Elke, auf. Sie kannten die meisten Künstler hier persönlich, und Elke hätte für den Großteil ihre Hand ins Feuer gelegt, ebenso wie Nils.

»Wir müssen so verfahren«, verteidigte Landorff seinen Ansatz.

»Verstehe«, sagte Nils matt. »Ich kann sie Ihnen sofort aufschreiben.«

»Morgen werden die bekannten Einsatzkräfte zurückkehren, sodass wir die Personen auf der Liste zügig befragen können.«

Elke und Nils tauschten einen besorgten Blick. Sie verstanden, dass man mit dem Zeitdruck im Nacken alle Möglichkeiten so schnell wie möglich ausschöpfen musste, aber sie wollten ihre Freunde und Bekannten natürlich nicht unter Generalverdacht stellen, nur weil sie Künstler waren. Elke hielt das obendrein für Zeitverschwendung. Der Mörder, so glaubte sie, war mit Sicherheit jemand, der im Verborgenen malte.

»Frau Petersen, vielleicht sollten Sie sich bei der Suche nach auffälligen Formen im Gemälde zunächst auf die Gewässer von Amrum beschränken. Wir denken, dass auch dieses Mal ein See, ein Fluss oder eine Meerenge oder ein Hafen das Ziel sein könnte.«

»Die Vogelkoje zum Beispiel. Das ist ein See, der ursprünglich zum Fangen von Wildenten genutzt wurde. Heute ist er Teil eines Naturschutzgebietes. Er hat eine sehr prägnante Form.« Elke tippte kurz auf das blaue Quadrat, das sie meinte, und der Kommissar brummte zustimmend.

»Da wären noch die kleinen Seen in der Heide kurz vor Wittdün«, sagte Nils. »Dann wird's schon schwierig. Um den Wriakhörnsee gibt es auch noch zwei kleinere Gewässer. Sehr versteckt.«

Landorff richtete seinen Blick auf den in der Karte markierten Wriakhörnsee und fand die Stelle. Dann warf er selbst einen kritischen Blick auf das Porträt.

»Und das Bild wurde wieder anonym abgegeben?«, fragte Elke nach.

»Ja, korrekt. Es war wie in Hamburg. Stand eines Morgens vor dem Eingang, verpackt und mit einem Rahmen versehen. Die Analyse der Farben und der Leinwand sowie Fingerabdrücke läuft selbstverständlich schon.«

»Woher stammt diese Jenny?«, wollte Nils wissen.

»Aus Kassel.«

»Aber das würde ja heißen, dass er mit dem Auto weit gereist sein muss, wenn er von Amrum stammt«, meinte Nils.

»In der Tat. Es könnte Teil eines Ablenkungsmanövers sein, um uns absichtlich in eine falsche Richtung zu locken. Andererseits«, sagte Landorff und blickte auf, »könnte es auch Teil einer Route sein, die er beruflich regelmäßig fahren muss. Die A7 zum Beispiel. Lübeck, Hamburg, Kassel, Wiesbaden ... Die Kollegen aus Wiesbaden ermitteln genau andersherum.«

»Ob wir so jemanden auf der Insel haben, finden wir schnell heraus, wenn wir die Amrumer befragen«, sagte Nils optimistisch.

»Das hoffe ich«, gab Landorff zu verstehen und steckte seine Nase wieder in die Karten.

Elke hatte wieder die Lupe zur Hand genommen. Am Haaransatz hatte er eine Art Kamm benutzt, um Farbe auszukratzen. Das war eine Technik, die er beim ersten Bild nicht angewandt hatte. Es lag nahe, dass er genau an dieser Stelle den Hinweis versteckte – oder damit davon ablenken wollte. Elke vermutete Letzteres und untersuchte die am weitesten entfernte Stelle, den Hals, den man bis zum Ansatz des Schlüsselbeins sehen konnte. Doch in den länglichen, sehr cremigen Strichen, die von den Farben Blau, Weiß, Rosa und Violett dominiert waren, konnte Elke keine Ähnlichkeiten zu irgendeinem ihr bekannten Ort ausmachen. Sie rieb sich die Augen.

»Könnte das der See zwischen Nebel und Steenodde sein?«, fragte Nils und legte den Finger auf eine dunkelbraune Farbstelle in der Ohrmuschel, die die Form eines Plektrons hatte. Elke blinzelte und fixierte den Fleck.

»Kann schon sein«, murmelte sie und zog eine Karte zu sich heran. Sie knickte die Ränder um, sodass sie den See direkt neben den Pinselstrich legen konnte. Landorff beugte sich nun neugierig über das Bild, ebenso wie Nils.

»Ähnlich«, konstatierte Landorff. »Sehr ähnlich.«

»Aber«, hielt Elke dagegen und deutete mit dem kleinen Finger darauf, »es ist ein schnell gemalter Pinselstrich, ein vollständiger, der mit einem Tupfen gemacht wurde«, erklärte sie. »Es ist unmöglich, mit solch einer Technik einen korrekten Umriss einer Vorlage anzufertigen.«

Landorff schaute ihr ins Gesicht, und Elke konnte nicht sagen, ob er ihr zustimmte oder sie für eine Quacksalberin hielt.

»Das klingt einleuchtend«, sagte er nüchtern und atmete enttäuscht durch seine Nasenlöcher aus.

Elke drückte den Rücken durch, ging zur Kaffeemaschine und goss sich eine neue Tasse ein. Sich an die Arbeitsplatte lehnend nahm sie einen Schluck. »Wenn wir wissen, dass er morgen Nacht zuschlägt, können Sie dann nicht einfach Ihre Präsenz hier auf der Insel so verstärken, dass er Angst bekommt und seinen Plan zumindest verschieben muss?«, fragte Elke.

Landorff setzte sich und rieb sich die Oberschenkel.

»Das haben wir vor, ja. Entweder werden wir ihn einschüchtern, so wie Sie sagten, oder wir erwischen ihn dabei, wie er die Leiche entsorgen will.«

»Oder keins von beidem«, sagte Nils, und alle wussten, was die letzte Möglichkeit zu bedeuten hatte.

5

2014

Nachdem Elke und Nils Landorff noch in der Nacht über die auf Amrum ansässigen Künstler aufgeklärt hatten, entschied der Kommissar am nächsten Morgen, dass er und Nils Thore Mannen einen Besuch abstatten sollten. Obwohl Mannen Schriftsteller und erst in zweiter Linie Maler war, hielt Elke ihn für den fähigsten, der hier auf der Insel wohnte. Und gerade *weil* er auch Schriftsteller war, wollte Landorff ihn befragen. Mannen schrieb düstere, mystische Krimis, die alle entweder auf der Insel oder an der Küste spielten.

Das Haus von Thore befand sich quasi um die Ecke von Elke und Nils am Ende des Krümwai in Nebel. Es war ein kleines Friesenhäuschen, dessen moosbedecktes Reetdach sich unter die Baumkronen zweier Birken duckte. Die dunkle Fassade war vom Wetter gezeichnet, und auch die Farbe der Tür war rissig und blätterte an vielen Stellen ab. Ein altes Fahrrad lehnte schief unter einem kleinen Fenster. Es war so dunkel im Haus, dass man nicht hineinsehen konnte. Elke und Nils kannten Thore recht gut. Elke hatte seine Bücher gelesen, und im Wohnzimmer hing ein kleines Bild von ihm, das er ihnen zur Hochzeit geschenkt hatte.

Nils klopfte an die Eingangstür, und sie mussten eine Weile warten, bis sie polternde Schritte vernahmen. Thore öffnete. Er trug ein dickes grün kariertes Flanellhemd über Jeans und offene, schwere Stiefel. Sein strohiges Haar war dicht und grau durchwachsen. Unter seinen kräftigen aschblonden Augenbrauen blickte er sie finster an.

»Nils«, sagte er nur und versah Landorff mit einem flüchtigen, uninteressierten Blick.

»Moin, Thore. Das ist Hauptkommissar Landorff von der Niebüller Polizei«, stellte Nils ihn vor, doch Thore ließ seinen Blick nur auf Nils ruhen.

»Wir kommen, um mit Ihnen über Ihre Arbeit zu sprechen«, brachte Landorff sich mit energischer Stimme ein. »Hätten Sie einen Augenblick Zeit für uns?«

»Ich arbeite«, sagte er verdrossen.

»Es ist wichtig«, beharrte Landorff, und nach einigen Sekunden des Abschätzens trat Thore zur Seite und ließ sie ein.

»Schreibst du?«, fragte Nils im dunklen Flur stehend.

»Ja. Ein neuer Roman.«

Er schloss die Tür und ging durch eine niedrige Tür voraus in ein fast quadratisches Wohnzimmer, das gleichzeitig Atelier war. Geradeaus stand in einem Erker ein Schreibtisch, auf dem ein Laptop, eine Thermosflasche und eine Lampe standen. Rechts, nah am Fenster, befand sich eine Staffelei, in die eine noch unbemalte Leinwand geklemmt war. Malervlies mit getrockneten Farbresten daran lag auf dem Boden darunter aus. Es gab einen Esstisch auf der linken Seite und rechts einen Kamin mit einer Couch und einem Sessel, keinen Fernseher.

Thore ließ sich in den zerschlissenen Ledersessel fallen, Nils und Landorff nahmen auf der Couch ihm gegenüber Platz. Landorff sah sich aufmerksam um und musterte vor allem die Bilder an den Wänden.

»Was gibt's denn?«, fragte Thore und schlug ein Bein über das andere. Die Lasche seines Stiefels sah aus wie eine herausgestreckte Zunge.

»Nun, ich weiß nicht, ob Sie von dem Mordfall hier auf Amrum gehört haben«, leitete Landorff seine Befragung ein.

»Doch, schon.«

»Gut, dann haben Sie vielleicht auch mitbekommen, dass der Täter ein Porträt seines Opfers angefertigt hat?«

Thore warf einen Blick zu Nils. Seine Miene war starr, und seine Augen lagen im Schatten der Augenbrauen. »Nein«, antwortete er in einem Tonfall, aus dem man Überraschung und die Erkenntnis heraushören konnte, warum die Polizei hier war.

»Ich weise Sie darauf hin, dass Sie nicht unter Verdacht stehen«, erklärte Landorff. »Wir überprüfen zurzeit einfach nur die ortsansässigen Künstler.«

»Sie wollen wissen, ob ich es war.« In Thores Blick war Verärgerung und Spott zu lesen. Er machte keinen Hehl daraus, dass ihm dieser Besuch missfiel, und zwischen ihm und Landorff baute sich eine Spannung auf, die Nils nervös machte. Er wollte gern einschreiten und Thore das Gefühl nehmen, angegriffen zu werden. Irgendwie verspürte er eine persönliche Verantwortung gegenüber seinen Mitbewohnern auf der Insel. Doch da zeigte sich eine unerwartete Regung bei seinem Kollegen. Landorffs Bart zog sich zu einem Lächeln in die Breite, und er lehnte sich zurück.

»Natürlich ist das das Ziel der Befragung, aber zunächst einmal brauche ich nur ein paar Informationen über Sie«, sagte er entspannter und betrachtete die Bilder an den Wänden. »Sind das alles Ihre Werke?«, fragte er mit einer Spur Respekt in der Stimme.

»Nein.« Thore hatte offenbar nicht die Absicht, Landorff entgegenzukommen. Er blieb so schroff und einsilbig, wie er von Anfang an gewesen war.

»Und von wem sind sie?«

Thore atmete ungeduldig aus und zeigte auf drei Porträts, die auf der Esszimmerseite hingen. Das, das am nachhaltigsten auf den Betrachter wirkte, hing an der Längswand, mittig über dem dunklen Tisch, und war ein schwarz gerahmtes Gemälde von einem kleinen Jungen. Er saß vor einem intensiven petrolblauen Hintergrund. Das Blau leuchtete irgendwie, selbst in diesem schattigen Zimmer. Der Junge, feist und rosig glänzend im Gesicht, hatte einen für sein Alter viel zu erwachsenen Ausdruck in den Augen. Er zeugte von Schmerz und Enttäuschung. Nils starrte wie hypnotisiert auf das Gemälde.

»Das sind alles Bilder von John Mellencamp. Er ist Sänger.«

Der letzte Hinweis ließ Landorff erneut schmunzeln. Die beiden anderen Porträts zeigten einen Mann und eine Frau. Der Mann hatte einen verstörenden, beängstigenden Gesichtsausdruck. Er hatte Ähnlichkeit mit Thore, nur wirkte er noch aggressiver, schmollender und schmerzerfüllter. Eine wulstige Knochenpartie über den Augen verdunkelte seinen Blick, und eine breite, vorgestreckte Unterlippe drückte Trotz und Kampfbereitschaft aus. Die Frau dagegen war wunderschön. Ihre klaren dunkelblauen Augen wurden von fast schwarzen Brauen eingerahmt. Sie hatte etwas Sanftes, wie auch die Farben in dem Bild, und sie stand anscheinend zwischen zwei Wänden mit einem Schatten in ihrem Rücken, doch man hätte es auch als Flügel deuten können. Mit ihrem langen blonden Haar hatte sie etwas Engelhaftes.

Landorff drehte sich um und deutete auf ein großes querformatiges Bild über dem Kamin. Darauf war ein Vulkanausbruch zu sehen. Ein roter Berg spie gelbes Feuer und Lava, die sich auf eine Reihe bläulicher kleinerer Berge ergoss. Im Vordergrund sah man eine schreiende Menschenmenge, die vor dieser Katastrophe floh.

»Und das? Erinnert mich an … van Gogh«, sagte Landorff.

»Soll es auch«, entgegnete Thore. »Es stammt von Akira Kurosawa.«

»Dem Regisseur?«, fragte Landorff verwundert.

»Richtig.«

»Sie mögen wohl Bilder von Künstlern, die eigentlich gar keine Maler sind, was?«

»Ich mag Bilder, die etwas ausdrücken«, sagte Thore emotionslos. Nils fand, dass diese Auswahl hier in der Tat etwas ausdrückte, doch es war nichts Positives. Schmerz und Leid ging von ihnen aus.

»Und wo bewahren Sie Ihre eigenen Bilder auf?«, fragte Landorff.

»Ich verkaufe oder verschenke sie«, antwortete Thore. »Ein paar stehen noch im Keller rum.«

»Aha. Und was malen Sie so?«

»Ich male, was ich hier sehe. Amrum, das Watt, den Himmel, die Wolken und das Meer.«

»Keine Personen?«

»Selten. Meine Frau hab ich mal gemalt und mich selbst.«

»Sehen Sie sich mehr als Schriftsteller oder als Maler?«, fragte Landorff und faltete die Hände.

»Ich bin beides. Es gibt Zeiten, da muss ich schreiben, und es gibt Zeiten, da muss ich malen.« Thore legte den Kopf schief, so als wollte er Landorff aus einer anderen Perspektive betrachten, wenn dieser auf seine Antwort reagierte.

Landorff erhob sich und schritt zum Erkerfenster, wohin Thore ihm sofort folgte.

»Schönen Ausblick haben Sie«, sagte der Kommissar und blickte über das Watt hinüber nach Föhr. Dann wandte er sich der Staffelei zu und berührte kurz den eingespannten Rahmen. »Was ist das für eine Leinwand?«

»Was meinen Sie?«, fragte Thore unsicher. Ihm gefiel es nicht, dass Landorff seine Sachen berührte, das war deutlich zu erkennen. Nils ging den beiden in einigem Abstand hinterher.

»Von welcher Firma ist sie? Die Marke.«

»Keine Ahnung.«

»Sie wissen nicht, worauf Sie malen?«

»Nein.«

»Das wäre ja so, als ob ich nicht wüsste, von welcher Marke meine Waffe wäre«, scherzte Landorff, doch Thore verzog keine Miene.

»Aber bei den Farben sind Sie doch bestimmt wählerischer, nicht?«

»Schon.«

»Und? Welche Farben benutzen Sie?«

»Öl. Von der Marke Mantell, falls Ihnen das was sagt. Das einzig Vernünftige, was ich hier kriege.«

»Hier auf Amrum?«

»Nein, ich kaufe in Husum ein.«

»Gut«, sagte Landorff und blickte Thore tief in die Augen. »Würden Sie mir sagen, wo Sie in der Nacht von Mittwoch auf Donnerstag letzter Woche gewesen sind?«

Thores Blick verhärtete sich. »Hier.«

»Allein oder mit Ihrer Frau oder sonst wem, der das bezeugen kann?«

»Allein. Meine Frau arbeitet auf dem Festland.«

»Dann sind Sie unter der Woche immer allein?«

»Genau.«

»Hatten Sie in letzter Zeit im Süden zu tun? Wiesbaden, Kassel? Eine Ausstellung vielleicht?«

Thore verzog spöttisch den Mund. »Nein. Ich arbeite gerade an einem Roman, da kann ich nicht einfach wegfahren.«

»Ach, richtig, Ihr Buch.« Landorff spähte zum Schreibtisch hinüber. »Wovon handelt es denn?«

Thore presste die Lippen so fest zusammen, dass sie blass wurden. »Von ... einem Geisterschiff«, brummte er widerwillig.

»Ein Geisterschiff, hier auf Amrum?«

»Ja. Im Zuge seines Auftauchens verschwinden Menschen.«

»Oh, eine grausame Geschichte. Ich würde gern mal etwas von Ihnen lesen. Hätten Sie eins Ihrer Bücher da?«, fragte Landorff.

»Nein, aber Sie können sie im Buchladen in Wittdün oder in Norddorf kaufen.«

»Gut, vielen Dank, Herr Mannen.« Landorff blickte zu Nils. Er wollte aufbrechen. »Aber eine Frage gestatten Sie mir noch«, fing er erneut an. »Kennen Sie eine Helene Teichmann aus Lübeck?«

»Nie gehört«, entgegnete Thore ungerührt.

»Und was für ein Auto fahren Sie?«

»Ich fahre Fahrrad. Meine Frau fährt einen Mercedes A-Klasse.«

»Welche Farbe?«

»Schwarz. Schwarz ist die Künstlerfarbe, wussten Sie das nicht?«, fragte Thore.

»Haben Sie denn auch einen Führerschein?«, fragte Landorff, statt zu antworten.

»Ja.«

»Schön, dann werden wir Sie jetzt nicht weiter von Ihrer Arbeit abhalten.«

Sie verabschiedeten sich und traten hinaus in die warme, stickige Luft. Jetzt bemerkten sie erst, wie kühl es bei Thore Mannen gewesen war. Landorff ging ein paar Schritte, bis sie den Asphalt erreicht hatten.

»Was halten Sie von ihm?«, fragte er, strich sich über seinen Bart und steckte sich einen Zigarillo in den Mund.

»Er ist … na ja, er ist nicht immer so schroff. Das ist nur, weil Sie ihn nicht kennt. Fremden gegenüber ist er nicht der Aufgeschlossenste.«

»Habe ich bemerkt. Dennoch herrscht eine bedrückende Stimmung in dem Haus. Er ist mir nicht geheuer. Und ich bin mir auch nicht sicher, inwieweit er die Wahrheit gesagt hat.«

Das konnte Nils, dem die eine oder andere Antwort ebenfalls aufgestoßen war, leider auch nicht beurteilen.

»Man muss Künstler sein, um sich solche Bilder an die Wand zu hängen, nicht wahr? Ich würde meinen, dass sie dazu verleiten, depressiv zu werden«, meinte Landorff, zündete den Zigarillo an und inhalierte mit halb geschlossenen Augen.

»Ich weiß nicht«, entgegnete Nils.

»Waren Sie schon mal im Keller des Hauses?«, wollte Landorff wissen.

»Nein«, sagte Nils leise und las die Gedanken von Landorff. Doch das wäre zu leicht, zu fadenscheinig. Ein Künstler, der seine Werke nur im Keller aufbewahrt, wo er vielleicht auch seine Opfer gefangen hält, bis er sie porträtiert hat?

Er warf einen Blick zurück über die Schulter, wo ihn das dunkle Fenster mit dem Fahrrad darunter wie ein blindes Auge anstarrte.

Possebiehl hatte auch das Foto von Jennys Porträt an alle Vermieter weitergeleitet. Während Landorff und die anderen Beamten die Befragungen der übrigen Maler auf Amrum fortsetzten, fuhr Nils zum Hafen und zeigte dort das Bild den Kräften der »Rungholt«, die gerade im Hafen lag. Keiner hatte sie gesehen, und sie gaben das Foto per Handy an ihre Kollegen auf den anderen Fähren weiter. Nils fragte sich, wie dumm oder wie schlau der Mörder wohl sein musste, ein solches Spiel zu beginnen und das zweite Opfer dann ebenfalls auf Amrum umzubringen. Er musste davon ausgehen, dass die Polizei noch hier war und sich, wenn sie das zweite Bild gefunden hatte, mit verstärkten Kräften überall auf der Insel postieren würde, um den Täter auf frischer Tat zu ertappen.

Wenn sie Jenny denn überhaupt hier finden würden, musste es zudem nicht unbedingt im Wasser sein. Nils hatte Angst, dass das Opfer dieses Mal nicht in einem See oder im Meer zu finden war. Wenn der Mörder sich das riesige Gelände der Dünen ausgesucht hatte oder den Wald, auch wenn dieser nach dem Sturm »Christian« deutlich ausgedünnt war, würden sie Probleme bekommen. Diese Landschaft war nicht so einfach zu überblicken und kontrollieren. Alles hing von dem Bild und den darin versteckten Hinweisen ab. Und damit von Elke, die das Geheimnis um den Code des ersten Gemäldes gelüftet hatte und vielleicht auch den dieses Porträts zu lesen vermochte.

Entweder saß der Mörder jetzt wie eine Spinne im Netz in seinem Haus und genoss seine Macht über die Polizei und deren Bemühungen, ihm auf die Spur zu kommen. Am Erzittern der Fäden konnte er jede ihrer Bewegungen ablesen, ohne dass sie auch nur in seine Nähe kamen. Oder er saß dort und hatte Angst, dass sie den Code knacken könnten, dass sie ihm doch noch zuvorkamen.

Und wenn es tatsächlich dazu kam, wie würde er dann reagieren? Was käme als Nächstes?

Elke war mit den Nerven am Ende. Sie spürte eine unendliche Last auf ihren Schultern. Sie, die sie nur durch einen verfluchten Zufall in diesen Fall verstrickt worden war, schien auf einmal die Verantwortliche zu sein. Sie würde maßgeblich beeinflussen, ob eine junge Frau leben durfte oder grausam sterben musste. Die Stunden verstrichen gnadenlos eine nach der anderen, und sie hatte das Bild wieder und wieder angesehen und in seine Bestandteile zerpflückt. Da war nichts mehr. Es gab keinen Hinweis, zumindest keinen, den sie erkennen konnte.

Vielleicht ist es nicht Amrum, redete sie sich immer wieder ein. Es könnte jeder verdammte Ort in Deutschland sein. Sie blickte vom Bild auf und hinüber zum Wandkalender.

Der 2. September stach aus den anderen Daten hervor, als sei er in einer Signalfarbe gedruckt worden. Morgen war es so weit, unwiderruflich. Diese Nacht würde erneut ein schwarzer Schatten irgendwo aus dem Nebel treten, und wieder würde man ein Platschen hören, wenn ein Körper ins Wasser fiel.

Elke leckte über ihre trockenen Lippen und bemerkte, dass ihre Bluse dunkle Schweißflecken unter den Achseln aufwies. Sie öffnete ein Fenster, um etwas Luft hereinzulassen, doch es half wenig. Im Spülbecken wusch sie sich das Gesicht mit eiskaltem Wasser und trank aus der hohlen Hand ein paar Schlucke, als das Telefon klingelte. Sie wischte sich die nassen Hände an der Hose ab und ging im Flur ans Telefon.

»Petersen?« Bitte lass es nicht Nils sein, der dir eine weitere Hiobsbotschaft bringt, flehte sie innerlich.

»Hallo, Mama.«

»Anna«, sagte Elke mit hoher Stimme.

»Ich wollte nur mal hören, wie es bei euch da drüben so aussieht?«

»Gut, Schätzchen, alles prima. Was ist denn los?«

»Bei mir nichts, aber du klingst komisch«, meinte Anna besorgt.

»Aber nein, ich hab nur schlecht geschlafen.«

»Ist Papa noch im Büro?«

»Ja, ist er.«

»Wir haben das mit dem Bild im Fernsehen gesehen«, sagte Anna, und Elkes Blick wanderte zum Küchentisch, wo das zweite Porträt im Sonnenlicht lag. Jennys Augen starrten wie mahnend zu ihr herüber. »Papa hat damit aber doch jetzt nichts mehr zu tun, oder?«, fragte Anna.

Elke wusste nicht, wie sie antworten sollte.

»Doch, Anna, hat er. Die Polizei denkt, dass es noch ein zweites Opfer geben wird, und ich kann jetzt leider nicht sehr lang mit dir sprechen, weil ich helfe, das Bild zu entschlüsseln.«

»Du?«, hörte sie Anna fragen und erkannte die Stimme ihrer Tochter kaum wieder.

»Ja, Schätzchen, aber mach dir keine Sorgen.«

»Mach ich aber wohl«, entgegnete Anna. »Was ist denn da los bei euch?«

»Die kriegen den Kerl sicher bald. Es gibt schon viele Anhaltspunkte.«

»Ach ja?«, fragte Anna wenig überzeugt.

Elke sah mit einem Mal Peer vor ihrem inneren Auge, der mit dem Messer warf und dabei weinte und jammerte. »Wie geht es Peer und Stine? Und Lina? Geht es allen gut?«, fragte sie atemlos und versuchte, diese Vorstellung aus ihrem Kopf zu bekommen.

»Hier ist alles beim Alten. Stine ist 'n bisschen nervös wegen irgendwas und hat sich heute mit Peer gestritten, aber sonst …«

»Sie haben sich gestritten?«, hakte Elke nach.

»Ja, nichts Aufregendes.«

»Rumgeschrien oder was?«

»Ja, so ähnlich, sie haben lauter gesprochen und sich oben eingeschlossen. Aber hier fliegen jetzt keine Gegenstände durchs Haus.«

Wenn du wüsstest.

»Anna, sei schön vorsichtig. Lass die beiden einfach in Ruhe, wenn sie sich streiten. Und bleibt immer zu zweit, hörst du?«

»Mama, hier drüben ist alles in Butter, *ihr* habt die Probleme.«

»Mag sein. Aber versprich mir, mich sofort anzurufen, wenn irgendwas komisch ist, ja?«

»Ja, Mama.«

»Ich muss jetzt Schluss machen«, sagte Elke bedrückt.

»Alles klar. Ich ruf wieder an.«

»Mach's gut, Anna«, sagte sie noch, da hörte sie schon das Klicken in der Leitung.

Erschöpft ließ sie sich gegen die Wand kippen und schloss die Augen. Die Haustür sprang auf, und Nils trat ein. Elke zuckte vor Schreck zusammen und unterdrückte einen Schrei.

»Hey«, grüßte er sie und nahm sie in die Arme. »Bist du weitergekommen?«

Sie schüttelte ihren Kopf, das Gesicht an seiner Brust, und er streichelte ihr über den Rücken. »Schon gut. Wir kriegen ihn, ganz bestimmt.«

Sie rückte von ihm ab, um ihm ins Gesicht sehen zu können. »Wie denn?«, schniefte sie und rieb sich über die laufende Nase.

»Wir werden heute Nacht an allen großen Seen Beobachtungsposten einrichten und fahren Streife am Watt und am Strand. Es wird Straßenkontrollen geben. Alle, die nach Einbruch der Dunkelheit auf den Hauptstraßen unterwegs sind, werden angehalten. Er kann nicht durch unser Netz schlüpfen«, beteuerte Nils.

»Aber der Strand ist kilometerlang. Das könnt ihr unmöglich schaffen.«

»Es gibt ja nicht überall Zugänge. Wenn er sie tötet, bevor er sie wegbringt, was anzunehmen ist, muss er die Leiche zuerst zum Wasser fahren und dann schleppen. Heute Abend kommen noch mehr Beamte und sogar eine Hundestaffel.«

»Aber damit wird er doch rechnen, wenn er so etwas in Gang setzt«, jammerte Elke und schlug Nils kraftlos auf die Brust. Darauf konnte er nichts erwidern, denn dieselben Gedanken hatte er ja auch. »Warum bist du hier?«, flüsterte sie.

»Ich will ein wenig schlafen, weil ich die ganze Nacht auf sein werde. Du solltest dich auch mal hinlegen.«

»Aber ich kann nicht.«

»Elke, wenn du nichts findest, dann ist es so. Vielleicht gibt es ja diesmal gar nichts zu finden, wer weiß das schon? Du kannst nicht mehr machen, als du schon gemacht hast.«

»Ich habe Angst, dass ich was übersehe«, klagte sie.

»Manchmal hilft ein wenig Abstand. Komm.«

Aber Elke schüttelte den Kopf. Sie konnte nicht aufhören. Das wäre wie Aufgeben. Und sie konnte Jenny nicht aufgeben.

Nils ging nach oben und schlief zwei Stunden, in denen Elke verzweifelt vor dem Bild hockte. Nach etwa einer Stunde bekam sie einen Anruf von Jensen aus Niebüll. Er erkundigte sich nach ihren Fortschritten, und auch er versuchte, sie darüber hinwegzutrösten, dass alle ihre Bemühungen umsonst gewesen waren.

»Aber es ist da«, beharrte sie. »Es muss etwas da sein.«

Und damit hatte sie natürlich recht. Der Täter spielte sein perfides Spielchen nicht zu ihrer Befriedigung. Man sollte sich die Zähne an seinem Rätsel ausbeißen.

6

2014

Nils verließ das Haus gegen neunzehn Uhr und fuhr ins Büro. Landorff, der die Einsatzkräfte für heute Nacht eingeteilt hatte, wartete bereits auf ihn. Um zwanzig Uhr kamen alle Kräfte zusammen. Nils begrüßte die altbekannten Gesichter und insgesamt achtzehn Neuankömmlinge, drei davon mit Polizeihunden. Es wurde eng in der kleinen Polizeistation.

»Das erste Team wird im Wittdüner Hafen stationiert«, erklärte Landorff, der in der letzten Stunde mit Nils über die strategisch wichtigsten Posten auf der Insel diskutiert hatte, und nahm sich ein Blatt mit einer Einsatzliste zur Hand, von der er die Namen ablas. »Dann brauchen wir zwei Beamte am Seezeichenhafen und an der Kläranlage. Glaser und Wächter, wenn Sie das bitte übernehmen würden.«

Die beiden nickten entschlossen.

»An der Tankstelle zwischen Leuchtturm und Süddorf werden wir eine Straßenkontrolle errichten. Jedes Auto, das dort nach zweiundzwanzig Uhr passieren will, wird angehalten, kontrolliert und auf das Gelände umgeleitet, wo die Fahrzeuge untersucht werden können. Primär suchen wir nach einem dunkelblauen oder schwarzen Audi oder Mercedes. Wahrscheinlichste Typen sind hierbei der A3 und die A-Klasse.« Landorff verlas vier Namen. »Eine weitere Straßenkontrolle wird sich auf dem Parkplatz kurz vor Norddorf postieren. Hier gilt dasselbe wie zuvor.« Er rief die nächsten vier Namen auf. »Von Personen, die sich weigern, Sie einen Blick ins Auto werfen zu lassen, werden die Personalien aufgenommen. Die letzte Fähre erreicht Amrum um zweiundzwanzig Uhr, sodass die Straßenposten kurze Zeit später den größten Andrang an Fahrzeugen zu verzeichnen haben werden. Vergessen Sie nicht, sämtliche Kennzeichen zu notieren, von allen Fahrzeugen egal welcher Farbe oder Größe.« Landorff blickte warnend in die Runde.

Die bisher genannten Beamten signalisierten mit Blicken ihre Zuverlässigkeit.

»So, kommen wir zu den Teams, die sich an den wichtigsten Gewässern der Insel postieren werden. Für diese teilweise schlecht zugänglichen Orte sind auch die Spürhunde vorgesehen«, erklärte Landorff und blickte auf die drei Belgischen Schäferhunde, die ruhig und schläfrig zu Füßen ihrer Hundeführer lagen. Er teilte ein Team aus zwei Beamten für den Wriakhörnsee ein. Sich selbst und Nils postierte er zusammen mit einem Hundeführer an der Vogelkoje. Die anderen beiden Hundeführer sollten sich an den Heideseen gegenüber dem Campingplatz einfinden. Des Weiteren sollten Zweierteams an den Strandabgängen der vier Orte Wittdün, Süddorf, Nebel und Norddorf und an der Wattseite von Norddorf und Nebel Aufstellung beziehen.

»Alle Teams, die sich im Gelände und am Strand befinden, werden mit Nachtsichtgeräten ausgestattet«, fügte Landorff an. »Jegliche Bewegung muss per Funk gemeldet und sofort verfolgt und geprüft werden. Selbstverständlich ist bei diesem Einsatz höchste Vorsicht geboten. Der Täter wird mit Sicherheit bewaffnet sein. So, und nun wünsche ich uns allen viel Erfolg.« Er klatschte in die Hände und verteilte die Nachtsichtgeräte.

Um einundzwanzig Uhr fuhr Nils mit Landorff, dem Hundeführer Schachtschneider und dessen Hund Bosse von Nebel aus über den holprigen Waldweg in Richtung Vogelkoje. Die Glut des Abendhimmels sickerte durch die Baumkronen der Kiefern, die dunkle lange Schatten auf die Heide warfen.

»Wir haben ein Pferd hier auf Amrum, das Bosse heißt«, sagte Nils, der am Steuer saß, zu Schachtschneider und blickte in den Rückspiegel, während ihre Körper hin und her geworfen wurden. »Gutmütiger Kerl.«

»Mein Bosse auch.« Schachtschneider kraulte seinen Hund, der neben ihm auf der Bank saß und aufmerksam aus dem Fenster schaute, am Hals. »Aber wenn's ernst wird, können wir uns auf ihn verlassen.«

»Das glaube ich«, entgegnete Nils, der die wachen Augen des Tieres bemerkt hatte. Er bog links in einen noch engeren, dunkleren Weg ein und wandte sich an Landorff. »Ich werde nicht direkt an der Koje parken, sondern etwas versteckt.«

»Ja, das ist besser«, stimmte Landorff zu. Er hielt das Nachtsichtgerät mit beiden Händen umklammert. Ohne den Blick von dem Waldpfad zu nehmen, ergänzte er: »Ihre Frau ruft an, wenn sie noch etwas rausfindet?«

»Das macht sie«, bestätigte Nils.

Sie erreichten einen Holzbogen, der sich über den Weg spannte. Links führte ein Bohlenweg in ein mooriges Birkenwäldchen. Nils fuhr nach rechts und hielt kurz vor der nächsten Kreuzung, die im Schatten der Bäume unter dem sich verdunkelnden Himmel kaum noch erkennbar war.

»Okay, da sind wir.«

Sie stiegen aus und blickten in die dumpfe schwarzbläuliche Dunkelheit, die sie umfing. Die Bäume standen wie dicht gedrängte Riesen um sie herum und breiteten ihre knorrigen Arme über ihnen aus. Ohne ein Wort ging Nils voran und bog nach links ab auf einen Weg, der sie auf eine Lichtung führte, den Rasenplatz vor dem Eingang der Vogelkoje. Hier gab es einen Spielplatz und ein Blockhaus neueren Datums, dessen helles Holz in der Dämmerung blassgelb schimmerte. Sie schritten quer über den Platz auf den kleinen Eingang zu und betraten das eingezäunte Gelände.

Bosse witterte sofort die Hühner, Enten und weiter rechts die Rehe und Hirsche in ihren Gehegen, doch er gab keinen Laut von sich. Ein Bohlenweg führte von hier geradewegs in ein zwielichtiges Wäldchen aus krummen Bäumen hinein. Es roch modrig von der anhaltenden Hitze, die sich unter den Ästen staute, die über den Weg griffen. Linker Hand tauchte das quasi quadratische Gewässer auf, als der Weg etwas anstieg. Die letzte blaurote Färbung des Himmels spiegelte sich in der Oberfläche. Nils hielt an und drehte sich zu seinen Kollegen um.

»Dieser Weg führt einmal um den See herum. Dort hinten schließt sich ein weiterer, kleinerer See im Wald an, der nur schwer zugänglich ist. Es ist eigentlich sehr matschig und moorig dort, aber nach der Hitze der letzten Wochen könnte er dort auch bis ans Ufer vordringen. Einer von uns sollte sich auf jeden Fall da drüben zwischen den Seen postieren«, schlug Nils vor.

Landorff warf einen abschätzenden Blick über das Gelände. »Herr Schachtschneider, würden Sie das bitte mit Bosse übernehmen?«

»Mach ich«, antwortete Schachtschneider beflissen.

»Gut. Ich werde hier am Eingang bleiben, unterhalb des Bohlenwegs. Herr Petersen, Sie könnten dort hinten Position beziehen, sodass wir den See in ein Dreieck einschließen.«

»Ist gut. Ich bringe die beiden nur schnell rüber«, sagte Nils und führte Hund und Herrchen in den immer dichter und dunkler werdenden Wald.

Es war eine Szene wie aus einem Horrorfilm. Man konnte gerade mal zehn Meter weit blicken, dann verschlang die Dunkelheit sämtliche Umrisse. Überall am Ufer schliefen Enten mit ihren Köpfen im Gefieder. Bosse zog an der Leine und schnüffelte in ihre Richtung, aber ohne einen Laut. Seine Krallen kratzten leise über das Holz, während ihre Schritte dumpf auf den Bohlen bummerten. Nach einer weiteren Linkskurve gingen sie noch knapp fünfzehn Meter, dann öffnete sich der Wald, und zu ihrer Rechten lagen die Heide und dahinter die Dünen. Die Landschaft war noch immer in ein schwaches rotes Licht getaucht. Nils deutete an, dass sie den Weg verlassen mussten, und sie sprangen links von den Bohlen herunter, kämpften sich durchs Unterholz und erreichten schließlich einen Punkt, von dem aus man beide Seen erkennen konnte.

»Hier, würde ich sagen«, flüsterte Nils. Er hatte das Gefühl, dass jedes normal gesprochene Wort in der Stille kilometerweit hörbar wäre. »Ich gehe zurück auf den Bohlenweg und werde mich dort entlang bewegen.« Er deutete auf die Strecke, die beide Seen verband.

»Alles klar.«

Schachtschneider prüfte sein Nachtsichtgerät.

»Viel Glück«, sagte Nils.

Er kämpfte sich zurück auf den Weg und in den schützenden Schatten der Bäume, wo er sich auf die Holzbalken setzte und sein Nachtsichtgerät vor die Augen hielt. Ein grünlich schwarzes Bild leuchtete auf. Er konnte tatsächlich Schachtschneider und seinen Hund erkennen, Landorff jedoch nicht. Der See lag wie eine grüne Milchglasplatte zwischen schwarzen Stämmen und Ästen. Nils entdeckte Landorff weder am Ufer noch auf dem Bohlenweg, also vermutete er, dass der Kommissar sich dahinter versteckt hatte.

Es wurde schnell dunkler. Wie ein schwarzes Tuch legte sich die Nacht über das moorige Gebiet um die Vogelkoje. Frösche quakten. Ansonsten war es totenstill. Nicht ein Lüftchen ging. Dieser Ort war ein verwunschenes düsteres Fleckchen. Und jetzt in der Dunkelheit, in der man auf einen Mörder wartete, bekam die Umgebung etwas derart Schauriges, dass Nils von kalter Angst ergriffen wurde. Seine Glieder wurden starr und steif, und hartnäckig klammerte sich das beinahe unerträgliche Gefühl an ihn, dass jemand in seinem Rücken stehen könnte. Er wusste nicht mehr, wie oft er sich schon umgedreht hatte, als er erneut das Nachtsichtgerät ansetzte und zu seinen Kollegen spähte. Schachtschneider hatte sich etwas nach rechts zu dem kleineren See orientiert und hockte gebückt mit Bosse an seiner Seite im Unterholz. Landorff war noch immer nicht zu erkennen. Musste Nils sich Sorgen um ihn machen? Sie waren nun bestimmt schon über eine halbe Stunde hier, und seither war er nicht mehr aufgetaucht. Nils spielte mit dem Gedanken, per Funk nachzufragen, doch die Stimmen waren in der nächtlichen Ruhe zu laut. Das wollte er nicht riskieren, solange kein wichtiger Anlass vorlag. *Vielleicht liegt ja einer vor, du weißt es nur noch nicht.*

Er beschloss, weiter zu verharren und abzuwarten. Von der Heide her kroch langsam Bodenkälte zu ihm herüber. Seine Gedanken schweiften ab zu Elke, die jetzt zu Hause war und sicher immer noch verzweifelt versuchte, dem rätselhaften Bild auf den Grund zu kommen. Sie tat ihm leid. Die Zusage für den neuen Job war etwas Großartiges, doch leider hatte das, was ihnen nun bevorstand, einen Schatten darauf geworfen. Der Abend in den Dünen mit Wein und Champagner war wunderschön gewesen, doch es fühlte sich im Moment so an, als sei das schon Wochen her. Er wollte für die Zukunft versuchen, mehr solcher Momente zu schaffen und noch näher mit Elke zusammenzurücken. Das war wichtiger denn je, nachdem sie sich fast verloren hätten.

Knack. Nils wirbelte herum. Ein Zweig hatte geknackt, ganz deutlich, irgendwo hinter ihm auf der Heide. Er duckte sich hinter den hier kniehohen Bohlenweg und fischte eilig das Sichtgerät von den Planken. Dann starrte er mit weit aufgerissenen Augen in die Schwärze jenseits des Waldendes, wo die Heide begann. Ein

Rascheln. Nils schluckte und öffnete den Mund, um so leise wie möglich atmen zu können. Seine rechte Hand glitt hinab zu seinem Holster und entriegelte die Sicherungslasche seiner Dienstwaffe. Er meinte, Bosse in der Ferne knurren zu hören, doch er war sich nicht sicher. Und dann schob sich ein deutlich erkennbarer schwarzer Umriss hinter den Ästen und Zweigen hervor.

Dort war jemand und schlich geduckt um ihn herum. Konnte das Landorff sein? Aber so verrückt schätzte er ihn nicht ein. Die zweite Möglichkeit ließ ihn angestrengt nach Luft schnappen. Sein Brustkorb schien zu eng für sein Herz zu werden. Der Schemen bewegte sich noch ein paar Meter geradeaus, bevor er, ohne nunmehr störende Bäume vor sich zu haben, direkt auf den Bohlenweg zusteuerte. Nils tauchte ab und betete, dass seine Gelenke nicht knackten und ihn verrieten. Er ließ sich seitlich auf den Boden gleiten und verschwand im undurchsichtigen Schatten des Holzweges. Aber jetzt konnte auch er nichts mehr sehen. Er orientierte sich nur an seinem Gehör, an den weichen, vorsichtig gesetzten Schritten zwischen den Heidepflanzen, die er dennoch deutlich vernahm.

Ein leises Knarren war zu hören, als der Mann kaum fünf Meter von ihm entfernt den Bohlenweg betrat. Der zweite Fuß setzte auf. Nils rollte sich direkt unter den Weg und blickte nach oben auf die schmalen helleren Streifen zwischen den Planken. Wieder war da ein Knarren, ächzendes Holz, das belastet wurde. Er kam auf ihn zu. Er kam direkt auf ihn zu und würde, wenn er ihn nicht schon bemerkt oder gar gesehen hatte, über ihn hinweglaufen.

Nils lenkte seinen Blick nach links, doch von Schachtschneider und Bosse war nichts zu sehen, zumal ohne Nachtsichtgerät. Wenn jetzt ein Funkspruch durchkam, war es aus. Nils legte seine Hand an den Griff seiner Pistole. Das Ächzen des Holzes wurde immer lauter, und er konnte bereits einen Schatten ausmachen, wenn er über seine Brust hinweg nach unten in Richtung seiner Füße durch die Bohlen schaute. Es waren nur noch zwei Meter. Ein Schritt und noch einer. Ein Meter noch. Wieder ein Schritt. Beim nächsten war die Person direkt über seinem Gesicht. Nils konnte die Gummisohlen seiner Schuhe riechen. Der Mann blieb stehen. Nils meinte, sein Herzschlag würde ihn verraten, so laut pochte es in seinem Ohr. Doch dann ging derjenige weiter.

Was sollte er jetzt tun? Schachtschneider rufen? Ihn per Funk benachrichtigen? Oder Landorff? Er entschied sich dagegen, zog seine Waffe aus dem Holster und rollte sich aus seinem Versteck.

»Polizei, bleiben Sie stehen!«, rief er laut und erschrak über seine eigene Stimme, die jäh die Stille zerriss. Der Schatten vor ihm ging vor Schreck in die Knie, und nach einem Moment der Orientierung rannte er los.

Nils sprintete hinterher. Mit einem beherzten Sprung auf die Bohlen setzte er sich direkt hinter ihn. Jetzt hörte er Bosse bellen. Zweige knackten, und Schachtschneider rief irgendwelche Kommandos durch die Nacht, die Nils nicht verstehen konnte, aber Bosses keifendes Bellen schien nicht so schnell näher zu kommen, als dass er annehmen musste, Schachtschneider hätte ihn von der Leine gelassen. In der Dunkelheit hätte er ebenso Nils für sein Ziel halten und ihn anfallen können.

Nils rannte, so schnell er konnte. Der Weg, der einige Meter voraus eine scharfe Rechtskurve beschrieb, war kaum zu erkennen. Ihre Schritte bummerten hohl wie auf einer Trommel durch das Dickicht. Nils hatte den Vorteil, dass er die Gegend kannte. Wenn sie um die Kurve waren, würde eine Abzweigung kommen, ein Rondell, auf dem der Mörder sich entscheiden musste. Der rechte Weg war länger. Dort konnte Nils ihn einholen, und wenn nicht, liefen sie Landorff direkt in die Arme. Es war wie das Fangen der Wildenten, das man hier vor über hundert Jahren durchgeführt hatte: Man lockte die Tiere in den See, und dann trieb man sie durch lange Käfige hindurch bis zu deren Ende. Dort wartete der Tod auf sie.

Nils vernahm ein rutschendes Geräusch, und kurz bevor der Weg sich gabelte, glitt der Flüchtende vor ihm aus und stolperte mit einem unterdrückten Schrei vom Weg hinunter in die Sträucher. Nils bremste ab, und der Unfall des Gejagten wurde jetzt zu dessen Vorteil. Er packte Nils' Bein und riss an seiner Hose, dass Nils auf die Bohlen knallte. Der Aufprall war so hart, dass ihm die Pistole aus der Hand rutschte. Er erwartete nun einen Schlag oder einen Tritt, irgendeinen Angriff seines Widersachers. Doch der krabbelte weg von ihm, kam strauchelnd wieder auf die Beine und floh in die Richtung, aus der sie gekommen waren. Nils schoss hoch, versuchte erst gar nicht, seine Pistole wiederzufinden, und nahm erneut die Verfolgung auf. Das unregelmäßige Bummern der Schritte verriet ihm, dass der Kerl humpelte. In der Kurve hatte Nils ihn fast eingeholt, er setzte zum Sprung an und krallte sich von hinten in die Schultern des Mannes, riss ihn zu Boden. Ineinander verkeilt fielen sie vom Weg hinunter in die Büsche. Kaum dass sie am Boden lagen, war Bosse bei ihnen und knurrte gefährlich nah an ihren Gesichtern. Nils konnte ihn riechen, sein nasses Fell, seinen Atem. Schachtschneider rief erneut ein Kommando, und der Hund biss den Mann in den Unterarm. Der schrie auf, und Nils meinte, seine Stimme zu erkennen.

Ein helles Licht flammte auf und blendete ihn. Schachtschneider musste eine Taschenlampe eingeschaltet haben. Der Lichtkegel glitt aus Nils' Gesicht und traf den anderen Mann, der halb unter ihm lag und an dessen linkem Arm Bosse hing.

»Daniel?« Nils packte ihn am Kragen und zwang ihn, in sein Gesicht zu schauen. »Daniel, verdammt!«, schrie er ihn an. »Ich hätte Sie umbringen können!«

Panik stand in Sieberts weiß leuchtenden Augen.

»Sie kennen ihn?«, fragte Schachtschneider.

»Ja, Bosse kann ihn loslassen.«

»Aus!«, kam das Kommando, und der Hund, der eben noch aggressiv am Arm seines Opfers gezerrt hatte, ließ ab und leckte sich die Lefzen.

»Was machen Sie hier?«, schrie Nils Siebert ins Gesicht, der hilflos die Hände hob. »Reden Sie schon!«

Schritte näherten sich. Landorff kam angelaufen. Auch er hatte eine Taschenlampe.

»Habt ihr ihn?« Sein Atem ging stoßweise, bis er Daniel Siebert erkannte, dann setzte er für einen Moment aus. Er leuchtete ihm ins Gesicht. »Wie kommen *Sie* hierher?«

Nils stand auf und zog Daniel Siebert mit sich auf die Beine. Jetzt erst bemerkte er Landorffs Waffe, die dieser gestreckt nach unten hielt.

»Was tun Sie hier?«, fragte Landorff deutlicher.

»Ich … ich wollte doch nur …«, stammelte Siebert.

»Sind Sie der Mörder, sind Sie es?«, keifte Landorff auf einmal, dessen Geduld am Ende war.

»Ich weiß nicht, was Sie meinen, ich bin doch nur …«

»Was?«

»Ich wollte ihn haben.«

»Wen?«, fragte Landorff.

»Helenes Mörder«, antwortete Daniel. »Ich wollte ihn haben.«

»*Das* soll ich Ihnen glauben?«, fragte Landorff drohend.

Siebert hob unschuldig seine Hände. »Es ist die Wahrheit.«

»Scheiße«, fluchte Landorff. »Los, aufs Revier mit ihm.«

Er ordnete Handschellen für ihn an, und Nils führte ihn ab – bis zum Eingang der Vogelkoje, wo Landorff stehen blieb und Schachtschneider bat, mit Bosse weiterhin hier Wache zu halten. Zu dritt fuhren sie ins Büro zurück.

Possebiehl, der die ganze Zeit in der Zentrale geblieben war, machte große Augen, als sie mit Daniel Siebert hereinkamen. Nils verfrachtete ihn in das Büro und schloss ihn ein.

»Ist er es doch?«, fragte Possebiehl.

Landorff strich ungehalten über seinen Ärmel. »Das wird sich noch herausstellen. Er bleibt vorerst hier, bis wir ihn verhören können.«

»Aber denken Sie wirklich, dass er …« , begann Nils ungläubig.

»Wir wissen es nicht«, zischte Landorff. »Noch nicht. Jetzt machen wir weiter wie geplant. Possebiehl, Sie haben ein Auge auf Siebert.«

»Natürlich«, sagte Possebiehl beflissen.

Als sie wieder im Wagen saßen, fuhr Landorff sich ärgerlich übers Gesicht.

»Dieser Idiot«, fluchte er.

»Es macht doch keinen Sinn, anzunehmen, dass er eine zweite Frau entführt und tötet«, gab Nils zu bedenken. »Das Ganze war eine Sache zwischen ihm und Helene.«

»Vielleicht ist er ja verrückt genug, weiterzumachen, wenn er bemerkt, was für eine Aufmerksamkeit er bekommt? Wissen wir, wie er wirklich tickt?«, fragte Landorff, und auch wenn Nils den Gedanken abwegig fand, ein wenig Wahrheit steckte schon in diesen Fragen. Und immerhin war da noch diese Ähnlichkeit zwischen den beiden Frauen.

Elke lag halb auf dem Ausdruck, einen Arm unter ihre Wange geschoben, eine Hand flach auf der Wange von Jenny, so als wollte sie sie trösten. Sie war erschöpft über dem Bild eingeschlafen und in einen unruhigen, fiebrigen Schlaf gefallen. Traumbilder wechselten sich in Sekundenschnelle ab. Wie Blitzlichter sah sie Situationen, Menschen und Orte, hörte Gesprächs- oder Tonfetzen. Ihre Augenlider und ihr Mund zuckten im Schlaf. Sie sah Anna am Strand Sand in einen Eimer schaufeln. Doch es war keine Schaufel, die sie benutzte, sondern ein riesiges Messer. Dann stand sie plötzlich im Schlafzimmer von Stine und Peer. Peer lag in zerrissenen Klamotten auf dem Bett und schlief. Stine war gerade aufgewacht, und sie blinzelte lächelnd in die Sonne, die durch die weißen Gardinen hereinfiel. Eine nackte Frau kam herein und brachte ihr auf einem Tablett Frühstück ans Bett. Auf dem Rücken der Cornflakes-Packung war das Porträt von Jenny abgedruckt. Im nächsten Moment trieb sie selbst im Wriak-hörnsee und kämpfte darum, nicht unterzugehen. Sie streckte verzweifelt eine Hand aus dem Wasser, als ihr Kopf unterging und jemand sie packte. Es war Landorff, der sie herauszog, doch als sie triefend und tropfend auf dem Bohlenweg saß, war es Dr. Mantell, der ihr eine Decke umlegte und ihr zuflüsterte: »Sie sind mein schönstes Modell.«

Panisch schreckte sie aus dem Schlaf hoch und blickte sich in der Küche um, bis sie registrierte, wo sie war und dass sie nur geträumt hatte. Alle Emotionen, die sie im Traum empfunden hatte, die Angst um Anna, das schlechte Gewissen, weil sie wusste, dass Stine fremdging, die Panik, zu ertrinken, und der Schock, als Mantell von ihr als seinem Modell sprach, hallten in ihr nach wie ein Echo. Die Uhr an der Wand zeigte dreiundzwanzig Uhr sechsundfünfzig an. Unvermittelt stand sie auf. Es war spät, sie musste etwas tun, doch bis jetzt war ihr nichts aufgefallen. Sie hatte nicht den kleinsten Anhaltspunkt.

Es liegt an dir, flüsterte die Stimme in ihrem Kopf, und sie vernahm die trippelnden kleinen Schritte der Maus, die in den Kartons ihrer Erinnerung herumschnüffelte.

»Sie sind mein schönstes Modell«, hatte Mantell ihr zugeflüstert. Sie schauderte, und dann hörte sie ein Reißen, als die Maus in einem der Kartons fündig wurde. Sie konnte sie durch die Reihe der gestapelten Kisten weghuschen sehen, mit etwas Weißem in der Schnauze. Es war ein Stück Papier. Das Mäuschen stellte sich auf die Hinterbeine und schnüffelte in ihre Richtung. Dann erschrak es vor irgendetwas und ließ seine Beute fallen, bevor es sich in den Schatten flüchtete und verschwand. Auf dem Papierfetzen waren Pinselstriche zu erkennen. Sie kamen Elke merkwürdig bekannt vor. Sie hatte sie schon einmal gesehen, irgendwo. Vor langer Zeit. *Du bist mein schönstes Modell.*

Es fühlte sich an wie das Platzen einer Seifenblase, als sie den Zusammenhang erkannte. Mit einem Schlag war die Erinnerung wieder da.

Diesen Satz hatte tatsächlich mal jemand zu ihr gesagt. Alles war jetzt ganz klar, und die Gefühle, die sie damals empfunden hatte, überschwemmten sie wie eine Flutwelle. Sie war fremdgegangen, vor langer Zeit. Das heißt nein, nicht wirklich. Dennoch fühlte es sich so an. Quälende Schuldgefühle gegenüber Nils schnürten ihren Hals zu. Sie hatte damals, während ihres Studiums, diesen Mann kennengelernt. Einen gut aussehenden Mann. Fein und sehr zurückhaltend. Sein Name war Thomas, was nicht zu ihm passte, so fremd und außergewöhnlich, wie er aussah und sich verhielt. Sie hatte ihn sofort interessant gefunden. Und anders als alle anderen Männer, die ihr bisher begegnet waren. Nils eingeschlossen.

Thomas war Kunststudent gewesen und ein wenig älter als sie, was aber bei seinem jugendlichen Aussehen kaum auffiel. Sein androgynes Gesicht ließ ihn jungenhaft erscheinen, und Elke hatte damals bezweifelt, dass er sich oft rasieren musste. Sie hatten gleich im ersten Jahr einen Kurs zusammen belegt, und eines Tages, als sie allein mit ein paar dicken Wälzern in der Cafeteria saß, sprach er sie an. Er trug ein Tablett und fragte, ob er sich zu ihr setzen dürfe. Sie antwortete, dass sie arbeiten wolle, aber er könne Platz nehmen. Sie hatte ihre Bücher etwas zur Seite geräumt und festgestellt, dass zwei Tassen Kaffee auf seinem Tablett standen. Ohne ein Wort stellte er ihr die zweite Tasse hin, so als geschehe das jeden Tag, den sie sich hier trafen. Er kippte Sahne in seinen Kaffee, rührte um und blickte sie an.

»Darf ich dich malen?«, fragte er geradeheraus.

»Malen? Mich?«, entgegnete sie lachend und legte eine Hand auf ihre Brust, wo sie eine Weile liegen blieb.

»Ja, dich.«

»Aber ich bin … ich muss arbeiten, ich kann nicht.«

»Irgendwann kannst du bestimmt«, sagte er, und seine roten Lippen formten ein charmantes Lächeln. »Bitte«, fügte er hinzu, und es war wahrscheinlich dieses eine Wort, die Art, wie er es aussprach, das sie schließlich einlenken ließ. Er wollte sie in seine Wohnung einladen, was Elke allerdings für etwas überstürzt hielt, weil sie schon ahnte, dass ein Treffen zwischen ihnen nicht auf der künstlerischen Ebene bleiben würde. Er flirtete mit ihr. Er wollte mehr. Seine Blicke waren unmissverständlich, selbst wenn er versuchte, sie zu verstecken.

Elke sagte zu, sich mit ihm in einem Café zu treffen, in der Öffentlichkeit, wo sie die Dinge kontrollieren konnte. Sie war mit Nils zusammen und konnte sich nicht einfach mit einem anderen Mann in dessen Wohnung verabreden. Also trafen sie sich, tranken einen Kaffee zusammen und schlenderten an der Alster entlang. Sie redeten stundenlang, und am Ende des Tages, als Elke nach Hause aufbrechen wollte, stellte er wieder die Frage. »Darf ich dich malen?«

»Hier«, sagte sie. »Mal mich doch hier.« Sie saßen auf einer Bank am Fluss. Die ersten Blätter an den Bäumen hatten sich gelb und rot gefärbt, und die Sonne schien golden und warm.

»Das würde ich gern, aber ich brauche ein anderes Licht, das hier verändert sich zu schnell.«

Elke hatte gelacht, weil sie es für eine Ausrede hielt.

Sie trafen sich noch dreimal in Cafés in der Stadt, und jedes Mal fragte er, ob er sie malen dürfe. Beim letzten Date gab sie nach und willigte ein.

Sie fuhren mit der Bahn zu seiner Wohnung, und er beobachtete sie während der gesamten Fahrt.

»Was ist?«, fragte sie verunsichert.

»Du bist anders als die anderen«, sagte er leise und sehr ernst. Das war ein komischer Zufall, denn genau dasselbe hatte sie ja über ihn gedacht, doch Elke hielt sich selbst nicht für nennenswert anders oder ungewöhnlich. Sie kam von einer Insel, gut, das rief bei ihren Gesprächspartnern oftmals Erstaunen hervor. Aber war das so deutlich zu erkennen? Oder verhielt sie sich auffällig? Ich bin auffällig unauffällig, hatte sie damals belustigt gedacht. In Thomas' Gegenwart versuchte sie sogar, sehr unauffällig und wenig attraktiv zu sein, weil sie ihn nicht noch ködern wollte für etwas, das keine Zukunft haben konnte. Sie wusste, zu wem sie gehörte.

Seine Wohnung sah aus, als sei er gerade erst dort eingezogen. Die Wände waren frisch geweißt und das große Wohnzimmer bis auf einen runden Tisch und einen Stuhl vollkommen leer. Eine Staffelei stand vor dem Fenster. Ihre Schuhe hallten auf dem Holzparkett, als sie eintrat. Thomas eilte sofort in die Küche, und es sah so aus, als bereitete er ihnen beiden etwas zu essen oder zu trinken vor, doch er räumte nur schnell einige Dinge in den Kühlschrank und sammelte dann Farbtuben und Pinsel zusammen, die überall verstreut herumlagen.

»Setz dich«, sagte er, und Elke wusste nicht, wohin. Meinte er den einzigen Stuhl hier im Raum? Oder sollte sie sich auf den Boden setzen? Schüchtern hockte sie sich auf das Parkett in der Nähe des Fensters und wartete, bis er mit vollen Händen zu ihr kam. Er legte alles zu Füßen der Staffelei ab und rückte diese etwas zurecht. Dann holte er den Stuhl und nahm so hinter der Leinwand darauf Platz, dass sie ihn nur noch zur Hälfte sehen konnte. »Entspann dich«, sagte er und begann, die erste Farbtube zu öffnen und den Inhalt auf eine Palette zu drücken.

Kurz bevor er mit dem ersten Pinselstrich beginnen wollte, hielt er inne, atmete aus und sah Elke tief in die Augen. Ein zufriedenes Lächeln umspielte seine Lippen. »Du bist mein schönstes Modell«, sagte er dann.

Es war *sein* Satz gewesen, den Elke in ihrem Traum von Mantell gehört hatte, sein Satz.

Es hatte kaum eine Stunde gedauert, da war er fertig, drehte die Leinwand in ihre Richtung und hockte sich neben sie auf den Boden. Das Porträt war wundervoll. Sie erkannte sich wieder und fühlte sich ertappt, denn man konnte all ihre Gefühle, die sie beim Gemaltwerden gehabt hatte, in ihren Augen lesen. Ihre Angst, ihre Unsicherheit, ihre Neugier. Und ihre Schuldgefühle.

»Das gibt's doch nicht«, flüsterte sie.

»Gefällt's dir?«

»Es ist … großartig.«

»Die Augen sind das Wichtigste. Alles spiegelt sich in den Augen«, erklärte er mit einem schwärmerischen Blick. »Alles, was du bist.« Er drehte seinen Kopf zu ihr und ließ seinen Blick über ihr Gesicht wandern. Er schien jedes Detail an ihr wahrnehmen zu wollen. »Und ich mag, was du bist.«

Hitze stieg in Elke hoch, und sie spürte, wie seine Blicke sie mehr und mehr in eine unangenehme Situation manövrierten. Er wollte mehr Nähe, die sie ihm aber nicht geben konnte. Innerlich schimpfte sie auf sich selbst, dass sie es überhaupt so weit hatte kommen lassen. Thomas näherte sich ihrem Gesicht und blickte dabei abwechselnd auf ihre Lippen und in ihre Augen. Sie roch Farbe und Schweiß und einen süßlichen Duft an ihm.

»Thomas«, sagte sie und lehnte sich leicht zurück. »Das geht nicht.«

»Warum nicht?«, fragte er.

»Weil ich mit jemandem zusammen bin.«

»Und du hast das Gefühl, ihn zu betrügen?«

»Ja, das habe ich.«

»Du bist so gut«, sagte er selig.

»Ich glaube, du schätzt mich falsch ein«, entgegnete sie.

Er schüttelte den Kopf. »Nein, du schätzt dich falsch ein. Ich sehe, wer du bist, und ich wäre gern wie du.«

Elke hatte auf überwältigende Weise gespürt, dass sie nur noch hier wegwollte. Er war nett. Was er sagte, war nett. Dennoch erschien es ihr, als habe er den Verstand verloren. Sie wähnte sich plötzlich in einer gefährlichen Falle. Sie war wie eine Fliege einer Karnivore aufgesessen, und jetzt schnappten ihre Blatthälften zu.

»Ich muss jetzt gehen«, sagte sie so entschlossen, wie sie konnte, und stützte sich auf ihre Hände, um aufzustehen. Da legte er ihr eine Hand auf die Schulter.

»Nicht.«

»Doch, Thomas. Es geht nicht. Danke für das Bild.«

Sie hatte sich erhoben und war in Richtung Tür gegangen, jeden Moment damit rechnend, dass er ihr folgen und sie aufhalten würde. Vielleicht sogar mit Gewalt. Doch er blieb, wo er war, und das Einzige, was sie noch hörte, war das Klicken des Schlosses hinter ihr.

Elke erwachte aus dieser Erinnerung und blickte auf das Porträt vor ihr auf dem Tisch. Doch anstelle von Jennys Gesicht sah sie nun ihr eigenes.

Sie kannte den Mörder, denn sie selbst war von ihm gemalt worden. Es war Thomas. Die Bilder hatten alle dieselbe Handschrift, denselben Stil, auch wenn er damals noch nicht so ausgereift war wie heute. Es war Thomas' Handschrift.

Ihre Beine gaben unter ihr nach, und sie sackte zusammen, sodass sie unsanft auf den Stuhl knallte. Sie schlug die Hände vor den Mund, um einen Schrei zu unterdrücken. Ein geknebeltes Wimmern kam über ihre Lippen, und Tränen stiegen ihr heiß in die Augen. Sie wusste, wer er war. *Es liegt an dir.* Jetzt fügte sich alles zusammen. Die Stimme in ihrem Kopf, die Maus in ihren Erinnerungen.

Aber es bedeutete noch etwas anderes. Sie hatte überlebt. Sie hatte dem Mörder Modell gesessen, und er hatte sie gehen lassen. Das war lange her. Helene und Jenny hatten nicht so viel Glück gehabt.

»Thomas …« , flüsterte sie zitternd, doch weiter wusste sie nicht. Sie hatte seinen Nachnamen nie erfahren.

Jenny starrte sie hilflos und resigniert von dem Bild an.

»Er war es, oder?«, fragte Elke sie atemlos.

»Die Augen sind das Wichtigste«, hörte sie Thomas sagen.

Die Augen? Elke näherte sich den Pupillen mit der Lupe, weil sie hoffte, eine Spiegelung darin zu erkennen. Eine Spiegelung vom Mörder selbst oder von dem Ort, an dem sie sich befand. Aber da war nichts. Allerdings fiel ihr ein Unterschied zwischen dem rechten und dem linken Auge auf. Links, auf der Schattenseite des Gesichts, umrandete eine feine schwarze Linie den Augapfel. Es konnte ein Schattenwurf der Augenlider sein, doch er war komplett zusammenhängend.

Hastig nahm Elke ein kleines Notizblatt zur Hand und pauste die Linie mit einem Bleistift ab, weil sie im Kontext mit Pupille, Augapfel und Wimpern anders wirken konnte als für sich betrachtet. Den Zettel hielt sie neben eine Karte der Insel auf ihrem

Handy und verglich den Umriss mit den See- und Hafenformen. Ganz zum Schluss, als sie sich schon bis nach oben an die Spitze Amrums vorgearbeitet hatte, fand sie diese zwei Tümpel, die es nur waren, auf einer Weide hinter dem Teerdeich bei Norddorf. Es waren liegende, spitze Ovale, gespeist von Bewässerungsgräben, und Elke legte die Pause über den linken Tümpel. Sie vergrößerte das Bild, und es wuchs unter dem Blatt Papier, bis sich die Form des Tümpels exakt in die Form des Auges fügte. Ein harter, erschütternder Herzschlag, und Elke stürzte in den Flur zum Telefon, das ihr fast aus den Händen geglitten wäre.

Nils und Landorff stiegen aus dem Wagen, den Nils an gleicher Stelle geparkt hatte. Hier war es so dunkel, dass man kaum fünf Meter weit sehen konnte, solange man im Schatten der Kiefern war. Auf der Lichtung vor der Vogelkoje schüttete der Mond ein kühles, unbeteiligtes Licht über der geisterhaften Szenerie aus. Landorff gab Schachtschneider über Funk Bescheid, dass sie kamen. Am Gatter vernahmen sie Bosses Knurren, der Hund hatte sie bereits gewittert.

»Und?«, fragte Landorff, als sie Schachtschneider erreichten. Er stand oberhalb der Aussichtsplattform.

»Alles ruhig.«

Sie blickten auf den silbrig schimmernden See hinaus. Ein Summen ließ Bosse erschrocken einen Schritt zurück machen, und die Leine straffte sich. Nils zog sein Handy hervor. Elkes Gesicht lächelte ihn vom Display aus an. Auch Landorff nahm das mit einer gewissen Spannung wahr, und als Nils das Gespräch entgegennahm, sprach Elke so laut, dass Schachtschneider und Landorff bequem mithören konnten.

»Nils, ich weiß, wo es ist!«, rief sie in den Hörer hinein. Ein Ruck ging durch Nils' Körper. »Es ist einer der Tümpel auf der Weide in Norddorf. Hinterm Deich.«

»Wo genau?«, fragte er, als die drei, von Elkes Worten sofort zum Aufbruch animiert, losgingen.

»Linke Seite vom Oodwai.« Der Weg durchschnitt die Weide und teilte sie in zwei Hälften.

»Alles klar.« Nils hatte verstanden und wusste, wo sie zu suchen hatten. Er lief voraus. Landorff und Schachtschneider mit Bosse folgten ihm auf den Fuß. Im Auto beorderte Landorff alle Kräfte bis auf die Teams an den Straßenkontrollpunkten nach Norddorf zum Oodwai.

Nils wollte keine Zeit verschenken und fuhr einfach geradeaus über den Waldweg. Er kannte die Insel so gut, dass er jeden Hügel, jede Wurzel hier im Voraus erkannte. Mit sechzig Stundenkilometern schossen sie durch den nächtlichen Wald, Zweige schlugen gegen die Scheiben und kratzten über den Lack. Ebenso rasant ging es aus der Waldeinfahrt hinaus auf die Landstraße kurz vor Norddorf, und jetzt mussten sie nur noch geradeaus. Nils trat das Gaspedal durch, und sie flogen auf den Ort zu, vorbei am Hörnkhüs, vorbei am Edeka-Markt und der Bank, den Berg hinunter Richtung Watt. Der Mond schwebte klar und kalt über den Wiesen. Die mächtigen schwarzen Umrisse der Hochlandrinder lagen auf dem silbernen Gras.

Etwa auf der Hälfte der Strecke zum Deich bremste Nils abrupt ab, und die Reifen quietschten. Fahrig fummelte er in der Mittelkonsole herum, bis er seine Taschenlampe zu fassen bekam. Sie stemmten ihre Türen auf, und Landorff und Schachtschneider folgten Nils, der über den Graben sprang und dann einen großen Schritt über den Drahtzaun hinweg machte. Bosse sprang leichtfüßig über das Hindernis und zog nun immer stärker an der Leine. Die Männer schalteten ihre Lampen ein, und drei zitternde Lichtarme bewegten sich durch die feuchte Nachtluft. Die Weide war uneben, sie hatten Schwierigkeiten, zu laufen, aber dann fand Nils' Lichtstrahl das Wasser. Er stolperte über einen Grashügel und kam ins Straucheln, bis er direkt vor der Tümpelkante auf die Knie fiel.

Schachtschneider und Landorff holten keuchend auf.

Den Männern stockte der Atem, als die Lichtkegel ihrer Taschenlampen die ungefähr vier Quadratmeter große Wasseroberfläche beleuchteten. Ein dunkler Berg erhob sich in der Mitte. Es war blauer Stoff. Nils erkannte die Haare und auch die Waden einer Frau, die kopfüber im Wasser lag. Sonst war da niemand.

Sie kamen zu spät.

Teil 4
Malen

People up on the east side
People on the gravel road
People of many colors
Whose stories will never be told
Too late came too early
For me to face myself
I am a troubled man

John Mellencamp, »Troubled Man«

1

2014

Landorff hatte sofort die Straßenkontrollteams alarmiert. Die übrigen Kräfte, die nach und nach auf dem Oodwai eintrafen, formten eine Schlange von Lichtern in der Dunkelheit, die ihr blaues Licht pulsierend über die flache Ebene schleuderte.

Hilflos und geschockt standen Nils, Schachtschneider und Landorff am ausgetrockneten Rand des Tümpels.

»Wir können die nicht alle auf die Weide lassen, sonst werden hier sämtliche Spuren zertrampelt«, sagte Nils tonlos.

»Ich kümmere mich darum. Auch um die Spurensicherung«, entgegnete Landorff. »Würden Sie den Bestatter unterrichten? Wir müssen zumindest die Leiche bergen.«

Damit stapfte der Kommissar über die Weide den Kollegen entgegen. Nils rief im Bestattungsunternehmen Oelker an und wartete zusammen mit Schachtschneider und Bosse auf dessen Ankunft. Von ihrem Standpunkt aus konnten sie sehen, wie die Polizeiwagen in alle Richtungen ausschwärmten und die Kollegen die gesamte Umgebung absuchten. Wie hatte der Kerl es nur geschafft, ungesehen hierher zu gelangen? Vorbei an allen Straßenkontrollen und direkt vor den Fenstern so vieler Häuser, die über die Weide hinweg auf das Watt blickten? Die ersten standen gut zweihundert Meter entfernt von hier. War es ein Anwohner, der gleich hier am Watt wohnte? Nils kannte die Häuser hier und auch die Besitzer. Keinem hätte er das zugetraut, nicht einem einzigen. Er vermied es, zum Tümpel zu sehen. Ständig meldete sich der kaum unterdrückbare Drang in ihm, der jungen Frau zu helfen, sie aus dem Wasser zu ziehen. Er wusste, sie war tot, doch dieser Instinkt, wenn es einer war, brandete immer wieder in ihm auf, während sie hier untätig herumstanden. Ich sollte Elke informieren, dachte er. Schweren Herzens wählte er ihre Nummer und hörte es nur einmal tuten, bis sie abhob.

»Ja?«, fragte sie gehetzt.

Nils brauchte eine Weile für die Antwort.

»Es tut mir leid«, sagte er schließlich und hörte Elke aufschluchzen.

»Ist sie es?«, fragte sie mit einer Stimme, die Nils kaum erkannte.

»Ich denke schon. Wir warten noch auf Oelker.«

»Oh, Nils ...« Sie weinte verzweifelt.

»Tut mir leid, Elke. Du hast alles getan, was in deiner Macht lag.«

Eine Pause entstand.

»Elke?«, fragte er nach.

»Schon gut«, hörte er sie sagen. Sie klang fast abwesend.

»Ich ... wir reden, wenn ich wieder da bin.«

»Ist gut. Bis dann.«

Sie legten auf, und Nils ließ den Kopf hängen. Er spürte etwas Kaltes, Feuchtes an seiner Hand und zuckte zurück, doch es war nur Bosse, der ihn mit treuen Augen ansah. Nils streichelte seinen Kopf, und in dem Moment kam der Leichenwagen über die Kuppe gefahren.

Nils und Oelker bargen die Leiche aus dem matschigen Tümpel und trugen sie in einem Zinksarg über die Weide bis zum Wagen auf dem Weg. Landorff wartete dort, und sie fuhren Schachtschneider zur Polizeistation, wo Nils nur schnell seine Schuhe wechselte, und weiter ins Bestattungsunternehmen, wo Landorff die erste Begutachtung der Leiche vornehmen wollte.

Es war wie ein Déjà-vu. Wieder standen sie um eine Bahre im Leichenraum des Hauses, und wieder lag eine weibliche Leiche in einen blauen Mantel gehüllt vor ihnen. Ihre nassen blonden und vom Matsch verklebten Haare verdeckten ihr Gesicht. Oelker fragte, ob er sie sauber machen sollte, doch Landorff lehnte sofort ab.

»Nein, nein, ich mache das«, sagte er, zog sich Handschuhe über und trat energisch ans Kopfende des Tisches. Vorsichtig entfernte er Strähne für Strähne aus ihrem Gesicht und untersuchte die Haare dabei auf etwaige Rückstände. Sein Aufnahmegerät lief wie beim letzten Mal und zeichnete alles auf, was er sagte.

Nur der Nasenrücken der jungen Frau wurde von einem Streifen Matsch bedeckt, der Rest des Gesichts war relativ sauber, und so war es nicht schwer, die Ähnlichkeit mit der Frau auf dem zweiten Porträt zu erkennen. Es war Jenny.

Landorff untersuchte sorgfältig Hände und Füße, Nase und

Mund. Obwohl sie damit hatten rechnen müssen, entdeckten sie mit Schrecken die gleichen Hämatome unterhalb des Schlüsselbeins und auf dem Rücken, als sie den blauen Mantel aufschlugen. Auch der tätowierte Schriftzug über dem Bauchnabel fehlte nicht. Er bestätigte auf grausige Weise, dass vor ihnen das Opfer eines Serientäters lag.

Gegen vier Uhr morgens kehrten sie ins Büro zurück. Possebiehl saß müde am Telefon und erklärte einem der Kollegen eine Wegzufahrt in Norddorf.

»Morgen, Possebiehl, was gibt's?«, fragte Nils, als er aufgelegt hatte.

»Nichts weiter, alles läuft, wie es soll. Ich habe die Zufahrtswege zum Tatort sperren lassen, solange die Kollegen von der Kriminaltechnik noch dort sind«, sagte er.

»Sehr gut«, lobte Landorff. »Was ist mit Siebert?«

»Er verhält sich unauffällig. Sitzt einfach nur da, schläft nicht, isst nichts. Ich war öfter bei ihm drin und hab nachgesehen und ihm was zu trinken gegeben.«

»Ich muss mit Jensen telefonieren«, sagte Landorff zu Nils. »Könnten Sie schon mal zu ihm reingehen?«

Nils schloss die Tür zum Büro auf und fand Siebert quasi so vor, wie er ihn zurückgelassen hatte. Er saß aufrecht am Tisch, hatte die mit Handschellen versehenen Hände auf den Schoß gelegt und starrte auf die Tischplatte. Erst als Nils eintrat, hob er den Blick und sah neugierig und ängstlich zu ihm hoch.

»Haben Sie ihn?«

»Wen?«, fragte Nils, obwohl er wusste, wen er meinte.

»Na, Helenes Mörder.«

Nils ging näher an den Tisch, rückte sich einen Stuhl zurecht und setzte sich.

»Wir haben ein weiteres Opfer«, sagte er und beobachtete Siebert genau, während er versuchte, eine lockere und spannungsfreie Atmosphäre zu schaffen.

»Ach ja? Das Mädchen von dem neuen Bild?«

»Sie wissen davon?«

»Es war in den Nachrichten.«

Das hatte Nils nicht gewusst. Jensen musste das angeordnet

haben, und es war unverhältnismäßig schnell gegangen. Er überspielte seine Verwunderung und fuhr fort.

»Wissen Ihre Eltern, dass Sie wieder hier sind?«, fragte Nils, und sofort senkte sich Sieberts Blick.

»Nein.«

»Wann sind Sie angekommen?«

»Heute.«

»Die letzte Fähre?«

Siebert nickte.

»Zu Fuß?«

Wieder nickte er nur.

»Und warum nicht mit Ihrem Wagen?«

»Weil er von der Polizei sofort erkannt worden wäre«, gab er zu.

Nils rückte näher. »Herr Siebert … darf ich Daniel sagen?«

»Ja.«

»Also, Daniel, du hast ein großes Problem im Moment, und es hilft nicht, jetzt um den heißen Brei herumzureden. Du musst uns alles sagen. Du warst ein Verdächtiger in diesem Fall und tauchst plötzlich wieder auf, als der Täter gerade sein zweites Opfer beseitigt. Schleichst am See herum, mitten in der Nacht. Was soll das?«

»Das habe ich doch schon gesagt, ich wollte ihn finden, den Mörder.«

»Warum hier?«

»Ich habe einen Tipp bekommen.«

»Von wem?«

»Alex.«

»Dein Freund beim Sender?«

Daniel nickte.

Nils lehnte sich zurück.

»Hat dich schon jemand gesehen? Bist du irgendwo untergekommen?«

»Nein. Ich bin zu Fuß von der Fähre hierher. Also zur Vogelkoje. Es war das einzige Gewässer, das ähnlich prägnant ist wie der Wriakhörnsee.«

»Aber woher wusstest du, dass es heute Nacht stattfinden würde? Das wurde doch sicher nicht im Fernsehen gebracht?«

»Nein, das war Zufall. Ich kam, so schnell ich konnte, und im Hafen sah ich dann schon die Polizei stehen und kontrollieren. Ich ging auf der Waldseite weiter in Richtung Nebel und bemerkte die Autoschlange auf der Straße. Sie kontrollierten auch an der Tankstelle. Da hab ich eins und eins zusammengezählt.«

Nils strich sich nachdenklich über die Stirn. »Aber auf der Fähre hat dich doch sicher jemand gesehen, zumindest beim Kartenvorzeigen?«

»Sie glauben mir, oder?«, fragte Daniel hoffnungsvoll.

Bevor Nils etwas erwidern konnte, öffnete sich die Tür, und Landorff trat ein. Merkwürdigerweise schloss er die Tür nicht ganz. »Vielen Dank, Herr Petersen. Wenn Sie mich und Herrn Siebert dann allein lassen würden?«

Nils blinzelte verdattert. Er forderte ihn tatsächlich auf zu gehen. Er versuchte ein einverstandenes Lächeln, ging mit einem letzten Blick auf Siebert aus dem Raum und zog die Tür hinter sich zu.

Wollte Landorff den Druck auf Siebert erhöhen, indem er ihn abzog? Nils fühlte sich hintergangen, auch weil er nichts von dem Fernsehbericht gewusst hatte.

»Hat Landorff irgendwas zu dir gesagt?«, fragte er Possebiehl.

»Nein, nur mit Jensen telefoniert und dann im Hafen Kontrollen für alle Abfahrenden angeordnet.«

»Haben die anderen Kontrollen was ergeben?«, fragte Nils mit wenig Hoffnung, denn sonst hätte er es bereits erfahren.

»Nein, aber sie kommen gleich alle zur Besprechung zurück«, erklärte Possebiehl, als ein heller Lichtstrahl durchs Zimmer glitt. Für einen Autoscheinwerfer war der Winkel zu steil. Nils ging zum Fenster, schob die Tüllgardine zur Seite und sah, wie sich in der aufkommenden Morgendämmerung Kamerateams vor der Station aufbauten und das Licht einrichteten.

»Was ist?«, rief Possebiehl ihm nach, als Nils fluchend zur Tür hinauseilte.

»Hey, was wird das hier?«, rief er den Fernsehleuten zu, und eine Reporterin drehte sich zu ihm um. Er erkannte Barbara Sennstedt wieder, die ihn am Wriakhörnsee angesprochen hatte. Sie war es auch jetzt, die von den Fernsehleuten zuerst reagierte und auf ihn zukam.

»Herr Peters, richtig?«, fragte sie.

»Petersen«, korrigierte Nils.

»Oh, ja, entschuldigen Sie. Können Sie uns ein paar Informationen über die Frau geben, die man heute Nacht tot aufgefunden hat? Wo wurde sie gefunden? Gibt es einen Verdächtigen?« Sie spähte an ihm vorbei durch das Fenster, und Nils stellte sich demonstrativ vor sie.

»Tut mir leid«, sagte er laut und energisch. »Wir können noch keinen Kommentar abgeben, und Sie können hier nicht bleiben. Sie behindern unsere Arbeit.« Der Meute entgegen rief er: »Also seht zu, dass ihr Land gewinnt!«

Frau Sennstedt war so verdutzt über seine Wortwahl, dass sie sich zu ihrem Kameramann umdrehte, um zu checken, ob er das aufgenommen hatte. Ein junger Kerl mit Vollbart, Cargohosen und einer beachtlichen Kamera auf der Schulter hob den Daumen.

In dem Moment kamen die ersten Polizeiwagen an, und alle Aufmerksamkeit konzentrierte sich auf die Beamten, während Nils links liegen gelassen wurde. Die Reporter drängten mit ihren Fragen auf die Kollegen ein, und Nils stellte überrascht fest, dass sich unter ihnen ein ihm wohlbekanntes Gesicht befand. Es war Jensen, der Niebüller Polizeichef.

»Was machen Sie denn hier?«, fragte Nils halb irritiert, halb erfreut, als sie die Bürotür hinter sich ins Schloss drückten und die Fernsehteams damit ausschlossen.

»Wie Sie sehen, wird der Fall immer dringlicher«, antwortete Jensen, und Nils war sich nicht sicher, was er damit andeuten wollte. Meinte er die Medien? Oder den zweiten Mord?

»Wir müssen jetzt schnell handeln, solange sich der Mörder noch auf Amrum befindet. Da kommt uns unverhofft zugute, dass es eine Insel ist«, fügte Jensen an und klopfte Nils aufmunternd auf die Schultern. »Meine Herren«, verkündete er dann lauter für alle, »wir versammeln uns im Büroraum, sobald Hauptkommissar Landorff dort drin fertig ist.«

Und tatsächlich öffnete sich kurze Zeit später die Tür, und Landorff kam zusammen mit Siebert heraus. Er führte ihn am

Arm vor sich her. »Herr Petersen, könnten Sie bitte die Zelle aufsperren?«

Die Polizeistation hatte eine Ausnüchterungszelle, die so gut wie nie genutzt wurde. Es war ein kleiner, länglicher Raum mit Pritsche und Toilette und einem schmalen, ausbruchsicheren Fenster. Eigentlich hätte man Siebert dort nicht hineinstecken dürfen, solange nichts gegen ihn vorlag. Er stand nicht unter Mordverdacht, und es gab keinen Haftbefehl gegen ihn. Siebert war lediglich zur Befragung hier. Nils überwand sein Bedürfnis, nachzufragen, und schloss die Zelle auf. Landorff schob Siebert hinein, und Nils verriegelte die Tür.

»Herr Landorff, dürfen wir das überhaupt?«

»Er ist ab sofort in Untersuchungshaft.«

»Bitte?«, entglitt es Nils ungehalten.

»Sie haben richtig gehört. Und jetzt kommen Sie mit ins Büro, dort werden Sie alles Weitere erfahren.«

Nils fühlte sich, als sei er einer Verschwörung aufgesessen. Alles schien hinter seinem Rücken verabredet worden zu sein, niemand hatte den Anstand gehabt, ihn über irgendetwas zu informieren.

Das Büro war zum Bersten gefüllt. Nils war der Letzte, der den Raum betrat. Jensen und Landorff standen vorn und führten das Wort.

»Guten Morgen, meine Herren«, begrüßte Jensen die Beamten. »Ich möchte mich zunächst für Ihre Arbeit heute Nacht bedanken. Ich bin mir bewusst, dass es nicht einfach war, vor allem, weil wir unserem eigentlichen Ziel, das Leben des zweiten Opfers vielleicht noch zu retten, nicht gerecht werden konnten. Das Opfer wurde in einem Wasserloch auf einer Weide bei Norddorf entdeckt, und ihr Leichnam ist zur Stunde bereits auf dem Weg in die Gerichtsmedizin nach Flensburg.« Er senkte den Blick und wägte seine nächsten Worte ab, bevor er tief einatmete und weitersprach. »Soweit ich bisher informiert bin, konnten an keinem der Kontrollpunkte besondere Vorkommnisse oder verdächtige Personen registriert werden. Allerdings haben wir, wie Sie eben selbst feststellen konnten, einen Mann in Gewahrsam nehmen können, der uns bereits bekannt ist. Ich spreche von Daniel Siebert, dem Exfreund von Helene Teichmann.«

Nils konnte nicht glauben, was er da hörte. Das alles erschien ihm wie ein schlechter Witz.

»Er wurde von drei Beamten an der Vogelkoje aufgegriffen und hatte sich zuvor an der Kontrolle vorbei zu Fuß über die Insel bewegt.« Mit den Worten »So viel erst mal dazu« schloss Jensen dieses Kapitel ab, doch Nils war keineswegs hinreichend informiert, wie das zusammenpassen sollte. Siebert war an der Vogelkoje gewesen, ja, aber das Mädchen war in Norddorf gefunden worden. Noch dazu zu einem Zeitpunkt, als Siebert unter Possebiehls Aufsicht hier im Büro gesessen hatte.

»Jetzt möchte ich von Ihnen ein paar Informationen haben. Wie viele Autos haben Sie gezählt, und gab es Übereinstimmungen, was den dunklen Wagen angeht, den der Täter in Lübeck angeblich gefahren haben soll?«

Nils musste sich zusammenreißen, während er zuhörte, was die einzelnen Teams berichteten. Im Hafen waren sechsundachtzig Autos von der Fähre gefahren. Siebzehn davon mit schwarzer oder dunkelblauer Lackierung. An der Tankstelle wurden nur noch zweiundvierzig Wagen gezählt, von denen zehn schwarz oder dunkelblau waren. In Norddorf kamen fünfzehn dieser Autos an, drei davon waren schwarz oder blau. In keinem der dunklen Wagen waren Männer allein unterwegs gewesen. Es waren immer Ehepartner oder Familien mit Kindern – mit Ausnahme eines Fahrzeugs, das sogar zweimal gesichtet wurde. Einmal auf dem Weg von Nebel nach Wittdün zum Seezeichenhafen und später um null Uhr sechs wieder zurück.

»Wir haben den Mann als Einheimischen identifiziert«, berichtete einer der Beamten. »Auf dem Rückweg war er eindeutig alkoholisiert. Wir haben eine Probe genommen, die eins Komma zwei Promille ergab. Sein Name ist Thore Mannen.«

Nils sah, wie Landorffs Bart zuckte, als er den Namen hörte. Er richtete sich kerzengerade auf und atmete dabei tief ein.

»Um wie viel Uhr passierte der Wagen auf der Hinfahrt den Kontrollpunkt?«, fragte Landorff nach.

»Das war um zwanzig Uhr neunundvierzig. Er sagte, er wolle einen Freund auf einem Schiff besuchen.«

»Sonst noch was?«, wollte Landorff wissen.

»Nein, nur drei Radfahrer. Eine Mutter mit Kind und ein älteres Ehepaar.«

Landorff bedankte sich mit einem Nicken und machte sich eine Notiz.

»Ist bei der Suche nach dem Täter nach Auffinden der Leiche etwas herausgekommen?«, fragte Jensen. Als Antwort erntete er nur betretenes Schweigen, einige senkten die Köpfe. »Gut, dann danke ich Ihnen für Ihre Angaben. Um acht und um sieben Uhr fahren die ersten Fähren von Amrum nach Dagebüll. Im Vorfeld wird *jedes* Auto in der Warteschlange kontrolliert«, kündigte Jensen nachdrücklich an. »Und jetzt dürfen Sie gehen.«

Sofort entstand Unruhe im Raum, als Stühle gerückt und leise Kommentare gemurmelt wurden.

»Moment«, rief Nils dazwischen, und alle drehten sich zu ihm um. »Mit welcher Begründung ist Daniel Siebert in U-Haft genommen worden? Er war zur Tatzeit nicht in Norddorf.«

Nils' Worte hingen eine Weile unbequem in der Luft, und die Beamten wandten sich, gespannt auf die Antwort, Landorff und Jensen zu.

»Herr Petersen, wir reden gleich noch, unter sechs Augen sozusagen«, meinte Jensen und schickte damit die Mannschaft hinaus.

»Was geht hier vor sich? Wieso erfahre ich von alldem nichts?«, fragte Nils vorwurfsvoll und ging auf die beiden zu, als alle den Raum verlassen hatten und sie allein waren.

»Setzen wir uns doch, Herr Petersen«, sagte Jensen. Er war sichtlich um eine Beruhigung der Situation bemüht und stellte Nils einen Stuhl hin.

Sie nahmen alle drei Platz.

»Folgendes ist geschehen«, begann Jensen. »Wir haben in der Zwischenzeit neue Informationen bekommen, die eine Tatbeteiligung von Herrn Siebert immer wahrscheinlicher machen. Dennoch«, er schob seine Augenbrauen nach oben, »gibt es weiterhin einige Fragen, die wir noch beantworten müssen.«

»Die da wären?«, fragte Nils unbeeindruckt.

»Nun, wie Sie wissen, weigerte sich Daniel Siebert, einer Durchsuchung seiner Wohnung zuzustimmen. Allerdings erhielten wir einen Anruf seiner Mutter, die sehr besorgt war und sich darum aus eigenem Antrieb darin umsah. Sie hat einige beängstigende Dinge entdeckt. Daniel Siebert hatte sich eine Art Schrein gebaut. Es hingen hauptsächlich vergrößerte Fotos von Helene in diesem Schrein, aber auch Zeichnungen von ihr, die er selbst angefertigt hatte.«

»Und das reicht schon?«, meinte Nils.

»Nein. Hinzu kam, dass, wie Sie auch wissen, bei Abzug der Zusatzkräfte von der Insel noch die Befragung der Mannschaft der ›Hilligenlei‹ ausstand. Und hier war die Bedienung in der Restauration der Fähre der Meinung, er habe Siebert zwei Tage vor Auffinden der ersten Leiche übersetzen sehen.«

»Was?«, entfuhr es Nils. »Wer war das?«

»Bernd Ostensen.«

Nils kannte ihn und behielt es für sich, dass er noch persönlich mit ihm sprechen wollte.

»Wir haben außerdem mit Sieberts Arzt in der Klinik weiteren Kontakt aufgenommen. Der Patient galt während seines Aufenthalts dort als depressiv mit suizidalen Tendenzen, aber …« , hier machte Jensen eine rhetorische Pause und hob den Zeigefinger, »es gab auch Momente, in denen er zur Aggression neigte und eine Psychose mit Wahnvorstellungen und Realitätsverlust ausbildete. Der Arzt konnte nicht ausschließen, dass seine Fixierung auf Helene mit deren Tod trotzdem nicht beendet sein würde. Es wäre möglich, dass er sie auf Frauen überträgt, die ihr ähnlich sind.«

Nils dachte einen Moment über diese Möglichkeit nach, bevor er dann bemüht ruhig den Mund öffnete und erklärte: »Angenommen, es ist so, wie Sie sagen. Er stürzt in eine Krise, bringt Helene um, stellt fest, dass sie ihm fehlt, und sucht sich neue Frauen, die Helene gleichen. Die bringt er dann ebenfalls um. Wo sehen Sie in diesem Szenario den besonderen Bezug zu Amrum, den Sie«, und dabei deutete er auf Landorff, »für unbedingt relevant hielten? Und wie beurteilen Sie den Umstand, dass er zu Fuß auf diese Insel kam, wie wir festgestellt haben? Wie soll er da bitte schön eine Leiche mitgebracht haben? Im Rucksack?« Die letzte Frage konnte seinen bitteren Sarkasmus nicht mehr verbergen. Er fand diese Theorie völlig unlogisch.

»Das haben wir uns natürlich auch gefragt«, sagte Jensen ohne eine Spur des Ärgers. »Eine Möglichkeit wäre, dass er sie hier versteckt hat, um zu dem auf dem Bild angekündigten Zeitpunkt zurückzukehren und sie zu töten und in den Tümpel zu werfen.«

Nils beugte sich vor. Sosehr er Jensen eigentlich mochte, und er kannte ihn immerhin schon ein paar Jahre lang, auch wenn sie sich nie häufig gesehen hatten, jetzt brachte er einfach kein Verständnis für ihn auf. »Ist das nicht reichlich konstruiert?«, fragte er.

Nun schaltete sich Landorff in die Diskussion ein. »Herr Petersen, Sie können uns glauben, dass wir vorsichtig mit unseren Verdächtigungen sind, aber als das zweite Bild auftauchte, verdichteten sich die Verdachtsmomente gegen Daniel Siebert bereits, sodass wir beschlossen, ihn zu observieren beziehungsweise sein Handy zu orten, um zu jeder Zeit zu wissen, wo er sich aufhält.«

»Sie wussten, dass er kommen würde?« Nils' Stimme schwoll an. Wut kochte in ihm hoch.

»Ja«, bestätigte Landorff. »Wir wollten ihn in eine Falle locken. Ich war ständig über seinen Aufenthaltsort informiert.«

»Deswegen hab ich Sie am See nicht mehr gesehen«, ging Nils plötzlich ein Licht auf. »Sie waren schon hinter ihm her, stimmt's?«

»Das ist richtig.«

»Und Sie haben nichts unternommen, als klar wurde, wohin er wollte?« Eine böse Falte bildete sich zwischen seinen Augenbrauen. »Ich hätte ihn abknallen können, verdammt. Oder er mich!«

»Nein, wir waren uns bewusst, welches Risiko wir eingingen, aber ein solcher Ausgang war höchst unwahrscheinlich. Wir haben gehofft, dass er uns vielleicht zu seinem Versteck führt.«

»Das ist doch Scheiße!«, brauste Nils auf. »Sie haben riskiert, dass jemand an der Koje sein Leben lässt, und die Beteiligten noch nicht einmal darüber informiert. Erst beschreiben Sie ihn mir als Psychopathen, und jetzt wollen Sie mir wohl erzählen, er sei so harmlos, dass er sich nicht wehrt, wenn man ihn festnehmen will?« Nils stand fast, als er die letzten Worte Landorff an den Kopf warf.

»Er hat sich nicht gewehrt, oder?«, sagte Landorff kühl, und Nils wäre ihm am liebsten an die Gurgel gegangen. Stattdessen deutete er drohend mit dem Zeigefinger auf Landorff. Bevor er etwas darauf erwiderte, besann er sich allerdings eines Besseren und setzte sich wieder. Aber Landorff ließ er nicht aus den Augen.

»Gut, jetzt weiß ich, wie Sie zu Ihren Kollegen stehen, und ich weiß, dass Sie offenbar keinen Funken Anstand besitzen. Ohne meine Frau wären wir alle immer noch da draußen. Und Sie hielten es nicht mal für notwendig, mich über Ihren Plan in Kenntnis zu setzen. Jetzt sitzen Sie da, es gibt eine weitere Tote, und Sie haben einen Tatverdächtigen in meiner Ausnüchterungszelle, den Sie lange vorher per GPS geortet haben. Wo haben wir ihn erwischt?«, fragte Nils und beantwortete die Frage gleich selbst. »An der Vogelkoje. Wo wurde das Opfer gefunden? In Norddorf. Was sagen Ihre GPS-Daten zu Norddorf? War er dort?«

Landorff und Jensen tauschten einen ernsten Blick.

»Herr Petersen«, hob Jensen an, weil er vermutlich merkte, dass Landorff nun vollends bei Nils verspielt hatte, »unsere Daten sind nicht lückenlos. Hier auf der Insel ist das Netz sehr instabil, wie Sie natürlich selbst wissen.«

»Oh ja, das weiß ich«, höhnte Nils wenig beeindruckt.

»Außerdem war es eine Maßnahme in der Maßnahme. Wir haben Siebert parallel zu den regulären Kontrollen beobachtet. Wir haben uns doppelt abgesichert.«

Nils lehnte sich traurig zurück, weil für ihn eine Sache ganz klar geworden war: »Sie haben sich auf einen Verdächtigen konzentriert und den wahren Täter dafür gehen lassen«, sagte er müde und enttäuscht. Er erhob sich schwerfällig. »Sie werden sehen, dass ich recht habe. Spätestens wenn das nächste Bild auftaucht.«

Mit diesen Worten verließ er das Büro.

2

1979

Die Vögel weckten ihn an diesem Morgen. Das Zwitschern drang, alle anderen Geräusche im Haus überlagernd, in sein schläfriges Bewusstsein, und er schlug die Augen auf. Er lag im Wohnzimmer zusammengerollt auf dem Teppich, die Sonne schien hell durch das geöffnete Fenster. Verwundert blinzelnd hob er den Kopf. War er etwa von der Couch gefallen? Er konnte sich nicht erinnern. Die letzte Nacht war lang gewesen. Er war fast hundert Kilometer weit über Long Island gefahren und hatte Ausschau gehalten nach einer Frau, nach *der* Frau. Aber wieder mal hatte er kein Glück gehabt. An unzähligen Bars und Clubs mit roten und blauen Neonlichtern hatte er gestoppt, war ausgestiegen und hatte sich auf die Suche gemacht. Doch so viele er auch angesprochen hatte, keine war dabei gewesen, für die es sich gelohnt hätte.

Tom rappelte sich auf und humpelte ans Fenster. Sein Van stand direkt vor der Tür.

So funktionierte es nicht. Nachts herumzugondeln und Mädchen wahllos anzusprechen. Nein, das war die falsche Methode. So würden sie niemals Vertrauen fassen. Und sein Verlangen wurde immer stärker. Seit dem ersten Mal, damals, als seine Familie noch lebte, war viel Zeit vergangen. Es schwelte wieder in ihm, er spürte es unweigerlich in sich aufkeimen. Er musste es wiederholen. Er brauchte dieses Gefühl. Und alles spielte ihm nun in die Karten. Er war allein, vollkommen allein und völlig frei, das zu tun, was er wollte, also musste er es verdammt noch mal beginnen.

Er aß ein paar Cornflakes mit Milch, duschte und ging hinaus auf die Straße. Zuerst musste er einkaufen. Das Wasser war alle und die Cornflakes auch. Mehr hatte er eigentlich selten im Haus.

Zwei Blocks weiter östlich gab es einen Walmart und noch ein paar andere Geschäfte, außerdem ein chinesisches Restaurant, in dem er schon mal etwas zum Mitnehmen bestellt hatte.

Er parkte, nahm sich einen Einkaufswagen und betrat die klimatisierte Verkaufshalle. Wie jeder andere der Hereinkommenden wahrscheinlich auch schloss er genüsslich seine Augen, als er die kühle Luft auf seiner Haut und in seiner Nase spürte. Er marschierte durch die bunten Reihen akkurat gestapelter Lebensmittelpackungen. Sie türmten sich bis hoch über seinen Kopf, unendliche Massen an Cornflakes, Orangensaft, Nudeln, Pfannkuchen, Süßigkeiten, Mehl, Zucker und eine Menge andere Dinge, die er alle nicht brauchte. Er fühlte sich vollkommen verloren in diesen endlosen Gängen. Das war viel zu viel Auswahl.

Am Ende lagen in seinem Wagen vier Packungen Cornflakes, je eine Gallone Milch und Orangensaft und zwei Sechserträger Mineralwasser, eine alte Angewohnheit aus Deutschland. Die meisten Amerikaner tranken ihr Wasser aus dem Hahn. Aber es schmeckte ihm mit Kohlensäure einfach besser, und er musste keine Angst haben, aus einem verunreinigten Wasserrohr zu trinken. So runtergekommen, wie die Stadt im Moment war, konnte nicht gesund sein, was da für eine Brühe aus den Hähnen troff.

An der Kasse lächelte er dem Mädchen zu, das ihn bediente, und bezahlte in bar. Er benötigte keine Tüten, sondern stellte einfach alles bequem hinten auf die Ladefläche des Vans. Als er die Türen zuwarf, hörte er das laute Lachen und Kichern von vier jungen Frauen, die etwas weiter rechts den Inhalt eines Einkaufswagens, lächerlich vollgestapelt mit Papiertüten, in den Kofferraum eines Coupe DeVille verfrachteten. Tom schob seinen Wagen in die Reihe zurück und hörte, wie eine Tüte riss und etwas zu Boden klatschte. Die Mädchen schrien und lachten jedoch gleich wieder. Anstatt zu seinem Van ging Tom ein Stück weiter vor bis zu dem Coupe DeVille und sah, wie die vier Mädchen Fleischpackungen vom Boden aufklaubten. Sie trugen alle Flipflops, kurze Pantys und weiße bauchfreie Blusen oder enge T-Shirts. »Kann ich euch helfen?«, fragte er und hockte sich zu ihnen.

Sie sahen ihn abschätzend und glucksend an. Er lächelte.

»Ja, danke«, sagte eine dunkelblonde Schönheit mit langen Haaren und Sommersprossen auf der Nase. Sofort lachten die anderen drei, und Tom stapelte die Steaks auf seiner Hand und brachte sie im Kofferraum unter.

»Die blöden Papiertüten«, schimpfte die eine belustigt.

»Ja«, sagte Tom und hob zwei Tüten gleichzeitig aus dem Einkaufswagen. »Ich mach das schon«, bot er sich an, und die Mädels standen um ihn herum und sahen zu, wie er alles ins Auto packte. »Mein Gott, wofür braucht ihr so viel Zeug?«

»Oh, wir machen eine Party. Trishs Eltern sind nicht zu Hause, und wir wollen grillen und 'n bisschen was trinken«, erklärte die Blonde und deutete mit einem Nicken auf die Schwarzhaarige, die wohl Trish sein musste.

»Hast du Lust, zu kommen?«, fragte diese kess.

»Ich?« Tom war erstaunt.

»Wer uns so nett hilft, ist natürlich eingeladen«, sagte sie und warf den riesigen Kofferraumdeckel zu. »Es gibt auch Bier.«

»Hab ich gesehen«, meinte Tom, der die Dosen schließlich gerade in den Kofferraum befördert hatte.

»Heute Abend, acht Uhr«, sagte die Blonde. »Ich bin Sue, das ist Trish, und das sind Betty und Flora«, stellte sie alle vor.

»Hi, ich bin Tom.«

»Wohnst du hier?«

»Ja, ganz in der Nähe.«

»Du hast 'nen coolen Van«, meinte Trish. »Also, kommst du?«

»Ich bin nicht so der Party-Typ«, entschuldigte sich Tom.

»Ach, nun stell dich nicht so an. Kannst auch einen Freund mitbringen, wenn er so süß aussieht wie du«, sagte Trish, und die Mädchen kicherten los.

»33. Avenue, Ecke 21. Straße«, erläuterte Flora schüchtern.

»Mal sehen, aber danke.«

»Ich würde mich freuen«, sagte Sue so leise, dass es wahrscheinlich nur Tom hören sollte. Sie lächelte ihn an und schlug dann die Augen nieder.

»Schönes Auto. Euers?«

»Nein«, rief Trish belustigt. »Gehört meinen Eltern. Die sind in die Keys geflogen.«

Tom klopfte auf den Kofferraum und winkte ihnen zu. »Also, dann ...«

»Also, dann was?«, fragte Trish.

»Bis bald.«

»Heute Abend!«

Tom nickte. Er entfernte sich und vernahm in seinem Rücken ein Tuscheln und Kichern.

Wie einfach war das denn?, fragte er sich, als er auf der Hauptstraße zurück zu seiner Wohnung fuhr. Sie hatten ihn eingeladen. Kaum zu glauben. Vier Schönheiten, doch wirklich gefallen hatte ihm nur eine. Sue war sehr nah daran, perfekt zu sein. Er mochte ihre Augen, auch wenn sie ihn nicht lange angesehen hatte, die Sommersprossen und ihre weißen Zähne und die zartrosa Lippen. Gott, sie war wirklich nah daran, perfekt zu sein.

Aber diese Party war nichts für ihn. Das konnte er nicht riskieren. Nein. Er musste auf eine andere Gelegenheit warten. Warten war allerdings etwas, was er im Augenblick kaum noch ertragen konnte, und nun, mit dem Ausblick auf etwas derart Wunderbares wie Sue, schien es schier unmöglich zu sein.

Er blieb den ganzen Tag über in seiner Wohnung, aß noch mehr Cornflakes und legte sich eine Strategie zurecht. Zufrieden mit sich schlich er gegen siebzehn Uhr durchs Treppenhaus, weil er aufs Dach wollte. Das war eigentlich verboten. Die Tür war mit einem Vorhängeschloss des Vermieters versehen, doch Tom hatte das billige Ding schon unzählige Male geknackt. Er hatte die nächste Etage fast erreicht, als unten jemand durch die bei der Hitze immer offen stehende Haustür trat. Tom blickte durch das Geländer nach unten und erkannte den dicken Arm, der den massigen Körper die Stufen hochzog, sofort. Towbridge. Sein Keuchen erfüllte das Treppenhaus, und seine schweren Schritte hallten bis zu ihm nach oben. Tom beobachtete, wie Towbridge vor seinem Apartment stehen blieb, sich mit einem Taschentuch die Stirn und den Nacken trocken rieb und dann anklopfte.

Er hätte etwas sagen, hätte hinuntergehen und einen Moment mit ihm plaudern können, aber Tom blieb, wo er war. In der Wohnung, vor deren Eingangstür er verharrte, hörte er Samantha weinen. Sicher würde ihr Vater sie gleich wieder verprügeln oder ihr Dinge an den Kopf werfen, die Mädchen in dem Alter nicht hören sollten.

Towbridge wartete sehr lange. Als Samantha laut aufschrie und man ein dumpfes Poltern vernehmen konnte, dachte Tom, er würde argwöhnisch werden, doch Towbridge regte sich nicht. Entweder hatte er es nicht gehört, oder solche Geräusche waren schon völlig normal für ihn. In seinem Beruf musste man wohl damit zurechtkommen, ohne gleich die Polizei zu rufen.

Sein Jugendberater machte schließlich kehrt und kämpfte sich die Stufen hinunter, während Tom die Treppe hinaufstieg und sich am Schloss zu schaffen machte, das er mit ein paar Drähten schon nach wenigen Sekunden geöffnet hatte. Leise schob er die Tür auf, denn er wollte allein sein, und trat hinaus in die Sonne. Es war zu spät, um heute noch zum Strand zu fahren, also wollte er hier ein wenig sonnenbaden und etwas Farbe bekommen. Er suchte sich einen Platz, von wo aus man ihn nicht sehen konnte, zog sein T-Shirt aus und legte sich darauf. Das schwarze Dach reflektierte die Hitze noch mehr als die Straße, und die Sonne briet ihn von oben wie von unten. Es war wie in einem Backofen, aber gut auszuhalten für ihn. Sue spazierte durch seine Vorstellung. In Zeitlupe tanzte sie für ihn. Auf seinem Gesicht machte sich ein seliges Lächeln breit. Ja, Sue war die Richtige, sie musste es sein. Sie hatte den Funken in ihm entfacht.

Er blieb knapp anderthalb Stunden auf dem Dach, das Schwarz lag unter ihm und das Blau des Himmels über ihm. Er schwebte auf heißer, aufsteigender Luft über Jackson Heights hinweg. Er sah alles, aber niemand sah ihn.

Mit glühender Haut beendete er schließlich seinen Ausflug auf das Dach und verriegelte die Tür wieder mit dem Vorhängeschloss. Der Vater von Samantha kam gerade aus der Wohnung, als er daran vorbeiging.

»Hi«, grüßte Tom.

»Was willst *du* hier oben?«, fragte der Kerl unwirsch. Tom musterte ihn von oben bis unten, seine schäbigen Schuhe und das abgewetzte Hemd, das unerträglich nach Männerschweiß roch.

»Ich kann alles genau hören«, sagte Tom.

»Mmmhh?«

»Ich sagte, ich kann alles hören. Ich wohne direkt unter Ihnen.«

Die Augen des Mannes verdunkelten sich, und sein Mund schrumpfte zu einem faltigen Strich zusammen. »Weiß nicht, was du meinst«, knurrte er und wollte an Tom vorbei nach unten gehen. Er war größer und viel kräftiger als Tom, auch wenn er nicht mehr der Jüngste war. Aber in einem Kampf hätte er rein vom Äußeren her keine Mühe mit ihm.

»Lass die Kleine in Ruhe oder …«

»Oder was?« Samanthas Vater war stehen geblieben und funkelte Tom aus boshaft blitzenden Augen an. »Was wolltest du sagen, du Schwuchtel?«

»Wollen Sie, dass ich wiederhole, was ich gesagt habe, oder wollen Sie hören, was ich sagen *will*?«

»Pass mal auf …«, sagte sein Gegenüber unangenehm kriecherisch und kam auf ihn zu.

»Also gut«, meinte Tom fast fröhlich. »Ich sagte, ich kann hören, wie Sie Ihre Tochter behandeln. Und ich *will* sagen …« Tom machte eine wohlakzentuierte Spannungspause. Dann senkte er die Stimme. »Ich will sagen: Wenn Sie nicht eines Tages mit aufgeschlitzter Kehle und in Ihrem eigenen Blut badend in der Gosse aufwachen wollen, dann lassen Sie besser die Finger von ihr.«

Tom erkannte, dass seine Drohung eine Wirkung erzielte. Der Mann fing sich zwar schnell wieder, traute sich aber offenbar nicht, seine körperliche Überlegenheit gleich hier und jetzt zu demonstrieren. Man konnte sehen, wie er überlegte, was er Tom sagen sollte. Irgendetwas musste ihm doch Respekt einflößen.

»Schwuchtel«, spie er Tom schließlich verächtlich ins Gesicht und ging dann die Treppe hinunter.

»Schön«, entgegnete Tom. »Sie haben sich entschieden.«

Das rote Backsteinhaus von Trishs Eltern hatte einen gepflegten Vorgarten. Die schweren bordeauxfarbenen Vorhänge in den Fenstern waren geschlossen, sodass die Nachbarn keine Möglichkeit hatten, einen Blick auf das Geschehen im Haus zu werfen. Die Sonne war bereits untergegangen, und Tom spazierte auf der gegenüberliegenden Straßenseite an dem Grundstück vorbei. Er trug Jeans und einen grauen Sweater, dessen Kapuze er sich über den Kopf gezogen hatte. Man konnte die Rauchfahne des Grills hinter dem Haus aufsteigen sehen und hörte Stimmen und Musik. Tom drehte immer wieder neue Runden um den Block, am Haus und an seinem Van vorbei, den er zwei Straßen weiter geparkt hatte. Zwischendurch setzte er sich hinein und wartete.

Um zwei Uhr ging er wieder bis an das Haus und sah, dass bereits einige Gäste die Party verließen. Sie waren deutlich angetrunken. Er setzte sich zwischen zwei parkenden Autos auf den

Bordstein, sodass er gerade noch die Eingangstür sehen konnte, und wartete. Sogar nachts war es noch so warm, dass er unter seiner Kapuze schwitzte. Er wollte sie gerade absetzen, um etwas Luft an seinen Kopf zu lassen, da vernahm er Schritte und das Kratzen von Hundekrallen auf dem Asphalt.

Tom zog die Kapuze tiefer in die Stirn und machte sich ganz klein. Doch der verdammte Köter hatte ihn schon gerochen und fing an zu knurren.

»Was ist los mit dir, was hast du?«, fragte eine Frauenstimme. Sie kam näher und musste jetzt direkt hinter ihm sein. Tom regte sich nicht.

Das Knurren hörte nicht auf.

»Ist da jemand?«, fragte sie ihren Hund, der offenbar ängstlich verharrte und sich nicht zum Weitergehen bewegen ließ. »Hallo? Was machen Sie da?«, fragte sie energisch, weit weniger beeindruckt als ihr Köter.

Tom fing an, unkontrolliert zu schwanken. »Mrr's schlecht«, lallte er.

»Gehen Sie nach Hause«, befahl die Frau ärgerlich und entfernte sich. Er hörte sie vor sich hin murmeln, während ihre Schritte langsam leiser wurden. »Sitzt da mitten in der Nacht herum. Wer trinkt, muss es auch vertragen können.« Als sie das Haus mit der lauten Musik erreichte, rief sie: »Aha!«

Tom schmunzelte unter seiner Kapuze und hörte, wie die Haustür zuschlug. Er lugte um die Stoßstange des Buick neben ihm herum, und da war sie. Sue. Sie trug eine enge Jeans mit Schlag und dazu eine weit ausgeschnittene Bluse, die über ihrem Bauchnabel zusammengebunden war. Ihr Haar hatte sie hochgesteckt, und die Korkstiefeletten hielt sie in der Hand. Ihr unsicherer Schritt zeigte Tom, dass auch sie betrunken war.

Es gab Zufälle, die waren Schicksal. Und dieser hier war einer davon. Sie wurde ihm förmlich auf dem Tablett serviert, in einer lauen Sommernacht, ganz allein.

Er hätte jetzt direkt zu ihr rüberlaufen können, doch er hatte einen anderen Plan. Geduckt entfernte er sich von den Autos, zwischen denen er gehockt hatte, und lief die zwei Straßen weiter zu seinem Van. Hastig warf er den Motor an und fuhr in die Parallelstraße, durch die Sue gerade nach Hause torkelte. Er schnitt ihr quasi den Weg ab, parkte halb ein und sah sie in knapp hundert Metern Entfernung auf sich zukommen. Das Drehkreuz hatte er sich schon parat gelegt, er nahm es und glitt aus der Wagentür ans Heck des Vehikels, wo er zwei Schrauben des Hinterrades lockerte. Er konnte schon das Patschen ihrer nackten Füße hören, als er eilig seinen Sweater auszog, damit sie ihn auch erkannte.

Jetzt war sie nur noch zehn Meter entfernt. Er tat sehr beschäftigt und stöhnte und ächzte beim Eindrehen der Schrauben.

Die Schritte stoppten. Tom hielt inne und drehte sich langsam um. Da stand sie. Wunderschön, wenn auch etwas unsicher auf den Beinen, und blinzelte ihn mit verzögertem Augenaufschlag an.

»Tom?«, fragte sie.

»Ja.« Er stand auf und behielt das Drehkreuz in der Hand.

»Du bist der Tom vom Supermarkt«, sagte sie. »Wir haben dich heute eingeladen.«

»Ich weiß«, entgegnete er. »Ich wollte ja auch kommen, aber ich hatte einen Platten.« Er hielt das Drehkreuz hoch. »Hab gerade den Reifen gewechselt.«

Sie blickte auf den Reifen, auf das Drehkreuz und dann zu ihm.

»Ooch, das ist aber schade, die Party ist schon aus. Also, fast. Wenn du willst, kannst du noch hingehen, ist gleich am Ende der Straße.«

»Und was ist mit dir?«, fragte Tom.

»Ich muss nach Hause. Meine Füße tun weh, und ich kann nicht mehr.« Sie lächelte müde.

»Soll ich dich schnell bringen? Der neue Reifen ist drauf«, sagte Tom und trat dagegen.

»Echt?«, fragte sie.

»Ja, ich hab nach der Quälerei eh keine Lust mehr auf Party. Wohnst du weit weg?«

»Nein, nur zwei Blocks.«

»Also, wenn du möchtest, fahr ich dich.« Er blickte auf ihre nackten Füße, und Sue ließ lachend die Zehen tanzen.

»Ist gut«, sagte sie und kam zu ihm herüber.

Sie stiegen ein, und Sue sah sich in der Fahrerkabine um.

Tom ließ den Motor an. Sie war bei ihm. Er hatte es geschafft. Jetzt durfte er sich nur nicht zu dumm anstellen. Er wendete und fuhr mit knapp zehn Meilen pro Stunde durch das Wohngebiet, an verdunkelten Häusern vorbei, in denen alles schlief. Er musste sich so zusammenreißen, um ihr nicht zu sagen, wie schön sie war.

»Tut mir leid für dich«, sagte sie schüchtern.

»Was?«

»Na, dass du alles verpasst hast.«

Er sah zu ihr.

»Ich habe gar nichts verpasst. Ganz im Gegenteil.«

Ein Lächeln ließ ihre schönen Zähne strahlen.

»Oh«, sagte sie dann enttäuscht, »da vorn ist es schon. Das weiße Haus.«

Tom ließ den Wagen im Leerlauf darauf zurollen und hielt vor dem Eingang. Auch hier war alles dunkel.

»Wohnst du noch bei deinen Eltern?«

»Ja, aber die schlafen sicher ganz fest.«

»Es ist schon spät«, sagte Tom.

»Ja, aber meine Mom nimmt Schlaftabletten, und mein Dad … der trinkt abends ganz gern mal einen Whiskey. Selbst wenn das Haus explodieren würde, die würden nicht wach werden.«

Dann entstand eine Stille, die kaum auszuhalten war. Jeder von ihnen wartete auf ein Zeichen des anderen.

»Hast du Lust, schwimmen zu gehen?«, fragte Tom nach einer gefühlten Ewigkeit.

»Wie bitte?«

»Schwimmen.«

»Wo, im Meer?«

»Nein, in einem Pool.«

»Kennst du jemanden, der einen hat?«

»Ich hab einen.«

»Du?«, fragte sie amüsiert und drehte sich zu ihm.

»Ja, ich hab ein Haus, und das hat einen Pool.«

»Du hast ein Haus?«, wiederholte sie ungläubig.

»Ich zeig's dir.«

»Bist du einer von diesen Brokern, die mit zwanzig schon Millionäre sind?«

»Nein, ich hab's geerbt.«

»Oh«, sagte sie bestürzt.

»Schon gut«, meinte Tom heiter. »Also, sollen wir?«

Sie nickte und warf noch einen schnellen Blick auf ihr Elternhaus, bevor Tom Gas gab und sie losfuhren.

»Mein Gott, wo wohnst du denn?«, fragte Sue, als sie schon eine ganze Weile auf dem Northern Boulevard in Richtung Brookville unterwegs waren.

»Ist nicht mehr weit«, entgegnete er, ohne seinen Blick von der schnurgeraden Straße zu nehmen, die auf beiden Seiten von mächtigen Bäumen und größeren Waldflächen gesäumt wurde. Irgendwann bog er nach links in eine unscheinbare und unbeleuchtete kleine Straße ein. Sue rutschte unruhig in ihrem Sitz hoch und beäugte die Gegend.

»Ihr seid tatsächlich Millionäre«, sagte sie beeindruckt.

Tom setzte den Blinker und fuhr über eine halbkreisförmige Auffahrt zwischen hohen Bäumen hindurch auf ein großes Anwesen zu, dessen Fensterläden alle verschlossen waren. Eine amerikanische Flagge hing schlaff an einem weißen Holzmast im Vorgarten, und zwei Säulen stützten das ebenfalls weiße Vordach über dem Eingangsportal.

»Wow«, entfuhr es Sue. »Das glaub ich nicht.«

»Schon gut, mein Vater hat für eine sehr erfolgreiche Firma gearbeitet.« Er hielt an und zog den Schlüssel ab. »Komm.«

Sie stiegen aus und gingen auf die grüne Haustür zu. Sues Blicke wanderten über die gesamte Front des Hauses, sie hielt ihre Schuhe dabei fest umklammert. Tom zog einen Schlüssel aus der Hosentasche und öffnete.

»Komm rein«, sagte er wie selbstverständlich, machte Licht, und ein großer kristallener Kronleuchter flammte auf und erhellte einen großen Flur, von dem drei Türen abgingen und in dem eine breite, geschwungene Treppe nach oben führte.

Sue blieb staunend stehen, während Tom nach rechts in die Küche ging und im Kühlschrank nachsah, ob Getränke da waren.

»Ich hab nur noch Wasser«, rief er.

»Macht nichts«, entgegnete Sue leise, so als könnte sie jemanden wecken, wenn sie zu laut sprach.

Tom kam mit einer kleinen Plastikflasche zurück und drückte sie ihr in die Hand. Dann führte er sie durch die zweite Tür ins Wohn- und Esszimmer. Es war riesig. Große dunkle Holzmöbel standen auf teuren Perserteppichen. Es gab ein Klavier und einen offenen Kamin. Tom entriegelte die Terrassentür und die davor verschlossenen Holzläden. »Hier geht's in den Garten«, sagte er und ging voraus.

»Ich hab keinen Bikini dabei«, stellte Sue fest, während sie trippelnd hinter ihm her auf die breite Terrasse schlich. Gartenmöbel standen zusammengeklappt um einen Holztisch herum. Die halbe Terrasse war von einem schrägen Dach überspannt, und inmitten der Rasenfläche gähnte ein schwarzes, rechteckiges Loch, das von weißen Steinfliesen eingefasst war. Weiter hinten in der Dunkelheit verschluckten große, dichte Bäume die Grenzen des weitläufigen Gartens. Tom war um die Ecke zu einem Gartenhäuschen gegangen, in dem er an irgendetwas herumfuhrwerkte.

Unsicher machte Sue ein paar Schritte auf den Pool zu und spähte in den Eingang der Hütte.

»Tom?«

Da sprangen mit einem elektrischen Sirren die Scheinwerfer im Pool an, und eine riesige Fläche türkisfarbenen Wassers leuchtete in der Dunkelheit auf. Sue erschrak dermaßen, dass sie einen Schritt zurück machte.

Tom erschien in der Tür des Gartenhäuschens.

»Na, gefällt's dir?«

»Ach du meine Güte, ja«, rief sie aufgeregt.

»Dann lass uns schwimmen.«

Tom entledigte sich seiner Hose und seines T-Shirts und sprang kopfüber ins Wasser. Sue zog ebenfalls Hose und Bluse aus und sprang ihm nach. Sie trug keinen BH, was Tom natürlich schon aufgefallen war. Er tauchte durch das gesamte Becken und kam prustend am anderen Ende wieder nach oben. Auch Sue tauchte mit gekonnten Schwimmzügen und schob sich dann langsam, mit nach hinten geneigtem Kopf, neben ihm aus dem Wasser. Ganz glatt legten sich ihre Haare an den Kopf und ihre Schultern.

»Du schwimmst gut«, meinte Tom.

»Ich bin in der Nähe von Rockaway Beach groß geworden«, flüsterte sie.

»Ich mag Rockaway Beach«, sagte Tom. »Hab mich erst neulich da tätowieren lassen.«

»Ehrlich? Wo denn?«

»Im Nacken.«

»Kann ich's sehen?«

Tom drehte sich um und hob seine nassen Haare an.

»Cool«, meinte Sue anerkennend.

»Hast du auch eins?«

Sie schüttelte den Kopf wie ein kleines Mädchen. Wassertropfen rannen über ihre makellose Haut. Sie leckte sich die Lippen, streckte behutsam eine Hand aus und strich Tom eine Haarsträhne aus dem Gesicht.

»Ich mag dich«, wisperte sie.

»Du bist wunderschön«, sagte er ernst.

Sue neigte ihren Kopf leicht nach rechts und näherte sich seinem Gesicht. Ihre Münder berührten sich fast, und Sue schloss schon ihre Augen.

»Warte«, sagte Tom und berührte sie an der Schulter. »Lass uns reingehen.«

Sie sah ihm tief in die Augen, und als er sich vom Beckenrand abstieß und rückwärts davonschwamm, folgte sie ihm. Nass, wie sie waren, liefen sie ins Haus und tropften auf die Teppiche.

Tom durchquerte das Wohnzimmer und trat in den vom Kronleuchter erhellten Flur. Mit der Hand am Türrahmen drehte er sich zu ihr um.

»Komm, ich will dir was zeigen.«

3

2014

Elke stand vor dem Spiegel und kämmte sich die Haare. Ihre Augenlider waren noch etwas geschwollen, doch mit kaltem Wasser hatte sie das Schlimmste beheben können. Die Nacht hatte sie gezeichnet. Sie hatte keine Minute geschlafen, und die Vorwürfe, die sie sich machte, liefen wie eine Endlosschleife durch ihren Kopf. Was sollte sie tun? Die Erinnerung an Thomas war aus dem Nichts aufgetaucht wie ein lange versunkenes Schiff, das vom Grund des Meeres gehoben wurde. Schmutzig und hässlich stand es nun da. Konnte es ihre Beziehung gefährden? Sie musste es Nils sagen, das musste sie einfach, so sicher, wie sie war. Aber dann fragte sie sich wieder, ob sie überhaupt noch bei klarem Verstand war. Ob das nicht alles nur Dinge waren, die sie sich einbildete. Der Stil, die Pinselführung. Konnte sie ihren damaligen Eindrücken nach all den Jahren überhaupt noch vertrauen? Es war so lange her. Gerade mal eine Stunde hatte sie Thomas Modell gesessen, zehn Minuten lang das Bild betrachtet. Was war das schon? Bevor sie ihre Ehe gefährdete, musste sie sich hundertprozentig sicher sein.

»Elke?«, hörte sie Nils von unten rufen.

Sie hatte ihn gar nicht kommen hören. Sie wollte ihm antworten, schloss dann aber kraftlos den Mund.

»Elke?«, fragte Nils, der inzwischen in die obere Etage gekommen war. Er klopfte an die Badezimmertür und trat ein. »Hier bist du.«

Sie drehte sich zu ihm um und versuchte mit aller Kraft, ihre Tränen zurückzuhalten. Nils umarmte sie, und Elke schlang ihre Arme um seinen Körper, so fest sie konnte.

»Ich hab es zu spät gesehen«, sagte sie.

»Wir konnten nichts tun, Schatz. Und Landorff und Jensen *wollten* auch nichts tun.«

Sie lehnte sich zurück. »Wie meinst du das?«

»Siebert stand unter Beobachtung. Sie haben ihn per GPS geortet, als er auf die Insel kam. Jetzt sitzt er in U-Haft. Aber er war es nicht.«

»Nein, das denke ich auch«, stimmte Elke ihm zu. »Hat denn niemand was gesehen?«

»Das finden wir jetzt raus ... oder die. Ich bin draußen.«

»Was soll das heißen?«

»Sie hielten es nicht für nötig, mich zu informieren. Ich hätte den Jungen beinahe erschossen. Den wahren Zweck des Einsatzes zu verschweigen war hochgradig fahrlässig, und das habe ich ihnen auch deutlich zu verstehen gegeben. Landorff wird meine Hilfe sicher nicht mehr in Anspruch nehmen wollen.«

»Die Frage ist wohl eher, ob du das willst«, sagte Elke und strich ihm liebevoll über die Wange. »Ich muss jetzt los.«

»Wohin?«, fragte er.

»Mein erster Arbeitstag.«

»Stimmt«, sagte er und schlug sich gegen den Kopf. »Entschuldige.«

»Schon gut.« Sie küsste ihn. »Bis heute Abend.«

»Ja, und viel Spaß. Du schaffst das.« Er blieb am Waschbecken stehen, während Elke auf den Flur hinaustrat und die Treppe hinunterging.

Am Hafen stand sie im hinteren Drittel der Autoschlange und beobachtete, wie die Polizei jeden einzelnen Wagen vor ihr abging und kontrollierte.

Dann war sie an der Reihe. Glaser und Wächter traten von links und rechts auf sie zu. Ihre Scheibe hatte sie bereits heruntergekurbelt.

»Guten Morgen, Polizei Niebüll, wir müssen ...« , begann Glaser, da hielt Elke ihm auch schon ihren Ausweis hin.

»Ich weiß, ich bin die Frau von Nils Petersen.«

»Ach, entschuldigen Sie bitte«, sagte Glaser und stand etwas unbeholfen da. Er gab seinem Kollegen über das Wagendach hinweg ein Zeichen. Dann beugte er sich wieder herunter. »Tut mir leid. Gute Fahrt, Frau Petersen«, sagte er und ging weiter zum nächsten Auto.

Elke erlebte die Überfahrt kaum bewusst. Sie befand sich in einem Dämmerzustand aus totaler Erschöpfung, lähmender Nervosität und den Schreckensvisionen der letzten Nacht. Nils hatte nichts bemerkt von dem Geheimnis, das sie vor ihm verbarg. Sie hatte Thomas merkwürdigerweise nie wiedergesehen. Nachdem sie ihn in seiner Wohnung zurückgelassen hatte, war er wie vom Erdboden verschluckt gewesen. Anfangs glaubte sie, sein gekränktes Ego, das die Zurückweisung nicht verkraften konnte, sei schuld daran, dass er sich in der Uni nicht mehr blicken ließ. Doch er blieb verschwunden, und sie nahm irgendwann an, er habe das Studium aus persönlichen Gründen aufgegeben, auch wenn sie zugeben musste, dass sie sich aus Scham nie nach ihm erkundigt hatte.

Die Fähre legte an, und Elke fuhr ihrer neuen Zukunft entgegen. Ungünstiger hätte sie gar nicht beginnen können, doch Hansens fröhliches Wesen, als er sie im Museum begrüßte, ließ sie ihre Sorgen für einen Moment vergessen. Er führte sie in ihr neues Büro, und Elke stellte gerührt fest, dass er ihr frische Blumen auf den Schreibtisch gestellt hatte.

»Das ist aber nett, Herr Hansen«, sagte sie mit belegter Stimme.

»Aller Anfang ist schwer. So wird es leichter«, entgegnete er freundlich und wollte noch etwas hinzufügen, als er unterbrochen wurde. In der Tür erschien eine Frau in einem grauen Hemdkleid mit schwarzen Strumpfhosen. Sie hatte tiefschwarzes Haar, das sie streng zu einem Zopf nach hinten gebunden trug. Ihr feines Gesicht und ihre vollen olivenförmigen Lippen faszinierten Elke sofort. In ihren großen braunen Augen lagen ohne jeglichen Widerspruch Sanftheit und Schmerz.

»Hallo«, sagte sie reserviert und kam mit ausgestreckter Hand auf Elke zu.

»Guten Morgen, ich bin Elke Petersen.«

»Herzlich willkommen. Ich bin Sun-Jung Pak.«

»Sun wird Ihnen beim Einarbeiten helfen«, erklärte Hansen. »Sie müssen sich ja erst mal mit allem vertraut machen, mit dem Computersystem, das ich selbst nicht verstehe, unseren Karteien, den Künstlern und so weiter. Sie beide kriegen das schon hin.«

Elke blickte ihrer neuen Kollegin zuversichtlich in die Augen. Die zeigte keine Reaktion.

»Ich muss jetzt wieder in mein Büro«, schloss Hansen. »Es wäre schön, wenn wir heute Mittag alle zusammen essen könnten. Der

Terminplan ist Gott sei Dank recht übersichtlich, sodass wir uns das heute mal gönnen können.«

»Gern«, sagte Elke belustigt. Hansen musste man einfach gernhaben.

»Also, bis später, die Damen«, sagte er und hob die Hand zum Abschied.

Frau Pak legte die Hände ineinander und wandte sich an Elke. »Wollen wir mit dem Computer beginnen? Er ist sicherlich die wichtigste Quelle für Ihre Arbeit.«

»Natürlich.« Elke machte Platz, als Frau Pak sich einen Stuhl hinter den Schreibtisch stellte und Elke dann denn Schreibtischsessel anbot.

Die Assistentin Hansens und gleichzeitige stellvertretende Leiterin des Museums machte keine Anstalten, Zeit mit Small Talk zu vergeuden. Sie war konzentriert und zielgerichtet und erläuterte Elke alle relevanten Details mit Ruhe und einem niedlichen Akzent, wie Elke fand. Sie war nur etwas irritiert, weil Frau Pak nie lächelte. Mochte sie sie nicht? Sie kannten sich noch nicht mal eine Stunde. Aber manchmal war es einfach so, dass man sich sah und umgehend eine gefühlsmäßige Entscheidung gegen die andere Person traf. Nur war es bei Elke genau andersherum. Auch wenn Frau Pak nicht gerade zugänglich war, fand sie sie dennoch sympathisch und interessant. Sie war hübsch. Elke hätte sie gern einmal lächeln gesehen und war neugierig, welchen Effekt das auf ihre Ausstrahlung haben würde. Darum versuchte sie von Zeit zu Zeit, einen Witz zu machen, doch Frau Pak biss nie an.

Es war kurz nach zwölf, als Frau Pak einen Anruf bekam. Sie lauschte der Stimme, und ihre Mimik verriet, dass es etwas Wichtiges sein musste.

»Ich muss Sie jetzt allein lassen, Frau Petersen«, sagte sie denn auch mit der Hand über der Sprechmuschel. »Treffen wir uns in einer Stunde unten zum Essen?«

»Ist gut. Ich mach hier einfach noch ein bisschen weiter und arbeite mich ein.«

Frau Pak nickte und verließ das Büro mit dem Handy am Ohr.

Elke klickte sich durch die Ordner auf dem Desktop und versuchte, alles aufzunehmen. Das System war gut geordnet. Es gab Kontakte zu Künstlern, Agenturen, Hochschulen, Sponsoren und die Kalenderpläne für die Woche, den Monat und das gesamte Jahr. Sie durchstöberte die Termine für diese Woche. Für heute stand ihr Name in der obersten Zeile. »Frau Petersen Arbeitsbeginn«, war dort vermerkt. Elke lächelte und schloss den Ordner wieder, nachdem sie die übrigen Termine im Kopf abgespeichert hatte. Ihr Blick blieb am Ordner »Hochschulen« haften. Sie doppelklickte, und ein Fenster, in dem Dokumente mit den Namen aller Kunsthochschulen Deutschlands inklusive ihrer Adressen und der Ansprechpartner aufgelistet waren, öffnete sich. Elke scrollte nach unten, bis sie die Kunst-Fakultät der Uni Hamburg erreicht hatte. Nervös zupfte sie an ihrer Oberlippe. Dann nahm sie den Hörer auf und wählte die Nummer. Eine weibliche Stimme meldete sich.

»Ja, guten Morgen, mein Name ist Petersen vom Kunstmuseum Niebüll«, begann Elke und dämpfte ihre Stimme, damit sie nicht von Hansen oder Frau Pak gehört werden konnte. »Ich … wir interessieren uns für einen Künstler, der bei Ihnen studiert hat. Allerdings kennen wir nicht seinen Namen. Ich weiß nur, dass er 1994 an Ihrer Hochschule eingeschrieben war. Gibt es eine Möglichkeit, zu erfahren, wo dieser Künstler heute tätig ist?«

»Einen Namen haben Sie nicht?«, fragte die Dame.

»Nein, leider. Der Leiter des Museums hatte den jungen Mann damals auf einer Veranstaltung kennengelernt, ihn aber wieder aus den Augen verloren. Ich habe nur den Vornamen: Thomas.« Elke biss sich auf die Lippe und äugte zur Tür.

»Nun, wir haben natürlich eine Alumnikartei, die allerdings nur durch die Absolventen selbst aktuell gehalten wird. Es kann also sein, dass er dort verzeichnet ist, aber ob die Kontaktdaten noch stimmen, ist fraglich.«

»Das wäre doch zumindest ein Anfang«, sagte Elke und schöpfte Hoffnung. »Sind dort nur Absolventen gelistet oder gegebenenfalls auch diejenigen, die ihr Studium abgebrochen haben?«

»Alle eingeschriebenen Studenten werden automatisch eingetragen, die Pflege der Daten obliegt jedoch von da an jedem selbst. Der Abschluss ist vermerkt oder eben nicht.«

»Gut. Wie könnte ich an diese Liste kommen?«

»Kunstmuseum Niebüll, sagen Sie?«, fragte die Dame, und Elke hörte, wie sie auf einer Tastatur tippte.

»Richtig.«

»Ja, ich hab Sie hier im Verteiler.« Sie nannte die allgemeine E-Mail-Adresse, deren Eingänge in Elkes Postfach landeten. »Ich schicke Ihnen eine Mail.«

»Toll, vielen Dank«, sagte Elke.

Ungeduldig und mit schlechtem Gewissen, dass sie gleich an ihrem ersten Tag die Museumskontakte für ihre private Recherche ausnutzte, wartete sie auf die Datei, die vor dem Mittagessen allerdings nicht mehr eintraf. Hansen klopfte persönlich um kurz vor eins an ihre Tür, und Elke ließ ertappt ihre Hände unter den Tisch gleiten.

»Na, bereit für eine kleine Stärkung?«

Sie gingen nach unten, wo Frau Pak im Hof des Hauses einen kleinen Bistrotisch gedeckt hatte.

»Wir haben was vom Chinesen bestellt«, sagte Hansen und rieb sich voller Vorfreude die Hände. »Ich hoffe, Sie mögen asiatische Küche, auch wenn sie in Styropor daherkommt?«

»Sehr gern.« Elke lächelte ihn an, und sie setzten sich um den Tisch. Kurze Zeit später trat ein Mann vom Bringdienst in den Hof, und Hansen warf die Arme in die Höhe.

»Halleluja«, rief er.

Anscheinend bestand schon eine gewisse Routine zwischen den beiden, denn Hansen bezahlte, während Frau Pak die Beutel öffnete und die Speisen auf den Tisch stellte. Dank des Museumsdirektors wurde es ein sehr unterhaltsames Mittagessen mit unzähligen Anekdoten aus dem Museumsalltag. Frau Pak jedoch lachte nicht viel, sie zog allerhöchstens amüsiert einen Mundwinkel nach oben.

Nach der Pause machte Elke erneut einen Rundgang durch die Ausstellung, diesmal mit Frau Pak, die ihr einiges über die Künstler und deren Werke erzählte, zu denen sie aber noch schriftliches Material bekommen sollte. Gegen halb vier kam Elke zurück in ihr Büro und schaute sofort im E-Mail-Account nach, ob sich die Hamburger Uni gemeldet hatte. Und tatsächlich: Da war die Mail mit einem Anhang. Immer wieder zur Tür blickend, öffnete sie das Dokument und ging aufgeregt die Liste durch, die glücklicherweise chronologisch nach Immatrikulationsdatum sortiert war.

Sie fand drei Studierende mit dem Namen Thomas. Thomas Kukow, Thomas Dimitrios und einen Thomas Ziemer. Sie gab die Namen bei Google ein und erhielt weiterführende Links zu jedem von ihnen, inklusive Fotos. Leider hatten sie keine Ähnlichkeit mit dem Mann, den Elke kennengelernt hatte. Thomas Ziemer war Bildhauer geworden und lebte inzwischen in der Nähe von Bayreuth. Elke entschied sich kurzerhand, bei ihm anzurufen. Unter »Kontakt« auf seiner sehr schlicht gestalteten Homepage fand sie die Nummer.

»Ziemer«, meldete sich eine kratzige, gelangweilt klingende Stimme.

»Guten Tag, mein Name ist Petersen, ich arbeite für das Kunstmuseum Niebüll. Herr Ziemer, ich hätte da eine Frage an Sie. Sie und ich haben früher zusammen studiert, an der Uni Hamburg«, erklärte Elke, um das Eis ein wenig zu brechen. »Ich war im Fachbereich Kunstgeschichte, aber wir hatten einige Kurse zusammen.« Sie sagte das, obwohl sie es im Grunde gar nicht wusste. Weder der Name noch das Foto von Ziemer hatten eine Erinnerung an einen Mitstudenten in ihr wachgerufen. Aber es wäre zumindest möglich.

»Ach, ja?«, entgegnete er, und es klang eine Nuance aufgeschlossener.

»Ich bin auf der Suche nach einem Ihrer Kommilitonen. Sein Name war auch Thomas, ich kenne allerdings seinen Nachnamen nicht. Er war Maler. Sah recht jungenhaft aus.« Elke wartete gespannt. Ziemer brauchte lange für seine Antwort.

»Da war so einer, ja«, sagte er schließlich. »Jetzt, wo du ihn so beschreibst.«

Er duzte sie, was Elke schmunzeln ließ. Das war unter Künstlern so üblich, und unter Insulanern auch.

»Thomas, Thomas, Thomas …«, überlegte er laut. »Thomas und dann irgendwas Griechisches.«

»Dimitrios, ich weiß. Aber der ist es nicht.«

Er brummte unzufrieden und überlegte weiter.

»Stimmt, da war noch einer, der Thomas hieß. Der Kerl hat einfach abgebrochen«, sagte er dann.

»Genau«, bestätigte Elke aufgeregt.

»Thomas ... hm ... nein, tut mir leid. Ich krieg's nicht mehr zusammen. Hab nie viel mit ihm zu tun gehabt, war so 'n Eigenbrötler.«

»Na gut, vielen Dank trotzdem.«

Enttäuscht legte Elke auf. An wen konnte sie sich noch wenden, um diesen Namen zu bekommen? Er musste doch irgendwo aufgeführt sein.

»Frau Petersen?«

Elke zuckte zusammen und blickte erschrocken zur Tür. Hansen stand im Türrahmen.

»Sie sind schon ganz dabei, was? Finden Sie sich zurecht?«

Viel zu gut, dachte sie, ich nutze den Job aus, um einen Mörder zu suchen.

»Ich denke schon.«

»Tja, leider habe ich hier ein paar Hausaufgaben für Sie«, begann er und stellte eine schwere Papiertüte auf den Tisch. »Das ist Material über unsere aktuellen Künstler und speziell über die Werke, die wir ausstellen. Ich möchte es Ihnen mitgeben, damit Sie sich in Ruhe einen Überblick verschaffen können.«

Elke stand auf und warf einen Blick in die prall gefüllte Tüte. »Das ist gut, ich werde die Sachen zügig durcharbeiten. Auf der Fähre habe ich ja direkt zwei Stunden Zeit.«

»Richtig, die Fähre. Ich würde sagen«, er warf einen Blick auf seine Uhr, »Sie machen für heute Schluss. Diese Woche nutzen wir noch für Ihre Einarbeitung, und ab Montag starten Sie dann voll durch.«

»So machen wir das.«

»Dann gehen Sie mal los. Wir sehen uns morgen früh.«

Er reichte ihr die Hand. Elke nahm die Unterlagen an sich, doch ihre Gedanken waren nicht bei den Künstlern, die hier ausstellten. Sie kreisten um den jungen Maler, den sie vor zwanzig Jahren kannte und von dem sie glaubte, dass er derjenige sein könnte, der zwei Frauen gemalt und dann getötet hatte.

Um Punkt achtzehn Uhr legte die Fähre im Amrumer Hafen an, und Elke fuhr statt nach Hause ins Polizeibüro, weil sie wusste, dass Nils dort sein würde. Sie machte sich Sorgen um ihn. Nicht weil sie ihm gerade etwas verheimlichte und Angst vor Entdeckung hatte, sondern weil er sich von Landorff und Jensen betrogen fühlte.

In Wittdün waren keine Kontrollen mehr vorgenommen worden, und auch unterwegs war niemand zu sehen gewesen. Stattdessen parkten alle Streifenwagen vor der Station. Elke stieg aus und warf einen kurzen Blick durch das Fenster, doch auf Anhieb konnte sie nur Possebiehls riesige Erscheinung ausmachen. Sie betrat den Flur, grüßte Possebiehl, und der deutete mit dem Finger auf die Teeküche, in der Nils vor dem brodelnden Wasserkocher stand. Er hatte eine Tasse Tee und eine Terrine mit Fertigsuppe vorbereitet. Beides goss er nun mit dem kochenden Wasser auf.

»Hey«, sagte sie, und er fuhr herum.

»Elke«, sagte er überrascht.

»Hab mir gedacht, dass ich dich hier finde.« Sie ging auf ihn zu und gab ihm einen Kuss, länger, als sie es sonst tat.

»Wie war's?«

»Oh, toll. Alles in Butter. Herr Hansen ist ein wirklicher Schatz, du musst ihn mal kennenlernen. Seine Kollegin ist weniger zugänglich, aber sehr interessant und sicher auch ganz in Ordnung. Wie sieht's hier aus?«

Nils nickte in Richtung der Tür hinter Elke. »Landorff ist noch da drin und hält 'ne Ansprache. Die reisen gleich alle mit der letzten Fähre ab. Jensen ist schon weg.«

»Nichts Neues?«

»Mmhmh.« Er schüttelte den Kopf und rührte in der Suppe herum.

»Wollen wir nicht zu Hause was essen?«, fragte sie.

»Das ist nicht für mich. Siebert sitzt noch in der Zelle und wird gleich mitgenommen. Er soll vorher noch was essen, weil die ihn nicht aus dem Auto lassen. Bin gleich wieder da.« Er nahm Tasse und Suppenschale in die Hände und ging vorsichtig auf die Zelle zu. Erst als er davorstand, merkte er, dass er so die Tür nicht aufbekommen würde. »Elke, könntest du mal …«

»Ja, warte.« Mit einem liebevollen Lächeln erlöste sie ihren Mann und schloss die Tür auf. Als sie sie aufschieben wollte, stieß sie gegen einen Widerstand. Auf dem Boden lag die dünne Matratze von der Pritsche. Sofort blickte sie sich zu Nils um, dem die Besorgnis bereits ins Gesicht geschrieben stand. Er schob sich an ihr vorbei und stieg über die Matratze hinweg. Da warf er auch schon Tee und Suppe einfach in die Ecke und stürzte auf Siebert zu. Elke folgte ihm. Das Adrenalin flutete ihren Körper und versetzte sie in einen Schockzustand, noch bevor sie sehen konnte, was Siebert getan hatte.

Das Metallgestell der Pritsche stand zur Seite gekippt auf den in den Raum hineinragenden unteren Füßen. Siebert hatte seinen Gürtel um die obere Längsstrebe gebunden und hing halb auf dem Boden liegend mit schlaffem Körper in der Schlaufe, die er um seinen Hals gelegt hatte. Sein Kopf lag auf der Brust, das Gesicht war blau angelaufen.

»Scheiße!«, rief Nils so laut und so alarmierend, dass nebenan die Tür geöffnet wurde und weitere Beamte in die Zelle stürmten. Nils hielt Siebert jetzt an der Hüfte und hob ihn hoch, Elke kam ihm zu Hilfe und versuchte, die lederne Schlinge um Sieberts Hals zu lösen. Gemeinsam schafften sie es, ihn zu befreien, und Nils stieß das Gestell mit einem Fußtritt von sich. Er nahm Siebert unter den Armen, Elke packte seine Beine, und sie legten ihn auf die Matratze.

Landorff schob sich zwischen den Männern hindurch. Elke bemerkte ihn aus dem Augenwinkel, während Nils sein Ohr über Sieberts Mund hielt, um zu prüfen, ob er noch atmete. »Das ist Ihre Schuld!«, fauchte er Landorff an.

Elke legte zwei Finger neben die Sehne an Sieberts Handgelenk. Sie spürte ein schwaches Pochen.

»Er lebt noch«, rief sie.

»Schnell, einen Krankenwagen«, verlangte Landorff.

Nils packte Sieberts Kinn, überstreckte dessen Kopf und verschloss mit seinem Daumen den Mund, bevor er ihn über die Nase beatmete. Er pustete fünf Mal. Elkes Hand lag auf Sieberts Brust, sie spürte, wie die Luft sie anhob.

»Noch mal«, forderte sie ihn auf.

Possebiehl drängte sich in die Zelle. »Der Krankenwagen ist unterwegs«, sagte er ganz außer Atem und ließ sich mit dem Notfallkoffer der Polizeidienststelle neben den beiden nieder. Darin waren ein Defibrillator und ein Handbeatmungsgerät, das Nils sich sofort schnappte und Siebert über Mund und Nase legte.

Es dauerte keine zwei Minuten mehr, bis der Arzt eintraf. Nils erkannte ihn sofort an seinen Clogs, die er sogar jetzt im Noteinsatz trug, und machte Platz für ihn und die beiden Sanitäter. Noch während sie Daniel weiter beatmeten, brachten sie ihn hinaus in den Rettungswagen, der Siebert mit Blaulicht bis hinter das Fußballfeld zum Hubschrauberlandeplatz fuhr, wo bereits ein Hubschrauber wartete, der ihn ins Krankenhaus auf dem Festland bringen würde.

In der Polizeistation herrschte Totenstille. Nils, Elke und Possebiehl räumten die Zelle auf. Elke wischte gerade die Pfütze aus Tee und Nudeln auf, die, inzwischen erkaltet, einen merkwürdigen Geruch verströmte, als Landorff eintrat. Ohne ein Wort ging er auf Nils zu, der soeben den Gürtel von der Strebe geknotet hatte und ihn auf die Matratze warf.

Landorff stand direkt vor ihm und sah Nils aus diesen unergründlichen Augen an. »Gut gemacht«, sagte er und reichte Nils die Hand.

Der zögerte einen Moment, bis er sie schließlich doch ergriff und schüttelte.

Landorff wollte zurückziehen, doch Nils entließ ihn nicht. Mahnend langsam schüttelte er die Hand des Kommissars zwei weitere Male. Landorff verstand und senkte den Blick, aber er brachte es nicht über sich, sich zu entschuldigen.

Am späten Abend saßen Elke und Nils sich auf der Couch im Wohnzimmer gegenüber. Auf dem Tisch brannte ein Licht im Stövchen, und beide hielten dampfende Tassen Tee in den Händen. Elke stieß mit Nils an.

»Du hast ihm das Leben gerettet«, sagte sie stolz.

Nils antwortete nicht. Abwesend blickte er in seinen Tee. Die Dampfschwaden waberten um seine Nase. Jetzt ist der Zeitpunkt gekommen, dachte Elke, jetzt muss ich es ihm beichten. Es ging kein Weg daran vorbei. Sie musste mit seiner und der Hilfe der Polizei herausfinden, wer Thomas war.

»Nils«, sagte sie so leise, dass sie glaubte, er habe sie nicht gehört. Sie räusperte sich. »Nils, ich muss dir etwas sagen.«

Er blickte sie über seinen Tassenrand hinweg an.

Elke verzweifelte fast daran, die richtigen Worte zu finden.

»Wir haben einiges mitgemacht in letzter Zeit«, sagte sie dann. »Und du weißt, dass ich dich sehr liebe …«

Misstrauisch ließ Nils seinen Becher sinken. Elke registrierte das mit zunehmender Unruhe. Sie musste schlucken, aber es half nichts. In ihrem Hals saß ein Kloß der Schuld.

»Nils …« , begann sie erneut, da hörte sie Schritte vor dem Fenster. Nils hatte sie auch gehört.

Dann klopfte es zweimal.

»Wer kann das sein?«, flüsterte sie. Sie fühlte sich mit einem Mal völlig schutzlos. Der Mörder könnte da draußen in der Dunkelheit ums Haus schleichen, und sie wären ihm ausgeliefert. Was, wenn er wusste, wer Nils war? Was, wenn er wusste, wer *sie* war? Wenn er sich erinnerte …

Nils stand auf.

»Nicht.« Sie wollte ihn zurückhalten, doch er ging weiter. Elke sprang auf und suchte schon nach einer Waffe, da zog Nils die Tür auf.

»'n Abend, Nils«, sagte eine ihr vertraute Stimme, die sie in der Aufregung nicht gleich zuordnen konnte.

»Fritze«, entgegnete Nils erstaunt und öffnete die Tür weiter.

»Bin ich zu spät?«

»Nein, nein, komm rein. Wir sind noch wach.«

Fritze hieß eigentlich Friedrich Sammen. Er und seine Frau Irmi lebten in Norddorf und waren schon im Ruhestand. Ihr Sohn betrieb das Restaurant, das sie ihm vermacht hatten, und ihre Schwiegertochter besaß eine kleine Boutique in der Fußgängerzone. Elke kannte die beiden als gutmütige, sehr bescheidene Leute. Irmi war in der Trachtengruppe so etwas wie die Mutterfigur für alle.

Elke trat erleichtert aus ihrem Versteck hervor und begrüßte Fritze.

»Moin, kleine Elke«, sagte er, wie er es seit ihrer Kindheit tat. Sie bot ihm einen Platz im Sessel an. »Möchtest du einen Tee?« »Jou, den nehm ich wohl.«

Als Fritze ebenfalls eine Tasse vor sich stehen hatte und sie im Wohnzimmer zusammensaßen, lächelte er die beiden unsicher an.

»Ihr fragt euch sicher, was ich hier so spät noch mache.«

Elke blickte achselzuckend zu Nils und musste zugeben, dass es tatsächlich so war.

»Nun, ich wär ja erst morgen gekommen, doch Irmi hat mich gedrängt, gleich zu euch zu gehen.« Er nahm einen Schluck und stellte die Tasse wieder ab. »Man hört ja jetzt so einiges wegen der Morde hier auf der Insel. Und ich und Irmi haben vorhin die Nachrichten gesehen, wo sie dieses Bild gezeigt haben, das der Mörder von seinem Opfer gemacht hat.«

Elke bemerkte, wie Nils auf dem Sofa nach vorn rutschte.

»Nun ja … ihr wisst ja, dass Irmi und ich damals für einige Zeit in die USA ausgewandert sind.«

Natürlich waren Elke und Nils darüber im Bilde. Die beiden waren als junges Paar ausgewandert und, wie viele andere Amrumer und Föhrer auch, nach New York gegangen. Es gab eine regelrechte kleine Kolonie dort drüben. Fritze und Irmi sprachen heute noch mit einem sehr charmanten friesisch-amerikanischen Akzent.

»Ich hatte bei einem Föhrer Ehepaar Arbeit gefunden«, erzählte Fritze weiter, »und wie fast alle von den Inseln haben wir in Delis, also Delikatessenläden, gearbeitet, die sehr beliebt waren bei den Amis. Irmi hat auch dort angefangen, bis unser erster Sohn geboren wurde. Tja, und dann wollte ich ja irgendwann was Eigenes machen, einen eigenen Deli eröffnen. Das war in den Siebzigern. Wir Amrumer haben uns immer untereinander geholfen, und so fand ich schnell einen Laden im Süden von Long Island. Das war zwar nicht so eine gute Lage wie in Manhattan, aber wir hatten die Wochenendbesucher da, und das war ein echtes Glück für uns.«

Elke und Nils tauschten einen belustigten Blick, weil Fritze gern abschweifte, wenn er ins Erzählen kam. Ein fader Beigeschmack blieb Elke trotzdem, denn in seinen Reden schwang immer das unvermeidliche Aber mit, das noch kommen musste.

»Ich kann mich noch gut an die Zeit erinnern«, fuhr Fritze mit sorgenvoll gerunzelter Stirn fort, »als Ende der Siebziger unser Geschäft, vor allem am Wochenende, einbrach. Damals hatte man an der Küste Frauenleichen gefunden und munkelte, dass wieder ein Serientäter umging, diesmal auf Long Island. Aus diesem Grund blieben viele New Yorker aus Angst einfach zu Hause, und die Strände waren deutlich leerer als sonst.«

Ein Serienmörder auf Long Island? Jetzt fragte sich Elke ernstlich, worauf Fritze hinauswollte.

»Na ja, als Irmi und ich jetzt die Nachrichten sahen, fühlten wir uns jedenfalls irgendwie an damals erinnert. Ich weiß nämlich noch, dass die Polizei sagte, es seien Bilder von den Mädchen aufgetaucht. Dass der Mörder die Opfer vorher gemalt hätte.« Fritze räusperte sich.

Elke ließ bestürzt den Unterkiefer fallen.

»Man nannte ihn damals den Porträt-Killer. Aber soweit ich weiß, hat man ihn nie geschnappt.«

Elke legte eine Hand auf Nils' Oberarm.

»Und was ...«, stammelte Nils unbeholfen. »Wieso ... warum sagst du uns das?«

Fritze blickte von einem zum anderen. »Ich weiß ja selbst, dass das schon eine Ewigkeit her ist, aber ich fühlte mich so zurückversetzt in die Zeit. Irmi auch. Wir dachten, dass ... na ja, dass ...«

»Ihr dachtet, dass es derselbe ist«, sagte Elke, und Fritze schien ganz erleichtert, es nicht aussprechen zu müssen.

Eine gespannte Stille entstand, in der sich niemand rührte, bis Nils mit einem Mal aufstand.

»Komm mit«, sagte er zu Fritze. Er führte ihn in die Küche, wo noch immer das Porträt von Jenny auf dem Tisch lag.

Entsetzt starrte Fritze das Bild an, sein Atem ging in kurzen Schüben. »Genau. So ungefähr sahen sie damals aus«, flüsterte er atemlos.

Elke berührte ihn beruhigend am Rücken. »Siehst du dieses Auge hier? Die Form?«, fragte sie.

»Ja«, hauchte Fritze.

»Das ist der Umriss des Tümpels, in dem sie gefunden wurde«, sagte Elke. »Gab es solche versteckten Hinweise auch in New York?«

Fritze konnte seine Augen nicht vom Bild lösen. »Das weiß ich nicht. Das wurde nicht gesagt, oder ich hab's vergessen.«

»Wann genau war das, Fritze?«, wollte Nils wissen.

Er rechnete in Gedanken nach. »Das muss 1979 gewesen sein.«

4

Christina fuhr aus dem Schlaf hoch. Sie riss die Augen so weit auf, wie sie konnte, doch alles blieb schwarz, so als seien sie noch geschlossen oder Christina blind. Sie hatte etwas gehört, ein Knacken, irgendwie hölzern oder so wie das eines Gelenkes. Vielleicht war er im Raum und kam auf sie zu.

»Haaa!«, schrie sie ihm entgegen.

Es war ein schriller Schrei, ein Ventil für ihre maßlose Angst. Doch schon beim erneuten Einatmen war sie wieder zum Bersten angefüllt mit Furcht.

Christina schlug verzweifelt um sich. Wenn er in ihrer unmittelbaren Nähe gewesen wäre, hätte sie ihn getroffen und unter Umständen sogar verletzt. Doch da war kein Widerstand, nur Luft. Sie duckte sich, um nicht von ihm in einer wütenden Reaktion oder einem geplanten Angriff mit irgendeiner Waffe getroffen zu werden. Auf dem Bauch robbend bewegte sie sich auf die linke hintere Ecke ihres Gefängnisses zu und berührte dabei mit der Schulter die Wand, um sich überhaupt orientieren zu können. In dieser Schwärze schwebte man wie im Nichts, völlig ohne Bezugspunkt. Jegliche Vorstellung von Raum und Zeit ging einfach verloren.

Zusammengerollt drückte sie sich mit dem Rücken in die Zimmerecke und bedeckte mit ihren Armen den Kopf. So wartete sie auf das nächste Geräusch, was es auch immer sein mochte. Doch es blieb aus. Das war fast noch schlimmer, als es zu hören. Er ließ sie warten, bis es nicht mehr aushaltbar war. Wimmernd begann sie zu weinen. Die Kraft verließ sie wie Luft einen angestochenen Luftballon. Sie sackte in sich zusammen, und ihr Körper wurde von einem Weinkrampf geschüttelt, gegen den sie völlig machtlos war. Er war grotesk heftig, nichts in ihr war mehr unter Kontrolle, und sie spürte, wie der Urin aus ihr hinauslief und sich warm unter ihr sammelte.

Dann sprang plötzlich das Licht an. Aus Schwärze wurde schmerzende Helligkeit, weiß und schreiend grell. Ihre Augen brannten, und sie sah etwas oder jemanden in der Mitte des Raumes stehen. Hinter den zum Schutz erhobenen Armen lugte sie hervor und stieß einen spitzen, nicht mehr unterdrückbaren Schrei aus. Inmitten des Zimmers, direkt unter der gleißenden Lampe, stand eine Staffelei mit einer Leinwand darauf und ein paar Meter davon entfernt ein weißer Stuhl.

Bumm-bumm, bumm-bumm. Ihr Herz schlug schmerzhaft und immer lauter anschwellend in ihrer Brust. Was hatte das zu bedeuten? Eine Staffelei? Was ging hier vor? Was wollte er von ihr?

Vorsichtig löste sie sich aus der Ecke und setzte sich auf. Sie beugte sich vor und stützte sich auf beide Hände, als die Tür, die unsichtbar in die Wand eingelassen war, aufschwang und eine in schwarzes Tuch gehüllte Gestalt hereinkam. Es war ein Mann, er bewegte sich wie in Zeitlupe. Sein blasses Gesicht wirkte wie Porzellan, seine schwarzen Augen wie polierte Steine. Dann zogen sich seine roten Lippen zu einem Grinsen in die Breite und entblößten seine weißen Zähne.

Sie kannte ihn. Ja, sie war ihm bereits begegnet. Es war der Mann aus der Bank. Der, den sie verdächtigt hatte, einen Überfall zu planen. Sie hatte nicht falschgelegen, nur war nicht die Bank, sondern *sie* das Ziel des Überfalls gewesen. Er war es auch, zu dem sie in den Wagen geflüchtet war. Sie war ihm direkt in die Arme gelaufen. Und er hatte beide Male eine Perücke getragen, denn jetzt sah sie sein langes, glänzendes schwarzes Haar.

»Ja«, sagte er, und Christina zuckte zusammen. »Du liegst ganz richtig. Du erkennst mich.«

Christina kroch zurück in ihre Ecke wie ein Tier, das keine Fluchtmöglichkeit mehr hatte.

»Aa-aa«, widersprach er und deutete mit dem Zeigefinger auf den Stuhl. »Hier ist dein Platz, Christina.«

5

2014

Jensen und Landorff waren knapp eine Stunde, nachdem Nils sie über die Schilderungen von Friedrich Sammen in Kenntnis gesetzt hatte, mit einem Boot der Küstenwache im Seezeichenhafen von Amrum angekommen, wo Nils sie abholte. Elke war mit Fritze im Haus geblieben. Die beiden Niebüller Polizisten wollten gern persönlich mit ihm sprechen. Es war dreiundzwanzig Uhr dreißig, als sie schließlich zu viert in der kleinen Küche um das Porträt der toten Jenny herumsaßen und Fritze, der seine Frau telefonisch über sein Fernbleiben informiert hatte, seine Geschichte wiederholte.

Jensen und Landorff saßen stumm und nachdenklich da, als Fritze geendet hatte.

»Vielen Dank, Herr Sammen«, sagte Jensen schließlich. »Das ist allerdings lange her.«

»Fünfunddreißig Jahre«, konstatierte Landorff mit einer deutlichen Skepsis in der Stimme.

»Ist das überhaupt möglich?«, fragte Elke.

»Was? Dass sich ein Mörder so lange nicht fangen lässt?«, fragte Jensen.

»Ja, vor allem bei dieser auffälligen Art, die Frauen zu töten. Aber eigentlich meinte ich die lange Pause. Fritze sagte, es hörte irgendwann einfach auf. Jetzt, fünfunddreißig Jahre später, fängt er einfach wieder an. Macht das Sinn?«

»Wir wissen nicht, was in der Zwischenzeit passiert ist«, gab Jensen zu bedenken und fügte an, was nicht anders zu erwarten war: »Wenn es überhaupt unser Mann ist.«

Er blickte fast schüchtern zu Nils. »Ich wollte mich noch für Ihr schnelles Handeln bei Herrn Siebert bedanken«, sagte er. »Ohne Sie hätte er es nicht geschafft. Er ist jetzt stabil.«

Nils nickte nur. Landorffs Gesicht blieb ohne erkennbaren Ausdruck.

»Sollte es sich hier tatsächlich um ein und dieselbe Person handeln, hätten wir so zumindest einen Anhaltspunkt, was sein Alter betrifft. Ich persönlich«, gab Jensen zu, »hätte ihn allerdings niemals für so alt gehalten.«

Landorff wandte sich an Fritze. »Herr Sammen, können Sie sich erinnern, in welchem Stadtteil oder Bezirk diese Frauen gefunden wurden? Wir müssen jetzt schnellstmöglich mit den dortigen Behörden Kontakt aufnehmen.«

Fritze befeuchtete nervös seine Lippen. »Also, das erste Mädchen fand man oben in Mount Sinai. Das ist ein kleiner Hafen an der Nordküste. Und das zweite Mädchen in einem See, auch im Norden. Das dritte haben sie dann bei uns in Rockaway Beach südlich vom JFK Airport aus dem Wasser geholt«, berichtete er, und man sah, wie die Erinnerung ihn wieder gefangen nahm. »War keine gute Zeit. Es gab Ausgangssperren. Man sollte nachts nicht mehr auf der Straße unterwegs sein, besonders als junges Mädchen.«

»Gut, wir werden das überprüfen«, sagte Landorff resolut, der offensichtlich kein Interesse hatte, noch mehr private Geschichten zu hören.

»Das waren sehr wichtige Hinweise, Herr Sammen«, schloss Jensen und gab, im Aufstehen begriffen, Fritze die Hand.

»Sie wollen gleich wieder los?«, fragte Nils.

»Ja, wir müssen sofort mit den amerikanischen Kollegen Kontakt aufnehmen.«

Elke verspürte ein Drängen, endlich zu sagen, was sie über den Täter zu wissen glaubte. Doch Fritzes Informationen verwirrten sie, denn sie bedeuteten, dass Thomas, wenn er damals wie heute der Täter war, viel älter sein musste, als sie gedacht hatte. Zu alt für einen Studenten. Obwohl sie schon erlebt hatte, dass jemand erst sehr spät ein Studium begonnen hatte. Eine Besonderheit im Lebenslauf, die bei Künstlern vielleicht gar nicht so abwegig war. Sie wusste von vielen, die Umwege in Kauf genommen hatten, um am Ende bei der Kunst zu landen und zu bleiben. Aber Thomas … wie alt mochte er gewesen sein?

Jensen reichte ihr die Hand. Wenn sie etwas vorbringen wollte, musste sie es jetzt tun, wo sie alle zusammensaßen. Doch kein Wort kam über ihre Lippen. Jensen sagte noch irgendetwas über ihre Arbeit an dem Bild, was sie aber nicht richtig verstehen konnte. Ihre Umgebung blendete sich immer mehr aus, während die Stimmen in ihrem Kopf nur noch präsenter wurden. *Sag es ihm endlich.*

»Auf Wiedersehen«, hörte sie sich selbst mit weit entfernt klingender Stimme sagen, und die Männer waren hinaus, ohne dass sie ihnen etwas mitgeteilt hätte. *Du dummes, feiges Mädchen.* Nein, sie musste es Nils zuerst beibringen. Sie war es ihm schuldig, und sie brauchte seine Einschätzung in dieser Sache. Sie mussten es gemeinsam weitergeben. *Oder du sagst es nur Jensen, vollkommen im Vertrauen. Nils braucht doch gar nichts davon zu wissen.*

Als sie aus ihren Gedanken erwachte, stand sie allein im Flur, die Klinke der offenen Haustür in der Hand und die weiße Kirche von Nebel, die wie eine Projektion in der tiefschwarzen Nacht stand, vor sich.

Als sie und Nils endlich im Bett lagen und ein schwacher Mond hinter den Zweigen des Apfelbaums in ihr Zimmer schien, hatte Elke ihre Decke bis unter das Kinn hochgezogen und fror dennoch. Die von Nils bedeckte nur seine Unterschenkel, so warm war ihm. Möwenschreie hallten über das Watt. Elke dachte an den Schemen am Wriakhörnsee und stellte sich vor, wie Jennys Leiche im Tümpel auf der Norddorfer Weide ausgesehen haben musste. Sie flehte um Kraft und öffnete dann einfach den Mund, damit sie es hinter sich hatte.

»Nils? Ich muss dir was sagen«, wisperte sie, und ihr Unterkiefer zitterte vor Kälte oder vor Aufregung.

»Was denn?«, fragte er träge.

»Damals im Studium … da ist etwas passiert, was ich … dir bis jetzt nie erzählt habe.«

»Mmmh?«, machte er.

Er war kurz vor dem Einschlafen. Wenn sie nicht mit einem bewusstlosen Mann sprechen wollte, musste sie jetzt zur Sache kommen. Sie drehte sich auf die Seite und blickte ihm ins Gesicht.

»Da war dieser Mann … Ein Student, der irgendwie interessiert an mir war. Und ich glaube, ich fand ihn auch … interessant«, begann sie stockend.

Nils' Augen öffneten sich, und sie konnte das Weiß seiner Augäpfel im Mondschein leuchten sehen. Sein Körper rührte sich nicht, aber er war hellwach. Er hatte bereits verstanden, worum es ging.

»Er wollte sich mit mir treffen, was ich mehrmals ablehnte. Bis ich dann eines Tages einwilligte, einen Kaffee mit ihm zu trinken.«

»Elke«, sagte Nils, und seine Stimme erschreckte sie, weil er so weit weg klang, obwohl er doch direkt neben ihr lag. »Wenn da etwas gewesen ist«, sagte er leise mit rauer Stimme, »will ich es nicht wissen.« Er klang sehr entschlossen, und die Härte in seiner Stimme sagte ihr, dass sie gerade dabei war, etwas zwischen ihnen kaputt zu machen. Sie legte eine Hand auf seine Wange.

»Bitte«, flüsterte sie.

»Ich … find es gut, dass du es sagst, aber ich will's nicht hören. Das ist lange her.«

»Nils, bitte, es ist … kompliziert.«

»Ich verstehe das. Trotzdem.« Er legte seine Hand auf die ihre und hob sie von seiner Wange.

»Nein, Nils …«

»Es ist in Ordnung so.«

»Nils«, sagte sie lauter, sodass er innehielt. »Hör mir jetzt zu. Es ist *nicht* in Ordnung. Ich muss es dir sagen, unbedingt sogar, aber es ist anders, als du denkst.« Gott, wie sie diesen Satz hasste, den sie schon tausendmal in billigen Fernsehfilmen gesehen hatte. Besser konnte sie es jedoch nicht ausdrücken.

Sie holte Luft. »Ich habe nicht mit ihm geschlafen, falls du das glaubst. Du hast gesagt: ›Wenn da was war‹, willst du es nicht wissen, und ich kann dir versichern, da war nichts. Ich will, dass du das vor allem anderen weißt.« Sie stoppte und prüfte, ob das bei ihm angekommen war. Nils blickte sie ganz offen an, und sie meinte erkennen zu können, dass seine Augen zu schimmern begannen. »Er sagte immer, er wolle mich malen, und lud mich zu sich nach Hause ein. Ich folgte der Einladung, und er begann, ein Bild von mir anzufertigen. Als er fertig war, wollte er … näherte er sich mir auf eine Art, die ich nicht wollte, und ich ging. Mehr war nicht.«

Nils blinzelte einmal. Seine Augen ruckten von links nach

rechts, so als suchte er nach einer Verbindung, die er herausgehört, aber noch nicht vollständig erfasst hatte.

»Ich habe ihn danach nie wiedergesehen. Aber dieses Bild, Nils, darum geht es mir jetzt.«

Sie meinte sehen zu können, wie er aufmerksam den Kopf hob.

»Es hatte Ähnlichkeit mit den Bildern, die der Mörder von Jenny und Helene gemalt hat.« Ihre nächsten Worte wählte Elke sehr sorgfältig. »Er war noch nicht ganz auf dem Niveau von heute, aber es deutete sich an.«

Sein gesamter Körper versteifte sich. Er starrte sie mit großen Augen aus der Dunkelheit heraus an. Eine Ewigkeit, wie es schien. Dann richtete er sich plötzlich auf und langte über sie, dass sie schon dachte, er würde sie schlagen. Aber er hatte nur ihr Nachtlicht eingeschaltet. Auf seinen Ellbogen gestützt, musterte er sie.

»Was soll das heißen?«, fragte er zögernd.

»Ich glaub«, flüsterte sie, »dass *er* es war.«

Eine viel zu lange Pause entstand, in der wütende und ungläubige Schatten über Nils' Gesicht huschten.

»Du willst sagen, dass du vor rund zwanzig Jahren von dem Mann gemalt wurdest, der unsere beiden Opfer auf dem Gewissen hat?«

Es klang absurd. Es klang lächerlich. Selbst in Elkes Ohren. Aber es war die Wahrheit.

Seine Stimme wurde lauter und gröber. »Du willst sagen, du kennst ihn?«

»Ja. Ich bin mir ziemlich sicher.«

»Verdammt, Elke!« Er fuhr hoch und stand mit einem Mal vor dem Bett. Elke richtete sich auf und krabbelte auf seine Bettseite, wo sie auf ihren Unterschenkeln sitzend verharrte. »Wie lange weißt du das schon?«

»Noch nicht lang. Ich hab ... gestern hab ich mich erst wieder daran erinnert.«

»Aber warum redest du nicht mit mir?«, fragte er, verzweifelt mit den Händen ringend.

»Weil ich wusste, was du denken würdest«, rief sie. »Und ich hatte recht, es macht etwas kaputt zwischen uns, wo wir gerade versuchen, uns neu zu finden.«

»Aber Elke, darum geht es doch nicht. Und ich sagte dir schon: Es interessiert mich nicht.«

»Nein«, hielt sie dagegen, »du sagtest, du willst es nicht wissen. Das ist etwas ganz anderes. Aber insgeheim denkst du dir deinen Teil, egal, was ich sage.«

»Elke, ich liebe dich *jetzt*. Und ich weiß, dass du mich auch liebst. Alles andere ist unbedeutend. Was zählt, ist, wo wir beide *heute* sind.«

Sie stand auf und umarmte ihn so fest, wie sie konnte.

»Ich will dich nicht verlieren.«

»Du hast mich, ganz und gar.«

Sie blieben eine halbe Ewigkeit so stehen, bis sie sich voneinander lösten und küssten.

»Was machen wir nun?«, fragte sie.

»Wir werden diesen Mann überprüfen lassen. Ich muss sofort Jensen benachrichtigen.«

»Aber ich kenne nur seinen Vornamen, und im Register der Uni konnte ich ihn nicht finden.«

»Du hast das schon gecheckt?«

»Im Museum«, gab sie kleinlaut zu. »Er hieß Thomas.«

»Scheißname für jemanden, den man dringend finden will«, sagte Nils.

Für den Satz hätte sie ihn gleich wieder umarmen können.

»Aber du warst bei ihm zu Hause, sagtest du?«

»Ja.«

»Würdest du das Haus wiedererkennen?«

»Ich denke schon«, antwortete Elke, die in Gedanken eine Stadtkarte von Hamburg abfuhr.

»Das ist unser bester Anhaltspunkt«, stellte Nils fest, bevor seine angestrengte Miene zu einer fassungslosen, schalen Maske zusammenschmolz. »Aber … Elke, warum hat er dich gehen lassen?«

Die Frage geisterte durch ihre Träume und beschäftigte sie noch immer, als sie am nächsten Morgen schon sehr früh und mit einem ungewöhnlichen Schiff gemeinsam nach Dagebüll fuhren. Nils hatte den Kapitän der »Vorman Lei« angerufen und nachgefragt, ob es möglich sei, mit dem Rettungsschiff ans Festland überzusetzen. Die Besatzung musste ein zur Reparatur gegebenes Ultraschallgerät abholen, sodass sie mitfahren konnten, woraufhin Nils sich bei einem Bekannten in Dagebüll ein Auto lieh, mit dem sie zunächst nach Niebüll ins Polizeirevier fuhren. Geschäftiges Treiben begrüßte sie in dem Gebäude, und sie gingen durch zum Büro von Jensen, nachdem sie sich am Empfang angemeldet hatten.

Mit besorgter Miene kam ihnen Jensen entgegen und reichte ihnen die Hand. »Frau Petersen, Herr Petersen, was kann ich für Sie tun? Ich bin etwas überrascht, Sie hier zu sehen.«

»Es haben sich Umstände ergeben«, sagte Nils, »von denen wir glauben, dass sie den Fall in eine neue Richtung lenken könnten.«

»Aha«, meinte Jensen unschlüssig. »Kommen Sie, wir gehen hinein.«

Er schloss die Bürotür und bot ihnen Kaffee an, den sie jedoch ausschlugen.

»Tja, wie Sie sehen, läuft hier alles auf Hochtouren, wir haben bereits mit der Polizei in Long Island gesprochen und sind fündig geworden«, erklärte Jensen und setzte sich ihnen gegenüber in seinen Sessel. »Aber ich will nichts vorwegnehmen, vielleicht erzählen Sie zuerst einmal, weshalb Sie hier sind.«

Elke fasste sich ein Herz. Sie gab die Erlebnisse aus ihrem Studium wieder und ergänzte sie um ihre bereits getätigten Suchergebnisse.

Jensen ließ sich in seinem Sessel zurückfallen. »Das klingt … einfach unglaublich.«

Elke hoffte inständig, dass er damit nicht meinte, sie sei unglaubwürdig.

»Frau Petersen«, sagte er geradezu konspirativ und beugte sich zu ihr vor, »wenn das stimmt, wenn Sie sich da ganz sicher sind … Es wäre ein ungeheurer Fortschritt. Und mit Ihrer Fachkenntnis … Ich möchte Ihnen gern die Porträts aus den USA zeigen, die uns übermittelt worden sind. Studieren Sie sie und vergleichen Sie sie.«

Er gab etwas auf seiner Tastatur am Computer ein. Der Bildschirm warf ein bläuliches Licht auf sein Gesicht, es ließ ihn krank aussehen. Ein Drucker sprang an und spuckte drei Seiten aus.

»Bitte«, sagte er und reichte sie Elke. Sie waren von keiner guten Qualität, aber es zeigte sich deutlich die Ähnlichkeit.

»Es ist offensichtlich, finden Sie nicht?«, fragte Elke. »Mein Bild hat er behalten, ich kann es also nicht zum Vergleich hinzuziehen. Die beiden jüngsten Werke tragen auf den ersten Blick aber dieselbe Handschrift.«

»Ich sehe hier keinen Namen auf den Bildern«, sagte Nils irritiert.

»Das ist richtig. Die Kollegen aus den USA haben aus ermittlungstechnischen Gründen nur diese Ausschnitte an die Öffentlichkeit weitergegeben. Die Namen und Datumsangaben am unteren Bildrand waren aber ebenso vorhanden wie bei unseren. Dasselbe trifft vielleicht auch auf die versteckten Hinweise zum Fundort zu. Nur ist drüben niemandem aufgefallen, dass es sie gibt«, meinte Jensen. »Verständlicherweise. Long Island ist einfach riesig, und die Morde ereigneten sich in drei verschiedenen Bezirken. Sie waren sehr überrascht, als ich das erwähnte. Alle drei Fälle ruhen ungelöst in den Aktenschränken.«

»Kommen Sie an die Akten ran?«, fragte Nils.

Jensen wackelte mit der Hand. »Ist noch nicht ganz klar. Aber ich denke schon, dass sie daran interessiert sind, durch unsere Ermittlungen einen Schritt näher an ihn heranzukommen. – Was ist nun aber mit diesem Thomas zu tun?«, dachte Jensen laut nach.

»Wir wollen gleich nach Hamburg fahren und dort das Wohnhaus aufsuchen, in dem er Elke damals gemalt hat. Vielleicht kann uns der Vermieter weiterhelfen«, sagte Nils.

»Das ist eine gute Idee. Tun Sie das.«

Elke und Nils verließen das Revier und fuhren ins Kunstmuseum, wo sie Hansen einen Besuch abstatteten, der Elke eigentlich um zehn zum Dienst erwartete. Als sie an seine Bürotür klopften, hörten sie gedämpfte Stimmen.

»Herein!«, rief Hansen.

Elke öffnete die Tür und erkannte, dass Frau Pak bei ihm war. Sie trug dasselbe Kleid wie gestern.

»Ah, guten Morgen, Frau Petersen. Sie sind früh dran«, sagte er mit einem Blick auf die Uhr. Dann bemerkte er, dass Elke noch jemanden mitgebracht hatte.

»Herr Hansen, Frau Pak, darf ich Ihnen meinen Mann vorstellen?«

»Oh, was für eine Ehre«, sagte Hansen erfreut. »Herzlich willkommen.«

»Moin«, sagte Nils und reichte zunächst Frau Pak und dann Herrn Hansen die Hand.

»Herr Hansen, ich habe leider ein kleines Problem«, begann Elke.

»Meine Frau«, schaltete sich Nils ein, »wird heute Vormittag im Zuge der Ermittlungen in den beiden Mordfällen auf Amrum gebraucht. Ich muss Sie Ihnen gleich wieder entführen.«

»Es tut mir so leid, dass ich Ihnen schon am zweiten Tag solche Scherereien mache, aber ...«

»Es ist wirklich äußerst wichtig«, betonte Nils.

»Aber meine Liebe, das ist doch ... natürlich, gehen Sie. Wir sind ja noch in der Einarbeitungsphase, nicht?« Hansen blinzelte Frau Pak zu, die verlegen ein Lächeln andeutete, sonst aber wie versteinert blieb.

»Vielen Dank, Herr Hansen. Es ist ja auch nur heute.«

»Tut mir leid, dass Sie auf Ihrer Insel so schreckliche Probleme haben«, meinte Hansen verständnisvoll und tätschelte Elke die Schulter.

»Wenn ich kann, schaue ich nachher noch mal rein. Ansonsten biete ich Ihnen an, morgen zu kommen«, sagte Elke.

»Ich bin hier, wenn Sie möchten, sind Sie also herzlich willkommen ...«

»Abgemacht«, sagte Elke.

Hansen lächelte und winkte sie hinaus. »Nun gehen Sie schon.«

Sie verabschiedeten sich und machten sich auf den Weg nach Hamburg.

Elke empfand die zweistündige Fahrt als eine Qual nach dieser nervenaufreibenden letzten Nacht. Es war eigentlich alles gesagt zwischen ihnen, und doch war noch längst nicht alles besprochen. Sie haderte mit sich, ob sie das Thema noch mal anschneiden, sich entschuldigen oder ihre Gefühle erklären sollte, die sie damals bewegt hatten, sich zumindest ansatzweise auf Thomas einzulassen. Doch Nils hatte seinen Standpunkt deutlich gemacht, und das musste sie akzeptieren. Das Schweigen war dadurch allerdings nicht leichter zu ertragen.

Auf dem Handy überprüfte sie die Streckenfahrpläne der Busse und S-Bahnen, mit denen sie damals gefahren waren. Sie erinnerte sich noch, dass die Wohnung in einem Hinterhof direkt an einer S-Bahnbrücke lag, und fand schnell heraus, wo das wohl gewesen sein musste. In der Wohldorfer Straße passierten sie eine Firma für Sanitäranlagen, und dann rief Elke: »Halt an!« Sie lugte aus dem Beifahrerfenster. »Das muss es sein.«

Nils parkte den Wagen, und sie gingen durch die Einfahrt auf einen Hof, in dem sich der Eingang zu einem dreistöckigen Mehrfamilienhaus und eine Reihe von Mietgaragen befanden. Elke blickte auf die Klingel und die Haustür und erkannte sie wieder.

»Hier ist es.« Sie schauderte und sah an dem Gebäude empor.

»Dann lass uns gleich hier unten klingeln«, entschied Nils und drückte einen Knopf. Nach wenigen Sekunden ertönte ein Summer, und er schob die Tür auf.

Es ging drei Stufen hinauf ins Hochparterre, dort öffnete sich eine Tür, und ein Mann in Hausschuhen und Jogginghose mit einer Lesebrille auf der Nase trat in den Flur.

»Ja?«

»Polizei«, sagte Nils und stieg die Stufen empor. Elke wartete unten. »Ich suche den Vermieter des Hauses.«

Der Mann beäugte Nils misstrauisch und überlegte hastig, was sein Vermieter wohl mit der Polizei zu tun haben könnte.

»Geht's um den Müll?«

»Nein. Können Sie mir sagen, wie ich den Vermieter erreichen kann? Wohnt er vielleicht sogar hier im Haus?«

Der Mann verlagerte sein Gewicht von einem auf das andere Bein und musterte Elke über den Rand seiner Brille hinweg. »Der wohnt hier nicht. Aber er arbeitet nur ein paar Straßen weiter. Ist Anwalt.«

»Schön, die Adresse bitte?« Nils zog einen Block und einen Stift aus seiner Hemdtasche.

»Sie fahren einfach hier runter«, der Mann deutete die Richtung mit einem Armschwung an, »bis zur Hamburger Straße.

Da ist schräg gegenüber so ein gelbes Gebäude. Da drin. Kanzlei Manthey.«

»Vielen Dank.«

»Hat er was verbrochen, der Alte?«

Nils sah ihn forschend an. »Erinnern Sie sich an einen Mieter, der hier vor zwanzig Jahren gewohnt hat?«

»Kann sein. An wen denn?«

»Er war wohl Student.«

»Ja, hier direkt gegenüber von mir hat mal einer gewohnt. Ein ganz ruhiger Kerl.«

Elke machte vor Schreck einen Schritt zurück. Bald, vermutete sie, erkannte er auch noch sie.

»Können Sie sich an seinen Namen erinnern?«, fragte Nils.

Der Mann lachte auf. »Mann, ich kann mich kaum erinnern, was ich gestern gegessen habe. Und wenn ich diese Scheißkreuzworträtsel mache, vergesse ich jedes Mal wieder die verdammten Lösungen. Nein. Kein Name.«

»Na schön. Dann nichts für ungut.«

Elke hakte sich ängstlich bei Nils unter, als sie zu Fuß das kleine Stück zur Hamburger Straße gingen. Sie überquerten die Ampel und fanden die Kanzlei. Die untere Tür stand offen, sie führte in einen mit Steinfliesen gekachelten Flur, von dem ein Lift und eine Treppe abgingen. Ein Hinweisschild zeigte an, dass sich die Kanzlei Manthey im zweiten Stock befand.

Sie nahmen die Treppe, und Nils klingelte oben an der Tür. Ein Summer ertönte, und sie betraten einen schummrigen, mit einem alten beigefarbenen Teppich ausgelegten Vorraum. Ein Schreibtisch stand als Empfang in einer Nische, war jedoch unbesetzt. Eine schmale Tür war geöffnet und führte in eine kleine Küche. Zwei weitere Türen waren geschlossen. Sie blieben unsicher stehen, bis eine der beiden Türen aufschwang und ein älterer, hagerer Herr mit Glatze und Schnurrbart herausgestürmt kam.

»Guten Tag, guten Tag. Sie haben keinen Termin, nicht wahr?« Er blinzelte ihnen mit zusammengekniffenen Augen entgegen.

Erst jetzt bemerkte er die Uniform, richtete sich abrupt kerzengerade auf und stakste auf Nils zu.

»Oh, die Polizei. Was verschafft mir die Ehre, junger Mann?«

Er reichte Nils seine Hand und beugte sich leicht vor, als er Elkes Hand schüttelte.

»Herr Manthey?«, fragte Nils.

»Sehr richtig, sehr richtig«, antwortete der Anwalt und schoss wieder hoch, als hätte ihm jemand ins Kreuz getreten.

»Mein Name ist Petersen, ich ermittle in einem Mordfall.«

Mantheys drahtige Augenbrauen rutschten hoch und legten seine Stirn in dicke Falten. »Mord?«, wiederholte er und schürzte die Lippen, dass sein Schnauzbart sich bis unter die Nase hob.

»Ja. Wir verfolgen eine Spur zu jemandem, der eventuell einmal Mieter in einem Ihrer Häuser war.«

»Einer *meiner* Mieter?« Sein Oberkörper kippte zur Seite und wieder zurück. »Nicht möglich.«

»Nun, es ist nur eine von vielen Spuren.«

»Erzählen Sie, erzählen Sie«, forderte er Nils auf.

»Es handelt sich um das Haus in der Wohldorfer Straße. Der Mieter, ein Student, bewohnte vor zwanzig Jahren eine der Wohnungen im Erdgeschoss«, erklärte Nils.

Manthey schob seine Augenbrauen zusammen und sofort wieder hoch in die Stirn. »Kommen Sie, bitte.« Er machte eine auffordernde Geste.

Sie folgten ihm in sein unscheinbares Büro, das nur mit einem alten Eichentisch, einer u-förmigen Regalkonstruktion voller Aktenordner und einem kleinen Stahlschränkchen bestückt war. Vor dem rechten Regal blieb er suchend stehen und zog schließlich mit einer ruckartigen Armbewegung einen der Ordner heraus. Ein kleines Staubwölkchen wirbelte auf.

»1995?«, fragte er.

»94«, sagte Elke, und er leckte seinen Zeigefinger an.

»Dann schauen wir doch mal.«

Er blätterte sich durch die Papiere und landete schließlich auf einer Seite, auf die er krachend seinen Zeigefinger fallen ließ.

»Da ist es. Mieterliste«, las er vor.

»Der Mann, den wir suchen, heißt mit Vornamen Thomas«, sagte Nils und versuchte, einen Blick auf das Blatt zu erhaschen.

»Thomas Weingraf«, sagte Manthey triumphierend. »Das ist er. Student, ich erinnere mich. Immer alles pünktlich bezahlt.«

Nils tauschte einen Blick mit Elke.

»Haben Sie vielleicht eine Adresse oder eine Telefonnummer von ihm?«

»Eine Nummer steht hier, ja. Aber ob die noch aktuell ist …« Er diktierte Nils die Nummer und die Bankverbindung, von der die Mietzahlungen eingegangen waren.

»Vielen Dank, Herr Manthey. Damit helfen Sie uns sehr.«

»Der Junge hat doch hoffentlich keinen umgebracht, oder?«

Nils zögerte mit der Antwort.

»Nein, wir überprüfen ihn nur.«

»Falls doch«, sagte Manthey und drückte Nils seine Visitenkarte in die Hand, »haben Sie jetzt einen Anwalt, den Sie ihm empfehlen können.«

Er sah Nils offen und völlig arglos an.

Nils wedelte mit der Karte. »Gut, dann … wir müssen jetzt wieder gehen.«

»Hat mich gefreut, hat mich gefreut«, sagte Manthey, und die beiden verließen das Büro.

Im Wagen informierte Nils Jensen per Telefon über das Ergebnis ihrer Suche, damit so schnell wie möglich nach Thomas Weingraf gefahndet werden konnte. Jensen äußerte seinerseits die Bitte, ob sie nicht nach Flensburg ins Kommissariat Schleswig-Holstein Nord fahren könnten, damit Elke sich dort zur Erstellung eines Täterbildes mit einem Spezialisten zusammensetzte. Elke, die bereits auf ihrem Handy »Weingraf« und »Kunst« eingegeben, jedoch keine Ergebnisse außer Weinhändlern oder Winzern bekommen hatte, willigte ein.

»Jetzt kriegen wir ihn«, sagte Nils zuversichtlich.

Die Polizeidirektion bestand aus zwei turmartigen Hochhäusern. Sie meldeten sich im rechten Gebäude an und wurden in den fünften Stock geschickt, wo sie von einem jungen Mann in Jeans und hellblauem Hemd in Empfang genommen wurden.

»Herzlich willkommen bei uns«, sagte er freundlich und brachte sie in sein Büro mit Blick über die Dächer der umliegenden Wohngebiete. »Mein Name ist Junker, ich werde mit Ihnen zusammen ein Bild des Täters erstellen, so wie er heute aussehen könnte«, erklärte er. »Mit Hilfe eines speziellen Computerprogramms kann ich die beschriebene Person künstlich altern lassen, sozusagen.«

Elke, die sich zu ihm an einen monströsen Bildschirm setzte, während Nils in einer Ecke auf einem Bürostuhl Platz nahm und ihnen über die Schulter sah, wischte sich ihre schweißnassen Hände an der Jeans ab. Sie hatte Respekt vor dem Moment, in dem sie Thomas' Gesicht tatsächlich wieder vor sich sehen würde.

Junker lächelte sie aus einem dichten Vollbart heraus aufmunternd an.

»Ich werde Ihnen nun einige Beispiele von Gesichtsbereichen wie Auge, Nase, Mund und Kinn vorführen. Sie müssen einfach nur sagen, welches davon der Realität am nächsten kommt.«

Elke nickte.

»Gut. Ich beginne mit den Augen. Das ist der Bereich, der von uns zuerst erkannt und bewertet wird. Können Sie mir etwas über die Augenpartie sagen? Etwas Markantes, Charakteristisches? Standen die Augen eng zusammen oder weiter auseinander?«

»Sie waren normal, würde ich sagen, weder noch.«

»Also die goldene Mitte«, sagte er und klickte mit der Maus blitzschnell auf einige Symbole in einer Leiste über dem Bild. »Wie sieht's mit der Form der Augen aus? Oval, länglich, kleine Knopfaugen?«

»Sie waren sehr groß, mit langen Wimpern. Und braun, ein sehr dunkles Braun.«

Junker brummte und klickte ein Augenbeispiel an.

»Nein, das ist zu weiblich. Das untere Lid war nicht so geschwungen«, erklärte Elke.

Junker versuchte ein anderes Augenpaar.

»Ja, das passt.«

»Schön, dann machen wir gleich die Farbe dazu.« Wieder bewegte er den Cursor mit ungeheurer Geschwindigkeit über die Menüleisten, bis er das Braun der Augen hinzugefügt hatte. »Gut. Jetzt die Augenbrauen.«

»Die waren ...« Elke hob die Hände und zeigte es in ihrem eigenen Gesicht. »Sie waren sehr schmal und länglich und machten etwa hier einen Bogen nach unten.«

Junker verfolgte aufmerksam Elkes Handbewegung und setzte sie sofort in ein Bild um.

»Genau«, sagte Elke.

»Sie machen das gut. Wollen wir mit Mund oder Nase fortfahren?«

»Nase«, entgegnete Elke. »Sie war schmal, mit einem länglichen Nasenrücken und einer ovalen Verdickung zwischen den Augen.«

»Oh, gut«, lobte Junker die sehr konkrete Beschreibung. »Etwa so?«

»Ja, nur waren die Nasenflügel etwas breiter und die Spitze runder.«

Junker korrigierte das, bis Elke zufrieden war. Sie drehte sich mitfühlend zu Nils um, der ganz still hinter ihnen saß und beobachten musste, wie sich das Gesicht des Mannes, der seine Frau beinah getötet hätte oder sie aus einem nicht ersichtlichen Grund verschont hatte, auf dem Bildschirm Stück für Stück zu einem Ganzen zusammenfügte.

»Kommen wir zum Mund.«

Elke konzentrierte sich wieder auf den Bildschirm.

»Der war recht breit, und ihm fehlte diese Kerbe hier oben.« Elke deutete auf die Mulde zwischen Nase und Lippe. »Muschelförmig, würde ich sagen.«

»Muschelförmig«, wiederholte Junker und klickte sich durch die Grafiktafeln. »So etwa?«

»Nein, noch ein wenig voller«, meinte Elke.

Junker fügte mehr Volumen hinzu.

»Ja, perfekt.«

»Und die Farbe? Erdbeerrot, eher blass, bräunlich?«

»Blass, würde ich sagen. Ein blasses Rosa.«

Junker fügte die Farbe ein, und Elke war einverstanden.

»Sehr schön«, sagte Junker und schaute sich das konturenlose Gesicht an. »So weit, so gut. Jetzt bräuchte ich eine Gesichtsform.«

»Die war sehr markant, kantig«, erläuterte Elke. »Er hatte kräftige Wangenknochen und einen kräftigen Kiefer, das Gesicht war insgesamt aber schmal.«

»Mmhmmh. So vielleicht?« Junker klickte eine Form an.

»Na ja, der Unterkiefer war noch kräftiger.«

Junker verbreiterte die Form.

»Ja, so etwa«, sagte Elke zaghaft, nicht, weil sie sich nicht sicher war, sondern weil es beängstigend nah am Original war.

»Bleibt noch das Kinn.«

Eingenommen vom Konterfei des mutmaßlichen Mörders tippte Elke fast ein wenig abwesend auf ihr Kinn. »Hier hatte er eine leichte Mulde, und auch das Kinn war kantig.«

Junker setzte ihre Beschreibungen um.

»Etwas schmaler«, korrigierte Elke.

Das Kinn schrumpfte zusammen.

»Ja, so.«

»Letztes Kapitel«, kündigte Junker an. »Die Haare.«

»Das ist einfach. Sie waren schwarz, hinten und an den Seiten fast schulterlang und glatt. Er trug sie mit einem leichten Seitenscheitel, so wie Jackson Browne, kennen Sie den?«

»Ist das nicht ein Sänger?«, fragte Junker.

»Ja, aber nicht ganz Ihre Generation«, meinte Elke.

Ein zweites Fenster öffnete sich auf dem Bildschirm, und Junker suchte im Internet nach Fotos von Jackson Browne. Das nahm kaum vier Sekunden in Anspruch.

»Ah, okay«, sagte er nur und fügte die Haare zum Gesicht hinzu. Nach den nächsten zwei Klicks war es fertig.

Elke musste sich räuspern, bevor sie etwas dazu sagen konnte. »Das ist er.«

»Gut gemacht, Frau Petersen«, lobte Junker.

Nils stand auf und näherte sich ihnen von hinten.

»Und jetzt sagen Sie mir bitte noch, wie lange es her ist, dass Sie die Person gesehen haben.«

»Zwanzig Jahre«, antwortete Elke.

Junker gab die Zahl in ein Feld ein und drückte die Enter-Taste.

»Okay, jetzt errechnet das Programm den Alterungsprozess und morpht das Bild.«

Gebannt sahen Elke und Nils zu, wie sich das Gesicht einer Metamorphose unterzog. Es färbte sich, schrumpfte ein, Schatten entstanden, und Falten gruben sich in die Haut. Dann stoppte die Bewegung auf dem Schirm.

»Das ist es«, präsentierte Junker sein Ergebnis. »So könnte er heute aussehen.«

Elke starrte auf das Gesicht. Etwas stimmte nicht.

»Sie könnten ihn noch etwas jünger machen, glaube ich. Er sah damals gut zehn Jahre jünger aus, als er war. So ein Typ wie dieser Ralph Macchio aus Karate Kid.«

»Ah, ja.« Junker lachte und veränderte das Alter erneut.

Das Gesicht verjüngte sich wieder, und diesmal war Elke überzeugt, dass sie richtiglagen.

»Gut, dann gebe ich das Bild so weiter«, sagte Junker abschließend. Er bedankte sich bei Elke, und sie konnten gehen.

Um noch ins Museum zu fahren, war es zu spät. Sie hatten aber noch etwas Zeit, bevor sie die Achtzehn-Uhr-Fähre nehmen wollten, und fuhren erneut zu Jensen, in der Hoffnung, dass sich in der Zwischenzeit etwas Neues ergeben hatte.

Sie waren gerade von der Gather Landstraße abgebogen, da kamen ihnen zwei zivile Einsatzwagen entgegen. Sie fuhren dicht hintereinander, und Nils erkannte sofort die Einsatzkleidung der Insassen. Im zweiten Wagen saß Landorff auf der Rückbank. Er hob sich deutlich von seinen schwarz gekleideten Kollegen ab.

Nils bremste und setzte den Blinker.

»Was machst du?«, fragte Elke.

»Die fahren zu einem Einsatz.«

»Und wir?«

»Wir fahren hinterher.« Nils wendete und gab Gas. »Dass Landorff dabei ist, bedeutet wahrscheinlich, dass sie ihn haben.«

»Ist das nicht gefährlich?«, fragte Elke verunsichert.

»Wir bleiben in sicherem Abstand.«

Sie fuhren hinter den beiden Passats auf die B 5 in Richtung Süden. Nils zog sein Handy aus der Tasche und wählte eine Nummer.

»Herr Landorff? Nils Petersen hier. Gehe ich recht in der Annahme, dass Sie den Mann gefunden haben?«

»Woher wissen Sie das?«, fragte Landorff perplex.

»Wir sind hinter Ihnen«, sagte Nils, und die beiden sahen, wie Landorff sich umdrehte.

»Was soll das?«, fragte er ungehalten.

»Es ist besser, wenn wir dabei sind, meine Frau kann ihn sofort identifizieren.«

Das verschlug Landorff zumindest für eine Sekunde die Sprache. Elke aber auch. Sie war völlig überrumpelt und fühlte sich nicht wohl bei dem Gedanken, Thomas in Kürze leibhaftig gegenüberstehen zu können.

»Na gut. Aber Ihre Frau bleibt im Wagen.«

»Natürlich.«

»Er wohnt in Husum. Lundweg. Folgen Sie uns einfach.«

Er legte auf.

Der Lundweg lag am nördlichen Rand von Husum nahe einer Ausfallstraße und bildete die letzte Reihe im Wohngebiet, bevor ein größeres Stück Feld begann. Kinder waren mit Fahrrädern und Rollern unterwegs oder spielten im Garten. Kein guter Ort für einen Einsatz dieser Art.

Die Zivilwagen hielten, und Nils parkte dahinter. Im Auto vor ihnen wurde etwas besprochen. Die Männer sahen mehrfach hinüber auf die andere Straßenseite. Es dauerte jedoch noch eine Weile, bis Landorff schließlich allein ausstieg. Er sah sich um. Im Nachbargarten schaukelten drei Kinder, und in einem Garten zwei Häuser weiter wurde hinter dem Haus Fußball gespielt. Er sah zu Nils und winkte ihn zu sich.

»Schatz, geh nicht«, flüsterte Elke und hielt seinen Arm fest.

»Es passiert schon nichts«, erwiderte er und neigte leicht den Kopf, um sie eindringlich anzusehen. »Sieh ihn dir genau an.«

Elke biss sich auf die Unterlippe. Sie nickte. Nils gab ihr einen Kuss auf die Wange und stieg aus. Er und Landorff wechselten ein paar Worte miteinander, bevor sie gemeinsam auf das Haus zugingen. Sie betraten den Weg, der durch den Vorgarten zur Haustür führte, und Landorff klingelte. Elke sah, wie die Einsatzkräfte im Wagen ihre Waffen entsicherten. Die Tür wurde geöffnet, und eine Frau in Shorts und T-Shirt erschien. Sie war Mitte fünfzig, schätzte Elke, und schien, so wie sie ihre Hände hielt, im Garten gearbeitet zu haben. Mit dem Handgelenk strich sie sich eine Strähne aus dem Gesicht und warf Nils in seiner Uniform einen beunruhigten Blick zu. Dann beugte sie sich zurück und rief etwas ins Haus hinein. Nils drehte sich noch einmal kurz zu Elke um, da erschien auch schon Thomas Weingraf im Türrahmen.

Elkes gesamter Körper spannte sich an, und sie krallte ihre Finger ins Polster des Sitzes. Sie hatte so gehofft, dass es ein Mann sein würde, der zu jung war und einen anderen Körperbau oder eine andere Größe hatte. Doch sie wurde enttäuscht. Weingraf hatte kurze, zu einem Seitenscheitel gekämmte Haare, trug ein blaues Poloshirt und eine Jeans. Er war schlank und blickte die beiden Männer fragend durch eine Brille mit feinem Metallgestell an.

Ist er es? Ist das Thomas?

Elke rückte näher an die Windschutzscheibe heran und streckte den Kopf nach vorn. Jetzt unterhielten sie sich. War er es? Das Misstrauen in Weingrafs Gesicht schien noch zu wachsen, und ebenso wuchsen Elkes Zweifel, ob er der Gesuchte war.

Auf einmal hielt sie es nicht mehr aus. Ihre Angst war zweitrangig. Entscheidend war, dass sie jetzt keinen Fehler machten, dass sie ihn nicht laufen ließen. Sie stieg aus und ging langsam auf das Haus zu. Dumpfes Stimmengemurmel war in den beiden Einsatzwagen hinter ihr zu hören. Elke blieb nicht stehen, sie ging immer näher. Weingraf war der Erste, der sie bemerkte. Nils und Landorff folgten seinem Blick und drehten sich um.

»Elke, was machst du hier?«, zischte Nils.

»Thomas?«, fragte Elke den Mann. Er richtete sich auf. Seine Frau legte eine Hand auf seine Schulter.

»Ja?«

Elke ging noch näher und stand nun am Fuß der kleinen Eingangstreppe. »Kennst du mich?«, fragte sie wie in Trance.

Der Mann schluckte, und seine Augen flackerten nervös. »Nein, ich denke nicht«, antwortete er.

»Herr Weingraf, könnten wir einen Moment hineingehen und alles klären?«, fragte Landorff.

»Wer ist diese Frau?«, fragte Frau Weingraf.

»Niemand. Können wir?«, fragte Landorff erneut.

»Na gut.«

Weingraf ließ sie ein. Nils beugte sich zu Elke hinunter. »Ist er es?«, flüsterte er hastig.

»Ich denke nicht«, antwortete Elke leise.

Frustriert folgte Nils Landorff ins Haus. Elke blieb, wo sie war, und die Tür fiel ins Schloss.

»Was hat er gesagt?«, wollte Elke wissen, als Nils nach einer Viertelstunde wieder in den Wagen stieg.

Nils setzte sich, schien einen Augenblick seine Gedanken sammeln zu müssen und drehte sich zu Elke, bevor er antwortete.

»Er kann nicht der Täter sein. Er hat Alibis für beide Tatzeiten. Wir denken, dass der Mörder nur seinen Namen benutzt hat. Er erinnerte sich sogar, dass ihm vor über zwanzig Jahren mal sein Portemonnaie gestohlen wurde. Da waren alle Papiere drin. Und es besteht eine gewisse Ähnlichkeit.«

»Das hab ich auch gedacht«, meinte Elke, »aber seine Stimme passte nicht. Sie war zu tief.«

»Damit sind wir wieder bei null«, sagte Nils gefrustet, »kein Name, kein Anhaltspunkt.«

»Aber ein Bild haben wir jetzt«, erinnerte ihn Elke.

»Ja, du löst den Fall am Ende noch allein«, sagte er mit einem traurigen Lächeln.

Sie nahmen die letzte Fähre nach Amrum und fuhren einem wunderbaren Sonnenuntergang entgegen, konnten den Anblick jedoch nicht so sehr genießen wie die anderen Passagiere. Sie saßen zusammen auf dem Sonnendeck. Elke hatte sich bei Nils eingehakt und ihren Kopf auf seine Schulter gelegt. Sie fuhren am kleinen Leuchtturm von Föhr vorbei und auf den schmalen dunklen Streifen Amrum zu, hinter dessen Leuchtturm die Sonne den Himmel in flüssiges Gold gegossen hatte. Es war andächtig still an Bord. Die Welt schien nur noch aus Gold und Blau zu bestehen. Nils schloss seine Augen, während Elke ihn beobachtete. Eine Haarsträhne wischte vom leichten Fahrtwind bewegt über ihre Wimpern. Da riss ein Handyklingeln Elke aus ihrem Dämmerzustand. Sie erkannte es gleich als Nils' Diensthandy.

»Oh, bitte nicht«, sagte er mit geschlossenen Augen.

»Vielleicht ist es was Gutes«, meinte sie.

Nils schlug seine Augen auf, und eine skeptische Falte grub sich in seinen Mundwinkel. Dann ging er ran.

»Petersen?«, fragte er und schaute dabei über die Meerenge

zwischen Amrum und Föhr. Elke horchte mit und zog Nils noch fester an sich ran.

»Jensen hier, guten Abend.«

»Moin«, sagte Nils ahnungsvoll.

»Herr Petersen, ich wollte Sie über etwas informieren.«

»Ist es was Gutes?«, fragte Nils.

»Nun, es ist … ja, ich denke, es ist was Gutes.«

»Ja?«

»Die Behörden in Long Island haben sich noch nicht dazu durchgerungen, uns die Akten der Fälle schicken zu wollen. Das wird sich wohl noch etwas hinziehen, zumal jetzt eine weitere Behörde prüft, ob die Fälle neu aufgerollt werden.«

»Das ist Ihre gute Nachricht?«

»Nein«, sagte Jensen, und Nils meinte, ihn lächeln zu hören. »Es gibt da einen Beamten, der damals an allen drei Fällen mitgearbeitet hat. Einen Mann vom FBI. Er war als Profiler an den Untersuchungen beteiligt und ist inzwischen pensioniert. Die amerikanischen Kollegen haben ihn wohl in Kenntnis über unsere Fälle gesetzt, und er hat sich bei uns gemeldet. Von sich aus. Er ist sehr interessiert und möchte sich persönlich einen Eindruck verschaffen«, erklärte Jensen und machte eine Pause.

»Und weiter?«

»Dieser Mann … nun, ich denke, wir können jede Hilfe gebrauchen, und wenn er eine Verbindung herstellen kann, umso besser. Ich sagte ihm also, dass er kommen könnte. Es ist nicht ganz offiziell, weil er bereits in Pension ist, aber … er kommt morgen.«

»Aha«, sagte Nils erstaunt. »Das klingt tatsächlich vielversprechend.« Er sah Elke an, die alles mitgehört hatte.

»Ich sagte ihm, dass er auf Amrum bleiben kann. Ist es möglich, dass Sie ihm dort eine Unterkunft besorgen können?«

»Ja, natürlich. Das kriegen wir hin.«

»Schön. Und ich hätte noch eine Bitte. Er kommt morgen um vierzehn Uhr fünfzig am Flughafen in Hamburg an.«

»Ich soll ihn abholen«, erriet Nils.

»Da er sich sowieso bei Ihnen auf der Insel aufhalten wird, fände ich es günstig, wenn Sie das täten, ja.«

Nils blickte erneut zu Elke. Die zuckte mit den Achseln und nickte, weil sie keinen Hinderungsgrund sah. Im Gegenteil.

Nils versprach, dort zu sein, und legte dann auf.

»Ein Mann vom FBI. Bis jetzt hab ich über diese Typen nur Filme gesehen«, meinte Nils.

»Wir können ihn brauchen«, sagte Elke.

6

Die Maschine kam aus Paris. Die Markisen des riesigen ge-
wölbten Glasdaches der Flughalle waren geschlossen, um die
Hitze auszuschließen. Nils war früh da gewesen und ging rastlos
durch die Terminals, vorbei an Geschäften, Restaurants und den
Gästen des Flughafens. Er war in Uniform unterwegs, und seine
Kollegen von der Flughafensicherheit grüßten ihn, wenn er ihnen
begegnete.

Er war angespannt. Der erwartete Gast aus den USA war so
etwas wie ein Hoffnungsschimmer, doch die Enttäuschung von
gestern saß ihm noch in den Knochen. Seine Nervosität wuchs
noch mehr, als er auf einem Bildschirm in der Halle in einem
Nachrichtenbeitrag über die Morde nicht nur wieder Bilder von
Amrum, sondern auch das gestern von Elke und Junker angefertigte
Phantombild sah. Diese Zeichnung hatte etwas Unheimliches an
sich. Der Blick des Mannes war stechend, doch das Gesicht wirkte
künstlich wie eine Maske. Es ist ein Computerbild, erinnerte er
sich und mahnte sich selbst zur Vernunft.

Eine Frauenstimme hallte durch das Gebäude und kündigte die
pünktliche Ankunft des Fliegers aus Paris an. Nils begab sich zur
Ankunft in der unteren Ebene und wartete mit vielen anderen
Menschen am Ausgang. Elke hatte ein kleines Schild mit dem
Namen des ehemaligen FBI-Agenten vorbereitet: Mr. McLean.
Von Jensen hatten sie nur erfahren, dass McLean sechsundsiebzig
Jahre alt war, doch Nils glaubte, dass er nicht so schwer auszu-
machen sein würde, denn so viele Menschen, die in diesem Alter
allein reisten, gab es sicherlich nicht.

Als die ersten Passagiere aus der Tür traten und von ihren Freunden und Familien begrüßt wurden, blickte Nils suchend über
sie hinweg, bis ihm siedend heiß einfiel, dass er gleich Englisch
sprechen musste. Das letzte Mal hatte er in der Schule Englisch
gesprochen und vielleicht mal mit Anna, wenn er ihr bei den
Hausaufgaben geholfen hatte. Er bezweifelte auf einmal stark, dass
er der richtige Mann war, um McLean abzuholen. Die Fluggäste

strömten an ihm vorbei, und er bemerkte, dass er zu sehr in Gedanken gewesen war, um auf McLean zu achten. Er blickte über seine Schulter, ob er ihn verpasst hatte, doch da war kein älterer Herr. Nur ein Pärchen, das Hand in Hand zwei Rollkoffer hinter sich herzog. War er mit seiner Frau gekommen? Möglich wäre es. Immerhin war es nur ein inoffizieller Besuch. Und eine Reise nach Europa konnte doch ganz reizvoll sein. Nils hatte aber leider nur ein Einzelzimmer im Hotel seiner Eltern gebucht. Das war der einzige Freistand gewesen, den er so kurzfristig hatte ergattern können. Er wollte den beiden Herrschaften gerade hinterherlaufen, da sprach ihn jemand an.

»Ich bin Mr. McLean«, hörte er eine tiefe, sonore Stimme mit amerikanischem Akzent sagen. Nils wandte sich um und stutzte. Mr. McLean war direkt vor ihm, doch zu Nils' großer Überraschung saß er im Rollstuhl. Das hatte er nicht gewusst. Jensen hatte ihm nichts davon gesagt. Falls er es überhaupt selbst wusste.

»Oh, Mr. McLean«, entfuhr es Nils, und er streckte ihm die Hand entgegen. Der alte Mann lächelte und schlug ein. Er hatte große, kräftige Hände. Sein Oberkörper schien ebenfalls sehr kräftig zu sein, soweit man das unter dem Jackett erkennen konnte. Ein nur wenig ergrauter Haarkranz stand um seinen kantigen Schädel. Er war braun gebrannt, und energische Augen blickten Nils etwas belustigt an.

»Sie wussten nicht, dass ich im Rollstuhl sitze«, sagte er und zeigte ein schiefes Lächeln.

»Das stimmt. Tut mir leid«, entschuldigte sich Nils und errötete spürbar.

»Schon gut«, sagte McLean. »Ich vergesse das manchmal zu sagen. Für mich ist es normal, Sie verstehen?«

»Natürlich.«

»Gut. Mit wem hab ich das Vergnügen?«, fragte er.

»Oh, ich bin Nils. Also, eigentlich Herr Petersen. Polizei Amrum. Aber Sie können mich Nils nennen.«

»Ich dachte, das macht man in Deutschland nicht. Hi, ich bin Bryan.«

Wieder schüttelten sie sich die Hände, und Nils musste lachen.

»Sie sprechen Deutsch?«

»Ja, gezwungenermaßen. Meine Frau ist Deutsche. Aus Frankfurt. Sie wollte, dass ich Deutsch lerne.«

»Gut. Mein Englisch ist nämlich miserabel.«

McLean lachte laut auf.

»Wollen wir?«, forderte er Nils zum Gehen auf.

»Sicher. Kommen Sie.«

»Du. Bryan«, erinnerte McLean Nils.

»Alles klar. Ähm ... dein Gepäck?« Nils suchte einen Koffer bei McLean und entdeckte ihn an einem Haken hinten am Rollstuhl.

»Hab ich selbst gebaut. Bin viel unterwegs.«

Sie verließen die Halle in Richtung des Parkplatzes.

»Das ist der Vorteil, wenn man mit einem Streifenwagen unterwegs ist«, sagte Nils, als sie vor die Tür traten, und wies auf den Passat, der in der Halteverbotszone stand. McLean lachte erneut, und Nils nahm den Koffer und verstaute ihn im Kofferraum. Unsicher stand er nun vor McLean und ließ seinen Blick über den Rollstuhl gleiten.

»Du brauchst nichts zu machen. Ich steige selbst ein, du musst nur den Rollstuhl hinten reinlegen.«

»Okay.«

Nils sah zu, wie McLean die Beifahrertür öffnete, seine dürren gelähmten Beine von den Tritten hob und die Ablagen hochklappte. Dann beförderte er sich kraft seiner Arme mit einem kräftigen, eleganten Schwung auf den Sitz und zog seine Beine nach wie einen Fremdkörper. Mit einem schnellen Griff hatte er den Rollstuhl zusammengeklappt, sodass Nils ihn nur noch neben sein Gepäck legen musste. Er schloss den Kofferraum und stieg zu seinem Gast in den Wagen, der sich bereits angeschnallt hatte und reiselustig zum Fenster hinausschaute.

»Wie lange brauchen wir?«, fragte er.

»Zwei Stunden, wenn kein Stau ist. Und dann noch mal zwei Stunden mit der Fähre.«

»Oh, gut. Das klingt wie Urlaub.«

Nils lächelte und ließ den Wagen an. Die Fahrt konnte losgehen.

Die Hamburger Autobahn war voll, doch Nils wechselte an der Gabelung auf die A 23, und ab hier verringerte sich der Verkehr mehr und mehr, sodass sie hinter Pinneberg fast allein auf der schnurgeraden Autobahn unterwegs waren.

»Du hast also die erste Leiche gefunden?«, fragte McLean, als sie die Elbmarschen passierten.

»Ja. In einem See auf Amrum. Sie war … sie war in eine Pumpe geraten«, antwortete Nils.

»Und Jensen meinte, deine Frau habe einen großen Teil der Ermittlungen begleitet und euch unterstützt, was die Bilder betraf?«

Nils fielen alle Situationen die Morde betreffend wieder ein, die ihm jetzt schon vorkamen, als seien sie vor einer Ewigkeit passiert.

»Meine Frau, Elke, hatte am Morgen des ersten Fundes ein Platschen gehört und war gleich darauf am Seeufer einem Mann begegnet. Sie joggte dort. Leider war es zu neblig, als dass sie ihn richtig hätte sehen können. Später«, fuhr Nils fort, »war sie durch Zufall in Hamburg in einer Galerie und entdeckte dort das Bild des ersten Opfers. Und sie war es auch, die dann bemerkte, dass in dem Bild Hinweise zum Fundort versteckt waren.«

»Das hat mich jetzt nach so vielen Jahren … wie sagt man … wie vor den Kopf geschlagen.«

»Gestoßen«, berichtigte Nils.

»Dass wir das damals nicht entdeckt haben.« Seine Kiefermuskeln arbeiteten wütend. »Na gut, das ist aber immer noch nicht alles, oder?«

»Nein. Ich hab's vorhin noch in den Nachrichten gesehen. Elke glaubt, den Mann zu kennen, also haben wir ein Bild anfertigen lassen, wie der Mörder heute aussehen könnte. Es wurde heute im Fernsehen gezeigt.«

»Sie hat ihn erkannt? Durch was?«

»Durch die Art, zu malen. Er hatte auch sie gemalt.«

»Deine Frau?«

»Ja.«

»Aber freiwillig?«

»Ja. Sie studierten zusammen. Wie wir gestern rausfanden, tat er das unter falschem Namen. Er hat immer wieder gefragt, ob er sie malen dürfe, bis sie schließlich nachgab.«

»Aber er versuchte nichts?«

Nils wusste, was McLean meinte, und schüttelte den Kopf.

»Nicht so, wie man heute annehmen würde. Er wurde nicht aggressiv oder so. Er wollte zwar mehr von ihr, aber sie …« Nils stockte. Er hatte ihr schlechtes Gewissen gespürt. Mit Sicherheit hatten bei Elke Gefühle eine Rolle gespielt, doch an dieser Stelle hatte sie einen klaren Strich gezogen, und das glaubte er ihr auch.

McLean bemerkte, dass Nils zögerte, und sah ihn fragend an.

»Sie lehnte ab und ging, ohne dass er etwas dagegen unternommen hätte.«

»Das ist ungewöhnlich«, kommentierte McLean diesen Umstand, und es klang so, als zweifelte er daran.

Während der weiteren Fahrt sprachen sie über sämtliche Geschehnisse im Zusammenhang mit den Morden, und McLean nahm alles auf wie ein Schwamm, ohne sich jedoch Notizen zu machen. Sie erreichten Dagebüll rechtzeitig, um die Achtzehn-Uhr-Fähre zu nehmen. Nils bat um einen Platz in der Parkreihe ganz vorn rechts, sodass McLean bequem aussteigen und zum Fahrstuhl gelangen konnte. Bei der hohen Stufe, die das Deck aus Wasserschutzgründen von den inneren Gängen trennte, musste Nils ihm helfen.

Es war eine ungewöhnliche Überfahrt für Nils, der sich an der Seite von McLean auf einmal den Blicken der Leute und auch den Problemen ausgesetzt fühlte, die ihm früher nie bewusst gewesen waren.

Auf dem Sonnendeck hatte sich Nils auf eine Bank gesetzt, während McLean neben ihm im Rollstuhl im Gang saß und alle Blicke auf sich zog.

»Das ist wunderschön«, sagte er mit einem Blick über das leuchtende Blau des Wassers. Klar und von der Sonne hell beschienen, sodass man sogar die einzelnen Häuser erkennen konnte, lagen die Halligen im spiegelglatten Wasser und wirkten näher als sonst.

Während McLean die Aussicht genoss, rief Nils im Hotel Petersen an und stornierte das Zimmer, denn es war mit dem Rollstuhl nicht erreichbar. Dann fragte er in der Kurverwaltung nach, ob es irgendwelche Freistände gab. Er hatte Glück, es gab nur noch drei freie Unterkünfte auf der Insel, aber eine davon war ebenerdig. Nils meldete sich sofort bei den Vermietern des Hörnkhüs in

Norddorf, die er gut kannte, und buchte die Wohnung, die von den ursprünglichen Gästen wegen Krankheit abgesagt worden war, für McLean.

»Bryan?«

»Mmh?«

»Ist es okay, wenn du nicht in ein Hotel gehst, sondern in eine Ferienwohnung? Essen kannst du auch bei uns.«

»Alles wunderbar«, entgegnete McLean fröhlich. »Ich komme klar. Musstest du umbuchen wegen dem hier?«, fragte er und schlug auf die Lehne seines Rollstuhls.

Nils lächelte verlegen, und McLean zwinkerte ihm zu.

»Hallo, die Herren«, sagte da eine Stimme hinter ihnen, und beide fuhren herum.

»Elke«, sagte Nils überrascht.

Sie ging um McLean herum und reichte ihm die Hand.

»Das ist meine Frau«, erklärte Nils verdattert. »Was machst du hier?«

»Ich hab doch heute gearbeitet«, sagte sie, und sie gaben sich einen Kuss. Dann wandte sie sich wieder an den FBI-Agenten. »Nett, Sie kennenzulernen, Mr. McLean.«

Nils bewunderte, wie sie ihm nur in die Augen sah, ohne einen einzigen Blick auf den Rollstuhl zu werfen. Sie sprach mit ihm, als hätte sie darüber Bescheid gewusst oder kenne ihn schon mehrere Jahre.

»Ich heiße Bryan«, sagte McLean.

»Elke.«

»Dein Mann hat mir auf der Fahrt schon viel über dich erzählt.«

Sie setzte sich ihnen gegenüber auf die Bank neben eine Dame, die etwas für sie zur Seite gerückt war, und bedankte sich bei ihr.

»Hat alles geklappt?«

»Jetzt schon. Ich hab Bryan eine Wohnung im Hörnkhüs besorgen können«, sagte Nils.

»Oh, das ist schön«, entgegnete Elke.

»Ich habe noch viele Fragen an dich«, meinte McLean und beugte sich in seinem Rollstuhl vor, »aber das machen wir auf der Insel. Ich würde gern zuerst die Fundorte sehen. Können wir das heute noch machen?« Er blickte beide neugierig und ernst an.

»Na klar, das kriegen wir hin«, sagte Nils.

Auf der Insel angekommen, fuhr Nils auf den Parkplatz des Schwimmbads, und sie gingen auf dem schmalen Bohlenweg hinunter zum See.

»Geht ruhig vor«, sagte McLean. »Ich rolle hinter euch her.«

»Laut verschiedener Zeugenaussagen ist das hier der einzige in Frage kommende Fluchtweg. Wir gehen davon aus, dass er das Auto genau wie wir auf dem Parkplatz abgestellt hat.«

McLean hielt an und blickte sich um. »Hat ihn hier auch jemand beobachtet?«

»Nein, nur unten am See.«

»Wie lange braucht man vom See bis zum Parkplatz?«, fragte er.

»Ungefähr …« Nils sah Elke abschätzend an. »Fünf Minuten?«

»Mehr«, sagte Elke.

Daraufhin zückte McLean sein Handy und aktivierte die Stoppuhr.

»Stellen wir uns also vor, wir würden etwas sehr Schweres tragen«, sagte er und rollte los.

Die Uhr zeigte acht Minuten an, als sie an der Aussichtsplattform herauskamen. McLean sah sich aufmerksam um und nahm das gesamte Gelände in Augenschein.

»Dort hinten ist die Pumpe.« Nils deutete in die Richtung. »Und Elke hat ihn dahinten am westlichen Ufer gesehen.«

»Kann man dort hören, wenn hier etwas ins Wasser geworfen wird?«, wollte McLean wissen.

Nils schluckte. »Um ehrlich zu sein, haben wir das noch nicht ausprobiert.«

»Ich laufe mal nach hinten«, sagte Elke und joggte, ohne eine Antwort abzuwarten, davon.

Nils sah sich nach etwas um, das er ins Wasser werfen konnte, und fand einen Ast. Dann rief Elke an, um zu sagen, dass sie dort war.

»Okay, ich schmeiß jetzt einen Ast rein«, kündigte Nils an und ließ das Holz in hohem Bogen ins Wasser klatschen.

»Zu leise«, hörte er Elke in den Hörer sagen.

»Gut«, meinte McLean. »Also muss es weiter da unten gewesen

sein.« Er rollte in Richtung Westen, und sie wiederholten den Versuch.

Von dieser Stelle aus, meinte Elke, klang es so wie damals.

McLean registrierte das ohne einen Kommentar und nahm die Zeit, die Elke laufend von ihrem Standort zurück zur Plattform benötigte. Nils klärte ihn über den Zeugen mit dem Hund auf.

»Zeitlich passt es«, sagte er. »Das reicht fürs Erste. Fahren wir zum zweiten See.«

»Das ist kein See, nur eine Wasserstelle auf einer Weide«, sagte Elke.

»Ach, eine Sache habe ich noch«, sagte Nils. »Ich weiß nicht, ob das albern war, aber ich habe dort drüben am anderen Ufer eine Kamera installiert, die hier alles aufnehmen sollte. Ich hab mal gehört, dass Täter gern zum Tatort zurückkehren.«

McLean schürzte anerkennend die Lippen und blickte zu Elke. »Dein Mann ist gut. Das ist Profiler-Arbeit, die er da gemacht hat.«

»Soll ich die Speicherkarte holen?«, fragte Nils.

»Bitte, ja«, forderte McLean ihn auf.

Rasch lief Nils ans andere Ufer. Er sah, wie Elke und McLean sich angeregt unterhielten, während er das Gerät komplett abnahm.

Dann fuhren sie nach Norddorf. Die Sonne hatte sich bereits hinter einem knapp über dem Horizont liegenden bläulichen Dunstschleier versteckt.

»Hier wohnst du«, sagte Elke, als sie an einem hübschen rot gestrichenen Holzhaus mit weißen Fensterrahmen vorbeikamen.

Nils fuhr weiter bis auf den Oodwai und stellte den Motor ab. »Es ist die Wasserstelle dort hinten«, sagte er.

Die Rinder standen zufrieden grasend auf der Weide und ignorierten sie.

»Da werde ich wohl nicht hinkommen. So ein Geländerollstuhl muss erst noch erfunden werden«, meinte McLean. »Habt ihr Schleifspuren finden können?«, fragte er mit einem Blick auf den Untergrund.

»Nein, wir haben seit Wochen keinen Regen mehr gehabt. Und die Rinder laufen hier herum.«

»Verstehe. Aber könntest du noch mal die Zeit nehmen von hier bis zum Wasser?«

»Sicher«, sagte Nils und stoppte die Zeit für den Weg, den der Mörder die Leiche getragen oder geschleift haben musste. Elke und McLean blieben im Wagen.

»Er hat mindestens vierzig, fünfzig Sekunden gebraucht«, sagte Nils, als er wieder einstieg.

McLean nickte. »Gut, ich denke, das reicht für heute.«

In der Haustür seiner Wohnung steckte der Schlüssel, und er fuhr kurz hinein, um sich umzusehen und seinen Koffer abzustellen.

»Wow, sehr schön«, kommentierte er seine Unterkunft. »Wenn der Anlass für meinen Besuch nicht so traurig wäre ...«

»So, aber jetzt essen wir erst mal was bei uns«, verkündete Elke.

Es gab Entenbrust mit frischem gebratenen Gemüse und Speckkartoffeln. Sie tranken Weißwein und plauderten über ihr Leben auf der Insel, während McLean nur sehr wenig von sich preisgab. Er verstand es, geschickt die Konversation so umzuleiten, dass er selbst nie in die Verlegenheit kam, von sich erzählen zu müssen. Nils fand ihn geradezu brillant in der Gesprächsführung, und er konnte sich gut vorstellen, wie er mit Häftlingen gesprochen hatte und auf jede Gegenfrage vorbereitet gewesen war.

Elke hatte bereits vor ihrer Abfahrt heute Morgen die Porträtkopien aus der Küche entfernt. Jetzt, da sie satt und träge auf ihren Stühlen und McLean in seinem Rollstuhl saßen, kam er wieder auf den Fall zu sprechen.

»Ihr habt doch sicher die Bilder hier, wenn ihr sie so genau studiert habt«, meinte er und nahm einen Schluck Wein.

Elke und Nils wechselten einen Blick.

»Ich hol sie«, sagte Elke und stand auf. Sie legte zuerst Helenes Porträt auf den Tisch, und McLean setzte eine Brille auf, um es genau zu inspizieren. Nils und Elke ließen ihm Zeit und schwiegen. McLeans Blick wanderte über jedes Detail, wobei sein Mund leicht offen stand. Er hatte eine sehr schmale Oberlippe. Die untere war deutlich breiter und verlieh dem leicht vorstehenden Kinn etwas Wuchtiges. Über dem linken Auge blitzte eine helle Narbe in seinen dunklen Augenbrauen. Es musste eine Platzwunde gewesen sein, und Nils dachte, dass dieser Kerl, auch wenn er gehandicapt war, früher vielleicht mal geboxt hatte.

»Wo ist die Stelle, die den Fundort zeigt?«, fragte McLean.

Elke stand auf und legte einen Finger darauf. »Wenn man es dreht«, sagte sie, »erkennt man es besser.«

McLean nickte und verlangte, das zweite Bild zu sehen. Wieder studierte er es einige Minuten lang allein, bevor Elke ihm die entscheidende Stelle zeigte. Dann lehnte er sich stöhnend zurück. Eine dicke, gewundene Ader stand geschwollen auf seiner Schläfe. In seinem ohnehin schon gebräunten Gesicht war nun eine Vielzahl von kleinen Altersflecken oder Sommersprossen zu sehen. Nils hätte wetten können, dass seine Vorfahren aus Irland kamen.

»Die Porträts sind unglaublich ähnlich. Die Art, wie er die Farbe aufträgt und wie er die Gefühle der Frauen abbildet. Es ist genau wie damals.« McLeans Blick schweifte ab, und er starrte ins Leere.

Nils und Elke konnten nichts erwidern. Sie hofften auf eine Anweisung, einen Hinweis, eine Idee, wie nun weiter zu verfahren sei.

»Ich muss noch mehr sehen«, sagte er schließlich. »Ich brauche die Fotos von den Leichen, vom Fundort, und ich muss den Obduktionsbericht lesen.«

»Aber kann denn das wirklich sein?«, fragte Elke mit ganz kleiner Stimme. »Nach so vielen Jahren?«

McLean faltete die Hände und legte die Ellbogen auf der Rollstuhllehne ab. »Ja, durchaus. Ich denke, dass er seine Arbeit in Long Island begonnen hat. Dort hat er einige Fehler gemacht, die darauf schließen lassen, dass er noch jünger war. Er könnte seine Mordserie in jedem anderen Land fortgesetzt haben. Wir müssen Kontakt zum Ausland aufnehmen, Interpol befragen, vielleicht haben die weitere Fälle. Er war eine lange Zeit versteckt, bevor er auf Amrum wiederauftauchte.«

»Aber wenn er vor zwanzig Jahren schon hier gewesen ist«, gab Elke zu bedenken, »warum hat er damals nicht getötet?«

In diesem Satz konnte man die eigentliche Frage »Warum hat er *mich* damals nicht getötet?« deutlich mitschwingen hören. Elke standen Angst und Verzweiflung ins Gesicht geschrieben, so als sei sie mitverantwortlich für diese Taten. Oder als habe sie ein schlechtes Gewissen, weil diese Mädchen unter den Opfern waren und nicht sie.

»Vielleicht hat er getötet«, sagte McLean. »Es könnte einfach niemandem aufgefallen sein. Wenn er die Opfer jedes Mal ins Wasser bringt, sind einige Leichen womöglich nie gefunden worden. Die Strömung. Verwesung. Schiffe. Viele Umstände können dazu führen, dass sie verschwinden. Vielleicht hat man auch die Bilder nicht gefunden oder keine Zusammenhänge gesehen. Aber es muss …«, an dieser Stelle machte er eine Pause und hob seine mit aneinandergelegten Zeigefingern gefalteten Hände, »es muss noch mehr Bilder geben.«

7

2014

Am nächsten Morgen holte Nils McLean aus seiner Wohnung ab. Bryan hatte eine Einladung zu einem großen Frühstück ausgeschlagen, mit dem Hinweis auf die Fülle an Material, das er sich heute anschauen musste, und so hatte Nils ihm ein paar belegte Brötchen und etwas Kuchen in der Bäckerei Schult geholt. Mit der orangefarbenen Tüte ging er vom Parkplatz zu McLeans Eingangstür und hob die Hand zum Klopfen, als er drinnen einen dumpfen Schlag hörte. Nils dachte sofort, dass er umgefallen sei, und lugte durch das Fenster neben der Tür. Er sah, wie McLean am Boden lag und sich mit auf den Boden gestützten Armen aus dem Schlafzimmer hinüber ins Wohnzimmer bewegte, wo der Rollstuhl stand. Er trug ein Unterhemd, eine Jeans und Schuhe, die quietschend über den Fußboden glitten. Geschickt wie ein Bodenturner stemmte sich McLean in den Sitz des Rollstuhls, stellte die Füße auf die Trittflächen und ordnete seine Beine. Offenbar lag kein Notfall vor. So wie es aussah, war das eine Prozedur, die er jeden Morgen durchführte.

Schuldbewusst zog sich Nils von dem Fenster zurück. Er hatte Mitgefühl mit diesem Mann, auch wenn er ihn nicht kannte. Aber die Art, wie er sein Leben ohne Beine bewältigte ... Nils suchte nach den richtigen Worten. Es sah unwürdig aus, wie dieser Mann über den Boden kriechen musste. Ja, unwürdig traf es ganz gut. Nils klopfte, und kurze Zeit später öffnete der gut gelaunte McLean.

»Guten Morgen«, sagte er fröhlich. »Komm rein, ich bin noch nicht ganz fertig.« Er saß immer noch im Unterhemd vor ihm, und Nils bemerkte, wie muskulös und jung sein Oberkörper wirkte. Seine Arm- und Brustmuskeln waren die eines Athleten.

»Wie hast du geschlafen?«, fragte Nils.

»Super, nur zu kurz. Der Jetlag ist ein Killer.«

Nils sah zu, wie sich McLean ein kariertes weißes Oberhemd anzog.

»Was ist in der Tüte?«, fragte er.

»Dein Frühstück.«

»Oh, vielen Dank. Ich werd's auf dem Revier essen.«

Erst kurz bevor sie im Polizeibüro ankamen, fiel Nils ein, dass am Haus drei kleine Stufen vor dem Eingang waren.

»Da musst du mich leider hochziehen«, sagte McLean. »Runter komm ich allein, aber nicht hoch.«

»Kein Problem.«

Nils musste enorme Kraft aufbringen, um den erwachsenen Mann samt Stuhl die Stufen hinaufzubefördern. Angestrengt atmete er aus, als Possebiehl hinter ihnen die Tür öffnete.

»Moin«, sagte er verunsichert mit Blick auf den Rollstuhl. McLean drehte sich um, und sie reichten sich die Hände.

»Das ist meine rechte Hand, Herr Possebiehl«, stellte Nils seinen Kollegen vor.

»McLean«, sagte der FBI-Agent.

Sie gingen ins Büro, wo Possebiehl gestern auf Nils' Anweisung hin einen Platz für McLean eingerichtet hatte. Er konnte sich hier alle relevanten Berichte und Fotos über den Polizeiserver anschauen und studieren. Indes setzten Possebiehl und Nils sich zusammen und werteten die zweite Speicherkarte mit dem Film vom Wriakhörnsee aus. Dank ihres Tests am See suchten sie nun weiter links in Richtung Westufer nach verdächtigen Personen. Sie stoppten den schnellen Vorlauf immer dann, wenn Einzelpersonen auftauchten. Doch bis auf Jogger oder Spaziergänger mit Hund und ein paar Radfahrer konnten sie nichts entdecken. Nach Einbruch der Dunkelheit wurde es schon interessanter, doch letztlich waren es nur eine Gruppe Jungen, die sich am See betranken, und eine Frau auf dem Fahrrad mit Kinderanhänger, die nur kurz anhielt.

»Fehlanzeige«, murmelte Nils enttäuscht, als er sich nach der Durchsicht die Augen rieb.

»Am verdächtigsten war immer noch Siebert«, meinte Possebiehl.

»Ist das der Verdächtige, der sich in der Zelle erhängen wollte?«, fragte McLean.

»Ja, aber der war es nicht«, sagte Nils bestimmt.

»Ich lese gerade seine Akte«, sagte McLean, und Nils konnte nicht heraushören, ob McLean ihm nun widersprach oder ob das nur eine neutrale Bemerkung gewesen war. Er stand auf und stellte sich nachdenklich vor das Whiteboard, auf dem noch immer die Zeichnung vom See und die Position der einzelnen Zeugen zu sehen waren.

»Irgendwas haben wir übersehen«, brummte er in seine Hand, die er über den Mund gelegt hatte.

McLean blickte zu ihm auf. »Kann ich deine Frau sprechen?«, fragte er.

»Elke? Sicher«, erwiderte Nils und sah auf die Uhr. Er wählte ihre Nummer auf seinem Handy. »Schatz? Hast du einen Moment Zeit? Bryan will dich sprechen.« Er reichte den Hörer an McLean weiter.

»Hi, Elke«, grüßte der. »Ich habe nur eine kurze Frage an dich. Hatte dieser Thomas damals einen Akzent? Hattest du das Gefühl, dass er aus dem Ausland kommt?«

Nils stand zu weit weg, als dass er Elkes Antwort verstehen konnte. McLean bedankte sich, wünschte ihr einen schönen Tag und legte auf.

»Was hat sie gesagt?«, wollte Nils wissen.

»Nein, kein Akzent. Sie war nicht mal auf die Idee gekommen, dass er von außerhalb kommt.«

Damit konzentrierte sich McLean wieder auf den Bildschirm, und Nils blieb vor der weißen Tafel stehen. Sosehr sich die Suche auch verkompliziert hatte und so aussichtslos, wie sich die Beweislage im Moment auch darstellte, hatte Nils doch die Hoffnung, dass das Phantombild eine entscheidende Rolle bei der Überführung des Täters spielen würde. Jemand musste ihn erkennen. Er war hier. Er war in Deutschland. Vielleicht sogar auf der Insel.

»Possebiehl«, sagte Nils.

»Ja?«

»Hast du das Phantombild an alle Vermieter geschickt?«

»Gestern schon.«

Nils nickte zufrieden. Bald würde sich ein Zeuge melden. Jemand wie Fritze, der sie weiterbrachte, der sie näher an ihn heranbrachte. Ein Künstler, dachte Nils, der Mörder ist ein Künstler. Und da fiel ihm wieder ein, dass die Straßensperre am Abend des zweiten Mordes Thore angehalten hatte. Thore, der angegeben hatte, auf dem Weg zu einem Freund im Hafen zu sein, dessen Frau aber unter der Woche nicht auf Amrum war. Wieso war Thore dann mit dem Auto unterwegs gewesen?

»Ich bin gleich wieder da«, sagte Nils und eilte aus dem Büro.

Thores Fahrrad stand noch genau wie bei seinem letzten Besuch mit Landorff unter dem Fenster vor dem Haus. Nils betrat den Rasen und tippte mit der Fußspitze an die Pedale. Sie machten ratternd eine halbe Umdrehung und blieben dann stehen. Mit zwei Fingern prüfte er den Reifendruck, alles in Ordnung. Das Auto stand nicht in der Einfahrt, und im Haus war es wie immer dunkel und still.

Nils klopfte laut an die Haustür und wartete. Niemand öffnete ihm. Er klopfte erneut und musste wieder lange warten, bis er endlich Schritte vernahm. Langsam wurde die Tür aufgezogen, und Thore blickte aus dem Halbdunkel zu ihm hinaus.

»Moin, Thore. Kann ich dich sprechen?«

Thore sah ihn abschätzend an und dann an ihm vorbei, so als suchte er nach Landorff oder einer anderen Person, die Nils begleiten könnte.

»Ich arbeite«, sagte er.

»Ich auch. Dauert nicht lang.«

Unwillig öffnete Thore die Tür und ließ Nils eintreten. Ein stechender Geruch stieg Nils in die Nase.

»Was machst du?«, fragte er.

»Arbeiten, hab ich doch gesagt.«

Nils ging einfach durch ins Wohnzimmer und blieb stehen. Die Porträts des Jungen, des Mannes und der Frau starrten ihn an. Das heißt nein, es waren nur die Frau und der Mann. Der Junge blickte zu den beiden anderen Porträts, so als seien dort seine Eltern abgebildet. Der Laptop im Erker stand geschlossen auf dem Tisch.

»Kommst du voran?«, fragte Nils.

»Ja, ja«, brummte Thore. »Was ist denn jetzt?«

»Ja, weißt du«, begann Nils und drehte sich zu ihm um, »du erinnerst dich sicher an neulich Abend, als du von einer Polizeikontrolle angehalten wurdest.«

»Mmmh?«, machte er nur und steckte seine Hände in die Hosentaschen. Nils meinte, an einem Finger rote Farbe gesehen zu haben.

»Tja, du warst also im Tonnenhafen?«

»Ja«, sagte Thore vorsichtig.

»Mit dem Wagen, obwohl du uns sagtest, dass du nur Fahrrad fährst, weil deine Frau das Auto benutzt.«

»Ja, und?«

»An dem Abend fuhrst du also das Auto. Aber es war mitten in der Woche, wo war deine Frau?«

»Sie … hatte sich krankgemeldet. War erst beim Arzt und dann hier zu Haus im Bett.«

»Okay«, meinte Nils. »Und welchen Freund hast du besucht?«

»Hä?«

»Na, du hast der Kontrolle im Hafen erzählt, dass du zu einem Freund fährst.«

»Ach, das … ja, das hab ich aber nur so gesagt, damit die mich durchlassen. Ich wollte meine Ruhe haben.«

»Und was hast du dann dort gemacht?«

»Im Hafen?«

»Genau.«

Thore kratzte sich am Hinterkopf, und Nils konnte jetzt eindeutig Farbspuren an seiner Hand erkennen. Nun konnte er auch den stechenden Geruch einordnen. Es war Terpentin.

»Ich wollt halt allein sein. Hatte 'ne Flasche Schnaps dabei.«

»Mmhmh«, machte Nils und beäugte Thore misstrauisch.

»Ist das verboten?«

»Nein«, sagte Nils kopfschüttelnd. »Nein, nein. Nur 'n bisschen … ungeschickt.«

»Wieso ungeschickt?«

»Na ja, du weißt, was in der Nacht los war, oder?«

Thore antwortete nicht, er sah Nils nur mit seinen kleinen Augen an.

»Was hatte Emmi denn?«, fragte Nils daher.

Thore hob fragend die Augenbrauen.

»Na, wenn sie krank war, was hatte sie?«

»Äh, Kopfschmerzen. Migräne. Kriegt sie manchmal.«

»Wo ist sie jetzt?«

»Bei der Arbeit.«

Nils nickte und ließ seinen Blick zum Schreibtisch wandern.

Dann machte er zwei Schritte Richtung Erker, um die Staffelei besser sehen zu können, und erkannte, dass die Leinwand verschwunden war.

»Du hast gemalt?«

»Ähm, ja …«

»Ich dachte, du schreibst am Buch?«

»Beides«, antwortete Thore knapp.

»Scheinst ja fertig geworden zu sein. Wo ist das Bild?«

»Im Keller«, sagte Thore leise.

»Kann ich's mal sehen?«

Thores Gesichtszüge bewegten sich wie eine zähe Masse und drückten so etwas wie Unbehagen aus.

»Ist nichts Besonderes.«

»Trotzdem«, sagte Nils fest und stellte sich breiter vor Thore hin.

Der schob unwillig die Unterlippe vor. Jetzt erinnerte er Nils wieder an den Mann auf dem Porträt im Wohnzimmer. Ohne ein Wort ging er zurück in den Flur und öffnete die kleine Holztür, die in den Keller führte. Nils folgte ihm eine dunkle Treppe hinunter in einen mit schmutzig gelbem Licht beleuchteten zweigeteilten Raum. Im ersten standen Waschmaschine und Wäscheständer. Thore ging weiter, und sie erreichten den hinteren Teil, der vollgestellt war mit Bilderrahmen aller Größen. An einer weißen Säule lehnte ein Bild, dessen Farbe noch feucht glänzte. Es zeigte, soweit Nils das erkennen konnte, Thores Frau Emmi. Ihr Gesicht wurde von ihren Händen verdeckt, dazwischen quoll Blut hervor und lief ihre nackten Unterarme herab. Im Hintergrund, vor einer grünen Tapete, stand ein runder Bistrotisch, auf dem ein Hammer und ein umgestürztes Wasserglas lagen. Es hatte einen dunklen Fleck auf dem blauen Tischtuch hinterlassen. Nils musste schlucken. Er blickte zu Thore, dem diese Entdeckung hier unten sichtlich unangenehm war.

»Thore, was …« Nils suchte nach den richtigen Worten. »Was soll das darstellen? Willst du mir etwas sagen?«

»Ach, hör doch auf, Mensch!«, schrie Thore ihn plötzlich an, und seine Stimme schwoll in dem engen Raum unglaublich laut an.

»Ich will nur eine Antwort. Erklär mir das.«

»Herrgott, das ist doch alles Scheiße«, schrie Thore. »Wir haben gestritten, weiter nichts!«

»Wann?«

»An dem beschissenen Abend, was denkst du denn?«

»Und warum malst du so was?«, fragte Nils, verunsichert über diese drastische Gewaltdarstellung.

»Weil ich sauer bin!« Thore ballte beide Hände zu Fäusten.

»Das sehe ich«, entgegnete Nils, so ruhig er konnte. Er dachte daran, seine Hand auf die Dienstwaffe zu legen.

»Ist doch meine Sache, was ich male! Wenn ich sauer bin, lasse ich meine Wut halt an dem Scheißbild aus.«

»Worum ging es in dem Streit?«

»Sie will mich verlassen«, keifte er mit wilden Augen. Seine Haare fielen ihm in die Stirn. Sie waren ähnlich lang wie die des Mörders auf dem Phantombild. »Diese beschissene Hure will *mich* verlassen.« Er lachte auf und warf seinen Kopf in den Nacken.

»Was passierte an dem Abend?«, wollte Nils wissen.

»Wir stritten uns, und ich rauschte mit 'ner Flasche Schnaps ab, weil ich ihr blödes Gelaber nicht mehr ertragen konnte.« Thores Adern am Hals und auf der Stirn traten grünlich hervor.

Nils wandte sich von ihm ab und drehte die Bilder um, die neben ihm standen. Sie zeigten keine Landschaften, sondern Personen. Frauen, die große Ähnlichkeit mit Emmi aufwiesen, und zwei Selbstporträts.

»Gib mir ihre Nummer«, sagte Nils bestimmt und holte sein Handy heraus.

8

1979

Tom stand nur mit Badeshorts bekleidet am Pool und fischte ein paar Blätter mit dem Kescher aus dem Becken. Es war ein lauer Abend, und er hatte sich vorgenommen, den Grill anzuwerfen und ein schönes Steak zu braten. In Rocky Point hatte er sich am Nachmittag ein großes T-Bone-Steak besorgt, das jetzt im Kühlschrank lag, zusammen mit ein paar Bier, zwei Maiskolben und einer Packung Eiern. Irgendwo im Nachbargarten hörte er Geräusche von Kindern und Erwachsenen beim Spielen im Garten. Vielleicht sahen sie ihn ja hier ganz friedlich am Pool stehen, oder es verirrte sich mal ein Football hier herüber, den er dann wieder zurückwerfen konnte, um zu zeigen, wie friedlich hier alles war und was für ein zuvorkommender, netter Kerl er doch war.

Als der Pool gereinigt war und das Fleisch brutzelnd auf dem Grill lag, ließ Tom sich zufrieden mit einer kühlen Flasche Bier in den Gartenstuhl fallen. Im Wohnzimmer lief der Fernseher mit einem Footballspiel. Die Jets spielten. Hin und wieder warf er einen Blick auf den Bildschirm, doch die meiste Zeit über blickte er auf das wunderbare Wasser im Pool. Das Wasser, in dem er vor einer Woche mit Sue geschwommen war. Wenn er jetzt daran dachte, war da ein wohliges Kribbeln in seiner Magengegend, und ein Lächeln stahl sich auf sein Gesicht.

Fett und Blut tropften aus dem Rindfleisch auf dem Grillrost und verdampften in der Hitze zu einer weißen Wolke, die sich in den klaren Abendhimmel erhob. Es durfte nicht zu lange draufbleiben, er mochte es blutig, und so stand er auf, drückte mit der Gabel in die Mitte und befand es für gut. Mit der Spitze der Gabel beförderte er das Steak auf seinen Teller und nahm sich einen Maiskolben dazu. Die Jets waren kurz vor der Endzone, und Matt Robinson warf einen unvollständigen Pass mit einem getapten Daumen an der Wurfhand.

»Scheiße«, fluchte Tom halbherzig und setzte sich mit seinem Abendessen an den Tisch. Mit dem Messer schnitt er sich den ersten großen Bissen ab. Das Fleisch war perfekt. Er tunkte es in Ketchup und steckte es sich in den Mund, als drinnen die Türglocke ging. Er hielt im Kauen inne, wischte sich den Mund ab und ging zur Haustür. Jetzt haben sie tatsächlich einen Ball in den Garten geworfen, dachte er und zog die Tür auf.

Er war erstaunt, wen er da auf dem Abtreter mit der Aufschrift »Willkommen« stehen sah. »Officer DelPiero«, sagte er mit vollem Mund und versuchte zu verstecken, wie irritiert er von dem Besuch war.

»Hallo, Tom«, sagte der Polizist und zeigte seine blendend weißen Zähne. Tom sah an ihm vorbei. Am Fuße der Eingangstreppe stand ein zweiter Officer, der Tom allerdings unbekannt war.

»Hallo«, grüßte Tom ihn.

Er nickte zurück, und DelPiero erklärte: »Das ist Officer Drake.«

»Wo ist Ihr Partner, Sternwood?«, fragte Tom.

»Du erinnerst dich noch.« DelPiero grinste. »Er ist außer Dienst. Eine Knieverletzung.«

»Oh, tut mir leid«, meinte Tom und schluckte den Bissen Fleisch hinunter. »Was gibt es denn?«

»Nun, deine Nachbarn drei Häuser weiter«, sagte DelPiero und winkte die kleine, verschwiegene Straße hinauf, »haben vor ein paar Tagen eine verdächtige Person gemeldet, die in der Gegend herumschlich, und jetzt fahren wir hier öfter mal Streife. Ich sah, dass Licht bei dir war, und wollte nur mal Guten Tag sagen.« DelPiero hängte seine Daumen in den Gürtel, an dem auch das Holster befestigt war.

»Ach so. Tja, mir ist nichts aufgefallen«, sagte Tom. »Wollen Sie reinkommen? Ich hab mir grad was auf den Grill gelegt.«

»Gut, aber nur kurz«, meinte DelPiero, und sein Kollege kam die Treppe herauf.

Tom kannte DelPiero von dem Tag, als seine Eltern und sein Bruder gestorben waren. Er war einer der ersten Officers hier im Haus gewesen und hatte sich um Tom gekümmert. Ein netter Kerl mit italienischen Wurzeln, der gut mit Kindern umgehen konnte, so wie Tom ihn einschätzte. Sie gingen durch das Wohnzimmer bis hinaus auf die Terrasse.

»Was machen die Jets?«, fragte DelPiero mit einem Blick auf den Fernseher.

»Keine Ahnung, Robinson hat irgendwas am Daumen«, antwortete Tom. »Ein Bier kann ich Ihnen wohl nicht anbieten, was?«

Die beiden Officers sahen sich aufmerksam im Garten um. Drake oder wie er hieß war ein sehr schweigsamer Typ, aber seine Augen waren wach und ständig in Bewegung.

»Ist noch Wasser drin«, sagte DelPiero bedrückt, als er den Pool sah.

»Ja, ich gehe nicht mehr hinein, aber ich halte ihn sauber«, entgegnete Tom mit gedämpfter Stimme.

DelPiero atmete tief ein. »Und wie geht's dir jetzt so? Du hast doch noch eine andere Wohnung, oder?«

»Ja, ja, in Jackson Heights. Towbridge hat sie mir besorgt. Den haben Sie doch auch mal kennengelernt.«

»Ich war hier, als er dich abholte.«

»Stimmt«, sagte Tom und senkte den Blick.

»Also kommst du klar?«

»Alles bestens, ich bin nur manchmal hier, wenn das Wetter so ist wie heute. Dann hab ich hier meine Ruhe.«

DelPiero nickte verstehend, während Drake sich durch die Terrassentür hindurch im Wohnzimmer umsah.

»Na?«, fragte Tom Drake, »Jets-Fan?« Drinnen krachten gerade ein Ballträger der Jets und ein Safety der Cleveland Browns zusammen.

Drake schüttelte den Kopf. »Ich bin aus Cleveland«, sagte er und sah Tom aus energischen Augen an, was diesem unangenehm aufstieß. Da war etwas sehr Ungutes im Blick des Officers.

»Wir müssen jetzt auch wieder los«, fuhr DelPiero dazwischen.

Tom begleitete sie zur Tür und sah zu, wie sie mit dem Streifenwagen von seiner Auffahrt fuhren. Zurück am Gartentisch war ihm der Hunger vergangen. Das Fleisch war kalt und lag in seinem Blut mit einigen Fettaugen darin, die bereits verhärteten.

Eine verdächtige Person? Hatten seine Nachbarn tatsächlich jemanden hier rumstreunen sehen? Die Gegend war perfekt für Einbrecher. Verlassen, direkt am Wald und trotzdem mit schnellem Zugang zur Bundesstraße. Oder hatten seine Nachbarn gar ihn selbst gesehen? Nein, das konnte er sich nicht vorstellen. Dennoch, dieser kurze Besuch … er schien Tom mehr ein Vorwand gewesen zu sein. Dabei war er so vorsichtig gewesen. Wo hatte er einen Fehler gemacht?

Tom räumte den Tisch ab und warf das Essen in den Müll. Während es dunkler wurde und die Nacht sich über den Himmel schob, verstärkte sich das Gefühl in ihm, dass er handeln musste. Dass ihm nicht mehr viel Zeit blieb. Anstatt sich ein weiteres Bier zu nehmen und den Rest des Spiels zu schauen, ging er gleich in den Keller. Er schloss einen großen metallenen Schrank auf, entnahm eine große Schalttafel, die wie ein Sicherungskasten aussah, hinter der sich jedoch eine weitere Tür befand, und schloss auch diese auf. An der Decke flackerte eine Lampe auf. Sue lag auf der Pritsche, zugedeckt mit einer weißen Baumwolldecke. Das Tätowiergerät stand noch im Raum, ebenso ein kleiner Hocker, den Tom sich jetzt schnappte und auf dem er sich neben der Pritsche niederließ.

Mit einem Ruck zog er die Decke zurück und legte Sues Körper frei. Sie durfte nicht mehr lange bei ihm bleiben. Ihren Bestimmungsort hatte er längst festgelegt. Nun galt es nur noch, seine Unterschrift unter das Kunstwerk zu setzen. Dann konnte er noch diese Nacht mit ihr raus zum See fahren.

Es war halb vier Uhr morgens, als er mit dem Van auf der 25 in Richtung Osten fuhr. Sue lag in eine Plane gehüllt hinten auf der Ladefläche. In dieselbe Plane hatte er drei Teppiche eingerollt, sodass ihre Leiche neben den Teppichen bei einer etwaigen Polizeikontrolle nicht weiter auffallen dürfte. Dennoch war es ein Risiko. Aber diese Gegend hier war wie für ihn gemacht. Wenn er sich selbst eine Landschaft hätte kreieren können, um sein Werk zu vollenden, hätte sie wahrscheinlich nicht viel anders ausgesehen als der nordöstliche Teil von Long Island, in dem dichter Baumbestand von einsamen Straßen durchschnitten und von wenig besiedelten Städtchen gesprenkelt wurde.

Lake Panamoka gleich hinter dem Brookhaven State Park war sein Ziel. Dort würde Sue ihr Grab finden. Dieses Mal wollte er sich etwas weiter hinaustrauen und eine längere Strecke in Kauf nehmen als das letzte Mal.

Der See lag ideal direkt an einem riesigen Waldstück, das von wenigen schmalen Sandwegen durchzogen war, die man hervorragend zur Flucht oder zum ungesehenen Anpirschen an den See nutzen konnte. Der Lakeside Trail führte um das Gewässer herum und war nur dünn mit frei stehenden Einfamilienhäusern besiedelt. Jetzt, Anfang September, wo noch alle Blätter an den Bäumen waren, konnte man durch das dichte Blattwerk kaum in den Wald oder auf die zurückversetzten Grundstücke sehen. Es würde ein Kinderspiel sein, Sue hier ins Wasser zu bringen. An einer Stelle führte die Straße wie eine Brücke über einen kleinen blasenförmigen Auswuchs des Sees. Dort konnte man zu beiden Seiten direkt ans Wasser gelangen. Er brauchte um diese Zeit nur anzuhalten und konnte ohne Eile und ohne die Befürchtung, gesehen zu werden, Sue aus dem Laderaum holen und in den See gleiten lassen. Dank des dunklen Mantels würde man sie nicht sofort erkennen. Aber bald. Solange würde er gespannt vor dem Fernseher warten und die Nachrichten verfolgen.

Es gab so gut wie keinen Verkehr um diese Zeit. Nur ab und zu hatte er mal ein Auto vor sich oder hinter sich oder begegnete einem entgegenkommenden Wagen. Die Fahrt zog sich länger hin, als er dachte, was vielleicht daran lag, dass er peinlich genau darauf achtete, die Geschwindigkeit nicht zu übertreten, um nicht von der Polizei angehalten zu werden.

An einem Restaurant direkt an der Bundesstraße fuhr ein Wagen vom Parkplatz und folgte ihm in einem Abstand von knapp hundert Metern. Es waren nur noch zehn Kilometer bis Panamoka, und Tom fragte sich, was der Wagen mitten in der Nacht auf dem Parkplatz gemacht hatte. Das Restaurant hatte mit Sicherheit schon geschlossen. Und warum sollte man in dieser gottverlassenen Gegend mitten in der Nacht anhalten? Das gefiel ihm nicht.

Tom wusste, dass er, wenn der Wagen hinter ihm blieb, nicht auf die unbefestigte Straße, die durch den State Park führte, abbiegen konnte. Das wäre zu auffällig, der Kerl hinter ihm würde sich, wenn man ihn als Zeugen verhörte, sicher daran erinnern. Also musste er den üblichen Weg zum See nehmen. Er passierte die Hinweisschilder zur Schießanlage und zum Feuerwehrmuseum.

Die nächste Straße würde er abfahren. Er wollte prüfen, ob der Wagen ihm dann immer noch folgte. Wenn ja, würde er ihn als verdächtig einstufen und sein Vorhaben verschieben. Er könnte weiter in den nächsten Ort fahren und in einer Schleife wieder zurück, aber vorsichtig musste er bleiben. Der Besuch von DelPiero und diesem Drake ging ihm nicht aus dem Kopf. Merkwürdigerweise hatte DelPiero ihn gar nicht auf den Van angesprochen. Nicht dass er noch eine verdammte Wanze oder sonst was an seinem Auto kleben hatte.

Der Panamoka Trail kam in Sicht, und Tom blinkte. Langsam bog er ein und fuhr weiter, den Blick in den Rückspiegel gerichtet. Gleich musste der andere Wagen an der Einfahrt vorbeifahren. Es konnte nicht mehr lange dauern. Als bereits die zweite Straße nach rechts abging, sah er zwei Lichter hinter sich aufflackern. Der Wagen folgte ihm.

»Shit!« Er schlug auf das Lenkrad. »Verdammter DelPiero«, fluchte er. Er war sich sicher, dass es die Polizei war, die ihm folgte. Es konnte nicht anders sein.

Es gab drei Möglichkeiten, nach rechts in Richtung Westufer abzubiegen. Er nahm gleich die erste Abzweigung auf den Forest Trail und beschleunigte, damit er etwas Zeit gewann. Nach der Kurve schaute er sich nach Unterschlupfen um, um den Wagen einfach ungesehen passieren zu lassen. Auf dem Lakeside Trail löschte er im Fahren das Licht und schaltete in den Leerlauf, sodass er leise dahinrollte, als ihm eine Einfahrt ins Auge stach. Es war ein leicht heruntergekommenes, baufälliges Haus, vor dem Bretterstapel zur Reparatur bereitlagen. Es lag vollkommen dunkel da, und die leicht ansteigende Auffahrt führte zu einer Doppelgarage, die von links her durch die hängenden Äste eines Baums verdeckt wurde.

Tom lenkte den Van rückwärts in die Auffahrt und drehte den Zündschlüssel um, ohne jedoch seine Finger von ihm zu nehmen. Im Notfall musste er schnell reagieren können. Wenn sein Verfolger dieselbe Route fuhr, würde es nicht mehr lange dauern, bis er hier aufkreuzte. Sollte er eine andere Straße genommen haben, würde es ein paar Minuten dauern. Tom überlegte, einfach umzudrehen und das Ganze auf morgen zu verschieben. Aber auch dann lief er Gefahr, beobachtet zu werden. Wenn er tatsächlich im Fadenkreuz der Ermittler stand, würde es ihm nicht viel nützen, zu zögern.

Einen anderen Ort konnte er sich nicht aussuchen, Panamoka war bereits auf dem Bild verewigt.

Da glitten Scheinwerferkegel über die Vorgärten der Häuser, und ein brauner Chevrolet Impala tauchte auf. Er fuhr langsam, unter dreißig Meilen, schätzte Tom. Er versuchte, einen Blick ins Innere zu erhaschen, doch die Scheiben des Impala waren schwarz wie der See und reflektierten nur das Licht der Straßenlaternen. Tom verhielt sich ruhig und wartete atemlos. Seine Finger hielten den Zündschlüssel noch fest eingeklemmt. In einem spontanen Impuls beschloss er, nun selbst dem Wagen zu folgen. Auf diese Weise konnte er am sichersten sein, wo er sich hinbewegte.

Tom drehte den Schlüssel und trat aufs Gas. Er fuhr wieder auf den Lakeside Trail und war kurz darauf an der Stelle, die er hatte nutzen wollen, um Sue in den See zu werfen. Die Rücklichter des Impala waren auf der geraden Straße gut zu erkennen. Tom hielt auf der Brücke an und sah ihnen hinterher, während sie sich immer weiter entfernten. Der Motor lief noch. Eine kleine Abgaswolke kräuselte sich aus dem Auspuffrohr. Der Motor tuckerte. Selbst wenn der Wagen noch einmal umdrehte, hätte Tom wahrscheinlich genug Zeit.

Er drückte die Tür auf. Jetzt oder nie. Er musste die Chance nutzen, die er hatte. Er sprang aus dem Van und wollte nach hinten laufen, als zwei Scheinwerfer am Ende der Straße auftauchten und ihn blendeten. Innerlich schrie und fluchte er laut, während er stoppte und dicht an seinem Van stehen blieb. Das gleißende Licht der Scheinwerfer ließ ihn nur Umrisse des Wagens erkennen, doch er meinte, auf dem Dach einen kastenförmigen Aufsatz zu erahnen.

»Nein, nein, nein«, flüsterte er. Das Auto wurde langsamer, und tatsächlich …

Es war ein Streifenwagen der Brookhaven State Police. Der Fahrer stieg in die Bremsen und öffnete seine Tür. Ein schmaler Lichtkegel erfasste Toms Gesicht. Der Officer leuchtete ihn mit einer Taschenlampe an.

»Guten Abend«, rief er. »Was tun Sie hier?«

»'n Abend, Officer«, sagte Tom und blinzelte geblendet. »Ich hab so ein komisches Geräusch gehört, ich dachte, ein Reifen wäre lose.«

Der Lichtstrahl ruckte nach unten zu den Rädern und wieder zurück in Toms Gesicht. Der Polizist kam um die Motorhaube seines Wagens herum auf ihn zu.

»Dürfte ich mal Ihren Führerschein sehen?«

Tom zog seine Brieftasche und zückte den Ausweis. Die Taschenlampe bewegte sich zweimal hin und her, bevor er den Führerschein zurückbekam.

»In Ordnung, Junge. Die Reifen, he?«

Der Polizist ging zum Hinterreifen und trat dagegen.

»Ja, ich dachte, ich höre eine lose Schraube.«

Tom hielt das für die beste Ausrede, schließlich hatte er ja erst neulich für Sue die Schrauben gelöst.

»Hast du 'n Drehkreuz?«

Tom wusste, was das bedeutete. Es lag hinten drin. Zusammen mit drei Teppichen und einer Leiche.

»Ja, hab ich.«

»Na komm, dann mach mal hin«, forderte der Officer ihn auf.

Tom musste sich so offensiv und kooperativ verhalten, wie es nur ging. Er schritt an das Heck und öffnete die Türen. Der Officer stand hinter ihm. Das Drehkreuz lag ganz vorn, und Tom griff danach. Der Polizist leuchtete in den Laderaum hinein, und der Lichtstrahl erfasste die vier Rollen.

»Was hast du da?«, fragte er, aber so neugierig, dass Tom meinte, heraushören zu können, dass er nichts ahnte, also nicht Teil einer auf ihn angesetzten Meute war.

»Teppiche«, antwortete Tom und setzte das Drehkreuz an. Die Schraube quietschte und drehte sich ein paar Zentimeter. »Aha, das war sie tatsächlich«, sagte er.

»Es riecht etwas hier drin«, meinte der Polizist argwöhnisch.

Tom richtete sich auf, das Drehkreuz in der Hand. »Na ja, Tess, unser Schäferhundmischling, ist noch nicht ganz stubenrein«, erklärte er. »Hat vier Teppiche vollgeschissen, und meine Eltern haben natürlich mich mit den Dingern losgeschickt.«

Das rang dem Beamten ein Lächeln ab.

»Du wolltest die stinkenden Teppiche aber doch wohl hoffentlich nicht in den See schmeißen?«

»Nein, Freunde von meinen Eltern wohnen oben in Wading

River. Die bauen um und haben einen Container vor der Tür stehen«, log Tom, ohne lange darüber nachgedacht zu haben.

Der Officer löschte seine Taschenlampe. »Na dann. Ganz schön spät bist du aber trotzdem unterwegs«, sagte er, als er an Tom vorbei zur Fahrerseite seines Wagens ging.

»Der Darm von unserem Hund kennt leider keine Uhrzeiten«, sagte Tom, und der Mann lachte.

»Schönen Abend noch.«

»Ja, ebenso«, meinte Tom fröhlich. Der Polizist stieg ein und fuhr weiter. Tom atmete aus und konnte ein befreiendes Lachen nicht mehr unterdrücken. Ein Hochgefühl stellte sich ein, ein heftiges Aufbranden von Euphorie und Freude.

Er warf das Drehkreuz auf die Ladefläche und langte nach dem hinteren Paket. Immer noch lachend schnitt er die Plane auf und legte Sues Leiche frei. Mit Schwung beförderte er sie auf seine Schulter und trat über die Straßenabsperrung bis hinunter zum Ufer. Dort ließ er sie nicht zu laut ins Wasser gleiten und gab ihr noch einen Stoß, sodass sie davontrieb. Immer noch lachend kam er wieder herauf und schloss den Van.

»Was für ein Idiot«, gluckste er, als er einstieg und sich auf den Heimweg machte.

9

2014

McLean saß den ganzen Tag vor dem Bildschirm und studierte jedes einzelne Detail ihres Falles. Nur zweimal unterbrach er kurz und bat um einen Kaffee. Abends luden Nils und Elke ihn zum Essen ein. Es gab frischen Fisch vom Kutter, und McLean entschied sich für ein Bier anstelle eines Weins. Er war zunächst sehr schweigsam, und Nils vermutete, dass er die Fakten im Kopf ordnete, einreihte und in Bezug zu seinen eigenen Ermittlungen vor dreißig Jahren setzte. Er sah müde und abgekämpft aus, als er so am Esstisch saß. Das harte Licht der Lampe warf tiefe Schatten in sein Gesicht, doch während des Essens schienen sich seine Batterien wieder aufzuladen.

»Ich habe die Hinweise auf die Fundorte auf den alten Bildern entdeckt«, sagte er wie beiläufig.

»Im Ernst?«, fragte Nils und sah Elke erfreut und überrascht zugleich an. »Na, dann zeig sie uns.«

McLean holte seinen Laptop aus einer Tasche hinten am Rollstuhl und klappte ihn auf.

»Wenn man weiß, wonach man sucht, ist es nicht mehr ganz so schwer«, meinte er und zeigte ihnen das Porträt des ersten Opfers. »Seht ihr dieses Stück Schatten hier im Ohr?« Er deutete mit dem Finger auf eine dunkle Stelle, die von einer helleren Cremefarbe überdeckt war. »Das ist die Bucht von Mount Sinai.«

Er öffnete ein Fenster mit einem Satellitenbild, und es war deutlich zu erkennen.

Auch beim zweiten und dritten Opfer ergaben sich diese Übereinstimmungen in Bereichen des Haares und eines Augenlids.

»Wir waren blind damals. Und es wird ihn geärgert haben, dass man sein Werk nicht vollständig verstand. So ist der Nervenkitzel, auf den er aus war, ausgeblieben.«

Während Nils und Elke noch auf das Porträt starrten, schloss er kurzerhand den Laptopdeckel und setzte sich aufrechter hin. »Ich werde heute Nacht mein Profil erstellen«, kündigte er an. »Es ist eine Überarbeitung und Erweiterung des Profils, das ich damals in den USA gemacht habe. Morgen um zehn Uhr gibt es ein großes Meeting mit allen ermittelnden Beamten in Niebüll. Dort werde ich es vorstellen.«

»Dann bring ich dich vor dem Dienst zur Fähre«, sagte Nils.

»Nein«, entgegnete McLean, »wir werden von einem Boot der Küstenwache abgeholt. Du wirst dabei sein.«

»Ich glaube nicht, dass Jensen und Landorff Wert auf meine Anwesenheit legen.«

»Du und Elke wart bis jetzt die wichtigsten Ermittler in diesem Fall. Die anderen können sich um Fahndungen, Abgleiche mit den anderen Dienststellen und so weiter kümmern, aber ihr seid hier zu Hause«, sagte er deutlich und drückte den Finger auf die Tischplatte. »Der Täter kommt von hier, da bin ich mir sicher.«

Nils beförderte McLean mittels einer Spezialrampe auf das Schiff im Seezeichenhafen von Amrum. Die Anstrengung der letzten Nacht sah man ihm zwar an, und der Jetlag tat sein Übriges, doch er war wie aus dem Ei gepellt und roch nach Rasierwasser.

In der Polizeizentrale herrschten Hektik und Platzmangel. Überall liefen Beamte herum, Türen wurden geöffnet und zugeschlagen, Drucker arbeiteten, Telefone klingelten, und ein stetes Stimmengewirr hing in der Luft. Sie arbeiteten sich durch bis zu einem Konferenzraum, in dem schon einige Kollegen auf den Beginn der Besprechung warteten und andere an der Mikrofon- und Beamer-Anlage arbeiteten. McLean rollte mit zwei kräftigen Zügen an den Rädern seines Rollstuhls in den Raum hinein und sprach einen der Techniker an. »Brauchen Sie meinen Laptop, um das alles einzustellen?«

Der junge Mann sah irritiert auf ihn hinunter. »Wäre nicht schlecht«, entgegnete er ausdruckslos, und McLean reichte ihm seinen Laptop.

Nils sah auf die Uhr. Es war neun Uhr sechsundvierzig. Jensen kam mit einer kleinen Delegation im Schlepptau herein und steuerte auf McLean zu. Der sagte Nils mit einem Blick, dass er schön an seiner Seite bleiben solle.

»Guten Morgen, Mr. McLean«, grüßte Jensen und reichte ihm und anschließend Nils die Hand. »Herr Petersen. Darf ich Ihnen den Polizeichef der Schleswig-Holsteiner Kriminalpolizei, Herrn Franz, vorstellen?« Ein dunkelhaariger, bärtiger Mann in schwarzem Anzug und einem beigefarbenen Schal schüttelte ihnen die Hand. »Und das ist der leitende Staatsanwalt, Herr Dr. Brehme.«

Brehme war ein hagerer, gelbhaariger Mann mit einem hochnäsigen Kinn und einer Nickelbrille. Zu allem Übel trug er auch noch eine rote Fliege. Nils musste sich ein Schmunzeln verkneifen, und ein belustigter Seitenblick von McLean machte das nicht besser.

Landorff schlich leise und ohne Aufsehen in den kleinen Saal und begrüßte die beiden stumm, aber mit Handschlag. Die Herren setzten sich alle in die erste Reihe, während der Saal sich allmählich immer zügiger füllte. Nils entdeckte ein paar bekannte Gesichter.

McLean blieb vorn neben einem Tisch, auf dem sein Laptop stand, stehen und deutete Nils an, er solle sich ebenfalls in die erste Reihe setzen.

»Ach, lass mal«, lehnte Nils ab und stellte sich an die Seite.

Um Punkt zehn Uhr wurde die Tür geschlossen, und die Letzten husteten und räusperten sich vor dem Vortrag. McLean wartete noch eine Weile, bis absolute Ruhe eingetreten war, bevor er seine Stimme erhob.

»Guten Morgen, meine Damen und Herren«, sagte er mit kräftiger Stimme. »Für alle, die mich noch nicht kennen, ich bin Bryan McLean, ehemaliger Agent des FBI. Ich hatte meine Hilfe in dem aktuellen Fall angeboten, weil der begründete Verdacht aufkam, dass der Täter bereits Ende der Siebziger auf Long Island seine ersten Taten verübt hat. Ich war damals an den Ermittlungen beteiligt.« Er pausierte und senkte kurz den Kopf, bevor er fortfuhr: »Ich bin also hier, um auf Basis Ihrer heutigen und unserer damaligen Ermittlungen ein Profil des Täters für Sie zu erstellen. Das Profiling ist eine Methode, die die Tat in ihren Einzelheiten analysiert und im Sinne eines psychologischen Bildes auswertet. So sind wir in der Lage, den Täter, sein soziales Umfeld, seine Gewohnheiten und sogar sein äußeres Erscheinungsbild zu beschreiben, wodurch der Kreis der potenziellen Täter erheblich eingeschränkt wird. Die Polizei kann nach genau diesem Profil fahnden oder es mit Verdächtigen abgleichen. Ich studierte also die Fakten Ihres Falls und zog entsprechende Schlüsse daraus. Zusätzlich profitieren wir heute davon, dass alles, was wir damals in den USA über den Täter in Erfahrung gebracht haben, ebenfalls in mein Profil einfließen konnte.« Er machte eine Pause, sah sich im Saal um und startete dann eine PowerPoint-Präsentation, die eine Auflistung von Eigenschaften zeigte.

McLean räusperte sich, faltete seine Hände und stützte die Ellbogen auf den Lehnen ab. Es herrschte gespannte Stille im Raum. Nur die Lüftung des Beamers war zu hören. Einen kurzen Moment lang sinnierte er, dann begann er zu sprechen.

»Viele, denen diese Methode nicht geläufig ist, wird das Ergebnis vielleicht verwundern. Der Täter ist männlich, zwischen fünfzig und siebenundfünfzig Jahren alt und von schlanker, sportlicher Figur. Er ist gut aussehend und scheint jünger, als er eigentlich ist. Er ist eins neunundsiebzig groß mit schwarzen Haaren.«

So weit waren das alles Erkenntnisse, die McLean Elke verdankte.

»Ich vermute, dass der Täter auf Amrum geboren ist oder den größten Teil seiner Kindheit dort verbracht hat. Er lebte in den siebziger Jahren auf Long Island, New York, wo er seine ersten Taten beging. Unser Hauptverdächtiger zu der Zeit war ein junger Mann, dessen Adoptivfamilie kurz zuvor ums Leben gekommen war. Er war frei, finanziell unabhängig und mobil. Ein Einzelgänger. Und er kam aus Deutschland. Es liegt nahe, dass es sich in unserem jetzigen Fall um ein und dieselbe Person handelt. Der mutmaßliche Täter floh nach seinem dritten Mord aus den USA. Danach verlor sich seine Spur. Es steht zu vermuteten, dass er sich längere Zeit in Ländern der Dritten Welt aufhielt, in denen er durch die wenig entwickelten Medien und Polizeiapparate nicht auffällig wurde. Diese Jahre sind leider ein dunkler Fleck für uns, was ich aber sagen kann, ist Folgendes.« Seine Augen verengten sich und fixierten einen bestimmten Punkt vor seinen untauglich nebeneinanderstehenden Füßen. »Der Täter ist sehr intelligent und hat in den neunziger Jahren ein Studium im künstlerischen Bereich in Hamburg absolviert. Er ist Maler und sieht sich selbst als Künstler. Als einen unentdeckten und missachteten Künstler, um genau zu sein. In dem Beruf, in dem er arbeitet, fühlt er sich völlig überqualifiziert. Diese Arbeit empfindet er als unter seiner Würde, und sie wird nur bedingt etwas mit Kunst zu tun haben. Er hat einen hohen Geltungsdrang und ein fast übergroßes Ego.«

McLeans Körper richtete sich mit seinen letzten Worten fast kämpferisch auf, und er atmete so tief ein, dass sich sein Brustkorb sichtbar anhob. »Der Mann, den wir suchen, hat ein großes Interesse am weiblichen Geschlecht. Frauen sind etwas Heiliges für ihn. Er sucht die in seinen Augen Schönsten aus, um sie zu malen, um ihre Schönheit abzubilden, und tötet sie dann, ohne sie dabei zu verletzen. Er vergeht sich nicht an ihnen, er will ihre Schönheit verewigen und für etwas Höheres festhalten. Es ist anzunehmen, dass der Täter selbst ein weibliches oder androgynes Aussehen hat. Er ist vielleicht sogar verunsichert in seinem Geschlecht und seiner sexuellen Ausrichtung. Er lebt in keiner Ehe oder festen Beziehung und hat keinen Freundeskreis. Er wohnt allein in einem größeren frei stehenden Haus mit großem Grundstück und Blick aufs Wasser. Wasser spielt eine große Rolle für ihn. Er wird früh damit in Kontakt gekommen sein und ist wahrscheinlich Surfer oder Segler gewesen. Er fährt einen dunklen, qualitativ hochwertigen Wagen. Anderen gegenüber verhält er sich wortgewandt, höflich, hilfsbereit, aber distanziert. Er ist ein Mann mit zwei Gesichtern. Nach außen hin wirkt er eher bieder. Wenn er allein ist, liebt er es bunt. In seiner Wohnung werden viele verschiedene, sehr kräftige Farben vorherrschen.«

McLean machte eine Pause und blickte allen eindringlich in die Gesichter, in denen teilweise eine bedrückte Ernsthaftigkeit, teilweise Unglaube und teilweise kindliches Erstaunen geschrieben stand. Dann richtete er sich in seinem Rollstuhl auf und legte die Hände auf die Lehnen, so als wollte er zu allem Überfluss auch noch aufstehen.

»Wir suchen einen Mann, der sich derzeit im direkten Umkreis, aber noch wahrscheinlicher auf Amrum aufhält. Er kann erst vor Kurzem hierhergekommen sein und war zuvor vermutlich eine längere Zeit in einer psychiatrischen Einrichtung oder einem Krankenhaus im Anschluss an eine Haftstrafe untergebracht, nicht wegen Mordes, aber in einem seiner Vorgehensweise entsprechenden Tatzusammenhang. Beispielsweise könnte eine Entführung schiefgegangen sein. Niemand, der ihn privat kennt, wird vermuten, dass er ein Mörder sein könnte. Er ist absolut unauffällig.«

Mit diesen Worten schloss McLean seinen Vortrag und unterbrach die Projektion des Beamers.

»Das Profil ist ab jetzt allen Abteilungen zugänglich, und zusammen mit dem erstellten Phantombild dürften Sie eine gute Grundlage für Ihre weiteren Ermittlungen haben, die hoffentlich schnell beendet sein werden, denn eins steht fest: Er wird nicht aufhören. Und die Abstände werden jetzt immer kürzer. Eine Sache noch.« Er hob die Hand, drehte seinen Kopf zur Seite und deutete in seinen Nacken. »Er hat ein Tattoo hier hinten. Ein Auge. Achten Sie darauf. Vielen Dank.« Er neigte grüßend seinen Kopf und fuhr dann mit seinem Rollstuhl zwei Meter zurück.

»Wir müssen ihn jetzt einfach kriegen«, meinte Nils, als sie backbord am Bug des Schiffes standen, das sie zurück nach Amrum brachte, und hörten, wie der scharfe Kiel durch das Wasser schnitt. Warmer Fahrtwind blies ihnen entgegen.

»Es gab schon viele Hinweise, seit das Bild veröffentlicht wurde«, sagte McLean. »Ich denke auch, dass wir bald zum Ziel kommen.«

»Das war sehr beeindruckend, was du gesagt hast. Ich ...« Nils stockte und beendete den Satz nicht mehr.

»Was?«, fragte McLean nach.

»Ich frage mich, wie du auf all das kommst? Woher weißt du Dinge wie die Farbe seines Wagens oder dass er es bunt mag und zwei Gesichter hat?«

»Vieles davon sind Erfahrungswerte, manches ist Psychologie. Ordnungsliebende Menschen fahren gern dunkel lackierte Wagen. Unser Mörder gehört zum organisierten Tätertypus und plant. In diesem Fall ergänzen sich Psychologie und Zeugenaussagen. Andererseits mag er es bunt, wenn du dir die Bilder anschaust. Das ist Teil seiner Phantasie, seiner Wünsche, seines Gefühlslebens – das er allerdings verbergen muss, um nicht aufzufallen. Es scheint ein Gegensatz zu sein, ist es aber nicht.« McLean legte seine großen Hände auf die Reifen seines Rollstuhls und prüfte Nils' Reaktion mit einem flüchtigen Blick. »Und manche Dinge wusste ich ganz einfach, weil ich sie in den USA ermittelt habe.

Wir hatten dort wie gesagt jemanden im Auge, konnten ihm aber nichts nachweisen.«

»Ich kenne mich ja nun mit den Menschen auf Amrum aus«, entgegnete Nils, »und ich habe immer einige Verdächtige im Kopf gehabt. Doch dein Profil passt auf keinen dieser Männer. Obwohl …«

»Sag mir, von wem du redest«, verlangte McLean in einem ungewohnt scharfen Ton.

»Nein, das kann nicht sein …«

»Nils, was habe ich vorhin gesagt?«

»Dass man ihn nie für den Täter halten würde«, antwortete Nils matt.

»Also, von wem sprichst du? Sag mir alles, was dir in den Kopf kommt, egal, wie unwichtig es dir erscheint.«

Nils atmete mit dicken Wangen aus, so als läge eine große Kraftanstrengung vor ihm.

»Es gibt da drei Männer. Der eine passt überhaupt nicht in dein Profil, er hat mich neulich nur … sagen wir mal, geschockt.«

»Ja?«

»Meine Tochter wohnt drüben auf Föhr in seinem Haus.« Nils deutete auf die Insel rechts neben ihnen, wo Wyk in hellgelbem Sonnenlicht lag und die Fenster der Häuser die Strahlen reflektierten. »Wir kennen ihn schon länger, aber neulich war er mit den Nerven völlig am Ende, weil er glaubte, seine Frau betrüge ihn mit einer anderen Frau. Ich entdeckte ihn im Keller, wo er mit einem Messer auf Holzbalken warf. Er war total außer sich.«

»Das verstehe ich. Wie alt ist er?«

»Peer ist jetzt siebenundvierzig oder achtundvierzig.«

»Zu jung. Weißt du, ob er jemals in den Staaten gewesen ist?«

»Nein, war er nie.«

»Dann fällt er raus. Wer noch?«

»Thore Mannen, ein Künstler auf Amrum. Ich war neulich bei ihm. Er ist zweiundfünfzig und lebt die Woche über allein in einem Haus mit großem Grundstück und Blick aufs Wasser. Direkt bei mir um die Ecke«, sagte Nils fast ängstlich.

»Wie sieht es bei ihm zu Hause aus?«, fragte McLean und wandte sich Nils interessiert zu.

»Na ja, er ist Schriftsteller und Maler. Er hat einige Bilder in seiner Wohnung hängen, sie … Es sind Porträts, und sie sind bunt, wie du sagtest. Ein bisschen verstörend wirkten sie auf mich obendrein. Im Keller lagert er seine eigenen Bilder. Ich besuchte ihn, weil er in der Nacht, als wir das zweite Opfer fanden, zweimal mit dem Wagen in eine der Kontrollen kam. Er erklärte mir, dass er sich mit seiner Frau gestritten habe und deswegen im Hafen ungestört was trinken wollte, was wohl auch stimmte, ich hab bei ihr nachgefragt. Aber du hättest das Bild sehen sollen. Er hat seine Frau gemalt. Mit blutigem Gesicht und einem Hammer im Hintergrund auf einem Tisch.«

»Was?«, fragte McLean besorgt.

»Ja, es war ziemlich beunruhigend, aber sein Malstil ist ein anderer.«

»Ist er in Amerika gewesen?«

»Das weiß ich nicht genau. Ich könnte Fritze fragen, der weiß es mit Sicherheit.«

»Wer ist das?«

»Der Mann, der uns über die Mordfälle auf Long Island informiert hat.«

»Ah, ja, richtig«, erinnerte sich McLean. »Was ist mit ihm?«

»Was soll mit ihm sein?«, fragte Nils ahnungslos.

»Nun, er war zu dem Zeitpunkt auf Long Island. Er kommt von Amrum …« McLean begann die Punkte aufzuzählen, die Fritze ins Raster fallen ließen.

»Nein, nein, nein«, widersprach Nils sofort, »Fritze kann unmöglich der Täter sein. Er ist eine Seele von Mensch. Niemals.«

»Was hab ich gesagt?«

»Ja, ich weiß, aber …«

»Nils, ich habe schon mit Ehefrauen gesprochen, die nicht die geringste Ahnung davon hatten, dass ihr Mann ein Serienmörder war, der auf bestialische Weise Frauen quälte und tötete. Sie hatten nicht den Schimmer einer Vermutung. Es waren die nettesten Ehemänner und liebevollsten Väter.«

»Bryan, das mag sein, aber Fritze ist … er ist zu alt, er kann nicht malen …«, wehrte Nils verzweifelt lachend diesen Verdacht ab.

»Wie alt ist er?«

»Keine Ahnung, über sechzig.«

»Woher weißt du, dass er nicht malen kann?«

»Ich weiß es nicht«, gab Nils zu und blickte hinüber auf seine Insel. »Aber er ist verheiratet. Hat einen Sohn. Er ist es nicht. Keiner von ihnen. Elke müsste ihn doch erkennen.«

»Man kann sich verändern in so vielen Jahren. Noch jemand?« McLean ließ nicht locker.

»Ja, aber auch da …«

»Erzähl mir von ihm«, unterbrach McLean ihn sofort.

»Es ist unser Therapeut«, erklärte Nils. »Elke und ich machen eine Paartherapie. Wir hatten uns getrennt vor ein paar Jahren. Er … er würde rein äußerlich in das Schema passen. Das Phantombild sieht ihm ähnlich. Schwarze Haare, Größe, Körperbau, und ich finde auch, dass er … na ja, weibliche Züge hat. Er lebt allein, allerdings nicht auf Amrum, sondern auf Föhr, und er hat ein großes Grundstück, mag Wasser – zumindest hat er einen Brunnen im Garten –, und er benutzt dieselbe Farbe, die der Mörder benutzt. Ihm gehört quasi die Firma, die die Farben herstellt. Und in seiner Praxis ist es sehr bunt. Er malt selbst, die Bilder, die er aufgehängt hat, ähneln allerdings nicht denen des Mörders. Und er ist noch nicht allzu lange auf Föhr tätig.«

»Wie ist sein Name?«, fragte McLean. Seine Stimme klang hart wie Beton.

»Mantell. Dr. Mantell.«

»Ich will ihn sehen«, sagte er, ohne einen Widerspruch zu akzeptieren.

»Jetzt?« Sie waren etwa fünfhundert Meter von der Küste von Amrum entfernt. Sie könnten gleich umkehren und zum Hafen fahren.

»Nein, das geht nicht«, meinte McLean. »Er könnte mich erkennen.«

»Er kennt dich?«, fragte Nils erstaunt und wunderte sich selbst darüber, wie laut seine Stimme geworden war.

McLean nickte dumpf und presste die Lippen aufeinander. »Ich vermute es. Ich bin ihm schon mal begegnet. In einer anderen Sache, die uns dann auf seine Spur gebracht hat. Er könnte mich wiedererkennen.«

»Was denn für eine Sache?«

»Die Polizei in Brookville, das ist ein Distrikt auf Long Island, hatte den Verdacht, dass er seine Adoptivfamilie umgebracht hat. Vater, Mutter und einen Bruder.«

»Das gibt's doch nicht. Seine eigene Familie?«, fragte Nils.

»Wenn sie ihm gefährlich geworden ist, ist sie nicht Teil seiner Phantasie, sondern einfach ein Kollateralschaden. Beweisvernichtung.« McLeans Kiefermuskeln spielten unter seiner gebräunten Haut.

»Was hat er mit ihnen gemacht?« Nils' Stimme war nun ganz brüchig und leise.

»Angeblich war es ein Unfall. Die Eltern wollten ihren Sohn vor dem Ertrinken retten, als der in den Pool gefallen war. Es befand sich eine Plane auf dem Wasser, in der er sich verfangen hatte. Sie ertranken alle drei in dem Pool. Nur *er* überlebte. Die Nachbarn fanden ihn schreiend im Wasser. Die drei anderen waren förmlich in die Plane eingewickelt. Niemand hätte zunächst vermutet, dass der Junge etwas damit zu tun gehabt haben könnte. Er wirkte unschuldig wie ein Engel. Aber es gab Unstimmigkeiten. Ich wurde hinzugezogen und stellte fest, dass mein Profil im Fall um das erste tote Mädchen, das man einige Wochen zuvor gefunden hatte, auf ihn passte. Ich bin als Police Officer getarnt zu seinem Haus gefahren. Da sind wir uns das erste Mal begegnet«, sagte McLean. Seine Stimme klang wie der Nachhall eines tiefen Saxophontons. »Er würde mich sicher sofort erkennen, so wie ich ihn erkennen würde.«

»Was schlägst du nun vor?«

»Hast du ein Foto von ihm, von der Homepage vielleicht?«

»Nein, komischerweise konnte ich kein einziges Foto von ihm finden.«

»Dann musst du zu ihm fahren. Ich muss sicher sein.«

»Soll ich ihn fotografieren?«

»Nein, du wirst eine Videokamera bei dir tragen.«

Teil 5
Das Rahmen des Bildes

I am a troubled man
I am a troubled man, oh Lord
I won't do anything
But hurt you if I can
I am a troubled man

John Mellencamp, »Troubled Man«

1

2014

Eine weiße Pappbox lehnte an McLeans Haustür, als sie ankamen.

»Oh, sehr gut«, sagte er und bückte sich danach. »Das sind die Originalakten des Jungen, von dem ich dir erzählt hab. Ich werde sie noch mal durchgehen, während wir dich jetzt nach Föhr schicken.«

McLean warf die Box auf die Couch und beförderte sich so schnell es ging zum Schlafzimmer. Nils erkannte, dass der Rollstuhl nicht durch die Tür passte, weshalb McLean am Morgen auch in den Stuhl kriechen musste.

»Warte«, rief Nils, der das nicht noch mal mit ansehen wollte. »Soll ich dir was holen?«

McLean machte eine Vierteldrehung seiner Räder zurück. »Im Schrank ist ganz unten eine schwarze Mappe«, sagte er.

Nils holte sie und legte sie McLean auf den Schoß. Der zog den Reißverschluss auf, und es kamen mehrere Taschen und Verschlüsse zum Vorschein. Aus einer davon zog er einen Kugelschreiber hervor.

»Komm her«, sagte er und winkte Nils zu sich. Der beugte sich zu ihm herunter, und er steckte ihm den Kuli in die Brusttasche, neben seinen eigenen. »Da ist eine Kamera drin«, erklärte er. »Wenn der Stift so bleibt, nimmt er auf, was direkt vor dir passiert.«

Seine Hand schnellte vor und fischte das Ding wieder aus der Tasche.

»Hier schaltest du ihn ein und aus. Er hat auch ein Mikrofon, also nimm besser deinen Kugelschreiber raus, sonst schlagen sie gegeneinander, und wir verstehen nichts.«

»Alles klar«, sagte Nils, ohne dass ihm wirklich klar war, was jetzt eigentlich geschehen sollte.

»Du fährst jetzt rüber und klingelst bei ihm mit irgendeinem … wie sagt man bei euch …«

»Vorwand?«

»Vorwand. Es muss nicht lange sein, aber ich will ihn auf Band haben, und ich will, dass du mir viel von den Räumen zeigst. Also versuch, dich dort drinnen zu bewegen.«

Nils schielte auf seine Brusttasche.

»Ich hab kein gutes Gefühl dabei.«

»Nils?«

»Ja?«

»Wir beide könnten ihn kriegen. Heute. Wenn du einfach ganz ruhig bleibst. Du warst doch schon mal bei ihm. Er wird keinen Verdacht schöpfen.«

Nils nickte.

»Also, mach dir keine Sorgen. Ich prüfe hier die alten Akten und versuche, seine Historie zu rekonstruieren.«

Nils war bereits an der Tür und wollte gehen, als McLean ihn nochmals aufhielt.

»Nils? Frag ihn, ob er segelt.«

Nils fuhr mit seinem Wagen auf die Fähre und setzte über nach Föhr. Als sie angelegt hatten und er die schattigen Straßen des Wohngebietes entlangfuhr, fiel ihm ein, dass er eigentlich Anna einen Besuch abstatten könnte. Er hatte sie so lange nicht gesehen und gesprochen, und das letzte Mal, als er hier gewesen war, hatte Peer dafür gesorgt, dass er sich Gedanken um seine Tochter machen musste. Peers und Stines Haus lag auf dem Weg, und gerade als er sich vor die Einfahrt stellte, sah er die beiden Mädchen mit ihren Rädern von der Schule kommen. Er stieg aus.

»Papa!«, rief Anna erfreut und ließ ihr Fahrrad einfach zur Seite fallen, um ihm um den Hals zu fallen. »Was machst du denn hier?«

»Moin, Anna.« Er umarmte sie und zwinkerte dabei Lina zu.

»Also?«, fragte sie und löste sich von ihm.

»Ich hab einen Termin«, sagte er.

»Ah, verstehe«, sagte Anna, die wusste, dass es sich um Dr. Mantell handeln musste. »Allein?«

»Ja«, entgegnete Nils. »Ein Termin nur für mich.«

Anna stutzte und schüttelte irritiert den Kopf, hakte aber nicht nach. »Wie sieht's denn drüben aus?«, fragte sie mit besorgter Miene.

»Ich geh schon mal rein«, rief Lina ihnen zu und stellte ihr Rad an der Hauswand ab.

»Der Fall wird bald abgeschlossen sein, denke ich«, meinte Nils leise. »Wir haben einen neuen Ermittler bei uns. Aus den USA. Er ist genial. Wir sind auf einem guten Weg.«

»Schön. Und Mama?«

»Ihr wird's auch besser gehen, wenn wir ihn endlich geschnappt haben. Das war sehr viel für sie in letzter Zeit. Aber die Arbeit gefällt ihr, und der Chef ist sehr nett. Ich hab ihn schon kennengelernt.«

»Willst du nicht reinkommen?«, fragte sie.

»Nein, Schatz, ich muss gleich weiter. Aber bitte ... pass auf dich auf, ja? Wie läuft's mit Peer und Stine?« Er äugte misstrauisch zum Haus rüber.

»Ach, die haben sich wieder gefangen. Sind beide wieder lockerer drauf. Ich glaube, sie machen jetzt so was Ähnliches wie ihr«, sagte sie mit gesenkter Stimme.

»Bei Mantell?«, fragte Nils.

»Nein, nein, irgendwo anders.«

»Gut«, sagte Nils erleichtert.

»Ich hab Angst, dass dir was passiert«, sagte Anna kleinlaut.

»Mir? Schatz, das brauchst du nicht. Wir wissen inzwischen ganz viel über ihn. Wir wissen sogar, wie er aussieht, und es wird nicht mehr lange dauern, du wirst sehen.« Er küsste seine Tochter auf die Stirn.

»Wie sieht er denn aus?«, wollte sie wissen.

»Ach, er ... er ist um die fünfzig, hat schwarze Haare, ist sportlich und hat ein Tattoo im Nacken, ein Auge. Also, wenn du so einen Kerl siehst, ruf mich sofort an, klar?«

Er legte ihr seine Hand unter das Kinn, damit sie ihn ansah, und lächelte sie aufmunternd an. »Ihr kommt spät aus der Schule, habt ihr getrödelt?«, fragte er und öffnete die Wagentür.

»Nein, wir brauchen halt so lange. Außerdem muss ich noch mal hin heute. Wir proben das Stück.«

»Na, dann viel Spaß.«

»Danke. Tschüs, Papa.«

Er zwinkerte ihr zu und stieg ein.

Mantells Haus lag von unregelmäßigen Sonnenflecken beschienen friedlich da. Die Straße war ruhig, es war niemand zu sehen, nicht auf dem Gehsteig und auch nicht in den umliegenden Gärten. Nils war nervös. Er bemerkte, dass seine Finger zitterten, so als hätte er zu viel Kaffee getrunken.

McLeans Reaktion auf Mantells Beschreibung hatte ihn nachdenklich werden lassen. Denn wenn es sich bei ihrem Therapeuten um den Mörder handeln sollte, dann war er ihnen verdammt nah gekommen. Zwischen ihm und Elke war mal etwas gewesen, und es war ein unheimlicher Gedanke, dass er es danach bis hierher geschafft haben könnte, ohne von ihr erkannt zu werden. Wenn es wirklich stimmte, war Elke in großer Gefahr gewesen. Er fuhr sich mit der Hand über den Mund und hörte das Kratzen seines Stoppelbarts. Er hatte heute Morgen vergessen, sich zu rasieren. Mit einem schweren Seufzer und einem absichernden Blick zum Haus schaltete er sein Handy ab, aktivierte die Kugelschreiberkamera und steckte sie sich in die Tasche. Er hatte sich auch schon einen Vorwand zurechtgelegt, der eigentlich plausibel genug war, als dass Mantell deshalb Verdacht schöpfen konnte.

Nils stieg aus und ging mit schweren Schritten zum Haus. Leise betrat er das Wartezimmer. Wieder war niemand da. Es waren auch keine Stimmen zu hören, anscheinend hatte er auch diesmal keinen Patienten. Nils ging langsam an den Bildern entlang, sodass die Kamera alles erfassen konnte. Ihm fiel auf, dass die Couch, die hier stand, grün war und dass rote Kissen darauf lagen. Bunt. Kräftige Farben. Sein Hals war wie ausgetrocknet. Er schluckte geräuschvoll. Dann pirschte er sich an das Sprechzimmer heran. Wir werden meinen Herzschlag später auf der Aufnahme hören, dachte er, bevor er anklopfte.

Es kam keine Reaktion. Er klopfte ein zweites Mal, diesmal etwas kräftiger, doch nichts tat sich.

Scheiße, fluchte er innerlich. Vorsichtig legte er eine Hand auf die Türklinke und drückte sie hinunter.

Die Tür sprang ein Stück auf. Nils konnte den Schreibtisch erkennen. Mantell war nicht zu sehen. Er schob die Tür weiter auf und sah, dass der Raum verlassen war. Das Licht brannte. Hinten links gab es eine Tür, die in die privaten Räume führte, ebenso wie vorn im Flur.

»Herr Dr. Mantell?«, rief er zaghaft. Nichts.

Nils machte einen Schritt in den Raum hinein. Und noch einen. Er drehte sich, sodass die Kamera Schreibtisch und Bücherschrank filmen konnte. Anschließend wandte er sich der Fensterfront zu. Im Garten sprudelte der Brunnen vor sich hin. Was sollte er jetzt tun? Weiter hier herumschnüffeln und Gefahr laufen, von ihm erwischt zu werden? Oder einfach wieder gehen, ohne ein Bild für McLean zu haben?

»Dr. Mantell?«, rief er erneut. Aber es blieb still. Nirgendwo hing ein Foto von dem Therapeuten an der Wand, das er hätte nutzen und verschwinden können. Nils nahm all seinen Mut zusammen und ging zum Schreibtisch. Es gab eine Schublade und ein einzelnes abschließbares Fach an der rechten Seite. Er warf einen schnellen Blick in den Garten und zog dann eilig die Schublade auf. Sie war sehr breit, und eine Vielzahl von Dingen lag vor ihm. Typische Büroartikel wie Stifte, Locher, ein Brieföffner, ein Notizblock, ein Filofax, ein paar lose Blätter. Rechnungen. Nils beugte sich tiefer hinunter, um sie lesen zu können. Es war die Rechnung eines Labors mit Sitz in … Nils stockte der Atem. Die Adresse lag in Kassel. Das lag an der Route, die die Polizei dem Mörder zuschrieb. Aber halt, halt, halt, die Rechnung kam mit Sicherheit per Post, versuchte sein Verstand, ihn zu bremsen. Wieso sollte Mantell persönlich dorthin fahren?

Nils wurde aus der Aufstellung nicht schlau und kramte daher weiter in der Schublade herum. Er fand eine Installations-CD für einen Drucker, obwohl hier kein Computer stand. Und ganz hinten, links in der Ecke, lag ein schon leicht zerknittertes Foto mit dem Gesicht nach unten. Nils ahnte, dass dieses Bild etwas zeigen würde, was ihm den Beweis brachte. Er fuhr mit der Hand tiefer in die Schublade und zog das Bild heraus. Nach einem Moment des Zögerns drehte er es um. Er hatte ein schreckliches Motiv, vielleicht von einem der Opfer, erwartet, doch was er sah, überraschte ihn zunächst. Drei Männer standen nebeneinander und lächelten fröhlich in die Kamera. Der Mann in der Mitte – er trug eine Baseballmütze und hatte einen schwarzen Vollbart – hielt einen sehr großen Fisch in der Hand. Die beiden anderen umarmten ihn. Offensichtlich standen sie auf einem Boot und hatten gerade einen kapitalen Fang gemacht. Es war sonnig, sie waren draußen auf dem Meer und trugen Pullover und Westen. Es konnte also nicht sehr warm sein.

Ein Boot!, dachte Nils alarmiert. Mantell war der linke der Männer. Er war gut zehn Jahre jünger als heute, aber unschwer zu erkennen. Die anderen beiden konnten eigentlich nicht seine Brüder sein, weil sie ihm nicht im Geringsten ähnelten. Wem das Boot gehörte, war nicht auszumachen, doch es war auch nicht relevant. Mantell war fischen gegangen. Da war der Bezug zum Wasser. McLean vermutete zwar einen Segler, aber das hier war ebenso aussagekräftig.

Ich stehe in seinem Büro. Ich stehe im Büro des Mörders.

Es fühlte sich auf einmal an, als wühlte sich ein stumpfes metallenes Instrument durch Nils' Eingeweide. Gleichzeitig wurde eine kochende Hitze über ihm ausgeschüttet. Wie versteinert stand er da, mit dem Foto in der Hand, bis er plötzlich Schritte vernahm. Sie kamen aus dem oberen Stock. Hastig warf Nils das Bild wieder in die Schublade und drückte sie zu. Er wusste nicht, ob alles wieder so dalag wie zuvor, aber das war jetzt zweitrangig. Er musste hier raus. So schnell es ging.

Die Schritte waren jetzt im unteren Flur, und Nils schaffte es gerade noch, aus der Sprechzimmertür zu schlüpfen und sie zuzuziehen. Im Wartezimmer setzte er sich auf die Couch, als auch schon Mantell aus der Praxis herauskam und überrascht stehen blieb.

»Herr Petersen?«, sagte er erstaunt, und seine unteren Augenlider spannten sich an.

»Dr. Mantell«, sagte Nils und versuchte, seinen schweren Atem zu unterdrücken.

»Was tun Sie hier?«, fragte Mantell wenig erfreut und mit einer Prise Misstrauen.

Nils stand auf und reichte ihm die Hand. »Es tut mir leid, wenn ich Sie wieder so überfalle …«

»Ja, einen Termin haben wir auch heute nicht.«

»Ich weiß. Aber … ich …« Nils musste durch die Nase ausatmen. Es war viel zu laut, und Mantell bemerkte das.

»Sie sind ja ganz außer Atem«, sagte er und musterte Nils eindringlicher.

»Nun, ich bin etwas in Sorge und kam gleich zu Ihnen«, erklärte Nils.

»Hat es mit Ihrer Frau zu tun?«, fragte Mantell mit tiefer Stimme.

Erwähne nicht meine Frau, *denk* nicht mal an sie, fauchte Nils innerlich.

»Nein, es ist etwas ganz anderes.«

»Na, dann kommen Sie doch erst mal rein und beruhigen Sie sich«, sagte Mantell und hielt Nils die Tür zur Praxis auf.

»Gut, danke.«

Nils trat unsicher ein, und ein Schauer lief ihm über den Rücken, als Mantell sich hinter ihm befand. Er war bereit, sofort zu seiner Waffe zu greifen, wenn er nur ein verdächtiges Geräusch hörte.

»Nehmen Sie Platz, Sie kennen sich ja aus«, sagte Mantell, der sich zu seinem Schreibtisch begab. Nils setzte sich ihm gegenüber. Mantell beugte sich vor und faltete seine Hände wie zum Gebet. »Um was geht es denn nun?«, fragte er.

»Meine Tochter«, sagte Nils und verfluchte sich im selben Moment. Er saß vor einem Serienmörder, der mindestens fünf Frauen getötet hatte, und brachte die Sprache auf seine Tochter? Wie dumm von ihm.

Das weiß er längst, flüsterte eine diabolische Stimme in Nils.

»Ja?«, hakte Mantell nach.

»Sie … sie wohnt hier auf Föhr«, fuhr Nils fort, und das Gefühl, Anna gerade auszuliefern, verstärkte sich noch mehr, »bei Freunden von uns. Ich war eben dort, um sie zu besuchen, da … da fand ich den Vater im Keller vor«, stotterte Nils. »Die Tür stand offen, und ich ging hinein und hörte merkwürdige Geräusche. Ich sah nach und entdeckte ihn dort unten. Er weinte und schluchzte und warf mit einem Messer auf eine Holzwand.«

Mantells Augenbrauen zogen sich zusammen, und eine gebrochene Falte bildete sich zwischen seinen Augen.

»Er war völlig außer sich, weil er meinte, seine Frau betrüge ihn.« Nils atmete zitternd aus.

»Und jetzt sind Sie besorgt, dass dieser Mann vielleicht eine Gefahr für Ihre Tochter darstellen könnte?«, erriet Mantell.

»Ja«, sagte Nils tonlos.

»Nach dem zu urteilen, wie ich Sie jetzt vor mir sehe, haben Sie Ihren Freund vorher noch nie in so einem Zustand erlebt, nicht wahr? Und nun schauen Sie spontan dort vorbei und finden einen Mann vor, der zwei Gesichter zu haben scheint, kann man das so sagen?«, fragte Mantell.

Nils war sich mit einem Mal nicht mehr sicher, ob sie noch von Peer sprachen. Er nickte nur.

»Offenbar leidet dieser Mann sehr unter seinem Verdacht, ganz gleich, ob er nun begründet oder unbegründet ist. Aber er setzt sein Leid nicht nur in Trauer, sondern auch in Aggression um.«

Mantell beäugte Nils emotionslos. Sein Blick glitt über Nils' Gesicht und über sein Uniformhemd. Jetzt entdeckt er gleich die Kamera, dachte Nils.

»Was tat er, als er Sie bemerkte?«, fragte Mantell. »Richtete sich seine Aggression auch gegen Sie, weil Sie in sein Haus eingedrungen waren und ihn in einer sehr privaten Situation beobachtet haben?«

Er weiß es! Er weiß, dass ich hier gewesen bin! Wahrscheinlich hat er mich die ganze Zeit über eine eigene Kamera, die hier irgendwo versteckt ist, beobachtet. Und jetzt genießt er seine Macht.

»Nein. Er brach zusammen«, sagte Nils so standfest, wie er konnte.

»Öffnete er sich Ihnen? Erklärte er sich und seine Gefühle?«, fragte Mantell.

»Ja, es hatte sich viel in ihm aufgestaut«, sagte Nils jetzt angriffslustiger.

Mantell grinste. Es war eine Reaktion, die Nils nicht deuten konnte. Freude, Erleichterung oder Gehässigkeit oder gar Genuss?

»Es war gut, dass Sie für Ihren Freund da waren. Aber ich würde sagen, dass er dennoch professioneller Hilfe bedarf«, erklärte Mantell. »Ich werde Ihnen jemanden aufschreiben, an den Sie sich wenden oder dessen Nummer Sie Ihrem Freund geben können.«

Er öffnete seine Schublade und stutzte. Nils' Gesicht glühte förmlich. Er rechnete damit, dass Mantell ihn jetzt direkt darauf ansprechen würde.

»Wo hab ich denn meine Stifte versteckt?«, murmelte er. »Ach, ja, hier ist einer.«

Er grinste erneut und hielt den Stift in die Luft. Dann wollte er den Namen notieren, doch die Patrone des Stiftes war offensichtlich leer.

»Oh«, sagte er enttäuscht, »haben Sie zufällig einen Stift für mich?« Er hob unschuldig seine Augenbrauen.

Nils' Hals wurde wie von zwei riesigen Händen zugedrückt. Unwillkürlich flog sein Blick zu seiner Brusttasche. Auch Mantell hatte den Kugelschreiber im Blick. Er lächelte Nils höflich an. Wie ferngesteuert wanderte Nils' Hand zu seiner Brusttasche und zog den Kuli hervor. Widerstrebend reichte er ihn Mantell über den Tisch hinweg. Nils blickte auf das Gerät wie auf eine Bombe, die jeden Moment hochgehen konnte. Mantell nahm den Kugelschreiber entgegen und war im Begriff, die Kappe abzuziehen, da hielt er inne.

»Ach, warten Sie. Ich glaube, ich habe sogar noch eine Visitenkarte hier.« Er begann in der Schublade herumzustöbern und wurde fündig. »Hier, bitte sehr.«

Nils nahm die Karte aus seinen Fingern, schaute dabei aber nur auf seinen Stift, den Mantell in der anderen Hand hielt. Er las den Namen auf der Karte.

»Anne Schenker.«

»Ja, kennen Sie sie?«

»Nein, aber vielen Dank.« Nils leckte sich die trockenen Lippen, die beim Sprechen zusammenklebten.

»Dann wünsche ich Ihnen viel Glück, und dass es Ihrem Freund bald besser geht.«

»Ja«, sagte Nils und stand auf.

»Und machen Sie sich keine Sorgen um Ihre Tochter«, ergänzte Mantell und erhob sich. »Ich denke nicht, dass sie gefährdet ist.«

Nils sah ihn mit großen Augen an.

»Oh, Ihr Stift. Hätte ich beinah behalten.« Mantell lachte und übergab ihm den Kuli mit abgespreizten Fingern. »Kommen Sie zum nächsten Termin? Ich habe schon Farben für Ihre Frau besorgt.«

Die Zweideutigkeit in seinen Aussagen machte Nils fast rasend.

Er konnte ihn einfach nicht durchschauen, aber er hatte das Gefühl, dass Mantell mit ihm spielte wie eine Katze mit einer Maus.

»Wir kommen. Da können Sie sicher sein«, sagte Nils abschließend und verließ die Praxis.

Im Auto sitzend wollte er zunächst nichts anderes als weg von hier, und so startete er den Wagen und fuhr los, bevor er ein paar Straßen weiter wieder anhielt und die Kamera ausschaltete. Seine Knie fühlten sich an, als fehlten die Gelenke, und in seinem Magen lag ein bleiernes Gewicht, das ihm Übelkeit verursachte. Er musste McLean so schnell wie möglich kontaktieren und rief dessen Nummer an.

»McLean.«

»Nils hier, ich glaube, du hast recht. Er könnte es sein. Ich hab alles auf Video.«

»Komm so schnell wie möglich zurück«, sagte McLean mit ernüchterter Stimme. »Es ist ein weiteres Bild aufgetaucht.«

2

2014

Anna hatte sich allein wieder auf den Weg gemacht. Lina war zu Hause und lernte für ihre Englischarbeit. Auf dem Fahrrad sprach sie den Text ihrer Rolle vor sich hin.

Sie mochte diese nachmittäglichen Treffen in der Schule, weil dann eine ganz andere Atmosphäre herrschte als im normalen Schulalltag. Die übliche Rollenverteilung von Lehrer und Schüler war hier aufgelöst, es war ein viel freieres Zusammensein. Das Theaterstück bedeutete ihr sehr viel. Es war nicht das übliche Lernen und Wiedergeben von Inhalten, sie brachte auch ein Stück von sich selbst ein.

Sie war so in Gedanken, dass sie überrascht aufschaute, als sie die Schule erreichte und gar nicht genau wusste, wie sie so schnell hergekommen war. Sie hatte den Weg komplett verträumt. Anna schüttelte ihre kurze Umnachtung mit einem Lächeln ab, während sie ihr Fahrrad anschloss. Sie lief in das Gebäude und weiter bis in die Aula der Schule, wo sich bereits drei weitere Schüler und der Leiter des Stückes, Herr Kieslow, eingefunden hatten. Auf der Bühne rumpelte es, und da bemerkte sie erst, dass der Kunstkurs von Frau Schreiber auch schon da war und sich am Szenenbild zu schaffen machte. Sie malten Pappwände und Aufsteller an und hängten große farbige Stoffbahnen auf.

»Hallo, Anna«, grüßte Herr Kieslow und reichte ihr die Hand. »Na, schon ein wenig nervös?«, fragte er mit Blick auf das entstehende Bühnenbild.

»Allerdings«, sagte sie. »Mein Lampenfieber bringt mich noch um.«

»Ach, wenn du erst auf der Bühne stehst, bist du so in der Rolle drin, dass du nichts mehr davon spürst.«

Anna war noch nicht ganz überzeugt und setzte sich zu den anderen. Als die komplette Truppe anwesend war, probten sie die erste Szene aus dem dritten Aufzug. Einige beschwerten sich, weil sie endlich in Kostümen und geschminkt proben wollten, was Herr Kieslow aber sofort abschmetterte.

»Wenn ihr jedes Mal in die Maske geht vor der Probe, sind wir hier nachts um zwei noch nicht fertig.«

Es war eine Szene zwischen Olivia und Viola, die als Mann verkleidet war, und Anna und Melissa stellten sich einander gegenüber auf.

»Wie ist Euer Name?«, fragte Melissa in der Rolle der Olivia und bediente sich dabei edler Gesten.

»Reizende Prinzessin, Cesario ist der Name Eures Dieners«, sagte Anna und verneigte sich mit einer ausholenden Armbewegung.

»Mein Diener, Herr?«, gab Melissa erstaunt zurück. »Heuchelei ist auch kein Weltverbesserer. Ihr seid Orsinos Diener.«

»Und der ist Eurer«, erwiderte Anna und schmunzelte keck. »Eures Dieners Diener muss ja, mein liebes Fräulein, auch Euer Diener sein. Und ich komm, um Euer gütiges Gedächtnis an ihn zu mahnen.« Sie neigte demütig ihren Kopf zur Seite, ohne dabei den Blick von ihrer Partnerin zu nehmen.

»Ich hieß Euch niemals wieder von ihm reden. Doch ... hättet Ihr sonst etwa ein Gesuch?« Melissa ging auf Anna zu und strich ihr liebevoll mit einem Finger über die Wange. »Ich hörte viel lieber, wenn Ihr *das* betreibt, Cesario.«

»Teures Fräulein«, sagte Anna mit tiefer, entrüsteter Stimme und wich vor ihren Flirtversuchen zurück. Sie fing sich wieder, indem sie ihre Kleidung ordnete. »Geleit Euer Gnaden Heil und froher Mut. Ihr sagt mir, Fräulein, nichts für meinen Herren Orsino?«

»Bleib«, flehte Melissa und packte Anna am Hemd, sodass sie fast beide loslachen mussten. »Ich bitte dich, sage, was du von mir denkst.«

»Nun, dass Ihr denkt, Ihr seid nicht, wer Ihr seid.«

»Und denk ich so, denk ich von Euch dasselbe.«

Anna umschloss Melissas Handgelenke. »Da denkt Ihr recht«, sagte sie kühl. »Ich bin nicht, was ich bin.«

»Ich wollt, Ihr währt, wie ich Euch haben wollte«, gab Melissa seufzend zurück.

»Wär's etwas Besseres, Fräulein, als ich jetzt bin, so wünscht ich's auch. Jetzt bin ich Euer Narr.«

»Okay, super!«, rief Herr Kieslow begeistert. »Kurze Pause und Szenenwechsel!«

Kichernd lösten Anna und Melissa sich voneinander.

»Darf ich eben auf Toilette?«, fragte Anna ihren Lehrer.

»Nein, Anna, bitte noch zwei Stunden anhalten«, sagte er mit einem spitzbübischen Lächeln.

Anna lief schnell los und aus der Aula hinaus. Nur noch dumpf drangen Stimmengewirr und das Räumen und Schieben auf der Bühne zur ihr nach draußen, während sie den verlassenen Gang entlang zu den Toiletten ging. Sie war fast angekommen, als eine Tür so abrupt vor ihr aufsprang, dass sie beinah dagegengelaufen wäre.

»Uhh!«, rief sie aus und erkannte im nächsten Moment Herrn Bracke, den Hausmeister, in seinem grauen Overall und mit einer Silikonpistole in der Hand. Sie konnte den säuerlichen Geruch des Silikons wahrnehmen, als er sich ihr zuwandte.

»Ach, nee. Das Fräulein Fenstersprung.« Er grinste, und seine Augen funkelten dunkel und listig.

»Moin«, sagte sie ernüchtert und wollte an ihm vorbeigehen.

»Na, wieder auf der Flucht?«, fragte er und stoppte sie mit der Pistole.

»Ja, sicher«, antwortete sie und war sich im nächsten Moment schon nicht mehr sicher, ob das nicht zu frech gewesen war. Sie machte einen Bogen um die Pistole herum und eilte mit gesenktem Kopf davon.

»Oh, ein bisschen bissig heute, was? Wo soll's denn hingehen?«, fragte er, und seine Stimme echote durch den Flur.

»Auf die Damentoilette«, sagte Anna mit Betonung auf »Damen«.

Er ließ sie gehen, und Anna betrat erleichtert den gekachelten Raum. Gegenüber den drei Waschbecken gab es sechs Kabinen, die allesamt leer waren und die Türen geschlossen. Sie betrat die dritte Kabine, ohne zu wissen, warum sie sich gerade diese aussuchte. Schnell zog sie ihre Hose herunter und setzte sich auf den Sitz. Als sie nach dem Toilettenpapier griff, vernahm sie Schritte auf dem Flur. Es war keiner ihrer Schulkameraden. Es war ein erwachsener Schritt in einem erwachsenen Schuh. Sie beeilte sich und zog sich die Hose wieder hoch, ahnungsvoll, dass dieser Jemand in die Toilette kommen würde. Sie konnte sich denken, wer es war. Bracke würde sie doch nicht so einfach laufen lassen.

Die Tür wurde geöffnet, aber sie hörte keine Schritte. Bracke sah sich anscheinend im Raum um. Anna stellte sich vorsichtig auf den Toilettendeckel und drehte lautlos das Schloss auf, um alle Kabinen gleich aussehen zu lassen. *Tock, tock, tock*, hörte sie, als er nun doch hereinkam. Panisch legte sie eine Hand über den Mund, um keinen Laut von sich zu geben. Da wurde es wieder still. Nur ein Rascheln von Kleidung war zu hören. Er bückt sich und guckt unter die Kabinen, dachte sie angewidert. Sie überlegte sich, mit dem Handy jemanden anzurufen, wenn er versuchen sollte, zu ihr hereinzukommen. Doch ihr Handy war in ihrer Jacke in der Aula. *Tock, tock, tock*, machte es. Er ging langsam weiter. Dann hörte sie ein helles Klingen, so als hätte Bracke einen metallischen Gegenstand auf den Beckenrand gelegt. Was hatte er vor?

Sie richtete sich vorsichtig auf. Um nicht abzurutschen, legte sie die Handflächen an die Tür und lugte über den oberen Kabinenrand hinweg. Vor Erleichterung hätte sie beinahe losheulen können. Frau Schreiber stand vor dem Spiegel und hatte ihren Ring zur Seite gelegt, um ihre mit Farbe bekleckerten Hände zu waschen. Das Wasser begann zu rauschen, als sie den Hahn öffnete. Sie beugte sich vor, und eine violett schimmernde Pfütze entstand in dem Becken.

Anna ließ sich zurück auf den Sitz sinken und vergrub den Kopf zwischen den Armen. Sie lachte in sich hinein über ihre eigene Dummheit, und es war eine Riesenportion Erleichterung mit dabei.

Um nicht unnötig aufzufallen, blieb sie so lange hocken, bis Frau Schreiber wieder hinausgegangen war. Als deren Schritte auf dem Flur immer mehr verhallten, trat sie aus der Kabine und belächelte spöttisch ihr Spiegelbild. »Du dämliche Pute«, sagte sie zu sich selbst. Sie machte einen Schritt auf das Waschbecken zu, und da sprang ihr der Ring von Frau Schreiber ins Auge, den die Lehrerin wohl liegen gelassen hatte.

»Mist«, sagte sie, nahm den Ring an sich und lief zurück in die Aula. Die anderen standen im Kreis in der Mitte des Saals. Die Schüler auf der Bühne waren verschwunden. »Ist Frau Schreiber noch hier?«, fragte Anna und ging auf die Gruppe zu.

»Die ist vor ein paar Minuten gefahren«, antwortete Herr Kieslow. »Anna, wir haben etwas umgestellt, weil du so lange weg warst, wir würden jetzt ...«

»Sie hat ihren Ring vergessen«, meinte Anna und hielt das goldene Schmuckstück hoch.

»Was? Ach? Ja, dann fahr ihr doch schnell hinterher, vielleicht erwischst du sie noch.«

Anna hastete aus dem Gebäude. Frau Schreiber kam meistens mit dem Rad, das wusste sie. Doch auf dem Vorplatz war sie nicht mehr zu sehen. Anna sprang auf ihr Mountainbike und trat in die Pedale. Ihre Lehrerin auf der Strandstraße einzuholen dürfte eigentlich keine Schwierigkeit sein. Doch da hatte sie sich getäuscht. Es lagen ungefähr zweihundert Meter zwischen ihnen. Anna wusste, dass Frau Schreiber irgendwo am Flugplatz wohnte, doch ganz bis dorthin wollte sie ihr nicht folgen. Der Abstand zwischen ihnen wurde nur leider überhaupt nicht geringer, und Anna trat jetzt noch kräftiger und schaltete in einen höheren Gang.

Frau Schreiber bog in die Straße Am Golfplatz ein und verschwand hinter der nächsten Kurve. Als Anna um diese Kurve fuhr, war Frau Schreiber schon wieder verschwunden. Erst auf der Straße am Flugplatz kam sie wieder in Sicht. Anna rief ihren Namen, doch eine der Propellermaschinen neben ihr machte sich gerade zum Start bereit und ließ den Motor anlaufen. Weiter hinten setzte eine Maschine zur Landung an, sodass es zwecklos war, zu glauben, Frau Schreiber könnte sie hören.

Ihre Lehrerin bog in die erste Straße hinter dem Flugplatz ein und verschwand erneut aus Annas Sichtfeld. Dieses Wohngebiet war eine sehr teure Gegend. Die Häuser hier hatten alle Seeblick, und Anna wunderte sich, wie eine Lehrerin sich das leisten konnte. Vielleicht ist ihr Mann der Geldgeber in der Familie, dachte sie und bog ebenfalls in den Greveling ein. Gleich das erste Haus war so von Bäumen umwachsen, dass es dahinter fast nicht zu erkennen war. Anna blieb an der Gartenpforte stehen und suchte nach einem Namensschild, das sie jedoch nicht fand. Sie stieg ab, öffnete das Gartentor und ging durch den Vorgarten zu dem imposanten Haus. Frau Schreibers Fahrrad stand vor der Tür, und Anna lächelte erleichtert.

Sie klingelte und musste eine Weile warten, bis sie das Klackern derselben Absätze hören konnte, die sie schon in der Damentoilette vernommen hatte. Ein Schemen tauchte hinter einem kleinen quadratischen Fenster in der Tür auf. Dann wurde ein Schloss geöffnet. Frau Schreiber zog die Tür auf, überrascht, sie hier zu sehen.

»Anna, was führt dich denn hierher? Musst du nicht proben?«

»Ja, schon, aber ich hab den hier in der Damentoilette gefunden.« Anna zog den Ring aus ihrer Hosentasche und hielt ihn hoch. Frau Schreibers Augen weiteten sich, und sie blickte erschrocken auf ihren nackten Finger.

»Das gibt's doch nicht. Ich muss ihn liegen gelassen haben.« Sie nahm ihn mit zwei Fingern entgegen, und ihr Lächeln ließ eine tiefe Falte um ihren linken Mundwinkel entstehen. »Und da bist du mir den ganzen Weg nachgefahren?«, fragte sie.

»Ja«, sagte Anna noch etwas ermattet von der Fahrt.

»Vielen Dank, Anna. Der Ring bedeutet mir sehr viel.« Sie steckte ihn zurück an ihren Finger. »Ich finde, das muss belohnt werden.« Sie überlegte einen Moment und zog dann die Türe weiter auf. »Komm kurz rein.«

»Aber ich muss wieder zur Probe«, meinte Anna.

»Ja, ich weiß, aber du musst doch da nicht vor der Tür stehen bleiben«, sagte Frau Schreiber, die sich bereits abwandte und ins Haus hineinging.

Anna machte ein paar vorsichtige Schritte in den Flur.

»Der ehrliche Finder bekommt zehn Prozent des Fundwerts an Finderlohn, wusstest du das nicht?«, rief Frau Schreiber von irgendwo aus dem Wohnzimmer, wo sie in einem Schrank herumkramte.

»Ist schon gut«, sagte Anna laut und lugte in das Zimmer hinein. Wenn es tatsächlich ein Goldring war, wollte sie nicht, dass ihre Lehrerin ihr jetzt eine solche Menge Bargeld gab.

Das Wohnzimmer war mit hellen Holzdielen ausgelegt, auf denen rote und blaue schwedische Teppiche lagen. Eine schwere Couch stand an der Längswand, mit Blick in den weitläufigen Garten. Man konnte über das Wasser bis nach Amrum schauen. Ein Kamin, gefüllt mit Ascheresten und mit einem großen Stapel Feuerholz daneben, zog Annas Aufmerksamkeit auf sich. Es waren mit Sicherheit keine Holzreste, die da verkohlt auf dem Gitter lagen. Es sah vielmehr nach Stoff aus. Bei dem Gedanken wischte sie sich den Schweiß von der Stirn.

Frau Schreiber hockte auf einem Knie vor der untersten Schublade eines großen gebeizten Holzschranks. »Gut, dass du ihn gefunden hast«, sagte sie. »Wenn Herr Bracke ihn entdeckt hätte, hätte ich ihn nie wiedergesehen.«

Anna unterdrückte ein Lachen und fand es höchst sympathisch, dass Frau Schreiber ihre Abneigung gegen den Hausmeister so offen teilte. Sie trat näher. Frau Schreiber, die wieder mal ein geblümtes Kleid trug, hatte ihre Haare zu einem lockeren Zopf gebunden, der seitlich über ihre rechte Schulter nach vorn fiel. Da war irgendetwas an ihrem Hals, Anna konnte es unter dem gebündelten Haarschopf nicht richtig erkennen. Sie machte noch einen Schritt auf sie zu und beugte sich etwas vor. Ein Auge starrte sie unter dem schwarzen Haar an. Ein tätowiertes Auge.

Der Anblick löste eine Explosion der Gefühle in ihr aus. Es war, als kreischte ihr Verstand hell auf, und jeder Winkel, jede Zelle ihres Körpers wurde mit Panik geflutet. Sie spürte unerträgliche Hitze in ihren Kopf steigen, sodass ihr Tränen in die weit aufgerissenen Augen schossen. Gleichzeitig schien das Blut aus ihrem Körper zu strömen, und Schwindel ergriff sie. Höchste Wachsamkeit wurde von einer sie rasend schnell überwältigenden Kraftlosigkeit begleitet, und sie glaubte, das Bewusstsein zu verlieren. In dem Moment drehte sich Frau Schreiber zu ihr um, stutzte und begann zu grinsen.

»Oh, hab ich mich verraten?«, fragte sie fast amüsiert.

Anna erkannte plötzlich männliche Züge in ihrem Gesicht und fand den Klang ihrer Stimme ungewöhnlich tief. Verdattert versuchte sie, die Bedeutung ihrer Eindrücke zu erfassen, alles in einem anderen, neuen Kontext zu lesen.

Sie war ein Mann. Frau Schreiber war nicht Frau Schreiber, sie war der Mörder. Anna öffnete den Mund. Sie wollte schreien, doch ihre Stimme gehorchte ihr nicht.

Etwas Weißes, stechend Riechendes wurde ihr ins Gesicht gedrückt, und die Ohnmacht kam schneller, als sie über irgendeine Gegenwehr hätte nachdenken können.

3

2014

Nils hatte Glück gehabt und den Adler-Express nehmen können, der für die Überfahrt nach Amrum nur die Hälfte der Zeit benötigte. Dennoch war ihm die Strecke noch nie so lang vorgekommen. Er rief Elke an, die sich nach zweimaligem Klingeln meldete.

»Moin, Nils.«

»Elke? Es ist ein weiteres Bild aufgetaucht. Ich hol dich ab, und wir fahren zusammen ins Büro, wenn ich wieder auf Amrum bin.«

Nils meinte, ein Schlucken zu hören, bevor sie mit belegter Stimme antwortete: »Ist gut.«

»Ich war übrigens gerade bei Anna. Ist alles in Ordnung bei ihr. Peer scheint sich wieder eingekriegt zu haben, zumindest sagt sie das.«

»Das ist gut. Bis nachher.«

Sie legten auf, und Nils blickte nach vorn über den Bug hinweg nach Amrum. Bei Peer und Stine schien zwar alles so weit in Ordnung zu sein, doch die Tatsache, dass er Mantell von Anna und ihrem Aufenthalt auf Föhr erzählt hatte, lag ihm schmerzhaft im Magen. Er hatte das Gefühl, seine Tochter schutzlos zurückgelassen zu haben. Er holte erneut sein Handy heraus und rief bei Stine und Peer an. Peer meldete sich.

»Peer, ich bin's, Nils.«

»Hey, Nils. Wie geht's da drüben?«

»Du, hör zu. Ich hab eine Bitte an dich. Ist Anna schon zu Hause?«

»Nein, die ist noch bei der Theaterprobe. Lina sagt, dass du vorhin da gewesen bist?«

»Ja, ja. Hör zu, ich möchte, dass du Anna nachher mit der nächsten Fähre nach Hause schickst, okay? Das ist sehr wichtig, Peer.«

»Was ist denn los, Nils? Ist was passiert?«

»Nein«, sagte Nils und wusste nicht, wie er sich erklären sollte. »Nein, ich … schick sie einfach rüber, ja? Ich kann jetzt nicht reden. Tschüs.«

»Tschüs«, hörte er Peer noch zweifelnd sagen, bevor er auflegte.

Nils betrat die Polizeistation. McLean kam sogleich auf ihn zugerollt.

»Nils, wir brauchen deine Frau. So schnell wie möglich.«

»Ich hole sie gleich ab.«

»Sehr gut«, entgegnete McLean erleichtert. »Wie lief es bei dir?«, fragte er, und seine Augen musterten Nils aufmerksam.

»Ich habe alles auf Video. Fast wäre ich aufgeflogen«, sagte Nils. Possebiehl kam hinzu und begrüßte Nils nur mit einem Zucken seiner Augenbrauen.

»Ist er's?«, fragte der Hüne wie ein kleines Kind.

Nils blickte die beiden ernst an. Er wollte nichts Falsches sagen, aber alles in ihm fühlte, dass Mantell der Täter war. »Es spricht vieles dafür. Kommt.«

Sie spielten die Aufnahme auf den Computer. Während sie warteten, klärte McLean Nils über die neusten Entwicklungen auf.

»Das Bild wurde in einem Museum gefunden«, berichtete er. »In Flensburg.«

»Flensburg?«, fragte Nils. »Er kommt wieder in den Norden?«

»Das kann bedeuten, dass er nicht mehr so viel Zeit hat, die Bilder weiter weg zu bringen. Gut für uns. Das macht ihn anfällig für Fehler«, meinte McLean. »Es war alles wie in den anderen Fällen auch. Ein Mitarbeiter fand das Bild morgens an der Eingangstür. Es ist unterschrieben mit ›Christina‹. Sie ist vor drei Wochen vor ihrer Haustür in Braunschweig entführt worden. Ein Zeuge sagte, sie sei nach einem Missverständnis aus ihrer eigenen Wohnung fortgelaufen und in einer Art Übersprunghandlung in einen vorbeikommenden dunkelblauen Wagen gestiegen, wahrscheinlich ein Audi A3.«

»Wo ist das Bild jetzt?«

»Die Kollegen fertigen gerade eine Kopie davon an. Es muss jeden Moment auf den Server geladen werden.«

»Wie viel Zeit bleibt uns?«, fragte Nils.

McLean sah ihn fast ängstlich an. Ein Anblick, der Nils einen Stich ins Herz versetzte.

»Nur bis morgen.«

Nils biss so hart die Zähne zusammen, dass ein quietschendes Geräusch entstand.

»Das kann er nicht schaffen, in ein paar Stunden wimmelt hier sicher alles von Beamten, und das muss er auch wissen.«

»Er ist sehr von sich überzeugt. Er glaubt, er kann uns an der Nase herumführen, selbst wenn wir alles auffahren, was wir haben.«

»Er muss sich für unantastbar halten, so als stünde er unter einer Art Schutz … etwas macht ihn unverletzlich, zumindest in seinen Augen.«

»Es ist auf alle Fälle jemand, dem wir so eine Tat niemals zutrauen würden. Ein Priester zum Beispiel oder ein Polizist. Alle Frauen stiegen bis jetzt freiwillig in seinen Wagen. Aus irgendeinem Grund vertrauten sie ihm.«

Possebiehl machte große, entsetzte Augen, als McLean das Wort Polizist sagte.

»Nicht du, Possi«, beruhigte ihn Nils. »Ich weiß, dass du es nicht sein kannst. – Aber glaubst du, es könnte einer aus der Soko sein?«, fragte er McLean.

»Er muss von hier stammen«, erinnerte ihn McLean. »Und ich habe etwas gefunden, was diese Annahme unterstützt.«

Nils sah ihm neugierig in die Augen.

»In den alten Akten fand ich etwas, das mich stutzig machte. Tom war ein Adoptivkind, das wussten wir bereits. Seine Eltern waren 1973 mit ihm aus Deutschland in die USA ausgewandert. Sein ursprünglicher Name war Keiters. Und in den Akten ist der Wohnort der Keiters und seiner Adoptiveltern mit Bremen angegeben. Doch in den Originalakten ist der Wohnort nachträglich verändert worden. Seht mal.« Er zog ein Papier aus einer Mappe heraus. Es war die Kopie eines US-Formulars. In zwei Zeilen hatte man die Schreibmaschinenschrift durchgestrichen und handschriftlich durch Bremen ersetzt. Die beiden Wohnorte waren aber noch zu entziffern. Sie lauteten Amrum und Föhr.

»Das gibt's nicht«, hauchte Nils.

»Später hat man Bremen in den Computer übernommen. Dieses Schriftstück hat mir damals nicht vorgelegen. Alle polizeilichen Systeme waren gerade auf Computer umgestellt worden. Das hier landete nur in den Archiven des Meldeamtes von Brookville. Ein Freund hat es mir besorgt.«

»Es waren beides Familien von hier?« Nils versuchte, sich klar zu werden, was das bedeutete.

»Gibt es jemanden auf der Insel, der sich mit der Geschichte und den Leuten hier so gut auskennt, dass er uns Auskunft geben könnte? Einen Dorfältesten sozusagen?«, wollte McLean wissen.

Nils und Possebiehl sahen sich an und hatten beide denselben Gedanken.

»Der alte Lüders«, sagten sie im Chor.

»Lüders ist quasi der Chronist von Amrum. Er hat unzählige Bücher über Land und Leute und die Geschichte von Amrum geschrieben. Wenn es einer weiß, dann er.«

»Wir müssen mit ihm sprechen. Heute noch«, sagte McLean scharf. »Aber zunächst will ich sehen, was du gefilmt hast.«

»Wir können«, sagte Possebiehl und ließ das Video ablaufen. Gebannt schauten sie auf den Schirm.

»Da geh ich rein«, kommentierte Nils. »Hier vorn ist das Wartezimmer mit seinen eigenen Bildern an den Wänden. Und es ist bunt eingerichtet. Ist mir vorher nie aufgefallen.«

Das Bild war ruckelig, aber klar und bewegte sich jetzt auf die Praxistür zu.

»Ich hab geklopft, aber nichts gehört, also bin ich rein. Da, das ist der Springbrunnen im Garten«, erklärte Nils. »Und jetzt mach ich was Dummes, aber vielleicht hilft es uns weiter.«

Der Kameraausschnitt zeigte den Schreibtisch. Man hörte Nils' aufgeregtes Atmen, als er die Schublade öffnete und darin herumsuchte.

»Jetzt kommt es gleich«, meinte er. McLean fuhr im Rolli noch ein Stück näher an den Tisch heran. »Da, das Foto. Er ist der linke.«

McLean kniff angestrengt die Augen zusammen.

»Und die drei befinden sich auf einem Boot. Du sagtest doch, dass er Segler ist.«

»Mmhmmh«, brummelte McLean hoch konzentriert.

»Jetzt höre ich ihn kommen«, sagte Nils, und sie sahen zu, wie er in Hektik verfiel und aus dem Zimmer flüchtete. Als sich die Praxistür öffnete und Mantell Nils gegenüberstand, senkte sich unwillkürlich McLeans Kinnlade. Nils wartete gespannt auf seine Meinung.

»Er könnte es sein. Ähnlich sind sie sich. Aber sicher kann ich es nicht sagen.«

Sie sahen sich das Video bis zum Schluss an, dann verließ Nils Possebiehl und McLean, um Elke abzuholen.

Während der Autofahrt klärte Nils seine Frau über die neuesten Erkenntnisse und die Verdachtsmomente gegen Mantell auf. Elke war wie vor den Kopf gestoßen, ein Gefühl, das sich in bestürzte Besorgnis verwandelte, als Nils ihr von der Gefährdung berichtete, die er für Anna sah.

»Das hast du gut gemacht«, sagte Elke auf seinen Hinweis, dass sie noch heute mit der Fähre kommen würde. »Ich will sie bei uns haben.« Sie legte eine Hand auf seinen Oberschenkel. Selbst durch den Stoff hindurch spürte er, wie kalt sie war.

Sie vernahmen das eifrige Summen des Druckers, als sie das Büro betraten. Langsam schob sich ein farbiges Blatt wie eine Zunge aus dem schwarzen Gesicht des Druckers. Ohne ein Wort zu sagen, versammelten sich alle darum und warteten das Ende des Vorgangs ab. Dann zog Nils das Bild heraus und legte es auf den Schreibtisch. Die junge Frau, die diesmal abgebildet war, entsprach dem Opfertypus, wenngleich ihre Haare ein wenig dunkler waren. Auch sie war eine Schönheit mit einem klaren, offenen Gesicht, das unter der Todesangst zu einer Grimasse gefroren war. Auf ihrer linken Wange schimmerte ein Lichtreflex, der von weggewischten Tränen herrühren musste.

»Wir dürfen dieses Mal nicht versagen«, sagte Elke mit einer Stimme, so klein, als käme sie aus einem Glas auf dem Tisch.

»Fang schon mal an«, sagte Nils und küsste sie auf die Wange. »Wir müssen zum alten Lüders.«

Das Haus vom alten Lüders stand etwas zurückversetzt am Nei Stich in Norddorf, mit Blick über das Watt und nach Föhr hinüber. Es war ein verwunschenes Reetdachhaus, das in einem kleinen Kiefernwäldchen stand und geradewegs aus einem Märchen zu stammen schien.

Nils hielt an der Straße, und sie traten durch das schwere Holztor in einen wilden Garten. An der Haustür betätigte Nils einen verwitterten Türklopfer.

»Wie alt ist er?«, fragte McLean und schaute aus seinem Rollstuhl zu Nils hinauf.

»Ich denke, so fünfundachtzig oder sechsundachtzig.«

Drinnen konnte man ein fröhliches Pfeifen vernehmen, und eine kratzige Stimme rief: »Ich komme sofort!«

Die Tür wurde aufgezogen, und vor ihnen stand ein kleiner, stämmiger Mann mit graugelbem Vollbart und dichtem, lockigem Haar. Sogar in seinem Bart waren Locken zu erkennen. Sein Gesicht war wettergegerbt und voller gebräunter Falten, zwei kugelrunde eisblaue Augen strahlten daraus hervor.

»Nils!«, rief er erstaunt und erfreut zugleich, und sein Blick wanderte hinab zu McLean.

»Moin, Markus. Das ist Herr McLean, ehemaliger Agent des FBI«, sagte Nils, und McLean streckte seine Hand aus, die Lüders lachend ergriff.

»FBI? In meinem Garten? Schiet, Jung, was hab ich angestellt?«

»Markus, wir bearbeiten den Fall der beiden toten Frauen, die hier auf Amrum gefunden wurden ...«

Augenblicklich fielen Lüders' Gesichtszüge herab.

»Jou, hab ich von gehört, Junge.«

»Wir bräuchten deine Hilfe.«

»Meine? Was kann ich denn da tun?«

»Sie kennen sich mit dieser Insel besser aus als jeder andere«, meldete sich McLean zu Wort, »das sagt zumindest Nils. Wir benötigen Informationen über eine Amrumer Familie.«

»Na, kommt erst mal rein, dat muss man ja nich auf der Türschwelle beschnacken.«

Er ließ die beiden ins Haus und ging voraus in ein großes Wohnzimmer, das zum Watt und zur Südseite hin praktisch vollständig verglast war.

»Setzt euch«, sagte er, und ein Ruck ging durch seinen Körper. »Oh, 'tschuldigung«, meinte er betreten zu McLean.

»Kein Problem.«

Sie nahmen um den Wohnzimmertisch herum Platz, auf dem allerhand Blätter, Bücher und Notizzettel lagen. Auf einem schmalen Podest direkt vor dem Fenster stand eine alte Triumph-Schreibmaschine.

»Is 'n bisch'n chaotisch hier, aber macht euch nichts draus. Was trinken?«

Nils lehnte ab, ebenso wie McLean.

»Also, Markus«, begann Nils, »wir sind bei unseren Ermittlungen auf jemanden gestoßen, der früher mal auf Amrum gelebt hat, die Insel dann aber verließ und nach Amerika auswanderte.«

»Der Mörder?«

Nils blickte zu McLean. Der nickte.

»Ja, exakt.«

»Ouh, das war'n aber einige, die gegangen sind, du. Amrum und Föhr haben quasi eine eigene Kolonie drüben gehabt. In New York.«

»Ja, das wissen wir. Wir haben schon mit Fritze gesprochen, der uns sehr weitergeholfen hat. Der Mörder muss zur selben Zeit drüben gewesen sein wie er. Also Ende der siebziger Jahre.«

»Wir suchen einen damals sehr jungen Mann«, nahm McLean das Wort an sich. »Er lebte auf Amrum mit seinen Eltern, die jedoch verstarben, woraufhin er von einer Föhrer Familie adoptiert wurde.«

Lüders' Kulleraugen weiteten sich. »Ah, die Geschichte kommt mir bekannt vor.«

»Gut, der Name der Familie lautete Keiters.«

»Keiters, natürlich«, sagte Lüders, und sein Gesicht verdunkelte sich. »Das war ein unschönes Kapitel.«

»Du kennst sie?«, fragte Nils mit dunkler Vorahnung in der Stimme.

»Sie haben in Wittdün gewohnt. Ich bin mit dem Mann nie richtig warm geworden. Die Frau hab ich wenig gesehen, aber er war Dachdecker, und so kannte man ihn. Dachdeckerei Keiters. War ein kleiner Betrieb damals. Er und seine Frau hatten einen Segelunfall und haben beide nicht überlebt. Tragische Sache war das.«

»Einen Segelunfall, hier?«, fragte Nils.

»Ja, ja, in Steenodde. Er hatte da seine Jolle liegen. Sven hieß er. War 'n guter Segler. Ist richtig Regatten gefahren und so. So 'n kleiner Draufgänger.«

»Und trotzdem kentert er?« Nils war etwas misstrauisch.

»Na ja, oder gerade deswegen. Wir haben damals vermutet, dass er einfach zu unvorsichtig war an dem Tag. Wollte den schönen Wind ausnutzen. Aber es kam ein heftiges Gewitter auf. Hat einigen Schaden auf der Insel angerichtet. Und er war draußen mit Frau und Kind. Sie haben es nicht rechtzeitig zurückgeschafft.«

»Was war mit dem Sohn?«, wollte McLean wissen.

»Der hat überlebt. Konnte sich oben auf den Kiel retten. Ein paar Männer haben ihn rausgefischt. Hat mächtig Glück gehabt, der Junge.«

»Und die Eltern? Hat man sie gefunden?«, fragte McLean.

»Tja, die See hier draußen sieht so harmlos aus, aber das ist sie nicht. Die Strömungen sind gefährlich, und natürlich die Gezeiten. Man hat die beiden nie gefunden. Sie sind immer noch irgendwo da draußen.« Er blickte dumpf über das blau schimmernde Wasser, in dem sich vereinzelt weiße Wölkchen spiegelten.

»Hat der Junge erzählt, was passiert war?«

»Er war wohl ziemlich verstört. Man brachte ihn in ein Heim drüben auf Föhr, wo auch eine mit den Keiters befreundete Familie lebte. Den Namen hab ich jetzt nicht mehr parat. Aber er war wohl recht pfiffig.«

»Steffens«, half McLean ihm aus.

»Ja, kann sein. Jedenfalls sind die dann mit dem Jungen rüber in die USA. Und da sind sie auch geblieben, soviel ich weiß.«

»Ja, sind sie«, sagte McLean nüchtern. »Allerdings ebenfalls tot.«

Lüders' buschige Augenbrauen hoben sich und legten seine Stirn in Falten.

»Die gesamte Familie ertrank in einem Pool. Nur einer überlebte«, sagte McLean und hielt dabei seinen kleinen Finger hoch.

»Der Junge?«, flüsterte Lüders.

McLean nickte. »Zufall?« Er stellte die Frage in den Raum, ohne eine Antwort zu erwarten.

Lüders fuhr sich mit den Fingern durch den welligen Bart. »Es gab damals … einen Mann hier auf Amrum«, begann er langsam und bedächtig, »der glaubte, dass der Junge etwas mit dem Tod seiner Eltern zu tun gehabt haben könnte.« Seine Stimme wurde immer heiserer. Er blickte zu Nils. »Einer deiner Vorgänger als Polizist. Jürgen Jensen. Feiner Kerl. Wir kannten uns gut. Waren im selben Alter. Er ist inzwischen verstorben. Er hat mir mal erzählt, er würde glauben, der Junge hätte seine Eltern da draußen einfach ertrinken lassen. Er hat sich um ihn gekümmert am Anfang und dafür gesorgt, dass er irgendwo unterkommt, doch er sagte damals schon, der Junge sei ihm unheimlich. Er schob das zunächst auf den Unfall. Aber später meinte er, der Junge habe den Teufel in den Augen gehabt. Es wurde trotzdem nie nachgeforscht, der Junge war ja erst zehn oder zwölf Jahre alt. Das hat doch keiner für möglich gehalten.«

Nils und McLean tauschten einen ernsten Blick.

»Wie hieß der Junge?«, fragte McLean, obwohl Nils sicher war, dass er es bereits aus den Unterlagen wusste.

»Ouh, da muss ich nachdenken. Es war ein Doppelname, das weiß ich noch. Der Vater hieß Sven ... und der Junge ... ah, ja, Lars. Lars-Tomme Keiters. Das war sein Name.«

»Tomme ... Tom«, sagte McLean. »Das ist er. In den USA nannte er sich Tom Stevens.«

»Er hat auch seinen Nachnamen geändert?«, fragte Nils.

»Die ganze Familie«, antwortete McLean. »Ich schätze, weil es besser auszusprechen war. Das ist in den USA möglich.«

»Aber ihr meint doch nicht im Ernst, dass der Junge nun wieder hier ist und diese Frauen getötet hat?« Der alte Lüders massierte seine trockenen Hände auf dem Schoß. In seinen Augen stand deutlicher Unglaube.

Nils und McLean sahen ihn ohne viel Hoffnung an.

»Wir müssen rausfinden, was er gemacht hat, wo er gewesen ist, als er die USA verließ«, überlegte McLean laut. »Vielen Dank, Herr Lüders. Wenn wir Ihre Hilfe noch mal benötigen ...«

»Warum sollte ein Zwölfjähriger seine Eltern umbringen?«, fragte er fassungslos.

»Warum, werden wir vielleicht nie erfahren. Nur *er* kann uns diese Frage beantworten. Wenn er es überhaupt selbst weiß«, sagte McLean.

»Dazu müssen wir ihn zuerst finden«, meinte Nils.

4

2014

Anna erwachte und bekam kaum ihre Augen geöffnet. Ihre Lider waren so unendlich schwer und ihr Körper träge und bleiern. Sie trieb an die Oberfläche ihres Bewusstseins, doch die Schwärze um sie herum wollte sich nicht auflösen, bis sie erkannte, dass es nicht die Dunkelheit ihrer Ohnmacht, sondern die physische Dunkelheit des Zimmers war, die sie umgab. Sie lag mit dem Rücken auf dem Boden. Ein müder, halb erstickter Seufzer entfuhr ihr, als sie versuchte, den Kopf zu heben.

»Hallo?«, hörte sie da eine piepsige Stimme flüstern.

Vor Schreck katapultierte sie sich fast zwei Meter nach vorn und blieb auf allen vieren hocken, während sie mit weit aufgerissenen Augen in die undurchdringliche Schwärze starrte. Wieder entglitt ihr eine Art Schreien oder Grunzen, ohne dass sie es hätte steuern können.

»Entschuldige, ich wollte dich nicht erschrecken«, piepste die Stimme irgendwo vor ihr. »Tut mir leid, tut mir leid«, wiederholte sie weinend.

Es war eine Frauenstimme, da war Anna sich sicher. Oder doch nicht? Sie stand immer noch unter dem Schock, ihre eigene Lehrerin als einen Mann entlarvt zu haben. Sie hatte früher nicht einmal darüber nachgedacht, dass sie … er … dass Frau Schreiber keine Frau, sondern ein Mann sein könnte.

»Wer bist du?«, fragte Anna, und ihre Stimme klang wie das Pfeifen einer kaputten Flöte.

»Ich heiße Christina«, kam es aus dem Dunkeln zurück. »Bitte hab keine Angst vor mir, bitte.«

»Was machst du hier?« Anna traute sich nicht, dieser Christina zu vertrauen, obwohl sie es so gern wollte.

»Er hat mich hierher gebracht. Er hat mich entführt und hält mich hier gefangen.«

Anna wartete und überlegte, soweit ihr Verstand das überhaupt zuließ.

»Wir sind in einem schalldichten, gepolsterten Raum, niemand kann uns hören. Manchmal schaltet er das Licht ein. Es ist wie Tag und Nacht.«

»Wie lange bist du hier?«, fragte Anna.

»Ich weiß nicht. Drei Wochen? Länger vielleicht. Ich weiß nicht.«

Langsam krabbelte Anna auf Christina zu. Man hörte das Schleifen ihrer Knie und das Patschen ihrer Hände auf dem Boden.

»Ich tue dir nichts«, versicherte Christina hoffnungsvoll. »Bitte komm zu mir«, flehte sie.

Anna wurde immer schneller und hörte jetzt auch, wie Christina auf sie zugekrabbelt kam. Sie prallten fast aufeinander und umarmten sich und hielten sich so fest umklammert wie Schwestern, die sich nach Jahren unglücklicher Trennung endlich wiedergefunden hatten. Weinend, schluchzend, lagen sie sich in den Armen. Keine von beiden wusste, wie lange. Was zählte, war, dass sie nicht allein waren. Sie waren zu zweit. Das war ein unglaublicher Trost.

Bis sich die Tür öffnete.

Nils und McLean fuhren zurück ins Büro, wo Elke am Tisch saß und das Bild studierte. Im Hafen war mit der letzten Fähre eine noch größere Einheit an Beamten auf die Insel gekommen als letztes Mal, unter ihnen auch Landorff und Jensen. Alle sollten bereit sein, wenn das Rätsel um das Bild gelöst war. Es blieb nicht mehr viel Zeit.

Nachdem sich Nils, Landorff und Jensen mit Handschlag, aber recht nüchtern begrüßt hatten, gesellte sich Nils zu Elke, um sie zu unterstützen, derweil McLean von Lüders' Schilderungen berichtete.

Elke hob erstaunt den Kopf, als sie hörte, der Mörder habe hier auf Amrum gelebt und seine Eltern seien bei einem Segelunfall ums Leben gekommen. Sie versuchte, sich wieder auf das Porträt zu konzentrieren, und verglich es mit einem Satellitenbild auf dem Laptop.

Ihr Finger schlug lautstark auf das Blatt. Er deutete auf Christinas Haare, an einer Stelle etwas oberhalb ihrer Ohren. Die Köpfe von Landorff, Jensen und McLean fuhren zu ihr herum.

»Was haben Sie?«, fragte Jensen.

Nils drückte sich an ihre Seite und spähte auf die Stelle.

»Er ist clever«, sagte Elke verbittert, »aber ich hab's.«

Nils glich den Umriss mit den Wasserkonturen auf dem Satellitenbild ab. Die drei anderen Beamten kamen nun ebenfalls herüber.

»Dieses Mal hat er sozusagen mit einem Negativ gearbeitet«, erläuterte Elke. »Hier, wie die Haare hier fallen. Sehen Sie?«

Die anderen beugten sich tiefer über die Kopie. Über dem Ohr warfen sich ein paar Haare auf wie Locken.

»Das hat er mit einem sehr feinen Pinsel gemalt. Es ist dieses Ufer«, sagte sie und zeigte auf die Bucht zwischen Steenodde und Wittdün. Jensen stierte mit vorgestrecktem Kopf auf die Karte.

»Sind Sie sicher?«

In der Pause, in der Elke nicht antwortete, drehten alle ihre Köpfe zu ihr.

»Ja, bin ich«, sagte sie entschlossen.

»Okay, dann geht's los«, sagte Jensen und klopfte Elke auf die Schulter. »Vielleicht können wir ihn dazu zwingen, den Mord vorerst aufzuschieben, wenn er bemerkt, dass wir den Ort gefunden haben.«

»Ich rufe die Einheiten zusammen«, meinte Landorff und zückte sein Handy. Elke, Nils und McLean tauschten still einen Blick, der deutlich machte, wie kurz sie davor waren, den Mörder zu fassen.

Jensen bekam einen Anruf, den er entgegennahm, und stellte sich etwas abseits in eine Zimmerecke. Er hörte jemandem konzentriert zu, und Nils erkannte, wie etwas in seinen Augen aufblitzte. Er hob die Hand in Richtung Landorff. »Warte«, bat er ihn mit Nachdruck.

Jensen beendete das Gespräch und trat aus dem Schatten der Ecke hinaus in das harte Licht, das durch das Fenster fiel. Er sah aschfahl im Gesicht aus. Sein Mund war nur noch ein dünner blasser Strich.

»Wir haben ihn gefunden«, sagte er.

Die Stille, die nach dieser Aussage eintrat, war schwer und dauerte eine gefühlte Ewigkeit. McLean war der Erste, der reagierte.

»Was heißt das?«, fragte er.

Jensen kam näher und legte sein Handy auf den Tisch. Seine

Hand zitterte. »Wir haben Bescheid bekommen von einem Gefangenen, der in der Strafanstalt Rostock eingesessen hat und anschließend in Sicherheitsverwahrung in einer psychiatrischen Anstalt war. Sein Name ist Lars Keitel. Er ist siebenundfünfzig Jahre alt und wurde anhand des Phantombildes erkannt. Und er besitzt ein Tattoo im Nacken. Ein Auge.«

Nils schluckte und spürte, dass Elke eine große Hitze ausstrahlte, so als habe sie hohes Fieber.

»Wann ist er entlassen worden?«, wollte McLean wissen.

»Vor etwas mehr als einem Jahr. Ich bekomme gleich einen Anruf von seiner behandelnden Ärztin.«

»Lars Keitel«, wiederholte McLean. »Er benutzt seinen ersten Vornamen, und Keiters und Keitel ist ja fast das Gleiche.«

Erschöpft nahm Jensen am Tisch Platz. Sosehr diese Neuigkeit in ihm für Aufregung sorgen musste, so gegensätzlich reagierte er. Er legte sich sein Handy zurecht und starrte auf das Display.

»Setzen Sie sich, sie ruft jeden Moment an.«

Die anderen taten, wie ihnen geheißen. Kaum war das Stühlerücken verstummt, klingelte das Telefon, und das Display leuchtete auf. Jensen aktivierte den Lautsprecher, sodass alle mithören konnten.

»Hallo, hier spricht Oberkommissar Patrik Jensen von der Niebüller Kriminalpolizei«, meldete er sich laut.

»Guten Tag, Herr Jensen, mein Name ist Dr. Simone Klaws. Ich war die behandelnde Psychotherapeutin von Lars Keitel. Ich sollte Sie unter dieser Nummer anrufen.«

»Ja, vielen Dank, Frau Dr. Klaws. Wir fahnden gerade in einer Mordsache nach einem Mann, der laut Beschreibung große Ähnlichkeit mit Herrn Keitel aufweist. Könnten Sie uns Näheres zu ihm sagen? Weswegen kam er zu Ihnen und wann? Und vielleicht können Sie uns auch etwas über seinen psychischen Zustand erzählen.« Jensen blickte bei seinen Worten auf das Display, hob nun in der Sprechpause seine Augen und musterte jeden der Anwesenden.

»Nun, Herr Keitel kam 2002 in unsere Einrichtung. Er hatte wegen Entführung und Freiheitsberaubung sieben Jahre in der Strafanstalt Rostock verbracht, die nach einem Zwischenfall um weitere neun Jahre verlängert wurden«, berichtete sie. Man hörte

Papier rascheln. Sie hatte sich also ein wenig vorbereitet und seine Akte herausgekramt.

»Weshalb?«, fragte Jensen.

»Er tötete einen Mithäftling.«

»Aus welchem Grund?«

»Der andere Häftling hatte sich an einem Kind vergriffen, einem Mädchen. Diese Art von Verbrechern ist nie gern gesehen, das wissen Sie ja. Er hatte dem Mädchen das Gesicht zerschnitten. Als Keitel davon erfuhr, besorgte er sich ein Messer und zerschnitt das Gesicht des Mannes. Anschließend schlitzte er ihm die Kehle auf. Das Gericht entschied auf eine besondere Schwere der Tat, weil er sie von langer Hand geplant hatte.«

McLean ließ eine Art Stöhnen hören, und in seinem Gesicht blitzte so etwas wie ein Erkennen auf.

»Aus psychiatrischer Sicht kann man mit Sicherheit sagen, dass Herr Keitel zunächst eine sehr schlechte Prognose hatte, weswegen er auch so lang bei uns blieb. Innerhalb seiner Therapie, zu der ich im Jahre 2006 hinzukam, öffnete sich der Patient immer mehr und formulierte zum ersten Mal seinen Wunsch, eine Frau zu sein.«

Das war ein Satz wie eine Ohrfeige, nach der sich Landorff, Jensen, McLean und auch Elke und Nils schütteln mussten, um ihre Irritation abzulegen.

»Wie bitte?«, fragte Jensen, als sei das so abwegig, dass Frau Dr. Klaws sich in der Patientenakte geirrt haben musste.

»Das mag überraschend für Sie sein, doch in seinen Störungen kam immer wieder die Liebe zum weiblichen Geschlecht zum Ausdruck, und auch die Tatsache, dass er Hunderte Bilder von Frauen malte, zeugt von Bewunderung, daher ist es nicht sehr abwegig.«

»Was taten Sie daraufhin?«, wollte Jensen wissen.

»Sein Wunsch klang nicht im Geringsten unbegründet, und so gaben wir dem nach und ermöglichten ihm eine Therapie zur Geschlechtsumwandlung.«

»Sie haben …« Jensen konnte es nicht fassen.

»Genau«, antwortete Frau Dr. Klaws resolut. »Wir führten hier in der Klinik eine Hormontherapie durch. Wir versprachen uns davon eine Besserung seines Aggressionspotenzials.«

»Ist etwa auch eine Operation vorgenommen worden?« Jensen

starrte sein Handy an, als sehe er zum ersten Mal in seinem Leben ein derartiges Gerät.

»Nein, zu diesem letzten Schritt konnte sich Herr Keitel noch nicht entschließen. Fakt ist, dass eine Besserung seiner Psychosen eintrat und wir mehr und mehr sahen, dass Herr Keitel sich im Sinne einer Heilung entwickelte.«

»Er hat Sie getäuscht, weiter nichts«, spuckte McLean verächtlich aus.

Frau Dr. Klaws verstummte.

»Mein Gott!« McLean schüttelte den Kopf und blickte dann Nils und Elke eindringlich an. »Das ist es. Deswegen vertrauen ihm die Frauen. Nicht weil er Geistlicher oder Polizist ist, nein, weil er eine von ihnen ist. Eine Frau. Er verkleidet sich als Frau.«

»Er verkleidet sich nicht«, sagte Frau Dr. Klaws mit blecherner Stimme.

»Wissen Sie, diese Menschen haben ein Problem, das nichts mit ihrer Sexualität zu tun hat. Es drückt sich am Ende darin aus, aber was sie wollen, ist Macht. Und indem Sie ihn zu einer Frau machten, gewann er unendlich viel davon. Er konnte tun, was er wollte. Und wir waren die ganze Zeit auf der Suche nach dem Falschen. Wir suchten einen Mann. Keine Frau«, sagte McLean.

»Wir entließen ihn mit einer positiven Prognose«, fügte Dr. Klaws an, und es klang so unverrückbar wie die Beweisführung mittels einer mathematischen Formel.

Jensen ließ den Kopf hängen. Da sprang nach einem leisen Klopfen die Tür auf, Possebiehl kam herein und legte ein Blatt auf den Tisch. Es war ein Auszug aus der Patientenakte von Lars Keitel mit einem Foto in der oberen rechten Ecke. Alle beugten sich darüber. Frau Dr. Klaws räusperte sich am Telefon.

»Haben Sie Informationen über seinen Aufenthaltsort, Telefonnummer und so weiter?«, fragte Jensen.

»Ich habe Ihnen bereits ein Patientenblatt geschickt, dort ist alles verzeichnet.«

»Wir haben es vorliegen, danke«, sagte Jensen. »Vorerst war es das. Ich melde mich wieder, wenn wir Ihre Hilfe brauchen.«

»Gern«, sagte sie ohne jeden Anflug von Sympathie in der Stimme. Sie legten auf.

Nils zog das Blatt zu sich heran und drehte es so, dass er Keitel besser sehen konnte. »Das ist nicht Mantell«, sagte er an McLean gewandt.

»Nein«, bestätigte der. »Wir sind wieder bei null.«

»Vorhin hast du kurz aufgestöhnt, als sie den Mord an dem Mithäftling ansprach«, sagte Nils neugierig.

»Ich sehe da eine Parallele zu den Vorfällen auf Long Island. Ich sagte ja schon, dass ich mich mit einer Streife zusammen in seinem Haus umsah. Es war das Haus der Eltern, das er geerbt hatte, aber er wohnte eigentlich in einem Apartment in einem anderen Bezirk. Irgendwann bekam ich einen Anruf, dass man dort einen Mann mit aufgeschlitzter Kehle gefunden hatte. Er wohnte im selben Haus wie Tom, der mit ihm oder mit der Tat aber nicht in Verbindung gebracht werden konnte.«

Schweigen senkte sich über den Tisch, und draußen verdeckte eine Wolke das Sonnenlicht, sodass es dunkler wurde im Zimmer. Jeder hing seinen Gedanken nach, bis der Ton eines Handys alle hochschrecken ließ. Es war Elkes Handy. Sie blickte auf das Display. Eine SMS von Anna. Elke öffnete die Nachricht und las: »Hallo, Mama, schau doch mal vor unsere Haustür.«

Elke spürte eine unermessliche Angst in sich aufsteigen. Sie drückte sich an Nils, der einen Blick auf das Display warf, während die drei Männer zu diskutieren begannen, wie nun weiter verfahren werden sollte.

Nils wusste sofort, dass etwas nicht stimmte.

»Wir müssen zu unserem Haus fahren.«

Sie fuhren mit einem zweiten Streifenwagen als Verstärkung vor. Zwei Beamte näherten sich mit gezogenen Waffen dem Haus. Nils, Jensen und Landorff gingen hinterher. Elke hatte darauf bestanden, mitzukommen, sollte aber zunächst im Wagen warten.

Sie öffneten die Gartenpforte, und Nils konnte zwischen den beiden Beamten ein Paket erspähen, das an der Haustür lehnte. Der linke Polizist steckte seine Waffe wieder in das Holster, während der andere ihn absicherte. Er ging vorsichtig, leicht gebückt, zu dem Paket und hob es von der Tür weg, um dahinterzuschauen. Das Packpapier war nur lose darum herumgewickelt, und der Beamte entfernte das Ende mit einer Hand. Er stutzte, als es den Blick auf den Inhalt freigab, und drehte das Paket dann, unschlüssig, ob er das Richtige tat, um.

Nils' Herz schien in seiner Brust in tausend Stücke zu explodieren. Es war ein weiteres Porträt des Mörders, und es zeigte ... ihre Tochter Anna.

Kaum hatte er begriffen, machte er auf dem Absatz kehrt und rannte aus dem Garten. Elke durfte das Bild auf keinen Fall zu sehen bekommen. Im Laufen überkamen ihn krampfartige Weinanfälle. In seinem Kopf schrie er immer wieder: Nein! Nein! Nein! Und dann sah er Elke am Rande ihres Grundstücks stehen. Ihre Augen waren weit aufgerissen, ihr Mund formte einen Schrei, und Nils breitete seine Arme aus, um ihr die Sicht zu nehmen und sie festzuhalten, bevor sie durch den Anblick getötet wurde. Ja, er fürchtete, sie würde sterben, wenn sie es sah.

5

1979

Es war ein schöner Tag. Die Sonne schien von einem strahlend blauen und ungewöhnlich klaren Himmel, und Tom wusste, dass dieser Tag ihm nur Gutes bringen würde. Ein leichter, etwas kühlerer Wind als sonst ging durch die Straßen, als er aus seiner Haustür hinaustrat. Er blickte kurz nach oben in die zweite Etage, wo ein Schild im Fenster hing: »Apartment for Rent.«

Mit einem Lächeln im Gesicht stieg er in seinen Van und machte sich auf die Reise. Seine heutige Tour würde ihn an seinen Lieblingsplatz auf der Insel bringen. Es war der östlichste Ort Long Islands. Tom tankte und besorgte sich etwas zu trinken für unterwegs. Er wollte zunächst in seinem Haus nach dem Rechten sehen und dann sein neues Motiv in Augenschein nehmen. Er war bereits einmal in Montauk gewesen und hatte sich sofort in den Ort verliebt.

Auf der spitzen, ausufernden Landzunge nahm er den Old Montauk Highway, der direkt am Wasser entlangführte. Der Wind blies hier wesentlich stärker, und die Fähnchen und Flaggen in den grünen Gärten mit den weißen Zäunen flatterten ebenso wie die Kleidung der Urlauber, die hier unterwegs waren. Es gab eine Reihe von Buchten und Seen, die interessant für ihn waren. Lake Montauk, Fort Pond, Oyster Pond. Tom war sich noch nicht sicher, welche Stelle er wählen würde. Am Ende dieses Tages würde er es wissen.

Nach Billy Joel, dessen Song »The Stranger« gerade mit dem Pfeifen ausklang, ertönte im Radio die dunkle Stimme von Lou Reed, der sein »Walk on the Wild Side« performte. Tom drehte die Lautstärke auf und legte seinen Ellbogen in das heruntergekurbelte Fenster. Laut mitsingend fuhr er die Straße am Meer entlang.

Es war nicht mehr weit, dann würde das Land zu Ende sein und das Meer beginnen. Ein riesiger Ozean, der genau zwischen ihm und seiner alten Heimat lag. Aber als er auf den auf einem Hügel thronenden weißen Leuchtturm von Montauk zufuhr, fühlte er sich mehr denn je an zu Hause erinnert. Die Szenerie sah fast unwirklich aus, so sauber und perfekt war sie, wie in einem Edward-Hopper-Gemälde, fand Tom und steuerte auf den Parkplatz. Nur mit dem Unterschied, dass hier nicht die in Hoppers Bildern viel gezeigte Einsamkeit herrschte, sondern ein buntes, munteres und fröhliches Treiben.

Als er den Motor ausstellte, sah er im Rückspiegel einen roten Buick Century. Der Wagen war ihm schon einmal aufgefallen, das war allerdings einige Kilometer zuvor, hinter Riverhead, gewesen. Die Sonne spiegelte sich in der Windschutzscheibe, deshalb konnte er die Person darin nicht erkennen. Dann wurde die Tür aufgestoßen, und ein Mann stieg aus. Er trug ein weißes kurzärmeliges Oberhemd und eine graue Stoffhose. Auf dem Kopf saß eine abgewetzte Mütze der New York Jets. Er warf einen Trinkbecher in einen Mülleimer und schlenderte in Richtung Leuchtturm. Tom fragte sich, ob er den Kerl schon mal gesehen hatte. Aber aus dieser Entfernung, nur durch den Rückspiegel schauend, konnte er das nicht beantworten.

Auch er stieg aus und kaufte sich eine Karte für die Leuchtturmbesichtigung. Er sah den Mann noch eine Weile in der Schlange stehen, verlor ihn dann aber aus den Augen. Als er endlich vor dem hoch hinaufragenden Gebäude mit dem roten Band um den Bauch stand und nach oben blickte, fühlte er sich zurückversetzt auf seine Insel. Die beiden Leuchttürme hatten eine gewisse Ähnlichkeit, trotz ihrer Unterschiede, und dieser Anblick rührte etwas in ihm an.

Die Menschen drängelten in seinem Rücken, sodass er nicht so lange dort stehen konnte, wie er eigentlich wollte, und er betrat das dunkle Treppenhaus. Er ging die Stufen hinauf bis auf die Plattform, von der aus man deutlich sehen konnte, wie ein ganzer Kontinent einfach aufhörte und ein Ozean begann. Man sah das unendlich erscheinende blaue Wasser, das sich in einem immer heller werdenden Dunst in der Ferne verlor, und zur anderen Seite die grünen Wiesen und dunkleren Wälder, die sich über die Landzunge erstreckten. Dazwischen war hin und wieder mal ein Tupfer Weiß, wenn Gebäude aus dem Grün hervorlugten.

Es war eng hier oben. Die Menschen schoben und drückten sich aneinander vorbei, und da entdeckte Tom wieder den Mann mit der Jets-Mütze auf der anderen Seite des Ausgucks. Er beobachtete ihn eine Weile, wobei er sich fragte, was an ihm nicht stimmte. Er sah nicht anders aus als all die anderen Menschen hier oben. Er war gekleidet wie sie, verhielt sich so wie sie, sah aus wie sie. Ein durchschnittlicher Amerikaner. Kräftig. Vielleicht hatte er früher selbst einmal Football gespielt. Und dann fiel es Tom ein. Es gab eine Sache, die ihn von den anderen unterschied. In diesem Punkt glichen sie sich beide, der Mann und er selbst. Sie waren die Einzigen hier oben, die keinen Fotoapparat dabeihatten. Jeder hatte einen, und es war nur zu logisch, an einen solchen Ort einen mitzunehmen. Hatte man keinen, kannte man den Ort vielleicht schon zu gut, oder ...

Oder man war nicht an dem Ort interessiert.

Tom selbst war nur indirekt interessiert. Nicht auf dieselbe Weise wie die Touristen hier. Und dieser Kerl? Was war sein Interesse?

Eine asiatische Familie drängte sich in sein Sichtfeld, und die lauten Stimmen begannen ihn zu stören. Tom strebte dem Treppenhaus entgegen, um den Turm wieder zu verlassen. Er stieg hinab und bemerkte während des Gehens das Klacken eines Schuhabsatzes, das konstant hinter ihm blieb.

An einem Fenster blieb er stehen und drehte sich um. Der Jets-Mann stand vor ihm und lächelte.

»Hoppla«, sagte er.

»Hoppla?«, fragte Tom und musterte ihn eindringlich. Er kam ihm bekannt vor.

»Fast wären wir kollidiert.«

»Ja, tut mir leid. Sagen Sie, kennen wir uns zufällig?« Tom lächelte freundlich zurück, doch in seinem Hinterkopf nagte eine ungeduldige Neugier.

»Stimmt, jetzt, wo du's sagst«, antwortete der Mann und nahm seine Kappe vom Kopf. »Officer Drake«, sagte er munter.

Tom erinnerte sich. Er war mit DelPiero bei seinem Haus aufgetaucht, als Sue noch bei ihm gewesen war. Was tat er hier? War er seinetwegen hier? Wenn ja, wieso war er dann so aufgeschlossen und wenig um seine Tarnung bemüht?

»Ich erinnere mich«, sagte Tom. »Das Barbecue, Jets gegen Cleveland.«

»Richtig, genau.«

»Jetzt tragen Sie eine Jets-Kappe? Ich dachte, Sie wären aus Cleveland?«, fragte Tom.

»Ich will hier nicht so auffallen«, entgegnete er und zwinkerte ihm zu.

Die Intelligenz, die in Drakes Augen aufblitzte, machte Tom misstrauisch. Im Allgemeinen waren Streifenpolizisten keine intellektuellen Leuchten.

»Sie haben wohl Urlaub, was?«

»Ja, und du?«

»Oh, ich habe noch keinen Job«, erklärte Tom.

»Hast du kein Talent für irgendwas?«, fragte Drake.

Tom hielt inne. »Nein, anscheinend nicht. Aber ich habe ja noch das Erbe.«

»Stimmt. Tut mir leid, ich wollte dich nicht in Verlegenheit bringen«, sagte Drake mit ernster, aber auch abschätzender Miene.

»Schon gut.«

»Nettes Tattoo.«

»Bitte?«

»Du hast da ein tolles Tattoo im Nacken. Ich hab's eben sehen können, als ich hinter dir ging. Fabelhaft, wirklich.«

Tom starrte ihn an, ohne zu blinzeln. Dieser Officer war kein Officer. Niemals. Der Kerl war gefährlich. Tom kam auf den Gedanken, zu flüchten. Als er diesen Gedanken abgeschüttelt hatte, dachte er daran, Drake zu beseitigen.

»Na dann, einen schönen Tag noch«, sagte Drake und fasste sich an den Mützenschirm. Er ging an Tom vorbei und stieg locker die Stufen hinunter.

Zögernd setzte Tom sich ebenfalls wieder in Bewegung und reihte sich in einen Strom von Menschen ein, die schnatternd und lachend den Turm verließen. Als er unten ins warme Sonnenlicht trat, wurde ihm bewusst, dass er sein Vorhaben nicht mehr wie geplant durchführen konnte oder es gar ganz abblasen musste. Wenn der Jets-Mann der war, für den er ihn hielt, war es zu gefährlich, noch länger hierzubleiben. Stattdessen war es jetzt seine oberste

Priorität, Drake im Auge zu behalten und den Spieß umzudrehen. Er würde *ihn* verfolgen.

Der rote Buick stand noch auf dem Parkplatz. Zunächst sah Tom am Strand nach, der bevölkert war von Anglern, die hier ihre Köder weit in die Dünung auswarfen und hofften, einen kapitalen Striper dranzubekommen. Genau in diese Situation hinein hätte Tom nur zu gern sein Kunstwerk installiert. Einer der Angler sollte sie an Land ziehen und einen immensen Aufruhr verursachen.

Drake war nicht hier, und so schlenderte Tom am Wasser entlang in Richtung des kleinen Restaurants, dessen Terrasse direkt auf das Meer hinausschaute. Als er nur noch etwa zwanzig Meter entfernt war, erkannte er Drake, der mit einer Cola und einem Sandwich an einem Tisch saß. Er hatte ihn die ganze Zeit beobachtet und dabei ganz lässig hier sitzen und eine Erfrischung zu sich nehmen können.

Tom fluchte, und seine Abneigung gegen diesen verdammten Bullen, oder was immer er auch war, nahm zu. Drake prostete ihm mit der Flasche zu. Tom mühte sich ein Lächeln ab und ging am Restaurant vorbei zurück zu seinem Van.

Sollte er gleich fahren und diesen Kerl ins Leere laufen lassen? Die andere Option wäre, ihn weiter zu beschatten und so vielleicht besser einschätzen zu können. Er schloss auf und setzte sich in die Fahrerkabine.

»Du bist bestimmt vom FBI, du Wichser«, flüsterte er, als Drake kauend zurückkam und sich mit einer Serviette den Mund abwischte. *Er sieht so verdammt entspannt aus*, zischte eine Stimme in seinem Kopf.

Der Buick fuhr langsam aus der Parklücke und vom Platz. Tom startete den Motor und heftete sich an seine Fersen.

Etwa zwei Kilometer vor Montauk zog Drake mitten auf der Bundesstraße zur Seite und hielt an. Tom war knapp hundert Meter hinter ihm, zwischen ihnen fuhren nur zwei Wagen. Drake stieg aus dem Wagen aus.

»Shit!«, fluchte Tom. »Du mieses kleines Arschloch.« Es blieb ihm nichts weiter übrig, als vorüberzufahren.

Als er ihn passierte, hätte er schwören können, dass Drake ein

Grinsen im Gesicht hatte, weil er ihn mit so einem billigen Trick abhängen konnte.

»Ich krieg dich noch«, sagte Tom mit einem hasserfüllten Blick in den Rückspiegel. »Ich krieg dich.«

6

2014

Elke hatte sich dazu gezwungen, sich wieder zu beruhigen. Sie musste jetzt einen klaren Kopf behalten. Hysterie war nichts, was ihr und vor allem Anna in dieser Situation helfen konnte. Sie musste stark sein für ihre Tochter, die entführt worden war. Alle versuchten, sich um sie zu kümmern, und redeten vorsichtig auf sie ein. Nils brachte seine Sorge fast um, doch auch er versuchte, positiv zu sein und voller Hoffnung, dass sie Anna rechtzeitig finden würden.

Die Polizei auf Föhr war benachrichtigt worden. Nils hatte seinen dortigen Kollegen und alten Schulfreund Tamme persönlich angerufen, der sofort zur Schule gefahren war, um nach Anna zu fragen. In Niebüll hatten sie mit der Ortung von Annas Handy begonnen. Jetzt saßen sie im Büro der Polizeistation. Jensen, Landorff, McLean, Nils und Elke. Annas Porträt lag vor ihnen, versehen mit demselben Sterbedatum wie Christinas Bild, jedoch nicht mit derselben Fertigkeit gemalt wie die anderen Bilder, was wohl der Kürze der Zeit geschuldet war, in der der Täter agiert hatte. Landorff und Jensen warfen Elke immer wieder verstohlene Blicke zu, ob sie nicht doch zusammenbrechen würde. McLean tat das nicht. Er bereitete in seinem Kopf etwas vor, das war deutlich zu erkennen. Die Not, schnell handeln zu müssen, spiegelte sich in seiner Körpersprache wider, auch wenn er an den Rollstuhl gefesselt und seine Beine gelähmt waren. Nils sprach noch immer mit Tamme und verfolgte live dessen Versuche, Anna in der Schule zu finden.

»Und was sagt er?«, rief Nils in den Hörer. Er lauschte einen Moment lang ungeduldig. »Dann komm ich rüber«, sagte er und legte auf. Er wandte sich ihnen allen zu, sah aber nur Elke an. »Sie war in der Theatergruppe und fuhr dann Frau Schreiber hinterher, die etwas liegen gelassen hatte. Seitdem ist sie nicht mehr in der Schule aufgetaucht. Herr Kieslow sagt, dass er Frau Schreiber schon kontaktiert hat. Sie meinte, dass Anna bei ihr war und gleich wieder zur Schule zurückfahren wollte.«

»Wenn wir das Handy geortet haben«, warf Landorff ein, »können wir direkt zugreifen. Wir müssen das Aufgebot auf Föhr ebenfalls erhöhen und mit Hochdruck nach Anna fahnden.«

»Mit dem Aufgebot gebe ich Ihnen recht«, entgegnete McLean, »aber das Handy ist mit Sicherheit direkt nach der Nachricht zerstört worden. Das wird uns nicht mehr weiterhelfen. Wir wissen nicht, auf welcher Insel er sich jetzt aufhält. Fest steht nur, dass er sie auf Föhr entführt hat. Wir haben jetzt zwei Möglichkeiten«, führte McLean weiter aus. »Die erste wäre, den Druck auf ihn zu erhöhen, indem wir mit seinen Personalien und dem Fakt, dass er eventuell als Frau unterwegs ist, an die Öffentlichkeit gehen. Die zweite Möglichkeit wäre, falsche Angaben zu machen, um ihn in Sicherheit zu wiegen, damit er nicht überhastet reagieren muss. Ich denke, dass Anna nicht Teil seines Plans war, sondern durch puren Zufall da reingeraten ist.«

McLean blickte Elke und Nils besorgt an, so als sei es ihre Entscheidung.

»Was schlagen Sie vor?«, fragte Jensen.

»Ich würde die zweite Option bevorzugen«, sagte McLean entschlossen. Jensen senkte den Kopf.

»Egal, wie Sie sich entscheiden«, sagte Elke, »Nils und ich möchten sofort nach Föhr rüber.«

»Natürlich müssen wir nach Ihrer Tochter und dem Versteck in erster Linie auf Föhr suchen, aber *er* war hier und hat das Bild vor Ihre Tür gestellt. Er kann unmöglich schon wieder drüben sein«, meinte Landorff.

Elke musste ihm in dieser Sache recht geben. Keine Fähre hätte das geschafft. Auch nicht der Adler-Express.

»Ich sagte doch, dass er wahrscheinlich Segler ist«, erinnerte sie McLean. »Dadurch könnte er unabhängig von allen Fährverbindungen sein.«

»Aber dann wissen wir, wer im Hafen angekommen ist«, sagte Nils. »Das kann ich sofort herausfinden.«

Jensen nickte ihm auffordernd zu.

»Wenn er jedes Mal mit einem eigenen Boot hier herübergekommen ist«, begann McLean und drehte den Rollstuhl zur Tafel um, »von wo könnte er dann zum See gelangt sein?«

Nils, der gerade jemanden am Telefon hatte, neigte sich zur Seite, und so ging Elke an das Tafelbild.

»Der Seezeichenhafen ist direkt hier.« Sie deutete auf einen Punkt oberhalb des Sees. »Wenn er dort ankommt, braucht er nur diesen Weg hier zu nehmen und kommt direkt am Schwimmbad raus.«

»Wo der Bohlenweg beginnt, der ja sein Fluchtweg war, wie wir festgestellt haben.«

Nils legte auf und stellte sich an Elkes Seite.

»Natürlich, er kommt hier an und kann quasi ungesehen zum See gelangen. Nur das Auto, das …«

»Braucht er überhaupt ein Auto?«, fragte McLean.

»Wie soll er sonst die Leiche transportieren?«, entgegnete Landorff.

»In einem Handkarren zum Beispiel«, sagte McLean.

»So jemand wäre doch aufgefallen bei unseren Kontrollen«, wehrte Jensen die Idee ab.

»Moment«, sagte Nils laut, und alle Augen richteten sich auf ihn. »Die Kontrollen haben in der Nacht eine Frau gesehen.«

»Und?«, fragte Landorff.

»Der Beamte sagte, sie war mit dem Fahrrad unterwegs.«

»Auch damit können Sie nicht ungesehen eine Leiche transportieren.«

»Ja, ja«, wiegelte Nils den Einwand ab. »Wer war im Hafen eingesetzt?«

»Glaser«, antwortete Landorff schnell.

»Ist er hier?«

»Ich kann ihn holen«, sagte Landorff, und Nils nickte.

Einen Moment darauf kam Landorff mit dem Beamten zurück.

»Herr Glaser«, meinte Nils ernst und ohne Umschweife, »können Sie sich noch erinnern, wen Sie bei Ihrer Kontrolle alles im Seezeichenhafen gesehen haben?«

»Ja, sicher. Diesen Mann mit dem Wagen, der vorgab, zu einem Freund zu fahren. Und ein Ehepaar und eine Frau auf ihren Fahrrädern.«

»Richtig«, erwiderte Nils. »Aber hatten Sie nicht gesagt, es sei eine Mutter mit ihrem Kind gewesen?«

»Stimmt, kann sein.«

»Wie kamen Sie darauf?«

»Na, sie hatte einen dieser Anhänger.«

Jetzt begriffen die anderen, worauf Nils hinauswollte.

»Konnten Sie das Kind darin erkennen?«

»Nein, es war zu dunkel.«

»Wie alt war die Frau, was schätzen Sie?«

»Nicht mehr ganz so jung. Ich weiß noch, dass ich dachte, entweder ist es eine ältere Mutter oder eine sehr junge Oma.«

»Danke«, sagte Nils so, als sei ihm schlecht und er müsse das Gespräch sofort beenden.

Glaser wollte das Büro wieder verlassen, doch Nils hielt ihn auf und setzte sich an den Computer.

»Was tun Sie?«, wollte Jensen wissen.

»Wir haben am entscheidenden Abend eine Frau mit Fahrradanhänger kontrolliert. Und ich habe eine Frau mit so einem Anhänger auf einem Video vom Wriakhörnsee festgehalten. Sie ist dort am Wochenende nach Helene Teichmanns Tod zu sehr später Stunde aufgekreuzt.«

Er spielte das Video ab, und die anderen versammelten sich hinter ihm. Nils fand die Stelle.

»Hier, das ist sie. Sie hält an. Es ist bereits nach dreiundzwanzig Uhr. Ist sie das?«, fragte er und drehte sich zu Glaser um. Auf dem grünstichigen Bild der Nachtsichtkamera war die Frau nur schwer zu erkennen, erst recht aus dieser Entfernung.

»Ich kann es nicht ausschließen. Figur und Größe passen in etwa«, sagte Glaser.

»Und das Fahrrad?«, fragte McLean.

Der Beamte beugte sich vor. »Ja, das war so ein Tourenrad, der Anhänger sah auch so aus.«

»Ist er es?«, fragte Elke leise. Betretenes Schweigen. »Ist er das?«, wiederholte sie.

»Was tut sie denn da?«, fragte Landorff.

Die Frau bewegte ihren Arm, so als wollte sie auf etwas im See deuten.

»Sie wirft eine Zigarette weg«, meinte Glaser.

»Nein, die hätten wir auf dem Nachtbild deutlich leuchten sehen«, sagte McLean.

»Es ist eine Kusshand«, meinte Elke, und Ekel klang in ihrer Stimme mit.

Die anderen schauten noch mal genau hin.

»Stimmt«, bestätigte McLean. »Das ist er. Das ist unser Mann. Er kam wieder, um den Nachhall seines Kunstwerks zu genießen, um ihr Lebewohl zu sagen. Er transportiert sie im Anhänger, verkleidet als Frau. Niemand würde ihn so jemals verdächtigen.«

»Kommt Ihnen diese Frau oder besser gesagt der Mann in dieser Verkleidung bekannt vor?«, fragte Jensen.

»Nein«, sagten Nils und Elke fast gleichzeitig.

»Beschreiben Sie sie«, forderte McLean Glaser auf.

»Sie war Ende vierzig, Anfang fünfzig. Etwa eins fünfundsiebzig groß und sportlich. Sie hatte langes schwarzes Haar, das zu einem Zopf gebunden war.«

»Vielen Dank, Sie können jetzt gehen«, sagte Jensen. »Und sagen Sie den anderen Bescheid, dass wir uns in zehn Minuten besprechen.«

Glaser ging und zog leise die Tür hinter sich zu.

»Wir werden sofort loslegen«, meinte Jensen mit erhobenen Händen, um Elke und Nils zu beruhigen. »Wir müssen nur noch klären, was wir an die Presse weitergeben. Mr. McLean, haben Sie einen Vorschlag?«

»Den habe ich. Wir brauchen jemanden, der uns so schnell wie möglich ins Fernsehen bringt und dem wir vertrauen können oder dem wir im Gegenzug etwas anbieten müssen. Ein Sender wird nicht freiwillig falsche Informationen weitergeben.«

Nils blickte Landorff an. »Frau Sennstedt?«

Landorff überlegte kurz. Sein Mund zuckte hinter seinem Bart. »Ich versuch's. Was soll ich ihr anbieten?«, fragte er McLean und Jensen.

»Exklusive Informationen, sobald wir den Täter haben. Sie steht ganz vorn in der Reihe und kriegt die Story vor allen anderen«, schlug McLean vor. Jensen nickte das ab, und Landorff versuchte, die Reporterin über Handy zu erreichen.

»Wir brauchen ein Foto eines Beamten, den der Täter nicht kennen kann«, sagte McLean. »Ihn geben wir als den mutmaßlichen Täter aus. Er sollte also eine gewisse Ähnlichkeit haben.

Wir sagen, dass er bis vor Kurzem in Italien in einer Strafanstalt eingesessen hat und danach hierher nach Deutschland kam.«

»Klingt gut. So machen wir's«, bestätigte Jensen.

McLean rollte ein Stück vom Tisch weg und legte die Hände auf die Lehnen des Rollstuhls, als könnte er es kaum abwarten, loszulegen. Landorff beendete sein Gespräch.

»Sie muss beim Sendechef nachfragen und ruft gleich zurück«, sagte er.

»Alles klar.« Jensen sprach gedehnt und hielt seinen Kopf dabei gesenkt. Elke wusste, dass etwas kommen würde, was sie betraf. »Frau Petersen, Nils? Ich … ich bin leider gezwungen, Sie aus den weiteren Ermittlungen rauszuhalten. Sie haben uns unheimlich geholfen, und wir wären ohne Sie nie dort angekommen, wo wir jetzt sind, aber ich kann Sie nicht an dem Einsatz teilhaben lassen. Bitte verstehen Sie das.« Er blickte sie nun fast schüchtern an und legte seine Stirn dabei in Falten.

Elke und Nils standen Schulter an Schulter, und Elke suchte neben sich nach Nils' Hand. Sie fand sie, eiskalt und verkrampft.

»Das können Sie nicht tun«, sagte Nils schwach.

»Ich muss«, konstatierte Jensen. »Das ist Vorschrift. Wer derart persönlich eingebunden ist, wird geschützt. Glauben Sie mir, es ist für alle Beteiligten das Beste. Es wäre gut, wenn Sie auch das neu aufgetauchte Bild nach Hinweisen untersuchen könnten. Und wir informieren Sie, so schnell wir können.«

»Noch schneller als das Fernsehen?«, fragte Elke.

»Frau Petersen, ich finde nicht, dass Sarkasmus jetzt angebracht ist.« Jensen verzog das Gesicht, als hätte er etwas sehr Unappetitliches gegessen.

»Es ist *meine* Tochter, die er hat. *Ich* entscheide, was ich für angebracht halte, nicht Sie«, fauchte sie Jensen an und spürte, wie Nils seinen Griff um ihre Hand festigte. »Finden Sie sie. *Er* ist mir egal, aber finden Sie Anna.«

Jensen blinzelte betroffen.

Landorffs Handy klingelte.

»Ja? Ist gut. Danke.« Er legte auf. »Sie machen's.«

»Okay, dann beginnen wir so schnell wie möglich.« Jensen traute sich kaum, zu Elke und Nils herüberzuschauen.

»Wir gehen nach Hause«, meinte Nils tonlos.

Elke warf ihm einen wütenden Blick von der Seite zu. Und wieder spürte sie einen festen Druck an ihrer Hand.

»Das finde ich toll von Ihnen«, sagte Jensen erleichtert.

»Wenn Sie nichts dagegen haben, leiste ich den Petersens Gesellschaft«, schlug McLean vor. »Mich kann man eh nicht gebrauchen. Ich koste zu viel Zeit.«

Jensen war erstaunt.

»Ja ... dann ... ist gut. Wir bleiben in Kontakt. Danke«, sagte er und reichte allen dreien die Hand.

Elke sagte keinen Ton mehr, weil sie spürte, dass auch McLean etwas im Schilde führte.

Sie gingen durch die von Beamten zugestellten Gänge der Polizeistation hinaus. Alle schauten sie an. Jeder wusste, was passiert war und warum sie gehen mussten. Betreten machten sie ihnen und McLeans Rollstuhl Platz. Wächter und Glaser nickten ihnen tröstend und mitfühlend zu, bevor sie hinausgingen.

Draußen standen sie in der Dämmerung. Der kühle Wind nahm immer mehr zu. Elke blickte in den Himmel.

»Wir kriegen Wetterwechsel«, sagte sie.

»Wohin fahren wir?«, fragte Nils.

»Erst mal zu euch«, antwortete McLean.

Als sie den Rollstuhl im Kofferraum untergebracht und die Autotüren geschlossen hatten, atmete McLean tief ein.

»Es war klar, dass er das macht«, sagte er. »Und jetzt zu dem, was du uns noch nicht erzählt hast.«

Jetzt erst erinnerte sich Elke wieder an das Telefongespräch, das Nils etwas abseits geführt hatte.

»Richtig«, erinnerte sich auch Nils, »der Hafen. Es ist tatsächlich ein Schiff dort angekommen und auch nicht lang geblieben. Hein sagte, dass es oft hier liegt und von Föhr kommt. Es gehört einer Frau.«

»Bingo«, sagte McLean. »Kennst du den Namen des Schiffes?«

»Marga.«

»Sehr gut.« McLean klopfte Nils auf den Oberschenkel. »So, und jetzt fahren wir rüber.«

»Nach Föhr?«, fragte Elke vom Rücksitz.

»Selbstverständlich«, entgegnete McLean, und Elke spürte eine große Sympathie zu diesem Mann in sich aufkommen.

»Und wie?«, wollte Nils wissen.

»Ihr wohnt doch hier. Habt ihr kein Boot oder kennt jemanden, der euch eins leihen kann?«

Nils drehte sich zu Elke um. Sie hatten ein Boot, eine Jolle, die aber nicht motorisiert war. Sie brauchten ein schnelles Boot.

»Dein Vater«, sagte Elke und präzisierte es, weil nach Nils' Erlebnissen, die ihn so verändert hatten, sein Vater nicht mehr nur sein Vater war. »Hauke.«

»Ja«, sagte er knapp und startete den Wagen.

Haukes Yacht lag im Seezeichenhafen. Die »Ömraang Briis« war eine hübsche Sechsmeteryacht mit kleiner Kabine und einem kräftigen Motor. Die Sonne versank bereits in einem grauen Schleier hinter dem Wald, und der kleine Hafen lag im Schatten des letzten Lichts des Tages, als sie mit dem Wagen vorfuhren.

Die schmale Rampe, über die sie das Deck erreichen konnten, war für den Rollstuhl natürlich unpassierbar. Nils musste zwei Holzplanken auftreiben, über die er McLean an Bord bugsierte.

»Können Sie damit umgehen?«, fragte McLean, als Nils den Motor anwarf.

»Ich bin schon ein paarmal damit gefahren.«

Elke hielt sich fest, als Nils den Gashebel durchdrückte und sich die Spitze des Bootes aus dem Wasser hob. Sie rauschten an dem gerade in den Hafen einfahrenden Schiff der Küstenwache vorbei.

»Was war das?«, rief Elke gegen das Dröhnen des Motors an.

»Was meinst du?«, rief Nils zurück.

»Da war so ein Leuchten«, meinte McLean und deutete rüber nach Föhr. Und wie zur Bestätigung blitzte an der Horizontlinie tonlos ein schmaler Streifen auf.

»Ein Gewitter«, sagte Nils. »Aber wir sind rechtzeitig drüben.«

»Wir werden ihn kriegen«, sagte McLean zuversichtlich zu Elke.

»Warum tust du das?«, fragte sie. Es war offensichtlich nicht das übliche Prozedere einer Polizeiaktion, was sie hier mit seiner Hilfe und Unterstützung unternahmen.

»Ich bin pensioniert und muss mich an keine Regeln und Dienstwege mehr halten«, antwortete er.

Nils, der ihre Unterhaltung mitbekommen hatte, drehte sich zu ihm um. Offenbar reichte ihm das nicht als Grund. McLean überlegte kurz und lächelte dann traurig.

»Außerdem hab ich noch eine Rechnung mit ihm offen. Er war der Einzige, der mir bis jetzt entwischt ist. Und«, er atmete tief und schmerzlich ein, »ich hab ihm *das* hier zu verdanken.« Er schlug auf die Lehne seines Rollstuhls, und ein Schatten verdunkelte sein Gesicht.

7

1979

Shirley lag auf der Pritsche bereit, eingewickelt in die blaue Plane. Tom kletterte durch den versteckten Eingang in das hell erleuchtete Zimmer. Gestern hatte er sein Zeichen mit der Tätowiernadel auf ihrem Körper hinterlassen, und heute sollte es an ihren Bestimmungsort gehen. Dank dieses verfluchten Drake hatte er all seine ursprünglichen Pläne über den Haufen werfen und einen anderen Ort für Shirley aussuchen müssen. Montauk war sein absoluter Wunsch gewesen, doch er hatte ein adäquates Plätzchen gefunden, an dem sich ihre Entdeckung vielleicht noch besser in Szene setzen würde als an der Ostspitze von Long Island. Stattdessen ging es nun nach Rockaway Beach, ein Ort, den er gut kannte und auch mochte. Im großen Becken der Jamaica Bay, direkt unter den ein- und abfliegenden Flugzeugen des JFK, würde Shirley wunderbar aussehen.

Er ließ seine Hände unter ihren Körper gleiten und stemmte sie auf seine Arme. Stöhnend drehte er sich um und tapste auf die Tür zu, die schwierigste Stelle beim Transport. Er musste sich bücken und gleichzeitig über die hohe Schwelle treten, was bei dem Gewicht der Leiche eine absolute Höchstleistung war. Er zog den Kopf ein, hob sein linkes Bein über die Schwelle und wollte den eingewickelten Körper nachziehen, da blieb er mit der Plane hängen und hörte etwas reißen.

»Verdammt!«

Umständlich und schwer atmend stieg er aus dem getarnten Elektroschrank und legte das Paket auf dem Boden ab. Die Plane war an Shirleys rechter Schulter auf einer Länge von dreißig Zentimetern eingerissen. Er untersuchte die Stelle mit dem Ergebnis, dass er sie kleben musste, weil sie sonst nur noch mehr einreißen würde. Er ging zu einem Holzregal, das passgenau in die Längswand eingelassen war. Ungeduldig durchstöberte er allerhand Utensilien wie Kabel, Draht, Handschuhe, Silikonkleber, Karabinerhaken und Schnurreste. Er fand eine Rolle Gaffer-Tape, die jedoch nicht mehr viel Klebeband übrig hatte. Er zog am Ende und hatte einen

Streifen von knapp zehn Zentimetern in der Hand. Wütend warf er die Rolle in die Ecke.

»Scheiße, verdammt, Scheiße!«, fluchte er durch seine zusammengebissenen Zähne. Die Hände in die Hüften gestemmt dachte er nach. Es war noch nicht allzu spät, er könnte noch zum Supermarkt fahren und neues Tape besorgen. Er könnte aber auch die Schnüre nehmen und es so versuchen, um Zeit zu sparen. Er entschied sich für die Fahrt zum Supermarkt.

Eilig schaffte er die Leiche zurück in das Zimmer und verdeckte alles wieder sorgfältig.

Dieser Abend begann nicht, wie er beginnen sollte. Tom musste seine Wut im Zaum halten, um nicht die Kontrolle zu verlieren. Er brauchte einen kühlen Kopf heute Nacht. Und letztendlich wollte er sie auch genießen. Er arrangierte sich geistig mit dem kleinen Abstecher zum Einkaufen und sagte sich, dass er ja außerdem noch ein paar Bier und etwas Lippenstift und Kajal besorgen konnte, die ihm ausgegangen waren.

Er lenkte den Van aus der Garage und die Auffahrt hinunter. Als er auf die Straße nach links abbog, sah er seinen Nachbarn, Mr. Nash, mit einer Mülltüte aus dem Haus kommen.

Nash hob grüßend die Hand. »Hallo, Tom«, rief er und warf die Tüte, die von Pizzakartons überquoll, in die Tonne. »So spät noch unterwegs?«

»Hi, Mr. Nash. Ich wollte noch schnell 'n paar Bier besorgen und mir ein Video ansehen«, sagte Tom aus dem Fenster gelehnt.

»Ach … Tom?«

Er trat auf die Bremse, und der langsam rollende Van stoppte.

»Ja?«

Toms Blick fiel auf mehrere Wagen, die in Mr. Nashs Auffahrt parkten, und er hörte laute Stimmen aus dem Haus dringen.

»Könntest du mir vielleicht etwas mitbringen?«

»Sicher.«

»Weißt du, ich hab ein paar Freunde da. Meine Frau ist mit den Kindern zu ihrer Mutter gefahren. Uns fehlt noch die eine oder andere Flasche Whiskey.«

»Ah, verstehe.« Tom grinste. »Welche Marke wollen Sie?«

»Jack Daniel's. Zwei Flaschen. Hier, ich geb dir das Geld.«

Er kramte ein paar zerknitterte Scheine aus seiner Hosentasche und drückte sie Tom in die Hand.

»Danke, Tom.«

»Kein Problem. Bis dann.«

Tom trat aufs Gaspedal, und der Van rollte die dunkle Straße hinunter. An der Linden Lane bog er nach links auf den Northern Boulevard ab und fuhr in Richtung Oyster Bay, wo er einen Supermarkt und Liquor Store kannte, die noch geöffnet hatten.

Als er kaum einen Kilometer gefahren war, tauchten drei schwarze Wagen hinter ihm auf, von denen die ersten beiden ausscherten und ihn zügig überholten. Nur ein Wagen setzte sich vor ihn, der andere blieb an seiner Seite und der dritte hinter ihm. Blaulicht flammte auf, und der führende Wagen wurde langsamer. Sie zwangen ihn, auf den Seitenstreifen zu fahren.

Tom wusste, was dieses Manöver bedeutete. Man hatte ihn bereits fest im Visier, und diese Männer waren mit Sicherheit vom FBI. Er würde sich nicht wundern, wenn er gleich Drake gegenüberstehen würde. Bei dem Gedanken flackerte ein freudiges Kribbeln in seinem Magen auf, denn er war leer unterwegs. Shirley lag sicher und gut versteckt im Keller seines Hauses. Ein Lächeln umspielte seine Lippen, als aus dem Wagen vor ihm zwei Beamte ausstiegen und zu ihm an die Fahrer- und Beifahrertür kamen.

»'n Abend, Officers«, sagte Tom mit vorgetäuschter Besorgnis. »Was hab ich falsch gemacht?«

Der gleißende Strahl einer Taschenlampe erfasste sein Gesicht, er blinzelte und schützte seine Augen, während er hörte, wie eine Waffe aus einem Lederholster gezogen wurde.

»Ihren Ausweis und Ihren Führerschein, bitte«, sagte der Beamte.

»Natürlich«, erwiderte Tom beflissen und kramte seine Papiere aus der Hosentasche. »Bitte.«

Der Officer nahm sie entgegen und lenkte seinen Lichtstrahl auf die Ausweise. Wagentüren wurden geöffnet, und neben und hinter ihm stiegen drei weitere Polizisten aus.

»Was hab ich denn gemacht?«, fragte Tom unschuldig.

»Sir, steigen Sie bitte aus dem Wagen aus«, ordnete der Officer mit strenger Stimme an und machte zwei Schritte zurück.

»Okay.« Tom öffnete seine Tür. Unsicher stellte er sich auf den Schotter neben der Straße. Er schaute sich um, aber Drake war nicht zu sehen.

»Wohin wollen Sie?«, fragte der Mann, der seine Papiere noch in der Hand hielt.

»Einkaufen. In den Supermarkt. Nur 'n paar Bier und etwas für meinen Nachbarn.«

»Wo wohnen Sie, Sir?«

»Linden Lane, 53.«

Der Officer kontrollierte das in seinem Ausweis.

»Hier steht etwas anderes.«

»Das … ach so, ja. Also, ich bin inzwischen umgezogen, nach Jackson Heights. Aber das Haus in der Linden Lane gehört mir noch.«

Darauf antwortete er nichts. Sein Kollege durchleuchtete derweil die Fahrerkabine.

»Würden Sie bitte den Laderaum öffnen, Sir?«

Tom unterdrückte ein Schmunzeln.

»Aber gern.«

Er ging um den Wagen herum und zog die beiden Türen auf. Drei Beamte hatten sich hinter ihm postiert, und die Lichtkegel ihrer Taschenlampen wanderten durch den Laderaum und über die Ladefläche. Sie bündelten sich alle in einem Punkt. Die drei Rollen Plastikplane. Er hörte, wie die Männer ihre Waffen entsicherten.

»Was ist das, Sir?«

»Da sind alte Teppiche drin«, sagte Tom. »Die wollte ich wegschmeißen.«

»Holen Sie sie bitte raus«, befahl der Officer, und Tom vernahm eine leichte Unsicherheit in seiner Stimme.

»Klar«, sagte Tom betont fröhlich und zog die drei Pakete bis zur Kante.

»Öffnen«, sagte der Mann hinter ihm, doch als Tom plötzlich gepackt und seitlich gegen die Wagenwand gedrückt wurde, war ihm klar, dass der Befehl nicht ihm galt.

»Beine auseinander!«, schrie jemand in sein Ohr.

Damit war er gemeint. Er wurde abgetastet und sah zu, wie ein Beamter mit einem Messer die Plane aufschlitzte.

Gut, dass ich noch mehr Tape besorge, dachte Tom und grinste.

»Teppiche«, sagte der Beamte mit dem Messer. »Da sind wirklich Teppiche drin.«

»Durchsuchen!«, befahl der Officer hinter ihm gereizt.

Die drei Polizisten, FBI-Beamte oder was immer sie waren, sprangen ins Wageninnere. Tom spürte eine Hand auf seinem Rücken, die ihn festhielt. Er schielte nach vorn zu dem ersten Wagen. Immer wenn das Blaulicht der anderen Autos auf ihn fiel, meinte er, jemanden auf der Rückbank erkennen zu können. Hallo, Drake, dachte er und zwinkerte in dessen Richtung.

»Nichts. Alles sauber«, gab der Officer Auskunft, und die Polizisten sprangen wieder von der Laderampe.

Die Hand blieb noch einen Moment lang unschlüssig auf seinem Rücken liegen. Dann ließ man ihn los.

»Sie können weiterfahren.«

Tom drehte sich um und wurde wieder von einer Lampe geblendet.

»Tja, tut mir leid«, sagte er, »für was auch immer. Einen schönen Abend noch.«

Er stieg wieder in die Fahrerkabine und wartete, bis die schwarzen Chrysler ihm den Weg frei gemacht hatten. Dann fuhr er einfach an ihnen vorbei und begann zu lachen. Er lachte so sehr, dass ihm die Tränen in die Augen stiegen. Im Rückspiegel sah er, dass einer der Wagen ihm weiterhin folgte, aber das war ihm egal. Sollten sie doch zusehen, wie er Bier und Whiskey kaufte.

Im Supermarkt legte er Lippenstift, Kajal und den Sechserträger auf das Band und bezahlte. Anschließend besorgte er nebenan die beiden Flaschen Whiskey und musste wie immer seinen Ausweis vorzeigen, weil ihm niemand glaubte, dass er volljährig war. Der schwarze Chrysler stand direkt hinter ihm auf dem Parkplatz. Tom nickte dem Fahrer freundlich zu, als er wieder einstieg. Das FBI folgte ihm bis in die Linden Lane, wo Tom vor Nashs Haus anhielt und ausstieg. Beschwingt lief er die kleine Treppe empor und klingelte. Nash öffnete nach ein paar Sekunden und brachte eine Wolke Zigarrenrauch mit sich.

»Ah, Tom. Du kommst genau richtig«, sagte er erfreut. »Wir sitzen auf dem Trockenen.«

Tom gab ihm den Whiskey und sein Wechselgeld.

»Hier, für dich«, sagte Nash und reichte ihm einen Fünf-Dollar-Schein.

»Oh, nein. Das brauchen Sie nicht«, wehrte er ab.

»Doch, doch, nimm schon«, beharrte Nash. Im Hintergrund fuhr der Chrysler zurück in Richtung Hauptstraße. Tom sah ihm einen Moment hinterher. Dann wandte er sich wieder an seinen Nachbarn.

»Mr. Nash, ich hätte da eine ganz andere Bitte.«

»Na, was denn, Junge?«

»Tja, also, mein Van ist heiß gelaufen. Ich müsste noch mal zur Tankstelle und etwas Kühlflüssigkeit besorgen. Könnte ich mir wohl Ihren Wagen kurz ausleihen?«

»Meinen ... aber sicher, klar doch. Hier, nimm den Kombi, der steht vor der Garage. Ich fahr heute eh nicht mehr«, sagte sein Nachbar und zwinkerte ihm zu.

»Vielen Dank, Mr. Nash.«

»Ich habe zu danken. Kannst den Schlüssel nachher einfach durch den Briefschlitz werfen.«

»Ist gut.«

Fünfzehn Minuten später hatte Tom den riesigen Buick Kombi in seine Garage gefahren und die frisch verklebte Plane mit Shirley darin in den Kofferraum geschafft. Alles, was er sonst noch brauchte, steckte er in eine Plastiktüte und fuhr auf der Linden Lane in Richtung Norden. An einem dunklen Waldstück zog er sich einen BH an, in den er Plastikschalen stopfte, eine Damenbluse, setzte sich eine Perücke auf und schminkte sich. Dann ging es weiter auf die 107, die nach Glen Cove führte, und von dort wieder Richtung Süden. Er passierte eine Polizeistreife auf der 25, die ihn aber nicht anhielt.

Ohne jegliche Probleme fuhr er den Weg bis ganz runter nach Rockaway Beach.

Es war ihm durchaus bewusst, dass die Tatsache, dass das FBI schon so nah an ihm dran war, nur einen einzigen Ausweg für ihn parat hielt. Dies war seine letzte Nacht auf Long Island. Doch leid tat es ihm nicht. Er würde zu neuen Ufern aufbrechen – oder zu alten, wie auch immer man es sehen wollte. Er wusste seit Langem, es kam eine Veränderung auf ihn zu. Dass sie so schnell kommen würde, hätte er allerdings nicht gedacht.

Nach knapp anderthalb Stunden kam er über den Nassau Expressway auf den Beach Channel Drive. Es war kurz vor drei in der Nacht, und er war so gut wie allein auf den Straßen unterwegs. Ein einziges weit entferntes Scheinwerferlicht hatte er noch hinter sich erkennen können. Jetzt war es verschwunden, und er fuhr durch die im Schlaf liegende Wohngegend von Edgemere. An der Schule bog er rechts ab und steuerte auf eine Gabelung zu. Es war die perfekte Stelle. Wieder einmal. Die Wohnhäuser auf der rechten Seite standen hinter einer ungepflegten Wiese, fast fünfzig Meter von der Straße entfernt, und linker Hand befand sich der eingezäunte Asphaltsportplatz der Schule. Er löschte das Licht, ließ den Wagen auslaufen und hielt ein paar Meter links der Gabelung im von Müll übersäten Ufergras.

Nirgendwo brannte ein Licht. Er war völlig ungesehen und konnte ganz entspannt aussteigen und sich Shirley über die Schulter legen.

Am Wasser schnitt er die Plane auf und ließ die Leiche ins Wasser rollen. Er sah zu, wie sie, kleine Wellen schlagend, davontrieb. Der Mantel verhinderte, dass er sie in der Dunkelheit noch lange verfolgen konnte. Da bemerkte er ein Geräusch. Ein tiefes Grollen. Ein Motor. Tom duckte sich hinter dem Ufergestrüpp und spähte durch die dünnen Zweige zur Straße. Tatsächlich konnte er im Schein der Straßenlaternen einen Wagen kommen sehen. Was ihn allerdings mehr als alarmierte, war die Tatsache, dass er seine Scheinwerfer ausgestellt hatte.

Tom arbeitete sich am Ufer weiter nach links und sah zu, wie der Wagen hinter dem Kombi von Nash anhielt. Es war ein roter Buick. Tom konnte es nicht glauben. Drake! Wie hatte er ihn ausfindig gemacht? Wie zum Teufel hatte er es geschafft, ihm bis hierher zu folgen? Er biss vor Wut die Zähne zusammen, dass sie knirschten.

Drake stieg aus. Tom bewegte sich weiter nach links. Er war jetzt dreißig Meter entfernt. Drake ließ den Kegel seiner Taschenlampe durchs Wageninnere gleiten. Dann schwenkte er ihn hinüber zum See. Tom fing an zu laufen, als Drake sich in Richtung

Wasser aufmachte, und als er die Straße erreichte, überlegte er kurz, zu Fuß zu fliehen. Aber dann blieb er stehen. Nirgendwo waren andere Fahrzeuge zu erkennen. Drake schien allein zu sein. Vielleicht hatte er einen Funkspruch abgesetzt, dann blieben Tom nur noch wenige Minuten. Er war aber immer noch in seiner Verkleidung, was ihm einen großen Vorteil verschaffte. Er musste handeln. Jetzt.

Tom lief los. Auf die beiden Buicks zu. Er versteckte sich hinter Drakes Wagen und überlegte gerade, ob er die Reifen zerstechen sollte, als er die Plane rascheln hörte, die noch am Ufer lag. Diesen Moment der Ablenkung nutzte er, um zu seinem Auto zu gelangen und geduckt einzusteigen. Leise steckte er den Schlüssel ins Zündschloss, und mit nach vorn gebeugtem Kopf drehte er ihn herum. Der Motor lief an. Er schaltete auf D, und da hörte er auch schon den Ruf: »Halt, stehen bleiben, FBI«, und gleich darauf den ersten Schuss, der durch das Beifahrerfenster einschlug. Er trat das Gaspedal voll durch, und der schwere Wagen schoss mit quietschenden Reifen nach vorn. Jetzt schlugen mehrere Schüsse ein. Er hörte die Kugeln ins Blech trommeln, musste aber seinen Kopf zumindest ein Stück weit heben, um nicht irgendwo gegen zu fahren. Er raste die enge Straße hinunter, und das Auto hob förmlich ab, als er über einen kleinen Anstieg auf die Beach 51st Street schoss und dann in die Almeda weiterfuhr.

Ein Blick in den Rückspiegel verriet ihm, dass Drake ihm nachsetzte. Der Wagen von Nash hatte einen großen Motor, doch er war so schwer, dass Tom vermutete, Drake würde ihn innerhalb von zwei, drei Meilen einholen. Er nahm die zweite Straße links, und an deren Ende bog er rechts ab auf den Beach Channel Drive, der sich über die gesamte Länge der Insel erstreckte. Auf dieser fast schnurgeraden Strecke näherte sich Drake immer mehr, bis er in einem konstanten Abstand von vierzig Metern hinter ihm blieb. Toms Tachonadel zeigte achtzig Meilen die Stunde an. Sie jagten am Wasser entlang, über dem die Marine Parkway Bridge mit ihren zwei majestätischen Türmen in der Ferne leuchtete. Es gab keinen anderen Weg, um von der Inselzunge wegzukommen. Tom folgte also den Schildern zur Brücke und raste unvermindert auf die Mautstation zu, die sich davor befand. Mit immer noch sechzig Meilen drängte er in die immer enger werdende Durchfahrt und krachte gegen die Schranke, die in hohem Bogen davonflog.

Jetzt ging es in einer Kurve auf die Brücke zu. Auch Drake schaffte es durch die Schikane der Mautstation und folgte ihm unbeirrt. Der Weg übers Wasser stieg immer mehr an, bis schließlich die metallenen Aufbauten der Brücke begannen und der Asphalt von einem Metallgitter abgelöst wurde, das unter seinen Reifen zu heulen begann. Noch immer waren keine anderen Polizeiwagen als Drakes roter Buick hinter ihm zu sehen. Und da begriff Tom.

Er verfolgt dich nicht, er scheucht dich vor sich her, und zwar genau dahin, wo er dich haben will. Am Ende der Brücke werden sie auf dich warten. Du läufst direkt ins offene Messer.

Bei diesem Gedanken fuhr Tom gerade unter dem ersten Turm durch. Die Mittelleitplanke zu durchbrechen war unmöglich, aber er musste sich etwas einfallen lassen. Er drosselte die Geschwindigkeit. Immer mehr, immer mehr, bis er schließlich kurz vor dem höchsten Punkt der Brücke stehen blieb. Durch die Wölbung der Fahrbahn konnte er nicht bis zur anderen Seite blicken, aber auch von dort konnte keiner zu ihm auf die Brücke schauen. Drake blieb hinter ihm, stellte aber seinen Wagen quer, sodass er die Fahrbahn versperrte.

Tom streckte, so weit es in dem Wagen ging, die Hände in die Höhe. Im Rückspiegel beobachtete er, wie die Tür des Buick aufsprang und Drake geduckt ausstieg. Er richtete seine Waffe über das Autodach hinweg auf Tom.

»Steig aus!«, hörte er ihn rufen. »Aussteigen und Hände aufs Wagendach!«

Tom ließ die rechte Hand oben und bewegte die linke zum Türöffner, doch im letzten Moment schaltete er den Schalthebel auf R und trat aufs Gas. Der Kombi stieß zurück. Tom duckte sich, und wieder hörte er Schüsse durch den Lärm der quietschenden Reifen. Dann kam der Aufprall. Es krachte, er wurde nach hinten geworfen, doch er nahm seinen Fuß nicht vom Pedal. Blech kreischte, Reifen schrien, und er spürte, wie der Kombi gegen den Widerstand ankämpfte und den anderen Wagen wegschob. Die Schüsse verstummten.

Tom hob den Kopf und blickte zurück, das Bein durchgestreckt auf dem Gaspedal. Drake hing mit beiden Händen auf das Dach gekrallt an seinem Buick, die Augen weit aufgerissen. Weißer Qualm stieg von den Radkästen auf, und es roch nach verbranntem Gummi. Tom schob den Wagen Meter für Meter nach hinten und driftete dabei nach links. Der rote Buick scherte dadurch nach rechts aus und klappte wie eine zuschnappende Tür gegen die Außenwand der Brücke. Drake steckte genau dazwischen. Er hörte einen grellen Schrei, dann schabte der Kombi an der Seite von Drakes Buick entlang, und für einen Moment sah er in Drakes Gesicht. Der Schmerz, den er verspürte, und die Panik hatten ihn schon fast in den Wahnsinn getrieben. Sein Kopf zuckte, sein Mund und seine Augen waren zu einer schrecklichen Grimasse verzerrt. Er kämpfte erfolglos gegen die Massen aus Stahl an, die ihn gegen die Brücke quetschten. Tom konnte seine Augen nicht von dieser grausigen Szene reißen. Er hielt an, stieg aus und glotzte fasziniert zu dem mit dem Tod kämpfenden Mann hinüber. Jetzt hörte er entfernt Polizeisirenen und zwang sich, sich wieder zu konzentrieren. Er war in einer ausweglosen Situation. Allein in der Mitte einer Brücke. Zu beiden Seiten Polizei und unter ihm nur das Wasser.

Er lief los in die Richtung, aus der er gekommen war, und begann zu weinen, dass ihm die Schminke verlief. Vier Streifenwagen kamen ihm mit Rotlicht entgegen. Er hob die Arme und winkte. Sobald sie ihn sahen, hielten sie an, und die Autotüren wurden aufgestoßen. Bewaffnete Männer zielten über die Türen hinweg auf ihn.

»Hilfe!«, rief Tom mit hoher Stimme. Und dann sah er den ersten Mann die Waffe einstecken und auf ihn zukommen.

»Ma'm, was ist passiert?«

»Ein Unfall, schnell! Ein Mann ist verletzt, er braucht Hilfe.«

»Komm«, sagte der Beamte, als er erkannte, wie jung Tom war. Er legte einen Arm um Toms Schultern, und sie liefen hinter die Streifenwagen.

»Er braucht einen Krankenwagen, er ist eingeklemmt, schnell«, drängte Tom.

»Bist du verletzt?«, fragte ein anderer Beamter.

»Nein. Aber der Fahrer des Buick ist schwer verletzt. Der andere Mann ist von der Brücke gesprungen.«

Sie sahen Tom erstaunt an, bevor einer der beiden über Funk alles durchgab.

»Geh nach hinten, dort wird man sich um dich kümmern«, sagte der Polizist und wies ihm den Weg hinter die Wagenkolonne.

»Es kommt gleich ein Krankenwagen«, rief ihm der Beamte noch hinterher, und die Wagen fuhren weiter auf die Mitte der Brücke zu.

Tom lief so schnell er konnte in Richtung Rockaway, wo jetzt der erste Krankenwagen auf ihn zuraste. Das Heulen schwoll immer mehr an, und der Fahrer stieg in die Bremsen, als er Tom allein auf der Straße sah. Ein Sanitäter sprang heraus.

»Ich bin unverletzt«, rief Tom. »Aber dahinten ist jemand eingeklemmt. Er ist schwer verletzt.« Er winkte sie weiter auf die Brücke, und der Sanitäter stieg zurück in den Notfallwagen. Tom sah ihm einen Moment lang hinterher, bevor er sich besann und weiterlief. Auf dieser Seite war mit Sicherheit alles abgeriegelt. Er wechselte die Spur und sprang über die Mittelleitplanke. Als sich weitere Streifen- und Krankenwagen näherten, legte sich Tom flach auf den Boden hinter die Planke. Niemand sah ihn. Er lief ungesehen bis zum Ende der Brücke, wo er seitlich in die Böschung sprang und sich in den Jacob Riis Park retten konnte. Von hier aus stieg er in die Metro, die ihn über Edgemere und Far Rockaway zum JFK brachte.

Als er mit dem Flieger abhob und sogar jetzt noch die Polizeilichter unten auf der Brücke und an den umliegenden Ufern erkennen konnte, entzündete sich eine selbst gebaute Bombe in seinem Haus, die er mit einem Zeitzünder versehen hatte.

Er verließ diesen Ort, diese Insel, diesen Kontinent. Aber Drake hatte er eine Lektion erteilt.

8

»Was hat er denn mit uns vor?«, flüsterte Anna angsterfüllt und mit vom Weinen heiserer Stimme. Sie hatten sich aneinandergekuschelt und unter die Pritsche gelegt. Es schien ihnen der einzige Schutz gegen ihn zu sein, ihre einzige Zuflucht in dem immer noch verdunkelten Zimmer.

Christina streichelte Anna übers Haar, fast so, wie Elke es immer tat. »Schsch«, machte sie. »Hab keine Angst.«

»Er tötet uns, stimmt's? Wie die anderen auch«, hauchte Anna unheilvoll.

»Gibt es noch andere?«, fragte Christina mit zitternder Stimme.

»Ja, mein Vater ist Polizist auf Amrum und untersucht den Fall.«

»Polizist?«, fragte Christina, und so etwas wie Hoffnung flackerte auf.

»Ja, er findet uns bestimmt. Er … findet uns.«

»Das macht er, das glaube ich auch«, piepste Christina. Ihre Lippen bebten, und ihre Hand streichelte unaufhörlich weiter über Annas Haar.

»Was sollen wir jetzt tun?«, fragte Anna zaghaft.

»Wir können nichts tun«, antwortete Christina. »Obwohl …«

Sie spürte, wie Annas Kopf sich näher zu ihr bewegte.

»Ja?«

»Nein, es ist zu gefährlich«, sagte Christina und schlug sich ihre Idee wieder aus dem Kopf. »Wir sollten ihn nicht verärgern und tun, was er von uns verlangt.«

»Er hat sie alle zuerst gemalt und dann getötet«, sagte Anna mit Nachdruck. »Gemalt hat er uns schon.«

Die Konsequenz dessen hing nun wie ein Fallbeil über ihnen.

Es dauerte eine Ewigkeit, bis Christina wieder den Mund öffnete.

»Wenn er reinkommt und es ist dunkel, dann sehen wir besser als er«, sagte sie.

»Aber er macht doch immer das Licht an, wenn er reinkommt.«

»Ja, aber wenn wir nun die Lampe kaputt machen …«

Anna überlegte. »Ist sie nicht zu hoch?«

»Ich müsste dich auf die Schultern nehmen.«

»Ja«, sagte Anna und kämpfte dabei mit aller Macht gegen ihre Angst an. »So könnte es klappen.«

Tom ließ das Wasser in die Wanne im Keller ein. Es war angenehm warm. Als sie zu drei Vierteln gefüllt war, stellte Tom den Hahn ab, der noch dreimal nachtropfte. Dann wurde es still. Alles war vorbereitet.

Er verließ das Bad und holte die selbst gebaute Bombe aus dem Schrank. Er war jetzt an einem ähnlichen Punkt angekommen wie damals auf Long Island. Christina würde sein vorerst letztes Werk sein. Anna war eine Versicherung, und wenn er erst in Sicherheit war, würde sie sein Trostpflaster werden. Trostpflaster für das, was Elke ihm angetan hatte. Sie war die einzige Frau gewesen, die ihn hätte retten können. Sie hätte seinem Leben eine andere Richtung geben können. Bei ihr hatte er etwas gefunden, das ihm sonst immer verwehrt geblieben war. Doch Elke war gegangen und hatte ihn alleingelassen. Es war eine bittere Erfahrung gewesen. Er hatte sich manches Mal gefragt, wo er heute stände, wenn sie zusammengekommen wären. Wer hätte er sein können? Wie würde sein Leben heute aussehen? Aber er fragte sich auch, was geschehen und wie sein weiteres Leben verlaufen wäre, wenn er auch sie getötet hätte.

Er wischte diese Gedanken beiseite. Das war alles Spekulation, und er wollte und konnte seine Zeit nicht damit vergeuden. Es verwässerte die Erfahrung, die auf ihn wartete. Er schloss den Elektroschrank auf und schaltete das Licht im Raum an, bevor er die Geheimtür öffnete. Er vernahm ein Rumpeln, stieg eilig hinein und sah die beiden vor sich auf dem Boden liegen, direkt unter der Lampe.

»So, so, ihr habt euch zusammengerauft, was? Wolltet kämpferisch werden?«

Er streckte unbeeindruckt die Hand aus. »Christina, darf ich dich bitten, mir zu folgen?«

Die beiden Mädchen sahen sich panisch an. Sie sollten getrennt werden. Damit waren sie so schwach und hilflos wie zuvor. Und Christina stand kurz vor ihrem Tod.

»Nein«, wimmerte sie. »Bitte.«

»Es ist nichts Schlimmes, du darfst dich ein wenig frisch machen, mehr nicht.«

Er lächelte ermunternd und wartete geduldig. Vor Angst fast gelähmt, widerstrebend, zitternd erhob sich Christina.

»Nein«, flehte Anna.

»Du brauchst keine Angst zu haben, Christina ist gleich wieder da. Und ich hab etwas für dich.«

Er langte hinter sich auf den Boden und hielt die Bombe in der Hand. Zunächst erkannten die beiden nicht, um was es sich handelte. Es war ein einfaches Paket Plastiksprengstoff mit einem Zünder, der aussah wie eine kleine Armbanduhr. Tom legte es ganz links in die Ecke des Zimmers. Die beiden starrten ihn wie versteinert an.

»Na komm«, sagte er zu Christina. »Gehen wir.«

»Tina«, jammerte Anna und streckte die Hand nach ihr aus.

»Ich bin gleich zurück«, flüsterte sie und ging voraus durch die kleine Öffnung in den Flur.

Tom hatte die Tür zum Badezimmer offen stehen lassen, sodass sie schon von hier aus hineinblicken konnte. Der Raum schimmerte fast unwirklich in seinen kräftigen Farben. Der Boden war grün gefliest, die Wände in einem dunklen Rot. In der Mitte der hinteren Wand thronte die Badewanne in ihrer ovalen Form und mit blitzenden Armaturen. Die Front war royalblau gekachelt, ihre Rundungen an Kopf- und Fußende orange. Das eigentliche Becken war lichtblau, sodass das Wasser kaum zu erkennen war. Aber es dampfte in trägen Schwaden vor sich hin. Mittig über dem Wasserbecken hing ein großes Gemälde, das eine Badeszene in der Südsee zeigte. »Tag der Götter« von Paul Gauguin.

»Bitte«, sagte Tom und machte eine einladende Geste. »Du darfst ein Bad nehmen und wirst ganz ungestört sein.«

Sie gingen auf die Tür zu und traten ein. Links stand ein einzelner schwarzer Hocker, rechts lag ein weißes Handtuch.

»Dort kannst du deine Kleidung ablegen. Ich hole dich in zwanzig Minuten ab.«

Christina liefen die Tränen über die Wangen. Sie wandelte wie in Trance, völlig verloren in ihrer Angst.

»Bis dann«, sagte Tom und verließ den Raum. Er verriegelte die Tür von außen und ging die Treppe hoch ins Schlafzimmer. Dort suchte er in seinem Kleiderschrank nach ihrem blauen Mantel. Es war einer von vierundzwanzig, die er noch besaß.

Er lief mit dem Mantel über dem Arm die Treppe hinunter, als er wie angewurzelt stehen blieb. Hatte er ein Auto gehört? Prüfend blickte er aus dem Fenster und sah, wie sich mehrere Personen seinem Haus näherten.

Er blickte auf die Uhr. Es waren gerade mal vier Minuten vergangen, seit er Christina ins Bad gebracht hatte. Er konnte jetzt entweder hinunterlaufen und sie in der Wanne betäuben. Das Chloroform stand noch in der Küche, getarnt in einer Olivenölflasche. Oder er konnte versuchen, sie zurück in den weißen Raum zu schaffen, wo niemand sie hören konnte. Eine andere Möglichkeit wäre, er ließ Christina, wo sie war, und hoffte darauf, dass ihre Angst sie so sehr lähmte, dass sie nicht wagte, zu rufen oder zu schreien.

Die Gartentür fiel ins Schloss, und er hörte Schritte auf dem Kies. Nein, es blieb keine Zeit mehr. Er musste sich um einen korrekten Auftritt bemühen.

Im Spiegel kontrollierte er sein Aussehen. Die Perücke saß noch perfekt, und die Schminke verlangte auch keine Nachbesserung. Er frischte nur den Lippenstift noch einmal auf und warf seinem Spiegelbild, das als attraktive Frau Schreiber zurückschaute, ein listiges Lächeln zu. Dann klopfte es.

Elke war schockiert gewesen von McLeans Schilderung, und sie hinterließ einen faden Beigeschmack, weil er nun nicht mehr der mit Bedacht handelnde, erfahrene Spezialermittler war, sondern ein gebrochener, verkrüppelter Mann, der seine persönlichen Rachepläne verfolgte.

Sie hatten gleich nach ihrem Anlegen Tamme aufgesucht und ihm den Namen des Bootes mitgeteilt, das höchstwahrscheinlich dem Mörder gehörte. Dann waren sie mit Tammes Privatauto zunächst in die Schule gefahren, wo immer noch Polizei vor Ort war und den Lehrer befragte. Elke und Nils hatten persönlich mit Frau Schreiber sprechen wollen, die ja offenbar die Letzte war, die Anna gesehen hatte. Im Dunkeln kamen sie an dem einsamen, versteckten Haus im Greveling an. Sie halfen McLean aus dem Wagen und schoben seinen Rollstuhl über den von kleinen Bodenleuchten erhellten Kiesweg zum Haus.

Nils klopfte an.

Elke konnte es kaum noch erwarten, endlich mit Annas Lehrerin zu sprechen. Vielleicht konnte sie ihnen irgendwelche Hinweise liefern. Und sie verspürte auch Dankbarkeit, dass es Frau Schreiber und nicht Herr Senkbiel war, mit der sie über das Verschwinden ihrer Tochter reden konnte. Sie hörten die Absätze ihrer Schuhe über das Parkett klopfen, bevor die Tür aufgezogen wurde und Frau Schreiber erschien.

»Frau Petersen, Herr Petersen«, sagte sie fast erschrocken und legte in einer bestürzten Geste die Hand auf ihre Brust. Sie trug ein weißes Kleid, das mit blauen Blüten versehen war. Ihr Blick blieb für eine Sekunde an McLean hängen, schwenkte dann aber schnell wieder zu Elke, der sie beide Hände entgegenstreckte. »Kommen Sie herein, das ist … es tut mir so leid.«

Elke ergriff eine ihrer Hände und deutete mit der freien Hand auf den FBI-Agenten. »Das ist Mr. McLean aus den USA, er hilft uns bei der Suche«, stellte sie ihn vor.

Frau Schreiber nickte ihm freundlich, aber der Situation entsprechend ernst zu. »Kommen Sie«, wiederholte sie und ging voraus.

Nils zog McLean die niedrige Eingangsstufe hinauf und folgte ihm dann ins Haus. Elke betrat als Erste das Wohnzimmer.

»Ich bin noch ganz fassungslos«, sagte Frau Schreiber und bot ihnen einen Platz auf dem Sofa an.

»Nein, wir bleiben nicht lange«, lehnte Elke ab, stellte sich ans Fenster und griff nach hinten, um sich am Fensterbrett festzuhalten. Zeitweise bekam sie Schwindelschübe, eine leichte Schwäche, der sie sich aber nicht ergeben konnte.

»Was kann ich tun?«, wollte Frau Schreiber wissen. »Wie kann ich Ihnen helfen? Ich hätte den Ring nicht vergessen dürfen, dann wäre das alles nicht passiert.« Sie kreuzte die Arme vor der Brust und legte eine Hand über den bitter verzerrten Mund.

»Frau Schreiber, was passierte genau, als Sie von der Schule zurückkehrten?«, fragte McLean, und der Blick der Lehrerin wanderte etwas verunsichert zu ihm, während sie leicht den Kopf abwandte, so als bekäme sie etwas zu hören, was ihr nicht gefiel.

»Sie war mir ja direkt gefolgt. Kaum war ich hier, da klopfte sie auch schon und übergab mir den Ring. Ich bat sie herein, weil ich ihr eine Belohnung geben wollte«, sagte sie und sah dabei Elke an. »Sie lehnte aber ab und fuhr gleich wieder, weil sie nicht so viel verpassen wollte von der Probe.«

Elke fiel das große Bild über dem Sofa auf. Es war ein Gemälde von Gauguin. Das »Porträt der Madeleine Bernard« zeigte eine junge Frau sitzend in einem Halbprofil. Die Art ihres blauen Kleides erinnerte Elke an Frau Schreibers Art, sich zu kleiden und zurechtzumachen. Sie war sogar ähnlich geschminkt, fand sie, und auf den zweiten Blick erkannte Elke etwas Merkwürdiges. Das Gemälde war keine einfache Farbkopie. Sie konnte die Farbtextur erkennen, nur hatte kein Normalsterblicher auf der Welt ein Original von Gauguin im Wohnzimmer hängen.

»Sprachen Sie über irgendwas?«, fragte McLean jetzt nach. »Erwähnte sie etwas, jemanden, der ihr begegnet war?«

»Nein, sie sagte nur, dass sie den Ring in der Damentoilette gefunden habe und gleich wieder zur Probe wolle.«

Zum ersten Mal fiel Elke beim Betrachten dieses Bildes das exponierte Ohr der Madame Bernard auf. Es war übernatürlich spitz. Es erinnerte Elke, vor allem in Verbindung mit den listigen Augen der abgebildeten jungen Frau, an einen Fuchs.

»Es tut mir so furchtbar leid«, hörte sie Frau Schreiber sagen und spürte deren tröstende Hand auf ihrem Rücken.

Elkes Blick wanderte in das dunklere Wohnzimmer, wo zwei weitere Bilder von Gauguin hingen. »Die Frau mit der Blume« und »Frau mit Mango«, welche völlig gegensätzliche Stimmungen ausdrückten. Das eine zeigte eine verlorene, fast schon versteinerte junge tahitianische Frau mit einer Blüte in der Hand. Das andere stellte eine zufrieden und glücklich wirkende, in sich ruhende Frau in einem ähnlich farbigen Kleid dar, die einem Betrachter links von ihr eine Mango zeigt. Irgendetwas lag zwischen den Bildern dieser drei unterschiedlichen Frauen, das spürte Elke, ohne es benennen zu können. Eine Wahrheit wie träger Rauch, aber ebenso ungreifbar.

»Frau Petersen?«

»Hm?« Elke blickte Frau Schreiber wie aus einer Trance erwachend an.

»Sie werden Anna bestimmt wiederfinden. Ich bin sicher, es geht ihr gut.«

Elke sah sie an, als hätte sie eine andere Sprache gesprochen, derer sie nicht mächtig war. Sie schüttelte den Kopf. »Nein, Sie verstehen nicht«, erklärte sie. »Anna ist nicht einfach nur verschwunden, sie ist in den Händen eines Mörders.«

»Wie bitte?«, fragte Frau Schreiber schwach und blickte die Männer fragend an.

»Das ist keine Information für die Allgemeinheit, Elke«, sagte Nils, um sie zu bremsen.

»Nein … nein, das ist wahr«, stammelte sie. »Ich wollte nur … dass Frau Schreiber weiß, in welcher Not meine Tochter ist und wie wichtig es ist, dass …«

»Meine Liebe«, sagte Frau Schreiber mitfühlend.

»Frau Schreiber, eine Frage hätte ich noch an Sie«, schaltete sich McLean wieder ein. »Können Sie uns beschreiben, welche Kleidung Anna trug, als Sie sie sahen?«

»Kleidung?«, fragte sie und rieb sich die Hände. »Ja, also sie trug Jeans, blaue Jeans und weiße Sportschuhe, diese aus Leinen, wie heißen die noch gleich?«

»Chucks«, sagte Nils matt.

»Genau.«

Während Frau Schreiber fortfuhr, ging Elke unbemerkt von den anderen ins Wohnzimmer und stellte sich vor das Bild »Die Frau mit der Blume«. Die Abgebildete, die auf einem roten Sofa vor einem gelben Hintergrund mit Blumenmuster saß, wirkte auf Elke gar nicht wie eine tahitianische Frau, sondern mehr wie ein nordamerikanischer Indianer. Eine Blüte im Hintergrund, die aussah wie Federschmuck im Haar, verstärkte diesen Eindruck noch. Ein Indianer im Frauenkleid, dachte Elke und streckte die Hand nach dem Bild aus. Es war kein Glas davor, welches das Gemälde schützte. Sie spürte die harte, getrocknete Farbe unter ihren Fingern.

»Frau Petersen«, rief Frau Schreiber erschrocken. »Was tun Sie?« Nils kam besorgt auf sie zu.

»Das ist echt.«

Nils blieb stehen und blickte erstaunt und irritiert zugleich auf das Bild.

»Nein, ist es nicht«, beteuerte Frau Schreiber.

»Aber ich spüre die Farbe. Dann ist es eine Fälschung.«

»Es ist eine gemalte Kopie«, gab Frau Schreiber zögernd zu.

McLean rollte interessiert näher.

»Ich habe es gemalt«, sagte sie.

»Sie?«, fragte Elke erstaunt.

»Ja. Ich bin Kunstlehrerin, das wissen Sie doch.«

»Ja, aber … Gauguin … einfach so …«

»Sagen wir, es ist ein Hobby von mir. Und ich benutze die Bilder nur für mich.«

»Elke, wir müssen jetzt gehen«, meinte Nils drängend.

»Moment noch«, wehrte Elke ab. »Bryan?« Sie drehte sich zu McLean um und suchte seinen Blick.

Er rollte noch näher an das Bild heran und damit aus dem Schatten, den sie auf ihn warfen, in ein fahles grünliches Licht, das durch das große Wohnzimmerfenster fiel. Frau Schreiber versteifte sich. Draußen erklang ein tiefes Grollen und erschütterte die Luft. Es war Donner.

»Oje, ist das ein Gewitter?«, fragte Frau Schreiber und lächelte gequält.

Elke drehte sich zum anderen Bild und wieder zurück.

Ein Blitz erhellte zuckend den Raum.

»Sie können malen«, sagte Elke wie ferngesteuert.

Ein Lächeln flackerte in Frau Schreibers Gesicht auf.

»Sie leben hier allein. Mit Blick aufs Meer.«

Nils und McLean schauten zum Fenster hinaus, vor dem es grünlich schwarz schimmerte. *Tock, tock, tock*, die ersten Regentropfen schlugen gegen die Scheiben. Zunächst nur vereinzelt, dann immer schneller werdend.

»Sie mögen es bunt, sind sportlich und Mitte fünfzig?«

Jetzt begriffen Nils und McLean, was das für eine Aufzählung war, die Elke da vornahm. McLeans verkniffene Miene entspannte sich, und er blickte sich um, so als registrierte er in diesem Moment, dass er in die Höhle eines Löwen gelangt war.

Auch Frau Schreiber bemerkte, dass die Situation kippte. Es stand deutlich in den Gesichtern ihrer Gäste zu lesen, auch wenn sie nicht genau verstand, wovon Elke da redete.

»Wie lange unterrichten Sie schon hier auf Föhr?«, fragte sie.

Frau Schreibers Blick wurde stumpf. Ihre Augenlider senkten sich, sodass sie zur Hälfte ihre Augen bedeckten. Ihr Ausdruck glich dem der Frau auf dem Bild. »Etwas mehr als ein Jahr«, antwortete sie, und ihre Stimme war kaum zu hören, so laut, wie der Regen jetzt gegen die Scheiben trommelte.

Elke nickte und öffnete leicht den Mund.

»Sie sieht traurig aus«, sagte sie und deutete auf die Frau mit der Blume. »Verlassen und allein.«

Frau Schreiber sah nicht hin. Ihr Blick wanderte argwöhnisch von Elke zu McLean und wieder zurück, über Elkes Hände zu ihrem Gesicht.

»Sie hält eine Blume, aber sie meint es nicht. Es sieht aus, als hätte man sie ihr zwischen die Finger gesteckt.«

Wieder brachte ein gewaltiger Donnerschlag die Luft zum Erbeben. Elke wartete geduldig.

»Diese Frau … sie ist keine Frau, richtig?«, fragte sie. »Sie ist ein Mann.«

Etwas in Frau Schreibers Augen zeigte Erkennen. Es war wie ein Blitz in einer Wolke, ein kühles, zuckendes Licht. Ihre Miene verhärtete sich zu Stein.

»Du kennst mich«, sagte Elke mit tieferer Stimme. »Thomas.«

Nils und McLean blickten mit wachsendem Schrecken in das Gesicht von Frau Schreiber oder von Thomas oder Tom oder Lars oder wer immer es auch war.

»Ich wusste immer, dass du was Besonderes bist, Elke.« Seine Stimme hatte sich verändert, nicht viel, sie war nur eine Nuance tiefer und nüchterner. Sein Mund zog sich zu einem Grinsen in die Breite. »Es ist lange her.«

»Tom«, sagte McLean und starrte ihn entgeistert an.

Tom wandte sich ihm zu und musterte ihn unverwandt. »Wer bist du?«, fragte er.

Jetzt zeigte sich ein ungläubiges Lächeln auf McLeans Gesicht. »Du erkennst mich nicht?«

»Nein«, sagte Tom mit einem verächtlichen Blick auf den Rollstuhl.

»Rockaway Beach«, sagte McLean langsam, fast genüsslich. »Marine Parkway Bridge, 1979.« Er betrachtete Tom gleichzeitig mit Hass und mit Faszination.

Dessen Gesichtszüge sanken herab, als er erkannte, wen er vor sich hatte. »Drake?«, hauchte er fassungslos.

»Das war nicht mein richtiger Name.«

»Aber du … du warst Matsch, ich hab dich gesehen, das konntest du nicht überleben.«

»Hab ich aber. Nur für diesen Moment. Für jetzt. Mein Name ist Bryan McLean. Ich habe damals als Profiler für das FBI gearbeitet. Und dreißig Jahre später kann ich nun endlich zu Ende bringen, was ich in der Nacht am Rockaway Beach begonnen habe, als ich dich auf frischer Tat ertappte.«

»Ihr hattet mich kontrolliert und musstet mich gehen lassen. Wie konntest du mir folgen?«

»So einfach ließen wir dich nicht vom Haken. Meine Kollegen zogen sich zurück und haben mir direkt berichtet. Ich hab dann deinen netten Nachbarn gefragt. Als er sagte, dass du seinen Wagen ausgeliehen hast, gab ich eine Fahndung raus, und eine Streife entdeckte dich. Allerdings konnte nicht mal ich erkennen, wie du dich verkleidet hattest.« Er legte den Kopf schief und musterte Tom. »Wir wissen inzwischen alles, Lars-Tomme Keiters.«

Toms linkes unteres Augenlid zuckte.

»Wir wissen, dass du deine Eltern getötet hast. Wir wissen, dass du auch deine Adoptiveltern und deinen Adoptivbruder getötet hast. Wir wissen von dem Mann aus deinem Haus in Jackson Heights und von all den Mädchen. Wir wissen alles. Es ist vorbei.«

Tom blickte von einem zum anderen. »Tja«, meinte er leichthin. »Dann kann ich mich wohl abschminken.«

Er zog sich die Perücke vom Kopf und ließ sie achtlos auf den Boden fallen. Sein schwarzes, an den Schläfen inzwischen ergrautes Haar lag verschwitzt und eng an den Kopf gepresst darunter. Er fuhr sich mit dem Ärmel über die Lippen und verrieb den Lippenstift. Dabei lächelte er gespenstisch.

»Wo ist unsere Tochter?«, fragte Nils mit unterdrückter Wut.

»Wo ist Anna?«, fügte Elke hinzu.

»Das Spiel ist aus, Tom, es nützt nichts mehr, uns etwas zu verheimlichen«, wollte McLean ihn überzeugen.

Tom atmete seufzend aus und blickte wie nebenbei auf seine Uhr. »Ihr habt recht«, sagte er. »Ich denke, ich bin wohl am Ende angelangt. Aber ich bin nicht mehr der, den ihr kanntet. Nicht mehr der, den du zurückgewiesen hast …« Er sah dabei Elke an. »Nicht mehr der, den du austricksen wolltest«, ergänzte er an McLean gewandt. »Nicht mehr der, dem ihr eine Falle stellen wolltet«, sagte er Nils ins Gesicht. »Ihr wart alle so lustig anzusehen, wie ihr euch abgemüht habt und die Wahrheit einfach nicht erkennen konntet. So amüsant in euren kläglichen Bemühungen und so einfach zu täuschen. Aber *guess what*, ich bin nicht mehr Tom, auch nicht Thomas, Lars oder wie ihr mich sonst nennen wollt. Ich bin kurz davor, jemand ganz anderes zu werden. Ein anderes Wesen. Ich …« Das Geräusch einer Waffe, die entsichert wurde, war zu hören, und er unterbrach sich. McLean hielt eine .45er Magnum auf ihn gerichtet. »Nur zu«, forderte er ihn belustigt auf. »Schieß, und du erfährst nie, wo ich sie versteckt habe. Es geht Anna gut, aber nur solange ich lebe. Tötest du mich, tötest du sie.« Er entblößte grinsend seine weißen Zähne.

»Ich muss dich nicht töten, Tom oder wie du dich jetzt nennst.«

»Habt ihr das nie entschlüsseln können? Ihr habt nach Männernamen gesucht, nicht wahr? Aber unterschrieben habe ich sie alle mit Venus, Göttin der Schönheit. Was denn auch sonst?«

»Es ist egal, ob es Tom oder Venus getan hat«, sagte McLean.

»Du hast es nicht verstanden. Du verstehst nichts von meiner Kunst«, keuchte Tom verächtlich. »Ich bewahre all ihre Schönheit in mir auf. Wenn sie durch meine Hände sterben, werden sie ein Teil von mir. Ich vereine sie in mir. Und werde gleichzeitig zu ihnen.«

»Nein, du verstehst nicht, dass du dich selbst nicht erkennst, egal, wie lange du auch in den Spiegel schaust. Du hast dich von dir selbst täuschen lassen. Und ich weiß nicht, ob ich dich noch aufwecken kann aus deinem Schlaf, Dornröschen.«

»Also, erschieß mich. Leg mich schlafen, und Anna ist verloren. Elke und Nils hier werden dir das nie verzeihen.«

»Ich will dich nicht schlafen legen, ich will dir Schmerzen zufügen«, sagte McLean mit verächtlich nach unten gezogenen Mundwinkeln.

»Bryan«, sagte Nils beruhigend, um ihn zur Vernunft zu bringen. Und an Tom gewandt ergänzte er: »Herr Keiters, ich muss Sie jetzt wegen Mordes in drei Fällen verhaften.«

»Sie, Herr Petersen? Sie wollen mich verhaften? Sehen Sie, das meine ich. Ich bin einer der Größten, die es jemals gegeben hat, und Sie sind ein einfacher Polizist von einer Insel. Sie bringen mich zum Lachen.«

Elke wollte und konnte sich das nicht mehr mit anhören, sie ging ohne ein Wort aus dem Wohnzimmer und begann zielstrebig, nach ihrer Tochter zu suchen.

»Wo willst du hin?«, rief Tom ihr nach.

»Elke«, rief jetzt auch Nils.

Aber Elke ließ sich nicht beirren. Sie fand die Kellertür und zog sie auf.

Tom nutzte die Ablenkung, er griff schnell und fest um McLeans Hand mit der Waffe darin und versuchte, sie ihm zu entreißen. Doch McLean ließ nicht los und kämpfte verbissen.

»Geh!«, wies er Nils an. »Hilf Elke!«

Nils rannte los und fand Elke auf der Kellertreppe.

»Komm«, sagte sie atemlos. »Ich hab etwas gehört.«

Sie stiegen die Stufen hinab und sahen eine Tür am Ende des Flurs. Ein dumpfes Wimmern drang aus dem Raum dahinter. Von oben waren ein lautes Poltern und das Stöhnen der kämpfenden Männer zu hören.

»Sie ist da drin«, sagte Elke und stürzte auf die Tür zu. Der Schlüssel steckte, sie drehte ihn herum und stürmte in das Badezimmer. Christina, die sich ganz links in eine Ecke gedrängt hatte, stieß einen spitzen Schrei aus. Sie war nackt und bedeckte sich mit den Armen. Sie zitterte und bebte am ganzen Körper.

Elke blieb stehen und hob beide Hände. »Alles gut«, sagte sie. »Wir sind hier, um dir zu helfen, wir helfen dir. Es ist vorbei.«

Christina traute sich kaum, Elke anzuschauen oder daran zu glauben, was sie sagte.

»Bist du Christina?«

Ängstlich nickte sie. Elke nahm das Hemd von dem Hocker und wollte ihr helfen, sich zu bedecken. Draußen donnerte es so laut, dass man meinte, ein Berg stürze über ihnen zusammen.

»Wir sind die Eltern von Anna«, sagte Elke, und diese Worte ließen Christinas Augen aus den Höhlen treten.

»Ja?«, fragte sie hoffnungsvoll. Elke legte ihr das Hemd um die Schulter, und sie klammerte sich daran fest.

»Ist Anna hier?«, fragte Nils.

Sie wollte gerade antworten, da rutschte ihr Blick über Elkes Schulter zur Tür, und sie schrie.

Nils fuhr herum und erkannte einen Schatten, dann krachte auch schon ein ohrenbetäubender Schuss. Nils wurde nach hinten geworfen und die Tür von außen verriegelt.

»Nils!«, schrie Elke, als er zu Boden ging und eine dunkelviolette Pfütze unter seiner Schulter entstand.

Nils stöhnte und versuchte sich aufzurappeln. Elke war gleich bei ihm.

»Du blutest«, sagte sie. »Wo hat er dich getroffen?« Sie suchte fahrig an seinem blauen Hemd herum, während Nils noch zu benommen war, um reagieren zu können. Elke griff in eine warme, feuchte Stelle an Nils' Schulter. Sie öffnete sein Hemd und lugte hinein. Es war ein tiefer Streifschuss im Trapezmuskel.

»Hier, nimm das.« Sie griff nach dem Handtuch, das neben der Wanne bereitlag, und drückte es auf die Wunde.

»Ist er schwer verletzt?«, fragte Christina.

»Eine Fleischwunde. Es wird gehen«, antwortete Elke und blickte zu ihr auf. »Und Anna?«

»Sie ist hier«, sagte Christina. Jetzt wurde auch Nils wieder klar und zuckte unter Elkes Händen. »Sie ist drüben in dem anderen Raum.«

»Da war keiner«, entgegnete Elke und zog ihre Augenbrauen zusammen.

»Doch, die Tür ist im Schrank versteckt.«

»Wir müssen zu ihr«, sagte Nils und wollte aufstehen.

Elke ließ ihn, und er drückte sich das Handtuch selbst auf die Wunde. Nils lief zur Tür und drückte die Klinke hinunter.

»Abgeschlossen.«

»Nils, wir müssen hier raus, bevor er ihr was antun kann«, rief Elke.

Nils griff an sein Holster und zog die Dienstwaffe. Die beiden Frauen hielten sich die Ohren zu, als er zwei Kugeln auf das Schloss abfeuerte. Danach ließ sich die Tür öffnen.

»Los.« Er winkte die beiden zum Ausgang.

»Da drüben«, sagte Christina und deutete auf den Elektroschrank. Nils riss ihn auf und stutzte, als er nur Knöpfe und Sicherungen sah.

»Dahinter«, erklärte Christina, und Nils klopfte an der Abdeckung herum, bis er sie gelockert hatte und hinunterreißen konnte.

»Hier ist die Tür«, sagte er und stieß sie auf. Er stockte einen Moment, weil er begriff, was für eine Art Raum er da vor sich hatte, und stieg dann durch die Luke.

»Ist sie da?«, rief Elke panisch von hinten.

Nils' Schultern sanken herab. »Nein«, sagte er und entdeckte die Bombe.

Er hörte das verzweifelte Schluchzen seiner Frau und näherte sich dem Ding, das er zunächst nicht einordnen konnte. Dann sah er die Uhr.

»Raus hier!«, schrie er so laut er konnte und erinnerte sich an Toms Blick auf die Uhr, vorhin, als sie mit ihm gesprochen hatten. Das konnte nur eins bedeuten.

»Ist sie da nicht?«, rief Elke verzweifelt.

»Raus!«, schrie Nils erneut, und sie rannten die Treppe hinauf und durch die Haustür in die dunkle und inzwischen stürmische und regnerische Nacht. »Weiter, lauft!«, trieb er die beiden Frauen an, und dann explodierte die Bombe im Keller mit einem dumpfen, tiefen Krachen. Sie hörten Glas zersplittern und warfen sich auf den Boden.

Als sie ihre Köpfe wieder hoben, sahen sie die ersten Flammen aus dem Keller nach oben ins Erdgeschoss vordringen. Gelbes Licht flackerte und pulsierte hinter den kleinen Fenstern und erhellte die Rasenfläche rund ums Haus.

»McLean«, sagte Elke nur, und Nils rannte augenblicklich los.

Er lief um das Haus herum auf die Rückseite zu dem großen Fenster. Flammen leckten die Wände hoch und verschlangen das

Bild der Frau mit der Blume. Nils sah McLean leblos am Boden liegen.

Auf der Terrasse standen schwere Gartenmöbel aus Teakholz. Nils griff sich einen Stuhl und warf ihn mit aller Kraft in das Fenster. Es war kaum zu hören in dem Getöse des Sturms. Ein Blitz schoss gleißend hell über den Himmel und blendete Nils für eine Sekunde. Dann stieg er durch die zerborstene Scheibe, aus der die heiße Luft wie aus einem Fön nach draußen blies. Grauschwarzer Rauch wirbelte auf, und Nils warf sich auf die Knie und krabbelte auf McLean zu. Er war aus seinem Rollstuhl gefallen und lag mit unnatürlich verdrehten Beinen neben dem Kamin. Ein Gestell für Kaminbesteck lag umgekippt neben ihm und ein Schürhaken. Blut bedeckte sein Gesicht. Er schien eine schwere Kopfwunde zu haben. Nils packte ihn an einem Hosenbein und zog ihn daran aus dem Raum in Richtung Fenster. Die Luft brannte, die Hitze wurde immer unerträglicher, und der beißende Qualm reizte seine Lungen. Schlaff glitt McLean über den Boden, seine Arme rutschten über seinen Kopf, so als wollte er sich ergeben. Nils zog und zerrte ihn bis zur Schwelle, wo er rücklings überstehende Glasreste wegtrat und den leblosen Körper hinaus auf die Terrasse hievte. Das Feuer rauschte jetzt ohrenbetäubend. Es zischte und knisterte. Aber sie waren draußen.

Hustend packte Nils McLean unter den Armen und zog ihn vom Haus weg. Mit einem gläsernen Krachen explodierten die Fenster, und Splitter regneten auf den Rasen. Er schleppte McLean bis zu Elke und Christina, wo er ihn heiser keuchend ablegte.

»Lebt er noch?«, fragte Elke.

Nils hustete nur, und Elke prüfte McLeans Puls.

»Ja, er lebt noch.«

Nils torkelte ein paar Meter weit und zog sein Handy heraus. »Tamme?«, rief er gegen das Grollen und Donnern des Feuers in den Hörer. »Es ist die Schreiber, sie ist ein Mann. Sie ist der Mörder! Wir brauchen hier einen Krankenwagen und die Feuerwehr. Und du musst den Hafen abriegeln. Er hat Anna in seiner Gewalt!« Nils wartete keine Antwort ab. Er steckte das Handy wieder ein. »Elke, komm, wir müssen weiter. Hilfe ist unterwegs.«

Mit einem Blick zu Christina und einem Streicheln über deren Wange stand Elke auf.

Sie stiegen in den Streifenwagen und fuhren los.

Im schwarzen Himmel über ihnen entluden sich schwere Blitze, der Regen trommelte in so dicken Tropfen gegen die Windschutzscheibe, dass die Scheibenwischer kaum dagegen ankamen. Polizei und Feuerwehr kamen ihnen entgegen. Als sie in den Hafen einfuhren, sahen sie auch hier flackerndes Blaulicht. Nils fuhr so weit er konnte an den Steg heran. Jemand lief auf sie zu. Es war Tamme.

»Er hat Anna«, rief er, als sie ausstiegen. »Ich musste sie gehen lassen.«

»Wo sind sie?«

Tamme deutete auf die Ausfahrt des Hafens, wo man im Regen nur schemenhaft das Boot erkennen konnte.

Nils rannte ohne ein weiteres Wort in Richtung der Yacht seines Vaters. Sie war größer und schneller als die »Marga«. Elke folgte ihm auf dem Fuß, und sie hasteten über die kurze Brücke auf das Deck. Nils warf den Motor an und gab Gas, bevor die Brücke eingezogen war. Sie rutschte noch kurz über den Asphalt und fiel dann ins Wasser, wo sie mitgeschleift wurde.

Als sie das beruhigte Hafenbecken verließen, schlugen ihnen wilde, sich auftürmende Wellen entgegen. Der Wind kam in kräftigen, ständig wechselnden Böen und brachte das Boot zum Schlingern und Rollen. Nils drückte den Gashebel noch weiter durch, und sie setzten hart in den Wellentälern auf, während die Wassermassen krachend am Bug zerschellten. Schwarzer Regen fiel vom Himmel in die grünlich weiße Gischt, und die Luft bebte unter den Donnerschlägen. Ein Blitz so groß wie ein Baum brach aus den Wolken und stieß mit elektrischem Sirren hinab ins Meer.

»Da sind sie!«, schrie Elke und deutete auf eine Stelle rechts von ihnen. Nils erfasste sie und drehte das Steuerrad. Während sie sich näherten, überlegte er, wie er weiter vorgehen sollte. Tom war bewaffnet und hatte Anna in seiner Gewalt, die seine einzige Lebensversicherung war. Was also konnte er tun? Das Schicksal des Mörders war ihm egal geworden, alles, was zählte, war, seine Tochter aus dessen Fängen zu befreien.

Nils blickte sich um. Ein Boot der Küstenwache folgte ihnen. Es war ebenfalls schneller als das, mit dem Tom unterwegs war. Aber ergeben würde er sich nicht. Nicht er. Egal, mit wie vielen Polizeikräften sie ihn hier einkreisten, ein Aufgeben kam für ihn nicht in Frage. Nils drehte nach links ab und holte gleichzeitig immer mehr auf.

»Was tust du?«, rief Elke, die bemerkt hatte, dass sie sich von dem anderen Boot entfernten und nun parallel zu ihm fuhren.

»Wir rammen ihn«, sagte Nils entschlossen.

»Aber Anna ist bei ihm«, hielt Elke ängstlich dagegen.

»Ich weiß, aber er wird sie immer als Schutzschild benutzen, es sei denn, sie kommen in eine Notsituation.«

»Und wenn du sie verletzt?«, fragte Elke, und Nils sah sie an.

»Werde ich nicht.«

Elke entdeckte die Zuversicht in seinem Blick, die sie brauchte, um zuzustimmen.

Nils drehte das Lenkrad nach rechts, und der Bug richtete sich wie die Nadel eines Kompasses auf das zweite Boot aus. Dann stand es genau im Visier der Bootsspitze, und Nils hielt darauf zu. Immer wieder verdeckten schnell anwachsende Wellen das Ziel, aber wenn sie es wiedersahen, war es bereits größer geworden. Sie näherten sich unaufhörlich. Dreißig Meter, zwanzig, zehn. Eine Welle schob sich zwischen sie. Sie wurden emporgehoben, erreichten den Wellenkamm und schossen in die Tiefe. Kurz nach dem tiefsten Punkt trafen sie auf die Seite der »Marga«. Ein hölzernes Krachen zerriss die vom Regen erfüllte Luft, und die Boote verkeilten sich für einen Moment, in dem sie abdrifteten und dann wie eine sich schließende Schere mit den Seiten gegeneinanderschlugen. Nils und Elke wurden von den Beinen gerissen und flogen gegen die Reling. Eine Welle ergoss sich über ihre Köpfe, das ablaufende Wasser hob sie an, und immer mehr Masse zog an ihren Körpern, sodass sie sich an der Reling festklammern mussten, um nicht davongetragen zu werden.

Das Boot legte sich auf die andere Seite, und sie wurden hinübergeschleudert, konnten sich aber beide festhalten. Der Rumpf schaukelte wieder zurück, und dicht neben ihnen folgte ein weiterer berstender Schlag, als sie die »Marga« ein weiteres Mal rammten.

Sie blickten hinüber auf das andere Deck, doch das war fort. Nur der Rest der Steuerbordseite ragte noch aus dem Wasser. Das Schiff sank seitlich in die Fluten.

»Anna!«, rief Nils und sprang ohne nachzudenken ins Wasser. Elke folgte ihm sofort, und mitten im Sprung wurde sie des sich nähernden Bootes der Küstenwache gewahr, das sie mit seinem grellen Lichtstrahl erfasst hatte. Dann tauchte sie ins Wasser ein. Gerade rechtzeitig, denn über ihr schlugen die Bootswände mit einem dumpfen Krachen gegeneinander.

Der gleißende Lichtkegel wühlte sich suchend durch das schwarzgrüne Wasser und fand die beiden Boote. Elke entdeckte Nils, der unter ihr tauchte, und die Kabine der »Marga«, aus der jetzt Anna herausgeschwommen kam. Ihr Herz machte einen schmerzhaften Sprung, als sie ihre Tochter erkannte. Elke und Nils nahmen Anna in ihre Mitte und zogen sie hinauf. Doch etwas schien sie zu bremsen. Elke bemerkte einen Widerstand und sah, dass Tom sich ebenfalls aus der Kajüte gekämpft und an Nils' Bein festgeklammert hatte.

Nils ließ Anna augenblicklich los und schickte sie beide mit den Händen winkend nach oben.

Elke hielt ihre Tochter fest umklammert und tauchte mit ihr auf. Mit einem Aufschrei nach Luft schossen sie aus dem Wasser. Sofort wurden sie überspült von Wassermassen, die sie wieder untertauchten, aber sie strampelten sich frei, als neben ihnen auch schon ein roter Rettungsring aufschlug. Die Küstenwache lag schwankend ein paar Meter von ihnen entfernt im Wasser. Elke zog den Ring zu sich und Anna, und beide klammerten sich daran fest, bis ein Rettungsschwimmer sie erreichte.

Die »Marga« war verschwunden. Die »Ömraang Briis« rollte verlassen in den Wellen, und dann tauchte Nils auf. Mit einem tiefen, pfeifenden Atemzug sog er die Luft in seine Lungen und sah sich um. Er erkannte Elke und Anna und das Boot der Küstenwache. Doch er drehte sich weiter um. Er suchte Tom. Der Rettungsschwimmer kam auf ihn zu, als Elke und Anna bereits an Bord gezogen wurden.

»Da ist noch einer unten!«, schrie Nils. Der Mann blickte mit seiner Taucherbrille hinunter und wieder hoch.

»Da ist niemand«, schrie er zurück.

»Doch«, rief Nils.

»Kommen Sie«, schrie der Mann und schleppte Nils, den er am Brustkorb packte, in Richtung Schiff. Erst als Nils die rettende Leiter erreicht hatte und helfende Hände ihn aus dem Wasser hievten, tauchte der Rettungsschwimmer erneut ab.

Nils, Elke und Anna fielen sich an Bord in die Arme und krallten sich ineinander, als ob sie sich nie mehr loslassen wollten. Dann, als der Taucher wieder an die Oberfläche kam, blickten sie gemeinsam in die sprudelnde See.

Der Taucher schüttelte nur den Kopf. Tom kam nicht wieder nach oben.

9

Das heftige Gewitter hatte die lang anhaltende Hitzeperiode beendet und kühlere Luft mit sich gebracht. Die Temperaturen waren bis auf siebzehn Grad gesunken, und am Morgen des nächsten Tages jagten unregelmäßige Wolkenformationen über den hellblauen Himmel. Sie hatten das Wrack der »Marga« orten können und ein Schiff aus Husum zur Bergung angefordert, das nun mit einem Kran die kleine Yacht aus dem Wasser hob. Nils stand mit Jensen und Landorff an Bord desselben Bootes der Küstenwache, das ihn und seine Familie gestern Nacht aus den Fluten gerettet hatte. Ein Verband an seiner Schulter beulte seine Jacke aus. Seine Hände hatte er tief in den Taschen vergraben, und der Wind blies ihm ständig die Haare ins Gesicht.

Noch Tage später fand man auf Föhr und an der Nordspitze Amrums diverse Gegenstände aus der »Marga«, die im Sturm über Bord gegangen waren. Toms Leiche fand man nicht. Sie blieb verschwunden, wie damals die Leichen seiner Eltern verschwunden geblieben waren. Alles schien sich wie in einem Kreis bewegt zu haben und war hier in der See zwischen Amrum und Föhr wieder zusammengetroffen. Die Geschichte begann und endete hier.

McLean hatte mit einem Schädel-Hirn-Trauma und ein paar leichten Verbrennungen überlebt und blieb eine Woche im Krankenhaus auf Föhr, bis Elke, Nils und Anna ihn abholten und mit ihm nach Amrum fuhren. Zwei Tage verbrachten sie noch zusammen, ehe er sich wieder auf die Heimreise in die USA machte. Auch für ihn hatte sich ein Kreis geschlossen. Der Schatten, der jahrelang auf ihm gelegen hatte, war von ihm genommen.

Elke und Nils hatten ihn zum Hafen gebracht, und gemeinsam standen sie nun am Kai und warteten auf die »Rungholt«, die sich der Landungsbrücke näherte. Eine sieben Zentimeter lange Wunde zierte McLeans Kopf, der nach seiner Entlassung noch ein wenig Sonne am Strand getankt hatte. Sein kleiner Koffer hing an seiner selbst gebauten Halterung am Heck seines neuen Rollstuhls. Er drehte das linke Rad nach vorn und wandte sich den beiden zu.

»Es war mir ein großes Vergnügen, euch kennengelernt zu haben«, sagte er dankbar. »Ihr habt wirklich Großes geleistet. Diese Insel scheint sehr taffe Leute hervorzubringen.«

Elke und Nils lächelten milde.

»Du bist jederzeit bei uns willkommen«, sagte Elke und umarmte ihn ganz fest.

»Mein Gott, brich mir nicht das Genick, ich kann nicht noch mehr Lähmungen ertragen«, sagte er halb erstickt, aber grinsend.

Elke ließ ihn los und unterdrückte ein paar Tränen.

»Pass auf dich auf«, sagte Nils und reichte ihm die Hand.

»Grüßt Anna von mir. Und macht so weiter.« Er presste die Lippen zusammen, und man sah, dass er seine Rührung mit einem Schlucken kontrollieren musste. Langsam rollte er sich vorwärts.

Arm in Arm warteten Elke und Nils, bis sie seinen Kopf oben an der Reling erkennen konnten. Sie winkten ihm, als das Schiff sich träge in Bewegung setzte. Lange standen sie da und blickten der Fähre hinterher, die bald die Stelle passieren würde, an der Tom sein Leben gelassen hatte.

Elke atmete aus.

»Und nun?«, fragte sie.

»Jetzt machen wir Urlaub.«

»Urlaub?«

»Ja, Urlaub.«

»Und wo?«

»Auf einer Insel?« Ein schiefes Lächeln kerbte sich in Nils' Mundwinkel. »Nur wir beide in den Dünen mit Rotwein und einem Sekt.«

»Aber diesmal …«, Elke hob den Zeigefinger, »diesmal lassen wir das Handy zu Hause.«

»Einverstanden«, sagte Nils und legte einen Arm um sie.

Sie gingen zurück zum Wagen.

»Und ich muss mich entschuldigen«, sagte Nils leise.

»Bei mir?«

»Nein, bei Mantell.«

Elke lachte auf.

»Oh ja, das musst du.«

Epilog

Es regnete immer noch. Doch das Donnern hallte jetzt nur noch in der Ferne nach. Der Scheibenwischer verschmierte das salzige Wasser in halbkreisförmigen Bogen über die Windschutzscheibe. Das Unwetter war kurz, aber heftig gewesen, und einige Bäume an der Ostseite des Waldes sowie einige Dächer waren ihm zum Opfer gefallen. Vielleicht auch zwei Menschen.

Jürgen Jensen betätigte einen Hebel, und schaumiges Wasser spritzte in zwei Strahlen auf das Glas. Er blickte in den Rückspiegel. Der Junge saß ganz ruhig da und starrte aus dem Fenster. Seine Haare waren immer noch nass, ebenso wie seine Kleidung. Es kam einem Wunder gleich, dass ausgerechnet er es geschafft hatte und gerettet worden war.

Jürgen hätte gern etwas gesagt, doch er konnte beim besten Willen nichts herausbringen. Wo sollte er ihn jetzt hinbringen? Ins Büro oder zu sich nach Hause? Der Junge brauchte trockene Kleidung.

»Hast du einen Haustürschlüssel?«, fragte er und merkte selbst, wie sehr seine Stimme zitterte.

Der Junge sah ihn im Rückspiegel an.

»Nein, aber ich weiß, wo ein Ersatzschlüssel liegt.«

»Dann fahren wir kurz zu dir, damit du dich umziehen kannst, ja?«, meinte Jürgen und versuchte ein tröstendes Lächeln.

»Ist gut.« Es klang fast gleichgültig und schon sah er wieder aus dem Fenster.

Sie hatten gerade das Birkenwäldchen vor Wittdün hinter sich gelassen und den Ortseingang passiert.

Jürgen lenkte den Wagen nach links ins Norderende. Er hatte kein gutes Gefühl bei dem Gedanken, den Jungen nach dem, was er erlebt hatte, in sein Elternhaus zu bringen. Er hielt vor dem Haus und stellte den Motor ab. Der Regen trommelte mit leisen Fingern aufs Autodach.

»Na komm, Junge«, sagte er und öffnete seine Tür. Sie liefen durch den Regen zur Haustür, wo Lars jedoch nach rechts zu einem Fenster abbog und im Reet mit den Fingern nach etwas bohrte. Schließlich zog er den Schlüssel heraus.

Der Junge schloss ihnen auf, und sie betraten den Flur. Eine bedrückende Dunkelheit umfing sie, und Jürgen ging geradewegs ins Wohnzimmer, wo er Licht machte.

»So, da wären wir«, sagte er und drehte sich dabei um. Der Junge stand tropfend vor ihm. »Hol dir doch schnell was Trockenes, ja? Dann fahren wir gleich wieder. Vielleicht muss dich noch mal der Arzt untersuchen.«

Lars blickte Jürgen aus dem dunklen Flur heraus an und sagte nichts, bis er sich plötzlich bewegte und nach oben ging. Seine Schritte waren deutlich auf dem Dielenboden zu hören. Jürgen blieb, wo er war, stocksteif und mit zitternden Knien. Der Unfall hatte ihn mehr mitgenommen, als er sich das eingestehen wollte. Er betete, dass man Lars' Eltern noch lebend fand. Aber viel Hoffnung hatte er nicht.

Jetzt vernahm er ein leises Knarzen. Es war Lars. Scheinbar schlich er in ein anderes Zimmer. Jürgen bewegte sich vorsichtig in den Flur und horchte hinauf. Und dann hörte er ein Geräusch, ein Quietschen oder Gieksen, das er nicht einordnen konnte.

»Lars?«, fragte Jürgen. Er bekam keine Antwort.

Jürgen stieg besorgt die Stufen nach oben. Die Kinderzimmertür stand offen. Die Tür zum Elternschlafzimmer ebenfalls. Er ging weiter, bis er den Jungen am Fußende des Elternbettes stehen sah. Von hinten hätte man auch meinen können, dass es ein Mädchen war, so zierlich war seine Gestalt. Er schaute aus dem Fenster. *Nein, bitte nicht*, schoss es Jürgen durch den Kopf. Das durfte der Junge nicht mit ansehen, wie sie das Boot und vielleicht auch die Leichen seiner Eltern aus dem Wasser zogen. Er machte zwei Schritte auf Lars zu und streckte die Arme dabei aus.

Da drehte sich der Junge um, und als Jürgen in sein Gesicht blickte, blieb er abrupt stehen.

Es fuhr ihm eiskalt in die Glieder, und augenblicklich bekam er eine Gänsehaut. Noch nie hatte er eine solche Angst verspürt. Und das Unheimliche daran war, dass es ein zwölfjähriges Kind war, die sie in ihm schürte. Jetzt realisierte er plötzlich auch, was dieses Geräusch gewesen war, das er am Fuß der Treppe gehört hatte. Wenn er in das Gesicht des Jungen blickte, war er sich sicher, dass er gelacht hatte.

Durchs Schlafzimmerfenster konnte man sehen, wie sie drüben in Steenodde das Boot aus dem Wasser hievten.

Und der Junge, der den Unfall überlebt hatte, stand lachend im Zimmer seiner toten Eltern.

Bent Ohle
INSELBLUT
Broschur, 272 Seiten
ISBN 978-3-95451-098-6

»Ein Inselkrimi, den man gar nicht beiseitelegen will. Ein toller Spannungsbogen mit überraschendem – kaum zu ahnendem – Ende. Echt lesenswert.« Leuchttuerme.de

Bent Ohle
INSELGRAB
Broschur, 384 Seiten
ISBN 978-3-95451-290-4

»Ohle spart auch in diesem Krimi nicht an dem bei seiner Fangemeinde beliebten Lokalkolorit.« ekz

www.emons-verlag.de

Bent Ohle
HERZ-JESU-FEUER
Broschur, 272 Seiten
ISBN 978-3-95451-666-7

Ein Millionärssohn wird tot unter einem Gipfelkreuz gefunden. War es die Tat eines Serienmörders? Der Schriftsteller Fernando Lovecchio wird als privater Ermittler engagiert und taucht ab in die dunklen Tiefen der Südtiroler Geschichte. Dort stößt er auf weitere Morde, die mit dem aktuellen zusammenhängen, und muss erkennen, dass er selbst nicht der Unbeteiligte ist, für den er sich gehalten hat. Und der Mörder ist noch nicht am Ende ...

Bent Ohle
BINZ UND DIE DICKE BERTA
Klappenbroschur, 288 Seiten
ISBN 978-3-95451-543-1

Krimischriftstellerin Alberta Rose ist fassungslos: Ihre Trauung im Binzer Rettungsturm hätte so schön werden können, wäre nicht die Standesbeamtin kurz vor der entscheidenden Frage erschossen worden. Alberta nimmt die Sache persönlich und sucht auf eigene Faust nach dem Mörder. Dabei verheddert sich die schwergewichtige Hobbydetektivin nicht nur in den Fallstricken ihrer skurrilen Patchworkfamilie, sondern kommt dem Täter gehörig in die Quere – mit lebensbedrohlichen Folgen.

www.emons-verlag.de

Bent Ohle
DER HUF DES TEUFELS
Klappenbroschur, 336 Seiten
ISBN 978-3-95451-177-8

TV-Star Shelly Kutscher, die in einer US-Serie eine texanische Polizistin spielt, will dem Showbusiness entfliehen. Deshalb übernimmt sie den Hof ihres deutschen Urgroßvaters und lässt sich dort nieder. Doch in dem idyllischen Ort Fischbach treiben zwei junge Männer ihr Unwesen. Die beiden schrecken vor Erpressung, Tierquälerei und selbst vor Mord nicht zurück. Shelly kommt ihnen auf die Schliche und heftet sich an ihre Fersen. Damit wird sie selbst zur Zielscheibe der beiden Teufel ...

Bent Ohle
KNOCHENSAAT
Klappenbroschur, 352 Seiten
ISBN 978-3-95451-434-2

»Eine heitere Lektüre für trübe Tage und empfehlenswert für alle Krimifans, die einfach mal richtig abschalten wollen.« ekz

www.emons-verlag.de